DONA FLOR
E SEUS DOIS
MARIDOS

COLEÇÃO JORGE AMADO
Conselho editorial
Alberto da Costa e Silva
Lilia Moritz Schwarcz

Coordenação editorial
Thyago Nogueira

O país do Carnaval, 1931
Cacau, 1933
Suor, 1934
Jubiabá, 1935
Mar morto, 1936
Capitães da Areia, 1937
ABC de Castro Alves, 1941
O Cavaleiro da Esperança, 1942
Terras do sem-fim, 1943
São Jorge dos Ilhéus, 1944
Bahia de Todos-os-Santos, 1945
Seara vermelha, 1946
O amor do soldado, 1947
Os subterrâneos da liberdade
    Os ásperos tempos, 1954
    Agonia da noite, 1954
    A luz no túnel, 1954
Gabriela, cravo e canela, 1958
De como o mulato Porciúncula descarregou seu defunto, 1959
Os velhos marinheiros ou O capitão-de-longo-curso, 1961
A morte e a morte de Quincas Berro Dágua, 1961
O compadre de Ogum, 1964
Os pastores da noite, 1964
A ratinha branca de Pé-de-vento e A bagagem de Otália, 1964
As mortes e o triunfo de Rosalinda, 1965
Dona Flor e seus dois maridos, 1966
Tenda dos Milagres, 1969
Tereza Batista cansada de guerra, 1972
O gato malhado e a andorinha Sinhá, 1976
Tieta do Agreste, 1977
Farda, fardão, camisola de dormir, 1979
O milagre dos pássaros, 1979
O menino grapiúna, 1981
A bola e o goleiro, 1984
Tocaia Grande, 1984
O sumiço da santa, 1988
Navegação de cabotagem, 1992
A descoberta da América pelos turcos, 1992
Hora da Guerra, 2008
Toda a saudade do mundo, 2012
Com o mar por meio: Uma amizade em cartas (com José Saramago), 2017

JORGE AMADO

DONA FLOR E SEUS DOIS MARIDOS

História moral e de amor

Posfácio
Roberto DaMatta

Copyright © 2008 by Grapiúna — Grapiúna Produções Artísticas Ltda.
1ª edição, Livraria Martins Editora, São Paulo, 1966.
Texto estabelecido a partir dos originais revisados pelo autor.

Grafia atualizada segundo o Acordo Ortográfico da Língua Portuguesa de 1990, que entrou em vigor no Brasil em 2009.

Consultoria da coleção
Ilana Seltzer Goldstein

Capa
Jeff Fisher

Cronologia
Ilana Seltzer Goldstein e Carla Delgado de Souza

Preparação
Isabel Jorge Cury

Revisão
Renato Potenza Rodrigues
Marise S. Leal

Os personagens e as situações desta obra são reais apenas no universo da ficção; não se referem a pessoas e fatos concretos, e não emitem opinião sobre eles.

Dados Internacionais de Catalogação na Publicação (CIP)
(Câmara Brasileira do Livro, SP, Brasil)

Amado, Jorge, 1912-2001.
  Dona Flor e seus dois maridos : história moral e de amor / Jorge Amado ; posfácio Roberto DaMatta. — 1ª ed. — São Paulo : Companhia de Bolso, 2022.

  ISBN 978-65-5921-230-9

  1. Ficção brasileira I. DaMatta, Roberto. II. Título.

22-99294   CDD-B869.3

Índice para catálogo sistemático:
1. Ficção : Literatura brasileira B869.3

Aline Graziele Benitez - Bibliotecária - CRB-1/3129

2022

Todos os direitos desta edição reservados à
EDITORA SCHWARCZ S.A.
Rua Bandeira Paulista, 702, cj. 32
04532-002 — São Paulo — SP
Telefone: (11) 3707-3500
www.companhiadasletras.com.br
www.blogdacompanhia.com.br
facebook.com/companhiadasletras
instagram.com/companhiadasletras
twitter.com/cialetras

Para Zélia, na tarde quieta de jardim e gatos, na cálida ternura deste abril; para João e Paloma, na manhã das primeiras leituras e dos primeiros sonhos.

Para minha comadre Norma dos Guimarães Sampaio, acidentalmente personagem, cuja presença honra e ilustra estas pálidas letras.
Para Beatriz Costa, de quem Vadinho foi sincero admirador.
Para Eneida, que teve o privilégio de ouvir o Hino Nacional executado ao fagote pelo dr. Teodoro Madureira.
Para Giovanna Bonino, que possui um óleo do pintor José de Dome — retrato de dona Flor adolescente, em ocres e amarelos. Quatro amigas aqui juntas no afeto do autor.

Para Diaulas Riedel e Luiz Monteiro.

Deus é gordo.
(revelação de Vadinho ao retornar)

A terra é azul.
(confirmou Gagarin após o primeiro voo espacial)

Um lugar para cada coisa e cada coisa em seu lugar.
(dístico na parede da farmácia do dr. Teodoro Madureira)

Ai!
(suspirou dona Flor)

NARIZ DE CERA DE AMIGOS E XERETAS

Um fato se repete, constante e monótono, à publicação de cada novo romance do autor desta história de dona Flor e de seus dois maridos: há sempre um(a) cabotino(a) a meter-se na pele de algum personagem e a proclamar em altos gritos o escândalo, fazendo-o através das colunas dos jornais, com publicidade, brilho e ameaças ao romancista: bofetões, processo ou morte. Para impedir suceda o mesmo desta feita, o autor avisa a todos que nejansonnhum vivente aqui, nesta obra de ficção, se encontra retratado. Identidade de nome e sobrenome, de apelido, de profissão, de idade, de detalhes físicos ou morais, de feiura ou de beleza, de celibato, matrimônio ou amigação, de cor de pele, de mistura de sangues, de virtudes e de vícios, de qualidades e defeitos, de tudo, enfim, sem exceção, terá sido a clássica, pura e simples coincidência, ocorrida à revelia do ficcionista. Quis ele fixar apenas aspectos do viver baiano e, em companhia dos leitores, sorrir à custa de certas ambições e certos hábitos da pequena burguesia definitivamente sem jeito, de quando em vez enternecido com essa ou aquela figura torta porém humana.

Eis por que qualquer parecença entre a realidade da vida e a realidade do romance — uma nascendo da outra e a recriando — é consequência de experiência e busca; mas, se por azar alguma semelhança existir entre pessoas vivas e personagens do romance, terá sido casual e inocente, por vezes divertida coincidência.

Assim, quando nas páginas das aventuras matrimoniais de dona Flor o leitor encontrar um(a) fulano(a) cujo nome, profissão e aspecto lhe recordem conhecido(a) com o mesmo nome, a mesma profissão e o mesmo aspecto, fica sabendo desde já: o(a) personagem do romance não retrata seu conhecido(a), e qualquer semelhança entre eles não é culpa do autor e, sim, do tal sujeito(a) que anda por aí a parecer-se com figuras de romance como se isso fosse ocupação de gente séria. Mania de grandeza de certos tipos, doidos por se mostrar. Agora, com esta nota, fica tudo esclarecido e o assunto encerrado de uma vez. Ainda bem.

Sendo o autor, em matéria de culinária, apenas comilão, deve ele agradecer às suas boas amigas dona Carmem Dias, dona Dorothy Alves e dona Alda Ferraz, três mestras da grande arte, que forneceram receitas para a escola de dona Flor, algumas das quais reproduzidas no romance com os ingredientes precisos e as medidas justas, podendo assim servir a quem deseje utilizá-las para os petiscos suculentos — sem no entanto garantir o autor pelos resultados pois, para a arte culinária, não bastam os materiais e suas quantidades: sem o gênio dos temperos, sem a vocação dos molhos, sem a intuição do ponto exato, ninguém chega ao paladar de dona Flor.

Coisas de farmácia soube o autor pelos drs. Alberto Schmidt e Paulo Paternostro, ambos gentilíssimos, e aqui lhes agradece a ajuda cordial.

Agradece também ao maestro Carlos Veiga e à jovem musicista Ieda Machado. A ele pelas explicações sobre músicas e instrumentos e sobre a orquestra de amadores onde brilha seu pai ao violino, a ela por lhe ter, com graça e paciência, posto em intimidade com o fagote, preparando o autor para os aplaudidos solos do boticário Teodoro, cujos méritos de fagotista serão constatados no decorrer da história.

Ainda quer o autor agradecer a dona Edna Leal de Melo, diretora da Escola de Culinária Sabor e Arte, sita no número 5 do antigo Areal de Baixo, em Salvador, a autorização que, a rogo de dona Norma (a do romance ou a verdadeira, quem é que sabe?) lhe concedeu para dar à escola de dona Flor o mesmo saboroso nome da sua, tão conceituada — o nome e o renome. Ficou na ocasião sabendo o romancista ser primo segundo da mestra dos quitutes, provando-se assim como a vida é mais surpreendente do que qualquer romance em seus acasos e azares, sal da existência.

Por fim agradece (em transe) ao poeta e magno guerreiro, inventor e navegante, astrofísico, eletrônico e vidente, ao pintor Cardoso e Silva, capitão do astral, piloto do mistério, amigo milenar: sem preconceitos, ele assessorou o materialismo do romancista no onírico e mediúnico universo, nos espaços siderais. Juntos foram, o autor e o múltiplo Cardoso, aos mundos conhecidos e desconhecidos; só em Marte estiveram umas quatro vezes.

Como se vê, não lhe bastando a própria experiência, recorreu o autor à erudição e gentileza de seus amigos, mestres em artes e milagres, para que dona Flor pudesse viver sua pequena vida nesta cidade mágica da Bahia, de onde se data este romance, escrito nos anos de 65 e 66. Entre as chuvas do inverno e a doce brisa do verão, respeitando-se os preceitos e as quizilas de Oxóssi e de Xangô.

O romancista

Caro amigo Jorge Amado, o bolo de puba que eu faço não tem receita, a bem dizer. Tomei explicação com dona Alda, mulher de seu Renato do museu, e aprendi fazendo, quebrando a cabeça até encontrar o ponto. (Não foi amando que aprendi a amar, não foi vivendo que aprendi a viver?)

Vinte bolinhos de massa puba ou mais, conforme o tamanho que se quiser. Aconselho dona Zélia a fazer grande de uma vez, pois de bolo de puba todos gostam e pedem mais. Até eles dois, tão diferentes, só nisso combinando: doidos por bolo de puba ou carimã. Por outra coisa também? Me deixe em paz, seu Jorge, não me arrelie nem fale nisso. Açúcar, sal, queijo ralado, manteiga, leite de coco, o fino e o grosso, dos dois se necessita. (Me diga o senhor, que escreve nas gazetas: por que se há de precisar sempre de dois amores, por que um só não basta ao coração da gente?) As quantidades, ao gosto da pessoa, cada um tem seu paladar, prefere mais doce ou mais salgado, não é mesmo? A mistura bem ralinha. Forno quente.

Esperando ter lhe atendido, seu Jorge, aqui está a receita que nem receita é, apenas um recado. Prove o bolo que vai junto, se gostar mande dizer. Como vão todos os seus? Aqui em casa, todos bem. Compramos mais uma cota da farmácia, tomamos casa para o veraneio em Itaparica, é muito chique. O mais, que o senhor sabe, naquilo mesmo, não tem conserto quem é torto. Minhas madrugadas, nem lhe conto, seria falta de respeito. Mas de fato e lei quem acende a barra do dia por cima do mar é esta sua servidora, Florípedes Paiva Madureira ou dona Flor dos Guimarães.

(bilhete recente de dona Flor ao romancista)

ESOTÉRICA E COMOVENTE HISTÓRIA
VIVIDA POR DONA FLOR, EMÉRITA
PROFESSORA DE ARTE CULINÁRIA, E SEUS
DOIS MARIDOS — O PRIMEIRO, VADINHO
DE APELIDO; DE NOME DR. TEODORO
MADUREIRA, E FARMACÊUTICO, O
SEGUNDO

OU

A ESPANTOSA BATALHA ENTRE O
ESPÍRITO E A MATÉRIA

NARRADA POR JORGE AMADO, ESCRIBA PÚBLICO
ESTABELECIDO NO BAIRRO DO RIO VERMELHO, NA
CIDADE DO SALVADOR DA BAHIA DE TODOS OS SANTOS,
NAS VIZINHANÇAS DO LARGO DE SANTANA, ONDE
HABITA IEMANJÁ, SENHORA DAS ÁGUAS.

MCMLXVI

I
DA MORTE DE VADINHO, PRIMEIRO MARIDO DE DONA FLOR, DO VELÓRIO E DO ENTERRO DE SEU CORPO

(ao cavaquinho o sublime Carlinhos Mascarenhas)

* ESCOLA DE CULINÁRIA SABOR E ARTE *

QUANDO E O QUE SERVIR EM VELÓRIO DE DEFUNTO
(resposta de dona Flor à pergunta de uma aluna)

Nem por ser desordenado dia de lamentação, tristeza e choro, nem por isso se deve deixar o velório correr em brancas nuvens. Se a dona da casa, em soluços e em desmaio, fora de si, envolta em dor, ou morta no caixão, se ela não puder, um parente ou pessoa amiga se encarregue então de atender à sentinela pois não se vai largar no alvéu, sem de comer nem de beber, os coitados noite adentro solidários; por vezes sendo inverno e frio.

Para que uma sentinela se anime e realmente honre o defunto presidi-la e lhe faça leve a primeira e confusa noite de sua morte, é necessário atendê-la com solicitude, cuidando-lhe da moral e do apetite.

Quando e o que oferecer?

Pois a noite inteira, do começo ao fim. Café é indispensável e o tempo todo, café pequeno, é claro. Café completo com leite, pão, manteiga, queijo, uns biscoitinhos, alguns bolos de aipim ou carimã, fatias de cuscuz com ovos estrelados, isso, só de manhã e para quem atravessou ali a madrugada.

O melhor é manter a água na chaleira para não faltar café; sempre está chegando gente. Bolachas e biscoitos acompanham o cafezinho; uma vez por outra uma bandeja com salgados, podendo ser sanduíches de queijo, presunto, mortadela, coisas simples pois de consumição já basta e sobra com o defunto.

Se o velório, porém, for de categoria, dessas sentinelas de dinheiro a rodo, então se impõe uma xícara de chocolate à meia-noite, grosso e quente, ou uma canja gorda de galinha. E, para completar, bolinhos de bacalhau, frigideira, croquetes em geral, doces variados, frutas secas.

Para beber, em sendo casa rica, além do café, pode haver cerveja ou vinho, um copo e tão somente para acompanhar a canja e a frigideira. Jamais champanha, não se considera de bom-tom.

Seja velório rico, seja pobre, exige-se, porém, constante e necessária, a boa cachacinha; tudo pode faltar, mesmo café, só ela é indispensável; sem seu conforto não há velório que se preze. Velório sem cachaça é desconsideração ao falecido, significa indiferença e desamor.

1

Vadinho, o primeiro marido de dona Flor, morreu num domingo de Carnaval, pela manhã, quando, fantasiado de baiana, sambava num bloco, na maior animação, no largo Dois de Julho, não longe de sua casa. Não pertencia ao bloco, acabara de nele misturar-se, em companhia de mais quatro amigos, todos com traje de baiana, e vinham de um bar no Cabeça onde o uísque correra farto às custas de um certo Moysés Alves, fazendeiro de cacau, rico e perdulário.

O bloco conduzia uma pequena e afinada orquestra de violões e flautas; ao cavaquinho, Carlinhos Mascarenhas, magricela celebrado nos castelos, ah!, um cavaquinho divino. Vestiam-se os rapazes de ciganos e as moças de camponesas húngaras ou romenas; jamais, porém, húngara ou romena ou mesmo búlgara ou eslovaca rebolou como rebolavam elas, cabrochas na flor da idade e da faceirice.

Vadinho, o mais animado de todos, ao ver o bloco despontar na esquina e ao ouvir o ponteado do esquelético Mascarenhas no cavaquinho sublime, adiantou-se rápido, postou-se ante a romena carregada na cor, uma grandona, monumental como uma igreja — e era a igreja de São Francisco, pois se cobria com um desparrame de lantejoula doirada —, anunciou:

— Lá vou eu, minha russa do Tororó...

O cigano Mascarenhas, também ele gastando vidrilhos e miçangas, festivas argolas penduradas nas orelhas, apurou no cavaquinho, as flautas e os violões gemeram, Vadinho caiu no samba com aquele exemplar entusiasmo, característico de tudo quanto fazia, exceto trabalhar. Rodopiava em meio ao bloco, sapateava em frente à mulata, avançava para ela em floreios e umbigadas, quando, de súbito, soltou uma espécie de ronco surdo, vacilou nas pernas, adernou de um lado, rolou no chão, botando uma baba amarela pela boca onde o esgar da morte não conseguia apagar de todo o satisfeito sorriso do folião definitivo que ele fora.

Os amigos ainda pensaram tratar-se de cachaça, não os uísques do fazendeiro: não seriam aquelas quatro ou cinco doses capazes de possuir bebedor da classe de Vadinho; porém toda a cachaça acumulada desde a véspera ao meio-dia quando oficialmente inauguraram o Carnaval no Bar Triunfo, na praça Municipal, subindo toda ela de uma vez e derrubando-o adormecido. Mas a mulata grandona não se deixou enganar: enfermeira de profissão estava acostumada com a morte, frequentava-a diariamente no hospital. Não, porém, tão íntima a ponto de dar-lhe umbigadas, de pinicar-lhe o olho, de sambar com ela. Curvou-se sobre Vadinho, colocou-lhe a mão no pescoço, estremeceu, sentindo um frio no ventre e na espinha:

— Tá morto, meu Deus!

Outros tocaram também o corpo do moço, tomaram-lhe do pulso, suspenderam-lhe a cabeça de melenas loiras, buscaram-lhe o palpitar do coração. Nada obtiveram, era sem jeito. Vadinho desertara para sempre do Carnaval da Bahia.

2

Foi um rebuliço no bloco e na rua, um corre-corre pelas redondezas, um deus nos acuda a sacudir os carnavalescos — e ainda por cima a escandalosa Anete, professorinha romântica e histérica, aproveitou a boa oportunidade para um chilique, com pequenos gritos agudos e ameaças de desmaio. Toda aquela representação em honra do dengoso Carlinhos Mascarenhas, por quem suspirava a melindrosa de faniquito fácil — dizendo-se ela própria ultrassensível, arrepiando-se como uma gata quando ele dedilhava o cavaquinho. Cavaquinho agora silencioso, pendendo inútil das mãos do artista, como se Vadinho houvesse levado consigo para o outro mundo seus derradeiros acordes.

Veio gente correndo de todos os lados, logo a notícia circulou pelas imediações, chegou a São Pedro, à avenida Sete, ao Campo Grande, arrebanhando curiosos. Em torno ao cadáver reunia-se uma pequena multidão a acotovelar-se em comentários. Um médico residente no Sodré foi requisitado e um guarda de trânsito sacou de um apito e nele soprava sem parar como a advertir a cidade inteira, a todo o Carnaval, do fim de Vadinho.

"Pois se é Vadinho, coitadinho dele!", constatou um careta, com sua máscara de meia, perdida a animação. Todos reconheciam o morto, era largamente popular, com sua alegria esfuziante, seu bigodinho recortado, sua altivez de malandro, benquisto sobretudo nos lugares onde se bebia, jogava, e farreava; e ali, tão perto de sua residência, não havia quem não o identificasse.

Outro mascarado, este vestido de aniagem e coberto com uma cabeçorra de urso, varou o cerrado grupo, conseguiu aproximar-se e ver. Arrancou a máscara deixando exposta uma cara aflita, de bigodes caídos e crânio careca e murmurou:

— Vadinho, meu irmãozinho, que foi que te fizeram?

"Que foi que deu nele, de que morreu?", perguntavam-se uns aos outros, e havia quem respondesse: "Foi cachaça", numa explicação por demais fácil para tão inesperada morte. Uma velha curvada parou também, deu sua olhadela, constatou:

— Tão moderno ainda, por que morrer tão moço?

Perguntas e respostas cruzavam-se, enquanto o médico colocava o ouvido sobre o peito de Vadinho, numa constatação final e inútil.

"Estava sambando, numa animação retada, e sem avisar nada a ninguém caiu de lado já todo cheio da morte" — explicou um dos quatro amigos, curado por completo da cachaça, de súbito sóbrio e comovido, meio sem jeito nas roupas femininas de baiana, as faces vermelhas de carmim, fundas olheiras negras, traçadas com cortiça queimada, sob os olhos.

O fato de estarem fantasiados de baiana não deve levar a maliciar-se sobre os cinco rapazes, todos eles de macheza comprovada. Vestiam-se de baiana para melhor brincar, por farsa e molecagem, e não por tendência ao efeminado, a suspeitas esquisitices. Não havia xibungo entre eles, benza Deus. Vadinho, inclusive, amarrara, sob a anágua branca e engomada, enorme raiz de mandioca e, a cada passo, suspendia as saias e exibia o troféu descomunal e pornográfico, fazendo as mulheres esconderem nas mãos o rosto e o riso, com maliciosa vergonha. Agora a raiz pendia abandonada sobre a coxa descoberta e não fazia ninguém rir. Um dos amigos veio e a desatou da cintura de Vadinho. Mas nem assim o defunto ficou decente e recatado, era um morto de Carnaval e não exibia sequer sangue de bala ou de facada a escorrer-lhe do peito, capaz de resgatar seu ar de mascarado.

Dona Flor, precedida, é claro, por dona Norma a dar ordens e a abrir caminho, chegou quase ao mesmo tempo que a polícia. Quando despontou na esquina, apoiada nos braços solidários das comadres, todos adivinharam a viúva, pois vinha suspirando e gemendo, sem tentar controlar os soluços, num pranto desfeito. Ao demais, trajava o robe caseiro e bastante usado com que cuidava do asseio do lar, calçava chinelas cara-de-gato e ainda estava despenteada. Mesmo assim era bonita, agradável de ver-se: pequena e rechonchuda, de uma gordura sem banhas, a cor bronzeada de cabo-verde, os lisos cabelos tão negros a ponto de parecerem azulados, olhos de requebro e os lábios grossos um tanto aberto sobre os dentes alvos. Apetitosa, como costumava classificá-la o próprio Vadinho em seus dias de ternura, raros talvez porém inesquecíveis. Quem sabe, devido às atividades culinárias da esposa, nesses idílios Vadinho dizia-lhe "Meu manuê de milho verde, meu acarajé cheiroso, minha franguinha gorda", e tais comparações gastronômicas davam justa ideia de certo encanto sensual e caseiro de dona Flor a esconder-se sob uma natureza tranquila e dócil. Vadinho conhecia-lhe as fraquezas e as expunha ao sol, aquela ânsia controlada de tímida, aquele recatado desejo fazendo-se violência e mesmo incontinência ao libertar-se na cama. Quando Vadinho estava de veia, não existia ninguém mais encantador e nenhuma mulher sabia resistir-lhe. Dona Flor jamais conseguira recusar-se a seu fascínio nem mesmo se a tanto se dispunha cheia de indignação e de raiva recentes. Pois, em repetidas ocasiões, chegara a odiá-lo e a arrenegar o dia em que unira sua sorte à do boêmio.

Mas andando agoniada, ao encontro da intempestiva morte de Vadinho, dona Flor ia zonza, vazia de pensamentos, de nada se recordava, nem dos momentos de densa ternura, menos ainda dos dias cruéis, de angústia e solidão, como se ao expirar ficasse o marido despojado de todos os defeitos ou como se não os houvesse possuído em "sua breve passagem por este vale de lágrimas".

"Foi breve sua passagem por esse vale de lágrimas", pronunciou o respeitável professor Epaminondas Souza Pinto, afetado e afobado, tentando cumprimentar a viúva, dar-lhe os pêsames, antes mesmo dela chegar junto ao corpo do marido. Dona Gisa, também professora e até certo ponto também respeitável, conteve o açodamento do colega e conteve o riso. Se em verdade fora breve a passagem de Vadinho pela vida — vinha de completar trinta e um anos —, para ele, dona Gisa bem o sabia, não fora o mundo vale de lágrimas e, sim, palco de farsas, engodos, embustes e pecados. Alguns deles aflitos e confusos, sem dúvida, submetendo seu coração a árduas provas, a agonias e sobressaltos: dívidas a pagar, promissórias a descontar, avalistas a convencer, compromissos assumidos, prazos improrrogáveis, protestos e cartórios, bancos e agiotas, caras amarradas, amigos esquivando-se, sem falar nos sofrimentos físicos e morais de dona Flor. Porque, considerava dona Gisa em seu português arrevesado — era vagamente norte-americana, naturalizara-se e se sentia brasileira mas o diabo da língua, ah!, não conseguia dominá-la —, se houvera lágrimas na breve passagem de Vadinho pela vida, elas tinham sido choradas por dona Flor e foram muitas, davam de sobra para o casal.

Diante de tão súbita morte, dona Gisa não pensava em Vadinho senão com saudade: era-lhe simpático, apesar de tudo; possuía um lado gentil e cativante. Nem por isso, no entanto, nem por ele encontrar-se ali, no largo Dois de Julho, morto, estendido na rua, vestido de baiana, iria ela de repente santificá-lo, torcer a realidade, inventar outro Vadinho feito de um só pedaço. Assim explicou a dona Norma, sua vizinha e íntima, mas não obteve da parceira o esperado apoio. Dona Norma muitas vezes dissera as últimas a Vadinho, brigava com ele, pregava-lhe sermões monumentais, chegara um dia a ameaçá-lo com a polícia. Naquela hora derradeira e aflita, porém, não desejava comentar as predominantes e desagradáveis facetas do finado, queria apenas gabar seus lados bons, sua gentileza natural, sua solidariedade sempre pronta a manifestar-se, sua lealdade para com os amigos, sua indiscutível generosidade (sobretudo se a praticava com o dinheiro alheio), sua irresponsável e infinita alegria de viver. Aliás, tão ocupada em acompanhar e socorrer dona Flor, nem tinha ouvidos para dona Gisa com sua dura verdade. Dona Gisa era assim: a verdade acima de tudo, por vezes a ponto de fazê-la parecer áspera e inflexível; talvez numa atitude de defesa contra sua boa-fé, pois era crédula ao absurdo e confiava em todo mundo. Não, não relembrava os malfeitos de Vadinho para criticá-lo ou condená-lo, gostava dele e com frequência perdiam-se os dois em longas prosas, dona Gisa interessada em apreender a psicologia do submundo onde Vadinho se movimentava, ele a contar-lhe casos e a espiar-lhe no decote do vestido o nascer dos seios pujantes e sardentos. Talvez dona Gisa o entendesse melhor que dona Norma, mas, ao contrário da outra, não lhe descontava sequer um defeito, não ia mentir só porque ele morrera. Nem a si própria dona Gisa mentia, a não ser quando isso se fazia indispensável. E não era o caso, evidentemente.

Dona Flor atravessava o povo no rastro de dona Norma a abrir caminho com os cotovelos e com sua extensa popularidade:

— Vai, arreda minha gente, deixa a pobre passar...

Lá estava Vadinho no chão de paralelepípedos, a boca sorrindo, todo branco e loiro, todo cheio de paz e de inocência. Dona Flor ficou um instante parada, a contemplá-lo como se demorasse a reconhecer o marido ou talvez, mais provavelmente, a aceitar o fato, agora indiscutível, de sua morte.

Mas foi só um instante. Com um berro arrancado do fundo das entranhas, atirou-se sobre Vadinho, agarrou-se ao corpo imóvel, a beijar-lhe os cabelos, o rosto pintado de carmim, os olhos abertos, o atrevido bigode, a boca morta, para sempre morta.

3

Era domingo de Carnaval, quem não tinha naquela noite corso de automóveis a fazer, festa onde divertir-se, programa para a madrugada? Pois bem: com tudo isso, o velório de Vadinho foi um sucesso. "Um autêntico sucesso", como orgulhosamente constatou e proclamou dona Norma.

Os homens do rabecão largaram o corpo em cima da cama, no quarto de dormir, só depois os vizinhos o transportaram para a sala. Os tipos do necrotério estavam apressados, seu trabalho aumentava com o Carnaval. Enquanto os demais se divertiam, eles lidavam com defuntos, com as vítimas de desastres e de brigas. Arrancaram o lençol imundo a embrulhar o cadáver, entregaram o laudo à viúva.

Vadinho ficou nu como Deus o pôs no mundo, em cima da cama de casal, uma cama de ferro com cabeceira e pé trabalhados, comprada em segunda mão por dona Flor, num leilão de móveis, quando do casamento, seis anos antes. Dona Flor, sozinha no quarto, abriu o envelope, estudou o parecer dos médicos. Balançou a cabeça, incrédula. Quem diria? Aparentemente tão forte e são, tão moço ainda!

Gabava-se Vadinho de jamais ter estado doente e de ser capaz de atravessar oito dias e oito noites sem dormir, jogando e bebendo ou na farra com mulheres. E por vezes não passava realmente oito dias sem aparecer em casa, deixando dona Flor em desespero, como maluca? No entanto, ali estava o laudo dos doutores da faculdade: era um homem condenado, fígado imprestável, rins estrompados, coração aos pandarecos. Podia morrer a qualquer momento, como morrera. Assim, de repente.

A cachaça, as noites nos cassinos, a esbórnia, a correria doida à cata de dinheiro para o jogo haviam arruinado aquele organismo belo e forte, deixando-lhe apenas a aparência. Sim, porque, olhando-o só pelo lado de fora, quem o julgaria tão implacavelmente liquidado?

Dona Flor contemplou o corpo do marido, antes de chamar os prestimosos e impacientes vizinhos para a delicada tarefa de vesti-lo. Lá estava ele, nu como gostava de ficar na cama, uma penugem doirada a cobrir-lhe braços e pernas, mata de pelos loiros no peito, a cicatriz da navalhada no ombro esquerdo. Tão belo e másculo, tão sábio no prazer! Mais uma vez as lágrimas assomaram aos olhos da jovem viúva. Tentou não pensar no que estava pensando, não era coisa para dia de velório.

Ao vê-lo assim, porém, largado sobre o leito, inteiramente nu, não podia dona Flor, por mais esforço que fizesse, deixar de recordá-lo como era na hora do desejo desatado: Vadinho não tolerava peça de roupa sobre os corpos, nem pudibundo lençol a cobri-los, o pudor não era seu forte. Quando a chamava para a cama, dizia-lhe: "Vamos vadiar, minha filha"; era o amor, para ele, como uma festa de infinita alegria e liberdade, à qual se entregava com aquele seu reconhecido entusiasmo aliado a uma competência proclamada por múltiplas mulheres, de diferente condição e classe. Nos primeiros tempos do casamento dona Flor ficava toda encabulada e sem jeito, pois ele a exigia nuinha por inteiro:

— Onde já se viu vadiar de camisola? Por que tu te esconde? A vadiação é coisa santa, foi inventada por Deus no paraíso, tu não sabe?

Não só a despia toda, como, achando pouco, tocava e brincava com os detalhes de seu corpo de curvas largas e reentrâncias profundas onde cruzavam-se sombra e luz num jogo de mistérios. Dona Flor tentava cobrir-se, Vadinho arrancava o lençol entre risos, expunha-lhe os seios rijos, a formosa bunda, o ventre quase despido de pelos. Tomava dela como de um brinquedo, um brinquedo ou um fechado botão de rosa que ele fazia desabrochar em cada noite de prazer. Dona Flor ia perdendo a timidez, entregando-se àquela festa lasciva, crescendo em violência, tornando-se amante animosa e audaz. Nunca, porém, abandonou por completo a pudicícia e a vergonha; era necessário reconquistá-la cada vez, pois, apenas desperta dessas loucas audácias e dos ais de desmaio, voltava a ser tímida e pudorosa esposa.

Naquela hora, a sós com a morte de Vadinho, deu-se conta dona Flor, então e completamente, de sua viuvez e de que não mais o teria, nem em seus braços voltaria a desmaiar. Porque desde o momento do trágico boato transmitido de boca em boca, até a chegada do rabecão, no fim da tarde, vivera a professora de culinária uma espécie de sonho mau e ao mesmo tempo um tanto excitante: o impacto da notícia, a caminhada em prantos até o largo Dois de Julho, o encontro com o corpo, a multidão a rodeá-la, a cuidar dela, a oferecer-lhe solidariedade e conforto, a volta para casa quase carregada por dona Norma e dona Gisa, pelo professor Epaminondas e por Mendez, o espanhol do botequim. Tudo tão rápido e confuso, não lhe deixara tempo para pensar e realizar por completo a morte de Vadinho.

O corpo fora levado do largo para o necrotério, mas nem assim ela teve um momento de sossego. De repente tornara-se o centro da vida não só de sua rua mas de todas as artérias adjacentes, e isso num domingo de Carnaval. Até o trazerem de volta, embrulhado num lençol, o traje de baiana numa pequena trouxa colorida, dona Flor não parou de receber pêsames, provas de amizade, gentilezas, numa contínua romaria de vizinhos, conhecidos e amigos. Dona Norma e dona Gisa, essas abandonaram inteiramente os afazeres de suas casas, já um tanto descuidados devido ao Carnaval, almoços e jantares entregues ao critério das amas apressadas. Não despregaram as duas de junto de dona Flor, cada qual mais dedicada e consoladora.

Lá fora era o Carnaval com seus mascarados, seus blocos e ranchos, suas fantasias ricas ou divertidas. As músicas das multiplicadas orquestras, os zé-pereiras, os zabumbas, os blocos, os ranchos, afoxés com seus tamborins e atabaques. De quando em vez, dona Norma não resistia e corria até a janela, debruçava-se, arriscava um olho, trocava facécias com um mascarado conhecido, transmitia a notícia da morte de Vadinho, aplaudia uma fantasia original ou um bloco bonito. Por vezes chamava dona Gisa, se um rancho particularmente animado surgia na esquina. E quando o afoxé dos Filhos do Mar, já na parte da tarde, deu entrada na rua, com sua figuração inesquecível, acompanhado por grande multidão a sambar, até dona Flor, as lágrimas mal contidas, aproximou-se da janela e espiou o afoxé tão anunciado nos jornais, a maior beleza do Carnaval baiano. Espiou mas sem se mostrar, escondida pelas largas espáduas de dona Gisa. Dona Norma, esquecida do morto e das conveniências, batia palmas entusiásticas.

Assim fora durante o dia inteiro, desde a hora da notícia. Até dona Nancy, argentina retraída, nova na rua, casada com o dono da fábrica de cerâmicas, um arrevesado Bernabó, desceu de seu sobrado rico e de sua soberbia, para oferecer condolências e préstimos a dona Flor, revelando-se pessoa simpática e educada e trocando com dona Gisa filosóficas considerações sobre a brevidade da vida e sua insegurança.

Não tivera dona Flor, como se vê, tempo de refletir em seu novo estado e nas transformações de sua existência. Só quando trouxeram Vadinho do necrotério e o deixaram nu no leito de casal onde tantas e tantas vezes tinham feito o amor, então, e somente então, encontrou-se sozinha com a morte do marido e se sentiu viúva. Jamais voltaria ele a derrubá-la na cama de ferro, arrancando-lhe vestido e combinação, e as peças mais íntimas, atirando com o lençol para cima da penteadeira, tomando de cada detalhe de seu corpo, fazendo-a delirar.

Ah!, nunca mais, pensou dona Flor, e sentiu um nó na garganta, um tremor nas pernas, compreendeu então que tudo terminara. Ficou ali parada, sem palavras e sem lágrimas, despida de qualquer excitação, distante de toda a representação a cercar a morte. Apenas ela e o cadáver nu, ela e a definitiva ausência de Vadinho. Não ia mais ter de esperá-lo madrugada afora, nem de esconder de suas vistas o dinheiro pago pelas alunas, nem de vigiar suas relações com as mais bonitas, nem de apanhar dele nos dias de cachaça e mau humor, nem de ouvir os ácidos comentários dos vizinhos. Nem de rolar com ele na cama, abrindo-se toda para seu desejo, despindo-se da roupa, do lençol e do recato para a festa do amor, a inesquecível festa. O nó na garganta, estrangulando; uma dor no peito, aguda punhalada.

— Flor, não está na hora de vestir ele? — a voz de dona Norma ressoava urgente no quarto, vinda da sala. — Não tarda chegar visitas...

A viúva abriu a porta, agora estava séria, calada, sem soluços, sem gemidos, fria e austera. Sozinha no mundo. Os vizinhos entraram para ajudar. Seu Vivaldo, da funerária Paraíso em Flor, viera pessoalmente entregar o caixão barato — fizera considerável abatimento, era companheiro de Vadinho nas mesas de roleta e bacará onde jogava ataúdes e lápides — e colaborou com eficácia e experiência para fazer do boêmio um morto apresentável. Dona Flor a tudo assistiu sem uma palavra, sem uma lágrima, estava sozinha no mundo.

4

O corpo de Vadinho foi depositado no caixão, levado para a sala de visitas onde haviam improvisado um estrado com as cadeiras. Seu Vivaldo trouxera flores, contribuição gratuita da funerária. Dona Gisa arrumou uma saudade-roxa entre os dedos cruzados de Vadinho. Seu Vivaldo considerou para si mesmo o absurdo do gesto: deviam colocar entre os dedos do morto uma ficha de jogo, isso sim. Uma ficha em vez da saudade-roxa, e se em lugar da música e dos risos do Carnaval se elevassem por ali perto o ruído das mesas da roleta, a voz rouquenha do crupiê, o soar das fichas, as nervosas exclamações dos jogadores, era bem possível ver-se Vadinho levantar do caixão, sacudir dos ombros sua morte, como sacudia, num gesto característico, as complicações a perseguirem-no, e encaminhar-se para depositar sua ficha no 17, seu número predileto.

Que poderia ele fazer com uma saudade-roxa? Logo estaria murcha e fanada, nenhuma roleta a aceitaria.

Seu Vivaldo não se demorou; carnavalesco obstinado, só abrira a funerária naquele domingo de festa para atender a um amigo como Vadinho. Fosse outro o defunto, e se arranjasse como pudesse, não iria ele, Vivaldo, perturbar seu Carnaval.

Muitos perturbaram seus projetos de Carnaval. Foi um desfilar de gente noite adentro, na sentinela do boêmio. Alguns vieram por ser Vadinho descendente de ramo pobre e bastardo de uma família importante, os Guimarães. Um dos seus avoengos fora senador estadual e mandachuva na política. Um tio seu, de apelido Chimbo, ocupara o posto de delegado auxiliar durante uns poucos meses. Esse tio, um dos raros Guimarães a reconhecer Vadinho como parente legítimo, foi quem lhe arranjou o emprego na prefeitura: fiscal de jardins, lugar dos mais modestos, ordenado mísero, não dava para uma noite gorda no Tabaris. Não é necessário ressaltar a completa negligência do jovem funcionário municipal: jamais fiscalizara jardim de nenhuma espécie, só aparecia na repartição para receber os magros caramingás mensais. Ou para tentar o aval impossível do chefe, para morder os colegas em vinte ou cinquenta mil-réis. Os jardins não lhe interessavam, não tinha tempo a perder com plantas e flores, podiam desaparecer todos os jardins da cidade, não lhe fariam falta. Ave noturna, seus canteiros eram as mesas de jogo, e suas flores, como bem considerara seu Vivaldo, as fichas e os baralhos.

Os que vieram por influência do nome dos Guimarães podiam-se contar nos dedos, vagos e apressados parentes. Todos os demais, aquele desfilar sem conta, vinham para despedir-se de Vadinho, para fitar mais uma vez sua face, sorrir para ele numa recordação agradável, dizer-lhe adeus. Porque gostavam dele, desculpavam-lhe as loucuras, valorizavam seu lado bom.

Um dos primeiros a chegar à noite, vestido a rigor, pois iria mais tarde levar as filhas, três moças de truz, ao baile de um grande clube, foi o comendador Celestino, português de nascimento, banqueiro e exportador. Não passara às carreiras, como quem cumpre fastidiosa obrigação. Demorara-se na sala, a conversar, recordando sucessos de Vadinho, após ter abraçado dona Flor e ter-lhe oferecido seus préstimos. De onde vinha sua estima pelo pequeno funcionário da prefeitura, pelo boêmio dos cabarés de segunda, pelo jogador sempre encalacrado?

Vadinho tinha lábia, que lábia! Certa vez arrancara a assinatura do próspero lusitano numa promissória de alguns contos de réis. Não esqueceu de pagar, pois jamais esquecia as datas de vencimento dos diversos títulos por ele firmados e espalhados em bancos e em mãos de agiotas. Não pôde pagar, o que era diferente. Em geral nunca podia pagar, e não pagava; no entanto a cada dia o número dos títulos aumentava, aumentava o número dos avalistas. Como ele o conseguia?

Celestino não voltara a avalizar, não caía duas vezes no mesmo conto. Soltava-lhe, no entanto, pelegas de cem, duzentos e até de quinhentos mil-réis, quando Vadinho lhe aparecia desesperado, sem tostão e com a certeza de ser aquele o seu dia de estourar a banca. Outros, porém, avalizavam duas e três vezes, como se fosse Vadinho o pagador mais correto, o de melhor cadastro bancário. Todos vencidos por suas manhas, sua conversa dramática e convincente.

O próprio Zé Sampaio, marido de dona Norma, estabelecido com loja de sapatos na Cidade Baixa, sujeito de conversa rara, casmurrão, pouco dado a visitas, a relações e intimidades com os vizinhos, o oposto da esposa, ele próprio fora enrolado por Vadinho algumas vezes e, apesar disso, não lhe retirara nem a estima nem o crédito na loja.

Nem mesmo quando descobriu a inacreditável sujeira: Vadinho, certa manhã, comprara fiado em seu estabelecimento vários pares de sapatos, dos mais finos e caros, e imediatamente os revendera, quase sob as vistas horrorizadas dos empregados de Sampaio, e por preço ínfimo, a uma loja rival recém-instalada nas imediações. A dinheiro batido — tratava-se de um Vadinho necessitado de urgente numerário para jogar no bicho.

O comerciante levou certamente em conta, ao pesar as responsabilidades do trapaceiro, determinadas atenuantes capazes de explicar e desculpar o deslize.

Um Vadinho alegre e despreocupado, naquela mesma tarde, contou-lhe ter sonhado durante toda a noite com dona Gisa, transformada em avestruz, a persegui-lo numa campina sem fim, não sabia exatamente se na intenção de vadiar com ele nos pastos verdes — era um avestruz fêmea e em seus olhos brilhava uma luz velhaca — ou se pretendia devorá-lo a bicadas, pois o perseguia com o enorme bico aberto e ameaçador. Acordava agoniado, sacudia o sonho fora, tentava dormir pensando em assunto mais ameno, e lá voltava a renitente professora a correr atrás dele com o olho libertino e o bico agressivo. Estivesse dona Gisa em seu cotidiano invólucro carnal, e Vadinho não fugiria, enfrentaria a parada, emprenharia o diabo da gringa em cima dos matos, com todo seu acento e seus conhecimentos de psicologia. Mas com ela vestida de penas, virada num avestruz descomunal, não lhe restava alternativa, além da vergonhosa retirada. Quatro, cinco vezes repetiu-se o pesadelo, e de manhã, cansado de tanto correr, banhado em suor, viu-se Vadinho com o palpite mais certeiro e sem tostão. Vasculhou a casa, dona Flor estava lisa, ele levara-lhe na véspera até as moedas. Saiu na esperança de morder uns conhecidos, a praça revelou-se fraquíssima, Vadinho andara abusando ultimamente de seu parco crédito. Foi quando, ao passar ante a Casa Stela, a bem sortida loja de Zé Sampaio, ocorreu-lhe a ideia luminosa e divertida de dedicar-se por breve prazo ao honesto negócio de sapataria, única maneira de obter rapidamente uns trocados.

Não houvesse empreendido a operação comercial, desonesta e desastrada na aparência, em verdade sutil e lucrativa, e jamais se perdoaria, pois deu o avestruz — dona Gisa não mentia nem em sonhos — e Vadinho cobrou um dinheiro alto. Agradecido e digno, procurou em seguida Zé Sampaio na loja e, ante os empregados atônitos, pagou-lhe o valor da mercadoria comprada pela manhã, comentou a rir o golpe primoroso e o convidou para um trago comemorativo. Zé Sampaio declinou do convite mas não se zangou com Vadinho, continuou a dar-se com ele e a vender-lhe sapatos com desconto e a prazo. Abatimento de dez por cento no valor da conta, crédito limitado a um par de sapatos em cada compra e só após ter sido liquidada a fatura anterior.

Prova ainda mais impressionante do prestígio de Vadinho foi ter Zé Sampaio comparecido à sentinela. Por breves minutos, é verdade, mas era aquele o primeiro velório do comerciante nos últimos dez anos. Tinha horror a todo e qualquer compromisso social, sobretudo a cerimônias fúnebres, velórios, cemitérios, missas de sétimo dia, o que levava dona Norma a gritar-lhe quando ele se recusava a acompanhá-la a um de seus vários enterros semanais:

— Quando você morrer, Sampaio, não vai ter gente nem para carregar o caixão... Vai ser uma vergonha.

Zé Sampaio punha-lhe um olhar torvo, não respondia, o dedo grande da mão direita metido entre os dentes, num gesto seu, habitual, de resignação ante o perpétuo alvoroço da esposa.

Compareceram os importantes, como Celestino e Zé Sampaio, como o parente Chimbo, o arquiteto Chaves, o dr. Barreiros, proeminente figura da justiça, e o poeta Godofredo Filho. Chegaram incorporados os colegas da repartição, a todos eles Vadinho devia pequenas quantias. A comandá-los, oratório e solene, veio o ilustre diretor dos Parques e Jardins, trajando terno preto. Vieram os vizinhos, os ricos e os pobres, os remediados também. E vieram todos quantos na Bahia naquele então frequentavam os cassinos de jogo, os cabarés, as bancas de bicho, as alegres casas de mulheres: Mirandão, Curvelo, Pé de Jegue, Waldomiro Lins e seu jovem irmão Wilson, Anacreon, Cardoso Peroba, Arigof, Pierre Verger com seu perfil de pássaro e seus mistérios de Ifá. Alguns, como o dr. Giovanni Guimarães, médico e jornalista, pertenciam aos dois grupos, familiares dos grandes e dos pequenos, dos respeitáveis e dos irresponsáveis.

Os importantes recordaram Vadinho entre risos, suas histórias cheias de picardia e de malícia, seus golpes divertidos, suas trampolinagens atrevidas, suas atrapalhações e confusões, e seu bom coração, sua gentileza, sua graça inconsequente. Também os vizinhos assim o relembravam: boêmio sem horário e sem limites. Uns e outros ampliavam a realidade, inventavam detalhes, atribuíam-lhe casos e aventuras, a lenda de Vadinho começava a nascer ali junto de seu corpo, quase na hora mesmo de sua morte. O citado dr. Giovanni Guimarães imaginava pedaços inteiros de histórias, floreava os acontecidos, era chegado a uma mentirazinha bem apoiada em datas e locais precisos:

— Um dia, há quatro anos passados, no mês de março, encontrei Vadinho na casa de Três Duques, jogando no 17. Estava vestido com uma capa de borracha, por baixo não tinha roupa nenhuma, nuzinho. Botara tudo no prego, empenhara calça e paletó, camisa e cueca, para poder jogar. Ramiro, aquele espanhol canguinha do Setenta e Sete, só queria aceitar a calça e o paletó, que diabo iria fazer com uma camisa de colarinho puído, uma velha cueca, uma gravata vagabunda? Mas Vadinho lhe impingiu até o par de meias, guardou apenas os sapatos. E tinha tanto mel na língua que conseguiu que Ramiro, aquela fera que vocês conhecem, lhe emprestasse uma capa de borracha quase nova pois não ia sair nu, rua afora, em direção à casa de Três Duques...

— E ganhou? — queria saber o jovem Arthur, filho de seu Sampaio e de dona Norma, ginasiano e admirador de Vadinho, a ouvir boquiaberto o relato do jornalista.

Dr. Giovanni olhou o moço, fez uma pausa, sorriu com o rosto todo:

— Qual o quê... Pela madrugada perdeu a capa do espanhol no 17 e foi trazido para casa embrulhado nas folhas de um jornal... — o sorriso transformava-se num riso sonoro, contagioso, ninguém igual a dr. Giovanni para animar uma sentinela.

E como naquele momento entrasse na sala o inumerável Robato, o jornalista acrescentou a prova final, as palavras ainda molhadas do riso:

— Está aí quem não me deixa mentir... Você ainda se lembra, Robato, daquela noite em que Vadinho foi nu para casa, enrolado num jornal?

Robato não era homem de vacilar: circundou o olhar em torno, examinando o grupo acomodado num canto da sala de jantar; temeroso de ouvidos femininos e indiscretos, não fossem chegar à desolada viúva tais recordações; mas vacilar não vacilou, não era de recusar desafios, tinha o repente fácil, pegou a deixa no ar:

35

— Nu, enrolado num jornal? Ora, se me recordo... — pigarreou para aclarar a voz barroca e desatar a imaginação. — Pois se a gazeta era minha... Foi no castelo de Eunice Um Dente Só; além de nós dois e de Vadinho, me lembro de Carlinhos Mascarenhas, de Jenner e de Viriato Tanajura... A gente tinha bebido a noite inteira, um pifa sem medida...

Era esse Robato um notívago da força de Vadinho, de outra estirpe, porém. Não o tentava o jogo nem fugia ao trabalho; ao contrário, homem de sete instrumentos, tinha fama de ativo e competente. Fabricava dentaduras, consertava rádios e vitrolas, tirava retratos para carteiras, bulia em tudo quanto era máquina, cheio de hábil curiosidade. Sua roleta era a poesia, bem metrificada e bem rimada (rimas ricas), seu cassino os bares e cabarés onde atravessava as madrugadas na amena companhia de outros tenazes literatos e de raparigas simpatizantes das musas e de seus cultores, a declamar odes, cantos libertários, poemas líricos e lúbricos, sonetos de amor. Tudo de sua autoria. Ele mesmo proclamara-se "rei mundial do soneto", batera todos os recordes conhecidos, autor até aquela data de vinte mil oitocentos e sessenta e cinco sonetos, entre decassílabos e alexandrinos, de arte-menor e de arte-maior, e anacíclicos. Um princípio de calva ameaçava-lhe a cabeleira morena de vate mas não lhe diminuía a simpatia radiosa.

Tomou da palavra e novamente Vadinho atravessava a sala envolto em jornais, não mais iria esquecê-lo o jovem Arthur, dele se recordaria para sempre: embrulhado nas folhas de *A Tarde*, Vadinho, herói de um mundo proibido e fascinante.

Sucediam-se as histórias enquanto dona Norma, dona Gisa, a casadoira Regina, outras moças e senhoras, serviam cafezinho com bolos, cálices de cachaça e de licor de frutas. A vizinhança providenciara para que nada faltasse ao velório.

Os importantes, sentados na sala de jantar, no corredor, na porta da rua, relembravam Vadinho entre anedotas e risos. Os outros, os parceiros de jogo e de malandragem, recordavam-no em silêncio, sérios e comovidos, demoravam na sala de visitas, de pé, ao lado do corpo. Ao entrar, paravam ante dona Flor, apertavam-lhe a mão, encabulados, como se fossem responsáveis pelos malfeitos de Vadinho. Muitos deles não a conheciam sequer, nunca a tinham visto, mas de tanto ouvirem falar nela, sabiam como por vezes Vadinho tomava-lhe até o dinheiro das despesas para jogá-lo no Pálace, no Tabaris, no Abaixadinho, no antro de Zezé Meningite, no de Abílio Moqueca, nas múltiplas roletas ilegais da cidade, inclusive na mal-afamada casa de tavolagem do negro Paranaguá Ventura, onde por princípio só o banqueiro devia ganhar.

Figura torva e amedrontadora essa do negro Paranaguá Ventura com suas incontáveis entradas na polícia, um rol de acusações jamais completamente provadas, sua fama de ladrão, estuprador e assassino. Por crime de morte respondera a júri e fora absolvido mais por falta de coragem dos jurados do que por falta de provas. Diziam-no autor de dois outros assassinatos, sem falar na mulher esfaqueada na ladeira de São Miguel, em pleno meio-dia, pois essa escapara por um triz. O covil de Paranaguá, frequentavam-no apenas capadócios profissionais de baralhos marcados, gatunos, batedores de carteira, vigaristas, gente sem nada mais a perder. Pois bem: até lá chegava Vadinho com seu magro dinheiro e seu riso alegre, e talvez fosse ele um dos poucos eleitos a poder gabar-se de haver ganho alguma vez nos dados viciados de Paranaguá. Segundo constava, de quando em quando, o negro permitia a um parceiro de sua afeição acertar uma bolada.

Vieram também as alunas de dona Flor, quase todas. Alunas e ex-alunas, unânimes no desejo de consolar a estimada e competente professora, tão boazinha, coitada! De três em três meses, sucediam-se as turmas nos cursos de culinária geral (pela manhã) e de culinária baiana (pela tarde), formavam-se em forno e fogão. Com diploma impresso e quadro de formatura exposto em loja da avenida Sete, desde uma turma antiga, à qual pertencera dona Oscarlinda, enfermeira de categoria, funcionária do Hospital Português, esbelta e esporreteada, doida por um enredo. Exigira diploma e quadro, movimentara as colegas, fizera uma agitação dos demônios, recolhera contribuições, arranjara desenhista de raça, pintara o sete, a enxerida. Assim pressionada dona Flor concordou, inclusive com o desenhista, um conhecido de dona Oscarlinda, não sem proclamar no entanto a competência de seu irmão Heitor — que desenhara o cartaz com o nome da escola, ainda na ladeira do Alvo —, infelizmente residindo agora em Nazaré das Farinhas. De qualquer maneira, sentira-se vaidosa ao ler, no diploma e no quadro de formatura, em grossas letras tipográficas:

ESCOLA DE CULINÁRIA SABOR E ARTE

E, logo abaixo, em caracteres floreados:

DIRETORA — FLORÍPEDES PAIVA GUIMARÃES

Vadinho, nos raros dias em que, acordando mais cedo, permanecia em casa, rondava as alunas, envolvendo-se nas aulas de culinária, perturbando-as. Reunidas em torno da professora, álacres e graciosas, elas anotavam as receitas, as quantidades exatas de camarão, de azeite de dendê, de coco ralado, uma pitada de pimenta-do-reino, aprendiam como tratar o peixe, como preparar a carne, como bater os ovos. Vadinho interrompia com uma piada sobre ovos, de duplo sentido, riam-se as descaradas.

Umas descaradas, quase todas elas. Muita amizade e adulação com dona Flor mas de olhos interessados no patife. Lá estava ele com seu ar trêfego e altivo, escornado numa cadeira ou estendido num degrau da porta da cozinha, a la godaça, a medi-las de cima a baixo, demorando-se atrevido nas pernas, nos joelhos, no caminho das coxas, na altura dos seios. Elas baixavam os olhos, o não-sei-que-diga não baixava os dele.

Dona Flor preparava os pratos salgados e os bolos, tortas e doces, nas aulas práticas. Vadinho emitia conceitos, arrotava chalaças, comia os quitutes, circulando em torno delas, puxando conversa com as mais bonitas, arriscando a mão salafrária se alguma mais árdega se aproximava.

Dona Flor ficava nervosa, agoniada, a ponto de errar as

medidas da manteiga derretida no manuê difícil, rogando a Deus fosse Vadinho para a rua, para a malandragem, para a desgraça do jogo, mas deixasse as alunas em paz.

Agora, no velório, cercavam dona Flor e a confortavam, mas uma delas, a pequena Ieda, com sua cara de gata arisca, mal podia conter as lágrimas e não desviava os olhos da face do morto. Dona Flor logo percebeu o exagero do sentimento, sentiu um baque no peito. Teria se passado alguma coisa entre eles? Nunca notara nada de suspeito, mas quem podia garantir não se encontrassem os dois fora da escola, fossem terminar num castelo qualquer? Vadinho, desde o caso com a sirigaita da Noêmia aparentemente deixara de pastorear as alunas. Mas era homem de muita manha, bem podia esperar a desbriada na esquina, botar-lhe conversa, e que mulher resistia à lábia de Vadinho? Dona Flor acompanhava o olhar de Ieda, descobria o beicinho trêmulo da moça. Não lhe restava dúvidas, ah!, Vadinho mais sem jeito...

De todos os desgostos que lhe dera o marido, nenhum comparável ao caso com a donzela Noêmia, putinha de família respeitável, e noiva, um horror! Mas dona Flor não queria recordar aquela tristeza antiga na noite da sentinela, quando, pela derradeira vez, fitava a face de Vadinho. Tudo aquilo passara, estava distante, a fulana casara, fora embora com o noivo, um zinho com fumaças de jornalista, talento precoce pois tão jovem e já tão corno, de nome Alberto. Ao demais, com o casamento a pedante enfeara de vez, virara um bucho sem medida.

Quando, naquela ocasião, tudo terminara bem quase por milagre, Vadinho lhe dissera no calor do leito e da reconciliação: "Mulher permanente pra mim só mesmo tu sou capaz de suportar. O resto é tudo xixica para passar o tempo". Ali no velório, cercada de tanta gente e de tanta afeição, dona Flor não deseja relembrar aquela esquecida história, tampouco vigiar gestos e olhares da pequena Ieda com seu choro malcontido, seu segredo debulhado em lágrimas. Com Vadinho morto nada mais importava, para que esclarecer, tirar a limpo, acusar e lastimar-se? Ele morrera, tinha pago tudo e até com juros pois tão jovem se finara. Dona Flor sentiu-se em paz com o marido, não tinha contas a acertar com ele.

Curvou a cabeça, deixou de controlar os movimentos da moça. Via apenas, ao baixar os olhos, Vadinho tocando-lhe o corpo com a mão, no leito de ferro, dizendo-lhe ao ouvido: "Tudo xixica para passar o tempo, permanente só tu, Flor, minha flor de manjericão, outra nenhuma". Que diabo era xixica? — quis de repente saber dona Flor. Uma pena, nunca lhe havia perguntado, mas coisa boa não seria. Sorriu. Tudo xixica, permanente só ela, Flor, flor de Vadinho em sua mão desfolhada.

5

No outro dia, às dez da manhã, saiu o enterro, com grande acompanhamento. Não havia bloco nem rancho naquela manhã de segunda-feira de Carnaval capaz de comparar-se em importância e animação com o funeral de Vadinho. Nem de longe.

— Espie... pelo menos espie pela janela... — disse dona Norma a Zé Sampaio, desistindo de arrastá-lo ao cemitério — ...espie e veja o que é o enterro de um homem que sabia cultivar suas relações, não era um bicho do mato como você... Era um capadócio, um jogador, um viciado, sem eira nem beira, e, entretanto, veja... Quanta gente e quanta gente boa... E isso num dia de Carnaval... Você, seu Sampaio, quando morrer não vai ter nem quem segure a alça do caixão...

Zé Sampaio não respondeu nem olhou pela janela. Metido num pijama velho, na cama, com os jornais da véspera, apenas gemeu um fraco gemido e meteu o dedo grande na boca. Era um doente imaginário, tinha um medo desatinado da morte, horror de visitas a hospitais, de sentinelas e enterros, e naquele momento encontrava-se à beira do enfarte. Assim vinha desde a véspera, desde que a esposa lhe informara ter o coração de Vadinho estourado de repente. Passara uma noite de cão a esperar a explosão das coronárias, rolando na cama em suores frios, a mão comprimindo o peito esquerdo.

Dona Norma, colocando sobre a cabeça de formosos cabelos castanhos um xale negro, apropriado para a ocasião, completou, impiedosa:

— Eu, se não tiver pelo menos quinhentas pessoas em meu enterro, vou me considerar uma fracassada na vida. De quinhentas para cima...

Partindo desse princípio, Vadinho devia considerar-se plenamente vitorioso e realizado. Pois meia Bahia viera a seu funeral e até o negro Paranaguá Ventura abandonara seu soturno covil e ali estava, o terno branco brilhando de espermacete, gravata negra e negro laço na manga esquerda, rosas vermelhas na mão. Preparava-se para segurar uma alça do caixão e, ao dar os pêsames a dona Flor, resumiu o pensar de todos na mais breve e bela oração fúnebre de Vadinho:

— Era um porreta!

INTERVALO

BREVE NOTÍCIA (APARENTEMENTE
DESNECESSÁRIA) DA POLÊMICA
TRAVADA EM TORNO DA AUTORIA
DE ANÔNIMO POEMA A CIRCULAR,
DE BOTEQUIM EM BOTEQUIM,
NO QUAL O POETA CHORAVA
A MORTE DE VADINHO — REVELANDO-SE
AQUI E POR FIM A VERDADEIRA
IDENTIDADE DO IGNOTO BARDO,
À BASE DE PROVAS CONCRETAS

(O inumerável Robato Filho a declamar)

Não, não se transformaria certamente, com o passar do tempo, em indecifrável mistério das letras, em mais um obscuro enigma da cultura universal, desafiando, séculos depois, universidades e sábios, estudiosos e biógrafos, filósofos e críticos, e convertendo-se em matéria de pesquisas, comunicações, teses a ocupar bolsistas, institutos, catedráticos, historiadores e velhacos variados em busca de existência fácil e regalada. Não seria um novo caso Shakespeare, não passaria de dúvida tão insignificante quanto o pequeno acontecimento a servir-lhe de tema e inspiração: a morte de Vadinho.

Nos meios literários de Salvador, no entanto, elevou-se a interrogação e em torno dela nasceu a polêmica: qual dos poetas da cidade compusera — e fizera circular — a "Elegia à definitiva morte de Waldomiro dos Santos Guimarães, Vadinho para as putas e os amigos"? Cresceu rápida a discussão, não tardou a azedar-se, a ser motivo de inimizades, retaliações, epigramas, e até uns tapas. Circunscritos, porém, debates e rancores, dúvidas e certezas, afirmações e negações, xingamentos e tabefes às mesas dos bares, onde, em torno de geladas bramotas, reuniam-se noite adentro os incompreendidos talentos jovens (a demolirem e a arrasarem toda a literatura e toda a arte anteriores ao feliz aparecimento dessa nova e definitiva geração) e os subliteratos tenazes, empedernidos, resistindo a todas as inovações, com seus trocadilhos, seus epigramas, suas frases retumbantes; empunhando uns e outros — gênios imberbes e beletristas de barba por fazer —, com a mesma violenta disposição de leitura, suas últimas produções em prosa e verso, cada uma delas e todas elas destinadas a revolucionar as letras brasileiras, se Deus quiser.

Nem por se limitar ao âmbito do estado da Bahia (do estado e não somente da capital, pois repercutiu o debate em municípios da região cacaueira. Nos anais da Academia de Letras de Ilhéus encontram-se seguras referências a um sarau dedicado ao estudo do problema); nem por não ter obtido espaço nos suplementos e revistas, desvanecendo-se em discussões orais; nem por tudo isso o curioso e por vezes ácido debate pode deixar de merecer atenção e interesse, quando se narra a história de dona Flor e de seus dois maridos, na qual Vadinho é personagem importante, herói situado em primeiro plano.

Herói? Ou será ele o vilão, o bandido responsável pelos sofrimentos da mocinha, no caso dona Flor, esposa dedicada e fiel? Esse já é outro problema, desligado da questão literária a preocupar poetas e prosadores; talvez até mais difícil e grave, e ficará a vosso cargo dar-lhe resposta, se obstinada paciência vos conduzir até o fim destas modestas páginas.

Da elegia, sim, não havia dúvidas, era Vadinho herói indiscutível, "jamais outro virá tão íntimo das estrelas, dos dados e das putas, mágico jogral", badalavam os versos, numa louvação sem tamanho. E se o poema — a exemplo da polêmica — não obteve espaço nas folhas literárias, não foi por falta de merecimento. Um certo Odorico Tavares, poeta federal pairando acima dos disse que disse dos vates estaduais — ademais todos eles comendo em sua mão, de rédea curta, pois o déspota controlava dois jornais e uma estação de rádio —, ao ler cópia datilografada da elegia, lastimou:

— Pena não se poder publicar..

— Se não fosse anônimo... — considerou outro poeta, Carlos Eduardo.

Esse Carlos Eduardo, moço tirado a bonito, entendido em antiguidades, era sócio do Tavares num negócio, um tanto escuso, de santos antigos. Os subliteratos mais frustrados e os gênios juvenis mais veementes, aqueles sem nenhuma esperança de estampar seus nomes no suplemento dominical de Odorico, acusavam-no e a Carlos Eduardo de receptadores de velhas imagens de santos, afanadas nas igrejas por um grupo de gatunos especializados, sob a chefia de um tipo de reputação duvidosa, um cochichado Mário Cravo, aliás amigo e companheiro de Vadinho. Magro e bigodudo, vivia o astucioso Cravo às voltas com peças de automóveis, chapas de ferro, máquinas avariadas, a entortar e a remendar toda aquela tralha, atribuindo valor artístico ao resultado, sob os aplausos dos dois poetas e de outros entendidos, unânimes em rotularem aquele ferro velho de escultura moderna e em apontarem o biltre como revelação de artista notável e revolucionário. Eis outro problema cuja discussão não cabe nessas páginas, o do valor real de mestre Cravo, não vamos aqui analisar-lhe a obra. Adiantemos apenas, como matéria de informação, o fato de ter a crítica posteriormente consagrado seu trabalho, objeto, inclusive, de estudos de foliculários estrangeiros. Naquele tempo, no entanto, não era ele ainda artista conceituado, apenas começava, e se já possuía certa notoriedade, devia-a sobretudo à sua discutível atuação nas sacristias e altares.

O próprio Vadinho, segundo consta, participara, em ocasião de extrema penúria, de sigilosa peregrinação noturna a vetusta igreja do Recôncavo, romaria organizada pelo herético Mário Cravo. O saque da igreja deu o que falar, pois uma das peças surrupiadas, um são Benedito, era atribuída a frei Agostinho da Piedade, e os frades botaram a boca no mundo. Hoje a imagem valiosa encontra-se num museu do sul, a acreditar-se nos maldizentes subliteratos, por obra e graça dos dois então magros sócios de musa lírica e devoto comércio.

Naquela manhã, antes do almoço, conversavam na redação, falando de santos e de quadros, quando Carlos Eduardo tirou do bolso cópia da elegia e a deu a ler ao poeta Odorico.

Lastimando não poder publicá-la — "não por causa do anonimato, meteríamos um pseudônimo qualquer...", mas por causa dos palavrões — Tavares repetiu: "Uma pena...", e releu em voz alta mais um verso:

Estão de luto os jogadores e as negras da Bahia.

Perguntou ao amigo:

— Descobriste logo o autor, não?
— Tu pensas que seja dele? Pareceu-me, porém...
— Está na cara... Ouve: "Um momento de silêncio em todas as roletas, bandeiras a meio pau nos mastros dos castelos, bundas em desespero, a soluçar".
— É capaz...
— É capaz, não. É, com certeza. — Riu: — Velho sem-vergonha...
Aquela certeza não a possuíam os meios literários. A elegia foi atribuída a diversos poetas, vates conhecidos ou jovens estreantes. Deram-na como de Sosígenes Costa, de Carvalho Filho, de Alves Ribeiro, de Hélio Simões, de Eurico Alves. Muitos indicaram Robato como o mais provável autor. Não a declamava ele, entusiasmado, rolando a voz rica de modulações?

Com ele partiu a madrugada cavalgando a lua.

Não podiam entender como Robato recitaria versos de outro, gesto pouco habitual naqueles meios; esqueciam-se da natureza generosa do sonetista, de sua capacidade de admirar e aplaudir obra alheia.

Pode-se inclusive marcar o início do sucesso da elegia e da polêmica por ela suscitada a partir da alegre noite no castelo de Carla, a "gorda Carla", competente profissional aportada da Itália, cuja cultura extralimitava do métier (no qual, aliás, "excelia" segundo Nestor Duarte, cidadão de renomada inteligência e viajado, um conhecedor), lida em D'Annunzio, doida por umas rimas. "Romântica como uma vaca", assim a classificava o bigodudo Cravo, com quem ela andara metida uns tempos. Carla não podia passar sem uma paixão dramática e navegava de boêmio em boêmio, suspirando e gemendo, dilacerada de ciúmes, com seus tremendos olhos azuis, os seios de prima-dona, as coxas espantosas. Vadinho, igualmente, lhe merecera as boas graças e uns trocados, se bem ela preferisse os poetas, versejando ela própria na "doce língua de Dante com muito estro e inspiração", como adulava Robato.

Todas as quintas-feiras à noite, Carla reunia uma espécie de salão literário em seus amplos aposentos. Compareciam poetas e artistas, boêmios, algumas figuras gradas, como o desembargador Airosa, e as raparigas do castelo prontas a aplaudir os versos e a rir das anedotas. Serviam bebidas e docinhos.

Carla presidia a soirée, reclinada num divã repleto de coxins e almofadas, vestindo túnica grega ou pedrarias, ateniense de figurino ou egípcia de Hollywood, recém-saída de uma ópera. Os poetas declamavam, trocavam frases de espírito, epigramas, cruzavam-se trocadilhos, o desembargador sentenciava um axioma preparado durante a semana, num duro labor. O momento culminante da tertúlia acontecia quando a dona da casa, a grande Carla, alçava-se por entre os travesseiros, toda aquela tonelada de carne branca recoberta de pedraria falsa, e, num fio de voz, extravagante em mulher tão monumental, declamava, em açucarados versos italianos, seu amor pelo último eleito. Enquanto isto, o artista Cravo e outros materialistas grosseiros aproveitavam-se da semiobscuridade reinante na sala — a luz velada para assim, na meia-sombra, melhor ouvir-se e sentir-se a poesia — e, sem respeitar ambiente de tão alta espiritualidade, de tão excelsos sentimentos, bolinavam descarados as raparigas, tratando de obter-lhes favores gratuitos, lesando a caixa do castelo, uns calhordas.

Os saraus terminavam sempre decaindo da poesia para a anedota pornográfica, no fim da noite. Brilhavam então Vadinho, Giovanni, Mirandão, Carlinhos Mascarenhas, e, sobretudo, Lev, arquiteto em começo de carreira, filho de imigrantes, um galalau comprido como uma girafa, dono de inesgotável repertório, bom narrador. Carregava um sobrenome russo impronunciável, as raparigas haviam-no apelidado de Lev Língua de Prata, devido talvez às anedotas. Talvez.

Num desses "elegantes encontros da inteligência e da sensibilidade", declamou Robato, com sua voz trêmula, a elegia à morte de Vadinho, introduzindo-a com algumas palavras comovidas sobre o desaparecido, amigo de todos os frequentadores daquele "delicioso antro do amor e da poesia". Referiu-se de passagem ao fato de ter o autor preferido "as névoas do anonimato ao sol da publicidade e da glória". Ele, Robato, recebera cópia do poema das mãos de um oficial da Polícia Militar, capitão Crisóstomo, também fraterno amigo de Vadinho. Não soubera, no entanto, o militar dar-lhe informação precisa sobre a identidade do poeta.

Muitos atribuíram os versos ao próprio Robato, mas, ante sua recusa sistemática em aceitá-los, andaram apontando como autor quanto poeta versejava na cidade, especialmente aqueles de condição noturna e de boêmia conhecida. Houve, porém, quem jamais acreditasse nas negativas de Robato, levando-as à conta de modéstia, e persistiram em seu nome. Ainda hoje há quem pense serem de sua lavra as estrofes da elegia.

O debate azedou-se a ponto de, em certa ocasião, romper os limites da literatura e da civilidade e descambar num conflito a bofetões, quando o poeta Clóvis Amorim, língua viperina solta numa boca de epigramas, a mamar permanente e fedorento charuto do Mercado Modelo, negou ao bardo Hermes Clímaco qualquer possibilidade de ser autor dos debatidos versos, faltando-lhe para tanto gênio e gramática.

— De Clímaco? Não diga besteira... Aquele, com muito esforço, obra uma quadrinha em sete sílabas. Um poeta endefluxado...

Por cúmulo do azar, o poeta Clímaco surgia na porta do botequim, com seu eterno traje negro, a capa de borracha e o guarda-chuva, também eternos. Levantou o guarda-chuva e arremeteu, em cólera:

— Endefluxado é a puta que o pariu...

Atracaram-se, entre xingos e sopapos, com vantagens evidentes para o Amorim, melhor versejador e atleta mais robusto.

Curioso também e digno de relato o sucedido com um fulano, autor de dois magros cadernos de versos, a quem algumas pessoas menos avisadas conferiram a autoria do poema. Primeiro ele a negou com firmeza, depois, como perseverassem, foi menos pertinaz em suas negativas e, por fim, reagia de maneira tão confusa e tímida que a negativa parecia acanhada afirmação.

"É dele, não há dúvida", diziam, ao vê-lo esfregar as mãos, baixando os olhos, a sorrir num murmúrio:

— Que parecem versos meus, isso parecem. Mas, não são...

Negou sempre, mas, ao mesmo tempo, não admitiu jamais atribuíssem a outrem as discutidas estrofes. Se o faziam, desdobrava-se a provar a impossibilidade de tal hipótese. E se algum obstinado persistisse a argumentar, resmungava definitivo e misterioso:

— Ora, quer dizer a mim?... Tenho razões para saber...

E, quando a ouvia declamar, acompanhava atentamente o recitativo, corrigindo-o se alguma palavra era trocada, ciumento do poema, zeloso como de obra sua. Só mais tarde, com a revelação do nome do verdadeiro autor, veio ele a despir-se da glória indevida. Passou então, e imediatamente, a dizer horrores da elegia, negando-lhe qualquer mérito ou beleza — "Poesia prostibular e estercorária".

Em meio a tanta discussão, a elegia fez sua carreira, lida e decorada, dita nas mesas dos bares pela madrugada, quando a cachaça desatava os sentimentos mais nobres. Os declamadores mudavam-lhe adjetivos e verbos, por vezes baralhavam ou engoliam estrofes. Mas, correta ou deturpada, molhada de cachaça, caída no chão dos cabarés, lá ia ela fazendo o elogio de Vadinho, sua louvação.

Quem quer que a houvesse composto refletia um sentimento geral naquele submundo onde Vadinho se movimentara desde a adolescência e do qual terminou sendo uma espécie de símbolo. A elegia foi o ponto mais alto no desparrame de louvores ao moço jogador. Se lhe fosse dado ouvir tanta palavra de elogio e de saudade, Vadinho não acreditaria. Em vida jamais fora alvo de encômios e loas, muito ao contrário: viviam a lhe martelar os ouvidos com repreensões e conselhos, sermões a propósito de sua má vida e de seus maus sentimentos.

Aliás, a indulgência para com seus malfeitos, para com essa exibição pública de suas pretendidas qualidades, a transformarem-no em herói de poema e em figura quase lendária, durou pouco tempo. Uma semana após sua morte já as coisas começavam a ser repostas em seus lugares, a opinião das classes conservadoras, responsáveis pela moral e pela decência, passou a manifestar-se pela boca das comadres e das vizinhas, tentando sobrepor-se ao anárquico e dissolvente panegírico estabelecido pela subversiva ralé dos castelos e cassinos, na criminosa tentativa de solapar os costumes e o regime.

Criava-se assim novo e apaixonante problema, como se já não bastasse o da lavra dos versos. De referência a este último, provas foram prometidas da verdadeira identidade do autor, por fim agora revelada e para sempre inscrita no livro de ouro das letras pátrias.

Quando, anos depois da morte de Vadinho, o poeta Odorico recebeu seu exemplar das *Elegias impuras* — um dos três únicos oferecidos de graça pelo poeta —, magnífica edição de luxo, tiragem reduzida a cem volumes autografados, ilustrada com xilogravuras de Calasans Neto, voltou-se para Carlos Eduardo, estendendo-lhe o livro precioso.

Estavam os dois amigos sentados na mesma sala de redação na qual, num dia distante, juntos haviam lido e discutido a elegia. Apenas agora eram senhores gordos e respeitáveis — e ricos, muito ricos, proprietários de coleções e de imóveis.

Odorico recordou:

— Eu não te disse naquela ocasião? Era dele. — E concluiu com o mesmo sorriso e com as mesmas palavras de outrora: — Velho sem-vergonha...

Também Carlos Eduardo riu seu riso cordial, de homem realizado e tranquilo, e admirou a edição primorosa. Na capa, em letras cavadas na madeira, o nome do poeta: Godofredo Filho. Devagar, foi passando as páginas, a interrogar-se (com certa inveja): "Que ruas e ladeiras esconsas, que obscuras sendas de crepúsculo, que negras olorosas grutas, haviam juntos descoberto e amado o poeta ilustre e o pobre vagabundo, a ponto de entre eles desabrochar a rara flor da amizade?". Devagar, a refletir nesses enigmas, Carlos Eduardo tocava o papel como se acariciasse suave epiderme de mulher, quem sabe pele negra, noturno veludo? A quarta elegia, das cinco a comporem o volume, é dedicada à morte de Vadinho, "a ficha azul esquecida no tapete".

Resolveu-se assim um problema, como prometido fora. Outro, porém, surge e se impõe, e quem sabe será possível encontrar-lhe solução? À vossa perspicácia fica ele entregue, esse mistério de Vadinho.

Quem era Vadinho? Qual sua verdadeira fisionomia? Quais suas exatas proporções? Era banhada de sol ou coberta de sombra sua face de homem? Quem era ele, o jogral da elegia, o porreta da frase de Paranaguá Ventura, ou o desprezível malandro, o mordedor incorrigível, o mau marido na voz da vizinhança, das amizades de dona Flor? Quem melhor o conhecera e melhor agora o definia: as piedosas frequentadoras da missa das seis na igreja de Santa Teresa ou os irrecuperáveis habitués do Tabaris, "a bola girando na roleta, o baralho e os dados, a última parada"?

II
DO TEMPO INICIAL DA VIUVEZ, TEMPO DO NOJO, DO LUTO FECHADO, COM AS MEMÓRIAS DE AMBIÇÕES E ENGANOS, DE NAMORO E CASAMENTO, DA VIDA MATRIMONIAL DE VADINHO E DONA FLOR, COM FICHAS E DADOS E A DURA ESPERA AGORA SEM ESPERANÇA (E A INCÔMODA PRESENÇA DE DONA ROZILDA)

(com Edgard Cocô ao violino, Caymmi ao violão
e o dr. Walter da Silveira com sua flauta encantada)

* ESCOLA DE CULINÁRIA SABOR E ARTE *

MOQUECA DE SIRI-MOLE
(receita de dona Flor)

Aula teórica
Ingredientes (para oito pessoas): uma xícara de leite de coco, puro, sem água; uma xícara de azeite de dendê, um quilo de siri-mole. Para o molho: três dentes de alho; sal ao gosto; o suco de um limão, coentro, salsa, cebolinha verde; duas cebolas; meia xícara de azeite doce; um pimentão; meio quilo de tomates. Para depois: quatro tomates; uma cebola; um pimentão.

Aula prática
Ralem duas cebolas, amassem o alho no pilão; cebola e alho não empestam, não, senhoras, são frutos da terra, perfumados. Piquem o coentro bem picado, a salsa, alguns tomates, a cebolinha e meio pimentão. Misturem tudo em azeite doce e à parte ponham esse molho de aromas suculento.

(Essas tolas acham a cebola fedorenta, que sabem elas dos odores puros? Vadinho gostava de comer cebola crua e seu beijo ardia.)

Lavem os siris inteiros em água de limão, lavem bastante, mais um pouco ainda, para tirar o sujo sem lhes tirar porém a maresia. E agora a temperá-los: um a um no molho mergulhando, depois na frigideira colocando um a um, os siris com seu tempero. Espalhem o resto do molho por cima dos siris bem devagar que esse prato é muito delicado.

(Ai, era o prato preferido do Vadinho!)

Tomem de quatro tomates escolhidos, um pimentão, uma cebola, tudo por cima e em rodelas coloquem para dar um toque de beleza. No abafado por duas horas deixem a tomar gosto. Levem depois a frigideira ao fogo.

(Ia ele mesmo comprar o siri-mole, possuía freguês antigo, no mercado...)

Quando estiver quase cozido e só então juntem o leite de coco e no finzinho o azeite de dendê, pouco antes de tirar do fogo.

(Ia provar o molho, a todo instante, gosto mais apurado ninguém tinha.)

Aí está esse prato fino, requintado, da melhor cozinha, quem o fizer pode gabar-se com razão de ser cozinheira de mão-cheia. Mas, se não tiver competência, é melhor não se meter, nem todo mundo nasce artista do fogão.

(Era o prato predileto de Vadinho, nunca mais em minha mesa o servirei. Seus dentes mordiam o siri-mole, seus lábios amarelos do dendê. Ai, nunca mais seus lábios, sua língua, nunca mais sua ardida boca de cebola crua!)

1

Ora na missa de sétimo dia, oficiada por d. Clemente Nigra na igreja de Santa Teresa, envolta a nave esplêndida numa luz matinal azulada e transparente, chegada do mar defronte, como se o templo fora um navio prestes a largar — a simpatia e a solidariedade expressas em comentários sussurrados, dirigiam-se, a dona Flor, ajoelhada na primeira fila ante o altar, toda em negro, mantilha de rendas emprestada por dona Norma escondendo-lhe os cabelos e as lágrimas, um terço entre os dedos. Mas os cochichos não a lastimavam por haver perdido o marido e, sim, por tê-lo possuído. Dobrada no genuflexório, nada ouvia dona Flor, como se ninguém mais estivesse no santuário, apenas ela, o padre e a ausência de Vadinho.

Um rumor de beatas, de velhas ratas de sacristia, de rançosas inimigas da graça e do riso, se elevava junto com o incenso, num murmúrio ácido:

— Não valia nem um vintém de reza, o renegado.

— Se ela não fosse uma santa, em vez de missa dava era uma festa. Com dança e tudo...

— Para ela foi uma carta de alforria...

No altar, celebrando pela alma de Vadinho, d. Clemente, macerado de vigílias sobre livros antigos, sentia na atmosfera mágica da manhã apenas despertada certas perturbações, auras maléficas como se um demônio qualquer, Lúcifer ou Exu, mais provavelmente Exu, andasse solto pela nave. Por que não deixavam Vadinho em paz, não lhe permitiam descansar? Bem o conhecera d. Clemente: Vadinho gostava de vir conversar no pátio do convento, sentava-se sobre a muralha, contando histórias nem sempre as mais condizentes com aquelas venerandas paredes, mas ouvidas com atenção pelo frade, curioso e solidário com toda a experiência humana.

Havia no corredor, entre a nave e a sacristia, uma espécie de altar, e nele um anjo talhado em madeira, escultura anônima e popular talvez do século XVII, e era como se o artista houvesse tomado Vadinho de modelo; a mesma fisionomia inocente e desavergonhada, a mesma insolência, idêntica ternura. Estava ele ajoelhado ante a imagem, bem mais recente e barroca, de uma santa Clara, e para ela estendia as mãos. Certa ocasião d. Clemente levara Vadinho a ver o altar e o anjo, queria saber se o boêmio dar-se-ia conta da parecença. Vadinho pôs-se a rir apenas enxergou as imagens.

— Por que ris assim? — perguntou-lhe o frade.

— Que Deus me perdoe, padre... Mas não parece que o anjo está fretando a santa?

— Está o quê? Que termos são esses, Vadinho?

— Desculpe, dom Clemente, mas é que esse anjo tem uma cara manjada de gigolô... Nem parece anjo... Espie o olho dele... olho de frete...

Voltando-se no altar para dar a bênção, as mãos levantadas, o sacerdote viu as beatas a resmungarem: ali estava a perturbação, o maligno, ah!, bocas de lama e maldade, ah!, fedidas e azedas donzelices, mesquinhas e cúpidas solteironas, e a comandá-las dona Rozilda, "Deus que as perdoe, pois infinita é sua bondade!".

— A pobrezinha sofreu na mão dele. Comeu o pão que o diabo amassou...

— Porque quis. Não por falta de conselho meu... Não fosse tão assanhada, tivesse me ouvido... Fiz o que estava em minhas mãos...

Perorava assim dona Rozilda, mãe de dona Flor, nascida para madrasta, tentando com denodo cumprir sua vocação.

— Mas ela estava com o bicho-carpinteiro, estava de pito aceso, Deus me livre, não quis ouvir nada, se revoltou... E encontrou quem apoiasse, casa para se esconder...

Disse e olhou para o lado onde rezava dona Lita, sua irmã, ajoelhada. Completou:

— Mandar dizer missa por aquele traste é jogar dinheiro fora, é só para encher o bandulho do frade...

D. Clemente tomou do turíbulo e lançou incenso contra o fétido hálito do demônio a respirar pela boca das beatas. Desceu do altar, parou ante dona Flor, colocou-lhe a mão afetuosa sobre o ombro, disse para ser ouvido pelo coro sinistro das velhas peçonhentas:

— Mesmo os anjos transviados têm seu assento ao lado de Deus, em sua glória.

— Anjo... T'esconjuro... Era um demônio do inferno... — rosnou dona Rozilda.

D. Clemente, o dorso um pouco curvado, atravessou a nave, a caminho da sacristia. No corredor, deteve-se a contemplar aquela estranha imagem onde o artista desconhecido fixara a um só tempo a graça e o cinismo. Levado por que sentimentos o fizera, que espécie de mensagem desejara transmitir? Possuído pelas paixões humanas, o anjo devorava com olhos devassos a pobre santa. Olhos de frete, como dissera Vadinho em sua linguagem pitoresca, sorriso indecente, face deslavada, sem compostura. Igual a Vadinho, tanta parecença jamais se vira. Não exagerara ele, d. Clemente, não fizera uma afirmação precipitada ao colocar Vadinho ao lado de Deus, em sua glória?

Aproximou-se da janela rasgada na pedra, fitou o pátio do convento. Ali Vadinho costumava sentar-se sobre a muralha, a seus pés o mar cortado de saveiros. Vadinho dizia:

— Padre, se Deus quisesse mostrar mesmo sua capacidade, fazia o 17 dar doze vezes seguidas. Isso é que era um milagre retado. Aí eu chegava e enchia essa igreja toda de flores...

— Deus não se mete em jogo, meu filho...

— Então, padre, ele não sabe o que é bom e o que é ruim. Aquela agonia de ver a bolinha girando, girando na roleta, a gente arriscando a última ficha, o coração disparado...

E num tom de confidência, num segredo só dele e do sacerdote:

— Como Deus não vai saber, padre?

No átrio, dona Rozilda elevava a voz:

— Dinheiro jogado fora... Não há missa que salve o desgraçado. Deus é justo!

Dona Flor, o xale a esconder-lhe a dolorosa face, surgia, ao fundo, apoiava-se em dona Gisa e em dona Norma. Na claridade azul da manhã, a igreja parecia um barco de pedra a navegar.

2

Só na terça-feira de Carnaval, à noite, a notícia da morte de Vadinho alcançara Nazaré das Farinhas onde dona Rozilda habitava em companhia do filho casado e funcionário da estrada de ferro, amargurando a vida da nora, escrava a seu mando ditatorial. Sem perder tempo, transportou-se para a Bahia na quarta-feira de Cinzas, um dia parecido com ela, a acreditar-se em outro genro seu, Antônio Morais: "Aquilo não é uma mulher, é uma quarta-feira de Cinzas, termina com a alegria de qualquer um". O desejo de situar a maior distância possível entre sua casa e sua sogra era, sem dúvida, um dos motivos por que esse Morais residia, há vários anos, num subúrbio do Rio de Janeiro. Hábil mecânico, aceitou o convite de um amigo e fora tentar a vida no sul, onde prosperara. Recusava-se a voltar à Bahia mesmo a passeio enquanto "a megera empestasse o ambiente".

Dona Rozilda, no entanto, não detestava Antônio Morais como não detestava tampouco a nora. Detestava, sim, a Vadinho, e jamais perdoara a Flor aquele casamento, resultado de vil conspiração contra sua autoridade e suas decisões. No casamento de Morais com Rosália, a filha mais velha, se não fizera gosto, tampouco dificultara o namoro, não opusera objeções ao noivado. Não se dava bem com ele ou com a nora, porque a natureza de dona Rozilda era mesmo consagrada a infernar o próximo. Quando não estava contrariando alguém, sentia-se vazia e infeliz.

Com Vadinho era diferente: tinha-lhe aversão desde os tempos do namoro com Flor, quando descobrira a rede de logros e engodos em que a enleara o indesejável pretendente.

Tomara-lhe ódio para sempre, não podia ouvir-lhe sequer o nome. "Houvesse polícia nesta terra e aquele canalha estaria na cadeia", repetia, se lhe falavam no genro, se lhe pediam notícias do valdevinos ou mandavam-lhe lembranças.

Quando visitava dona Flor, de raro em raro, era para infernar-lhe o dia, não tendo outro assunto senão as trampolinagens de Vadinho, sua existência libertina, sua vergonhosa crônica, escândalo cotidiano e permanente.

Ainda da amurada do navio desatava a boca de azedumes aos gritos para dona Norma no cais da Bahiana a esperá-la, a pedido de dona Flor:

— Enfim o excomungado bateu as botas, hein!

O paquete estava atracando, repleto de uma impaciente população de viajantes atravancados de pacotes, de cestas, de sacolas, de embrulhos os mais diversos, contendo frutas, farinha de mandioca, inhame e aipim, carne de sol, chuchu e abóboras. Dona Rozilda desembarcava a vociferar:

— Levou a breca, já devia ter estourado há muito tempo!

Dona Norma sentia-se derrotada, dona Rozilda possuía aquela capacidade de deixá-la sem ação, num desânimo completo. Amanhecera a prestativa vizinha no pequeno cais, transpirando consolação no rosto bondoso, pronta para animar uma sogra em luto e em lágrimas, para em dueto lastimarem a precariedade das coisas desse mundo: hoje se está vivo e saltitante, amanhã num caixão de defuntos. Recolheria as lamúrias de dona Rozilda, servir-lhe-ia o lenitivo da resignação à vontade de Deus, ele sabe o que faz!; juntas debateriam, a mãe e a amiga íntima, a propósito da nova condição de dona Flor, viúva, só no mundo e ainda tão jovem. Para isso viera dona Norma preparada: gestos, palavras, atitudes, e tudo sincero e sentido, não havia jamais em sua maneira de ser e agir a menor parcela de representação. Dona Norma sentia-se um pouco responsável por todo mundo, era a providência do bairro, uma espécie de pronto-socorro das imediações. De toda a vizinhança acudiam à porta de sua casa — a melhor casa da rua, só a dos argentinos da fábrica de cerâmica, a dos Bernabós, podia com ela comparar-se, talvez um pouco mais luxuosa —, vinham por empréstimos, do sal e da pimenta à louça para almoços e jantares e a peças de vestuário para festas:

— Dona Norma, mamãe mandou perguntar se a senhora podia emprestar uma xícara de farinha do reino que é para um bolo que ela está fazendo. Depois manda pagar...

Era Aninha, a filha mais jovem do dr. Ives, vizinho próximo, cuja esposa, dona Êmina, cantava canções árabes acompanhando-se ao piano.

— Mas, menina, sua mãe não foi ao mercado ontem? Eta!, mulher mais esquecida... Uma xícara basta? Diga a ela que, se quiser mais, mande buscar...

Ou bem era o moleque da residência de dona Amélia, com sua voz esganiçada:

— Dona Norma, a patroa mandou pedir a gravata preta de seu Sampaio, a de laço de borboleta, que a de seu Ruas a traça roeu...

Quando não aparecia dona Risoleta, dramática, com seu ar de macerada:

— Norminha, acuda pelo amor de Deus...

— O que é, mulher?

— Um bêbado se plantou na porta de casa, não há jeito de sair, o que é que eu vou fazer?

Lá ia dona Norma, reconhecia sorridente:

— Ora, é Bastião Cachaça, gente minha... Vam'bora, Bastião, saia daí, vá tirar uma soneca na garagem lá de casa...

E assim o dia inteiro, bilhetes pedindo dinheiro emprestado, chamado urgente para acudir um doido, atender um enfermo, e os fregueses das injeções — dona Norma fazia concorrência gratuita aos médicos e às farmácias, sem falar nos veterinários pois todas as gatas das cercanias vinham dar cria nos fundos de sua casa, ali não lhes faltando jamais assistência e alimento. Distribuía amostras de remédios — fornecidas pelo dr. Ives —, cortava vestidos e moldes — era diplomada em corte e costura —, escrevia cartas para o pessoal doméstico, dava conselhos, ouvia lamentações, secundava projetos matrimoniais, chocava namoros, resolvia os mais diferentes problemas, sempre alvoroçada, levando Zé Sampaio a concluir:

— É uma caga voando, não tem paciência nem para sentar no aparelho... — e metia o dedo grande na boca, resignado.

Preparara-se a boa vizinha para acolher uma lastimosa dona Rozilda, em seu peito a abrigar e confortar. E a outra lhe saía com aquele contrassenso absurdo, como se a morte do genro fosse notícia festiva. Lá vinha ela descendo a escada, numa das mãos o clássico embrulho de farinha de Nazaré, bem torrada e olorosa, além de uma cesta onde se movia indócil uma corda de caranguejos adquirida a bordo; na outra a sombrinha e a maleta. Ainda bem, pensou dona Norma, não era a mala grande indicativa de demora, era o pequeno baú de madeira das viagens rápidas, uns poucos dias e até outra. Adiantou-se para ajudá-la e para dar-lhe o cerimonioso abraço de pêsames, por nada no mundo deixaria de cumprir o triste dever das condolências.

— Meus pêsames...

— Pêsames? A mim? Não, minha cara, não desperdice sua civilidade. Por mim, já podia ter esticado há muito tempo, não sinto a falta. Agora posso bater no peito e dizer de novo que na minha família não tem desclassificado nenhum. E que vergonha, hein? Escolheu para morrer no meio do Carnaval, vestido de máscara... de propósito...

Parava ante dona Norma, descansava a maleta, a cesta e o pacote no chão para melhor examinar a outra, medi-la de alto a baixo, e dizer-lhe, num elogio velhaco:

— Pois, sim senhora... Não é para lhe gabar mas vosmicê engordou um bocado... Está bonitona, moderna, gorda de fazer gosto, benza-te Deus e te livre de mau-olhado...

Ajeitava a cesta de onde os caranguejos tentavam fugir, persistia renitente:

— Assim é que eu gosto: mulher que não liga para besteiras de moda... Essas que andam por aí fazendo regime para emagrecer, termina tudo tísica... Vosmicê...

— Não diga isso, dona Rozilda. E eu que pensei que estava

mais magra... Fique sabendo que estou gramando um regime daqueles brabos... Cortei o jantar, tem um mês que não sei o gosto de feijão...

Dona Rozilda voltou a considerá-la com olho crítico:

— Pois não parece...

Ajudada por dona Norma, recuperou os embrulhos; embicavam para o Elevador Lacerda, dona Rozilda a matracar:

— E seu Sampaio? Sempre metido na cama? Nunca vi homem mais sem graça. Parece um cachorro velho...

Dona Norma não gostou da comparação, sorriu num protesto:

— É o gênio dele que é assim mesmo... Esmorecido...

Dona Rozilda não era mulher de desculpar as fraquezas humanas:

— T'esconjuro... Um marido enganjento como o seu deve ser um castigo. O meu... o finado Gil... Bem, não vou dizer que valesse grande coisa, não era nenhum santo... Mas, em comparação com o seu... Ah!, minha filha, eu lhe digo: se fosse eu não tolerava não... Um homem que não sai, não vai a parte nenhuma, emborcado, dentro de casa...

Dona Norma tentava repor a conversa na sua trilha lógica: afinal dona Rozilda perdera um genro, por isso viajara à capital, sobre tão palpitante e dramático assunto deviam discorrer, para tanto estava dona Norma preparada:

— Flor anda muito triste e abatida. Sentiu demais...

— Porque é uma pamonha, uma toleirona. Sempre foi, nem parece minha filha. Saiu ao pai, vosmicê não conheceu o finado Gil. Não é para me elevar, não, mas o homem da casa era eu. Ele não piava nem mugia, quem resolvia tudo era essa sua criada. Flor puxou a ele, saiu molengas, sem vontade; senão, como ia aguentar tanto tempo o tal de marido que arranjou?

Dona Norma considerou para si mesma que, se o finado Gil não fosse ele também um banana, um molengas sem vontade, certamente não teria suportado por muito tempo tal esposa, e lastimou a sorte do pai de dona Flor. E a de dona Flor, agora ameaçada de constantes visitas da mãe, capaz até — quem sabe?

— de vir residir com a filha viúva, corrompendo a atmosfera cordial do Sodré e redondezas.

No tempo de Vadinho, quando dona Rozilda aparecia era às carreiras, em rápidas passagens, o indispensável para falar mal do genro e empreender o caminho de volta antes do maldito surgir com suas graçolas de mau gosto. Porque com Vadinho, dona Rozilda nunca levara vantagem, jamais o dominara, nem sequer conseguia deixá-lo nervoso e irritado. Apenas a enxergava a cochichar, era tomado de riso, demonstrando a maior satisfação, como se a sogra fosse sua visita preferida, o pulha:

— Olhe quem está aí: minha santa sogrinha, minha segunda mãe, esse coração de ouro, essa pomba sem fel. E a linguinha, como vai, bem afiada? Sente aqui, minha santa, junto de seu genrinho querido; vamos vasculhar o lixo da Bahia...

E ria aquela sua risada sonora e alegre de homem ladino e satisfeito com a vida: se tanto título a vencer e tanta dívida espalhada, tanta apertura de dinheiro e tanta urgência de numerário para as apostas não conseguiam entristecê-lo nem exasperá-lo, como poderia dona Rozilda alimentar esperanças? Por isso o odiava, e pelo que ele lhe fizera nos primeiros tempos do namoro.

Numa rabanada raivosa abandonava o campo de batalha, tangida pelo riso de Vadinho, ia vingar-se em dona Flor, acusando-a rua afora, em agitados comícios:

— Nunca mais ponho os pés nessa casa, filha amaldiçoada! Fique com o cachorro de seu marido, deixe que ele insulte sua mãe, esqueça o leite que mamou... Vou embora antes que ele me bata... Não sou igual a você que gosta de apanhar...

Com a risada de Vadinho a persegui-la pelas esquinas, estourando nos becos, gaitada de mofa — dona Rozilda perdia a cabeça. Uma vez a perdeu por completo; esquecida de sua condição de senhora viúva e recatada, deteve-se na rua cheia de gente e, voltando-se para a janela onde o genro se torcia de rir, descascou-lhe, com o braço nu, uma penca, se não todo um cacho de bananas. Acompanhava o gesto grosseiro com pragas e insultos, a voz estrangulada:

— Tome seu sujo, seu indecente, tome e meta...
Escandalizavam-se os passantes, o grave professor Epaminondas, a pulcra dona Gisa:
— Mulher mais sem compostura... — criticava o professor.
— É uma histérica... — definia a professora.
Apesar de bem conhecer dona Rozilda, testemunha que fora daquele e de outros furores, familiar de seu caráter difícil, de seu congênito azedume, ainda assim, na fila do elevador, tornava dona Norma a surpreender-se. Nunca imaginara pudesse perdurar a quizília entre a sogra e o genro mais além da morte, não concedendo dona Rozilda ao finado sequer uma palavra de lamentação, mesmo vazia de sentimento, puramente formal, da boca para fora. Nem isso:
— Até o ar que se respira aqui ficou mais leve depois que o desgraçado esticou a canela...
Dona Norma não pôde conter-se:
— Puxa! A senhora tinha mesmo raiva de Vadinho, hein?
— Oxente! E não era para ter? Um vagabundo sem eira nem beira, pau-d'água, jogador, não valia de nada... E se meteu na minha família, virou a cabeça de minha filha, tirou a desinfeliz de casa pra viver às custas dela...
Jogador, cachaceiro, vagabundo, mau marido, era tudo verdade, considerou, pensativa, dona Norma. Como odiar, no entanto, mais além da morte? Não se deve, no carrego dos defuntos, varrer e enterrar os ressentimentos e as discórdias? Não era essa a opinião de dona Rozilda:
— Me chamava de velha xereta, nunca me respeitou, ria nas minhas bochechas... Me enganou quando me conheceu, me fez de boba, me arrastou na rua da amargura... Por que hei de me esquecer, só porque está morto no cemitério? Só por isso?

3

Ao partir desta para melhor, o relembrado Gil, o tal molengas sem vontade, deixou a família em sérias aperturas, em precária situação. No seu caso não se tratava apenas de uma frase feita — "partiu desta para melhor" —, de um lugar-comum; e, sim, da expressão da verdade. Fosse o que fosse a esperá-lo nos mistérios do além — paraíso de luz, de música e anjos luminosos; tenebroso inferno com caldeirões a ferver; o úmido limbo; as peregrinações pelos círculos siderais; ou o nada, o não ser apenas — qualquer coisa seria melhor se comparada à vida em comum com dona Rozilda.

Magro e silencioso, cada dia mais magro e mais silencioso, seu Gil sustentava sua tribo com modestas representações comerciais, produtos de reduzida aceitação, parco lucro apenas suficiente para as despesas: a gororoba diária, o aluguel do primeiro andar na ladeira do Alvo, as roupas dos meninos, os arrotos de burguesia de dona Rozilda com seus caprichos de grandeza, a ambição de conviver com famílias importantes, de penetrar nos círculos de gente apatacada. Embirrava dona Rozilda com a maioria dos vizinhos, desprotegidos da sorte — balconistas de lojas e armazéns, empregados de escritório, caixeiros e costureiras. Desprezava essa gentalha incapaz de esconder sua pobreza; dava-se ares, carregada de bazófia, atenciosa apenas com alguns habitantes da ladeira, as "famílias de representação" como repetia irada ao finado Gil quando o pegava em flagrante chupitando uma cervejinha na pouco recomendável companhia de Cazuza Funil, bicheiro e facadista, metido a filósofo, um dos mais discutíveis locatários do Alvo. Funil não era nome de família, será necessário esclarecer? Apenas significativo apodo, caracterizando-lhe a goela sempre aberta, a sede insaciável.

Por que Gil não frequentava o dr. Carlos Passos, médico de clientela, o engenheiro Vale, mandachuva na Secretaria de Viação, o telegrafista Peixoto, senhor de idade, às vésperas da aposentadoria, tendo alcançado o cume da carreira postal, o jornalista Nacife, ainda moço mas arrecadando um dinheirinho apreciável com *O Lojista Moderno*, publicação dedicada, a acreditar-se em seu expediente, "à intransigente defesa do comércio baiano", todos eles igualmente vizinhos na ladeira, os "de representação"? O parvo do marido não sabia sequer escolher suas amizades; quando não estava com Funil no Ponto Fino, na Baixa dos Sapateiros, metia-se na casa de Antenor Lima, a jogar gamão ou damas, talvez a única alegria verdadeira de sua vida. Antenor Lima, comerciante estabelecido no Tabuão e um dos mais destacados fregueses de Gil, mereceria classificar-se na lista dos vizinhos representativos, não fosse sua pública e notória mancebia com a negra Juventina, inicialmente sua cozinheira. Instalada agora na janela da casa própria do lojista, com empregada para varrer e arrumar, insolente e respondona, seus bate-bocas com dona Rozilda fizeram época na ladeira do Alvo. Pois bem: no passeio desse rebotalho sentava-se Gil, todo cheio de salamaleques, tratando a ordinária como se ela fosse senhora casada no padre e no juiz.

De nada adiantavam os esforços de dona Rozilda na direção das amizades influentes: a família Costa, descendente de velho político, dona de imensa roça no Matatu — o político virara até nome de rua e o neto Nilson era banqueiro e industrial; os Marinho Falcão, de Feira de Santana, em cujo armazém Gil fizera seu aprendizado quando jovem — fora seu João Marinho quem lhe emprestara dinheiro para iniciar-se na capital; o dr. Luís Henrique Dias Tavares, diretor de repartição, um cabeça de ouro, assinava artigos nos jornais, nome sonoro a rolar em sua boca com um gosto de parentesco: "É meu compadre, batizou o meu Heitor".

Ao citar tais relações de categoria, espinafrando as de Gil, interrogava dramática os interlocutores, a vizinhança, a ladeira, a cidade e o mundo: que mal fizera ela a Deus para merecer o castigo daquele esposo, incapaz de dar-lhe padrão de vida condigno, à altura de sua linhagem e de seu meio? Tudo quanto era representante comercial prosperava, ampliando freguesia e escritório, vendo crescer o montante mensal das vendas, conseguindo novas e valiosas corretagens. Muitos compravam casa própria, quando nada terreno onde mais tarde construir. Alguns davam-se até ao luxo do automóvel, como um conhecido deles, Rosalvo Medeiros, alagoano arribado de Maceió há poucos anos, as mãos uma na frente, outra atrás, ambas agora na direção de um Studebaker. Tão lorde ficara esse Rosalvo a ponto de, certo dia, indo pela rua Chile, não reconhecer dona Rozilda e quase a atropelar, quando ela, pedestre e amável, atirou-se na frente do carro na ânsia de cumprimentar o próspero colega do marido. Não só o sujeito lhe metera um susto medonho com o ruído da buzina desatada como ainda a xingara, gritando-lhe desaforos:

— Quer morrer, piolho-de-cobra?

Em três ou quatro anos, com produtos farmacêuticos, lábia e simpatia, esse grosseirão obtivera automóvel, era sócio do Bahiano de Tênis, íntimo de políticos e ricaços, um fidalgo, meus senhores, cheio de empáfia, o rei na barriga! Dona Rozilda rangia os dentes, e o toleirão do Gil?

Ah!, Gil vegetava a pé ou de bonde, com suas amostras de atilhos, suspensórios, colarinhos e punhos duros, especialista em produtos fora de moda, reduzido a uma pequena freguesia de lojas suburbanas, de antiquados armarinhos. Não saía disso, marcando passo a vida inteira. Ninguém acreditava em sua capacidade, nem ele próprio.

Um dia cansou-se de tanta queixa e reclamação, de tanto se esforçar sem resultado nem alegria. Porto, cunhado de sua mulher, marido de Lita, irmã de Rozilda, dava ele também um murro safado para viver, ensinando desenho e matemática a rapazes num estabelecimento estadual para artesãos, nas lonjuras de Paripe. De trem, todos os dias, de manhã cedinho, levantando-se com o sol, regressando ao fim da tarde. Mas aos domingos, saía pelas ruas da cidade com uma caixa de tintas e pincéis a pintar coloridos casarios e tirava daquela ocupação tanta alegria a ponto de jamais ter sido visto de mau humor ou melancólico. Também casara-se com Lita e não com Rozilda, e Lita, o oposto da irmã, era uma santa mulher, cuja boca jamais se abrira para falar mal de vivente ou criatura.

Gil nem mesmo no jogo de damas ou de gamão obtinha progressos, e Antenor Lima só o aceitava de parceiro quando outro mais forte não aparecia; quanto a seu Zeca Serra, campeão da ladeira, nem assim, nem para matar o tempo — não tinha graça disputar com tabuleiro tão medíocre, descuidado e desatento. E ainda por cima dona Rozilda exigira sua definitiva ruptura com Cazuza Funil, quando o amigo — muito por baixo, recém-saído do xilindró, perseguido e processado como contraventor — mais carecia de solidariedade. E ele, Gil, calhorda completo, cortava esquinas para evitá-lo, submisso às ordens da esposa.

Concluiu de nada adiantar sua sacrificada labuta, aproveitou uns dias de inverno mais úmido para adquirir uma pneumonia barata — "nem sequer uma pneumonia dupla", ironizou dr. Carlos Passos — e emigrou para o astral. Silenciosamente, numa tosse discreta e tímida. Fosse outro e poderia ter escapado, ter vencido a doença, pouco mais do que uma gripe. Gil, porém, estava cansado, tão cansado!, não se dispunha a esperar doença séria e grave. Além do mais, não tinha ilusões: doença de qualidade, importante, moléstia da moda, cara, falada nos jornais, não chegaria para ele, o melhor era mesmo contentar-se com sua mesquinha pneumonia. Assim o fez e, sem se despedir, faltou com o corpo, descansou.

4

De há muito dona Rozilda controlava com mão de ferro o parco dinheiro das comissões, entregando semanalmente ao representante comercial os estritos níqueis para o bonde e para o maço de cigarros Aromáticos — um maço cada dois dias. Pois, ainda assim, o dinheiro economizado mal deu para as despesas do enterro, das roupas de luto, para os dias de nojo. Comissões a receber das últimas vendas, quase não existiam, uma ridicularia, e dona Rozilda viu-se com o filho rapazola e ginasiano e as duas filhas mocinhas — Flor apenas adolescente — e sem fonte de renda.

Nem por ser ela quem era, agre e desabrida, de convivência desagradável e difícil, nem por isso devem-se negar ou esconder suas qualidades positivas, sua decisão e força de vontade, e tudo quanto fez para completar a criação dos filhos e para manter-se pelo menos na posição onde a deixara a morte do marido, sem rolar ladeira do Alvo abaixo para os cantos de rua ou para os sórdidos quartos dos casarões do Pelourinho.

Agarrou-se ao sobrado com toda sua violenta obstinação. Mudar-se dali para moradia mais barata significava o término de todas as suas esperanças de ascensão social. Precisava manter Heitor nos estudos até o fim do curso secundário, empregá-lo depois, e casar as meninas, casá-las bem. Para isso era preciso não descer, não deixar-se arrastar pela pobreza sem máscara, exposta e despudorada, sem pejo nem vergonha. Ela, dona Rozilda, sentia vergonha da pobreza, ah!, muita vergonha, como de um delito a merecer castigo.

Tinha de permanecer no andar da ladeira do Alvo, custasse o que custasse. Assim explicou ao cunhado quando ele viera emprestar-lhe as economias de dona Lita (pagas depois por dona Rozilda, tostão a tostão, diga-se em sua honra). Nem casa de preço razoável no fim do mundo da Plataforma, nem porão habitável na Lapinha, nem quarto e sala sublocados nas Portas do Carmo; manteve-se plantada na ladeira do Alvo, no sobrado de aluguel relativamente elevado, sobretudo para quem, como ela, não dispunha de posses, nem muitas nem poucas.

Dali, das sacadas amplas do primeiro andar, podia olhar o futuro com confiança: nem tudo estava perdido. Modificaria os planos anteriores sem desistir de suas pretensões. Se de imediato cedesse, largando a casa bem-posta, mobiliada, com tapetes e cortinas, indo para um cortiço qualquer, já não lhe seriam permitidas sequer esperanças e ilusões. Veria Heitor atrás de um balcão de secos e molhados, quando muito de uma loja, caixeirinho a vida inteira; veria as meninas com idêntico destino, se não fossem terminar garçonetes de bares ou cafés, no frete dos patrões e dos fregueses, caminho direto para a zona, para o horror das ruas de mulheres-damas. Dali, do sobrado, podia resistir a todas essas ameaças. Abandoná-lo era como render-se sem luta.

Por isso recusou oferta de emprego de balconista para Heitor, arranjado por Antenor Lima. Assim como não admitiu sequer discutir com Rosália, quando a filha lhe apareceu disposta a trabalhar, como uma espécie de recepcionista e secretária, na Foto Elegante, florescente estabelecimento da Baixa dos Sapateiros, onde Andrés Gutiérrez, espanhol moreno e de bigodinho recortado, explorava a arte fotográfica em suas mais diversas modalidades: desde os instantâneos três por quatro, para carteiras de identidade e profissionais ("entrega em vinte e quatro horas"), até as "incomparáveis ampliações coloridas, verdadeiras maravilhas", passando pelos retratos dos mais diversos tamanhos e pelos flagrantes de batizados, matrimônios, primeiras comunhões e outros festivos eventos, dignos da amarelecida eternidade dos álbuns familiares. Onde houvesse uma fotografia a fazer, lá surgia Andrés Gutiérrez com sua máquina e seu ajudante, um chinês sem idade de tão velho, encarquilhado e suspeito. Rumores circulavam — haviam chegado aos ouvidos de dona Rozilda, sempre aguçados para esses falatórios — sobre Andrés, sua Foto Elegante, seu ajudante e a amplitude do negócio. Diziam ser de sua produção certos postais vendidos pelo chinês em envelopes fechados, suprassumo da arte naturalista, "nus artísticos" de garantido sucesso. Para tais fotos, segundo as comadres, posavam mocinhas pobres e fáceis, em troca de uns magros mil-réis. De passagem, usufruía delas certamente Andrés, e, quem sabe?, o chinês; as beatas contavam horrores a propósito do atelier de fotografia. Não é de admirar ter dona Rozilda corrido com a filha, quando ela, entusiasmada e ingênua, lhe revelou a oferta do espanhol:

— Se me falar nisso outra vez, te arranco o couro, te dou uma surra de criar bicho...

A Andrés ameaçou com cadeia, atirando-lhe às fuças todo seu círculo de relações de prestígio: fosse se meter com sua filha e veria o resultado, galego porco de uma figa; com suas imundícies, sua devassidão; ela, dona Rozilda, iria à polícia...

Andrés, também ele de cabelo na venta, espanhol de maus bofes, revidara no mesmo diapasão. Começou dizendo que galego era o chifrudo pai de dona Rozilda: então ele, condoído com a situação da família após a morte de seu Gil, homem educado e bom, merecedor de melhor esposa, vinha oferecer um emprego à moça, a quem mal conhecia, no único intuito de ajudá-la, e a paga que obtinha era essa vaca histérica a gritar nas portas de seu estabelecimento, ameaçando Deus e o mundo, inventando histórias, calúnias miseráveis? Se ela não silenciasse aquela latrina que usava como boca, que fosse se estourar nos infernos e depressa, quem chamaria as autoridades seria ele, cidadão estabelecido, cumpridor das leis, em dia com os impostos, ele, andaluz de boa cepa, e aquela bruxa a xingá-lo de galego... Indiferente à disputa o chinês limpava com um fósforo as unhas compridas como garras, unhas que, segundo as más-línguas...

Verdade ou não aquelas excitantes histórias, dona Rozilda não criara as filhas, não as educara, prendadas e gentis, para o bico de nenhum Andrés Gutiérrez, andaluz, galego ou chinês, pouco se lhe dava... As filhas eram agora sua alavanca para mudar o rumo do destino, sua escada para subir, para elevar-se. Recusou outros empregos, mais bem-intencionados, para Rosália e Flor, não queria as moças expostas ao público e ao perigo. Lugar de donzela é no lar, sua meta o casamento, assim pensava dona Rozilda. Mandar as filhas para balcão de armarinho, bilheteria de cinema, sala de espera de consultório médico ou dentário era entregar-se, confessar a pobreza, exibi-la, chaga mais repulsiva e pestilenta! Poria as meninas a trabalhar, sim, mas em casa, nas prendas domésticas por elas acumuladas, tendo em vista noivo e marido. Se antes prendas e matrimônio eram detalhes importantes nos planos de dona Rozilda, agora transformavam-se na peça fundamental de seus projetos.

Enquanto Gil fora vivo, dona Rozilda planejara formar o filho, fazer dele médico, advogado ou engenheiro, e, apoiada no canudo de doutor, no diploma da faculdade, ascender às elites, brilhar em meio aos poderosos do mundo. O anel de grau a resplandecer no dedo de Heitor seria sua chave para abrir as portas da gente da alta, desse mundo fechado e distante da Vitória, do Canela, da Graça. Ao lado disso, e em consequência, os bons casamentos das meninas, com colegas do filho, doutores de linhagem e de futuro.

A morte de Gil tornava impraticável aquele plano a longo prazo: Heitor ainda estava no ginásio, faltando-lhe dois anos para terminar o secundário — se atrasara, andara sendo reprovado nos exames. Como sustentá-lo durante cinco ou seis anos na faculdade, estudos demorados e caros? Com esforço e sacrifício poderia mantê-lo no colégio — cursava ele o Ginásio da Bahia, estabelecimento estadual e gratuito — até concluir o ginásio. Possuindo curso secundário completo, ser-lhe-ia possível escapar aos míseros empregos no comércio, a vida toda marcando passo, de metro na mão. Talvez conseguisse lugar num banco ou, por que não?, uma sinecura oficial, emprego público, com garantias e direitos, gratificações e aumentos, promoções, abonos e outros adicionais. Para tanto dona Rozilda contava com suas relações influentes.

Não contava mais, no entanto, com o título de doutor — o anel de formatura a rebrilhar, esmeralda, rubi ou safira — para atingir as sonhadas alturas. Uma lástima, não tinha jeito a dar, mais uma vez o bosta do marido arruinara seus projetos com aquela morte idiota.

Já não mais podia ele, porém, arruinar seus reformulados planos, amadurecidos nos dias de nojo. Nesses novos projetos a chave mestra, a abrir as portas do conforto e do bem-estar, era o matrimônio, o de Rosália e o de Flor. Casá-las ("colocá-las", dizia dona Rozilda) o melhor possível, com moços de nome, rebentos de famílias distintas, filhos de coronéis fazendeiros, ou com senhores do comércio — de preferência do atacadista —, estabelecidos, com dinheiro e crédito nos bancos. Se era esta a meta a alcançar, como expor as meninas em empregos vagabundos, como exibi-las pobretonas, cuja graça e juventude malvestidas iriam despertar nos ricos e importantes apenas os baixos instintos, os pecaminosos desejos, merecendo-lhes propostas, certamente, mas outras que não as honestas de noivado e casamento?

Dona Rozilda queria as filhas em casa, recatadas, ajudando--a, com o trabalho e com o comportamento, a manter aquela aparência de conforto, a afivelar aquela máscara de gente se não opulenta pelo menos remediada e de boa educação. Quando as moças saíam para visitas a famílias conhecidas, para matinês dominicais, para alguma festinha em casa amiga, iam nos trinques, bem-vestidas, no ilusório aspecto de herdeiras de fino trato. Dona Rozilda era econômica, contando os vinténs na tentativa de equilibrar as finanças domésticas e seguir adiante, mas não tolerava desmazelo das filhas no vestir, nem mesmo na intimidade do lar. Exigia-as impecáveis, dignas de acolher a qualquer momento o príncipe encantado quando ele de repente surgisse. Para isso dona Rozilda não media esforço.

Certa vez Rosália foi convidada para uma dancinha no aniversário da menina mais velha do dr. João Falcão, um graúdo: palacete, lustres de cristal, talheres de prata, garçons a rigor. Os outros convivas tudo gente fina, podre de rica, da melhor sociedade, uma lordeza, só vendo. Pois bem: Rosália fez sensação, era a mais bem-apresentada, a mais chique, a ponto de a louvar dona Detinha, a bondosa anfitrioa:

— A mais linda de todas... Rosália, um mimo, uma boneca...

Parecia, sim, a mais rica e aristocrática. No entanto, lá estavam as meninas mais afortunadas e mais nobres da nobreza local, sangue azul de bacharéis e médicos, de funcionários e banqueiros, de lojistas e comerciantes. Com sua tez mate de cabo-verde, suave e pálida, era a branca mais autêntica entre todas aquelas finíssimas brancas baianas apuradas em todos os tons do moreno; aqui entre nós, que ninguém nos ouça, mestiças da mais fina e bela mulataria!

Ninguém, ao vê-la assim tão elegante, diria ter sido aquele vestido, o mais louvado da festa, obra dela própria e de dona Rozilda, o vestido e tudo mais, inclusive a transformação de um velho par de sapatos numa obra-prima de cetim. Entre as prendas de Rosália, era a costura a mais destacada, cortava e cosia, bordava e tricotava.

Sim, eram elas, as meninas, com suas prendas, sob a férrea direção de dona Rozilda os autores daquele milagre de sobrevivência: Heitor no colégio, a concluir o ginásio, o aluguel do primeiro andar pago em dia, assim como as prestações do rádio e do novo fogão, e ainda sendo postos de parte uns miúdos para a conclusão dos enxovais, para os vestidos de casamento, os véus, as grinaldas, pois lençóis e fronhas, camisolas e combinações iam-se pouco a pouco acumulando nos baús.

Eram elas, as meninas. Rosália na máquina a pedalar, costurando para fora, cortando vestidos, bordando blusas finas. Flor, a princípio na preparação de bandejas de salgados e doces para festinhas familiares, pequenas comemorações: aniversários, primeiras comunhões. Se era a costura o forte de Rosália, era a cozinha o fraco da menina mais moça: nascera com a ciência do ponto exato, com o dom dos temperos. Desde pequena fazia bolos e quitutes, sempre rondando o fogão, aprendendo os mistérios da arte suprema com a tia Lita, uma exigente. Tio Porto não possuía outro vício, além da pintura dominical, senão os bons pratos. Era um frequentador de carurus e sarapatéis, perdido por uma feijoada ou um cozido de muita verdura. Das bandejas de pastéis e empadas, das encomendas de almoços, partiria Flor para receitas e aulas e, por fim, para a escola de culinária.

Uma na máquina, no corte e na costura, outra na cozinha, no forno e no fogão, dona Rozilda ao leme, iam atravessando. Modestamente, mediocremente, à espera dos cavaleiros andantes a surgirem numa festa ou num passeio, cobertos de dinheiro e títulos. O primeiro arrebatando Rosália, o segundo conduzindo Flor, ambos ao som da marcha nupcial, para o altar e para o mundo alegre dos poderosos. Primeiro Rosália, era a mais velha.

Obstinada, dona Rozilda espreitava o dobrar das esquinas, aguardando esse genro de ouro e prata, cravejado de diamantes. Por vezes um desânimo a invadia, e se não acontecesse o príncipe encantado? Era tempo dele surgir, impossível esperar a vida inteira, as moças atingiam a inquieta idade do homem. Rosália, vinte anos desdobrados em suspiros na janela, fartos do pedal da máquina de costura, reclamava urgente esse duque, esse conde, esse barão — quando se propunha ele a resgatá-la? Tão larga demora, tão cansativa espera — não se visse Rosália de súbito no fundo do barricão, solteirona, empedernida donzela, com aquele fedor a azedo das virgens encruadas, ao qual se referia sorrindo o bom tio Porto a mangar dos pruridos aristocráticos da cunhada.

De quando em quando, Rosália o antevia, ao ansiado pretendente: nas festas de dança, vasqueiras; nos passeios à casa da tia, no Rio Vermelho; em matinês de cinema ou ao volante de uma baratinha, todo de branco num domingo de regatas, acadêmico trocista ou estudioso sobraçando grossos volumes de ciência ou curvado no malabarismo de um tango argentino de todo capricho; romântico ao som de uma serenata pela noite.

Dona Rozilda também esperava, ia crescendo em impaciência: quando, quando surgiria ele, esse anunciado genro, esse milionário, esse lorde, esse fidalgo, esse doutor de borla e de capelo, esse atacadista da Cidade Baixa, esse fazendeiro de cacau ou de tabaco, esse dono de loja ou mesmo de armarinho, em último caso esse suado gringo de armazém de secos e molhados, quando?

5

Tanto tempo esperaram, semanas, meses e anos, tão bem-postas e arranjadas, e nenhum fidalgo apareceu; nem rapaz aristocrata da Barra ou da Graça, nem filho de coronel do cacau, nenhum senhor do alto comércio, sequer galego enriquecido no duro labor dos armazéns e padarias. Quem chegou foi Antônio Morais com sua oficina de mecânico, sua competência autodidata, seu honrado macacão negro de graxa. Chegou na hora certa e por isso foi bem recebido. Já Rosália chorava lágrimas de vitalina condenada à solidão e à beatice, dona Rozilda não teve forças para reagir. Não era o genro antevisto nas longas vigílias de trabalho no pedal da máquina ou no calor do fogão. Não mais podia prender, porém, em considerações e argumentos ou na ira ameaçadora, o fustigado ímpeto de Rosália, cujos vinte (e tantos) anos sadios ansiavam por marido.

Ao demais, se Antônio Morais não era rico nem importante, pelo menos não era empregado de patrão nenhum, tinha sua pequena oficina afreguesada, ganhava com que sustentar mulher e filhos. Dona Rozilda curvou-se ante o destino, meio a pulso mas curvou-se, que jeito?

Naquele tempo já Heitor conseguira colocação na Estrada de Ferro de Nazaré, por intermédio de seu padrinho, dr. Luís Henrique, e fora viver na cidade do Recôncavo, vindo à capital raramente. Tinha futuro no emprego, dona Rozilda não precisava preocupar-se com ele. Também Flor começara a dar cursos de cozinha a moças e senhoras, ganhando dinheiro e fama de professora competente. Agora ela carregava com a maior parte das despesas da casa, mesmo porque Rosália, amedrontada com o correr do tempo, despendia seus ganhos em enfeitar-se, em vestidos e sapatos, perfumes e rendas.

Antônio Morais reparara em Rosália na matinê do Cinema Olímpia, num dia de palco, quando, além dos dois filmes e do seriado, seu Mota, o empresário, exibia artistas de passagem na Bahia, restos de mambembes desfeitos em excursões pelo interior, famintas estrelas de embaçada luz. Enquanto "Mirabel, o sonho sensual de Varsóvia", polaca venerável, cansada de guerra, das ribaltas e dos leitos dos castelos, rebolava uma antiga bunda emurchecida para delírio da criançada ali a educar-se, Antônio Morais divisou em cadeiras próximas dona Rozilda e as duas filhas: Rosália na excitada espera, Flor desabrochando nos peitos e nas ancas.

Não mais teve olhos o mecânico para o consumido bamboleio do "sonho de Varsóvia". O petulante olhar de Rosália cruzou com sua mirada súplice. Na saída, o moço acompanhou, a prudente distância, mãe e filhas, localizando a moradia burguesa da ladeira do Alvo. Rosália apareceu por um instante na sacada, deixou um sorriso a esvoaçar.

No outro dia, após a janta, Antônio Morais penava ladeira acima ladeira abaixo, estagiando na calçada fronteira ao sobrado. Da janela, Rosália espreitava, animadora. O mecânico subia e descia, os olhos postos na sacada alta, assoviando modinhas. Daí a pouco, Rosália, escoltada por Flor, surgiu ao pé da escada. Num passo de urubu-malandro, Morais encostou.

Dona Rozilda, sempre alerta, ainda na matinê reparara no namoro. E, ao ver Rosália esfogueada e indócil, saiu a tomar informações sobre o sujeito; Antenor Lima o conhecia, forneceu notícias concretas e favoráveis: mecânico de mão-cheia, oficina própria, nos Galés, um monstro no trabalho. Menino de nove anos, Antônio Morais perdera pai e mãe num desastre de marinete, ficara solto nas ruas e em vez de juntar-se aos capitães da areia e sair para a aventura da vagabundagem e da má vida, metera-se na oficina de Pé de Pilão, um negro maior que a catedral, mecânico e boa-praça. Na oficina, o molecote fazia de um tudo, pau para toda obra, esperto como ele só. Sem ordenado fixo mas com o direito de ali dormir, sem falar nas gorjetas, algumas gordas. Sozinho aprendera a ler e a escrever, com Pé de Pilão aprendera o ofício, e ainda jovem começara a trabalhar por sua conta e risco, cobrando uns biscates. Tinha as mãos maneiras e a cabeça viva: os motores de automóvel não guardavam segredos para sua curiosidade. Não era nenhum doutor, certamente, nem rapaz de posses. Mas poucos mecânicos podiam competir com ele. Ganhava seu dinheiro seguro, daria um marido de primeira, que diabo a mais pretendia Rosália, se não era nenhuma princesa nem possuía roça de cacau? — perguntava o malcriado Lima à enganjenta e resmungona vizinha.

Outros conhecidos confirmaram essa extensa crônica do comerciante, e dona Rozilda, após aconselhar-se com seu compadre, dr. Luís Henrique, um ruibarbosa de sabedoria — conselhos inestimáveis — e de muito pesar os prós e os contras, decidiu a favor do mecânico.

Não era, repetia, o genro dos seus sonhos, o príncipe de sangue nobre e arcas de ouro. Sangue nobre só o herdara Morais de um ancestral distante, Obitikô, príncipe de tribo africana aportado escravo na Bahia, sangue azul a misturar-se com o sangue plebeu de degradados lusitanos e de holandeses mercenários. Resultou da mistura um pardavasco claro de sorriso fácil, simpático moreno. Quanto a arcas de ouro, o pé-de-meia com as economias do mecânico não lhe permitia sequer montar casa imediatamente. Mas Rosália trancara-se em sua babada paixão, não aceitava discutir sobre as obscuras origens, o honrado ofício e as magras poupanças do rapaz, e, ante essa Rosália espinhosa, de resposta insolente e fácil calundu, dona Rozilda baixou a cabeça. E, assim, na quinta ou sexta aparição noturna de Morais — todo engomado em branco, o chapéu quebrado sobre o olho, os sapatos de duas cores, irresistível! —, ela o interpelou.

Estavam os dois amorosos num enleio, olhos nos olhos, as mãos dadas, falando bobagens, quando, das sombras da escadaria, dona Rozilda irrompeu inesperada e inquisidora, dura voz terrorista:

— Rosália, minha filha, quer me apresentar ao cavalheiro?

Feitas as apresentações, Rosália engrolando as palavras, Morais todo sem jeito, dona Rozilda foi logo arremetendo, sem nenhuma cerimônia nem consideração:

— Filha minha não namora em pé de escada nem em canto de rua, não sai sozinha para passear com namorado, não crio filha para divertimento de gaiato nenhum...

— Mas, eu...

— Quem quiser conversar com filha minha tem de declarar antes suas intenções.

Antônio Morais afirmou a pureza matrimonial de suas mais recônditas intenções, não era moleque para abusar das filhas dos outros. Respondeu com presteza e modéstia ao minucioso interrogatório, dona Rozilda comprovando informes, sobretudo os referentes aos ingressos da oficina.

Foi o mecânico aprovado e admitida oficialmente sua presença noturna à porta do sobrado, junto à qual, a partir daquela conferência, Rosália o esperava sentada numa cadeira. Da janela, dona Rozilda, no controle da moral familiar; filha sua não era para o desfrute de nenhum vadio. Assim, quando Morais

adiantava a mão terna para a terna mão da moça, ouvia-se o repreensivo pigarro de dona Rozilda caindo lá de cima:
— Rosália!

Com isso apressou o noivado, Morais ansioso de maior liberdade, de intimidade menos vigiada. Noivo, passou a frequentar a casa, a sair com Rosália aos domingos para a matinê, levando Flor de contrapeso, com ordens terminantes de vigiar e controlar os enamorados, de impedir beijos e ternuras; dona Rozilda exigia o máximo respeito. Mas Flor não nascera para tira de polícia; compreensiva e solidária, voltava as costas para a irmã e o futuro cunhado, absorvia-se no filme, a mastigar confeitos, deixando em paz o casal e sua urgência, suas bocas e mãos atarefadas.

Durante namoro e noivado, dona Rozilda mostrou-se tão amável quanto lhe era possível, escondeu as saliências mais ásperas de sua natureza. Necessitava casar as filhas, Rosália chegara ao limite da idade; sobravam moças em busca de marido, minguavam rapazes dispostos ao matrimônio. Árdua batalha, essa de casar filhas, dona Rozilda bem o sabia. Suas conhecidas, quase todas consideravam o mecânico um bom partido. Uma delas, inclusive, uma dona Elvira, mãe de três encardidas e remelentas donzelas, destinadas ao definitivo celibato, pusera as três bruacas a cercarem o pretendente, desfeitas em sorrisos e olhares prometedores, só faltavam arrastá-lo para a cama, lambisgoias desenxavidas e audaciosas. Ao demais, era Morais trabalhador e morigerado, não seria difícil à sogra comandá-lo, dirigi-lo à sua vontade, após o casamento. Nisso se enganou, o genro iria surpreendê-la.

Assim, a completa verdade sobre Rozilda, o artesão só a veio conhecer depois de casado. Haviam decidido habitar todos no primeiro andar da ladeira do Alvo, solução econômica e sentimental, pois gastariam menos e continuariam juntos, e outra coisa não demonstravam querer Morais e dona Rozilda senão continuarem para sempre juntos. Rosália resistira a esses planos temerários, "quem casa quer casa", recordava ela, mas como fazer frente a essa lua de mel da mãe e do noivo?

Não durou seis meses a lua de mel, desfez-se a combinação, pois, como informou o genro aos conhecidos: "Só Cristo aguentaria morar com dona Rozilda e ainda assim não era certeza, precisava experimentar para ver se o Nazareno tinha bastante competência. Pois talvez nem ele suportasse".

Mudaram-se para o fim do mundo do Cabula, quase zona rural. Morais preferia enfrentar aquele bonde comprido e lento, viagem de nunca acabar, descarrilhando a toda hora, atrasado para sempre; preferia sair pela madrugada para chegar a tempo na oficina situada nas imediações da ladeira dos Galés; meter-se naqueles matos esconsos onde sibilavam venenosas cobras cascáveis e onde os exus dos muitos candomblés da redondeza andavam soltos pelos caminhos fazendo misérias, a tolerar o convívio cotidiano da sogra. Antes as cascavéis e os exus.

No primeiro andar da ladeira do Alvo ficaram apenas Flor adolescente, apurando em moça bonita — delicado rosto, seios altos e altaneiras ancas —, e dona Rozilda, uma dona Rozilda cada vez mais agre, limitada agora às graças e às prendas daquela filha, seus derradeiros trunfos na batalha pela ascensão social, batalha tantas vezes perdida.

Não perdera, no entanto, sua resistência, não se abalara sua firme vontade de subir, de galgar os degraus a conduzi-la ao mundo dos ricos. Nas suas noites fatigadas de insônia (dormia pouco, ficava a ruminar projetos) decidira não entregar a caçula a nenhum outro Morais. Destinava Flor a melhor partido, a rapaz de qualidade, a branco fino, a doutor formado ou a comerciante forte. Defenderia com unhas e dentes aquela última trincheira, não se repetiria o acontecido com Rosália. Não só Flor era muito mais dócil e cordata como não receava ficar solteirona, não tinha conversa de casamento, não se levantava contra a mãe quando esta lhe proibia engraçar-se com empregadinhos de escritório, caixeiros de armarinho, galegos de balcão de padaria. Obedecia sem resmungos, não se revoltava aos berros, não se trancava no quarto ameaçando suicídio, num calundu daqueles, como o fazia Rosália quando dona Rozilda, zelosa de seu futuro, lhe interditava qualquer reles namorico. Resultado:

casara com aquele mequetrefe do Morais, um zé-ninguém, nem sequer caixeiro, um simples artesão, um operário, que horror! Socialmente ainda menos importante do que elas. Podia ser um colosso no trabalho, podia ganhar dinheiro, ser bom marido, alegre camarada: a verdade, porém, é que a filha, em vez de subir, descera na escala social; assim, pelo menos, amargava dona Rozilda, destinada a outras alturas. Com Flor era diferente, não iria repetir-se o equívoco.

Enquanto dona Rozilda forjava planos, Flor fazia-se conhecida professora de culinária, especialmente de cozinha baiana. Nascera com o dom dos temperos, desde menina às voltas com receitas e molhos, aprendendo quitutes, gastando sal e açúcar. De há muito recebia encomendas de pratos baianos, constantemente chamada a ajudar em vatapás e efós, em moquecas e xinxins, inclusive em famosos carurus de Cosme e Damião como o da casa de sua tia Lita e o de dona Dorothy Alves, onde se reuniam dezenas de convidados e ainda sobrava comida para outros tantos. Carurus anuais, promessas feitas aos santos mabaças, aos ibejis. Com o tempo seu renome foi-se espalhando, vinham lhe pedir receitas, levavam-na à casa de gente rica para ensinar o ponto e o tempero desse e daquele prato mais difícil. Dona Detinha Falcão, dona Lígia Oliva, dona Laurita Tavares, dona Ivany Silveira, outras senhoras "de representação", de cuja amizade tanto se gabava dona Rozilda, recomendavam-na a amigas, Flor não tinha mãos a medir. Foi uma dessas senhoras esnobes e endinheiradas quem lhe deu a ideia da escola, pois, tendo-lhe pedido receitas teóricas e demonstrações práticas, fez questão, ao pagar-lhe o trabalho, de esclarecer que estava remunerando a ótima professora e boa amiga, e não gratificando uma cozinheira. Sutilezas gentis de dona Luísa Silveira, sergipana fidalga toda cheia de astúcias e não me toques.

A sério, com escola montada, Flor só começou a lecionar depois da partida de Rosália e Morais para o Rio de Janeiro. O mecânico concluiu não ser suficiente a distância entre os altos do Cabula e a ladeira do Alvo, quis colocar entre sua casa e a sogra o próprio mar oceano, tomara sagrada aversão a dona Rozilda, "a megera", como dizia: "Aquilo é peste, fome e guerra!".

Logo prosperou a escola, até senhoras do Canela e do Garcia, mesmo da Barra, vieram desvendar os mistérios do azeite doce e do azeite de dendê; uma das primeiras foi dona Magá Paternostro, ricaça cheia de relações, entusiástica propagandista dos dotes de Flor.

O tempo foi passando, corriam os anos, Flor não tinha pressa em arranjar noivo, agora era dona Rozilda quem começava a preocupar-se, afinal a filha caçula já não era menina. Flor encolhia os ombros, interessada apenas na escola. O irmão, numa de suas vindas de Nazaré, desenhara um cartaz com tinta de cor — elogiavam muito seu jeito para o desenho —, pendurara sob a sacada:

ESCOLA DE CULINÁRIA SABOR E ARTE

Heitor lera nos jornais extenso noticiário sobre uma escola Saber e Arte, experiência de um fulano vindo dos Estados Unidos, um tal de Anísio Teixeira. Com a mudança de uma letra no título em moda, adaptou-o aos interesses da irmã. Ao lado das letras caprichadas, colher, garfo e faca, cruzados em gracioso tripé, completavam a obra do artista. (Se fosse hoje já podia Heitor ir pensando numa exposição individual e na venda de uns quadros a bom preço, mas era naqueles tempos, e o funcionário da ferrovia contentou-se com os elogios da irmã, da mãe e de certa aluna de Flor, uma de olhos molhados, que atendia por Celeste.)

As aulas de culinária davam o necessário para o sustento da casa, as parcas despesas de mãe e filha, e também para guardar algum dinheiro, tendo em vista os gastos de um futuro matrimônio. Mas, sobretudo, enchiam o tempo de Flor, libertavam-na um pouco de dona Rozilda a repetir-lhe quanto sacrifício lhe custara criar e educar os filhos, criar e educar aquela filha caçula, e de como lhe era necessário encontrar marido rico que as arrancasse dali, da ladeira do Alvo e do fogão, para as delícias da Barra, da Graça, da Vitória.

Flor, porém, não parecia preocupada com namoro ou noivado. Nas festinhas, dançava com uns e com outros, ouvia os galanteios, sorria agradecida, não ia além disso. Não correspondeu nem mesmo aos apaixonados apelos de um doutorando em medicina, um paraense alegre, festeiro e almofadinha. Não lhe deu corda, apesar da excitação de dona Rozilda: finalmente um estudante, e quase doutor, aspirava à mão de sua filha.

— Não gosto dele... — declarou Flor, peremptória. — Feio como o cão...

Não houve conselho nem bronca de uma dona Rozilda em fúria que a fizesse mudar de opinião. A mãe entrou em pânico: iria repetir-se o caso de Rosália, revelando-se Flor igual à irmã, obstinada, disposta a resolver por conta própria sobre noivo e casamento? Quando pensava ter na filha mais moça a repetição da natureza do finado Gil, curvada à sua vontade, lá saía ela a antipatizar com o doutorzinho às vésperas do diploma, filho de pai latifundiário no Pará, dono de navios e ilhas, de seringais, matas de castanheiros, tribos de índios selvagens e rios imensos. Recamado de ouro. Dona Rozilda partira a informar-se e, na volta, após ouvir alguns conhecidos, já se fazia na Amazônia a reinar sobre léguas de terra, a mandar e desmandar em caboclos e índios. Finalmente aparecera o príncipe encantado, não fora inútil sua espera, nem seu sacrifício mal-empregado. Num navio do rio Amazonas aportaria ela nas soberbas casas da Barra, nos trancados palacetes da Graça, os donos a cortejá-la em salamaleques e adulações.

Flor sorria com seu delicado rosto redondo, cor de mate, sorria com as formosas covinhas das faces, com os olhos surpresos, repetia com sua voz cansada, voz de dengo e de madorna:

— Não gosto dele... É feio como a necessidade...

"Que diabo ela pensava?", dona Rozilda subia a serra. Flor estava agindo como se casamento fosse questão de gostar ou não gostar, como se houvesse homem feio e bonito, como se pretendente igual a Pedro Borges andasse sobrando pela ladeira do Alvo.

— O amor vem com a convivência, minha condessa de titica, com os interesses em comum, com os filhos. Basta que não haja antipatia. Você tem raiva dele?

— Eu? Não, Deus me livre. Ele é até bonzinho. Mas só caso com o homem que eu ame... Esse Pedro é um bicho de feio...
— Flor devorava romances da Biblioteca das Moças, apetecia-lhe rapaz pobre e bonito, atrevido e loiro.

Espumava dona Rozilda de raiva e excitação; a voz esganiçada cruzando a rua, transmitindo os ecos da disputa a todos os vizinhos:

— Feio! Onde já se viu homem feio ou bonito? A beleza do homem, desgraçada, não está na cara, está é no caráter, na sua posição social, em suas posses. Onde já se viu homem rico ser feio?

Quanto a ela, não trocava o feioso Borges (e até não era tão horrível assim, um tipo alto e forte, a cara um pouco espinhosa, é verdade) por toda essa caterva de moleques atrevidos e insolentes do Rio Vermelho, sem tostão no bolso, sem onde cair mortos, uns vagabundos. O dr. Borges — antecipava-lhe o título — era moço de bem via-se logo em seus modos, de família distinta do Pará, distinta e podre de rica. Ela, dona Rozilda, tinha sabido: a residência deles em Belém era um palácio, só de criados mais de uma dúzia. Uma dúzia, ouviu, filha ruim, caprichosa e tola, fátua e absurda. Todos os pisos de mármore, de mármore as escadarias. Estendia as mãos, teatral:

— Onde já se viu homem rico ser feio?

Flor sorria, as covinhas do rosto eram uma lindeza, não tinha pressa em casar. Tapava a boca da mãe:

— A senhora fala como se eu fosse mulher-dama para medir os homens pelo dinheiro... Não gosto dele, se acabou...

A luta entre dona Rozilda, irritada e irritante, num nervosismo de doente, e Flor, serena como se nada estivesse acontecendo, peleja da qual Pedro Borges era objetivo e prêmio, atingiu o ápice quando das festas de formatura no fim daquele ano. O doutorando as convidara para o ato solene e para o baile.

Para o ato solene, no salão nobre da faculdade, dona Rozilda vestiu-se de sogra, toda armada em tafetá, majestosa como um peru de roda, a rir até pelos babados das mangas, um pente de dançarina espanhola espetado no coque. No baile de formatura, Flor resplandecia em rendas e filés, não teve descanso. Não falhou uma só contradança, tantos os cavalheiros a solicitarem-na. Mas, nem assim concedeu esperanças ao recém-formado.

Nem mesmo quando ele, em vésperas de partir para a Amazônia longínqua, veio visitá-las, trazendo o pai para melhor impressionar. Chamava-se Ricardo o graúdo paraense, um gigante, vozeirão de trovoada, os dedos pejados de joias — dona Rozilda quase desmaia ao fitar tanta pedra preciosa. Havia um carbonado sem tamanho, valia pelo menos cinquenta contos de réis, ai, meu Deus!

O velho falou de suas terras, dos índios mansos e da borracha, das histórias do rio Amazonas. Falou também de sua alegria ao ver o filho doutor, de canudo de médico. Só lhe faltava agora vê-lo casado, com moça direita, modesta e sincera, não fazia questão de dinheiro, dinheiro ele juntara bastante — movia os dedos, os brilhantes faiscavam, iluminando a sala. Queria nora que lhe desse netos e netas para encherem de bulha e calor aquela austera casa de mármore, em Belém, onde o velho Ricardo, viúvo, vivera solitário os anos de faculdade de Pedro. Falava e olhava para Flor como à espera de uma palavra, de um gesto, de um sorriso: se aquilo não era introdução para um pedido de casamento, então dona Rozilda era uma ignorante de tais coisas. Tremia ela de emoção e ânsia, chegara a hora abençoada, jamais estivera tão perto de seus objetivos, fitava a bobela da filha esperando seu acordo tímido porém firme. Mas Flor apenas disse com sua voz de madorna:

— Não vai faltar moça bonita e direita para casar com Pedro, ele bem merece. Eu só queria que fosse aqui, na Bahia, que era para eu preparar o banquete do casamento.

Pedro Borges recolheu sem ressentimentos a aliança de

ouro já adquirida, o velho Ricardo pigarreou, mudou de assunto. Dona Rozilda sentiu-se mal, ofegante, o coração descarrilhando. Saiu da sala num repente indignado, temia ter uma coisa, desejou ver a filha morta e enterrada, a ingrata, a bestalhona, a idiota, inimiga da própria mãe, amaldiçoada! Como se atrevia ela a recusar a mão do doutor — agora realmente doutor —, do moço rico, do herdeiro das ilhas, dos rios e dos índios, dos mármores todos, dos faiscantes anéis, ai, como se atrevia a infeliz bastarda?

Ah!, que muro de ódio e inimizade, de imperdoável incompreensão, intransponível de rancor, não se ergueria entre mãe e filha, juntas para sempre e para sempre separadas, se naquele começo de ano, logo após a partida do desprezado Borges, não houvesse surgido Vadinho! Ah!, diante dos títulos, da posição e da fortuna de Vadinho — pelo próprio Vadinho e por alguns de seus amigos fora dona Rozilda amplamente informada — não passava o paraense de um pobretão, com todo o mármore de seu palácio e seus doze criados; de um indigente, com toda sua terra e toda sua água.

6

Numa breve e polida curvatura, Mirandão, o rosto resplandecente de simpatia, pediu licença, sentou-se ao lado de dona Rozilda. As cadeiras de palhinha circundavam a sala, encostadas à parede. O estudante crônico ("perseverante", corrigia ele, se lhe recordavam seus sete anos de escola de agronomia) estendeu as pernas, ajustou cuidadoso o vinco das calças, analisando os pares no tango argentino caprichado, figurações difíceis, passos quase acrobáticos, sorriu aprovativo: nenhum dançarino podia comparar-se a Vadinho, nenhum com sua classe, benza-te Deus e te livre do mau-olhado, t'esconjuro! Mirandão era supersticioso. Mulato claro e pachola, de seus vinte e oito anos de idade, a mais popular figura dos castelos e das casas de jogo da Bahia.

Sentindo o olhar de dona Rozilda a acompanhar o seu, para ela voltou-se, abrindo ainda mais o cativante sorriso, a examiná-

-la com olho crítico e apreciador. "Bucho definitivo, sem serventia", concluiu com pesar. Não devido à idade. Há muito Mirandão inscrevera em seu código de procedimento com as mulheres um parágrafo afirmando jamais a nenhuma dever-se desprezar por madura ou velha, caso contrário podia-se cair em erros fatais. Mulheres já além dos cinquenta ainda por vezes mantinham rara e admirável forma e juventude, capazes de surpreendentes performances, de recordes imprevisíveis. Ele o sabia por viva experiência, e ainda agora, ao fitar as ruínas de dona Rozilda, recordava-se do esplendor crepuscular de Célia Maria Pia dos Wanderleys e Prata, todos esses nomes para designar uma tampinha desse tamanho, senhora da alta sociedade, mulherzinha espevitada, levada da breca. Com mais de sessenta anos confessados, e a pôr florestas de chifres no marido e nos amantes, insaciável. Com netas balzaquianas e bisnetas casadoiras, e ela a fazer caridade — e que caridade!, era árdega e magnânima fêmea — a jovens estudantes necessitados. Mirandão semicerrou os olhos: para não ver a vizinha, carcaça sem recurso nem escapatória, e também para melhor recordar o uterino e inesquecível furor de Célia Maria Pia dos Wanderleys e Prata e as notas de cinquenta e cem mil-réis que ela, grata, rica e esperdiçada, lhe enfiava às escondidas no bolso do paletó. Ah!, bons tempos aqueles, Mirandão a iniciar-se nos estudos e nos mistérios da vida, calouro de agronomia, cascabulho da noite, e Maria Pia dos Wanderleys gastava legítimo perfume francês nas rugas do pescoço e nos baixios.

Reabriu os olhos para a sala, a sentir nas narinas a fragrância da inolvidável tataravó; a seu lado, o xaveco com cara de bruxa — argaço vil, pelancas nas bochechas, coque nos cabelos — continuava a fitá-lo com seus olhos miúdos. Era um espantalho, devia feder sob as anáguas, um aftim de carne passada; Mirandão aspirou rápido as sobras do perfume francês na memória distante — ah!, nobre Wanderley, onde andarás agora, septuagenária? A velha na cadeira, que estrepe mais sem misericórdia!

Educado, porém, como se honrava de ser, o permanente estudante de agronomia não deixou de sorrir para dona Rozilda.

Uma bruaca, uma catraia, resto de peixe seco e salgado, inútil para qualquer ação ou pensamento lúbrico, nem assim deixava de merecer respeito e atenção: exausta mãe de família, pelo jeito viúva; e Mirandão era, no fundo, um moralista extraviado nas casas de tavolagem. Ao demais, chegara seu momento de euforia.

— Festinha animada, não acha? — perguntou a dona Rozilda iniciando o histórico diálogo.

Era sempre assim, em cada um de seus frequentes pileques. Primeiro tinha aquela fase de esfuziante júbilo. Parecia-lhe o mundo perfeito e bom, a vida alegre e fácil, e naquela hora Mirandão tudo podia compreender e estimar, estabelecia-se entre ele e as demais criaturas um clima de comunhão total, mesmo entre ele e a fedida arraia-mijona, sua vizinha de cadeira. Ficava delicado, conversador, a imaginação extravasando, sem limites. A figura do estudante pobre, "perpétuo estudante e perpetuamente sequioso", imagem por ele criada e da qual vivia, cedia lugar ao homem moço, importante e vitorioso, promovido a engenheiro-agrônomo, quando não a livre-docente da escola, enumerando vantagens, galgando cargos e conquistando mulheres. Danava-se a contar histórias, e como as contava! Era um mestre da narrativa oral, criador de tipos e de suspense, um clássico da boa prosa.

Se a bebedeira se prolongava, no entanto, ao fim da noite esse otimismo e essa euforia se esfumavam, e, ao término da esbórnia, envolvia-se Mirandão em lástima e lamento, a flagelar-se, lancinante, em impiedosa autocrítica, recordando a esposa vítima de sua degradação, os quatro filhos sem comida, toda a família ameaçada de despejo, e ele ali, nos antros de jogo e nos prostíbulos. "Sou um miserável, um crápula, um canalha", alardeava um Mirandão pungente, com remorsos e sem malícia, um moralista. Mas essa segunda e lamentosa fase só de raro em raro acontecia, só em ocasiões de porres monumentais.

Às vinte e três e trinta, porém, na casa em festa do major Pergentino Pimentel, aposentado da Polícia Militar do Estado, encontrava-se Mirandão contente com o mundo, disposto a cordial e proveitoso intercâmbio de ideias com dona Rozilda.

89

Acabara de comer e beber à tripa forra na sala de jantar, provando todos os pratos, repetindo alguns deles. Num esperdício de comida, ali se exibiam os quitutes baianos, vatapá e efó, abará e caruru, moquecas de siri-mole, de camarão, de peixe, acarajé e acaçá, galinha de xinxim e arroz de haussá, além de montes de frangos, perus assados, pernis de porco, postas de peixe frito para algum ignorante que não apreciasse o azeite de dendê (pois como considerava Mirandão de boca cheia e com desprezo, há todo tipo de bruto nesse mundo, sujeitos capazes de qualquer ignomínia). Toda essa comilança regada a aluá, a cachaça, a cerveja, a vinho português. O major realizava sua festa há mais de dez anos, cumprindo severa obrigação de candomblé, desde quando os orixás haviam-lhe salvo a esposa ameaçada de morte com pedras nos rins. Não media despesa, juntando dinheiro o ano todo para gastá-lo satisfeito naquela noite. Mirandão se atolara, garfo respeitável e copo mais ainda. Agora, empanzinado, afrontado de tanto comer e beber, só mesmo um bom cavaco para ajudar a digestão.

Na sala, os pares desdobravam-se no tango argentino, ao piano Joãozinho Navarro. Dizendo-se Joãozinho Navarro, para os entendedores já se disse tudo, não havia pianista mais requestado na Bahia, e certa gente, como um juiz de nome Coqueijo muito entendido em música, ligava o rádio só para ouvi-lo a dedilhar, num programa de canções populares. E, pela madrugada, no Tabaris, não era seu piano o motivo da maior animação? Festa particular dificilmente o obtinha, não lhe sobrando tempo para tais amadorismos. Indefectível, porém, na brincadeira em casa do major, a quem Joãozinho não podia enfunar, era-lhe devedor de gentilezas antigas.

Mirandão olhava complacente os dançarinos, aplaudia com a cabeça a execução de Joãozinho — batuta! —, sorrindo para a vizinha, constatando a absoluta ausência de qualquer outro penetra, além dele e de Vadinho. Nenhum outro herói! — penetrar na festa do major Tiririca (como os moleques do Rio Vermelho haviam apelidado o bravo Pergentino) era proeza impossível, motivo de apostas e desafios. Mirandão considerava-se realizado: finalmente haviam conseguido, ele e Vadinho, furar a barreira estabelecida pelo major e obter que a pesada porta de carvalho, trancada a chave, única passagem a abrir-se para os convidados e só para os convidados — todos eles rostos familiares aos donos da casa, amizades de longa data —, obter que se abrisse para ele e para Vadinho e lhes desse entrada. E não só isso; sendo os dois acolhidos aos abraços pelo major e por dona Aurora, sua esposa, ainda mais ciosa da qualidade e identidade dos convivas que o marido. Lá fora, no sereno animadíssimo, os gabirus amargaram a derrota ao vê-los penetrar, após breve troca de palavras com o major Tiririca, cruzando a intransponível soleira por entre ruidosas exclamações de dona Aurora. Como o haviam conseguido?

Mirandão suspirou de bucho farto, num sorriso beato. Lá ia Vadinho pela sala, a bailar, a dama linda em seus braços, morena rechonchuda, servida de carnes — e quem gosta de ossos é cachorro —, com uns olhos de azeite e uma pele cobreada, cor de chá, formosa de ancas e de seios.

— Pedaço de descaminho, perdição de morena! — louvou Mirandão, apontando a moça a dançar com o amigo.

O estupor pôs-se em guarda, alteou o busto seco, ganiu com voz batalhadora:

— É minha filha...

Mirandão nem se alterava:

— Pois receba meus parabéns, minha senhora. Vê-se logo que é moça direita, de família. O meu amigo...

— O moço que está dançando com ela é seu amigo?

— Se é meu amigo? Íntimo, minha senhora, fraterno...

— E quem é ele, eu poderia saber?

Mirandão endireitou-se na cadeira, puxou do bolso o lenço perfumado, enxugou umas gotas de suor na testa larga, cada vez mais sorridente e feliz: nada havia de que ele tanto gostasse como de armar uma patranha, uma história bem divertida.

— Permita-me que antes eu me apresente: doutor José Rodrigues de Miranda, engenheiro-agrônomo, requisitado no gabinete do delegado auxiliar... — estendia a mão, cordialíssimo.

Num último assomo de desconfiança, dona Rozilda mediu o interlocutor com um olhar hostil. Mas a fisionomia pachola e o franco sorriso de Mirandão apagavam qualquer suspeita, rompiam qualquer resistência, desarmavam e conquistavam qualquer adversário, mesmo maligno e ranheta como dona Rozilda.

7

Parêntesis com Chimbo e com Rita de Chimbo

Naquele dia, ao fim da tarde, quando maior o mormaço, uma atmosfera espessa, de cimento armado, estando Vadinho e Mirandão em São Pedro, no Bar Alameda, a tomar as primeiras cachaças do dia, discutindo planos para a noite de festa no Rio Vermelho, eis que na porta do botequim viram surgir a afogueada face de Chimbo, aquele parente importante de Vadinho, na ocasião comissionado como delegado auxiliar, ou seja a segunda pessoa da polícia.

Escrivão de casamentos e filho de prestigioso político governista, sem respeito pela tradicional austeridade do pai, sem ligar para as conveniências, esse distante primo de Vadinho, Guimarães dos legítimos e ricos, era um estroina, folgazão inveterado, bom no trago, nos dados e nas putas — para tudo dizer: um porra-louca. Ultimamente um pouco retraído, forçando sua natureza espontânea, em atenção ao cargo. Cargo no qual, por isso mesmo, pouco duraria, preferindo sua liberdade às posições, não a trocava pela mercê mais alta, por título algum.

Já anteriormente desistira do governo de Belmonte, cidade de seu nascimento, onde fora empossado intendente pelo pai, senador e feudal, após um simulacro de eleição. Abandonou posto e título, deveres e vantagens, era demasiado o preço a pagar. Não se contentavam os belmontenses com suas reais qualidades administrativas, exigiam de seu governador ilibados costumes, em intolerável abuso.

Fora um zum-zum-zum dos diabos, um escândalo sem medida, só porque ele, audaz e progressista, importara da Bahia algumas amenas raparigas, no desejo de romper a monotonia da pequena cidade e sua solidão. Fizera vir Rita de Chimbo, prestigiosa animadora da noite no Tabaris. De Chimbo apelidada devido a antigo e persistente rabicho a uni-los, xodó cantado em prosa e verso pelos boêmios. Brigavam, xingavam-se, separavam-se para sempre e dias depois faziam as pazes, permaneciam em seu idílio, enrabichados. Por isso juntara Rita a seu nome o apelido de seu amor, assim como a noiva adota o sobrenome do noivo no ato do matrimônio. Ao sabê-lo intendente, senhor de baraço e cutelo a exercer direito de vida e morte sobre indefesa população, exigiu, em mensagem telegráfica, compartir de sua autoridade. Que prazer no mundo se pode comparar ao do mando, ao do poder? Queria saboreá-lo a voluptuosa Rita. Chimbo solitário nas noites de Belmonte, longas de nada por fazer, vazias de um tudo, escutou a súplica ardente, mandou buscar a rapariga.

Chimbo intendente, rei em sua cidade, Rita de Chimbo não podia nesse império desembarcar como uma qualquer, era a favorita, a concubina real. Eis por que convidou para seu cortejo três beldades, diversas entre si mas excelentes as três: Zuleika Marron, mulata de capricho e deboche, suas ancas de saracoteio fechavam as ruas, atropelavam os pedestres; Amália Fuentes, enigmática peruana de voz macia, com tendências místicas, e Zizi Culhudinha, uma espiga de milho, frágil e doirada, sapeca como ela só. Essa restrita e formosa caravana, pesa dizê-lo!, não teve em Belmonte a entusiástica acolhida a que fazia jus, ao contrário, foi alvo de aberta hostilidade por parte das senhoras e mesmo de cavalheiros. Se excetuarmos certos grupos sociais — os imberbes estudantes, os escassos notívagos, os cachaceiros em geral — e alguns indivíduos, cabe afirmar ter-se mantido a população arredia e suspeitosa.

Depois, Rita de Chimbo foi vista à meia-noite, na sacada da intendência, bêbada de cair, a saudar a cidade com sua inesgotável coleção de nomes sujos. Circulavam notícias espantosas: o velho Abraão, comerciante e avô, arrastava-se ridículo aos pés de Zuleika Marron, dilapidando o patrimônio dos netos em bacanais com a barregã. Bereco, rapaz até então direito e casto, funcionário dos Correios, presidente das Obras Pias, apaixonara-se por Amália Fuentes, descobrira suas raízes de pureza e religiosidade, oferecia-lhe aliança de noivado, levando sua preconceituosa família ao desespero. Culminou o escândalo quando a Culhudinha fez-se a bem-amada de todos os colegiais, seu sonho e sua rainha, sua bandeira de luta e seu pulcro ideal. Lá ia ela toda loira nas noites de Belmonte, cercada de meninos e o poeta Sosígenes Costa dedicava-lhe sonetos. Oh!, ignomínia!

Até o xibungo do vigário, padre arrogante de fala esganiçada, pregara contra Chimbo, catilinária veemente contra sua escandalosa incontinência. Classificara as diletas raparigas de "lixo do meretrício metropolitano", de "asseclas do demônio", coitadinhas das meninas! Sermão incendiário, a igreja repleta na missa dominical, e o reverendo a acusar Chimbo de estar transformando a pacata Belmonte em Sodoma e Gomorra, os lares arruinados, desfeitas as famílias, urbe infeliz à qual acontecera a desgraça de tão depravado intendente, esse "Nero em ceroulas". Chimbo possuía senso de humor e riu da virulência do padre. Choraram as raparigas, Rita de Chimbo clamou vingança, e Miguel Turco, árabe exaltado e secretário da intendência, incondicional dos Guimarães e chaleira notório, propôs-se executá-la: mandariam dois cabras de confiança ensinar boas maneiras ao subversivo vigário, chegando-lhe a batina ao corpo.

Chimbo enxugou as lágrimas de Rita, agradeceu a dedicação do sírio, gratificou os dois capangas, dois criminosos de morte, foragidos de Ilhéus. Sob aparente nonchalança, era Chimbo homem prudente e hábil, não lhe faltava treita política. Imagine-se a reação do velho senador se ele entrasse em guerra com a Igreja, surrando-lhe um cura para desagravar mulheres-damas! Ao demais, o padre tinha suas razões para tamanha birra. Ao tratá-lo de "Nero em ceroulas", queria referir-se à noite em que, trajando apenas listadas cuecas, tivera o ilustre intendente de assim atravessar a cidade pois o vigário vinha de surpreendê-lo em avançado idílio com a cândida Maricota, estimável doméstica a assegurar os serviços de cama e mesa do sacerdote, sua ovelha favorita.

Não restou a Chimbo outro caminho senão reunir as ofendidas hóspedes, dar o braço a Rita de Chimbo, e embarcar com elas num navio da Bahiana. Renunciou assim ao cargo, às honrarias, e à polpuda comissão do jogo do bicho. Órfão ficou Belmonte de sua capacidade administrativa e da lhaneza das beldades da capital. Da eficiente administração de Chimbo davam testemunho a restaurada ponte de desembarque, a ampliação do grupo escolar e os consertos no muro do cemitério; das raparigas, a fugidia visão continuou por muito tempo a perturbar o sono de Belmonte.

Recolheu-se Chimbo ao anonimato do rendoso lugar de serventuário da justiça, onde ninguém lhe vigiava os passos. Reintegrou-se na vida noturna, do Tabaris (onde Rita de Chimbo voltara a reinar) ao Pálace, do Abaixadinho à casa de Três Duques, do castelo de Carla ao de Helena Beija-Flor. Da festa da noite e do cargo polpudo e anódino — escrivão de casamentos, juramentado — retirava-o de quando em quando o pai senador para usá-lo em suas manobras políticas, entregando-lhe posições e honrarias por outros ambicionados, não por ele, Chimbo, desejoso apenas de viver livre, a la vontê.

Chimbo estimava Vadinho, não só pelo distante e espúrio parentesco, como também devido às qualidades do jovem companheiro de roletas e cabarés. Assim, ouvindo certa ocasião alguém tachar Vadinho de vagabundo, sem ofício nem meio de vida, arranjou-lhe modesto emprego de fiscal de jardins da prefeitura, pois "um Guimarães deve ter posição definida na sociedade".

— Nenhum Guimarães é um vagabundo...

Contradições desse simpático Chimbo, tão pouco preso a convenções e protocolos e, ao mesmo tempo, com profundo sentimento de família, zeloso da poderosa clã dos Guimarães.

Pois, naquela tarde, Vadinho e Mirandão encontraram Chimbo em São Pedro, quando o delegado auxiliar dirigia-se à chefatura de polícia. Um Chimbo aporrinhado da vida, metido em roupa escura e quente, de cerimônia, roupa de enterro ou matrimônio — colarinho de ponta virada, plastrão, colete, polainas, bengala de castão de ouro —, um Chimbo a rigor naquele dia escaldante de fevereiro, o mormaço a asfixiar, canícula mortal, as bocas ávidas por uma cerveja bem gelada.

— Só uma bramota polar pode nos salvar a vida... — disse Vadinho, abraçando o parente e protetor.

Chimbo arrenegou da sorte, em plástica e forte língua, dando nomes, num azedume "Merda de vida mais escrota aquela, emprego mais filho da puta aquele, obrigado a acompanhar o governador a todos os cantos, a todas as cerimônias, a todas essas merdolências e porcarias...". Não o viam assim fantasiado de comendador português? Naquela noite tinha de comparecer, por força do cargo, à instalação solene de um congresso científico — Congresso Nacional de Obstetrícia —, na faculdade de medicina, com discursos e teses, debates e pareceres sobre partos e abortos, paulificação monumental. Chimbo emborcava rápido seu copo de cerveja, tentando aplacar calor e raiva, seu pai com aquela eterna mania de utilizá-lo na política...

E ainda por cima — imaginassem eles a urucubaca! — o tal congresso decidia instalar-se logo na noite da festa do major Pergentino, o major Tiririca, do Rio Vermelho, certamente eles sabiam de quem se tratava. Fizera um favor ao militar, soltara um desordeiro a seu pedido, e agora o major não o largava, querendo a todo custo obsequiá-lo, preparando-lhe grossa homenagem. A festa de Tiririca, segundo diziam, era de arromba, valia a pena, nela comia-se e bebia-se à farta. E ele, Chimbo, convidado de honra, imaginem a pagodeira!

— Em vez disso vou ter é de ouvir médico falando em parto... Meu pai me arranja cada prebenda...

Como convencer o senador a deixá-lo em paz, em seu canto, se o velho era um sátrapa ante o qual até o governador tremia? Brilharam os olhos de Vadinho, sorriu Mirandão, Chimbo acabava de abrir-lhes as portas da glória e da casa do major.

8

À noite, diante da residência em festa, os dois embusteiros apostaram com outros valdevinos: penetrariam no baile e nele seriam recebidos como se fossem convidados de honra. Penetraram e foram recebidos com todas as honras, tratados a velas de libra, pois Vadinho fez-se reconhecer pelo major e por dona Aurora como sobrinho do impedido delegado auxiliar enquanto empossava Mirandão no inexistente cargo de secretário particular de Chimbo.

— Doutor Aírton Guimarães, meu tio, teve de acompanhar o governador ao congresso de obstetrícia. Mas, como fazia questão de não faltar ao seu convite, mandou-me a mim e ao seu secretário, doutor Miranda, para representá-lo. Eu sou o doutor Waldomiro Guimarães...

O major confessou-se comovido com a gentileza do delegado, a oferecer-lhe desculpas, a fazer-se representar. Lastimava não tê-lo na festa, seu desejo seria homenageá-lo, mas recebiam, ele e sua esposa, de braços abertos, o representante de seu estimado amigo. Estendia a mão para Vadinho quando Mirandão, em êxtase e desbragado, corrigiu e pôs todas as coisas em seus lugares:

— Perdoe-me, major, a intromissão: representante do doutor delegado auxiliar é a minha modesta pessoa, eu doutor José Rodrigues de Miranda, livre-docente da escola de agronomia, requisitado pelo doutor Aírton... O meu amigo doutor Waldomiro, se bem sobrinho do delegado, não o representa e, sim, ao senhor governador...

— Ao governador? — exclamou o major, embargado com tanta honra.

— Sim — encarrilhou Vadinho. — Quando o governador ouvira o delegado auxiliar pedir a seu secretário e a seu sobrinho que fossem à festa do major, lhe ordenara (pois servia no gabinete de sua excelência) abraçar "seu bom amigo Pergentino e cumprimentar sua digna esposa".

O major e dona Aurora, empanzinados de vaidade, abriam

passagem, faziam apresentações, mandavam encher os copos, preparar os pratos, tudo era pouco para Vadinho e Mirandão. Lá fora, embasbacados, os colegas de maroteira não podiam crer nos próprios olhos. Que patifaria teriam inventado os dois cínicos para serem assim recebidos? Não havia memória de penetra algum ter conseguido atravessar os batentes da porta do major, para quem era uma questão de honra manter a festa nos limites estritos dos seus convidados, seus amigos, que lhe garantiam a decência e o renome. Jurando por seus gloriosos galões, gabava-se: "Penetra, em minha festa, só passando sobre meu cadáver!". E os penetras mais exímios da cidade, capazes de penetrar — e tendo penetrado — em festas de todo fechadas e imponentes, guardadas pela polícia, até em festas no palácio do governo e na casa do dr. Clemente Mariani, festas ao lado das quais a do major era simples assustado, dancinha de pobre, forrobodó de bairro, arrasta-pé, esses penetras famosos, todos eles, fracassaram em suas tentativas, cada ano renovadas, de penetrar na festa do major. Nenhum alcançara transpor os defendidos umbrais.

Nenhum, é exagero. Édio Gantois, estudante astucioso, em comparsaria com outro não menos moleque, o já anteriormente referido Lev Língua de Prata, na ocasião ainda acadêmico, conseguiram os dois, certa feita, penetrar e por meia hora, mais ou menos, manter-se na festa para serem logo depois expulsos a safanões e sopapos, o musculoso Édio em luta corporal com os convidados, o galalau do Lev trocando pontapés com o major.

Como triunfaram e, logo após o triunfo, tão lamentavelmente fracassaram? Se bem seja outra história, vale a pena contá-la para assim ainda mais valorizar-se o feito de Vadinho e Mirandão. Por aquele tempo havia aportado à Bahia, com muito reclame nas gazetas, para dois únicos espetáculos no conservatório, um extravagante concertista a manejar instrumento ainda mais singular: um serrote, tão melodioso quanto o mais afinado piano. Tratava-se de um russo, de nome estrambótico, o "russo do serrote mágico", como anunciavam os cartazes de propaganda e as notícias nos jornais. Édio possuía velho serrote de carpina, e Lev, filho de russo, o nome estrambótico. Doidos os dois por uma boa molecagem, embrulharam o serrote em papel pardo, engoliram umas cachaças para animar, apresentaram-se na porta do major como o russo do serrote e seu empresário.

O major Tiririca possuía um sexto sentido quando se tratava de penetras: percebia-os no ar, a distância. Bateu os olhos em Lev e Édio e uma voz interior deu-lhe o alarme. Mas já os convidados, ao anúncio da presença do "russo do serrote mágico", saudavam entusiasmados a possibilidade de ouvi-lo tocar. Em silêncio, curtido de dúvidas, o major abriu a porta, permitindo a entrada aos dois malandrins. Ficou, porém, a vigiá-los. Encostaram eles o serrote atrás de um móvel, o major comprovou a avidez com que se dirigiam à sala de jantar, a pressa em comer e beber. Trocando um olhar com dona Aurora, a quem igualmente toda aquela encenação não parecia lá muito católica, exigiu então o major, apoiado pela totalidade dos convidados ansiosos, imediata demonstração musical. Primeiro o concerto, depois a pitança. Por mais tentasse Édio, com um conversê tapeativo, adiar o momento do desastre, não o conseguiu, não obteve prazo nem apelação.

Ao demais, por qualquer estranha metamorfose, Lev sentira-se de súbito inspirado, vivia seu papel de forma tão realista a ponto de considerar-se o verdadeiro russo dos concertos. Assim, sem mais se fazer rogar, tomou do velho serrote, entre palmas e bravos. Foi tão perfeito — curvada em ângulo sua magra e comprida anatomia, a cabeleira desfeita, os olhos no astral, um autêntico maestro — que a todos enganou, fazendo vacilar mesmo o major e dona Aurora, enquanto não feriu, com uma colher de café, o bojo do serrote. Mas apenas lhe aplicou o primeiro golpe e — como depois Édio contaria — todos os presentes, sem exceção, compreenderam tratar-se de uma farsa. Só Lev persistia, cada vez mais autêntico e possuído, a vibrar colheradas no serrote, sem que o major, esposa e convidados demonstrassem a menor simpatia por tanto empenho e arte.

O major adiantou-se, seguido por alguns amigos, os mais

sensíveis a tais brincadeiras de mau gosto. A travessia do corredor, a caminho da porta da rua, foi longa e épica, verdadeiramente inesquecível, Édio e Lev a recordariam vida afora. Pescoções, pontapés, esbarros e quedas. Dona Aurora desejava arrancar os olhos dos dois rapazes, o major contentou-se com atirá-los à rua, em meio ao povo do sereno (e em cima dos corpos caídos jogaram o serrote cada vez menos sonoro).

Com Vadinho e Mirandão nada disso sucedera, nem o major nem dona Aurora tiveram a mais leve suspeita. Comeram e beberam do bom e do melhor, Vadinho arrastando o pé de valsa pela sala, Mirandão a interrogar-se se devia ou não erguer, em nome de Chimbo, um brinde ao major e a dona Aurora. Sorria na cadeira, ouvindo dona Rozilda perguntar quem era o moço dançarino, cavalheiro de sua filha. Para obter maior efeito, respondeu com outra pergunta:

— O major não lhe apresentou?

— Não. Eu estava lá dentro, não vi quando ele chegou.

— Pois, estimada senhora, tenho o prazer de lhe informar. Trata-se do doutor Waldomiro Guimarães, sobrinho do doutor Aírton Guimarães, delegado auxiliar, neto do senador...

— Não me diga que é do senador Guimarães, esse tão falado...

— Desse mesmo, minha distinta. O mandachuva, o bamba, o bambambã, o deus-menino da política, esse mesmo, meu padrinho...

— Seu padrinho?

— De crisma. E avô de Vadinho...

— Vadinho?

— É o apelido dele, de menino. É o neto preferido do senador.

— É estudante?

— Não já lhe disse que é doutor? Formado, minha senhora, advogado. Oficial de gabinete do governador, alto funcionário municipal, fiscal...

— Fiscal do consumo? — aquela informação excedia os sonhos mais temerários de dona Rozilda.

— Fiscal de jogo, minha ilustríssima. — E em voz cochichada: — É a fiscalização que deixa mais, uma fortuna por mês, sem falar nos agrados, uma fichinha aqui outra acolá... E, agora, ainda por cima, encarapitado no gabinete do governador...
Sentia-se generoso:
— A senhora não tem algum parente pobre que deseje empregar? Se tiver, é só dizer, dar o nome... — Respirou fundo, contente consigo mesmo, prosseguiu indômito: — Está vendo ele ali, dançando? Pois não se admire se na próxima eleição ele sair deputado...
— Tão novo ainda...
— O que é que a senhora quer? Nasceu em berço de ouro, encontrou o prato feito, seu caminho é de rosas. — Mirandão sentia-se um poeta nessa noite de glória, improvisaria um discurso monumental, arrancando lágrimas à própria dona Aurora, a fera do Rio Vermelho.

Dona Rozilda acertou os olhos miúdos, uma chama de ambição, amarela, a brilhar em sua frente. Joãozinho Navarro arrematava o tango nuns floreios caprichados, Vadinho e Flor sorriam um para o outro. Dona Rozilda estremeceu de emoção: jamais vira assim a face da filha, e bem a conhecia. E o rapaz — perguntava-se ela —, fora ele também atingido e para sempre marcado? Havia na face de Vadinho um ar de inocência, uma candura, tal sinceridade; dona Rozilda sentiu-se comovida. Ah!, milagroso Senhor do Bonfim, seria aquele o genro rico e importante que os céus lhe destinaram? Ainda mais rico e importante do que o paraense Pedro Borges, com suas léguas de terra e de rio, suas dúzias de empregados. Um genro neto de senador, íntimo do governo, ele próprio governo: "Ai, minha Nossa Senhora da Capistola, valei-me! Concedei-me, meu Senhor do Bonfim, a graça desse milagre e acompanharei descalça a procissão da lavagem, levando flores e uma quartinha de água pura".

O major aproximava-se, dona Rozilda agradeceu a Mirandão, dirigiu-se ao dono da casa, apontou o grupo formado por Vadinho e Flor, dona Lita e Porto, num canto da sala. Mirandão observou a manobra da velha lambisgoia, fez um esforço, pôs-se também de pé, foi por uma cerveja. Dona Rozilda pedia ao major:

— Major, me apresente àquele moço...

— Não conhece? Pois é um parente do doutor Aírton Guimarães, o delegado auxiliar, meu amigo do peito... — Sorria vaidoso, acrescentando: — Para os íntimos, Chimbo... Ele mesmo me disse: "Pergentino, trate-me de Chimbo, somos amigos ou não?". Homem sem besteira, direito... Me fez um favorzão... — falava para todos, alardeando sua amizade com o delegado.

Dona Rozilda apertava a mão do jovem, Flor esclarecia:

— Minha mãe, doutor Waldomiro...

— Vadinho para os amigos...

— Doutor Waldomiro vive à sombra do nosso eminente chefe, o governador. Trabalha em seu gabinete...

— O governador gosta muito do senhor, major. Ainda hoje me disse: "Dê um abraço em meu amigo Pergentino, amigo do peito...".

O major chegava a ficar vexado de felicidade:

— Obrigado, doutor...

Porto, a quem tal intimidade palaciana deixava um pouco tímido, comentou:

— Muita responsabilidade... Mas também muita importância...

Vadinho fazia-se modesto:

— Tolice... Nem sei se vou continuar no palácio...

— E por quê? — quis saber dona Lita.

— Meu avô — confidenciou Vadinho —, o senador...

— O senador Guimarães... — rezou baixo dona Rozilda.

Sorriu-lhe Vadinho, uma aura de candura a circundar-lhe o rosto, sorriu melancólico para Flor, tão linda:

— Meu avô quer que eu vá para o Rio, oferece-me um lugar...

— E o senhor vai aceitar? — morria Flor nos olhos de azeite.

— Nada me prende aqui... Ninguém... Sou tão sozinho...

Suspirava Flor:

— Tão sozinha...

Da sala de jantar reclamavam o major, ele não tinha momento de descanso, a atender seus convidados, perfeito anfitrião. Alguém apareceu logo depois batendo palmas, rogando silêncio, o dr. Miranda ia saudar os donos da casa. Ouviu-se o estouro de uma garrafa de champanha sendo aberta, a rolha subindo para o teto.

Vadinho e Flor andaram sorridentes para o discurso, "discurso de Mirandão", alertou Vadinho, "não é coisa que se perca". Dona Rozilda, o coração aos saltos, comentou para dona Lita e Thales Porto ao ver os jovens partindo para o definitivo idílio:

— Não é um par perfeito? Não parecem nascidos um para o outro? Se Deus quiser...

— Oxente, mulher! Conheceram-se hoje e vosmicê já está armando casamento? — Lita balançou a cabeça, sua irmã estava ficando mesmo doida, com aquela mania de noivo rico para a filha.

Dona Rozilda empinou o busto seco, fitou a pessimista, com arrogância. Da sala de jantar chegava, redonda, encharcada de cerveja, a voz do orador, em seu brinde de saudação. Para lá encaminhou-se a viúva, toda coberta de esperanças. Palmas saudavam uma frase feliz de Mirandão, ele prosseguia impávido:

— "Nas páginas imortais da história, senhoras e senhores, ficará gravado em fulgentes letras de ouro o nome honrado do major Pergentino, cidadão de virtudes exponenciais" (a voz ficava vibrando no ar ao dizer a palavra bonita), "e o nome de sua nobilíssima esposa, esse ornamento da sociedade da Boa Terra, dona Aurora, anjo... Sim, meus senhores e minhas senhoras, anjo de impolutas" (e repetia, a voz cantante, "impolutas") "qualidades, esposa dedicada, virgem de bronze..."

No centro da sala, Mirandão, o penetra, o braço erguido a empunhar a taça de champanha, dominava convidados e donos da casa, todos presos à sua eloquência. O major sorria beato; a

dedicada esposa, a virgem de bronze, baixava os olhos, comovida, jamais sua festa alcançara as alturas daquele triunfo.
— "...dona Aurora, ser amorável, santa, santíssima criatura..."
As lágrimas queimavam os olhos da santa criatura.

9

O namoro de Flor e Vadinho desembocou direto no casamento, pois noivado não houve, como logo adiante se constatará, exibindo-se causa e razão dessa anomalia a romper os procedimentos habituais e consagrados em todas as famílias que se prezam. Namoro, aliás, dividido em duas etapas distintas, perfeitamente delimitadas, cada uma delas com suas características próprias. A primeira, plácida e risonha, toda azul e rosa, um céu aberto, verdadeira festa, a concórdia universal. A segunda, confusa e perseguida, clandestina, cor do vitríolo e do ódio, o inferno na terra, a malquerença, a repugnância, a guerra declarada. Durante a primeira fase, dona Rozilda esteve irreconhecível de tanta gentileza e compreensão; colaborou ativa e devotada para o sucesso do idílio. Viu-se depois dona Rozilda a espumar abominação, rancor e vingança — espetáculo talvez pitoresco mas pouco agradável —, disposta a empregar todos os recursos para impedir o matrimônio da filha com aquele tipo imundo — "verme, pústula, poça de pus". Toda essa podridão — "verme, pústula, poça de pus" — era Vadinho, antes o mais perfeito rapaz solteiro da Bahia, o pretendente ideal, belo e simpático, coração generoso, pérola de moço, impoluto caráter, adamantino.

No ledo engano nascido da emaranhada novela posta de pé por Mirandão na festa do major Tiririca, confirmada e desenvolvida graças a imprevistas circunstâncias, permanecera feliz dona Rozilda cerca de dois meses, dois memoráveis meses quando calcou sob o tacão dos sapatos toda a ladeira do Alvo e adjacências, da negra Juventina com seus ares de senhora até o dr. Carlos Passos com a sua próspera clientela. Exibia influência, intimidade nos círculos governamentais, nas altas esferas, intimidade com o poder, personificado em Vadinho. E exibia sobretudo o moço namorado da filha, com sua elegância cafajeste, sua lábia, sua conversa bonita, sua prosopopeia. Vadinho se lhe afigurava um deus-menino, era tudo para ela. E para ele tudo era pouco, dona Rozilda agitava-se num afã de agradar, de cativar o rapaz, de amarrá-lo.

Para manter dona Rozilda enleada em cegueira assim completa, concorreu grandemente curioso quiproquó. Entre as amigas de Flor, sua colega de escola, havia uma pobre Célia, além de pobre, aleijada, com uma perna defeituosa, manca. A duras penas, "roendo beira de penico", como resumia dona Rozilda, cursou a escola normal e diplomou-se professora. Candidata a um lugar no ensino primário estadual, lutava há meses para obtê-lo, sem conseguir sequer ser recebida pelo diretor de Educação. Dona Rozilda tinha-lhe estima e a protegia. Talvez porque, sendo a moça tão infeliz e humilde, a seu lado ela e Flor pareciam umas ricaças. Atenta, escutava a manca queixar-se da vida e dos grandes do mundo, dizendo horrores dos funcionários, e revelando particulares sórdidos daqueles "vampiros da educação", como sibilava por entre os dentes escuros e podres. Ali só obtinham nomeação as oferecidas, dispostas a aceitar convites para passeios à noite em Amaralina, Pituba, Itapuã, para festinhas íntimas, umas casteleiras! Moça direita não tinha chance, mofava nas cadeiras de couro da antessala. De tanto nelas mofar, Célia constituíra-se picante repositório de malignas anedotas sobre funcionários, chefes de seção, sem falar no diretor de Educação, invisível personagem sobre o qual, no entanto, a rejeitada postulante tudo sabia: os hábitos, os bens, as preferências, a esposa, os filhos, a rapariga; nada lhe escapava. Jamais, porém, conseguira ser por ele recebida e expor seu triste caso.

Ora, logo nos dias iniciais do namoro, certa noite, a professora em desespero — o prazo para as nomeações de novas mestras esgotava-se naquela semana — deparou com Vadinho em casa de Flor e a ele foi apresentada. Dona Rozilda gostaria de ver a moça empregada e gostaria mais ainda de afirmar perante a vizinhança o prestígio do rapaz, do pretendente a genro, dispondo de empregos e vagas, mandando na administração do estado. Prestígio a ser utilizado por ela, dona Rozilda, a seu bel-prazer.

Estava, sem dúvida, a viúva enleada numa rede de enganos sobre a personalidade do gabiru a rondar sua filha mas não cometia erro quando, ao descrever para os conhecidos aquele caráter sem jaça, elogiava-lhe o bom coração: para Vadinho todo sofrimento era injusto e odioso. Assim, apenas dona Rozilda lhe contou a história de Célia, dramatizando detalhes, valorizando-lhe o aleijão ("Mesmo se quisesse não podia aceitar os licenciosos convites dos canalhas da repartição, não tinha alicerces para tanto"), ampliando as injustiças, multiplicando a fome da moça e de seus cinco irmãos, da mãe reumática e do pai guarda-noturno, logo Vadinho simpatizou com a nobre causa e fez-se seu campeão. Decidido realmente a falar sobre o assunto com seus conhecidos de jogo, alguns dos quais tinham certa influência — jurou veemente a dona Rozilda e a Flor exigir do diretor de Educação no dia seguinte pela manhã na hora do despacho com o governador, a imediata nomeação da professora. Não passaria do dia seguinte: retornasse Célia à diretoria pela tarde e procurasse o titular, nomeação e posse eram favas contadas.

— Pode deixar comigo...

— Pode deixar com ele... — repetia dona Rozilda.

Flor nada disse, apenas sorriu, não lhe importando se Vadinho gozava ou não de tanto prestígio, preferindo até fosse ele menos influente e por consequência menos ocupado. Passava dias sem aparecer, sem vir conversar ao pé da escada, e quando vinha, trazia a face estremunhada, sonolenta, das noites em claro a despachar com o governo.

Tomou Vadinho nome completo da candidata e os demais dados necessários. Novamente Célia escreveu aquela fria literatura num pedaço de papel e sem esperanças: muitas vezes já o havia feito. Tantos pedidos e recomendações e nenhuma consequência. Por que aquele almofadinha enxerido, com um ar velhaco, de deboche, um pé-rapado certamente, por que logo ele iria lhe obter o emprego? Até o padre Barbosa lhe dera um cartão para o diretor, e, se o padre nada conseguira, quanto mais esse tal namorado de Flor; quem perdera prestígio para esse tipo achar? Boa bisca não era ele, via-se logo na cara tresnoitada. Célia acumulara ceticismo e amargura a arrastar a perna cambaia pelas salas hostis da Diretoria de Educação. A felicidade dos outros não a enternecia, nem mesmo a daqueles raros desejosos de ajudá-la, penalizados de sua sorte. Seu coração estava seco e árido e, ao rabiscar os nomes do pai e da mãe, a data de nascimento e o ano de formatura fazia-o certa de perder tempo e esforço, aquele biltre não ia tomar nenhuma providência, ela estava farta desses pinoias emproados: promessas fáceis e mais nada. Mas, que jeito? Dona Rozilda estava toda caída pelo gabola, dr. Waldomiro para cá dr. Waldomiro para lá, e ela, Célia, ia filar o jantar da velha fogueteira. Quanto ao sujeitinho bastava olhar para a cara dele e logo se via qual o seu desiderato: comer os tampos de Flor e quebrar no beco, sumir num adeus e nunca mais.

Era Célia injusta com Vadinho, pois para servi-la fez o rapaz naquela noite o roteiro completo das casas de jogo, numa dupla urucubaca: perdeu quanto tinha no bolso e não deparou com um só conhecido importante a quem expusesse o pequeno drama da professora e pedisse por ela. Nem Giovanni Guimarães, nem Mirabeau Sampaio, nem seu xará Waldomiro Lins, nenhum deles apareceu, como se todas as suas relações influentes houvessem entrado em recesso, abandonando a roleta, o bacará, o grande e pequeno, a ronda, o vinte e um. Demorou-se Vadinho noite afora, e a figura mais ilustre a aparecer foi Mirandão, com quem terminou indo cear um sarapatel de arromba em casa de Andreza, filha de Oxum e comadre do estudante de agronomia.

— A zinha é mesmo caipora... — comentou Vadinho, relatando o caso a Mirandão, a caminho do barraco da negra de Oxum. — Zambeta, mirrada, e ainda por cima, com esse azar...

Mirandão aconselhava Vadinho a não se amofinar: há gente assim, amigada com o caiporismo, não adianta se querer acudir. Ao demais, a preocupação tira o apetite, e o sarapatel de Andreza era um monumento, louvado até pelo dr. Godofredo Filho, com toda sua autoridade. No dia seguinte, Vadinho trataria do embeleco. Afinal a maçante já esperara tanto, não era um dia a mais ou a menos que a levaria ao suicídio. Quanto ao sarapatel de sua comadre Andreza, como foi mesmo a frase; a frase, não, o verso de mestre Godofredo?

E quem encontraram à mesa da filha de santo senão o próprio poeta Godofredo, a fazer honra à comida de Andreza, sem regatear elogios ao tempero e à cozinheira, pedaço real de negra, palmeira imperial, brisa matutina, proa de barco. Andreza sorria com toda sua prosápia e realeza, machucava pimentas para o molho.

— E olhe quem está aí! — saudou Mirandão. — Meu imortal, meu mestre, considere-me de joelhos ante sua intelectualidade.

— De joelhos estamos todos diante desse sarapatel divino — riu o poeta, apertando as mãos aos dois rapazes.

Sentaram-se e Andreza logo constatou a face preocupada de Vadinho. Ele sempre tão alegre e pícaro, cheio de astúcia e trêfego, que lhe acontecera para assim sombrear o rosto melancólico? Conte, meu santo, lave a alma, bote os dissabores pra fora. Andreza, de amarelo, colares nos braços e no pescoço, era a própria Oxum se desfazendo em dengue e formosura. Conte, meu branco, não fique jururu, sua negra está aqui para lhe ouvir e consolar.

Na mesa, a toalha cheirando a patchuli, o chão perfumado de folhas de pitanga, entre o sarapatel e a pura cachaça de Santo Amaro. Vadinho desfiou o rosário de desditas da professora primária, uma infeliz. Sentada à cabeceira, a negra Andreza sentia-se comovida com o relato, apertava com a mão o seio arfante — coitadinha da moça com seu aleijão e sua fome, com seu desejo de trabalhar e sem emprego! Será que Godô, cujo nome saía nas gazetas, ele próprio alto funcionário, não podia dar uma palavra, se mexer pela pobrezinha? Tremiam os lábios de Andreza ao suplicar, Vadinho tinha razão, como sentir-se alegre quando alguém sofria assim, tão dura vida? Por que quisera escutar essa feia história? Não poderia novamente sorrir enquanto não soubesse a moça nomeada. O poeta Godofredo prometeu interceder, quem sabe talvez obtivesse algo, quando ficaria ela de voltar à diretoria? No dia seguinte... Não, naquela mesma tarde, pois já era quase manhã, assim lhe ordenara Vadinho. Pois que ela fosse, Godofredo ia ver... Não esclareceu ser parente próximo e amigo íntimo do diretor de Educação, pedido seu era ordem executada. Não gostava o poeta de exibir-se, mesmo seus poemas só de raro em raro os publicava. Queria apenas devolver o sorriso de Andreza, sem seu sorriso era triste a noite e o mundo deserto e frio.

Assim, quando na tarde seguinte, Célia, pessimista porém persistente, arrastou sua perna capenga escada acima e penetrou na antessala do gabinete do diretor de Educação, qual não foi sua surpresa ao ser saudada com ânsia e calor pelo secretário de sua excelência, antes seco e ríspido:

— Dona Célia, eu estava esperando pela senhora. Meus parabéns, sua nomeação já saiu, já foi assinada...

— Hein? — estremeceu a professorinha —, o quê?

Cada vez mais gentil, o secretário tornou-se confidencial:

— O que estou lhe dizendo... A primeira coisa que o diretor fez ao chegar... Alguém muito elevado deu ordens, certamente. Foi uma das últimas vagas e estavam todas reservadas... Quer um conselho? Vá logo se apresentar, não perca tempo.

Apresentou-se, tomou posse, reuniu a magra família e foi ao primeiro andar do Alvo agradecer. "Alguém muito elevado", contou; e dona Rozilda repetia as palavras rolando-as na língua, saborosas, enchia a boca com elas, tinham um gosto de poder. Vibrava de contentamento: não esperara nomeação tão rápida, resultado tão fulminante. Com aquela urgência, tão depressa, só mesmo ordens diretas do governador. Do governador minha filha, e não de outro, Vadinho mandava e desmandava no governo.

A notícia fez seu curso na ladeira, e quando Vadinho apareceu à noite, na esperança de ficar a sós, com Flor, no escuro da escada, foi saudado pela vizinhança numa quase manifestação de apreço. Surpreendeu-se com os agradecimentos, abraços e louvores, dona Rozilda num exagero histérico. O rapaz passara o dia dormindo e quase esquecera as desventuras da inexequível candidata. "Oh!", disse "não é nada, nada me devem, por favor!"

O poeta cumprira a promessa, feita mais a Andreza do que a ele, Vadinho. Mas, como explicar a verdade, desfazer o enredo? Jamais dona Rozilda e seus vizinhos, jamais a amarga professora e sua gente mirrada e encardida, cor de sujo, ali junta para lhe agradecer, jamais compreenderiam os intrincados caminhos por onde o mundo e os homens andam, jamais acreditariam dever Célia sua nomeação a uma negra cozinheira, muito mais pobre que ela, alegre num casebre de madeira na fímbria do mar de Água de Meninos, a fornecer almoços a saveiristas e a carregadores, a negra Andreza de Oxum.

A fama correu e os pedidos choveram. Implorando nomeação de professora primária somaram-se oito em menos de uma semana. De motorneiro de bonde a fiscal de rendas não houve cargo sem candidato a adular dona Rozilda, sem bater palmas na porta do sobrado na ladeira do Alvo. Até o emprego de sacristão na igreja da Conceição da Praia, a vagar segundo constava mas ainda não era certo, até esse lhe vieram pedir. Nem se Vadinho fosse ao mesmo tempo governador e arcebispo, nem assim daria abasto.

10

Tocava dona Rozilda os cimos do poder, sentia o gosto sem igual da fama; Vadinho tocava os seios rijos de Flor no escuro da escada, sentia o gosto sem igual da boca medrosa e sedenta da moça, mordia-lhe os lábios. Revelava-lhe um mundo apenas suspeitado de prazeres proibidos, ganhando a cada noite de namoro uma parcela de sua resistência e de seu corpo, de seu pudor, de sua oculta emoção. O desejo a consumia numa fogueira de altas labaredas, ardiam brasas em seu ventre, mas Flor buscava conter-se e coibir-se. Sentindo-se, entretanto, dia a dia menos senhora de sua própria vontade, de recusa frágil, de relutância débil, submissa escrava do rapaz audacioso, que já se apoderara de quase todo o seu corpo queimado de uma febre sem remédio, ai, sem remédio.

Insolente Vadinho! Não lhe declarara amor, não fizera praça de sentimentos apaixonados, não lhe pedira sequer autorização para namorá-la. Em vez de frases poéticas, de termos alambicados, ela ouvia duvidosos conceitos, insinuações mal-intencionadas. Subindo a ladeira do Alvo, na pista de Flor (cujo retorno da casa de tia Lita, no Rio Vermelho, dera-se dias após a festa de Pergentino), o petulante, ao ler o anúncio da escola de culinária, murmurou-lhe ao ouvido, num sussurro romântico de quem lhe fizesse inocente galanteio:

— Escola de Culinária Sabor e Arte... — Repetiu: — Sabor e Arte... — Baixou a voz, o bigodinho roçando a orelha da moça: — Ah!, quero saborear-te... — não apenas um trocadilho de mau gosto mas também franco aviso de suas intenções, deslavada plataforma, claro programa de namoro.

Flor nunca tivera um namorado assim, tão diferente dos outros, nem imaginara namorar daquele jeito. Como não o mandou imediatamente embora?

Não era Flor uma dessas debochadas janeleiras, de idílio escandaloso nos cantos de rua, nos pés de escada, no esconso das portas. Jamais gaiato algum fora além de tímido beijo, Pedro Borges apenas aflorou-lhe a face, ela não admitia intimidades. Bastava o atrevido estender a mão na ousadia de tocá-la, e Flor enchia-se de indignação e o expulsava, como a guardar-se por inteiro para aquele a quem realmente amasse. A esse, sim, nada recusaria, e esse era Vadinho; eis por que não o despachou como aos outros, sem grosseria nem escândalo mas firme e inflexível.

Não o repeliu sequer da primeira vez e, no entanto, conheciam-se apenas há algumas horas, pois foi no domingo do Bando Anunciador, no dia seguinte ao da festa em casa do major Tiririca. Em companhia de amigas, viera Flor apreciar os blocos, Vadinho apareceu e encostou. As outras afastaram-se, entre risinhos, certamente chegara a hora da indispensável declaração (declaração mais ou menos veemente e florida conforme o temperamento e a veia do pretendente; alguns mais timoratos prefeririam fazê-la em carta, utilizando, quando necessário, a ajuda do *Secretário dos amantes*). Elas vinham mesmo comentando o chamego do rapaz: não largara Flor sozinha na festa, seu par constante. Ia agora declarar-se, era um momento grave: cabia à moça logo conceder o sim ou pedir tempo para melhor reflexão, em geral vinte e quatro horas. Flor anunciara às amigas seu propósito de deixar Vadinho padecer uns dias mas as outras duvidaram, teria ela coragem para tanto?

Não abriu ele a boca para fazer declaração alguma, a conversa girou divertida em torno de motivos diversos, um doudivanas esse Vadinho! Dois animados blocos carnavalescos, em desafio, juntos se encontraram no oitão da igreja de Santana e, aproveitando-se do atropelo estabelecido quando o povo acorreu e ali se comprimiu, Vadinho a apertou contra si, abraçando-a por detrás, cobrindo-lhe os seios com as mãos, beijando-lhe sôfrego o cangote. Ela estremeceu apenas, semicerrou os olhos, deixou-o fazer, quase morta de medo e de alegria.

Os dias iniciais desse namoro sem declaração formal e sem formal consentimento, foram inesquecíveis. Todos os anos, no verão, na oportunidade das festas do bairro, costumava Flor passar uns tempos com os tios, aos quais era muito afeiçoada. No mês de fevereiro a escola de culinária não funcionava.

Vinha para a procissão do presente a Iemanjá, a 2 de fevereiro, quando os saveiros cortam as ondas carregados de flores e dádivas para dona Janaína, mãe das águas, da tempestade, da pesca, da vida e da morte no mar. Ofertava-lhe um pente, um frasco de perfume, um anel de fantasia. Iemanjá habita no Rio Vermelho, seu peji ergue-se numa ponta de terra sobre o oceano.

Em companhia das moças do bairro, divertia-se em intenso e festivo programa: pela manhã banho de mar; passeios à tarde no Farol da Barra e em Amaralina, por vezes iam até a Pituba; a organização e os ensaios da prancha de Carnaval — alegre trabalheira; piqueniques em Itapuã, em casa do dr. Natal, médico amigo de tio Porto, ou na lagoa do Abaeté, com violas e cantigas; batalhas de confete. À noite circulavam no largo de Santana ou na Mariquita, por entre as barracas coloridas, quando não havia dança programada em residência de família amiga ou elas próprias não invadiam e ocupavam uma sala de visitas, improvisando um assustado.

A casa de Porto, florida de trepadeiras e acácias, ficava na ladeira do Papagaio, e aos domingos, invariável, o tio saía com outro amante da pintura, residente no largo, um senhor sergipano, acanhado como ele só, um certo José de Dome; saíam a desenhar casarios e paisagens. Uns dois anos antes, quando da partida de Rosália e Antônio Morais para o Rio, Flor, sozinha e triste, chegara a sentir uma vaga inclinação pelo pintor, já homem maduro, de seus quarenta anos se bem aparentasse menos, caboclo rijo e seco. Propusera-lhe ele um dia, vencendo a extrema timidez, pintar-lhe o retrato e o iniciara, numa tela de ocres e amarelos lancinantes onde a cor mate de Flor ressaltava transfigurada. "Negócio de maluco, um disparate, aliás esse fulano é leso", definiu dona Rozilda, que em matéria de arte não ia além do cromo das folhinhas, ao ver aquela explosão de tinta e luz. Nunca chegaria José de Dome a concluir o retrato, no entanto. Não houvera tempo, Flor retornara à ladeira do Alvo, e, se bem prometesse vir posar aos domingos, jamais o fez; tampouco ela entendia a pintura do sergipano. Simpatizava, sim, com seu sorriso e sua solidão. Mas aquele sentimento nem chegara a ser namoro, pois não se pode chamar namoro aos longos silêncios e aos breves sorrisos das horas de pose. Não passara de efêmera inclinação a durar apenas os dias de veraneio, incapaz sequer de romper o acanhamento do artista. Ao voltar ao Rio Vermelho, Flor reencontrou o amigo do tio com a mesma cordialidade, mas fora quebrado o encanto daquelas férias anteriores, era como se nada houvesse acontecido entre eles. Quanto ao retrato por acabar está até hoje na parede do atelier do pintor, no terceiro andar de um velho sobradão, na esquina do largo de Santana; quem quiser pode vê-lo, é só tomar coragem e subir as carunchosas escadas.

Tão diferente com Vadinho... Como se irrefreável avalanche a arrastasse, ele a dominou e decidiu de seu destino. Flor compreendeu, ao fim daqueles perfeitos e rápidos dias do Rio Vermelho, não lhe ser mais possível viver sem a graça, a alegria, a louca presença do rapaz. Fez quanto ele lhe pediu: nas festinhas não dançou com nenhum outro, de mãos dadas com ele por entre a quermesse do largo, desceu à praia escura para no negrume da noite melhor se beijarem, como ele sugeriu; sentindo num arrepio a mão de carícias a subir por baixo de seu vestido, acendendo-lhe as coxas e as ancas. Dona Rozilda, quem jamais poderia imaginá-la assim democrática, de tamanha liberalidade? Fechava os olhos aos evidentes abusos daquele namoro tão sem controle e desassuntado, a ponto de tia Lita, pouco afeita a carrancismos, no entanto, estranhar e advertir:

— Você não acha, Rozilda, que Flor está dando corda demais a esse moço? Saem juntos por toda parte como se fossem noivos, nem parece que se conheceram noutro dia...

Dona Rozilda reagia brava, em tom de briga:

— Não sei que diabo você e o seu marido têm contra Vadinho... Só porque o rapaz é rico e ocupa posição de destaque, é um zum-zum-zum contra ele, não sei por que vocês tomaram esse abuso dele... Com a porcaria desse pobretão metido a pintor vocês ficaram influídos até demais, se dependesse de vocês faziam o casamento na hora, como se eu fosse dar minha filha a esse vira-bosta. Com Vadinho vocês só pensam maldade. Não vejo nada de mais que ele namore com Flor, ela já está em tempo de casar, e quando o Senhor do Bonfim, ouvindo minhas preces, envia um partido como esse, você e Porto fazem uma zoada medonha, a achar isso e aquilo... Me deixe, mulher, se assunte...

— Eu não acho nada, minha santa, se assunte você. Estava só falando... Porque você é toda cheia de melindres, toda não me toques. Basta ver qualquer moça passeando sozinha com um rapaz e logo diz que é uma perdida... E agora mudou da água pro fogo, largou a menina de mão...

— Tu acha ela uma perdida? É isso que tu acha? Diga logo...

— Se assunte, Rozilda, tu sabe que eu não disse isso...

Dona Rozilda encerrava a discussão:

— Eu sei o que estou fazendo, a filha é minha e, assim Deus ajude, ainda este ano eles se casam...

— Possa ser, queira Deus...

— Possa ser? Vai ser e com certeza... Não me venha com cantiga de sotaque, vocês têm é má vontade com Vadinho...

Não, ninguém demonstrava má vontade com Vadinho, ele a todos seduziu com sua lábia e sua fantasia, primeiro aos conhecidos do Rio Vermelho, depois aos da ladeira do Alvo. Dona Lita e Porto já lhe haviam tomado amizade e bem o desejavam para marido de Flor. Quanto a dona Rozilda, parecia viver exclusivamente para satisfazer-lhe as vontades, adivinhar-lhe os caprichos.

Capricho mesmo, ele tinha apenas um: estar a sós com Flor, tomá-la nos braços, vencer sua resistência e pudicícia, ir-se apossando dela pouco a pouco, a cada encontro. Amarrando-a nas cordas do desejo mas amarrando-se ele também, preso a esses olhos de azeite e espanto, a esse corpo fremente e arisco, ávido de vontade, contido de pudor. Preso sobretudo à mansidão de Flor, à atmosfera doméstica, ao ambiente de lar próprio da graça simples da moça, de sua quieta beleza, atmosfera a exercer poderoso fascínio sobre Vadinho.

Jamais vivera ele vida de família, não chegara a conhecer a mãe morta de parto, e o pai cedo desaparecera de sua existência. Produto de ocasional ligação entre o primogênito de pequenos burgueses remediados e a copeira da casa, dele ocupara-se o pai, o tal parente longe dos Guimarães, enquanto solteiro. Mas, ao fazer um casamento afortunado, tratou de livrar-se do bastardo a quem sua esposa, devota ignorante, consagrava um santo horror — "filho do pecado!". Internou-o num colégio de padres onde, aos trancos e barrancos, Vadinho chegou ao último ano do curso secundário, não o tendo concluído por haver-se apaixonado, num domingo de visitas, pela mãe de um colega, distinta quarentona, mulher de comerciante da Cidade Baixa, considerada naquele tempo a mais fácil puta da alta sociedade da capital — paixão devoradora e correspondida.

Paixão romântica, também. A preclara punha-lhe olhos langorosos, suspirava, Vadinho a rondá-la no pátio das visitas do colégio, triste como uma prisão, lúgubre prisão de meninos. Ela lhe dava chocolates e biscoitos, do embrulho trazido para o filho. Vadinho ofertou-lhe uma orquídea às escondidas, roubada à estufa do jardim dos padres. Num dia de saída (o primeiro domingo do mês e Vadinho jamais saía, ninguém o vinha buscar, não tinha para onde ir) ela levou-o a almoçar em sua casa, palacete no largo da Graça, apresentando-o ao marido:

— Colega de Zezito, órfão, não tem família...

Zezito era meio debiloide, criava preás e nos domingos de saída todo seu tempo era pouco para atender, no porão da casa, aos pequenos roedores. O comerciante a roncar a sesta, Vadinho viu-se arrastado a um quarto de costura, envolto em beijos e carinhos, possuído. "Meu menino, meu colegial, meu aluno, sou tua professora, ai, meu donzelo", e, consciente de sua condição de mestra, ela lhe ensinava — e como ensinava! Cresceu a paixão, insaciável e brutal. Ela desfeita em ais e juras — nunca amara ninguém, repetia-lhe cínica e tranquila, Vadinho era seu primeiro amante, e nada no mundo almejava senão partir com ele para viverem os dois aquele grande amor, ocultos num recanto qualquer. Pena estar ele interno num colégio...

— Se eu saísse do colégio você vinha mesmo viver comigo?

Fugiu do colégio, apareceu no princípio da noite para buscá-la, para libertá-la do "bestial burguês" que tanto a fazia sofrer e a humilhava possuindo-a. Obtivera mísero quarto numa pensão de última ordem, comprara pão, mortadela (adorava mortadela), uma zurrapa vendida como vinho e um buquê de flores. Ainda lhe sobraram alguns mil-réis, os colegas mais íntimos, a par do caso e solidários, haviam-se reunido para financiar-lhe a fuga e o amor. Para eles, Vadinho era um retado.

A prezada senhora quase morre de susto quando ele lhe invadiu o lar onde o marido na outra sala palitava os dentes e lia jornais. Vadinho endoidara com certeza — disse ela, indignada. Não era uma aventureira para largar casa, esposo e filho, seu conforto e seu conceito na sociedade, para ir viver amásia de uma criança, na miséria e na desonra. Vadinho não tinha juízo, voltasse para o colégio, talvez nem se houvessem dado conta de sua escapula, e no próximo domingo de visitas, ah!, ela lhe prometia...

Não quis Vadinho ouvir a promessa, estava possesso de ira e de vexame, fora ludibriado. Sem levar em conta a proximidade dos cornos do comerciante, agarrou a madame pelos cabelos longos e oxigenados, aplicou-lhe uns tabefes na cara, gritou-lhe nomes, num esbregue de tamanhas proporções a ponto de reunir, em animada assistência, não apenas o esposo e os criados, mas também os vizinhos do elegante largo da Graça. Segundo o testemunho ulterior de Vadinho, naquele dia se fizera homem, e homem para sempre escarmentado.

Pela mão desse escândalo penetrou Vadinho na vida noturna da cidade, rapazola de dezessete anos, ao qual se afeiçoara Anacreon, batoteiro afamado, carteador de fino estilo. Ninguém melhor para revelar ao moço inexperiente as sutilezas e as finuras da ronda, do vinte e um, do bacará, do pôquer, para introduzi-lo na dialética das mesas de roleta e na mística dos dados, pois Anacreon não era apenas competente, era também um coração leal, de frente para a vida, um tanto quixotesco. Com o pai teve Vadinho breve encontro no qual se recusou a volver ao internato, recusando-lhe em troca o salafrário Guimarães a bênção e qualquer ajuda financeira, "não tinha recursos para sustentar desordeiros". Com a riqueza da mulher ficara somítico e moralista. Aliás, nessa altura da vida, quando seu nome era citado nas colunas sociais, passara a conceber sérias dúvidas a respeito da paternidade de Vadinho. Seria mesmo seu filho? A falecida Valdete acusava-o, entre beijos, de tê-la deflorado e engravidado. Mas será documento a merecer crédito a palavra de uma doméstica? Jamais conhecera outro homem, além dele, segundo depunham suas amigas chorosas, junto ao corpo. Mas a palavra dessas outras amas, sem eira nem beira, pode constituir prova seja lá do que for? Tudo aquilo sucedera há tanto tempo, confusas memórias da juventude, numa adolescência falta de responsabilidade, insensata. Talvez fosse seu filho, talvez não o fosse, quem podia vir de público prová-lo, onde estava a certeza? Certeza mesmo era ser Vadinho filho da puta e um filho da puta dos piores: ainda menino e querendo "estuprar honesta senhora, bondosa mãe de um colega, em cujo lar fora recebido como filho...". Esse pai de Vadinho era um Guimarães da "banda podre", como o classificara Chimbo, não lhe coubera o ímpeto e a generosidade da família.

Desde então não mais provara Vadinho o perfume de um sentimento familiar, não mais tivera um interesse complexo e profundo. Sua vida sentimental, numerosa e diversa, pois as múltiplas amantes variavam na idade, na posição social e na cor, decorrera em grande parte nos castelos e cabarés, em xodós com raparigas, amigações, além de umas poucas aventuras com mulheres casadas; sem que nenhum desses laços tivesse a força do amor. Nunca um enrabichamento o fez sentir a vida plena e luminosa, jamais uma ausência feminina, uma briga, o término de um caso, o tornou gris, vazio e suicida. Partia para outro corpo de mulher como mudava de mesa na sala de jogo quando o 17, seu número, fazia-lhe falseta.

O encontro com Flor, na festa do major, veio reacender-lhe de súbito aquela necessidade antiga de lar, de vida de família, mesa posta, cama de lençóis limpos. Ele não tinha sequer endereço estável, mudando de pensão barata a cada mês por falta de pagamento. Como esbanjar dinheiro em aluguel quando sobrava tão pouco para o jogo?

Flor trazia um novo sabor à sua vida, uma quietude, uma placidez, um gosto de ternuras familiares:

— Gosto de você porque você é mansa como um bichinho, meu bem...

De tal forma seduzido por ela, a ponto de suportar-lhe a mãe, velha mais terrível e paulificante, ridícula e desfrutável.

Amava a singeleza da moça, sua mansidão, sua alegria sossegada, e sua compostura. Lutando diariamente para derrubar-lhe a resistência e romper-lhe a castidade, sentia-se, no entanto, contente e orgulhoso com ela ser assim recatada e séria. Porque só a ele competia domar esse recato, reduzir a prazer aquela pudicícia. Os amigos de Vadinho descobriam um brilho em seus olhos, acontecendo-lhe ficar parado ante a roleta, esquecido de depositar a ficha, sonhador.

E os íntimos, como Mirandão, já não se surpreenderam quando, pelo Carnaval, o viram integrando a prancha dos Alegres Gazeteiros, prancha organizada pelas famílias do Rio Vermelho, decoração do tio Porto, moças e rapazes fantasiados de vendedores de jornal, mercando o *Diário da Bahia* e *A Tarde*, o *Diário de Notícias* e *O Imparcial*. Um Carnaval de confete e mamãe-sacode, de serpentina e canções, onde lança-perfume era para consumir nas namoradas e não para aspirar-se, um Carnaval sem cachaça. O oposto dos Carnavais de Vadinho, que emendavam do sábado à terça-feira num porre só. Integrando blocos de mascarados, às voltas com as raparigas, a sambar no meio da rua, a bebida a la vontê. Caindo de bêbado nos fins das noites num fovoco qualquer da zona; assim nos quatro dias.

"Olhe quem vai ali, naquela prancha, de pandeiro na mão, é Vadinho saindo em prancha, quem diria!", admiravam-se passantes habituados a vê-lo em deboche completo na folia do Carnaval. Lá estava Vadinho, ao lado de Flor, a cobri-la de confetes e ternura.

Nada disso o impedia, no entanto, de chafurdar na mais baixa gandaia, de ingerir uma cachaça absurda, após ter-se despedido de Flor, à meia-noite. Saía direto para o Tabaris, o Meia-Luz, o Flozô. Na segunda-feira pretextou trabalho urgente em palácio, foi-se às dez da noite, não podia chegar tarde ao grande baile da Gafieira do Pinguelo onde Andreza e outras reais crioulas fantasiavam-se de damas da corte de Maria Antonieta, gastando cetins e veludos, alvas cabeleiras de algodão.

Nem mesmo no momento de paixão mais alta, de maior doçura familiar, de pensamentos mais domésticos, Vadinho imaginou sequer mudar sua vida, modificá-la, adquirir novos hábitos, regenerar-se. Mirandão ameaçava fazê-lo, de quando em vez:

— Seu mano, vou me regenerar... De amanhã em diante...

Vadinho jamais falou nisso. Apaixonado por Flor, projetando casar-se com ela, mas nem assim disposto a fugir a seus solenes compromissos, a seu cotidiano de jogo e malandragem, de bebedeiras e arruaças, de cassinos e castelos.

11

Mar de rosas, francos horizontes, azul cerúleo, a paz do mundo e sua doçura, Flor e Vadinho namorados. De súbito, a borrasca, o temporal, céu de chumbo, guerra sem quartel, a abominação, Flor e Vadinho proibidos.

Um tanto encafifado por sentir-se com culpa nos acontecimentos — não fora ele quem começara a montar aquele castelo de cartas, incapaz de resistir ao sopro da menor sindicância? —, Mirandão, moralista com fumaças de filósofo, considerou:

— Aí está... Que garantia a gente tem? Nenhuma... Até motor de caminhão, quando se conserta, tem garantia de seis meses... A gente, quando pensa que está instalado na vida, que as coisas finalmente se acertaram, aí emboceta tudo, o santo cai do andor e vira lixo...

No opinar de Mirandão, Vadinho caíra do andor, o santo virara lixo, os restos espalhados nos monturos, e não havia remendo capaz de restaurar o conceito do demissionário oficial de gabinete ante dona Rozilda. Conceito aliás igualmente comprometido junto a Flor, como haveria ela de ainda aceitar o potoqueiro que a engabelara? Mirandão conhecia essas pessoas mansas e suaves: quando abusadas em sua confiança, crescem em obstinado orgulho, não voltam atrás.

— Quando empombam, empombam de vez... — concluía pessimista.

Vil, ordinário, abjeto, infame sujeito! Dona Rozilda achava

a língua pobre de expressões suficientemente varonis e vigorosas para rotular tão baixo espécime humano — ainda na véspera o pretendente ideal, santo no andor todo enfeitado de elogios. Sua filha podia casar até com um soldado de polícia, até com um criminoso de morte, de sentença passada no júri, cumprindo pena na cadeia, jamais com o miserável canalha. Recolhendo pelas imediações do Alvo essas cruas opiniões, Mirandão balançara a cabeça pesaroso e realista: se Vadinho pensava em prosseguir o namoro é porque não entendia nada de mulheres. Sempre tão ladino, agora cego pela paixão, não se dava conta da realidade: desbundara tudo. Mirandão, aflito, reclamou um novo trago no Bar Triunfo: para suportar tanta comoção.

A Vadinho pouco importava restaurar seu conceito ante dona Rozilda, aplacar sua fúria, velha levada dos diabos, bruaca intolerável, um purgante. Não admitia, porém, romper com Flor, perder seu riso manso, sua quieta ternura, seu machucado suspiro. Ao contrário, agora decidira casar-se com ela. Afinal, em tudo aquilo, só havia de sério o carinho, a compreensão, o bem-querer, aquele amor dos dois; o resto não passava de tola brincadeira. De quem gostava Flor: dele, Vadinho, de sua pessoa, ou do cargo inventado, da posição que não exercia, do dinheiro que não tinha?

Naquela história só uma coisa o desgostava: haver sido desmascarado por Célia, sua protegida, aquela perneta agora professora pública devido à sua interferência. Fora ela a fazer todo o fuzuê, a desenrolar o novelo, a denunciá-lo a dona Rozilda. Chegara ofegante ao primeiro andar, numa excitação tamanha a ponto de quase perder a voz. Num tal contentamento, só se vendo.

"Alguém muito elevado?" Jamais subira o vigarista sequer as escadas do palácio, o único palácio que ele conhecia, e a esse conhecia bem, era o Pálace, antro de jogo e perdição, assim de mulher-dama... Prestígio? Só se fosse nas ruas do meretrício mais baixo, junto às casteleiras e aos escroques... Oficial de gabinete do governador? Se ele se atrevesse a entrar no gabinete do governador seria tomado preso, metido no xadrez. Sua nomeação de professora? Era melhor nem pensar nisso, quem sabe dos estrupícios e tratantadas postos em prática pelo patife?

E como fora Célia, insignificante professora primária, descobrir toda aquela rede de enganos, pondo a claro todos os detalhes da farsa, não deixando persistir uma sombra sequer de dúvida, um pode-ser-quem-sabe ao qual se agarrasse dona Rozilda, náufraga no mar da porca existência? Por que tamanho empenho em desmascarar e denunciar o trapaceiro, o barato sedutor?

Vadinho se surpreendeu, magoado:

— Logo quem... Não fiz mal nenhum a essa moça, ao contrário...

Por isso mesmo, talvez. Quando Vadinho lhe arranjou o emprego, Célia sentiu-se ao mesmo tempo grata e ofendida. No fundo, não lhe perdoava ter-se enganado a seu respeito, não ser ele o gigolô pressentido por seu faro de azedume e maldade: a existência reles fizera-a invejosa e ruim. A cada dia, menos grata e mais ofendida — aquele indivíduo não tinha jeito de prestar... Por acaso, deram-lhe uma pista e ela tanto futucara, tanto xeretara até descobrir em todas as minúcias a teia de mentiras iniciada por Mirandão em casa do major e por cujo crescimento era mais responsável a vida do que o próprio Vadinho. Refeitos os capítulos daquele imaginoso folhetim, Célia sentiu-se realizada: não a enganavam assim facilmente, tinha olho e faro, para tapeá-la fazia-se necessário mais do que emprego, nomeação e posse. Satisfeita, feliz com sua torpeza, nem lhe pesava a perna manca ao subir a escada do primeiro andar onde dona Rozilda e Flor costuravam peças do enxoval. "Não passava o almofadinha de um mísero gigolô, ela, Célia, jamais tivera dúvidas." Resplandecia seu encardido semblante, poucas vezes se sentira assim alegre, muita gente ia chorar naquele dia, arrenegar o diabo, ranger os dentes. E existe no mundo algo tão esplêndido e excitante, espetáculo comparável ao do sofrimento alheio? Para Célia não existia nada igual. Jamais um homem olhara para seu corpo com olhos de desejo, jamais alguém lhe sorrira com amor, e as crianças da escola tinham-lhe medo, fugiam dela.

Dona Rozilda, em faniquito, propunha-se a matar e a morrer, gemia por um copo com água. Flor não lhe deu importância, não ouviu seus ais, ocupada com Célia:

— Puxe daqui, sinhá cachorra, não volte mais...

— Eu, Flor? Você está falando sério? Por quê?

— Mesmo que ele fosse o que você diz, você não podia vir fuxicar, ele lhe empregou... Você devia era esconder o que soubesse contra ele, estava morrendo de fome e ele lhe arranjou o lugar...

— E eu sei lá se foi ele... Quem viu ele arranjar? Pra mim, foi a carta do padre Barbosa...

Flor quase não elevava a voz mas suas palavras cuspiam nojo e desprezo:

— Puxe daqui antes que eu lhe ensine a não se meter na vida dos outros, cadela vagabunda...

— Pois fique com ele, que lhe faça bom proveito, tu nasceu mesmo pra descarada...

Baixou a escada a clamar contra a ingratidão humana.

Guerra, sim; que outro nome, que outra designação usar?, e guerra sem misericórdia — a guerra entre dona Rozilda e Flor teve começo ali mesmo, naquela mesma hora. Ao ruído da porta batendo na cara de Célia, dona Rozilda recolheu seus melindres, desistiu do desmaio, clamou pela professora, queria continuar a conversa sobre Vadinho, remexendo na ferida:

— Célia! Célia! Não vá s'embora...

Flor disse, a voz pesada:

— Botei ela pra fora...

— Ela veio fazer um favor e você enxota ela, em vez de agradecer.

— Essa fuxiqueira nunca mais me põe os pés aqui.

— Desde quando tu manda nesta casa?

— Se ela entrar, eu saio...

Mirandão acertara ao descrever o baixo crédito de Vadinho junto a dona Rozilda. Errou, porém, e por completo, quanto à reação de Flor. Não ficara contente, é claro, tivera um desaponto: Vadinho mais sem jeito, para que essas mentiras? Em nenhum momento, entretanto, pensou em romper com ele, em terminar o namoro. Amava-o, pouco lhe importando seu ofício ou emprego, sua posição na sociedade, sua importância na política.

Assim lhe disse quando, naquela noite, num desafio impudente às ordens de dona Rozilda, foi conversar com o namorado numa esquina próxima. Ouviu e aceitou suas explicações, derramou algumas lágrimas, a chamá-lo de "maluco, sem juízo, meu doido lindo". Pela primeira vez Vadinho lhe falou de amor, de como esfomeado e sequioso a queria e desejava — e para esposa a queria e desejava. E isso para Flor valeu todo o aborrecimento, a mágoa dele lhe ter mentido e enrolado sem necessidade.

Teriam de esperar com paciência, disse-lhe Flor. Pelo menos os dez meses que faltavam para os seus vinte e um anos; era ainda menor, sob o mando materno, e nem pensasse Vadinho em obter o impossível consentimento de dona Rozilda. Nunca vira a mãe tão exaltada e em fúria. Mesmo os encontros não iam ser fáceis, tinham de estudar a melhor maneira de se avistarem sem que a velha suspeitasse. O namoro — aquele namoro com tantas facilidades, tão bem-aceito e apadrinhado por dona Rozilda — passara aos subterrâneos da ilegalidade, estava proibido em definitivo, a cotação de Vadinho na ladeira do Alvo não valia a poeira da rua. Vadinho enxugou-lhe as lágrimas com beijos, ali mesmo na esquina, sem ligar aos passantes.

Bufando, dona Rozilda a aguardava de taca na mão, pedaço de couro cru para exemplar animais e filhos desobedientes. Não era usada há muito, quem dela fizera gasto fora Heitor, relapso estudante. Rosália levara suas tacadas, Flor algumas surras quando menina. Suspensa na parede da sala de jantar, a primitiva chibata agora valia apenas como símbolo cruel da autoridade materna, caído em desuso. Quando Flor transpôs a porta, dona Rozilda ergueu a taca, a primeira chicotada a atingiu no colo e no pescoço deixando-lhe um lanho vermelho, marca de guerra a perdurar por mais de uma semana.

Apanhou sem chorar, defendendo o rosto com as mãos, reafirmando seu amor. "Comigo viva tu não casa com ele", rugia dona Rozilda. No outro dia, Flor quase não pôde levantar-se, o corpo todo doído, o lapo roxo no pescoço. A ladeira em peso comentava os acontecimentos, a negra Juventina, soberana em sua janela, a distribuir detalhes, dr. Carlos Passos criticando os métodos educacionais de dona Rozilda, se bem não lhe negasse razão para desgosto e zanga.

Vadinho compareceu na hora costumeira; todo o primeiro andar mantinha-se fechado, a sacada vazia, a porta da escada de ferrolho e tranca. A janela do quarto de Flor dava sobre a rua transversal, por entre as venezianas fugiam réstias de luz. Logo houve quem contasse da surra da véspera, segundo as comadres, Flor suspirava presa no quarto, de chave passada.

Vadinho concordou com a negra Juventina quando a amásia de Antenor Lima definiu dona Rozilda com justeza e literatura: "Uma hiena bestial, é o que ela é, seu Vadinho"; ouviu as notícias em silêncio, disse até logo, foi-se embora.

Para volver depois de meia-noite e abrir todas as janelas das redondezas, acordar a ladeira e as ruas próximas com a mais maviosa serenata, tão maviosa e apaixonada como muito poucas até hoje se fizeram nessa ou em qualquer outra cidade. Quem a escutou guarda sua lembrança imperecível nos ouvidos e no coração.

Também, pudera! Vadinho reunira para Flor o melhor de quanto existia. Trouxera o magrelo Carlinhos Mascarenhas, o cavaquinho de ouro; fora buscá-lo no castelo de Carla, no aconchegado leito de Marianinha Pentelhuda. Ao violino, via-se a figura popular de Edgard Cocô, o *non plus ultra*, igual só no Rio de Janeiro ou nas estranjas. Soprava a flauta — e com que dignidade e maestria! — o bacharel em direito Walter da Silveira; Vadinho o arrancara de cima dos livros, pois, recém-formado, preparava-se a fundo para concurso de magistrado; em breve, escolhido meritíssimo juiz, não mais exibiria em público sua insigne flauta, privando as massas de celestial deleite. Quanto ao violão, dedilhava-o um moço querido de toda a gente por sua educação e alegria, seu jeito modesto e ao mesmo tempo fidalgo, sua competência no beber, sua finura de trato, e sua música: a qualidade única de seu violão, dele e de mais ninguém, e sua voz de mistério e picardia. Um retado. Aparecera ultimamente a tocar e a cantar no rádio, e já o sucesso o cercava. Repetia-se seu nome, Dorival Caymmi, e os íntimos exaltavam suas composições inéditas; no dia em que fossem divulgadas, o moreno ficaria célebre. De Vadinho era amigo do peito, juntos haviam tomado os primeiros tragos e varado as primeiras madrugadas. Traziam de reserva a Jenner Augusto, pálido cantor de cabaré, e de quebra a Mirandão, já bêbado.

Ao pé da ladeira, detiveram-se por uns minutos; o violino de Edgard Cocô soluçou os primeiros acordes, dilacerantes. Entraram a seguir o cavaquinho, a flauta, o violão — e Caymmi abriu o eco, soltou a voz em dueto com Vadinho, cujos gorjeios não valiam lá grande coisa. Grande era sua causa, sua paixão proibida: o desejo de desagravar a namorada, curar suas tristezas, apaziguar seu sono, trazer-lhe o consolo da música, prova de seu amor:

> *Noite alta, céu risonho*
> *a quietude é quase um sonho*
> *e o luar cai sobre a mata*
> *qual uma chuva de prata*
> *de raríssimo esplendor...*
> *Só tu dormes, não escutas*
> *o teu cantor...*

A modinha de Cândido das Neves subia a ladeira mais depressa do que eles, apareciam cabeças curiosas, demoravam-se à janela presas ao fascínio da música, à voz de Caymmi. A negra Juventina batia palmas aplaudindo, era do partido de Flor e de Vadinho e doida por serenatas. Alguns despertavam com raiva, na ideia de protestar, mas a doçura da canção os vencia, adormeciam ouvindo o chamado de amor. Dr. Carlos Passos foi um desses: saltou da cama numa sanha assassina, seu dia era trabalhoso, começava no hospital às seis da manhã e por vezes só volvia à casa às nove da noite. Mas entre o quarto e a janela foi-se aplacando sua ira e trauteava a melodia ao debruçar-se no beiral para ouvir mais cômodo.

> *Lua, manda tua luz prateada*
> *despertar a minha amada...*

Estavam parados agora embaixo da luz de um poste, bem na esquina fronteira ao sobrado. Vadinho destacara-se um pouco do grupo para melhor situar-se sob o foco elétrico e mais facilmente ser visto por Flor. Os sons da flauta do dr. Silveira subiam pela parede, os ais do cavaquinho penetravam na sacada, o violino de Edgard Cocô abria as janelas do quarto da moça, ia arrancá-la da cama num estremecimento. "Deus do Céu, é Vadinho!" Correu para a janela, suspendeu a veneziana, lá estava ele sob a luz, os loiros cabelos, os braços estendidos para o alto:

> *Quero matar meus desejos*
> *sufocá-la com meus beijos...*

Alguns notívagos juntavam-se a escutar, Cazuza Funil saíra vestido num velho pijama, atraído pela música e pela possibilidade de alguma garrafa em mão dos seresteiros.

Na sacada do primeiro andar, surgindo da escuridão, apareceu dona Rozilda, sua cólera cortou a música e a poesia:

— Vadios! Vagabundos!

Mais alta a canção, a voz de Caymmi subia para as estrelas:

> *Canto...*
> *e a mulher que eu amo tanto*
> *não me escuta, está dormindo...*

Onde encontrara Flor aquela rosa de tão vermelha quase negra? Vadinho a recolhia no ar, noite romântica de namorados, no céu a lua amarela e um perfume de alecrim, toda a ladeira a cantar em coro para Flor presa em seu quarto:

> *Lá no alto a lua esquiva*
> *está no céu tão pensativa*
> *e as estrelas tão serenas...*

Desembocava dona Rozilda na porta da rua, escancarando-a, desfeito o coque, envolta numa bata enxovalhada e em ódio. Varou para o grupo, num desvario de fúria:
— Fora, fora daqui! — gritava em desespero. — Chamo a polícia, dou queixa na delegacia, cachorros!

Tão inesperada e violenta aparição — por instantes eles perderam o aprumo, sustiveram o canto. Dona Rozilda ergueu-se vitoriosa na rua em silêncio:
— Fora! Cambada de cachorros, fora!

Mas foi só um instante. Logo a flauta do dr. Silveira fez ouvir um som como um riso de mofa, como o assovio de um moleque, musiquinha mais de deboche e de sotaque:

> *Iaiá me deixe*
> *subir nessa ladeira...*

Então todos viram Vadinho adiantar-se em direção a sua futura sogra e diante dela, ao som da flauta, executar com perfeição e donaire, num catado de pés e num gingo de corpo, o passo do siri-boceta, o difícil e famoso passo do siri-boceta. Sufocada, em pânico, sem voz, dona Rozilda recolheu suas últimas forças, o suficiente para correr escadas acima.

A serenata reconquistou a noite e a rua, prosseguiu rumo à madrugada. Notívagos mais ou menos bêbados reforçaram o coro, o guarda-noturno surgiu em sua ronda e foi ficando por ali, a escutar e aplaudir. A garrafa pressentida por Cazuza Funil apareceu, o repertório era vasto. Cantaram Vadinho e Caymmi, cantou Jenner Augusto, cantou dr. Walter com voz profunda de baixo, cantou o guarda-noturno, seu sonho era cantar na rádio. Cantava a rua inteira na serenata de Flor, Flor reclinada em sua alta janela, vestida de babados e rendas, coberta de luar. Lá embaixo, Vadinho, galante cavalheiro, na mão a rosa de tão vermelha quase negra, rosa de seu amor.

12

No lar e no carinho de tia Lita e de seu marido Thales Porto, no Rio Vermelho, procurou e obteve abrigo a perseguida Flor, quando fugiu de casa para desposar Vadinho.

Porto ainda vacilara: não queria encrencas com dona Rozilda, mulher de cabelo na venta e ousada; era homem de bom viver. Tranquilo em seu canto, com seu pequeno emprego e sua mania de pintura. A cunhada já o acusara, e a dona Lita, de se oporem os dois ao namoro da sobrinha, isso quando, nas férias, ela enxergava em Vadinho um poço de virtudes, um deus-me--acuda, um jesus-menino, só lhe faltando, para santo de igreja, o resplendor. Uma tola metida a sabichona, enganjenta, cheia de birras e calundus: eis, dona Rozilda; Porto não queria embeleco com mulher tão confusa e petulante. Mas que fazer, se Flor aparecera descabelada e em prantos, trazendo de escolta um Vadinho sério e solene, muito cônscio de suas responsabilidades? Vinham confessar o irremediável; ele tinha lhe tirado os tampos, comido o cabaço, necessitavam casar. Quisesse ou não dona Rozilda, com ou sem maioridade, tinham de casar, Flor deixara de ser moça donzela e só o matrimônio lhe restituiria a honra agora no bucho de Vadinho.

Flor, num pranto deslavado, pedia perdão aos tios. Se a tanto chegara, desprezando os rígidos princípios familiares, rompendo o medo e o pudor, entregando sua virgindade ao pertinaz fiscal de jardins, a única culpada verdadeira era dona Rozilda, com suas artimanhas, sua intransigência, a proibir-lhe qualquer contato com o namorado, aferrolhando-a dentro de casa, como se ela, mulher-feita, quase de maior, pouco faltava, fosse uma criança. Até bater lhe batera, quem suportaria tanto carrancismo? Afinal Vadinho não era nenhum celerado, nenhum facínora, foragido da justiça ou cangaceiro do grupo de Lampião; nem ela Flor, tinha quinze anos, inocente de tudo, sem nada saber da vida. E as despesas da casa não era Flor quem as assegurava, pagando aluguel e comida? A mãe pouco contribuía, sem Rosália o atelier de costura se reduzira a uma ou outra encomenda. Em compensação, desenvolvera-se a escola de culinária, dela viviam mãe e filha. Por que então se arrogava dona Rozilda o direito de resolver sozinha, de condenar sem apelação? Recusando-se a ouvir pessoas sensatas como tia Lita, seu Antenor Lima e o próprio dr. Luís Henrique, padrinho de Heitor, cuja opinião sempre acatara antes. Dessa vez repelira seus conselhos com veemência. Thales Porto sacudia a cabeça: a parenta perdera de todo a tramontana.

Nem Flor nem Vadinho podiam suportar tal situação. Para o rapaz o caso se transformara em definitiva e emocionante parada. Como na roleta ou nos dados, de frente para o azar. Um desejo de Flor o possuía por completo, da cabeça aos pés, turvando-lhe o juízo, como se não existisse outra mulher no mundo, como se ela — com seu corpo rechonchudo e suas bochechas redondas — fosse a mais bela e apetecível fêmea da Bahia, única capaz de saciar sua fome e sua sede, de conter sua solidão. "Não, nunca, jamais, enquanto eu tiver vida", repetia dona Rozilda repelindo as renovadas propostas de casamento de Vadinho, transmitidas por parentes e amigos.

A própria tia Lita tinha intervindo dias antes, como lembrava Flor. A outra saíra com quatro pedras nas mãos e uma ladainha de pragas:

— Enquanto Deus me der vida e saúde esse canalha não casa com minha filha. Não que ela mereça esse cuidado, é uma sonsa, uma ingrata, nasceu para sujeitinha. Mas eu não consinto, enquanto estiver na minha dependência. Prefiro ver ela morta do que casada com esse vagabundo...

Lita quisera argumentar, convencer a irmã, romper aquela parede de ódio: o amor fazia milagres, por que não admitir a regeneração de Vadinho? Dona Rozilda rosnava acusadora:

— Basta o desgosto que você deu à família, quando casou com Porto. Depois ele consertou, mas se não consertasse? Se continuasse na descaração a vida toda? — pronunciava "descaração" com todas as letras, tornando a palavra ainda mais pesada de vício e de culpa.

Referia-se ao passado de Porto, cuja mocidade decorrera no Rio de Janeiro, no meio teatral, com excursões pelo interior do país, varando cidades, cenarista e coreógrafo de mambembes, tendo sido também, por força das circunstâncias, ator e ponto, diretor e figurinista. Depois do casamento, assentara a cabeça, obtivera colocação na Bahia. De sua vida na ribalta restaram apenas um álbum de recortes e um punhado de anedotas. Não perdia ocasião de exibir o álbum e de contar as anedotas.

— E não deu certo? — reagia dona Lita, no fundo orgulhosa do passado boêmio do marido. — Você sabe de casamento mais feliz? Ademais não tenho nenhuma vergonha do trabalho dele no teatro. Não estava roubando ninguém, nem enganando, nem deflorando donzelas...

— E como havia de deflorar, se era tudo umas meretrizes tudo de fiofó arrombado. Onde ele ia arranjar donzelice pra comer? Vontade não havia de lhe faltar, boa bisca ele não era...

Amigueira e bondosa, sob certos aspectos o contrário da irmã, dona Lita não suportava, no entanto, insultos ao esposo e, se a esporeavam, subia-lhe o sangue às narinas:

— A senhora faça o favor de meter sua língua no rabo e não falar mal de meu marido, não vim aqui para ouvir desaforo seu...

Dona Rozilda, obediente, enfiava a língua no rabo, a resmungar desculpas. Dona Lita era a única pessoa no mundo por quem nutria estima e respeito, com ela jamais brigava.

— Vim aqui porque quero bem a Flor, como se ela fosse minha filha... Por que diabo você não deixa a menina casar, ela gosta do rapaz e ele está caído por ela. Porque ele não é um todo-poderoso como você se meteu na cabeça?

— Não meti nada na cabeça, você está cansada de saber, eles abusaram de mim, os miseráveis. — A lembrança do monstruoso debique a enfurecia. — E sabe de uma coisa? É melhor a gente dar essa conversa por finda. Com aquele traste ela não casa enquanto estiver sob minha guarda. Depois dos vinte e um anos, se ainda quiser, pode ir embora e se desgraçar. Antes eu não deixo e acabou-se.

— Tu tá procurando sarna pra se coçar... Tu vai ver...

E assim era, pois, ante o fracasso dessa derradeira embaixatriz, Flor resolveu atender à voz da razão. Ou seja: aos cochichados argumentos de Vadinho a tentar convencê-la da única solução prática, viável, possível, e ao mesmo tempo deliciosa, terna e doce prova de amor e confiança. Convencida, precipitou-se a atender: abriu as coxas e deixou que ele a comesse como há muito lhe pedia e suplicava. Para referir toda a verdade, sem escamotear detalhes (nem mesmo escamoteando-os na simpática intenção de manter íntegros aos olhos do público a inocência e o recato de nossa heroína, fazendo-a ingênua vítima de irresistível dom-juan), deve-se dizer que Flor estava doidinha para dar, para dar e dar-se, entregar-se por inteira, um fogo a queimar-lhe as entranhas e o pudor, desatinada labareda.

Um amigo endinheirado, Mário Portugal, solteiro e estroina naquele tempo, emprestou a Vadinho oculta casinhola para os lados de Itapuã. A viração desatava os cabelos lisos e negros de Flor, punha-lhe o sol azulados reflexos. No marulho das ondas e no embalo do vento, Vadinho arrancou-lhe a roupa, peça a peça, beijo a beijo. A lhe dizer, rindo, enquanto a despia e dela se apoderava:

— Não sei vadiar nem coberto de lençol quanto mais vestido com roupa. Tu tem vergonha de quê, meu bem? A gente não vai se casar, não é para isso mesmo? E mesmo que não fosse, a vadiação é coisa de Deus, foi ele quem mandou que se vadiasse. "Vão vadiar por aí, meus filhos, vão fazer neném" que ele disse e foi das coisas mais direitas que ele fez.

— T'esconjuro, Vadinho, não seja herege... — Flor enrolava-se numa colcha vermelha. Tudo naquele quarto era excitante; quadros de mulheres nuas nas paredes, reproduções de desenhos onde faunos perseguiam e violentavam ninfas, um espelho imenso em frente ao leito, o tal Mário era um lorde, criara uma atmosfera pecaminosa, perfumes na penteadeira, bebidas no gelo. Flor sentia um frio no ventre.

— Se ele quisesse que a gente não vadiasse, fazia logo o povo todo capado e os meninos nasciam órfãos de pai e mãe... Não seja tola, deixa essa coberta...

Suspendeu o trapo vermelho, Flor desabrochou na brancura do lençol, Vadinho teve uma exclamação de alegre surpresa:

— Mas tu é pelada, meu bem, quase pelada... Que coisa doida e mais linda...

— Vadinho...

Com o seu corpo cobriu-lhe o pudor, ela cerrou os olhos. Rompeu a aleluia sobre o mar de Itapuã, a brisa veio pelos ais de amor, e, num silêncio de peixes e sereias, a voz estrangulada de Flor em aleluia; no mar e na terra aleluia, no céu e no inferno aleluia!

Na manhã daquele dia Flor saíra a ajudar dona Magá Paternostro, aquela ricaça sua antiga aluna, num almoço de aniversário, rega-bofe para mais de cinquenta pessoas e ainda mesas de doces e salgados pela tarde. Dali partiu para encontrar-se com Vadinho e aconteceu o que tinha de acontecer. Dona Rozilda a fazia no fogão de dona Magá, ela estava empernada com Vadinho em Itapuã.

Daquele dia em diante a vida de Flor foi inventar pretextos para voltar com Vadinho à casinhola da praia. Recorria a amigas e a alunas: "Se mamãe perguntar se eu saí com você, diga que sim". Diziam, todas lhe tinham afeição e muitas simpatizavam ativamente com sua causa. Após a aula, uma delas anunciava:

— Vou levar Flor comigo à matinê, a pobre precisa esquecer...

Parecia estar esquecendo, rejubilava-se dona Rozilda. Nos últimos dias Flor já não mantinha a cara tão amarrada, desistira de ficar metida no quarto à espera de vê-lo surgir na rua — ao cafajeste — para então assumir ostensiva a janela, em franca provocação. O não-sei-que-diga demorava-se a tirar prosa no passeio da negra Juventina. Aquela peste e outras descaradas da vizinhança serviam de espoleta para o namoro, de leva e traz, dona Rozilda as tinha de olho, um dia lhe pagariam com juros.

Flor atirava bilhetes a Vadinho, beijos com a ponta dos dedos. Até dona Rozilda perder a cabeça e explodir em desaforos contra a filha e o tratante, o patife a rir na esquina.

Nos últimos dias, no entanto, dona Rozilda sentira prenúncios de mudança. A atitude de Flor já não era a mesma, já não cantava modinhas tristes, não tinha na boca o tempo todo o asqueroso apelido do namorado, e ele deixara de mostrar-se na rua. Reaparecera o sorriso de Flor, voltara a dar bom-dia e boa-tarde, a responder quando dona Rozilda lhe dirigia a palavra.

Na Baixa dos Sapateiros a eventual amiga recomendava despedindo-se:

— Juízo, hein! — e ria cúmplice.

Riam-se também Flor e Vadinho, enfiavam-se num táxi — sempre o mesmo, pertencia ao Cigano, chofer de praça e velho companheiro de Vadinho —, a toda velocidade no rumo de Itapuã, as mãos agarradas, roubando-se beijos pelo caminho. Cigano ia buscá-los de volta ao crepúsculo, vinham sem pressa, a cabeça de Flor repousando no ombro de Vadinho, os negros cabelos ao sabor da brisa, e uma lassidão, uma ternura — o desejo de continuarem juntos, por que se despediam?

Vadinho, numa exigência crescente, reclamava passar uma noite inteira com ela, não mais lhe bastando tê-la a seu lado e possuí-la; queria adormecer em sua respiração, dormir em seu sono. Também Flor desejava essa noite completa, essa posse mais além dos limites do relógio, da hora contada e cada vez menor para seu anseio.

— Mas... — disse-lhe uma tarde quando ele novamente reclamou — ...se eu passar a noite fora não posso mais voltar para casa...

— E para que voltar? A gente se amarra e acabou-se. Tu é que não quis ainda botar tudo em pratos limpos... Não sei por quê.

— E onde vou ficar até o casamento?

Fixaram-se em tia Lita e tio Porto, a casa do Rio Vermelho era um segundo lar para Flor. Tendo assim resolvido, ela, no dia seguinte, após a aula, trancou-se no quarto e arrumou seus teréns, encheu duas malas e um baú. Depois fechou a porta, pôs a chave na bolsa e saiu dizendo que ia até o Mercado de Iansã, na Baixa dos Sapateiros. Ali, Vadinho a esperava com o táxi, mais uma vez Cigano os conduziu mas, dessa vez, só na manhã seguinte retornou a buscá-los.

A uma conhecida, vinda por novidades e costuras, dona Rozilda contou:

— Flor saiu para fazer compras, volta já. Felizmente não fala mais do tipo, anda menos assanhada...

— Acaba esquecendo... É sempre assim...

— Tem de esquecer, queira ou não queira...

A visita demorou-se, a conversar, dona Rozilda contando coisas de uma família recente na ladeira, uma gente de Amargosa.

— Bem, Flor está tardando, vou embora. Lembranças para ela.

Sozinha, dona Rozilda à espera. Primeiro levemente em dúvida, logo inquieta, pela noite sabendo de certeza absoluta que Flor perdera o juízo e fugira de casa. Forçou com um canivete a fechadura do quarto, viu as malas feitas, o baú repleto. A fingida estivera a enganá-la, comportando-se como se houvesse rompido com o canalha, para poder sair desatinada a desgraçar-se. Dona Rozilda ficou de luz acesa a noite toda, a taca ao alcance da mão. Ah!, se ela tivesse a audácia de voltar...

Quando, no outro dia, antes do almoço, a irmã e o cunhado apareceram, Porto todo cheio de dedos, ela fez uma cena daquelas, arrancando os cabelos, fora de si:

— Não quero saber de nada... Aqui não entra mulher-dama, lugar de puta é em castelo...

Dona Lita subiu nos azeites:

— Faça o favor de me respeitar. Flor está em minha casa e minha casa não é castelo. Se você não se importa com a felicidade de sua filha, isso é com você. Eu e Thales nos importamos e muito. Vim aqui para lhe dizer que Flor vai se casar. Se você quiser, o casamento sai daqui, tudo direito e em ordem como deve ser. Se você não quiser, sai de minha casa e com muito gosto.

— Rapariga não casa, se ajunta...
— Escuta, mulher...

De nada adiantaram a dialética de tia Lita e a silenciosa presença de tio Porto. Não assistiria nem daria seu acordo ao casamento, conseguissem autorização com o juiz, se quisessem, revelando toda a bandalheira, exibindo a desonra da ingrata. Não contassem com ela para encobrir a patifaria, para tapar o rombo da descarada.

No dia seguinte viajou para Nazaré, onde o filho a recebeu sem entusiasmo. Ele próprio, Heitor, pensava em casar-se e só não o fizera ainda por não lhe permitir o ordenado.

Disposto a fazê-lo, no entanto, apenas fosse promovido e pudesse economizar alguns mil-réis. Já tinha noiva em vista: uma ex-aluna de Flor, aquela de olhos molhados, que atendia por Celeste.

13

Indo correr no Sodré uma casa anunciada para alugar, Flor deparou com outra ex-aluna sua, dama de realce, esposa de comerciante da Cidade Baixa, dona Norma Sampaio, pessoa muito alegre e novidadeira, bonitona, de cuja bondade natural e generoso coração já se deu notícia anterior. Residia ela nas vizinhanças.

A casa estava na medida das necessidades de Flor, para morada e escola, sendo, ao demais, de aluguel relativamente barato. Pois então se considerasse desde logo inquilina, garantiu-lhe dona Norma; o proprietário do imóvel era seu conhecido, dar-lhe-ia a preferência, com certeza. Deixasse a seu cuidado, não precisava preocupar-se.

Foi dona Norma de muito conforto e consolo em todo aquele transe. Apoderou-se dos diversos problemas da moça e concorreu para a solução de todos eles, a todos deu jeito.

Para começar, levantou-lhe a moral abatida. De quanto se passara Flor lhe fez minucioso relato. Dona Norma saboreava os detalhes, não lhe viessem com história contada às carreiras, pulando pedaços. Flor sofria com a impressão que o mundo inteiro tivera conhecimento de seu mau passo ("mau passo" era a expressão usada por tia Lita, delicadamente), como se ela trouxesse o estigma da mentira estampado no rosto: mulher sem-vergonha, conhecedora de homem e a bancar moça solteira.

— Ora, menina, deixe de ser tola... Quem é que sabe que você deu? Quatro ou cinco pessoas, meia dúzia, se muito e acabou-se... Se você quiser, pode até casar de véu e grinalda e quem é que vai reclamar? Sua mãe viajou; ela, sim, era capaz de vir fazer escândalo na porta da igreja...

Flor não podia ocultar a vergonha, agira mal, mas não tivera outro jeito. Para dona Norma todo aquele horror reduzia-se a nada:

— Isso de dar um pouquinho antes de casar sucede a três por dois e com gente muito boa, minha cara...

Desfiava vasto e curioso noticiário, consoladores exemplos. A filha do dr. fulano, aquele da faculdade, não dera a um amigo do noivo às vésperas do casamento, rompendo o compromisso, fugindo com o outro, casando com ele às pressas? E atualmente não era a nata da sociedade, com o nome nos jornais: "Dona fulana recebeu os amigos... etecétera e tal..."? E aquela outra fulaninha, filha do desembargador, não foi pega dando ao noivo — essa pelo menos dava ao próprio noivo — por detrás do Farol da Barra? O guarda os surpreendeu em flagrante, só não levou os dois para a delegacia porque o diligente cavalheiro soltara a gorjeta alta. Mas exibira a meio mundo a calcinha da sapeca, aliás uma lindeza de rendas negras. Nem por isso, com todo esse desfile de roupa íntima, ela deixou de casar de véu e grinalda, um vestido por sinal belíssimo, a fulana tinha gosto e dinheiro. E aquela outra sicrana — o pai um mata-mouros que nem dona Rozilda, trazendo as filhas num cortado, esbregues medonhos, presas em casa — surpreendida em Ondina, nos matos, a dar a um homem casado, a um compadre de seus pais? Casara depois com um pobre-diabo e agora dava quanto podia, "quanto mais melhor" era seu lema; dava a solteiros e casados, a conhecidos e indiferentes, a ricos e pobres. "Muita gente, minha filha, só não dá antes de casar porque não sabe que é tão bom ou porque o noivo não pede. Afinal, antes ou depois, que diferença faz, me diga?"

Não apenas minimizou sua falta, devolvendo-lhe o ânimo, como a assistiu e dirigiu nas compras indispensáveis para tornar a casa habitável, móveis e utensílios. Inclusive a cama de ferro, com as cabeceiras e os pés trabalhados, adquirida em segunda mão a Jorge Tarrapp, leiloeiro com loja de antiguidades e velharias à rua Rui Barbosa e, como não podia deixar de ser, amigo de dona Norma. Um bom sujeito, esse Jorge, sírio alto e vermelho, quase apoplético; ao saber do próximo casamento de Flor, ofereceu-lhe de quebra e presente meia dúzia de cálices para licor. Dona Norma concorreu com um par de toalhas de banho e de rosto, toalhas alagoanas, de primeira. E lhe cedeu, pelo preço antigo de custo ou seja quase de graça, sensacional colcha de cetim azul-hortênsia com ramos de glicínias, estampados em lilás, um monumento de chique. Dona Norma a levara em seu pomposo enxoval, peça de resistência, presentão de uns tios residentes no Rio. Pois bem; o maníaco do Zé Sampaio tomara birra da colcha, segundo ele o lindo azul-hortênsia era um roxo funéreo e aquele trapo só servia para cobrir esquifes. Por causa da maldita colcha quase brigam na própria noite do casamento. Não fosse dona Norma estar morta de curiosidade pelo que se iria passar, e teria reagido aos resmungos e às má-criações de Zé Sampaio. Não se conformara ele enquanto a coberta não foi guardada e para sempre. Nunca mais teve uso, nova em folha, na rua Chile, custava um dinheirão.

Por falar em colcha, a contribuição única de Vadinho para o enxoval constou de colorida colcha de retalhos. Obra coletiva das raparigas do castelo de Inácia, todas elas admiradoras do noivo, a começar pela nobre Inácia, mulata de cara picada de bexiga, a mais jovem casteleira da Bahia, nem por isso menos experiente. De quando em quando Vadinho aportava em seu leito, nele em xodó se demorando dias e semanas.

Não lhe cabia culpa de comparecer com tão pequena cota

no total desses intermináveis gastos onde as economias de Flor, economias de anos de trabalho, se consumiam rápidas. Muito desejara Vadinho arcar com todas as despesas ou com a maior parte, para tanto muito esforço despendera. Nunca os amigos o haviam visto assim nervoso e persistente nas mesas de roleta, mas o 17 — seu número — andava escasso, era como se houvesse sido retirado da numeração. Tentou igualmente no grande e no pequeno, na ronda e no bacará; a sorte estava arredia contra ele, urucubaca das miúdas. Esforçou-se a ponto de já não ter a quem morder e esfaquear, a quem pedir empréstimo, obrigado a recorrer à própria noiva, afanando-lhe uma pelega de cem.

— Não é possível que o azar continue hoje, meu bem. Vou amanhecer aqui com uma carroça de dinheiro, tu compra meia Bahia sem esquecer uma dúzia de champanha para o dia do casório.

Não trouxe nem dinheiro nem champanha, estava mesmo azarado, até quando iria chorar a má sorte?

Assim, só houve champanha no casamento civil, realizado em casa dos tios. Thales Porto abriu uma garrafa e o juiz brindou com os nubentes e a família. Também o ato religioso foi simples e rápido, compareceram apenas algumas amigas íntimas de Flor e seu Antenor Lima, além de tia Lita e tio Porto (e dona Norma, é claro). Dona Magá Paternostro, a milionária, não pôde vir mas mandou pela manhã uma bateria de cozinha, esse sim, um presente útil. De parte de Vadinho, apenas o diretor do Departamento de Parques e Jardins da prefeitura — a quem o relapso funcionário, aproveitando o matrimônio como pretexto, esfaqueara, assim como aos colegas —, Mirandão e esposa, senhora magra e loira, avelhantada, e Chimbo. A presença do delegado auxiliar levou Thales Porto a comentar para dona Lita: nem tudo era balela na história tramada pelos capadócios para debicar de dona Rozilda. O parentesco de Vadinho com o importante Guimarães, isso pelo menos não era invenção.

Celebrou a cerimônia religiosa d. Clemente, capelão de Santa Teresa, graças a um pedido de dona Norma. Vadinho exibia sua vistosa elegância de cabaré, Flor toda em azul e em sorrisos, os olhos baixos. Dona Norma não conseguira convencê-la a ir de branco, com véu e grinalda, a boba não tivera coragem. As alianças foram as de Mirandão, emprestadas na hora. Na véspera, no Tabaris, haviam feito uma coleta e juntado o dinheiro necessário para Vadinho pagar as alianças já escolhidas na joalheria de Renot. Meia hora mais tarde Vadinho perdeu até o último tostão em casa de Três Duques. Ainda assim poderia tê-las obtido fiado, se as tivesse ido buscar. O joalheiro, se bem com fama de esperto, não conseguia resistir à lábia de Vadinho, por mais de uma vez lhe emprestara dinheiro. Tresnoitado, porém, o noivo dormira toda a manhã, saindo às carreiras para o Rio Vermelho no táxi do Cigano.

Quando já deixavam a igreja, surgiu o banqueiro Celestino empunhando um ramalhete de violetas. Foi apresentado a Flor — dona Flor, a partir de agora, como compete a uma senhora casada. Beijou-lhe a mão, desculpou-se pelo atraso, acabara de saber, nem tivera tempo de comprar uma lembrança. Passou discreto uma cédula a Vadinho, os convidados, a começar por Chimbo e d. Clemente, vinham pressurosos cumprimentar o mandachuva português.

Os recém-casados despediram-se no pátio do convento, apenas dona Norma os acompanhou até a nova residência em cuja fachada já fora suspensa a tabuleta da Escola de Culinária Sabor e Arte. Na porta de casa, dona Flor convidou a vizinha:

— Entre pra conversar um pouquinho...

Dona Norma riu, maliciosa:

— Só se eu fosse bronca... — apontou as nuvens escuras no mar. — Está chegando a noite, é hora de dormir...

Vadinho concordava:

— Falou pouco e disse tudo, vizinha. Aliás, para esse assunto eu tenho disposição a qualquer hora, com sol ou de noite, não faço diferença e não cobro extraordinário... — Abraçou dona Flor pela cintura, saiu andando com ela pelo corredor e, numa pressa, a ia desabotoando e despindo.

No quarto, derrubou-a em cima da colcha azul-hortênsia, arrancava-lhe combinação e calça. Dona Flor nua, estendida no leito, as primeiras sombras de crepúsculo caindo-lhe sobre os seios erguidos.

— T'esconjuro! — disse Vadinho. — Essa coberta que tu arranjou, meu bem, parece mortalha de defunto. Tira isso da cama, minha peladinha, traz aquela de retalhos, em cima dela tu vai parecer ainda mais porreta. Essa, a gente guarda pra botar no prego, deve dar um dinheirão...

Sobre a colorida colcha de retalhos, nua em seu recato, coberta apenas com a meia-sombra de crepúsculo, dona Flor finalmente casada. Dona Flor com seu marido Vadinho; ela mesma o escolhera sem dar ouvidos aos conselhos das pessoas experientes, contra a expressa vontade de sua mãe, e, mesmo antes de casar-se, a ele se entregara sabedora de quem ele era. Podia estar a fazer uma loucura, mas, se não a fizesse, não tinha motivo para viver. Um fogo a consumia, vindo da boca de Vadinho, de seu hálito, e seus dedos queimavam-lhe a carne como chamas. Agora, casados, com todo o direito ele a despia, e a seu lado, no leito de ferro, a olhava a sorrir. Seu marido bonito, penugem doirada a cobrir-lhe braços e pernas, mata de pelos loiros no peito, a cicatriz da navalhada no ombro esquerdo. Estendida junto a ele, dona Flor parecia uma negra, negra e pelada. Nua por dentro também, amargando de desejo, fremente, com pressa, muita pressa, como se Vadinho lhe despisse a alma. Ele dizia coisas, maluquices.

Vadiaram até não mais poder, quando ela então puxou a colcha, se cobriu, adormeceu. Vadinho sorria e lhe catava cafuné, Vadinho seu marido. Belo e másculo, terno e bom.

Pela madrugada dona Flor acordou, o despertador à cabeceira marcava duas horas da manhã. Vadinho não estava na cama, dona Flor pôs-se de pé, saiu a procurá-lo pela casa. Vadinho sumira, fora arriscar com certeza os cobres dados pelo banqueiro. Na própria noite de núpcias, era demais. Dona Flor chorou suas primeiras lágrimas de casada, rolando no colchão, roída de desgosto, rangendo os dentes de desejo.

14

Sete anos decorreram entre aquelas primeiras lágrimas choradas por dona Flor na noite de núpcias e as da aflita manhã de Domingo Gordo quando Vadinho caiu sem vida em meio a um samba de roda, entre fantasias e máscaras. E, como bem disse dona Gisa — senhora de bem dizer as coisas, adrede e com exato a propósito — ao ver o corpo do moço estendido nas pedras do largo Dois de Julho, já de todo e para sempre morto: a esposa chorara naqueles sete anos por seus insignificantes pecados e pelos do marido — pesada carga de culpas e malfeitos — e ainda sobravam lágrimas. Lágrimas de vergonha e sofrimento, de dor e humilhação.

Derramadas sobretudo à noite. Noites ermas da presença de Vadinho, noites insones de espera, longas de passar como se a aurora recuasse para os limites do inferno. Por vezes a chuva cantava seu acalanto nos telhados, o frio a pedir corpo de homem, quentura de um peito com mata de pelos, abrigo em braços fortes. Dona Flor em vigília, impossível adormecer; o desejo de tê-lo a seu lado era uma ferida exposta. Estremecia em arrepios, num desconforto de tristeza, naquela cama cheia apenas de ânsia e de abandono.

Com Vadinho presente — ah!, com Vadinho presente nem frio nem tristeza. Dele vinha um calor alegre a subir das pernas para o rosto de dona Flor e a noite se abria em júbilo. Dona Flor sentia-se agasalhada e festiva, um pouco irresponsável como se houvesse bebido um copo de vinho ou um cálice de licor. A presença noturna de Vadinho a embriagava, vinho de buquê inebriante, como resistir à sedução de sua boca de palavras e língua? Eram noites de exaltado ímpeto, feéricas noites de aleluia.

Escassas, porém, essas noites em que o tinha sem sair após o jantar, estirado no sofá, a cabeça em seu colo, a ouvir o rádio, a contar-lhe histórias, a mão indiscreta a cutucá-la, a bulir com ela, tentando-a; e logo cedo no leito de ferro, na longa cavalgada. Aconteciam de raro em raro. Quando ele, num enjoo repentino e imprevisível, abandonava por três quatro dias, por toda uma semana, a estroinice, a baderna, a cachaça e o jogo e permanecia em casa. Dormindo a maior parte do tempo, futucando nos armários, abusando as alunas, exigindo dona Flor para vadiar a qualquer hora, mesmo nas mais impróprias e indiscretas. Dias curtos e cheios esses, com o doidivanas a remexer em tudo, o riso trêfego a ressoar pelo corredor, na janela em prosa com os vizinhos, ouvindo ralhos de dona Norma, em longos bolodórios com dona Gisa, enchendo de movimento e alegria o lar e a rua. Contadas a dedo essas noites inteiras de vertigem e euforia, de riso incontido e cócegas, cafunés, cariciosas palavras e o baque dos corpos desatados no leito de ferro. "Meu doce de coco, minha flor de manjericão, sal de minha vida, minha quirica pelada, tua xoxota é meu favo de mel", que ele dizia, ai as coisas que ele dizia, nem te conto, seu mano!

Repetidas em infindável rosário as noites de espera, essas sim. Dona Flor dormia sobressaltada, acordando ao menor ruído; ou de todo sem dormir, encostada em ira e dor nos travesseiros até adivinhar-lhe o passo ainda distante e ouvir a chave na fechadura. Pela maneira como a porta era aberta ela sabia da altura da cachaça e do resultado do jogo. Fechava os olhos, a fingir-se adormecida.

Por vezes ele chegava pela madrugada e ela o recolhia em sua ternura, agasalhava seu sono tardio. O rosto fatigado, um sorriso vencido, ele se enrolava como um novelo na concha de seu corpo. Dona Flor engolia as lágrimas para Vadinho não se dar conta do choro e da tristeza: ele já tinha muito com que se amofinar, os nervos rotos na emoção da batalha contra a má sorte. Quase sempre bebido, várias vezes bêbado, adormecia de imediato, não sem antes correr-lhe a mão numa carícia e murmurar: "Minha negra pelada, hoje me enterrei mas amanhã tiro a forra...". Dona Flor continuava em vigília e em desejo, sentindo o corpo de Vadinho contra o seu a estremecer no sonho, persistindo em jogar e ainda perdendo. A dormir, repetia números na danação da roleta: "Dezessete, dezoito, vinte, vinte e três", seus quatro números fatais. Ou reclamava com raiva: "Deu gata". Flor seguia as variações de seu sonho, e o via a apostar na "lebre francesa", melhor dito no "grande e pequeno"; o banqueiro levando as fichas de todo mundo, pois dera gata. Ela acabara por conhecer toda a nomenclatura, a gíria, a louca matemática e a secreta sedução das arapucas do jogo. E, assim, pela madrugada, ela o protegia contra o mundo, contra as fichas e os dados, contra os crupiês, contra o azar. Cobria-o com seu corpo e o acalentava, assim dormido Vadinho era uma criança loira, um menino grande.

Sucedia também ele não vir, prosseguindo a espera dia afora, prolongando-se na noite seguinte, já apodrecida em humilhação. Ao vê-la silenciosa e triste, as alunas evitavam as perguntas molestas para não desatar confusas lágrimas de pejo. Entre si, comentavam em ásperas críticas à conduta e má vida do trampolineiro. Como tinha coragem de fazer chorar tão boa esposa? Mas, bastava ele surgir com sua voz matreira, suas lérias, sua velhacaria, e elas, quase todas, se derretiam assanhadas, uma coceira no rabo e no xibiu.

Durante o dia, Vadinho multiplicava-se em esforço e correria, por vezes em desespero, para arranjar numerário para o jogo: em mesa de roleta não tem fiado, ficha só se vende à vista. Rondava pelos bancos, zanzando em torno aos gerentes e subgerentes, para garantir o desconto de uma promissória; cheio de astúcias ao dobrar e convencer hipotéticos avalistas para esse prometido desconto, ou para arrancar quase à força e a juros absurdos umas centenas de mil-réis das unhas somíticas de um agiota. Capaz de levar uma tarde inteira junto a um sovina qualquer, daqueles difíceis na queda, tinha certa satisfação em vencê-los, vendo-os finalmente tomar da caneta e apor a assinatura na letra promissória, sem forças para maior resistência. Avalizar um título ou dar o dinheiro, era a mesma coisa. Aliás, alguns mais práticos, assim resolviam o assunto: Vadinho aparecia com uma letra de um conto de réis a pedir aval, a vítima soltava-lhe uma nota de cem ou de duzentos para se ver livre. Porque senão, corria o perigo de assinar e, trinta ou sessenta dias depois, encontrar-se às voltas com um título vencido e sem pagamento. Perigo sério porque Vadinho não dava sopa a ninguém. Para resistir à sua lábia era preciso mais do que avareza, era preciso ser um zarro de inabaláveis convicções ideológicas, um insensível aos dramas da vida, um fanático, um sectário sem coração. Como o italiano Guilherme Ricci, da ladeira do Tabuão, de lendária canguinhez. Impávido, levou anos resistindo a Vadinho.

Outro a resistir com brilho foi o livreiro Dmeval Chaves, naquele tempo ainda simples gerente de livraria, não o ricaço de hoje. Mas um dia Vadinho colou-se a ele pela manhã, almoçaram juntos, entraram pela tarde, a aperreá-lo seis horas seguidas, tempo controlado por Mirandão em seu autêntico relógio suíço. Tonto, os ouvidos cansados, rendeu-se o esperto Dmeval:

— Vadinho, eu lhe juro que esta é a primeira letra que eu avalizo em minha vida...

— Pois começa bem, meu velho, não podia começar melhor. É uma estreia de primeira ordem, agora é só continuar. Aliás, quem avaliza uma vez título meu não para mais, toma gosto...

Saiu correndo para o banco, deixando o gordo gerente de boca aberta, adernado sobre o balcão de livros, jururu, sem ainda entender a razão do gesto louco, de autógrafo absurdo.

Nos tempos em que o jogo funcionava à tarde e à noite no Tabaris, Vadinho nem vinha jantar. Comia uma besteira qualquer, um acarajé, um abará, um sanduíche, indo cear alta madrugada, quando a última porta se fechava na derradeira arapuca... Os mais renitentes — ele, Giovanni, Anacreon, Mirabeau Sampaio, Meia Porção, o negro Arigof, elegante como um príncipe de romance russo — saíam em grupo para a Rampa do Mercado, as Sete Portas, a casa de Andreza, para um frege-mosca qualquer onde houvesse um caruru de folhas, um vatapá de peixe, cerveja gelada, cachaça pura.

Quando por acaso vinha jantar, era para sair logo depois, antes das nove, sempre apressado. Frustrando as esperanças de dona Flor de vê-lo chegar da rua como os maridos das demais chegavam do trabalho; indo pôr-se à vontade, vestir o pijama, ler os jornais, comentar os fatos, convidá-la talvez para uma visita ou para um cinema. Quanto tempo ela passava sem ir ao cinema? Era preciso que dona Norma a arrastasse à matinê, pois com Vadinho era tão raro — raro e inesperado —, decorriam meses sem saírem juntos. Nunca deixou de lhe perguntar, no entanto, ao vê-lo despir o paletó e afrouxar o nó da gravata:

— Hoje tu não sai mais, não é?

Vadinho sorria antes de responder:

— Saio mas volto logo, meu bem. Não demora nada, tenho um compromisso mas é rápido... — resposta também invariável.

Certas vezes chegava antes do jantar mas com outro objetivo. Nos dias de total derrota: quando, ao cair da tarde, nada havia obtido, fracasso absoluto em todas as tentativas; falho o palpite do bicho, insensíveis os gerentes dos bancos, sumidos os avalistas, ninguém para morder. Nesses dias de caiporismo sem jeito vinha para casa azucrinado. Ele, sempre tão glutão, amando saborear os quitutes de dona Flor, suas receitas sem igual, nessas tardes comia em silêncio, inquieto, e comia pouco, às carreiras, sem ligar à comida. Lançava olhares sorrateiros à esposa como a medir-lhe o humor, sua receptividade. Porque vinha para lhe pedir dinheiro, sempre emprestado, é claro, com formais promessas de pagamentos, todas até hoje por cumprir. E ela terminava entregando-lhe algum, por bem ou por mal; em certas ocasiões em doloroso e mesmo sórdido constrangimento. Eram os dias do pior Vadinho, quando ele se vestia de brutalidade e irritação, quando seu encanto e graça davam lugar a uma cruel estupidez.

Dona Flor sabia, antes mesmo dele pronunciar uma só palavra, de suas intenções malsãs. Ele chegava molesto do fracasso na rua, um surdo enfado a marcar-lhe o rosto. Naqueles anos ela aprendera a conhecê-lo nos mínimos detalhes, desde o peso e a cadência de seu passo até o brilho matreiro de seus olhos quando os punha numa fêmea qualquer, nas rumorosas alunas, no decote de dona Gisa, ou, indo com dona Flor pela rua, em quantas encontrava, a despi-las mais ou menos conforme mais ou menos elas o merecessem por bonitas ou feias.

Distribuía-se Vadinho no correr da tarde em busca de fundos para as apostas, vinha ou não jantar, carinhoso ou brusco, e, com a noite, novamente rumava para seu torvo destino.

Torvo? Não se aplicavam à natureza de Vadinho nem cabiam em sua realidade adjetivos assim tão solenes e lúgubres. Destino noturno, sim, mas torvo não. Em Vadinho não assentavam as sombras e os negrumes, as angústias e os dramas tão ao sabor das virtuosas campanhas contra o jogo. Não lhe tremiam as mãos ao depositar as fichas nem uivava de remorso pela madrugada.

Uma agonia, sem dúvida, quando a bola girava na roleta, o coração apertado em ansiedade, mas uma agonia gostosa. Jamais lhe ocorreu o vislumbre sequer de uma ideia suicida; nunca o nobre remordimento a devorar-lhe o peito; nunca a voz trágica da consciência a acusá-lo; imune a toda essa espantosa série de horrores a infelicitar a vida dos desgraçados que se deixam jugular ao vício da batota. É uma lástima, porém, que fazer, se era assim? Impossível apresentar Vadinho sob tão simpática luz: como jogador acorrentado à sina irrevogável, odiando-se a si mesmo, querendo libertar-se e sem poder, a remir-se com um tiro nas têmporas à saída do cassino.

Era um destino tenso e rude, um destino de macho, isso certamente. Nenhum frouxo aguentaria aquela batalha a cada noite e a cada instante da noite, mas nunca Vadinho fizera do emocionante embate uma catástrofe de crimes e remorsos, infortúnio sinistro e irremediável. Sinistro? Era variado e divertido seu destino. Irremediável? Sempre havia alguém para lhe emprestar dinheiro; incrível como tanta gente se decidia a fazê-lo. Quem sabe, faziam-no para assim arriscar-se no jogo sem ir aos cassinos proibidos, às espeluncas mal-afamadas? Destino de fundas e exaltantes emoções.

Como naquela noite de agosto de início tão ruim: ele tentando afanar o dinheiro de dona Flor, ela resistindo, era o dinheiro das despesas, e a discussão, os desaforos, as queixas, os gritos e os insultos. Soltara finalmente trinta míseros mil-réis e com eles Vadinho iniciou a gloriosa marcha. No Abaixadinho os dados rolavam na "lebre francesa". Vadinho colocou dez mil-

-réis no grande — só apostava no grande — e o chorrilho teve começo. Deu grande, acredite-se ou não, catorze vezes seguidas e Vadinho mantendo as apostas, rodeado por uma nervosa aglomeração de jogadores e meretrizes, disposto a sustentar o grande até o fim dos séculos. Ao saber, Mirandão veio correndo como um doido da outra sala onde jogava ronda, e gritou-lhe:

— Pare pelo amor de seus filhos, que a sorte vai virar.

Vadinho não tinha filhos e não ia parar, mas Mirandão que os tinha, metera as mãos nas fichas e as retirara ele próprio, empurrando Vadinho, levando-o dali. Com razão, pois deu o pequeno e depois deu gata, novamente o pequeno e gata outra vez, enquanto Vadinho saía a contragosto e opulento.

Naquela noite, os bolsos abarrotados, recordando dona Flor a lhe dizer, em prantos, "Você não presta mesmo, não vale nada e não gosta nem um pingo de mim", ele desejou chegar em casa ainda cedo e com um presente, mas um presente de arromba, não uma pinoia qualquer. Um colar, um anel, uma pulseira, uma joia de valor. Onde, porém, adquiri-la, se o comércio estava fechado? Quem sabe, opinou Mirandão, conseguiria ele um troço vistoso com uma quenga da zona? Mulheres-damas por vezes recebem valiosas dádivas; quando enxodozadas com um coronel do cacau ou fazendeiro do sertão aproveitam-se para encher seu pé-de-meia, algumas até deixam de fazer a vida, estabelecendo-se com salões de beleza ou armarinhos. Mirandão conhecia duas que terminaram por se casar e deram em senhoras honestíssimas.

Saíram a procurar, correram ceca e meca, de cabaré em cabaré, de castelo em castelo, de pensão em pensão, e onde chegavam iam baixando cerveja, vermute e conhaque para quem quisesse beber, as despesas por conta do Vadinho. Expuseram e revolveram os pobres enfeites de dezenas de raparigas, não encontravam senão quinquilharias, metal cromado, vidro colorido, latão — e a noite a avançar.

"Quero chegar cedo, fazer uma surpresa completa", Vadinho com pressa, vexado, antegozando a cara de dona Flor ao vê-lo antes da meia-noite, de presente na mão. Só faltava encontrar mimo de valia, de encher o olho, não aquelas bugigangas de mascate. Foram encontrá-lo finalmente na ladeira de São Miguel, no budoar — como dizia pernóstico Mirandão — de madame Claudette, acabada cortesã sobrevivendo à custa de mínima clientela de colegiais, que a frequentavam devido à sua nacionalidade francesa e a propalados requintes, tudo muito parisiense e a baixo preço.

Colar de turquesas de um azul realmente tão formoso a ponto de Vadinho e Mirandão sentirem o impacto dessa beleza ilustre e seu fascínio. Todo em ouro trabalhado; a velha marafona o apertava entre os dedos como a defendê-lo. Era uma joia de família, segredava, ela a trouxera da Europa, fora usada por sua mãe e por sua avó, tinha um duplo valor. Só mesmo muito dinheiro podia levá-la a desfazer-se daquela preciosidade, recordação de um mundo perdido na Lorraine e na infância. Só por muito, muito dinheiro; "*le petit Vadinho, le pauvre*" nunca tocara quantia tão grande e, se um dia a obtivesse, não a iria gastar em adorno de mulher. Quando fizera Vadinho caso de dinheiro, madame? Mesmo limpo, no miserê, a nenhum, sem tostão furado, nem assim dava valor ao dinheiro, e se o buscava em insensato afã era para jogá-lo fora na roleta. Arrancava num ímpeto as cédulas dos bolsos cheios. Quase ficam vazios: os olhinhos de madame Claudette se acendiam de cobiça atrás da máscara de pó de arroz e creme, aquela múmia fremia à vista das notas de cem e de duzentos.

O táxi do Cigano o deixou na porta de casa às onze e quarenta, antes da meia-noite, como ele queria. Dona Flor apenas teve tempo de fechar os olhos e ressonar de leve e já Vadinho estava no quarto, arrancando o lençol a esconder o corpo da esposa, pondo-lhe fulgurações de turquesas entre os seios túmidos, a rir numa gaitada:

— E tu que não queria me emprestar dinheiro, sinhá tola... — esparzia as cédulas pela cama, ainda lhe sobrara para mais de dois contos de réis.

Como dizer "torvo destino" para quem era assim alegre jogador, a sorrir na sorte e no azar, cheio da alegria de viver?

Torvo destino talvez na opinião de dona Flor, de seu ponto de vista, de seu posto de observação ou, para melhor esclarecer, de seu posto de espera. Torvo para dona Flor, no leito a esperar.

A esperá-lo durante sete anos, uma vida. Dona Flor chorou muitas lágrimas naqueles anos, vadiou também muita vadiação; os doces momentos de ternura e posse buscando compensar as horas amargas de ausência e humilhação. Um dia, dona Gisa com suas fumaças de psicologia, psicanálise, psicografia e outras invencionices norte-americanas, explicou-lhe ser ela, dona Flor, casada com um excepcional — não excepcional no sentido em que dona Flor usava o termo, como sinônimo de grande, de maior, de melhor de todos; nada disso. Excepcional significando diferente, fora do normal, alguém que não cabia nas medidas habituais nem se podia prender nos limites de um cotidiano medíocre e monótono. Era dona Flor capaz de entendê-lo e de ser feliz com ele? Tretas de dona Gisa, boa amiga sem dúvida, porém uma letrada dos seiscentos demônios, a cabeça cheia de caraminholas e a língua de aperreio.

Dona Flor desejava ser como todo mundo, seu marido como os demais maridos. Não tinha ele um emprego na municipalidade, obtido por seu parente rico, dr. Aírton Guimarães, apelidado Chimbo? Ela o queria vindo do emprego para casa, os jornais sob o braço, um embrulho de biscoitos ou cocadas, de abarás e acarajés. Jantando na hora exata como os outros, saindo em certas noites com ela, a passeio, de braço dado, gozando a brisa e a lua. Amoroso, no leito a vadiar. A vadiar antes de dormir, ainda cedo, e nos dias certos de vadiação.

Como era é que não podia ser: Vadinho sem hora de chegar, dormindo frequentemente na rua, com certeza no leito das vagabundas, de antigos e renovados xodós; querendo vadiar e vadiando em horas tardias e as mais absurdas, em qualquer dia sem determinação, sem relógio nem almanaque. Não havia horário nem sistema, tampouco hábito estabelecido ou tácita convenção, um costume dos dois, nada. Era aquela anarquia sem cabimento, ele na rua todas as noites sem lhe dar notícia, ela no leito de ferro roendo a dor de cotovelo, aguda dor de corno e uma dor no peito, uma aflição. Por que todas as outras mulheres casadas faziam jus aos seus maridos, só ela não? Por que não era Vadinho como todos os demais, com a vida regulada e em ordem, sem os sobressaltos, os cochichos, os fuxicos, a infindável espera? Por quê?

Tudo aquilo — a espera, o jogo, a cachaça, as noites fora de casa, os gritos, a violência, a vilania —, tornou-se tudo um hábito com o passar do tempo, mas dona Flor ainda não se acostumara inteiramente e morreria sem se acostumar.

Aliás, quem morreu foi ele, Vadinho, no Carnaval. Daí por diante, ah!, daí por diante o desejo já não teve sequer direito à espera, à expectativa, à ânsia. A ausência de Vadinho adquirira outra dimensão. Também o sofrimento, outro era seu peso. Não mais adiantava a dona Flor ficar de ouvidos atentos a cada ruído na calçada, o coração sôfrego, a latir. Agora sem espera e sem esperança, de nada servia atentar à cadência dos passos, dos passos dos bêbados sobretudo, ao barulho sutil da chave na fechadura, ao som de uma canção perdida, de uma toada na distância.

Sim, de uma toada na distância. Porque houvera noites, durante aqueles sete anos de casamento e espera, em que Vadinho veio acordá-la em serenata, com violão e cavaquinho, violino e flauta, trompete e bandolim, a repetir aquela outra inesquecível serenata da ladeira do Alvo, quando ela acabara de saber da verdadeira condição de seu amor: pobre, sem vintém, funcionário chinfrim, picareta e facadista, cachaceiro, libertino e jogador.

15

Agora, estendida no leito de ferro, dona Flor buscava não ouvir o matraquear de dona Rozilda na porta da rua, em animada palestra com dona Norma, para melhor recolher na memória perdida, na distância do tempo, as vozes dos cantores, o ritmo dos instrumentos, aquela emocionante serenata da ladeira do Alvo; para encher suas horas e conter seu coração nessas noites não mais de espera pois ele morrera, seu marido. Contava agora tão somente com um mundo de lembranças, nele recolhida, refugiada em recordações, cinzas com que apagar a brasa do desejo vivo. Como se houvesse erguido um muro de clausura, a separá-la do cochicho e do mexerico, das conversas e dos comentários, de quanto perturbasse sua viuvez recente, aquela nova realidade da ausência. Nos tempos iniciais do nojo, movia-se apenas na dor e na ânsia, na necessidade e na impossibilidade de tê-lo ali, a seu lado. Impossível para sempre e nunca mais.

Abafando, sob a música e o canto recordados, a voz e o escárnio de dona Rozilda, abrigava-se dona Flor nas lembranças do passado: naquela noite chegara à janela com os primeiros acordes. Doía-lhe o corpo, o couro cru fizera-lhe um lanho no pescoço, ela era um trapo, um trapo batido e aviltado. Vadinho subia a ladeira a cantar, os braços erguidos para o alto. Reconheceu os demais: a voz inconfundível e inigualável de Caymmi, Jenner Augusto mais pálido ainda sob a lua, e, a acompanhá-los nos instrumentos e no coro, Carlinhos Mascarenhas, Edgard Cocô, dr. Walter da Silveira e Mirandão. Fora buscar correndo aquela rosa escura e rara, colhida na véspera no jardim de tia Lita. Tudo andava revolto em sua vida, numa barafunda, em completo descontrole, ela própria submetida à férrea autoridade de dona Rozilda. A música lhe dera forças e coragem. De repente se sentiu satisfeita por não passar Vadinho de reles serventuário municipal, lotado em mísero emprego, e não lhe importava fosse ele irrecuperável jogador.

Com a lembrança de noites assim, de luar e ternura, dona Flor, insone, tenta aplacar a dor e o desespero de saber que nunca mais Vadinho virá tocar e acender as brasas de seu corpo. Na noite longa de espera, não voltará a ouvir na rua a sua voz desafinada, em outras serenatas.

Acontecia quando Vadinho, tendo excedido todos os limites — noites seguidas sem dormir em casa ou como naquela vez em que, ainda recém-casados, jogara o dinheiro do aluguel e nada lhe dissera, fazendo-a passar por caloteira —, queria fazer as pazes, pois dona Flor, nessas ocasiões, deixava de se dirigir a ele, desconhecendo sua presença, como se não tivesse marido. Inquieto, Vadinho rondava suas saias, com palavras aduladoras, convites e provocações para excitá-la e conduzi-la a vadiar. Nas trincheiras da mágoa e do vexame, resistia dona Flor.

Vadinho apelava para as grandes cartadas: ir com ela ao cinema, acompanhá-la a pagar visita há tanto tempo devida a dona Magá ou ao padrinho de Heitor, dr. Luís Henrique. Ou bem organizava uma serenata, vinha acalentar seu sono, deslumbrando a rua. Não mais trazia, no entanto, a Dorival Caymmi com o mistério de sua voz nem ao dr. Walter da Silveira. Caymmi emigrara para o Rio, fazia programas na rádio carioca e gravava discos, cantores de renome lançavam seus sambas, suas modinhas praieiras. Dr. Walter, nem falar: juiz no interior, a flauta encantada ninando apenas o sono dos filhos pequenos, uma coorte de meninos e meninas, um por ano quando não dois numa única barriga. Não era fácil, nesses levianos tempos de irreflexão e desatino, encontrar quem cumprisse seus deveres — todos os seus deveres sem exceção — com tamanho senso de responsabilidade quanto o zeloso e culto magistrado.

Agora também já não viria, e nunca mais, ai nunca mais!, Vadinho. Nem sua voz, nem seu riso de deboche, nem sua mão corrida, sua mata de pelos loiros, seu atrevido bigode, nem seu sono de fichas e paradas. Dona Flor já não tinha sequer a espera dolorosa. O que não se dispunha a pagar para novamente caber-lhe o direito ao sofrimento de aguardá-lo, à agonia de escutar o silêncio noturno da rua pacata, de sentir o passo do marido, incerto no peso da cachaça!

De nada adiantava rogasse dona Norma a dona Rozilda, na porta da frente, apelando para sua compreensão:

— Quanto menos se fale em Vadinho, melhor, mais fácil ela esquecer. Flor ainda está muito sentida, para que ficar lembrando as ruindades dele, azucrinando a pobre?

Não adiantava. Dona Rozilda tinha vindo mesmo com a intenção de azucrinar; não conhecia outra maneira de distribuir consolo. Como estancar aquelas lágrimas imerecidas, senão vomitando cobras e lagartos contra o finado? Já antes dissera e repetira: aquela não era morte para choro e, sim, para foguetório. Na conversa noturna, alardeava mais uma vez sua opinião, quase aos gritos, pouco lhe importando quem a ouvisse.

Não adiantava tampouco, porque dona Flor, no ruído ou no silêncio, não consegue esquecer. Nem os malfeitos, as ruindades, quanto mais e principalmente as horas boas e a gentil presença, as doidas palavras do perdido e sua força de homem a possuí-la, e sua fragilidade de homem a acolher-se em seu corpo, a proteger-se em sua ternura.

Sofrimento quase mórbido, doentio, amargo desinteresse pela existência. Em esforço cotidiano, no entanto, dona Flor procurava superar o vazio interior, conter as lágrimas, ir adiante. Depois da missa de sétimo dia, reabrira a escola de culinária. As alunas retornaram, a princípio evitando as troças habituais, as piadas maliciosas, as anedotas, as gargalhadas de entremeio com as receitas, a criarem a atmosfera cordial e simpática das aulas em torno aos fogões de lenha e de carvão. Não durou mais de dois ou três dias esse cenário de luto, a alegre normalidade se impunha, e a própria dona Flor gostava que assim fosse: distraía-se, rompia o círculo de cinzas.

Retornaram todas, exceto a pequena Ieda com sua cara de gata arisca e seu desvendado segredo. Receio de enfrentá-la, a ela, dona Flor, ou de enfrentar a casa órfã da graça de Vadinho, de seu riso, de suas astúcias, de sua insolência?

No que concerne a dona Flor, podia vir, já não lhe importa saber nem discutir, muito menos acusar. Só uma coisa tem vontade de pôr em pratos limpos: estaria de barriga, a fingida, prenha dele, grávida de filho seu?

Dona Flor jamais pegara menino, mas sabia ser culpa sua e não do marido. A dra. Lourdes Burgos, sua médica, lhe explicara, e o dr. Jair havia confirmado e proposto ligeira operação capaz de torná-la fecunda, quem sabe? Medrosa, dona Flor furtou-se à cirurgia: ao demais, dr. Jair não lhe dera certeza absoluta de sucesso. Assim, nas trampolinagens do marido o que mais a preocupava era o receio dele arranjar um filho por aí, na rua, ao deus-dará.

Dona Flor não conseguira esclarecer jamais se Vadinho o desejava ou não, a esse filho. O receio do hospital e do bisturi teria impedido uma conversa mais franca, teria contido dona Flor em perguntas mais ou menos formais? Ela própria não sabia. Que por várias vezes o interrogara, era certo:

— Tu não sente falta de um filho?

Talvez porque Vadinho a soubesse estéril e temerosa da operação, talvez por isso escondesse sua vontade de uma criança em travessuras na casa, menina de loiras melenas onduladas como as dele, menino de negros cabelos e de pele cobreada como os dela. Uma vez, ouvindo-o enaltecer o encanto de um corneta gordo e rosado, um bitelo, prêmio de robustez infantil a exibir-se no cromo de uma folhinha de ano, dispôs-se ela a enfrentar o assunto perturbador:

— Se você tem mesmo vontade de ter um filho, eu arrisco a operação. Doutor Jair disse que é possível que dê certo. Só não pode é garantir...

Ele escutava como distante, meio perdido num sonho, e não respondia logo, levando-a a alterar a voz quase com raiva, para arrancá-lo daquele devaneio:

— Se não der certo, paciência... Pelo menos ninguém pode dizer que tu queria um filho e eu não fiz tudo para ter... Ponho o medo de lado, é só você dizer — as últimas palavras saíam molhadas em lágrimas, mastigadas em soluços.

Eis que ele nunca suportara vê-la chorar: acariciava-lhe a face de mágoa, sorria para alegrá-la:

— Tola, tolona... Que mania é essa de querer bulir na bichochota? Deixa tua quiriquinha em paz, meu bem, não vou deixar que você mexa na peladinha pra de repente ela ficar toda frouxa ou torta por dentro... Deixa pra lá essa história de filho...

E, como se quisesse apagar a conversa, envolvia-a nos braços, arrastando-a para o quarto, para a vadiação sem finalmente lhe dizer se ansiava ou não por esse filho que ela não podia lhe dar, esse filho tão fácil de fazer noutra qualquer. Com a intempestiva posse, destruía o tempo de perguntas e respostas, embaciava a presença da inexistente criança erguida entre eles, até desvanecê-la por completo.

Gostar de meninos, ah!, como ele gostava... E a garotada o preferia a qualquer brinquedo, proclamando-lhe o nome, correndo para ele. Junto às crianças, Vadinho era seu igual, como se tivesse a sua mesma idade e infinita paciência. Mirandão lhes dera de afilhado, a ele e a dona Flor, o mais moço de seus quatro moleques, o qual, desde pequenino, era louco pelo padrinho: apenas o via e escancarava a boca enorme, de sapo, acenando com as mãos, a arrancar-se dos braços da mãe para os de Vadinho. Brincavam os dois durante horas, Vadinho a imitar urros de animais ferozes, a saltar feito um canguru, a rir feliz. Como não havia de desejar um filho quem era assim doido por crianças? Não o confessava jamais, no entanto; talvez para não obrigá-la ao sacrifício incerto da intervenção cirúrgica.

Dona Flor, no leito de viúva, sente uma incômoda picada de remorso. Afinal podia ter tentado a operação apesar do visível pessimismo do casal de médicos. Deixara-se influenciar, quem sabe?, pela opinião de dona Gisa, compartilhada por outros vizinhos e até pelos tios, uma dona Gisa muito culta a lhe expor teorias sobre hereditariedade para a consolar quando ela se acusava de estéril e inútil. A própria tia Lita, tão bondosa, sempre cheia de desculpas para as andanças de Vadinho, lhe dissera por mais de uma vez:

— Há males que vêm para bem, minha filha. E se tu botasse no mundo um menino que saísse a Vadinho, assim sem conserto? Tu já pensou? Deus sabe o que faz...

Thales Porto vinha em apoio da esposa:

— É isso mesmo, Lita tem razão. Pra viver feliz não é preciso ter filho. Veja a gente... Nunca tivemos menino...

Realmente viviam felizes, dedicados um ao outro, Porto com seus quadros domingueiros, dona Lita com as flores de seu jardim e com seu gato curuzu, velho e gordo, rosnando em mimos e dengos de filho único.

Tanta gente a cercá-la com o mesmo propósito confortador, nesses pareceres dona Flor cultivava seu medo, seu medo e — por que não dizê-lo? — seu egoísmo.

No leito de ferro, entre a ácida voz de dona Rozilda e a doce música da serenata, a viúva dá-se conta de que, em verdade, não existira somente o medo da operação. Se o desejo de um filho fosse nela tão forte como em Vadinho, certamente teria encontrado coragem para enfrentar médico e hospital. Ela, porém, dona Flor, não vivia na ânsia de um filho, de criança a encher a casa de bulício e riso. Vivia a pensar em Vadinho, isso sim, era a sua criança, a ele queria em casa, seu marido e seu filho, seu "menino grande".

Na porta da rua, assevera dona Norma sentenciosa e amiga:

— Ela precisa esquecer, é tudo que ela precisa. É ainda tão moça, pode refazer sua vida...

— Casou com esse miserável porque quis... — a voz de dona Rozilda.

— Se Vadinho não prestava, mais um motivo para não falar nele, para que viver bulindo no caixão do finado? A gente precisa é distrair a pobre, não deixar tempo para recordação, tem a escola mas não chega, ela precisa sair, se divertir, precisa esquecer...

Sobre os resmungos de dona Rozilda, a bondade de dona Norma:

— Se ela tivesse um filho, pelo menos...

A frase chega aos ouvidos de dona Flor, "Se ela tivesse um filho, pelo menos...". Sim, seria bem mais fácil... Não estaria tão só, tão vazia, tão sem razão de viver. Na rua, nas vizinhanças, na missa e na bênção, no mercado e na feira, sob a batuta de dona Rozilda, entre as amigas e as conhecidas, elevava-se o coro de maldições à memória de Vadinho, um nem-sei-que-diga de tão ruim. Dona Flor tranca os ouvidos para não ouvir senão a antiga serenata. No leito de ferro, sozinha com a ausência para nunca mais de seu marido. Sem um filho para a consolar.

Em meio a tudo quanto sucedera naqueles sete anos, nada tanto a assustara como a notícia de ser filho de Vadinho o menino parido por Dionísia, mulata estabelecida nas proximidades do Terreiro. Sempre temera a notícia de um filho dele, nascido de outra, capaz de levá-lo embora. Quando chegava a seu conhecimento um caso de Vadinho, xodó com visos de ligação duradoura, aventura mais além das noites dormidas nos castelos, seu coração se apertava no temor de uma gravidez, de uma criança a nascer, os braços estendidos para Vadinho.

Das mulheres não tinha medo, apenas ciúme: "Tudo xixica para passar o tempo", que ele lhe dizia não para se desculpar mas para dona Flor compreender e não temer. Mas, se surgisse um menino? Contra um filho seria impossível lutar, impossível qualquer esperança. Ficava como louca, inquieta e perdida, quando dona Dinorá — era quase sempre dona Dinorá, como conseguia ela ser tão informada? — lhe trazia, entre rodeios e lamentações, o nome da cuja e os detalhes, alguns até íntimos e salafrários. Tremia no pavor de uma criança, de um menino, desse filho que ela não lhe dera por não poder e também, ah!, também, por não querer.

Imagine-se sua agitação, o impacto recebido quando um dia dona Dinorá se acercou para contar-lhe a "última de Vadinho". Dele, segundo a intrigante, houvera filho uma tal de Dionísia, mulata com fama de grande boniteza, ora modelo de pintores (posara para um troca-tintas modernista, um nomeado Carybé que, com desplante e acinte à sociedade, a retratara vestida de rainha), ora capital e adorno do democrático e afreguesado castelo de Luciana Paca, na zona de maior movimento.

Dona Dinorá vinha contar de pura bondade, não por espírito de intriga ou de fuxico, não era dessas. Cumpria pesarosa sua obrigação de amiga, para que a pobrezinha da dona Flor, tão boa e tão distinta, não ficasse na ignorância, os demais rindo dela pelas costas...

— Foi arranjar filho logo com uma mundana...

Dizia "mundana" para não servir-se de substantivo mais forte. Dona Dinorá era a delicadeza em pessoa e tinha horror a magoar, a ferir quem quer que fosse, mesmo a mulher perdida e sem-vergonha, prenha de homem casado, pegando barriga com marido de outra. "Não sou dessas que adoram fuxicar, não faço mal a ninguém", afirmava dona Dinorá e havia quem acreditasse.

Na cama de viúva, emudecidos os últimos acordes da serenata, perdidas a voz dos cantores e a rosa negra, dona Flor estremece ao recordar aqueles dias de tamanho susto e dura decisão. De que não era capaz para não perder Vadinho, para conservá-lo a seu lado, para tê-lo mesmo assim, jogador e mulherengo, com rapariga de casa posta, fazendo filho por aí, na rua, ao deus-dará? Do que seria capaz, ela o mostrou então.

16

Quando as duas mulheres saíram da elegante missa das onze na igreja de São Francisco, num domingo lavado de junho, manhã luminosa e fresca, e, em passo decidido, atravessaram o Terreiro de Jesus em direção ao labirinto das estreitas ruas antigas do Pelourinho, moleques cantavam um samba de roda batendo o ritmo em latas vazias de goiabada:

> *Ô mulher do balaio grande!*
> *Ô do balaio grande!*
> *— Bom balaio!*

Voltou-se dona Norma para a companheira, a resmungar:
— Esses fedelhos, por que não vão mexer com a traseira da mãe deles?...
Talvez não passasse de simples coincidência, não houvessem os moleques em suas farturas se inspirado; mesmo assim dona Norma, por via das dúvidas, lançou terrível olhar em direção aos ousados. Olhar que de imediato se adoçou, ao descobrir um pequenino de seus três anos, vestido de farrapos, o rosto imundo de remela e ranho, a sambar no meio da roda:
— Repare que gracinha, Flor, que coisa mais linda aquele satanasinho que está dançando...
Dona Flor considerou a malta de crianças andrajosas. Mui-

tas outras disseminavam-se pela praça de intensa vida popular, misturando-se aos fotógrafos de lambe-lambe, tentando roubar frutas nos cestos de laranjas, limas, tangerinas, umbus e sapotis. Aplaudiam um camelô a mercar milagrosos produtos farmacêuticos, uma cobra enrolada ao pescoço, repelente gravata. Pediam esmolas nas portas das cinco igrejas do largo, quase assaltando os fiéis ricos. Trocavam deboches com sonolentas rameiras, em geral muito jovens, em ronda pelo jardim na expectativa de um apressado freguês matinal. Multidão de meninos rotos e atrevidos, os filhos das mulheres da zona, sem pai e sem lar. Viviam no abandono, soltos nos becos, em breve seriam capitães da areia, conheceriam os corredores da polícia.

Dona Flor estremeceu. Viera para levar uma daquelas crianças, uma recém-nascida, para assim garantir-se contra ela e sua mãe. Mas, vendo os meninos soltos na praça do Terreiro, seu coração se encheu de piedade, de um sentimento nobre e puro; naquela hora, se pudesse, adotaria todos eles, não apenas o filho de Vadinho. Aliás, o filho de Vadinho não necessitava dela para escapar àquela vida. Vadinho não o abandonaria jamais, não era de sua natureza largar uma criança ao desamparo, quanto mais rebento seu, nascido de seu sangue. Em vez de negar a paternidade, ele a proclamaria, dela fazendo praça, encantado e orgulhoso.

Sempre o soubera dona Flor, de ciência certa, de um saber sem dúvidas, apesar dos silêncios e das reticências do marido: um filho para Vadinho seria o maior dos acontecimentos, a verdadeira sorte grande, a parada sem exemplo, o estouro da banca. Por isso ela tanto se afligira com a notícia trazida por dona Dinorá. Era o perigo maior, a temida ameaça. Afinal, Vadinho já lhe pertencia tão pouco; dominado pelo jogo e pela boemia, que sobras lhe restariam se um filho se erguesse entre eles, a chamá-lo de um beco esconso, de um canto de rua, do leito de uma vagabunda? Esse filho que ela não lhe dera.

Ao ter a notícia, ficou desesperada, num padecimento tão grande a ponto da própria dona Norma perder a cabeça. De ordinário tão executiva, encontrando solução para todos os inúmeros problemas que lhe propunham a cada momento, ela também não atinava com saída nem acerto, confusa e aflita.

— E se tu dissesse a ele que está grávida? — nada de melhor lhe ocorrera senão essa pobre mentira.

— De que adianta? Vai terminar descobrindo, é pior...

Foi dona Gisa quem encontrou decifração para a charada, recurso não só honroso como prático, proposta capaz de resolver tudo e muito mais, quem sabe? A gringa era uma retada nesses assuntos de psicologia e outras metafísicas, até o professor Epaminondas Souza Pinto tirava-lhe o chapéu, "mulher de muita erudição", e o professor Epaminondas Souza Pinto não era um qualquer, jamais errara na colocação de um só pronome e ditava (gratuitamente) regras gramaticais no semanário de Paulo Nacife, folha de pouca circulação mas próspera em anúncios.

Quando puseram dona Gisa a par dos acontecimentos — dona Flor em agonia, dona Norma perdida —, ela logo os destrinchou e instruiu as amigas em seu português arrevesado. Se Vadinho tanto desejava um filho, a ponto de ir fazê-lo na rua, em mulher-dama, pois era dona Flor estéril, não podendo conceber; se esse filho nascido de outra podia levar Vadinho embora para sempre — então só cabia a dona Flor um recurso para garantir o marido e o lar: trazer para casa esse filho bastardo de Vadinho e fazer-se mãe dele, criando-o como se o houvesse parido.

E por que não? Por que gritava assim dona Flor, praguejando igual a uma norte-americana milionária — a comparação era de dona Gisa, espantada ante a reação da vizinha — jurando que isso jamais, jamais o filho da outra, da cachorra, da puta sem-vergonha? Por que esse escândalo, se uma das coisas mais admiráveis do Brasil era, segundo a opinião da gringa, a capacidade de compreender e conviver? Tão comum mulheres casadas criarem filhos espúrios dos maridos, ela mesma conhecia alguns casos, tanto entre gente pobre como entre gente rica. Ali junto, na rua, dona Abigail não criava a filha do esposo com uma sujeita e não o fazia com o mesmo terno amor reservado aos quatro filhos de seu ventre? Uma beleza, e que beleza!, por essas coisas dona Gisa gostava do Brasil e se naturalizara brasileira.

Que culpa tinha o menino, que pecado cometera? Por que deixar pobre criança, sangue de Vadinho, seu marido, exposta a uma vida de privações, subalimentada, crescendo na fome e no vício, rato dos esgotos do Pelourinho, sem direito à educação e aos bens da vida? E, ao demais, não temia dona Flor — e com razão — ficasse Vadinho preso à mãe da criança para estar junto do filho, de seu filho? Se ela, dona Flor, o fosse buscar e o tomasse para criar como filho seu, que prova de amor mais convincente? Aquela criança, nascida de outra, seria o elo a ligar para sempre Vadinho e Flor, sem mais nenhum receio nem ameaça.

E, quem sabe, quem sabe, minha prezada, com esse filho em casa, crescendo e educando-se sadio e lindo no carinho de dona Flor, sendo para Vadinho permanente alegria mas também permanente responsabilidade, quem sabe não mudaria o malandro seu gênero de vida, largando de vez o jogo e a estroinice, tomando jeito e vergonha? Era bem possível, sobravam exemplos.

Sobravam, sim, apoiou dona Norma, entusiasta, "Eta gringa danada de sabida!". Dona Norma imediatamente citara nomes e endereços. Quem mais viciado no jogo e na cachaça do que dr. Cícero Araújo, um de Santo Amaro da Purificação? A pobre esposa, dona Pequena, sofria as penas do inferno. Um dia ela pegou barriga e nem o menino nascera, já dr. Cícero virara o cidadão mais exemplar. E seu Manuel Lima, doido por uma rapariga... Bem..., esse, em verdade, não precisara de filho, endireitara com o casamento, marido mais correto não existia...

Dona Gisa dava o conceito da charada: aquele filho, no qual dona Flor enxergava ameaça tão violenta à estabilidade de seu lar, poderia se transformar, num passe de mágica, em sua segurança, na garantia de seu amor, e, de quebra, ainda era capaz de regenerar Vadinho. Uma pena, aliás, pensou dona Gisa; regenerado, Vadinho ia perder todo interesse, aquele suspeito mistério, aquela graça dissoluta.

Abriram-se os olhos de dona Flor, entendeu. Iluminou-se de alegria, atirando-se nos braços da amiga, a agradecer. Traçaram demorados planos, detalhe por detalhe. Não era fácil, muito ao contrário. Não fosse o apoio de dona Norma, talvez dona Flor não tivesse reunido suficiente coragem para se dirigir à zona das mulheres perdidas, às ruas do "baixo meretrício" tão amedrontadoramente citadas nas crônicas policiais das gazetas, para se tocar, feito uma doida, em busca da tal Dionísia e lhe exigir o filho recém-nascido, tomá-lo em definitivo, levá-lo para sempre, com escritura pública, estabelecida em cartório, com firmas reconhecidas e testemunhas idôneas. Dona Norma, solícita e fraternal, prontificou-se a acompanhá-la e a animou. Curiosa também, deve-se dizer; há muito desejava oportunidade para espiar uma rua de prostituição, a morada das marafonas, sua vida sórdida. Nunca encontrara antes pretexto válido para a proibida excursão.

Como deixar a pobre Flor aventurar-se sozinha naqueles ameaçadores labirintos? — perguntou ela a Zé Sampaio, quando o marido, no assombro da notícia, ainda a tentara dissuadir.

— Não sou mocinha tola, sou mulher de maior e de respeito, ninguém vai se atrever a tirar prosa comigo. — E revelava os amadurecidos planos a Zé Sampaio vencido, incapaz de resistir ao ímpeto vital da esposa: — A gente vai domingo de manhã. Vou como se fosse visitar meu afilhado, o neto de João Alves. Depois peço a João que acompanhe a gente à casa da fulana. E, João, você sabe, é mestre de capoeira...

E assim o fizeram. No domingo ouviram missa na igreja de São Francisco (dona Flor levara uma vela enfeitada de flores, promessa para tudo correr bem), depois atravessaram o Terreiro e foram encontrar o negro João Alves em sua banca de engraxate, no passeio da faculdade de medicina. Estava cercado de crianças, e tanto o negrinho de carapinha, quanto os diversos mulatos mais escuros ou mais claros, assim como o loiro de cabelos de trigo, todos o tratavam de avô. Eram todos seus netos, aqueles meninos e os demais, soltos no dédalo de ruas entre o Terreiro de Jesus e a Baixa dos Sapateiros. O negro João Alves jamais tivera filhos nem com sua mulher nem com outras mas arranjava madrinhas para seus netos, comida, roupas velhas e até cartas de abc. Vivia num porão ali perto, com seus resmungos, suas mandingas, sua aparente brabeza, suas má-criações, alguns dos netos, e o porão abria sobre um vale plantado de verde, de seu buraco o negro João Alves comandava as cores e a luz da Bahia.

— Oxente!, quem está aí, bons olhos lhe vejam, minha comadre dona Norma... E como vai seu Zé Sampaio? Diga a ele que vou aparecer na loja um dia desses para buscar uns sapatos pros meninos...

Os moleques cercavam as duas amigas, dona Norma viera preparada, em sua mão surgiu um saco de caramelos. João Alves soltou um assovio, alguns meninos apareceram correndo e entre eles um cafuso de uns quatro a cinco anos. O negro acariciou-lhe a cabeça:

— Peça a bênção a tua madrinha, seu coisa-ruim...

Dona Norma deu-lhe a bênção e um níquel de dez tostões, enquanto o negro queria saber que bons ventos haviam trazido sua comadre até ali.

— Pois, meu compadre, é que tenho um favor a lhe pedir, coisa de muita delicadeza.

— Coisa delicada não é pra minhas mãos, sou meio rude como vosmicê bem sabe...

— Quero dizer: coisa muito reservada, para ficar em segredo.

— Aí está certo, que não sou linguarudo nem mexeriqueiro. Pode desatar a língua, comadre...

— O compadre conhece por aqui uma tal de Dionísia? Não sei bem mas ouvi dizer que mora nessas redondezas.

— E vosmicê tem algum trato com ela?

— Eu propriamente não, meu compadre. É essa minha amiga que tem um assunto a ver com ela...

João Alves mediu dona Flor de alto a baixo.

— Ela tem um assunto a ver com Dionísia de Oxóssi?

— Capaz seja a mesma... Ouço dizer que é bonitona.

João Alves coçou a carapinha:

— Bonitona? Me adisculpe, minha comadre, mas dobre a língua. Bonitona qualquer branca pode ser, mas mulata da competência de Dionísia tem poucas no mundo, acho que nem meia dúzia e isso escarafunchando muito...

— Uma que teve filho recentemente...

— Pois então é ela mesma, tá de menino novo, nem voltou ainda a trabalhar...

Pela primeira vez, dona Flor abriu a boca, querendo saber:

— Em que ela se ocupa?

Novamente João Alves a mediu com os olhos e com certo desprezo ante ignorância tão grande:

— Pois em trabalho de meretriz, que é o ofício dela, dona moça.

Dona Norma retomou o fio da conversa:

— E meu compadre se dá com ela, sabe onde ela mora?

— Pois não havia de me dar, comadre? Mora aqui rente, no Maciel.

— Meu compadre vai nos levar lá, minha amiga quer conversar com ela, resolver um assunto...

João Alves mais uma vez considerou longamente dona Flor, coçava a cabeça como se encontrasse tudo aquilo suspeito e duvidoso:

— Por que ela não vai sozinha, comadre? Eu mostro a casa...

— Meu compadre, seja cavalheiro. Vai largar duas senhoras nessas ruas, desacompanhadas? Passa um abusado, se mete com a gente...

Ninguém apelava inutilmente para o cavalheirismo de João Alves:

— Pois vou com vosmicês mas lhe agaranto que ninguém ia tirar graça, aqui é tudo gente respeitosa...

Levantou-se, entregou a cadeira de engraxate ao cuidado dos netos, era um negro esguio e sólido, passado dos cinquenta, a carapinha começando a embranquecer; trazia um colar de orixá ao pescoço, contas vermelhas e brancas de Xangô, e apenas os olhos estriados denotavam a intimidade da cachaça. Ao pôr--se de pé, quis saber:

— Minha comadre dona Norma e que assunto é esse que a

mocinha aqui — dizia "mocinha" numa voz de debique — quer tratar com Dió?

— Nada de ruim pra ela, meu compadre...

— Mesmo porque, se fosse de malvadeza, com todo respeito que lhe sou devedor, eu não ia junto, comadre... Também não adiantava porque o santo dela é forte. — Tocava o chão com a ponta dos dedos, saudando o orixá: — Oquê arô Oxóssi! Não tem despacho nem ebó que faça mal a ela, o feitiço vira contra quem mandar fazer...

— Quando é que você me leva a uma macumba, meu compadre? Tenho uma vontade danada de assistir a um candomblé... — essa era outra curiosidade antiga de dona Norma.

Assim praticando sobre encantados e terreiros de santo entraram pelo meretrício adentro. Por ser manhã de domingo — a farra de sábado estendendo-se pela madrugada — quase não havia movimento nas ruas. Apenas uma ou outra mulher sentada à porta ou debruçada à janela, mais para ver o dia claro do que para fretar homem. Um silêncio e um sossego, poder-se-ia dizer uma paz dominical; dona Norma sentiu-se lograda, precisava vir em hora de azáfama. Nessa manhã sonolenta, não fazia diferença de um bairro familiar. Também a casa de Dionísia era logo no começo do Maciel, apenas haviam cruzado os limites da zona.

Subiram as escadas de vacilantes degraus, um rato enorme passou por elas no escuro, em correria. Palavras e frases confundiam-se nos andares, alguém cantava modinha de tristezas com uma pequena voz. Quando atingiram o patamar do terceiro piso, o cheiro de alfazema queimada em defumadores de barro os alcançou, anunciando a existência de criança nova. Desembocaram num corredor; ao fundo, a porta do quarto da rapariga.

João Alves bateu com o nó dos dedos.

— Quem é? — perguntou uma voz morna e descansada.

— É de paz, Dió... Sou eu, João Alves, e tem duas excelências comigo querendo falar com você. Uma eu conheço, é minha comadre Norma, gente de bem, merecedora...

— Pois vão entrando e desculpando o desarranjo, ainda nem tive tempo de arrumar o quarto...

Entraram atrás do negro. Na peça estreita, uma cama de casal, um armário capenga, um lavatório de ferro com bacia e balde de esmalte, um urinol ao pé do leito, tudo muito asseado. Na parede, um espelho partido e uma estampa do Senhor do Bonfim com fitas bentas penduradas. Uma janela abrindo sobre os fundos do sobrado, por ela penetravam a claridade e a modinha triste.

Reclinada nos travesseiros, meio coberta com um lençol, vestida com uma bata de rendas cujo decote lhe exibia os seios pejados, a mulata Dionísia de Oxóssi sorria cordial para as surpreendentes visitas. Na curva de seu braço, no calor de seu peito, o filho adormecido. Uma criança grande, de um moreno carregado. Sob uma cadeira, um defumador queimava alfazema, perfumando peças de roupas do recém-nascido colocadas sobre a palhinha do assento. Além da cadeira, dois caixões de querosene cobertos com papel de seda faziam a vez de tamboretes. No ângulo da parede ao fundo, o peji com as armas de Oxóssi, o arco e a flecha, o eruquerê, uma estampa de São Jorge a matar o dragão, uma pedra verde, fetiche talvez de Iemanjá, e um colar de contas, azul-turquesa.

— Seu João — ordenou a mulata com sua voz descansada —, faça o favor, tire essas roupinhas da cadeira, ponha no armário, é pro neném mudar depois do banho. Dê a cadeira a essa moça...
— apontava dona Norma, voltando-se depois para dona Flor, a explicar-lhe num sorriso: — A senhora, que é mais moderna, vai desculpando, tem mesmo de sentar no caixão.

Da cama, reclinada, presidia ela os arranjos no quarto, a movimentação do engraxate a arrastar a cadeira e os caixões, tranquila e sorridente, nem sequer curiosa do motivo daquelas intempestivas visitas. Quem a visse assim, tão calma a ordenar, compreenderia por que o pintor Carybé a retratara vestida de rainha, num trono de afoxê.

Dona Norma, na dianteira do negro, arrebanhou camisola e fralda, pôs tudo no armário e, ao fazê-lo, dera balanço completo nos vestidos, nas blusas, nos sapatos e sandálias da mulata.

— Puxe um caixão para vosmicê também, seu João, e tome assento.

— Fico mesmo de pé, Dió, assim estou bem.

— Maneira certa de se conversar é na maciota e sentado, seu João, de pé e com pressa não ajuda o entendimento.

O negro, porém, preferiu encostar-se à janela, voltado para a manhã cada vez mais luminosa. Um resto de canção entrava quarto adentro, vinha morrer plangente na cama de Dionísia:

> *Nas cadeias de teu amor,*
> *escravizada serva,*
> *meu senhor!*

Sentadas dona Norma e dona Flor, fez-se um breve silêncio mas logo Dionísia o encheu com sua voz macia. Desenvolveu-se para o lado do dia tão bonito, queixando-se de ainda não poder sair rua afora:

— Não sei ficar em casa quando a chuva lava a cara do dia e ele reluz novo em folha, todo faceiro...

Dona Norma também não; e assim foram as duas falando do sol e da chuva e das noites de luar em Itapuã, ou no Cabula, e nem se sabe como desembarcaram em Recife, onde habitava uma irmã de dona Norma, casada com um engenheiro pernambucano, e onde Dió residira alguns meses:

— Para mais de sete meses, fui atrás de um clandestino, um que me alumbrou a vista, um desatinado. Me largou por lá...

Onde não chegariam as duas, a que distantes portos, nesse diálogo sem compromisso nem consequência — a conversa pelo prazer da conversa —, se dona Flor, ouvindo o carrilhão de uma igreja do Terreiro anunciar a hora do meio-dia, não se alarmasse, interrompendo a amável prática:

— Norminha, assim a gente vai demorar muito...

— Por mim não me atrapalha, é um prazer... — disse Dionísia.

— Noutra ocasião a gente vem com mais tempo — prometeu dona Norma. — Hoje a gente veio com um propósito...

— Estou ouvindo...

— Essa minha amiga, dona Flor, não tem filho nem pode ter. É coisa mesmo de conformação, enfim...

— Sei como é. Tem o oveiro virado, não é?

— Mais ou menos...

— Mas pode desvirar. Marildes, uma conhecida minha, desvirou.

— Com Flor não tem jeito, o médico já disse.

— Médico? — riu uma risada divertida, de pouco-caso. — Médico só sabe dizer palavra bonita e ter caligrafia ruim. Se a dona moça aí procurar Paizinho, ele dá jeito em dois tempos. Que é que acha, seu João?

João Alves apoiou:

— Paizinho? Faz uns passes na barriga dela, é filho todo ano.

Dona Norma resolveu desconhecer o novo assunto, evitar o feiticeiro com toda sua fama, sua reputação de babalaô. Pousara o olhar na criancinha adormecida. Não seria melhor, primeiro, tirar a limpo, saber se era realmente filho de Vadinho? Pois tão escura assim, não parecia. Mas dona Flor precipitava a conversa, elevando a voz naquela obstinada decisão dos tímidos:

— Vim aqui para falar um assunto sério, para lhe fazer uma proposta e ver se a gente chega a um acordo.

— Pois fale, dona moça, que de meu lado faço de meu melhor para lhe atender.

— O menino... — disse dona Flor e ficou sem saber como prosseguir.

Dona Norma retomou a palavra:

— Você teve o menino faz dias, não é?

Dionísia olhou o filho, sorriu numa alegre confirmação.

— Pois minha amiga veio aqui lhe conversar... Não vê que ela fez uma promessa quando esteve à morte: seu primeiro filho seria padre, se Senhor do Bonfim ajudasse e ela ficasse boa. — Dona Norma ia devagar, aquela história, armada na véspera, nunca lhe agradara inteiramente. — Pois Deus atendeu e ela sarou, coisa de milagre.

A mulata ouvia curiosa de descobrir o elo a ligar a doença

da moça e o milagre do Senhor do Bonfim ao seu menino. Dona Norma apressou o recado, tarefa mais incômoda:

— Mas não tendo tido filho, que fazer para cumprir a promessa? Só adotando uma criança, criando como filho para botar depois no seminário a estudar.

Dionísia sorriu mansamente, não era um elogio ao seu filho? Dona Norma tomou o sorriso por acordo, esclareceu:

— Ela quer adotar o menino mas adotar mesmo, com papel passado no cartório, tudo legal e para sempre. Para levá-lo e criá-lo como filho.

Ficou Dionísia parada, em silêncio, olhos semicerrados. Teria entendido as palavras de dona Norma ou escutava apenas a canção distante?

> *Quisera*
> *em teus braços morrer,*
> *antes morrer*
> *do que viver assim...*

"Antes morrer", murmurou para si mesma e quando reabriu os olhos a cordialidade anterior tinha desaparecido, uma nova atmosfera nascia de seu olhar de vidro, da linha cavada em sua boca.

— E por quê? — perguntou sem levantar a voz — Por que escolheu o meu menino? Por que logo o meu?

Devia ser implacável, desumano sofrimento, pensou dona Norma. Que mãe deseja separar-se de seu filho? Mesmo pobre, sem recursos, vivendo na miséria, mesmo assim era como rasgar o coração.

— Alguém falou de seu menino, que era forte e bonito... E que você não tinha meios para educá-lo...

Não fosse para o bem da criança, não se tratasse do filho de Vadinho com todas as implicações que isso significava e dona Norma não estaria ali, de intermediária para tal proposta, arrancando as palavras da garganta. Mas seria mesmo filho de Vadinho? Mulher de barriga suja, essa Dionísia. O menino saíra ainda mais escuro do que ela, onde os cabelos loiros de Vadinho? Dona Norma fazia novo esforço: para o menino era melhor, teria o futuro assegurado:

— O Terreiro está cheio de meninos, as ruas por aqui, e meu compadre João Alves cheio de netos inventados, eu mesma sou madrinha de um. Tudo passando fome, tudo na imundície, pedindo esmolas, até roubando... Minha amiga não é nenhuma milionária mas tem de que viver e pode dar ao pobrezinho outro conforto, outra vida. Ele não vai passar fome nem terminar na cadeia, vai estudar pra padre e celebrar missa...

Como se ouvisse e entendesse o sermão de dona Norma, a criancinha acordara choramingando. Dionísia abriu a bata, libertou o seio e, acomodando o infante, deu-lhe de mamar. Escutava a visita em silêncio, como se pesasse cada um de seus argumentos. Dona Norma traçava-lhe o quadro do futuro do filho, cercado de conforto e de carinho, nada lhe faltando. Para a mãe era um sacrifício, é certo, mas só uma egoísta condenaria o filho à fome, a uma vida miserável, quando uma pessoa bondosa se dispunha... Dona Flor era boníssima, impossível encontrar criatura melhor...

Dionísia ajeitou o seio na boca do menino quase saciado. Ao responder, voltava-se para a janela onde ficara o negro João Alves, a ele se dirigia como se as duas mulheres não merecessem diálogo:

— Tu tá vendo, seu João, como é que tratam os pobres? Essa que está aí — com o lábio apontava dona Flor —, não sendo mulher para parir menino e querendo pagar promessa, procurou saber onde tinha nascido algum por derradeiro e soube que Dionísia de Oxóssi, quenga de muita saúde e de mais pobreza, tinha tido um. Aí disse pra amiga: "Vamos lá, buscar... Ela até vai agradecer, a peste ruim...".

Dona Norma tentou interromper:

— Não seja injusta... Não...

Implacável, a voz descansada da mulata, amarga de calor e gelo:

— Mas nem teve coragem de falar ela mesma, pediu aqui

para a dona sua comadre dar o recado, vir de advogada. "Vamos lá buscar o menino de Dió, é um bitelo de grande e de bonito, vai dar um padre de categoria. A mãe tá morrendo à míngua e dá dado para toda a vida, de papel passado, e ainda fica contente de se ver livre do encargo. E se não quiser dar é porque não presta, é um traste ruim, só serve mesmo pra meretriz." Foi assim que ela falou, seu João, vosmicê ouviu. Porque ela pensa que pobre não tem sentimento, pensa que a gente, porque é rapariga e vive nessa vida atroz, perdeu até o direito de criar os filhos...

Dona Norma ainda buscava esclarecer:

— Não diga isso...

O menino terminou de mamar, arrotava farto, Dionísia punha-se de pé com seu filho ao braço. Erguida em toda sua beleza e em fúria, rainha em toda sua majestade. Enquanto falava, movia-se a cuidar da criança, a limpá-la na bacia de esmalte, mudando-lhe a fralda, pondo-lhe talco e vestindo-a com a camisola perfumada de alfazema.

— Mas erraram o endereço, sou muito mulher para criar meu filho, fazer dele homem de respeito, não preciso de esmola de ninguém. Pode não vir a ser padre de batina, pode dar até para ladrão, tudo pode suceder. Mas quem vai criar ele sou eu e como bem entender. Vai ser o bamba da zona, com ele ninguém vai tirar cantiga de sotaque, e não vou dar ele pra ricaça nenhuma que não quis ter o trabalho de parir...

Riu para a criança e lhe falou, docemente:

— Sem esquecer que ocê tem pai pra cuidar de ocê...

Foi aí que dona Flor explodiu, quase gritando, inesperada e disposta, com a força do desespero:

— Só que o pai dele é meu marido... Não quero seu filho, quero o filho de meu marido... Você não tinha direito de ter filho com ele, se meteu com ele porque quis, direito a filho dele só quem tem sou eu...

Dionísia vacilou como se houvesse recebido um tapa na cara:

— Quer dizer que é casada com ele...? Casada mesmo?

Tendo explodido e aliviado seu coração repleto de mágoa,

dona Flor retornava à sua timidez, explicando em voz baixa e sem esperança:

— Casada há três anos... Desculpe, foi só por isso que pensei em criar o menino como se fosse meu filho, já que eu não pude dar um filho a ele... Mas agora eu vi que a senhora tem razão, quem deve criar o menino é a senhora, que é mãe dele... Depois, o que é que adiantava? Vim porque gosto demais de meu marido e tive medo dele ir embora por via do menino. Por isso vim. O resto é tudo mentira. Mas depois de lhe ver me dei conta que, com filho ou sem filho, ele não vai nunca largar a senhora...

— Não sou senhora nenhuma, sou mulher da vida e mais nada. Mas juro pela saúde de meu filho que não sabia que ele era casado. Se soubesse não ia ter filho dele, nem pensar em me amigar com ele, em deixar a vida para botar casa e morar com ele como marido e mulher...

Acabara de vestir o menino. Dona Norma recolhia a toalha, a atmosfera fizera-se menos densa. Dona Flor murmurou:

— Juro que Vadinho é meu marido, todo mundo sabe...

— Vadinho nunca me disse nada... — Dió recebia a camisola das mãos de dona Norma, deitava a criança na cama para vesti-la. — Por que ele não me disse? Por que me enganar assim? — ficou pensativa, agora a raiva havia desaparecido e ela dirigia-se a dona Flor com toda a cortesia, quase com respeito. — Todo mundo sabe do casamento, foi o que a senhora me disse... Possa ser... Mas como ninguém nunca me falou? E eu que conheço a gente dele, toda, até a mãe...

— A mãe de Vadinho? A mãe dele é morta...

— Conheço a mãe, sim, e a avó... Conheço o irmão, Roque, um que é carpina de profissão...

— Então não é o meu Vadinho... — riu dona Flor e ria e ria apalermada de contentamento. — Oh!, que maluquice, que coisa mais tola e mais linda... Norminha, é outro Vadinho! Tou com vontade de chorar...

Também Dionísia de Oxóssi largara o menino em cima da cama e saiu pelo quarto a dançar, dança de iaô em roda de orixá, arrastando o negro João Alves para com ela, ante o peji, saudar e agradecer a Oxóssi — Oquê, meu pai, arô oquê!

— Não é o meu Vadinho, meu Vadinho não é casado, mulher para ele só Dionísia, sua mulata Dió...

De repente parou, olhando para dona Flor (dona Norma tomara do menino e o ninava em seus braços):

— Não me diga que a senhora é a mulher do xará...

— Que xará?

— Meu Vadinho e ele só se tratam assim, de xará, pois são Vadinho os dois. Só que o meu é Vadinho de Valdemar e o dele nem sei de que é... Um que é perdido pelo... — não completou a frase.

Quem a completou foi dona Flor:

— ...pelo jogo... Pois é esse mesmo, Vadinho de Waldomiro, o meu Vadinho...

— E foram lhe dizer que eu tinha tido filho dele... Que gente mais ruim...

A porta foi aberta e nela apareceu um negro maciço e jovem, um riso de dentes brancos a lhe rasgar a boca, uns olhos de domingo:

— Para todo mundo bom dia...

Ainda dançando veio a mulata Dionísia de Oxóssi e nele repousou de todo aquele susto, de toda aquela raiva. Estendeu os braços, dona Norma deu-lhe a criança e ela a colocou nas mãos de seu homem, do pai.

— Esse é meu Vadinho, chofer de caminhão, pai de meu filho. — Mostrava dona Norma e dona Flor. — Aquela ali é comadre de seu João e a outra, tu sabe quem é?

— E como houvera de saber?

— Pois é a mulher do outro Vadinho, daquele...

— Do xará?

— Dele mesmo... Ela veio aqui pensando que o menino era filho dele, do marido dela, veio para buscar, queria criar o nosso bichinho, ia fazer dele padre de batina... — Riu seu riso desatado, concluiu com a voz ainda mais descansada: — Como é mesmo seu nome? Flor? Pois vai ser minha comadre, vai batizar meu menino... Veio buscar um filho, filho não posso dar que só tenho um, mas posso lhe dar um afilhado...

— Minha comadre dona Flor... — disse o chofer de caminhão.

Tomando do menino, Dionísia o entregou a dona Flor. Pássaros cortavam o céu, voando, iam pousar nos beirais do arcebispado.

17

Nos primeiros tempos de viuvez, tempos de nojo, de luto fechado, permaneceu dona Flor em preto e em silêncio, numa espécie de devaneio, nem sonho nem pesadelo, entre o crescente murmúrio das comadres e as memórias dos sete anos de casamento. As comadres eram dez, eram cem, eram mil, numa solidariedade rumorosa e constante; lá vinham elas no rastro de dona Rozilda a cercá-la numa corte de mexericos, as vozes erguidas num coral de acusações a Vadinho, dona Rozilda de solista, tendo como sua imediata dona Dinorá, idênticas na língua de vitupérios.

Dona Flor, trancada em sua aflição e anseio, fluía em meio àquele mundo de lembranças, recordando os momentos de riso e as horas de amargura, querendo reter a imagem de Vadinho, sua sombra ainda esparsa na casa, densa no quarto de dormir e vadiar.

Finalmente, que desejavam todas elas, as inúmeras comadres? As vizinhas, as conhecidas, as alunas, as amigas, sua mãe viajando de Nazaré para fazer-lhe companhia naquele transe, e até pessoas estranhas, como uma circunspecta dona Enaide, relação de dona Norma? Essa digna senhora se abalara do Xame-Xame, onde morava — como se não tivesse marido e filhos, obrigações domésticas — para vir, toda gentil, expor malfeitos de Vadinho, a pretexto de visita de pêsames. Que desejavam elas? Que pretendiam, ao reavivar cicatrizadas feridas, ao reacender essas extintas fogueiras de sofrimento? Por que lhe confidenciava dona Enaide, como se lhe emprestasse solidariedade, conhecer de perto aquela fatal Noêmia, hoje senhora gorda e casada (o marido escrevia aos jornais), mas conservando ainda entre seus papéis um retrato de Vadinho?

Dona Flor vivia com as boas e as más recordações, todas elas a ajudavam a carregar o nojo, a transpor aquele tempo gris de desespero e ausência, um deserto de cinzas. Mesmo ao rever lembranças e imagens tão detestáveis como a da ex-aluna com seu riso zombeteiro e sua cínica impudência, mesmo ao ferir-se novamente em tais espinhos, ao rememorar aquelas humilhações sentia uma espécie de agre consolo, como se lembranças e imagens, espinhos e humilhações, tudo quanto vivera com ele fosse lenitivo para esse sofrimento, esse de agora, sem medida e sem jeito. Porque, afinal, quem saíra vitoriosa, quem vencera a parada, quem ficara com ele? Por quem se decidira Vadinho, quando dona Flor, um dia, tendo chegado ao derradeiro limite, lhe dera um ultimatum: ou ela ou a outra? As duas, não; fosse embora com a tipa se quisesse (a imunda espalhava aos quatro cantos a notícia de seu próximo acasalamento com Vadinho), mas fosse quanto antes, decidisse logo... E o que acontecera, que decisão ele tomara?

Noêmia viera aprender arte culinária, estava às vésperas de casar-se e o noivo exigia esposa com teoria e prática de temperos. Era um esnobe esse noivo, um janota metido a entendedor de cinema e literatura, todo cheio de si e de pretensa erudição, citando autores e arrotando críticas, um jovem gênio brilhando ao sol da glória em porta de livraria. Porque lhe parecia bem, quisera Noêmia senhora da arte do vatapá e do caruru, "quero vê-la proletarizada, essa burguesa...". Ela achou a ideia divertida e inscreveu-se na Escola Sabor e Arte.

Filha de tradicional família da Graça, rica, elegante, achava batuta ser noiva de intelectual tão rafinê, mais batuta ainda no entanto lhe parecia Vadinho com seu ar cafajeste e seus olhos sonolentos. Quando se deram conta — a família ilustre e o talentoso pretendente —, Noêmia estava aprendendo era descaração, e da grande, com Vadinho, no castelo de Amarildes.

Foi um fuzuê dos diabos, ameaçando transformar-se em magnífico escândalo. Felizmente prevaleceu a alta civilidade do noivo sobre sua momentânea vicissitude; contornou a situação com jeito e diplomacia, não ia perder, por mero preconceito, aquela boca rica, aquele baú de ouro. Não bastara, porém, sua boa vontade, sua compreensiva colaboração, pois a dita-cuja não queria dar por terminada a "inconsequente aventura", considerando-se bem servida em matéria de cama. Que se danassem noivo e família, Noêmia queria era fugir com Vadinho, arribar com ele. Vadinho é que não quis. Quando a gangorra caiu e a pagodeira se tornou assunto de maledicência pública, quando dona Flor, num daqueles seus arrancos violentos e raros, exigiu uma decisão imediata, ou ela ou a outra, ele restituiu a moça ao noivo, esteta agora ainda mais esnobe e atraente, pois ao talento e à erudição somara os cornos, um noivo supimpa, outro assim era difícil de obter.

"Tudo xixica para passar o tempo", lhe dissera Vadinho, quando no extremo da aflição, dona Flor o enfrentou e exigiu se definisse de uma vez por todas. Nunca pensara em ir-se com a tal Noêmia, pura pabulagem da sapeca; além de puta, mentirosa de marca.

Que mais queriam as comadres? Dona Rozilda, dona Dinorá, aquela dona Enaide a sair de seus cômodos do Xame-Xame, todas as demais, dezenas, centenas e milhares de comadres no coro infame das lamentações e dos libelos, que mais queriam? Por que recordar esse incidente como prova da infelicidade conjugal de dona Flor, prova de que Vadinho era o pior dos maridos? Ao contrário, eis a prova mais completa de seu amor, de como ele a preferia a qualquer outra. Não tinha a tal Noêmia riqueza e elegância, palacete na Graça, talão de cheque, conta aberta no banco — Vadinho jogara alto naquele interregno —, automóvel com chofer, curso de ginásio e rudimentos de francês, toda nos trinques e perfumes, vestidos e sapatos vindos do Rio? Com quem ficara ele, a quem preferira quando obrigado a escolher? De nada valera o talão de cheques nem o conforto do automóvel a levá-lo e trazê-lo pra cima e pra baixo, nem os vestidos do Rio, os perfumes de Paris, o requinte das expressões: *mon chéri, mon petit coco, merde, quelle merde*; a locé de parler..., como se diz no francês da Bahia.

Vadinho não levara em conta nem o cabaço comido, nem as súplicas: "Você me deve minha honra", nem as ameaças: "Você vai ver, meu pai vai lhe perseguir, lhe meter na cadeia", nada o fizera sequer vacilar na hora da escolha. "Como tu pôde pensar um absurdo desses, que eu havia de te largar pra viver com aquela porqueira...?" Pendurou a gabola nos chifres do noivo, foi para a cama com dona Flor, ah!, que noite de pazes e perdão! "Tudo xixica para passar o tempo, permanente só tu, Flor, minha Flor de manjericão..."

Para as comadres, Vadinho fora o pior de quantos maridos ruins existiram no mundo, dona Flor a mais infeliz das esposas. Não lhe cabia direito a chorar, a lastimar-se, devia estar dando graças a Deus que a livrara em tempo de tamanha provação. Sem dúvida dona Flor era a bondade em pessoa, e só mesmo dona Rozilda podia querer que ela se alegrasse, desse festa pela morte súbita de Vadinho. Ruim como tudo, ele fora, no entanto, seu marido. Mas esse exagero de sentimento, esse luto fechado, esse nojo mais além de toda aparência, mais além de todo o cerimonial obrigatório nos ritos da viuvez, essa face parada e perdida, esses olhos voltados para dentro de si ou a fitarem para lá do horizonte, a fitarem o infinito, o nada, tudo isso era inaceitável para as comadres.

Numa única coisa estavam todas de acordo, de dona Rozilda a dona Norma, de dona Dinorá a dona Gisa, as verdadeiras amigas e as simples fuxiqueiras: dona Flor precisava esquecer, e quanto antes, aqueles anos desgraçados, precisava apagar a imagem de Vadinho de sua vida, como se ele nunca houvesse existido. Para elas o tempo do nojo estava durando demasiado, e por isso a cercavam para lhe provar — com fatos — ter sido ela beneficiária da misericórdia divina.

A própria tia Lita, sempre disposta a desculpar Vadinho, não escondia no entanto sua surpresa:

— Nunca pensei que ela sentisse dessa forma.

Dona Norma também se admirava:

— Pelo jeito não vai esquecer nunca... Quanto mais o tempo passa, mais ela sofre...

Dona Gisa, plantada em seus conhecimentos de psicologia, discordava das pessimistas:

— É natural... Ainda vai durar uns dias mas depois termina, ela esquece, volta a viver...

— É isso, sim... — dona Dinorá era da mesma opinião. — Com o tempo ela vai se dar conta que foi Deus quem olhou por ela...

Dividiam-se, porém, quanto à forma de melhor ajudá-la. Dona Norma, forte do apoio de dona Gisa, propunha o silêncio em torno do nome de Vadinho. As demais, sob o comando férreo de dona Rozilda — e dona Dinorá era o sargento dessa aguerrida tropa —, abriam a boca de intrigas, xingos e lamentos, para convencê-la de que por fim podia pensar em viver uma vida tranquila e feliz, de paz, conforto e segurança. De qualquer maneira, no silêncio de piedade ou no ruidoso libelo, ela devia encontrar os caminhos do esquecimento. Era tão moça ainda, tinha a existência inteira em sua frente...

— Se ela quiser, não fica viúva muito tempo... — profetizava dona Dinorá, que, em matéria de falar da vida alheia, possuía um sexto sentido, um dom divinatório, uma espécie de vidência. Aliás, em sua casa (herança de um comendador espanhol), de robe e em transe, dona Dinorá botava cartas e previa o futuro, consultando uma bola de cristal.

Por que, perguntava-se dona Flor, não vinha nenhuma delas lhe recordar jamais um bem-feito de Vadinho? Afinal, em meio às incontáveis tratantices, vez por outra prevaleciam em seus atos a graça, a generosidade, o senso de justiça, o amor. Por que então só mediam Vadinho com o metro da ruindade, só o pesavam numa balança de maldições? Sempre fora assim, aliás. Quando ele era vivo, sucediam-se as xeretas, ávidas de transmitir notícias desagradáveis, de lastimar dona Flor, coitada!: merecedora de marido direito e bom, capaz de oferecer-lhe trato e consideração. Nunca, porém, acontecera comadre às pressas, abandonando seus cômodos, seus quefazeres e seus lazeres, para vir, sôfrega e vibrante, lhe anunciar boa ação de Vadinho:

— Flor, repare, mas não diga que eu contei... Vadinho ganhou no bicho e deu o dinheiro todo a Norma pra ela comprar um presente de aniversário para você... O aniversário ainda está longe, eu sei, mas ele teve medo de gastar o dinheiro, quis logo garantir o presente...

Assim sucedera certa ocasião, todas as comadres o sabiam e só dona Norma tinha o compromisso de guardar segredo. No entanto, não fosse ela romper a jura, incapaz de tão longa mudez, mais de vinte dias, dona Flor nunca viria a tomar conhecimento do gesto. As outras trancaram as bocas, quem se incomoda em transmitir alvissareiras novas? Para isso não há urgência nem sofreguidão, ninguém sai correndo rua afora. Só para as más notícias. Para levá-las, sobram os arautos, não falta quem se dê aos maiores incômodos, quem largue trabalho, interrompa descanso, quem se sacrifique. Dar uma notícia ruim, coisa mais emocionante!

Não fosse o puro acaso e dona Flor teria ido embora naquela tarde em que Vadinho desceu ao fundo de sua ignomínia, desnudou-se em baixeza; chegara a arrumar as malas. Havia sempre um quarto à sua disposição em casa dos tios, no Rio Vermelho. Por um quase nada não se foi de vez, no definitivo rompimento. No entanto, a rua estava cheia de comadres, atraídas pelos gritos e pelo choro, e todas viram quando o Cigano chegou e todas o escutaram falar com a voz trêmula, foram testemunhas da reação de Vadinho.

Alguma delas contou a cena a dona Flor, repetiu-lhe as palavras de Cigano? Pois sim, que esperança! Nem uma só para remédio, como se nada houvessem visto e ouvido. Ao contrário, todas as xeretas apoiavam sua decisão, reconheciam-lhe motivos de sobra para romper de uma vez e para sempre com o canalha. Algumas até ajudavam na preparação das malas.

18

Quando Vadinho apareceu naquela tarde, dona Flor imaginou em seguida o motivo da inopinada presença. Quanto mais assuntava em suas maneiras, mais se convencia: nunca estivera tão discreto com as alunas, quase escondido num canto da sala, deixando-as concluir tranquilas, na cozinha, a aula prática, um bolo de aniversário. As moças, componentes de turma nova, riam numa curiosidade sem disfarces, no desejo de conhecer o falado marido da professora, com sua fama singular: à sua maneira Vadinho era célebre. Finda a aula, quando, entre exclamações de elogio, foram servidas fatias do bolo e cálices de licor de cacau — especialidade da casa, orgulho de dona Flor, cuja competência em licores de ovo e de frutas corria parelha com a fama de seu tempero —, com uma ponta de jactância, um ar vaidoso, ela apresentou:

— Vadinho, meu marido...

Nenhuma piada, nenhuma frase de duplo sentido, nem um piscar de olhos. Vadinho mantinha-se sério e quase triste; dona Flor conhecia o significado daquela expressão e tinha-lhe medo. Ah!, se pudesse reter as alunas pela tarde e pela noite, prolongando a conversa, mesmo com o perigo do valdevinos pôr as mangas de fora, sair com suas ousadias. Ah!, se pudesse evitar o colóquio, o vis-à-vis com um Vadinho incapaz de fitá-la de frente, dobrado ao peso de suas piores intenções... Mas as alunas, moças e senhoras de intensa vida social, churupitavam o licor às carreiras, despediam-se.

Na véspera, dona Lígia Oliva mandara lhe pagar — regiamente — os doces e salgados, uma encomenda enorme, para a recepção em honra de uns lordes de São Paulo. Desde o casamento, dona Flor circunscrevera-se à lida com a escola, recusando encomendas. Abria, no entanto, algumas exceções, para pessoas de sua estima: "De dona Lígia sou devota", disse ao assumir empreitada de tal monta.

Esses dinheiros extraordinários, quase sempre recebidos na ausência de Vadinho, dona Flor os reservava para despesas inesperadas, uma compra maior, uma doença, qualquer precisão. Acontecia-lhe, inclusive, juntar alguns contos de réis, bolo de notas oculto em esconderijos pela casa. Economias para a aquisição de utensílios domésticos, de presentes de aniversário, para as mensalidades da máquina de costura, e consumidas, em grande parte, em empréstimos a Vadinho, aos cem e duzentos mil-réis...

Por azar, Vadinho encontrava-se escornado na sala quando o dr. Zitelmann Oliva se deu ao incômodo (ele, tão ocupado com seus oito cargos, todos de realce e importância) de vir pessoalmente à casa deles para pagar:

— Estou com esse dinheiro no bolso há três dias... Lígia hoje só faltou me bater quando descobriu que eu ainda não tinha efetuado o pagamento...

— Ora, doutor, não se preocupe... Que bobagem...

— Então, seu Vadinho — pilheriava o figurão —, o que é que você faz para que sua mulher fique cada vez mais moça e mais bonita? — Conhecia dona Flor de menina e de há muito conhecia Vadinho, que, de quando em quando, tentava mordê-lo (com parcos resultados, aliás, dr. Zitelmann era duro na queda).

— Boa vida, doutor, a boa vida que ela leva. Casada com um marido como eu, que não dá dor de cabeça, não dá preocupações... Vive a la godaça, descansada, feliz da vida... — ria seu riso despreocupado, tão contente!, dona Flor ria também de tamanho descaramento do marido.

Vadinho não lhe pedira dinheiro naquele dia. Com certeza ganhara na véspera, ainda tinha alguma reserva. Mas, quando ele apareceu de súbito na tarde seguinte, com aqueles olhos baixos, o rosto sério, quase triste, ela adivinhou de logo o motivo a trazê-lo: vinha pelo dinheiro. Enquanto as alunas sorviam o licor, saboreavam o bolo, álacres, com olhares furtivos para o moço quieto, dona Flor, em silêncio, o coração sufocado, fez uma jura a si mesma, numa resolução terminante. Não lhe daria aquele dinheiro, nem todo nem uma pequena parcela, um real sequer. Destinava-o à compra de um novo aparelho de rádio. Ouvir rádio, eis o passatempo preferido de dona Flor, sua maior distração: doida por sambas e canções, tangos e boleros, pelos programas cômicos, e, sobretudo, pelas novelas radiofônicas. Juntas, a ouvi-las, ela, dona Norma, dona Dinorá e outras vizinhas, trêmulas e vibrantes com o destino da condessa apaixonada pelo engenheiro pobre. Exceção, só dona Gisa, num desprezo de erudita por tão baixa literatura.

O rádio, parte de sua bagagem de solteira, antiquado e gasto, só dava despesas, encrencando todos os dias, falhando nos momentos mais dramáticos, mudo na cena mais emocionante. Consertos e mais consertos, inúteis e caros. Dessa vez a decisão de dona Flor era irrevogável: não abriria mão de suas economias, sucedesse o que sucedesse. Afinal, tinha de colocar um paradeiro àquele abuso.

Foram-se as alunas numa revoada de risos e um tanto quanto desiludidas: era aquele sorumbático sujeito num canto a cismar, o tão falado marido da professora, com fama de perigoso, de irresistível, o do caso com Noêmia Fagundes da Silva? Francamente, não lhes parecera digno de cobiça, muito aquém da insolente legenda. Dona Flor encontrou-se a sós com Vadinho, vis-à-vis com o seu medo, a boca amarga, opresso o coração. Erguendo-se num esforço, ele dirigiu-se à mesa, encheu um cálice de licor:

— Esse troço é gostoso mas pega que é uma beleza, dá um pileque medonho, uma ressaca horrível... Dor de cabeça maior só com licor de jenipapo...

Queria parecer despreocupado, veio para junto dela, oferecendo-lhe uma gota de seu cálice, amável e terno:

— Prove, meu bem...

Mas dona Flor recusava, como recusava-se à carícia da mão a descer do cangote, no caminho dos seios pela abertura da blusa. "Hipocrisia, nada além de hipocrisia, carícias para romper minha resistência, impossibilitar-me a negativa, carícias para minha fraqueza de mulher." Juntou todas as forças, agravos antigos, a pequena reivindicação de um rádio novo, pôs-se de pé, vexada de desgosto:

— Por que não diz logo a que veio? Ou pensa que não sei?
Sério e triste, o rosto de Vadinho; vinha porque tinha de vir, porque nada conseguira em parte alguma, mas não vinha contente, de peito aberto e riso solto, ah!, se pudesse não vir!

Também ele sabia o destino que dona Flor pensara dar àquele dinheiro. Seu Edgard Vitrola ainda não aparecera, pois o antigo aparelho continuava na sala como Vadinho constatou logo ao abrir a porta. Mas podia aparecer a qualquer momento com a oitava maravilha do mundo, beleza de móvel em pau-marfim e metal cromado, última palavra em maquinaria, em ondas e faixas, em quiloates e voltagens, capaz de captar as mais longínquas emissoras, as do Japão e as da Austrália, as de Addis-Abeba e as de Hong-Kong, sem esquecer os subversivos programas de Moscou, tanto mais proibidos quanto mais procurados. Dona Flor mandara recado urgente a seu Edgard, por intermédio de Camafeu, tocador de berimbau e companheiro inseparável do Vitrola.

Primeiro no bonde, com seu palpite e sua vergonha, depois a pé pela rua, viera Vadinho partido em dois. Um na pressa de chegar antes do vendedor de rádios, nunca um palpite o possuíra assim; o outro no desejo de chegar tarde, após seu Edgard, não mais encontrando nem o rádio velho nem os cobres pagos por dona Lígia, dinheiro ganho por sua mulher à custa de trabalho e de suor: atravessara a noite junto ao forno, após um dia sem descanso. Partido em dois, no bonde; vindo pela rua, entrando em casa, abrindo a porta: partido em dois. Se seu Edgard não tivesse passado, que sinal mais certo da infalibilidade do palpite? Mas, se já encontrasse o novo aparelho, ficaria em casa aquela noite, ao lado de dona Flor, estreando-o, ouvindo música, rindo com as piadas. Partido em dois, dividido pelo meio, assim viera Vadinho.

Por que seu Edgard não passara antes? Agora não tinha mais remédio.

— Tu pensa que é só por interesse que eu te agrado?
— Só por interesse e nada mais...
Apenas interesse, vil interesse; retesava-se dona Flor:

— Por que não fala logo?

Um muro os separava naquela hora do crepúsculo, quando a tristeza irrompe do horizonte em cinza e em vermelho, quando cada coisa e cada vivente morre um pouco no morrer do dia.

— Já que é assim que tu quer, não vou perder mais tempo. Tu vai me emprestar nem que seja duzentos mil-réis.

— Nem um tostão... Tu não vai ver nem um tostão... Como tu ainda tem coragem de falar em empréstimo? Quando é que tu já pagou nem que fosse um vintém? Esse dinheiro só sai de minha mão para a de seu Edgard.

— Juro que te pago amanhã, hoje estou precisado de verdade, é caso de vida ou morte. Juro que amanhã compro eu mesmo um rádio para você e tudo mais que tu quiser... Pelo menos cem mil-réis...

— Nem um tostão...

— Tem paciência, meu bem, só essa vez...

— Nem um tostão... — repetia como se não soubesse dizer outra coisa.

— Ouve...

— Nem um tostão...

— Toma cuidado, não brinca comigo, porque, se não for por bem, vai ser por mal...

Disse e olhou em torno como a localizar o esconderijo. Eis que dona Flor perdeu a cabeça e, em desespero, se atirou para o velho aparelho de rádio; junto às gastas válvulas ocultara o dinheiro. Vadinho a seguira, ela porém já segurava as cédulas, desafiando-o aos berros:

— Esse tu não vai gastar no jogo. Só se me matar...

Os gritos cortavam a tarde, as comadres em alerta saíam à rua:

— É Vadinho tomando dinheiro de Flor, coitadinha...

— Cão mais tenebroso! Cão das trevas!

Vadinho partiu para dona Flor, os olhos cegos, a cabeça vazia, o ódio a cobrir-lhe o entendimento, ódio de fazer o que estava fazendo. Tomando-a pelos pulsos, bradou-lhe:

— Larga essa merda!

Foi ela quem bateu primeiro: arrancando-se dele e não querendo deixar-se agarrar novamente, socou-lhe o peito com os punhos fechados, com a mão aberta atingiu-lhe o rosto. "Sua puta, tu me paga!", disse Vadinho, enquanto dona Flor gritava: "Me deixa, desgraçado, não me bata, me mate logo, é melhor". Então ele a empurrou, ela caiu por cima de umas cadeiras, gritando: "Assassino, miserável"; e ele a esbofeteou. Uma, duas, quatro bofetadas. O estalo dos tapas levantou, na rua, o coro de revolta e lástima das comadres. Dona Norma abriu a porta, foi entrando sem pedir licença:

— Ou você para com isso, Vadinho, ou eu chamo a polícia.

Vadinho nem parecia vê-la: lá estava ele com o dinheiro na mão e um ar perdido, o cabelo revolto, olhando num espanto para onde dona Flor jazia caída, a gemer baixinho, num choro manso. Dona Norma correu a ampará-la, Vadinho saiu porta afora, as notas apertadas entre os dedos. As vizinhas arredaram do passeio, era como se vissem o próprio demônio dos infernos.

Naquele mesmo instante, o táxi do Cigano freou junto à porta. Reconhecendo-o, Vadinho sorriu, porque aquela coincidência era mais uma prova da infalibilidade do palpite. Ia pela rua bem do seu quando tivera aquela certeza, mas uma certeza total e absoluta, sem perigo de engano ou urucubaca, certeza de que nessa tarde e nessa noite ele iria estourar todas as bancas de jogo da cidade, uma por uma, começando pelas roletas do Tabaris, terminando no antro escuro de Paranaguá Ventura. Uma certeza a crescer dentro dele, a dominá-lo, exigindo ação, obrigando-o a desdobrar-se em inútil peregrinação à cata de numerário, a partir, por fim e a contragosto, em busca do dinheiro de dona Flor.

Ao esbofeteá-la, porém, ficara vazio até dessa certeza, fora o palpite, todo ele oco por dentro, sem saber o destino a dar àquele dinheiro, como se tudo houvesse sido inútil. Mas, na rua, ante o táxi do Cigano a surgir num milagre — pois Vadinho tinha pressa de iniciar ainda no turno vespertino a maratona do século —, novamente se tranquilizou. Mais uma prova indiscutível de força do palpite, Vadinho sentia um calor nas mãos, uma urgência de partir. Agora, apenas as mesas de roleta, a bolinha a girar, o crupiê, o 17, as paradas, o olhar nervoso de Mirandão à sua esquerda como de hábito, as fichas, apenas o jogo existia para ele. Quis entrar no táxi mas o Cigano saltara entre as vizinhas em alvoroço. Um rastro de lágrimas nos olhos do chofer, a voz espessa.

— Vadinho, meu irmãozinho, minha velha morreu, minha mãezinha... Eu soube na rua, estou vindo agora de casa... Não vi ela morrer, diz que ela chamou por mim quando deu a dor...

De começo Vadinho nem prestara atenção às palavras do amigo, mas logo entendeu e apertou o braço do Cigano. Que estava ele inventando, que história mais maluca?

— Quem morreu? Dona Agnela? Tu está doido?

— Nem faz três horas. Minha velha, Vadinho...

Muitas vezes em solteiro, e mesmo depois de casado, inclusive em companhia de dona Flor, fora ele comer a feijoada dominical de dona Agnela, naquele fim de linha de Brotas. Gordíssima e cordial, ela o tratava como filho, numa fraqueza pelo moço jogador, perdoando-lhe a vida de deboches. Não era ele uma réplica, até nos cabelos loiros, do finado Aníbal Cardeal, batoteiro insigne, seu amásio e pai do Cigano?

— Igualzinho ao outro... Dois perdidos...

Novamente sentiu-se Vadinho sem ar e sem ação, dia mais nojento, dia mais sem jeito: primeiro Flor com aquela teimosia da desgraça, agora o Cigano a conduzir nas dobras do crepúsculo e a atirar no passeio o cadáver de dona Agnela...

— Mas, como se deu? Ela estava doente?

— Nunca vi ela doente, que me lembre. Hoje, quando saí, depois do almoço, deixei ela no tanque, lavando roupa. Cantando, contente que só vendo... Tu não vê que hoje foi o dia de pagar a última letra do carro, a gente tinha o dinheiro certinho. De manhã a gente ficou, os dois, contando, ela e eu... Ela me entregou o que tinha juntado nesse mês, tudo em nota de dez tostões, dois mil-réis. Tava alegre porque agora o carro era meu de verdade. — Fez uma pausa, esforçando-se para não chorar: — Diz que de repente deu uma dor lá nela, no peito. Que foi só o tempo de dizer meu nome e caiu morta... O que me dói é que eu não estava lá, estava pagando a letra do carro... Isidro, aquele do botequim, é que veio me avisar, na praça... Fui correndo... Ah!, meu irmãozinho ela estava toda fria, os olhos esbugalhados... Agora eu vim porque estou sem um vintém, o dinheiro foi todo no pagamento do carro... O meu e o dela, de minha velha...

Sua voz quase em surdina, escutariam as comadres? Mesmo as comadres morriam um pouco na agonia do sol, esbatidas na sombra quando Vadinho entregou ao Cigano aquele sujo dinheiro de violência e seu límpido palpite de vitória.

— É tudo que tenho...
— Tu vem comigo? Tem muito que fazer...
— Não houvera de ir?

Livres da presença de Vadinho, as comadres entravam-lhe casa adentro: no quarto dona Flor e as malas, dona Norma tentando demovê-la. As xeretas não compreendiam as razões de dona Norma. Razão só dona Flor a possuía, carradas de razão. Um coro de cochichos:

— Oh!, vida mais injusta, como se pode martirizar assim...
— Ela devia era largar ele de uma vez...
— Atrever-se a bater... Que horror!

Jamais dona Flor acreditou não terem elas escutado a conversa do Cigano, seu anúncio de morte. Não fosse seu Vivaldo, o da funerária, e dona Flor não teria sabido do falecimento de dona Agnela nem de como Vadinho empregara o dinheiro. Seu Vivaldo passou por acaso: aproveitando estar nas imediações, veio trazer a receita de certo prato de bacalhau, de origem catalã, delícia saboreada em pantagruélico almoço em casa dos Taboadas, em cuja mesa nunca serviram menos de oito ou dez pratos, um esbanjamento. Ao enxergar dona Flor de olhos úmidos, comentou a triste nova: pobre dona Agnela. Vinha de saber, encontrara Vadinho e o Cigano, ia fornecer o esquife praticamente sem lucro. Dona Agnela merecia: uma escrava no trabalho e sempre jovial, pessoa ótima. Seu Vivaldo fora uma vez, com Vadinho, honrar-lhe a feijoada...

Só então dona Dinorá e as outras comadres ligaram palavras e gestos, o dinheiro mudando de mão nas sombras do crepúsculo. Assim o disseram, pelo menos; acredite quem quiser.

Despediu-se seu Vivaldo com o compromisso de vir provar o prato espanhol, a receita custara-lhe esforço e propina: tivera de corromper a ama dos Taboadas, dona Antonieta era ciosa de seus segredos culinários.

Dona Flor conhecera dona Agnela naqueles inesquecíveis dias finais do namoro, às vésperas do casamento, quando passava as tardes com Vadinho na casinha clandestina de Itapuã. O estroina dono da casa, durante o dia ocupado com seus negócios de fumo, para as mulheres reservava as noites, as horas mortas da madrugada. Sucedeu, porém, de passagem pela Bahia, uma carioca sensacional, com apenas uma tarde livre. Vadinho recebeu um recado para não utilizar naquele dia o discreto endereço.

No táxi, discutiram onde ir. Ela refugou o cinema, a matinê de indiscreta bolinagem; a um castelo ele não podia levar sua futura esposa. Visitar tia Lita, no Rio Vermelho? E se dona Rozilda aparecesse por lá? Cigano propôs irem ver dona Agnela, que já demonstrara desejo de conhecer a noiva de Vadinho. Passaram a tarde com a gorda lavadeira, a conversar e a tomar café, Vadinho num assanhamento de beijos, dona Flor toda acanhada. Dona Agnela encantou-se com a moça, fez um discurso de alerta e compaixão:

— Vai casar com esse maluco... Deus que lhe proteja e lhe dê paciência, que muito vai precisar. Jogador é a pior nação do mundo, minha filha. Vivi para mais de dez anos com um, igualzinho a esse daí... De cabelo loiro como ele, branco de olho azul... Perdido pelo jogo, punha tudo fora. Até um medalhão que minha mãe me deixou, o maluco vendeu para enterrar o dinheiro no vício. Perdia tudo e ainda ficava brabo, vinha gritar comigo, me dar pancada...

— Lhe dava pancada? — a voz tensa de dona Flor.

— Quando bebia demais, até bater ele me batia... Mas só quando bebia demais...

— E a senhora suportava? Isso eu não admito... De nenhum homem... — Dona Flor estremecia de revolta só ao pensar: — Nunca hei de admitir.

Dona Agnela sorriu compreensiva e experiente; dona Flor era ainda tão menina, nem começara a viver:

— Que é que eu podia fazer se eu gostava dele, se era minha sina? Ia largar ele sozinho nessa vida agoniada, sem ter quem cuidar dele? Era chofer como Cigano, só que trabalhava para os outros, de comissão. Nunca juntou dinheiro para dar de entrada num carro, o desperdiçado. O que eu juntava, ele perdia, tomava nem que fosse a pulso. Morreu de desastre, tudo que deixou foi o filho pequeno para eu criar... — Olhava dona Flor com afeto e pena: — Mas, vou lhe dizer uma coisa, minha filha... Se ele me aparecesse de novo eu me juntava com ele outra vez. Morreu; nunca mais eu quis saber de outro homem, e olhe que não me faltou proposta, até de casamento. Eu gostava dele, que é que eu podia fazer, me diga, minha filha, se era minha sina?

"Era minha sina, eu gostava dele..." Que é que dona Flor podia fazer? "Me diga, Norminha, que é que eu posso fazer?" Esvaziar as malas, vestir-se de negro para ir ao velório de dona Agnela. "Que é que eu posso fazer se é minha sina, se eu gosto dele?"

Dona Norma a acompanharia, sim. Era chegada dona Norma a um bom velório. Com lágrimas, soluços, flores roxas, velas acesas, cerimoniosos abraços de pêsames, orações, histórias e lembranças, anedotas e risos, um café bem quente, uns biscoitos, um trago pela madrugada; nada igual a uma sentinela.

— Mudo o vestido num minuto...

"Que posso fazer, me diga, Norminha, se ele é minha sina? Largar ele por aí, sozinho, sem ter quem cuide dele? Que posso fazer, me diga, se eu sou doida por ele e sem ele não saberia viver?"

19

Sem ele não sabe viver, não pode viver. Como acostumar-se, se outra é a luz do dia envolto em cinza, num crepúsculo metálico onde vivos e mortos se confundem nas mesmas lembranças. Tantas imagens e figuras em derredor de Vadinho, tanto riso e tanto choro, um bulício, um calor, o tilintar das fichas e a voz do crupiê. Só no fundo da memória a vida se afirma, plena, com a luz da manhã e as estrelas noturnas; afirma-se vitoriosa sobre esse crepúsculo em coma, no estertor da morte.

Insone no leito de ferro, no abandono e na ausência, dona Flor parte na rota do acontecido, portos de bonança, mar de tempestades. Reúne momentos esparsos, nomes, palavras, o som de uma breve melodia, refaz o calendário. Deseja romper a cintura de aço desse crepúsculo, mais além estão o dia de trabalho e a noite de descanso, a vida de viver. Não esse viver num tempo gris de nojo, não esse vegetar num asfixiante pântano de lama, essa sua vida sem Vadinho. Como sair desse óvulo de morte, como atravessar a porta estreita desse tempo nu? Sem ele não sabe viver...

Por vezes Vadinho fora tão ruim como decretavam as comadres, dona Rozilda, dona Dinorá, as demais carpideiras. Em outras ocasiões, porém, faziam-lhe injustiças, acusando-o sem motivo. Ela própria, dona Flor, assim agira por mais de uma vez.

Um dia, por exemplo, ele viajara às pressas, dona Flor soubera no último momento e imaginou o pior, considerando-o perdido para sempre. Não acreditava fosse ele voltar do Rio de Janeiro, com suas luzes feéricas, suas avenidas fervilhantes, os cassinos, centenas de mulheres à disposição. Quantas vezes não ouvira Vadinho proclamar: "Um dia me toco para o Rio, lá é que é vida, nunca mais volto..."?

Pura maluquice, aquela viagem. Necessitado de numerário, Mirandão inventara uma caravana de estudantes de agronomia com o fim de "visitar os centros de estudo do Rio de Janeiro" durante as férias. Percorreu o comércio em companhia de cinco colegas, tomando dinheiro de meio mundo com um livro de ouro. Foram mordidos banqueiros, industriais empresários, lojistas, comerciantes os mais diversos, políticos do governo e da oposição. Ao fim de alguns dias, haviam recolhido considerável maquia e criado um problema: nas cortesias aos políticos, por três vezes, em sinceros preitos de homenagem, mudaram o nome da embaixada. Dos três nomes ilustres, por qual agora optar? Mirandão propunha uma solução extremamente simples: dividir entre eles o dinheiro recolhido e dissolver a caravana ali mesmo, dando os centros de estudo por visitados. Mas os cinco colegas, unânimes, discordaram: queriam fazer a viagem, conhecer o Rio (dispondo-se inclusive, se houvesse ocasião propícia, a visitar a escola de agronomia, percorrer-lhe as dependências).

Obtidas passagens de favor, requisitadas pela Secretaria de Agricultura do estado — pela quarta vez a caravana mudava de nome, em honra ao generoso secretário de estado —, no dia do embarque, quase na hora do navio partir, houve uma defecção, um dos seis picaretas tremia de febre palustre, o médico proibira-lhe a viagem, quando já não tinham tempo de convidar outro estudante para a vaga, nem de vender, a baixo preço, a passagem inútil.

Vadinho acompanhara Mirandão ao cais, ouvia a discussão. Foi quando o outro lhe perguntou, de repente:

— Por que você não vem, não aproveita a passagem?

— Não sou estudante...

— Ora, senhor... Por isso não, fica sendo... Só que tem de andar depressa, o navio sai daqui a duas horas...

O tempo de correr até em casa, juntar umas cuecas e umas camisas, o terno azul de casimira, enquanto Mirandão, amigo para qualquer sacrifício, arrostava com as lágrimas de dona Flor.

Nunca mais ele voltaria, ela tinha certeza. Não era tão palerma a ponto de acreditar naquela história absurda de embaixada estudantil, de viagem de estudos. Se Vadinho não era estudante de coisa nenhuma, como fazer parte de uma caravana de universitários? O único estudo de Vadinho era o do livro dos palpites com completa interpretação dos sonhos e dos pesadelos, indispensável a quem quisesse ganhar no jogo do bicho. Partia sem dúvida na esteira de uma vagabunda qualquer para o abismo de depravação do Rio de Janeiro.

Quanto mais jurava Mirandão, pela sagrada memória de sua mãe, pela saúde de seus filhos, mais cética dona Flor, aquela história não lhe merecia crédito. Por que vinha Mirandão, seu compadre, fazer tal papelão, causar-lhe tamanho desgosto, zombando de seus sentimentos, com mentira tão reles? Se não lhe dispensava consideração e estima, por que então a convidara para madrinha do menino? Se Vadinho queria abandoná-la, ir-se embora com qualquer marafona, mudar-se para o Rio, pelo menos agisse como homem, viesse em pessoa, falando a verdade, não mandasse o compadre com aquele conto da carochinha para abusar de sua amizade e lhe passar diploma de idiota. "Mas, comadre, se é verdade, a pura verdade...? Juro que daqui a um mês a gente volta." Para que essa comédia toda? Nunca mais Vadinho voltaria, ela tinha certeza.

Voltou, no entanto, na data prevista, com a caravana — de cuja existência já se convencera dona Flor, pois o filho mais velho de dona Sinhá Terra, sua aluna, participava da excursão e, numa carta, referia-se a Vadinho, "um companheirão batuta". Não só voltou, como lhe trouxe um régio corte de seda, tecido estrangeiro, bonito e caro. Sinal de sorte na roleta, pensara dona Flor, e de que Vadinho não a esquecera durante os passeios, as festas, as novidades do Rio, as noites de jogatina e farra. "Como havia de esquecer você, meu bem, se eu só fui para fazer favor aos rapazes, a embaixada não podia ficar incompleta." Chegara usando colete, muito carioca, todo bem-falante. Fizera relações, citava nomes: o cantor Sílvio Caldas, Beatriz Costa, estrela de teatro.

A Sílvio fora apresentado por Caymmi, no Cassino da Urca, onde o seresteiro cumpria contrato. Vadinho rasgava-lhe elogios à simplicidade, à modéstia. "Nem parece que é ele, de tão igual; você vai ver quando ele vier aqui. Me disse que vem em março e eu prometi que tu ia fazer um almoço pra ele, com tudo que é prato baiano. Ele é metido a entender de cozinha." Com que prazer cozinharia dona Flor esse almoço, se um dia surgisse tão remota oportunidade; era admiradora entusiasta do cantor, escutando-o ao rádio, a voz tão brasileira!

Envolta no corte de seda a escorregar-lhe pelos ombros, a cobri-la e descobri-la, na alegria do retorno de Vadinho, desfolhada em risos e suspiros, dona Flor no leito com o marido a vadiar. Uma ponta de remorso a fazer mais doce aquele amor: ela o julgara mal, agressiva e injusta, duvidando dele, de "seu estudante mais lindo...".

Do que jamais dona Flor tomou conhecimento foi do esforço despendido por Mirandão para arrancar Vadinho dos braços de Josi, e pô-lo no navio, de regresso. Josi era o nome de guerra da lusa Josefina, corista da Companhia Portuguesa de Revistas Beatriz Costa, perdida de paixão pelo moço baiano (e vice-versa). Conheceram-se quando a embaixada acadêmica, tendo obtido entradas grátis, para o Teatro República, foi aos bastidores após o espetáculo, cumprimentar Beatriz, suas artistas, suas coristas. Vadinho bateu o olho em Josi ainda em trajes de varina, Josi mediu o falso estudante de alto a baixo, riram um para o outro, meia hora depois ceavam juntos iscas de bacalhau numa tasca das vizinhanças. Josi pagou a despesa, aquela primeira e todas as demais, até ele viajar. Com o tempo dividido entre a portuguesa e os cassinos, Vadinho esqueceu por completo data do embarque, hora da partida, regresso à Bahia. Mirandão teve de usar de energia e sentimento:

— Me bastou ver minha comadre chorando uma vez, outra não quero ver... Se eu chegar lá sem você, o que é que minha comadre não vai dizer?

Disso nunca teve notícias dona Flor, como jamais soube da verdadeira origem do corte de seda francesa; não fora comprado no Rio e, sim, ganho a bordo, ao pôquer, na véspera da chegada do navio a Salvador, quando os membros da caravana, já de todo sem dinheiro, arriscavam ao baralho os presentes e as lembranças cariocas. De um dos estudantes, Vadinho ganhara a seda, de outro um par de reluzentes sapatos de verniz e uma gravata-borboleta de bolinhas azuis, muito em moda. Contra essas utilidades apostara magnífica foto de Josi, grande e colorida, com vidro e moldura doirada, onde a saloia se exibia numa cena de teatro, de calçola e porta-seio, a perna erguida, perdição de cachopa! Numa letra trabalhosa ela escrevera: "A meu baianinho adorado, sua saudosa Josi". Retrato finalmente adquirido, após longa barganha, por um outro companheiro de viagem, jovem advogado desejoso de causar inveja aos amigos, com a narração e as provas de sensacionais conquistas metropolitanas. Foi assim que Josi financiou também o desembarque de Vadinho e concorreu para a alegria de dona Flor. Dona Flor a vadiar nos braços do marido, o corte de seda a escondê-la e a exibi-la, rolando afinal aos pés da cama.

Como viver sem ele? Asfixiada de ausência, debatendo-se na névoa, presa em correntes, como transpor os limites do desejo impossível? Como reencontrar a luz do sol, o calor do dia, a brisa matutina, a viração da tarde e as estrelas do céu, a face do povo? Não, sem ele não sabia viver e o recolhia então naquela bruma de tristezas, risos e emoções, em seu mundo sempre surpreendente.

Podiam as comadres recordar os maus momentos, as ácidas disputas, as calhordagens em matéria de dinheiro, as noites sem vir em casa, na bebedeira, quem sabe com mulheres, a loucura do jogo. Mas por que não abriam a boca de pragas para lembrar os dias exaltantes da estada de Sílvio Caldas na Bahia, quando dona Flor não tivera um minuto de descanso, tampouco de tristeza? Uma semana perfeita, nem um pormenor destoante, dona Flor guarda memória de cada detalhe, uma riqueza de alegria, uma festa. Por assim dizer, naquela semana ela foi uma espécie de rainha de todo o agitado bairro; do Cabeça ao largo Dois de Julho, do Areal de Cima ao Areal de Baixo, do Sodré a Santa Teresa, da Preguiça ao Mirante dos Aflitos. Sua casa cheia, gente importante, mas importante de verdade, batendo-lhe à porta, pedindo licença para entrar, pois apesar de hóspede do Pálace Hotel foi em casa de Vadinho que Sílvio se expandiu, recebeu e conversou, como se aquele fosse seu lar, dona Flor sua irmã mais moça. Sem falar nos conhecidos, como o banqueiro Celestino, dr. Luís Henrique e o próprio d. Clemente Nigra, vieram à sua casa os maiores graúdos da Bahia, seja para o famoso almoço, seja em outros dias para cumprimentar o seresteiro, apertar sua mão. Visitas capazes de pôr dona Rozilda em êxtase, no cúmulo da excitação, se ela não estivesse, felizmente, em Nazaré das Farinhas infernando a vida da nora que, segundo carta de Heitor, esperava por fim o primeiro filho.

Desse almoço guarda dona Flor não apenas a nítida recordação, como também recortes de notícias na imprensa. Dois jornalistas, conhecidos de Vadinho, aquele Giovanni Guimarães amigo de rir e de contar lorotas, e um tal de negro Batista, femeeiro de prestigiosa reputação nos castelos, ambos garfos de respeito, deram conta do fato em suas gazetas. Referiu-se Giovanni ao "incomparável ágape oferecido ao notável cantor pelo sr. Waldomiro Guimarães, zeloso funcionário municipal, e por sua excelentíssima esposa, dona Florípedes Paiva Guimarães, cujos méritos culinários se aliam à extrema bondade e à perfeita educação". Enquanto o negro João Batista comovia-se com a quantidade de pratos: "...finíssimo e fartíssimo repasto, de sabor inexcedível, nele se exibiam todos os principais acepipes da cozinha baiana, além de doze qualidades de sobremesa, provando a grandeza de nossa culinária e a qualidade das mãos de fada da sra. Flor Guimarães, esposa de nosso assinante Waldomiro Guimarães, funcionário da prefeitura dos mais dedicados e eficientes". Como se vê sentiram-se os dois glutões tão fartos e contentes a ponto de elogiarem não apenas a comida, o paladar de dona Flor, mas de promoverem Vadinho a dedicado, eficiente e zeloso funcionário, exagero um tanto forte.

Por que as comadres não recordam esse domingo do almoço? De tão cheia a casa, ninguém podia se mover, as mesas repletas de comida. Dr. Coqueijo, do tribunal, e músico nas horas vagas, a pronunciar discurso, gabando a arte de dona Flor; o poeta Hélio Simões, prometendo um soneto de louvação ao tempero da "encantadora dona da casa, guardiã das grandes tradições, zeladora do dendê e da pimenta". No entanto as comadres estavam presentes, todas elas, num cochicheio, e a tudo assistiam; viram quando Sílvio tomou do violão e abriu o peito apaixonado e brasileiro. Juntara gente na porta da rua para ouvir; e, às cinco da tarde, ainda muitos convidados e outros quantos penetras bebiam cerveja e cachaça, reclamando novas canções ao menestrel, e ele a todos atendia.

O melhor de tudo, porém, superior aos elogios de corpo presente e em letra de fôrma nas folhas, aos discursos e versos; o que dona Flor colocava mesmo acima do canto de Sílvio Caldas, enchendo de paz e harmonia o céu e o mar, foi o comportamento de Vadinho. Não só arcara com todas as despesas do almoço (onde fora arranjar tanto dinheiro e de uma só vez? Só a lábia de Vadinho seria capaz desse milagre...), como naquele dia não se embriagou, bebeu na justa medida, fez sala aos convivas, muito dono de casa. E quando o seresteiro empunhou o violão sem se fazer de rogado, querendo mesmo tocar e cantar em casa de seus amigos, quando agradeceu o almoço chamando dona Flor de "Florzinha, minha irmã...", Vadinho veio sentar-se ao lado da esposa e tomou-lhe da mão. As lágrimas subiram aos olhos de dona Flor, tanta emoção era demais.

Como viver sem ele? Sem ele, onde reencontrar a graça e a surpresa, como acostumar-se? Lera no vespertino a informação do desembarque do cantor para curta temporada no Pálace e no Tabaris. Realizaria também, a convite da prefeitura, uma serenata no Campo Grande, dando ao povo todo ocasião de vê-lo e ouvi-lo e de cantar com ele. Fora Vadinho esperá-lo ou não tivera conhecimento da notícia?

Ao vir do Rio, alguns meses antes, não tirava da boca o nome de Sílvio Caldas, não tinha outro assunto. Prometera-lhe até um almoço cozinhado por dona Flor. Um absurdo... Sujeito assim famoso, manchete de jornais, capa de revistas, na Bahia por uma semana, não ia chegar nem para as encomendas, para os convites dos ricaços; mesmo se quisesse, onde conseguir tempo para comer em casa de pobre? "Uma série de homenagens estão sendo organizadas por figuras da alta sociedade para festejar a presença do grande artista entre nós", anunciava o jornal. Com satisfação, no entanto, e grande, ela assumiria a trabalheira desse almoço, disposta até a gastar suas parcas economias, escondidas numa coluna do leito de ferro, a enterrar o dinheiro do mês, a fazer dívidas se necessário, para receber em casa tal convidado e lhe dar a comer a verdadeira comida baiana. Não duvidava das cordiais relações estabelecidas no Rio; não era o cantor firme presença nas mesas de jogo? Mas daí a vir aquela celebridade à sua casa, a distância era grande. Para Vadinho, porém, as distâncias não existiam, nem obstáculos de qualquer ordem, para ele tudo era fácil, a vida não tinha impossíveis. Numa ponta de melancolia dona Flor comentou o assunto com dona Norma:

— Loucura de Vadinho... Inventa cada uma... Almoço para Sílvio Caldas, você já pensou?

Dona Norma, porém, entusiasmava-se:

— Quem sabe se ele não vem? Menina, ia ser de fechar o comércio...

Dona Flor satisfazia-se com muito menos:

— Eu me contento com ir à serenata... Assim mesmo, se tiver companhia... Senão, nem isso...

— Por companhia não se preocupe, porque eu vou de qualquer jeito. Se Zé Sampaio não quiser ir, então que tenha paciência, vai ficar sozinho em casa. Vou com Arthur...

No programa das dezenove horas, o jornal falado da rádio anunciou a estreia do cantor, marcada para aquela mesma noite, cantando à meia-noite para as famílias no salão elegante do Pálace Hotel, ao lado das salas de jogo, cantando às duas da manhã no Tabaris para os boêmios e as mulheres da vida. Recolheu-se dona Flor, a pensar que, de todo aquele movimento em torno do cantor, só uma coisa era certa: naquela noite não adiantava esperar a chegada de Vadinho; com Sílvio Caldas na terra, era como se ela não tivesse marido. Quando, pela madrugada, saíssem do cabaré, a última dobra da noite da Bahia os atendia nos mistérios do Pelourinho, nos caminhos das Sete Portas, no mar e nos saveiros da Rampa do Mercado.

Dormiu e sonhou. Um sonho confuso onde se misturavam Mirandão, Sílvio Caldas e Vadinho, com seu irmão Heitor, sua cunhada e dona Rozilda. Todos em Nazaré das Farinhas, onde dona Flor ajudava a cunhada, grávida, amarrada por uma corrente ao guarda-chuva da sogra. As notícias dos jornais e do rádio e a carta do irmão reuniam-se numa barafunda, sonho mais extravagante. Dona Rozilda, furiosa, queria saber o motivo da presença de Sílvio Caldas em Nazaré. Pois, respondeu ele, para ali se deslocara na exclusiva intenção de acompanhar Vadinho numa serenata a dona Flor. "Tenho asco a serenatas", rugiu dona Rozilda. Mas ele empunhava o violão, a voz de pétalas e veludo a acordar o povo do Recôncavo na noite do Paraguaçu... Dona Flor sorri no sonho e no acalanto.

Cresce a voz na rua, vai despertando dona Flor, mas o sonho prossegue num milagre, a canção se aproxima, sonho ou realidade? Já se levanta o povo, acorre a ouvir. Dona Flor enfia um robe às pressas, chega à janela.

Lá estão eles: Vadinho, Mirandão, Edgard Cocô, o sublime Carlinhos Mascarenhas, o pálido Jenner Augusto dos cabarés de Aracaju. E entre eles, o violão ao peito, a voz desatada, Sílvio a cantar para dona Flor:

...ao som da melodia apaixonada,
nas cordas do sonoro violão...

Houvera a serenata, a rua em alvoroço; houvera o almoço no domingo, falado até nas gazetas; na segunda, Sílvio veio preparar o jantar, trouxe de um tudo, vestiu um avental, foi para a cozinha, e sabia mesmo cozinhar. Nos outros dias não tinha hora de aparecer, entrava e saía, juntos foram todos assistir a uma capoeira. Mas, de tudo quanto aconteceu naquela semana, nada se comparou à festa popular da terça-feira, véspera da partida de Sílvio para o Recife. Na noite de lua cheia, do alto do palanque no Campo Grande, ele cantou para a multidão, o povo reunido na praça.

Dona Flor nem perguntara a Vadinho se iria: ele não largava o amigo. Apenas lhe comunicou sua decisão de também assistir, aproveitando a companhia de dona Norma e de seu Sampaio, pois até o comerciante de sapatos se erguera de seu eterno cansaço para comparecer à seresta.

Qual não foi, assim, a surpresa de dona Flor quando, logo após o jantar, o táxi do Cigano desembarcou Vadinho, Sílvio e Mirandão na porta de casa, vinham buscá-la. "E a comadre?", perguntou ela a Mirandão. Fora antes com a criançada, já devia estar no largo. Enquanto dona Flor terminava de aprontar-se, eles providenciaram uma batida de limão.

Ficaram sentados no palanque, ela e Vadinho, em cadeiras reservadas para as autoridades. O governador não comparecera, preso ao leito com uma gripe, mas instalaram um alto-falante nas imediações do palácio, assim sua excelência e a excelentíssima poderiam ouvir. Nas cadeiras acomodavam-se o prefeito da cidade e sua esposa, o chefe de polícia com a mãe e as irmãs, o diretor de Educação, os comandantes da Polícia Militar e do Corpo de Bombeiros, com seus familiares, dr. Jorge Calmon e outros fidalgos. Dona Flor, em meio a toda aquela lordeza, sorriu para Vadinho:

— Só tenho pena de mamãe não ver isso... Nem havia de acreditar. Nós dois sentados com o governo...

Vadinho riu seu riso zombeteiro, lhe disse:

— Tua mãe é uma velha coroca, não sabe que na vida só vale o amor e a amizade. O resto é tudo pinoia, é tudo presunção, não paga a pena...

De repente, um acorde ao violão e todo o alegre rumor extinguiu-se na praça. A voz de Sílvio Caldas, a lua cheia, as estrelas e a brisa, as árvores do parque, o silêncio do povo: dona Flor cerrou os olhos, encostou a cabeça no ombro do marido.

Como viver sem ele, como atravessar esse deserto, transpor esse crepúsculo, erguer-se desse pântano? Sem ele tudo é pinoia, presunção, não paga a pena viver.

20

No leito de ferro um único pensamento esmaga dona Flor, atira-a contra o fundo de si mesma, em frangalhos: nunca mais o teria ali, em alvoroço, ao seu Vadinho; nunca mais. Aquela certeza a penetra e rompe; lâmina de veneno, rasga-lhe o peito e lhe apodrece o coração, apagando sua ânsia de sobrevivência, sua juventude ávida de subsistir. No leito de ferro, suicida, dona Flor. Apenas o desejo a sustenta e a memória persiste. Por que o espera, se é inútil? Por que o desejo se ergue numa labareda, fogo a queimar-lhe as entranhas, a sustentá-la viva? Se é inútil, se ele não voltará, despudorado amante, a lhe arrancar anágua ou camisola, a calça de rendas, a expor sua nudez pelada, dizendo frases tão loucas que nem na lembrança ela se atreve a repeti-las, tão loucas e indecentes mas tão lindas, ai. Não virá tocar-lhe o colo, as ancas e o ventre, despertá-la e adormecê-la, temporal de anseios, furacão a conduzi-la cega, brisa de ternuras, zéfiro de suspiros e o desfalecer para novamente despertar. Ai, nunca mais! Só o desejo a sustenta, e a memória.

"Como uma alma penada pela casa úmida e soturna, um túmulo." Cheiro de mofo nas paredes, nas telhas e no piso, um frio abandono à espera das aranhas e das teias. "Uma sepultura onde ela se enterrou com a lembrança de Vadinho." Dona Flor toda em negro, de nojo por dentro e por fora, apodrecida. Dona Norma, sua amiga, veio e lhe disse:

— Assim não é possível, Flor. Não é possível. Vai completar um mês e você vive como uma alma penada, rondando dentro de casa. E sua casa que era um brinco está se enchendo de bolor; mais parece, Deus me perdoe, uma sepultura onde você se encerrou. Reaja, acabe com isso, alivie esse luto...

As alunas perdiam-se naquela atmosfera onde risos e piadas soavam falso. Como manter o cordial cotidiano das aulas, a agradável sensação de passatempo, causa do maior sucesso da Escola de Culinária Sabor e Arte, se a professora ria por compromisso e com esforço? Nos seus distantes tempos de aluna, dona Magá Paternostro, a milionária, numa pose cômica de recitativo escolar, declamava, da soleira da porta no primeiro andar do Alvo, um pastiche do "Estudante alsaciano":

> *Salve a escola risonha e franca*
> *e sua jovem professora brincalhona...*

Desde então a procura de inscrições crescia, porque cada senhora fazia espontânea publicidade, recomendava às amigas: "Ela é formidável, cozinha como ninguém, sabe ensinar e é um encanto de pessoa. As aulas são tão divertidas, são duas horas de risadas, de anedotas, de pilhérias. Para passar o tempo não há nada melhor". Por vezes era obrigada a recusar alunas tantas as candidatas às vagas trimestrais, nos dois cursos. Agora, no entanto, já três moças haviam abandonado a turma e até circulara a notícia do próximo fechamento da escola. Onde aquela "jovem professora brincalhona"? Onde as "duas horas de anedotas e pilhérias"? No meio da aula, quando riam as moças, de súbito dona Flor como que se ausentava, os olhos perdidos, a face ansiosa. Quem gosta de carregar defunto dos outros, dias e dias às voltas com o morto, como se não existissem cemitérios?

Sua comadre Dionísia de Oxóssi viera visitá-la, trouxera o capeta do afilhado, chegara toda em escuro como exigiam os ritos de gentileza, mas chegara sorrindo, pois quase um mês já era passado e, com aquela, completava um turno de três visitas. A feição da tristeza de dona Flor a preocupou, jururu assim a comadre ia mal.

— Enterre o xará de uma vez, comadre... Senão ele começa a feder e a consumir tudo por aqui, até vosmicê...

— Não sei como fazer. Só tenho descanso, quando me lembro dele...

— Pois junte tudo quanto é lembrança do xará, junte o carrego dele e enterre no fundo do coração. Junte tudo, o bom e o ruim, enterre o carrego todo e depois deite e durma seu sono sossegada...

Sobraçando livros, à frescata num vaporoso vestido de

verão a exibir-lhe as sardas e a saúde, dona Gisa, sua conselheira, a repreendia:

— Que é isso? Quanto tempo vai durar essa exibição?

— Que posso fazer? Não é que eu queira...

— E sua força de vontade? Diga a si mesma: amanhã começo vida nova; feche a porta do passado, volte a viver.

O coro das comadres, num cantochão:

— Agora, sem o peste do marido, é que ela pode viver feliz... Devia dar graças a Deus...

D. Clemente Nigra no pátio do convento sobre o imenso mar de óleo verde-azul tocou-lhe a face triste, contemplando seu luto fechado e lancinante, magra e entregue. Dona Flor viera encomendar a missa de mês.

— Minha filha — sussurrou o frade de marfim —, que desespero é esse? Vadinho era tão alegre, gostava tanto de rir... Sempre que eu o via me dava conta que o pior pecado mortal é a tristeza, o único que ofende a vida. O que ele diria se lhe visse assim? Não havia de gostar, ele não gostava de nada que fosse triste. Se você quiser ser fiel à memória de Vadinho, enfrente a vida com alegria...

As carpideiras em bando pelo bairro:

— Agora, sim, ela pode ter alegria, pois o cão foi pros infernos.

As figuras moviam-se ao fundo do quarto como num balé: dona Rozilda, dona Dinorá, as beatas com seu aftim de sacristia, e dona Norma, dona Gisa, d. Clemente, Dionísia de Oxóssi a sorrir com seu menino:

— Enterre o carrego do xará no coração, comadre, e se deite e durma.

Mas seu corpo não se conforma e o reclama. Ela raciocina, pensa, ouve as amigas, dá-lhes razão, é preciso pôr um cobro a esse morrer todos os dias e cada vez um pouco mais. Seu corpo, porém, não se conforma e o exige em desespero. Só a memória o devolve e ali o traz, a Vadinho, com seu atrevido bigode, seu riso de zombaria, sua insolência, as palavras feias e tão lindas, sua mata de pelos e a marca da navalha. Quer partir com ele, retomar seu braço, irritar-se com os malfeitos, e eram tantos!, gemer impudica, desfalecente, no beijo. Mas, ah!, precisa reagir e viver, abrir sua casa e seus trancados lábios, arejar as salas e o coração, tomar do carrego de Vadinho, de todo ele e enterrá-lo fundo. Quem sabe, assim aplacará o desejo. Uma viúva, ela sempre ouvira dizer, deve ser insensível a tais apetites, a esses pecaminosos pensamentos, deve ficar de desejo murcho, seca flor inútil. Desejo de viúva vai para a cova no caixão do finado, se enterra com ele. Só mulher muito safada, sem amor por seu marido, ainda pode pensar nessas sem-vergonhices, coisa mais feia. Por que Vadinho não levou consigo a febre a consumi-la, o desespero a entumecer-lhe os seios, a doer-lhe no ventre inconformado? É tempo de enterrar novamente seu morto e com o carrego inteiro: seus maltratos, suas ruindades, suas safadezas, sua alegria, sua graça, o generoso ímpeto; e tudo quanto ele plantou na mansidão de dona Flor, as fogueiras que acendeu, a dolorida ânsia, aquela loucura de amor, o desejo em brasa, ai, o criminoso desejo de viúva descarada!

Antes, porém, por uma vez ao menos, uma derradeira vez, ela o busca e o encontra e vai com ele, presa a seu braço. Vai nuns trinques de rica, como nos tempos de solteira, quando ela e Rosália, duas pobretonas, compareciam a festas em casas de burgueses opulentos e eram as mais bem-vestidas, num tal capricho a sobrepujar o luxo das demais.

Ah!, noite sobre todas bela e terrível de novidade e surpresa, de medo e exaltação, de humilhação e triunfo! Com as emoções da sala de dança e da sala de jogo, os nervos rotos, o coração em festa, noite mais imensa!

Por uma derradeira vez com ele, devagar. Passo a passo, a reconstruir o absurdo itinerário daquela noite sem estrelas: a saída de casa, os dois e dona Gisa, a ceia, o tango, o espetáculo, as mulatas rebolando, as negras cantando, a roleta, o bacará, a afronta e a ternura, a volta no táxi do Cigano como nos velhos tempos, Vadinho numa impaciência tomando-lhe dos lábios ali mesmo, na vista de dona Gisa sorridente. Num frenesi a lhe arrancar e destruir o luxo do vestido apenas entraram no quarto:

— Não sei o que você tem hoje, meu bem, está um pedaço de mulher, e eu estou doido por você. Vamos, depressa... Tu vai ver o que é vadiar, como tu nunca vadiou. É hoje o dia, te prepara. Te dei o que tu pediu, agora tu vai pagar...

Caída no leito de ferro, estremeceu dona Flor. Nessa noite o fel se transformou em mel, novamente a dor abriu-se no supremo prazer; nunca fora ela égua tão em violência montada por seu fogoso garanhão, tão devassa cadela em cio e possuída, escrava submissa ao seu deboche, fêmea a percorrer todos os caminhos do desejo, campinas de flores e doçuras, florestas de sombras úmidas e proibidas veredas, até o reduto final. Noite de penetrar as portas mais estreitas e trancadas, noite de render-se o último bastião de sua pudicícia, oh!, *Deo gratias*, aleluia! Quando o fel se transformou em mel e a dor foi o raro, o esquisito, o divino prazer, noite de dar-se e receber.

Foi no dia do aniversário de dona Flor e não fazia muito tempo, acontecera no último dezembro, nas proximidades do Natal.

21

Parêntesis com o negro Arigof e o belo Zequito Mirabeau

Vadinho acordou tarde, depois das onze, tinha chegado em casa de manhãzinha, numa cachaça bruta. Ao fazer a barba, deu-se conta do silêncio inabitual, da falta das alunas do turno matutino. Por que não houvera aula naquele dia? Uma das moças, mulatinha doirada, esguia e frágil, punha-lhe olhos cativos, a fala dengosa. Vadinho já decidira levá-la a passeio quando tivesse tempo livre e disposição: para ensinar-lhe a beleza selvagem das praias desertas e o gosto da maresia. Delicado junco de esbelteza, aquela sonsa Ieda, com seu donaire e seu enleio; estava na fila, à espera de vez. No momento, Vadinho atendia às exigências sexo-sentimentais de Zilda Catunda, a mais sapeca das três espevitadas irmãs Catunda, sentindo porém aproximar-

-se o término do xodó: a faceira dera em exigente, querendo mandar nele, controlar seus passos, com a mania de ter ciúmes e até de dona Flor, a atrevida.

Se não era dia santo nem feriado, por que não havia aula? Ao sair do banheiro, deparou com festiva atmosfera; dona Norma ajudando na cozinha, tia Lita a limpar os móveis, Thales Porto instalado na espreguiçadeira com jornais e um cálice de licor. Havia no ar um perfume de almoço comemorativo, mas por que essa comemoração sem motivo visível?

Um almoço farto, a casa cheia de amigos, rega-bofe dominical, eis um dos prazeres de Vadinho. Fossem menos vasqueiras suas finanças e com maior frequência ele repetiria rabadas e sarapatéis, maniçobas e vatapás. Apenas lhe vinha uma aragem de sorte e já programava uma feijoada, uma carne de sol com pirão de leite, um molho pardo de conquéns, sem falar no clássico caruru de Cosme e Damião, em setembro, e na canjica e no jenipapo do São João. Mas, esse almoço flutuando no ar, sem aviso nem convite, que diabo de festa era essa? Dona Norma respondeu-lhe num esbregue:

— Você ainda tem coragem de perguntar, Vadinho? Não se lembra que hoje é dia do aniversário de sua mulher?

— De Flor? Que dia é hoje? Dezenove de dezembro?

A vizinha aperrienta, a ralhar:

— Você não toma mesmo vergonha... Vamos, diga: o que é que comprou para ela, que presente vai dar a essa santa...

Nada, dona Norma, não comprara nada e bem merecia o esporro, a censura pelo desleixo; mas era lá homem para recordar aniversários, escolher mimos em lojas? Uma lástima, perdera a oportunidade de fazer um bonito trazendo um presentão. Dona Flor ficaria doida de contentamento, como num outro aniversário, quando ele entregara, até com antecedência, dinheiro graúdo a dona Norma, encarregando-a de comprar "uma lembrança batuta, sem esquecer um frasco de cheiro, de Royal Briar, do qual ela gosta muito".

Pena ter-se descuidado, logo quando atravessava um período de sorte excepcional, ganhando firme há quatro ou cinco dias. Não só na roleta, no bacará, nos dados, mas também no jogo do bicho; iniciara a semana acertando no milhar dois dias consecutivos.

Tão cheio de dinheiro a ponto de resgatar um título ameaçado de protesto para satisfazer compromisso de terceiro, salvando-lhe o crédito e o bom nome. E não era o salafra sequer seu amigo, um gabola bem-falante, simples relação de bar e cabaré. Fora, aliás, no Tabaris que o paroara, num porre daqueles, aceitou, com ânimo generoso e raro entusiasmo, a ideia de avalizar a nota promissória assinada por Vadinho, a trinta dias de prazo.

Pouco depois de um mês, era Vadinho convocado ao escritório do gerente do banco onde se dera o desconto do título. Atendeu pressuroso ao convite, mantinha uma hábil política de boas relações com os gerentes e subgerentes dos estabelecimentos bancários — dos quais tanto dependia.

— Mestre Vadinho — disse o carrasco, aliás um bom camarada, seu Jorge Tarquínio — tenho aqui um papagaio seu, vencido...

— Meu? Se eu não devo a ninguém... Só vendo...

— Pois veja e pague... — exibia-lhe a promissória.

Vadinho reconheceu sua firma e a do avalista:

— Mas, seu Tarquínio, se o título tem avalista, por que o senhor vem me meter susto, dizer que eu estou devendo... É só ir ao Raimundo Reis e cobrar, o homem é podre de rico, tem fazenda de gado, engenho de açúcar, banca de rábula, vai à Europa todo ano... É ele que o senhor tem de chamar aqui...

— É claro que fomos a ele primeiro, é o avalista... Mas ele diz que não paga de maneira nenhuma. Recusa-se...

Vadinho ia do espanto ao escândalo ante tamanho descaro:

— Disse que não paga, recusa-se? Mas veja o senhor, seu Tarquínio, tem de tudo nesse mundo... Que sujeito mais cínico e sem-vergonha...! Fica no cabaré a arrotar riqueza, que tem léguas de terra, que mais gado e que mais açúcar, que faz e acontece, que comeu três mulheres de uma vez em Paris, um bafo de milionário. Vai daí, a gente confia, cai no conto do vigarista, aceita o aval como se o tipo fosse direito. Resultado: título vencido sem pagamento e o meu crédito abalado, o senhor me chamando aqui...

— Mas, Vadinho, afinal foi você quem tomou o dinheiro emprestado...

— Ora, seu Tarquínio, pelo amor de Deus... Se esse peculatário não tinha capacidade para avalizar, por que veio se oferecer? Afinal ele assumiu ou não a responsabilidade, assumiu ou não o compromisso de pagar a dívida se eu não pagasse? Assumiu e eu fiquei bem do meu, descansado... E agora, isso... Não está direito... São sujeitos assim que deixam a gente mal junto aos bancos... Quando o cara avaliza um título é porque está disposto a pagar, seu Tarquínio. Esse Raimundo Reis devia estar era na cadeia, caloteiro vagabundo...

Toda aquela absurda indignação com o fim de amansá-lo, de preparar-lhe o ânimo para a reforma do título, pensou seu Tarquínio, já vencido. Qual o seu assombro quando Vadinho meteu a mão no bolso e puxou as inacreditáveis pelegas:

— Está vendo, seu Tarquínio, o prejuízo que esse tipo está me dando? É o resultado da gente se meter com esses tratantes... E eu que sempre escolhi meus avalistas a dedo... Raimundo Reis, quem diria... É vivendo que se aprende...

Nem sentiu o desfalque, maré de sorte sem solução de continuidade, o dinheiro entrando a rodo, em fichas coloridas, saindo em notas e moedas, semana de ceias, de muita bebida, de farras monumentais.

Desparrame de sorte a culminar em magna apoteose, na véspera. Vadinho, tendo sonhado com seu Zé Sampaio, nem se deu ao trabalho de uma consulta ao livro de palpites, para quê? Urso, na certa, e assim foi: o urso desembestou na centena, na dezena e no grupo; lucro multiplicado depois no Tabaris, na lebre francesa e no bacará. Noite negra para os banqueiros de jogo pois Vadinho a atravessou ganhando, sem exagero mas com firme persistência, enquanto o negro Arigof, com o diabo no corpo naquela madrugada, levantara noventa e seis contos de réis em menos de dez minutos, na roleta.

O negro surgiu no fim da noite, já perto do crupiê anunciar a bola derradeira. Vinha da espelunca de Três Duques, de rabo entre as pernas, a ronda engolira-lhe as últimas moedas. Passara no Abaixadinho e na ratoeira de Cardoso Pereba, findando ali, no Tabaris, último porto daquela aflita navegação.

O Tabaris era uma espécie de esquina do mundo, meio cassino, meio cabaré, explorado pelos mesmos concessionários do Pálace Hotel. Exibiam-se ali os bons artistas contratados para o Pálace e uma segunda classe onde dava de um tudo, desde velhas ruínas no término da carreira, até meninotas apenas púberes, protegidas umas e outras de seu Tito, administrador com carta branca. Das primeiras tinha pena, nada mais melancólico e trágico do que uma velha atriz sem contrato. As outras ele as ensaiava e experimentava em seu sujo escritório; se não servissem para o tablado, trabalhariam somente como rameiras, sem acumular. No correr da noite o Tabaris ia recolhendo os frequentadores do Pálace, gente em geral de posição e dinheiro, e a ralé das diversas tascas do Abaixadinho, baiuca com pretensões a cassino, até o antro esconso de Paranaguá Ventura. Ali vinham todos terminar a noite, na última tentativa, na derradeira esperança.

Entrou Arigof e deparou com Vadinho em glória, cercado de uma roda de curiosos a apreciar sua soberba classe ao bacará, Mirandão a seu lado esquerdo, afanando-lhe de quando em quando uma ficha, várias damas ao lado direito e, entre elas, as irmãs Catunda. "Depressa, passe uma ficha, meu irmãozinho, rápido que já vai fechar", pediu Arigof num sussurro patético. Preso às cartas, Vadinho meteu a mão no bolso, retirou uma ficha, não viu sequer o valor. Era das pequenas, de cinco mil-réis, não exigia mais o negro. Correu para a roleta, depositou a dádiva no 26, onde a bolinha morreu; e duas vezes repetiu o número. Dez minutos depois o jogo terminava, Arigof remia noventa e seis contos, Vadinho doze, sem falar no conto e trezentos no bolso solidário de Mirandão.

Foi nessa noite magnificente que o negro Arigof, com sua elegância britânica e seus modos de grão-duque, encomendou e pagou adiantado o tecido e o feitio de seis ternos do melhor linho branco inglês. Devia ele de longa data sessenta mil-réis a Aristides Pitanga, alfaiate doido pelas mesas de roleta e temeroso de jogar. A sovinice não lhe permitia mais de uma ou duas paradas por noite, modestas, rondava as mesas vibrando com as apostas dos outros, sugerindo palpites, peruando em comentários sobre sorte e azar.

Há muito rezara o alfaiate pela alma daquele resto de conta, mas, ante a performance espetacular do freguês exigente e caloteiro, perdeu a serenidade e a ética, desenterrou o débito da coluna de perdas e lucros, fez a cobrança ali mesmo, na vista dos parceiros e das mulheres-damas, uma desfeita. Não se alterou o negro:

— Sessenta mil-réis? Daquela roupa...? E, me diga, Pitanga, quanto você está cobrando hoje por um traje de linho branco?

— Linho comum?

— Inglês, S-120, casca de ovo. Do melhor que houver na praça.

— Por aí... por volta de uns trezentos mil-réis...

Meteu Arigof a mão no bolso, extraindo pelegas de quinhentos:

— Pois aí estão dois contos... Faça seis ternos novos pra mim. Subtraia seus sessenta mil-réis e fique com o troco de gorjeta pelo trabalho de vir cobrar conta de freguês em mesa de jogo...

Atirou o dinheiro na cara do alfaiate, deu-lhe as costas, enquanto o outro, apalermado, recolhia as notas pelo chão, por entre a vaia das mulheres.

Era um fidalgo esse Arigof, de roupas e maneiras, e como bom fidalgo outra coisa não fizera na vida senão jogar; pobre como Jó, negro retinto, mestre capoeirista, de entrada proibida no Pálace Hotel, onde certa feita dera alteração das maiores, quando um gracioso filhinho de papai de uísque racista, ao ver o negro Arigof impecável, todo de branco, riu para sua roda e disse: "Olha o macaco que fugiu do circo". Ficou o salão em pandarecos e o sacana farrombeiro exibe até hoje uma flor aberta na face a traço de navalha.

O sucesso dos dois amigos foi motivo de ceia comemorativa, sob a presidência ilustre de Chimbo. Compuseram a mesa Mirandão, Robato, Anacreon, Pé de Jegue, o arquiteto Lev Língua de Prata, os jornalistas Curvelo e João Batista, o bacharel Tibúrcio Barreiros, além dos anfitriões e de um distinto ramalhete de mundanas e, digamos, de artistas, satisfazendo assim a vontade das irmãs Catunda, ciosas de sua arte e escol da brilhante sociedade reunida no castelo da gorda Carla. Essas irmãs Catunda, "artistas de talento polimorfo", segundo escreveu em *O Imparcial* o foliculário Batista, eram três espoletas, filhas da mesma mãe Jacinta Apanha-o-Bago e de pais diferentes. A mais velha quase negra, a mais nova quase branca, a do meio um amor de mulatinha, de comum só possuíam a progenitora e a desafinação. Fracas no gorjeio mas ótimas na cama, onde realmente polimorfas, segundo depoimento do mesmo João Batista, cujo salário no jornal e uns cobres cavados aqui e ali eram gastos com as empreendedoras irmãs; conhecendo o trio, uma a uma, ainda não decidira o redator qual a mais perita e politécnica. A do meio, Zilda, tinha um fraco por Vadinho.

Lev Língua de Prata e o advogado haviam querido levar The Honolulu's Sisters para abrilhantar ainda mais a ceia. Sem resultado. Essas sisters não eram irmãs sequer de mãe, não vinham tampouco de Honolulu; duas negras norte-americanas, foscas na cor mas de plástica perfeita; frágil corça a meiga Jô, destra pantera a musculosa Mô. De comum, além dos corpos sem jaça, tinham a voz agradável e o estranho comportamento: não aceitavam convites para passeios, jantares, serenatas, banhos de mar em Itapuã, luar na lagoa do Abaeté, nem para sentar e beber em mesa de freguês algum. Nem o banqueiro Fernando Góes, alto, bonito, elegante, solteirão, farto de dinheiro, as mulheres rojando-se a seus pés, nem ele as obteve; no entanto fora ao Pálace só para vê-las e estourara champanha francesa. Jô e Mô cantavam *spirituals* e música de jazz, dançavam com seios e bundas à mostra mas permaneciam juntas e sozinhas até a hora de entrar em cena, semiescondidas numa discreta mesa de canto, de mãos dadas, sorvendo drinques no mesmo cálice.

Depois do número subiam para o quarto, não queriam conversa com ninguém.

Foi grandiosa a ceia, com vinhos e champanha, as irmãs Catunda no máximo de seus dotes artísticos, uma euforia geral, à exceção do jovem bacharel Barreiros ainda aporrinhado com a recusa das americanas, "machonas mais escrotas", bebendo com raiva, indiferente aos gorjeios da gorda Carla a lhe propor consolo e poesia. Na hora da conta, Arigof quase briga com Vadinho ao negar-lhe direito a contribuir, mesmo com parcela meramente simbólica, para o pagamento da despesa. O negro, ainda com o demônio no corpo, declarou considerar grave insulto à sua honra qualquer proposta de cooperação financeira.

Caiu o aniversário de dona Flor em semana de tanta pompa e fortuna, Vadinho bem forrado, a ponto de exibir e cumprir louvável intenção de fornecer algum numerário para as despesas da casa, acontecimento raro e fausto. Dona Norma persistia em saber, ranheta:

— O que é que você vai oferecer a sua mulher?

Vadinho sorriu para a vizinha, dando-lhe o troco:

— O que vou dar a Flor? Pois vou dar o que ela me pedir, seja lá o que for... O que ela quiser...

Dona Norma foi em busca da aniversariante: "Minha filha, escolha o que quiser"; dona Flor veio da cozinha enxugando as mãos no avental:

— É de verdade, Vadinho, que você me dá o que eu quiser? Você não está mangando comigo?

— Pode dizer...

— Não vai dar para trás? Posso pedir?

— Quando eu prometo, você sabe que cumpro, meu bem...

— Pois o presente que eu quero é ir jantar no Pálace com você.

Dizia quase a tremer, pois ele jamais a admitira misturada àquele seu mundo, e, de toda a gente do jogo, ela só tinha relações de amizade com Mirandão, seu compadre, único a frequentar-lhe a casa amiúde. Alguns ela conhecia de tê-los visto uma vez ou outra, dos demais apenas ouvira os nomes rebarbativos. Mesmo Anacreon, tão da estima de Vadinho, aparecera no máximo umas cinco ou seis vezes naqueles sete anos e quanto a Arigof viera apenas um domingo filar o almoço. O mundo de dona Flor era o da rua, o do bairro, o de suas alunas e ex-alunas, estendendo-se pelo Rio Vermelho, pela ladeira do Alvo, por Brotas, relações com gente de bem, nada tinha a ver com a vida irregular do marido. Vadinho não admitiu jamais dona Flor nas suspeitas plagas do jogo, naquelas terras da roleta e dos dados, esposa era para o lar, que diabo viria fazer em tais ambientes?

— De malfalado basta e sobra comigo. Tu não é para esse meio.

Não adiantava ela argumentar com o fato notório de ser o Pálace Hotel um centro elegante, local de encontro da mais alta sociedade. Cear em seu aparatoso salão, dançando ao ritmo da melhor orquestra do estado; assistir à exibição de astros do rádio e do teatro, procedentes do Rio e de São Paulo, era programa de muito bom-tom. Ali as senhoras da Graça e da Barra exibiam os últimos modelos e algumas delas, as mais evoluídas, num requinte de desenvoltura, arriscavam fichas na roleta. A sala de jogo era como uma continuação do salão de dança; larga passagem em arco estabelecia inexistente e ruinosa fronteira.

Por que tão obstinada recusa? Por quê, Vadinho? Dona Flor ia do rogo à exigência, das súplicas às broncas:

— Você não me leva para eu não descobrir suas raparigas...
— Não quero lhe ver nesses lugares...

Dona Norma não fora ao Pálace, por mais de uma vez com seu Sampaio, quando de alguma atração sensacional? Os argentinos da cerâmica, esses não faltavam um único sábado, apesar do Bernabó ser inimigo de qualquer espécie de jogo. Iam comer, dançar, aplaudir os artistas. Mas Vadinho nunca se deixara convencer e, quando sem argumentos, fugia numa vaga promessa:

— Não há de faltar ocasião...

Eis que surgira finalmente essa ocasião tão recusada. Dona Flor nem quis acreditar, quando ele, pegado de surpresa e sem recurso para desdizer-se, concordou ainda a contragosto:

— Se é isso que você deseja... Um dia tinha de ser...

E, tendo decidido, logo desdobrou o projeto, ampliando o convite aos tios, a dona Norma — e por seu intermédio a Zé Sampaio —, a dona Gisa. Tia Lita agradeceu e recusou: vontade não lhe faltava, mas onde os vestidos de noite, as toaletes à altura do Pálace? Mais morta de vontade ainda dona Norma, uma noitada no Pálace era o suprassumo, mas seu Sampaio foi inflexível: vizinha excelente dona Flor, pessoa de sua estima, e o próprio Vadinho lhe era simpático. Agradecia o convite, mas, tivessem paciência, não podia aceitar. Nos dias de semana, seu Sampaio, às nove da noite, já estava recolhido, punha-se de pé às seis da manhã para a labuta em sua loja de sapatos. Fosse soirée de sábado ou vesperal de domingo, de acordo e com prazer. Quanto a dona Norma ir ao Pálace sem ser em sua companhia, como aventava dona Flor, desculpassem: hipótese absurda, fora de cogitações. A frequência de ambientes como aquele, de jogo e bebidas, caracterizava-se pela mistura do melhor e do pior, numa promiscuidade onde se introduziam estroinas e libertinos sem noção de respeito às famílias.

Uma das poucas vezes em que lá estivera, arrastado por dona Norma, ansiosa de ouvir um xibungo francês (seu Sampaio nunca vira cabra mais adamado e, no entanto, as mulheres suspiravam por ele), sucedera desagradável incidente. Bastou seu Sampaio deixar a mesa por um momento, premido pela urgência de ir ao mictório, e logo um ousado apareceu a querer tirar prosa com dona Norma, convidando-a para a pista de dança, a lhe gabar toalete e olheiras, como se ela fosse uma qualquer. Seu Sampaio só não exemplou o salafrário porque lhe conhecia a família, sua mãe, dona Belinha, e as duas irmãs gente da maior distinção, ótimas freguesas de sua loja, como aliás o próprio biltre, um habitué do jogo e da boemia, Zequito Mirabeau, também conhecido entre as mulheres-damas como "o belo Mirabeau".

Reduziram-se assim os acompanhantes à professora Gisa, feliz com o convite: pela oportunidade de ouvir The Honolulu's Sisters e de poder perscrutar com seu olho sociológico e psicanalista o denegrido mundo da jogatina, estabelecendo-lhe a definitiva metafísica.

Dona Flor passou o resto do dia numa azáfama: a decidir, com a ajuda de dona Norma e de dona Gisa, sobre vestido e estola, luvas e chapéu, a escolher sapatos e bolsa. Naquela noite, nos salões do Pálace, tinha de ser a mais bela de todas, a mais elegante, sem que nenhuma outra pudesse com ela se medir e comparar, nem senhora fidalga da Graça, com vestidos do Rio, nem rapariga de banqueiro ou fazendeiro de cacau, com enfeites de Paris. Naquela noite ia finalmente transpor a vedada porta.

22

Quando dona Flor, trêmula, ao braço de Vadinho, cruzou a porta do salão do Pálace Hotel, numa singular coincidência a orquestra executava o mesmo antigo e nunca envelhecido tango por eles dançado naquele primeiro encontro em casa do major Tiririca, ao som do piano de Joãozinho Navarro, durante as festas do Rio Vermelho, na semana da procissão de Iemanjá. Sentindo o coração pulsar mais forte, dona Flor sorriu para o marido:

— Você se lembra?

Diante deles estava a sala numa meia-sombra de luzes camufladas, um abajur de papel colorido sobre cada lâmpada, perfeição de mau gosto; dona Flor achando tudo lindo, a semiobscuridade, as mesas com flores de papel crepom e o abajur, que amor, meu Deus! Vadinho olhou em torno sem localizar lembrança alguma, tudo lhe era familiar e íntimo, mas nada daquilo se referia a dona Flor.

— De quê, meu bem?

— Da música que está tocando. É a mesma que a gente dançou no dia que se conheceu... Na festa do major, se lembra?

Vadinho sorriu: "É mesmo...", enquanto ocupavam a mesa reservada, mesa de pista bem em frente à passagem a unir os salões, o de dança e o de jogo. Dali, sentadas, dona Flor e dona

Gisa podiam apreciar todo o movimento, evoluções de dançarinos, agitação de jogadores. Ainda de pé, Vadinho examinou a pista ocupada apenas por dois pares mas dois pares de tão eméritos tanguistas a ponto de mais ninguém se atrever a competir com eles. As damas eram duas das irmãs Catunda.

A mais velha e negra tinha de cavalheiro a um tipo alto e romântico, roupa na última moda, jeito de galã sul-americano de cinema, ar de gigolô. Vadinho soube depois, ao ser-lhe apresentado, tratar-se de paulista a passeio na Bahia, Barros Martins de nome, honesto editor de livros e, como é óbvio, em se tratando de um editor, riquíssimo. Um retado no tango, com modos e competência de profissional, traçando letras, como se diz, numa execução impecável de laboriosos passos.

A mais nova e branca, nos braços de Zequito Mirabeau, o mesmo "belo Mirabeau" das marafonas e da encrenca com seu Zé Sampaio. De olhos voltados para o alto, mordendo o lábio, levando de quando em vez a mão nervosa à cabeleira esvoaçante, não fazia por menos o baiano, desdobrando seu tango na maior maciota, a chuetar do paulista em floreios e requintes; um tango barroco.

Vadinho observou a cena e, ainda a sorrir, estendeu a mão a dona Flor e lhe propôs, ajudando-a a levantar-se da cadeira:

— Meu bem, vamos dar um quinau nesses coiós? Vamos ensinar a eles como é que se dança tango?

— Será que ainda sei? Faz tanto tempo que não danço, estou com as juntas emperradas...

Dançara pela última vez há mais de seis meses, quando Vadinho, por qualquer milagre, fora com ela a um assustado em casa de dona Êmina, brincadeira de aniversário. Vadinho era exímio pé de valsa, e dona Flor dançava bem e gostava de dançar. Um de seus motivos de permanente desgosto residia no fato de quase nunca dançarem os dois, devido a muito de raro em raro acompanhá-la Vadinho às festinhas em residências amigas. E, sem o marido, reduzida à animação dos comentários, dos fuxicos, das mesas de doce, não lhe passava sequer pela cabeça a ideia subversiva de dançar com outro cavalheiro, coisa que mulher casada só pode fazer com expresso consentimento e na presença de seu senhor esposo. Vadinho, sim, espalhava-se à farta, sem controle, por esse mundo afora, em cabarés e gafieiras, em forrobodós e fovocos, no Pálace, no Tabaris, no Flozô, com quengas e bruacas.

Em casa dos vizinhos tinham feito uma verdadeira exibição de sambas e foxes, de rancheiras e marchas. Dr. Ives e dona Êmina quiseram acompanhá-los — pretensão e água benta todo mundo tem —, logo desistiram. Arrastavam os pés direitinho, mas para competir com dona Flor e Vadinho eram acanhados demais.

Uma coisa dançar em festinha de aniversário, muito outra sair pelo salão do Pálace nos apuros de um tango arrabalero, e logo aquele! Tudo começara quando, há sete anos atrás, ele a tirou para dançar aquele mesmo tango em casa do major Pergentino. Saberia ainda dançá-lo tanto tempo depois e, ao demais, nessa noite quase mágica quando vem ao Pálace pela primeira vez? Sem adivinhar que essa primeira vez seria a última, primeira sem segunda, noite sem retorno.

Só agora, na solidão da memória e do desejo, ela se dá conta da importância de cada detalhe, por mais ínfimo, dessa noite de quimera: desde a entrada no salão de dança até o derradeiro minuto de prazer infinito, de desbragada impudicícia no leito de ferro, com ele a lhe cobrar, na raiz de seu corpo, o presente de aniversário: a ida ao Pálace.

Dois gestos de Vadinho, ambos igualmente ternos e imperiosos, marcam para dona Flor o início e o fim daquela noite de sortilégio. O primeiro, na hora do convite para o tango, quando, a sorrir, ele lhe estendeu a mão e assim a conduziu à pista de dança. O outro foi no leito em desalinho e tempestade: ele a volteou pelos ombros... Mas já o recordará, a esse tremendo gesto, quando a ele chegar em seu devido momento, nessa caminhada com Vadinho através a noite de seu aniversário. Vai devagar, passo a passo, detalhe a detalhe demorando nas escalas; arribará a cada porto de alegria, de medo ou de luxúria.

Na pista de dança o braço de Vadinho a envolve e ela sente

seu corpo leve na cadência da música. Busca então dentro de si aquela mocinha em férias no Rio Vermelho, caladona, sem namorado, tímida no quadro do pintor sergipano, a colher flores no jardim de tia Lita e a desabrochar de súbito nas noites de quermesse quando a mão de Vadinho lhe acendeu seios e coxas e sua boca a queimou para sempre.

No salão do Pálace iam os dois a dançar, num tango de doçura e de volúpia, tão de jovens inocentes namorados e tão de lúbricos amantes. Era como se houvessem retornado ao fascínio da casa do major, ao impacto do primeiro encontro, do primeiro olhar, do riso inicial, do enleio; sendo também os maduros amantes de sete anos depois, um tempo longo de padecer e amar. Casta donzela, dona Flor, mocinha cândida; desabrochada mulher e ardente fêmea, dona Flor, nas mãos de Vadinho, seu marido. Tango igual a esse jamais fora dançado, assim transparente de ternura, assim obscuro de sensualidade. Até da sala de jogo veio gente apreciar.

O paulista dos livros, com sua experiência dos cabarés de São Paulo, Rio e Buenos Aires, e Zequito Mirabeau com todo seu convencimento, deram-se por vencidos e abandonaram a pista toda inteira livre para dona Flor e Vadinho em sua noite de paixão.

Quem era a dama de Vadinho? — perguntavam-se os habitués. Alguns sabiam, a informação se espalhou célere: "É a esposa dele, é a primeira vez que vem aqui...". A mais graciosa das irmãs Catunda, a do meio, fez um muxoxo de pouco-caso, mordida de ciúme.

Após o tango, ao voltarem à mesa, onde Vadinho, tendo encomendado ceia e bebidas, atendia às perguntas de dona Gisa, com informações sobre coisas e pessoas, persistiu a curiosidade em torno a dona Flor. Flutuava no ar, como se um halo de furtivos olhares e mastigados cochichos a cercasse, como se ela não coubesse na atmosfera da sala, feita à medida das senhoras da nata social, baronesas da Graça, não me toques da Barra, e das cortesãs mais caras e de ofício menos evidente.

Dona Flor sente uma espécie de distante vertigem ali sentada no salão. Um pouco zonza, indo do contentamento ao medo, incerta sobre a significação desses olhares de relance, desses gestos esquivos; eram de simpatia ou de mofa esses sorrisos? Mal escuta os informes de Vadinho:

— Tem para mais de setenta anos... Só joga bacará e só aposta ficha de cinco contos. Já teve noite de perder mais de duzentos... Uma vez os filhos vieram — dois ordinários e uma catraia acompanhada do marido — e quiseram levar ele a pulso, pintaram o diabo. O pior de todos era a filha, uma cobra a atiçar os irmãos e o chifrudo do marido... Agora estão fazendo um processo para provar que o velho está broco, de miolo mole, não presta mais pra governar o dinheiro dele...

Dona Gisa estende o pescoço para melhor espiar o ancião de finos cabelos brancos, quase pele e osso, mas firme nas pernas, apoiado a uma bengala, o rosto tenso, uma última luz cúpida nos olhos, como se apenas a inspiração do jogo o sustentasse vivo.

— Afinal quem trabalhou e ganhou o dinheirão todo, não foi ele? — pergunta Vadinho, numa revolta contra a família do velho. — O que foi que os filhos fizeram, além de gastar? São uns boas-vidas, nunca prestaram pra nada. E agora querem dar diploma de demente ao próprio pai, trancar o infeliz em casa ou no hospício... Eu metia essa canalha toda na cadeia, a começar pela vaca da filha, mandava dar uma surra de facão em cada um...

Dona Gisa discordou: esse negócio de dinheiro tinha implicâncias sérias. O velho, em sua opinião, não era assim tão dono de delapidar no jogo a sua fortuna, pois a família possuía direitos legais...

Interrompeu-se a lição de economia política de dona Gisa, porque o paulista fez questão de vir cumprimentar Vadinho e dona Flor.

— Vadinho, o meu amigo aqui quer lhe conhecer, ouviu falar muito de você e lhe viu dançar... É um graúdo de São Paulo... — Zequito Mirabeau fazia as apresentações, voltava-se para o forasteiro: — Vadinho, você já sabe, é... — a presença de dona Flor continha-lhe a língua. — ...Bem, é um amigão...

Vadinho, a voz quase solene, introduzia as senhoras:

— Minha esposa e uma amiga, dona Gisa. Americana, um poço de saber...

Dona Flor estendeu a ponta dos dedos, de repente igual a uma tabaroa qualquer. O paulista curvou-se, beijou-lhe a mão:

— José de Barros Martins, um seu criado. Parabéns, minha senhora, raramente vi um tango tão bem dançado... Admirável!

Beijava em seguida a mão de dona Gisa e, como a orquestra iniciasse um samba de sucesso, lhe perguntou:

— Dança o samba? Ou, sendo americana, prefere esperar um blue...?

Vadinho punha a perder toda a finura do paulista:

— Qual o quê!... Essa gringa rebola que é uma beleza...

— Vadinho, que é isso, se assunte... — dona Flor ralhando a sorrir.

Dona Gisa nem ligava; em vez de ficar escabreada, saía pelo braço do industrial, requebrando a bunda magra, a confirmar as palavras do abusado. Nisso, a face de Vadinho se ensombreceu, dona Flor logo descobriu a causa: uma das três mulatas da mesa de Zequito Mirabeau, bonitinha de fazer gosto, também se aproximara, rondando ali perto. Media dona Flor de alto a baixo como em desafio, enquanto interpelava Mirabeau, muito melosa e oferecida:

— Como é, querido, e nosso samba? Estou esperando, venha logo...

Mirada de desdém a dona Flor, uma de fúria para o lado de Vadinho, o sorriso mais angelical e tentador para Zequito:

— Vamos, negrinho...

Dona Flor evitou olhar para Vadinho. Silêncio incômodo a separá-los, ela voltada para a pista de dança, os olhos apertados, ele fitando a sala de jogo. Por que ela quisera vir? — perguntava-se Vadinho. Por essas e outras, ele sempre se opusera. E agora, logo em festa de aniversário, em vez de estar alegre, a pobre mordia os lábios para não chorar. A burra da Zilda lhe pagaria caro. Vadinho aproximou a cadeira, tomando da mão de dona Flor, e lhe disse ao ouvido, numa ternura que ela sentiu verdadeira:

— Meu bem, não fique assim. Você quis vir, aqui não é lugar pra você, meu bicho tolo. Será que agora tu vai ligar para essas vagabundas daqui, vai se importar com elas? Tu veio pra ficar alegre comigo, faz de conta que aqui só tem nós dois e mais ninguém... Larga pra lá essa pinoia, não tenho nada a ver com ela...

Dona Flor deixava-se enganar fácil, queria ser convencida, as lágrimas rebentando, a voz lamurienta:

— É mesmo que tu não tem nada com ela?

— É ela que anda atrás de mim, você não vê? Deixa isso pra lá, meu bem, essa noite é de nós dois, tu vai ver quando a gente chegar em casa... Não vou nem jogar hoje, só pra ficar junto de você...

A mulatinha passava a rebolar-se, agarrada ao belo Mirabeau, e ele quase em transe, mordendo o lábio, os olhos no teto. Dona Flor pediu:

— Vamos dançar também?

Dançaram o samba, depois um passo-doble. Ela quis então conhecer a sala de jogo. Vadinho a conduziu, disposto a lhe satisfazer todos os caprichos. Dona Gisa foi junto, saltitante, a querer saber de um tudo, um inferno! Nem o valor das cartas ela conhecia e nunca vira um dado em sua vida.

Dona Flor ia contrita numa mudez de quem se insinua em templo secreto, defeso aos não iniciados. Finalmente conseguira atingir e penetrar o misterioso território onde Vadinho era milionário e mendigo, rei e escravo. Bem sabia ter chegado apenas a uma nesga desse chão noturno, à orla desse mar de chumbo. Ali começava um tempo de sonho e de aflição; as salas do Pálace eram a rica e luminosa capital desse mundo, dessa seita, dessa casta. Para mais além, nos caminhos da noite da cidade, aquele território de farras e agonias, de fichas e mulheres, de álcool e entorpecentes (cocaína, morfina, heroína, ópio, maconha, dona Flor arrepiava-se só de recordar os nomes), prosseguia nos cabarés, nas casas de tavolagem, nos castelos, nas pensões de mulheres, nos antros ilegais, na zona imunda e pululante como um mosqueiro, nos sombrios esconderijos dos fumadores de maconha. Por esses atalhos Vadinho se movia indômito, dona Flor, ante a mesa de roleta, tocava humilde a fímbria desse mundo.

Para mais além do Pálace, com sua categoria "estritamente familiar", como diziam os anúncios, com suas luzes e suas sombras — um abajur sobre cada mesa —, os lustres de cristal, a orquestra de primeira, as senhoras da alta sociedade, as raparigas de luxo, as teúdas e manteúdas e as escoteiras, os coronéis do cacau, do gado, do açúcar, os ricaços da cidade, os moços boêmios e os vigaristas, para mais além do Pálace, nas encruzilhadas da noite pobre e despida de ouropéis, estendia-se o mistério de Vadinho, sua última verdade.

Num trânsito rápido dona Flor auscultou essa louca geografia, oceano de suas lágrimas, vales e montanhas de sua dura espera, de seu sofrido amor. Dona Gisa ao contrário: vagarosa, fascinada pelos rostos dos jogadores, por seus gestos. Um deles falava sozinho, evidentemente furioso consigo mesmo. Fosse por seu gosto, a professora não iria mais embora. Mas o garçom, numa deferência a Vadinho, seu liga, vinha lhe avisar estar servida a ceia e próxima a hora das atrações.

Voltaram à sala de dança e deram com Mirandão, recém-chegado. Que milagre era aquele, sua comadre no Pálace, viera disposta a estourar a banca? Seu aniversário? Meu Deus do céu, como pudera esquecer? No dia seguinte mandaria a patroa com o afilhado e uma lembrança. "Basta com a comadre e o menino", disse dona Flor, para desobrigá-lo do compromisso e porque já ganhara naquele aniversário o seu presente, não queria mais nenhum: ali estava com Vadinho, não queria mais nada.

A comida não era lá essas coisas, arroz sem sal, carne sem gosto, mas que delicado Vadinho a servi-la, a lhe dar na boca os melhores pedaços de seu frango! Dona Flor já não sentia medo nem acanhamento.

As luzes se apagaram por completo para imediatamente de novo se acenderem, e então Júlio Moreno, o cabaretiê, anunciou as atrações. Primeiro as irmãs Catunda, uma lástima de voz, sábia exibição de seios e ancas:

Vou dançar a noite inteira,
Rancheira...
Rancheira...

A petulante era a mais bem-feita e mimosa das três, dona Flor não podia desconhecer, negar aquela verdade quase nua. Mas Vadinho nem ligava para as mulatas, mais interessado em saborear a sobremesa. Agora era dona Flor quem olhava com desdém; tomou da mão de seu marido, ficaram os dois conversando e sorrindo, enquanto as gentis irmãs se desdobravam por entre o jogo de luzes, seios em azul, ancas em vermelho.

Vieram depois The Honolulu's Sisters com um canto poderoso e triste, gemido de negros em correntes, reza de escravos, dor e revolta de homens humilhados. Até o sexo era triste, até os corpos tão belos, pensou dona Flor. As mulatinhas Catunda, desafinadas e modestas, pareciam um soar de guizos, um trinado de pássaro, um raio de sol, corpos de viço e saúde em comparação a Jô e Mô com seu lamento sem esperança. As Catundas dançavam em preceito aos orixás, aos alegres e íntimos deuses negros, vindos da África e na Bahia cada vez mais vivos. As negras americanas dirigiam sua súplica aos austeros e distantes deuses brancos dos senhores, impostos aos escravos no lanho das chibatas. Umas eram o riso solto, as outras o pranto desolado.

— Reparem nelas... São amantes... — informou Vadinho.

Dona Flor já ouvira falar na existência de mulheres assim mas não acreditara; e ainda ali pensa ser burla de Vadinho, invenções absurdas, molecagem.

— Não há homem xibungo, meu bem? Pois há mulher que só gosta de mulher...

— Uma pena — disse Mirandão. — Dois peixões desses e não querem saber de conversa com homem...

Dona Gisa confirmava: "Tais casos eram até bastante comuns nos países mais civilizados". "Vai ver e são somente moças sérias...", ainda defendeu dona Flor. Queria ouvir o canto puro e doloroso, sem misturar à sua grandeza a tara das mulheres, sua doentia condição, sua sina. Música de sangue derramado, látego de fogo.

— Meu bem, vou ali e volto já, é um minuto...

Vadinho atravessou rápido para a sala de jogo, deixando dona Flor sozinha com o dilacerante canto dos escravos.

As luzes se acenderam, soaram aplausos, dona Flor viu quando Mô deu a mão a Jô e juntas se retiraram para seu amor de maldição. O paulista voltou a dançar, Zequito Mirabeau reunira-se aos jogadores.

Bem gostaria Mirandão de acompanhar Vadinho e Mirabeau: mas o compadre o deixara ali, fazendo companhia às senhoras, não podia abandoná-las. E essa professora com suas perguntas mais idiotas: como diabo ia ele saber se o jogo era ou não fator de impotência sexual? Minha cara senhora, ouça: Mirandão nascera praticamente em mesa de jogo e tudo quanto podia garantir é que ele era homem e muito homem; nunca ouvira falar que jogo afrouxasse ninguém.

Dona Flor enxergava Vadinho na outra sala, movendo-se ante a mesa da roleta, apostando, cercado de homens e mulheres. A mulatinha viera colocar-se-lhe ao lado e, em certo momento, descansou a mão em seu ombro e ali a manteve enquanto Vadinho seguia, tenso, o rodopio da bola na hora solene e decisiva. Dona Flor chegou a semilevantar-se na cadeira, numa indignação, sentindo-se naquela noite capaz de tudo, de escândalo e violência, de agir, se necessário, como a mais reles e perdida mulher-dama de esquina. Mas logo sorriu porque Vadinho, após o crupiê cantar o número fatal, deu-se conta do gesto insolente de Zilda Catunda, desviou o ombro e algo de ríspido lhe disse pois a atrevida sumiu num repelão de calundu.

Vadinho, após olhar dona Flor, veio vindo em sua direção, as mãos cheias de fichas. Na mesa, Mirandão, enroscado nas perguntas sócio-econômico-sexuais de dona Gisa, consolava-se de sua ignorância com restos de vermute doce, um asco!

Vadinho curvou-se num segredo, a boca à altura do ouvido de dona Flor:

— Ouça, meu bem, só mais duas ou três paradas e a gente vai embora. Não demora nada, já mandei recado para o Cigano esperar com o carro. Te prepara que hoje vou te dar uma surra de cama... — e, acercando ainda mais a boca, mordeu-lhe a orelha e a lambeu, brisa e labareda.

Dona Flor, o corpo em úmido arrepio, abriu-se num suspiro. Ah!, Vadinho mais doido, e se alguém visse, que não havia de dizer? Vadinho mais tirano, Vadinho mais sem jeito!

— Não demore...

As mãos prendendo as fichas, ele reassume seu lugar em frente ao crupiê na mesa de roleta. Um pouco curvado, os cabelos loiros, o atrevido bigode, a insolência do sorriso. Porreta.

Dona Flor o fitou longamente, ao seu Vadinho. Depois foi juntando cada detalhe daquela noite e cada instante de sua vida com ele, do começo ao fim, sem faltar nenhum; a dor e a alegria.

Da roleta, Vadinho fez um sinal, era a última parada, o táxi do Cigano à espera, uns minutos apenas. "Não, meu querido, não mais irei contigo para a festa dessa noite quando a gota de fel rompeu-se em mel, mar imenso de dar e receber." Dona Flor fitou Vadinho para sempre ante a mesa de jogo, a ficha lançada no 17. Reunindo então o seu carrego todo inteiro, ela o enterrou no coração. Virou de bruços no leito de ferro, cerrou os olhos, dormiu seu sono sossegado.

23

Ao completar-se um mês da morte de Vadinho, após assistir a missa, dona Flor dirigiu-se ao Mercadinho das Flores, no Cabeça. Pela segunda vez saía de casa desde aquele singular domingo, quando a morte golpeou, no Carnaval. A primeira, fora para a missa de sétimo dia.

Veio andando da igreja por entre a curiosidade do povo. Do balcão do bar, Mendez a cumprimentou, e seu Moreira, o português do restaurante, com um berro, advertiu a mulher, ocupada na cozinha: "Depressa, Maria, vem ver a viúva". Na rua, três ou quatro homens, entre os quais o janota argentino, seu Bernabó, tiraram-lhe o chapéu.

Na esquina do açougue, a negra Vitorina se pôs de pé, atrás de seu tabuleiro de abarás e acarajés: "Salve minha iaiá, atotô, atotô!". Na porta da Drogaria Científica, dr. Teodoro Madureira, o farmacêutico, inclinou-se em grave reverência, na exata medida do pesar e da aflição. O professor Epaminondas Souza Pinto, afobado e aéreo como sempre, livros e cadernos sob o suor do sovaco, estendeu-lhe a mão:

— Minha cara senhora... A vida... O inevitável...

Os bêbados do botequim, no aperitivo matinal, os fregueses do armazém, o fazendeiro Moysés Alves a escolher especiarias para seus insignes almoços, saíram a vê-la, inclinavam-se em silêncio. O santeiro Alfredo, amigo do tio Thales, estabelecido ali perto com sua porta de imagens, abandonando a madeira onde esculpia, colocou-se à sua disposição:

— Bom dia, Flor. Posso lhe ser útil?

Acorreram os vendedores com a mercadoria. Ela comprou rosas e cravos, palmas e violetas, dálias e saudades.

Um negro alto e magro, perfil agudo, face enigmática, ainda relativamente jovem, ouvido com atenção e respeito por mecânicos e choferes do ponto de táxis, ao saber a identidade de dona Flor e o motivo dessa compra de flores, dela se aproximou a lhe solicitar algumas de empréstimo e por um momento apenas. Um pouco surpresa, dona Flor o satisfez, estendendo-lhe o colorido ramalhete onde ele próprio escolheu, num cuidado ritual, três cravos amarelos e quatro saudades-roxas; quem seria esse homem e por que tomava dessas poucas flores?

Do bolso do paletó extraiu um fio trançado de palha da costa, um mocã, com ele amarrando cravos e saudades num pequeno buquê e dando um nó.

— Desamarre quando arriar na cova de Vadinho. É para o egum dele se aquietar. — E disse em nagô, diminuindo a voz: — Acuabó!

Eis que o negro era o babalaô Didi, zelador da casa de Ossaim, mago de Ifá; e só passado muito tempo dona Flor aprenderia seu nome e seus poderes, sua fama de adivinho, seu posto de Coricoê Ulucotum no terreiro dos eguns, na Amoreira.

Vestia-se dona Flor toda em negro, da cabeça aos pés, luto fechado pois apenas um mês decorrera desde a morte do esposo. Mas o pequeno véu sobre os retintos cabelos quase azuis não lhe cobria o rosto e aquela expressão de angústia suicida já não lhe marcava a face. Triste ainda, mas nem desesperada nem vazia.

Cercada pela leveza do ar nessa manhã transparente, tão formosa de luz e tão à medida do homem que era um privilégio vivê-la, dona Flor, levantando a vista do chão, voltou a olhar e a ver o espetáculo da rua e a cor do dia.

Por entre cabeças se descobrindo ou se inclinando, a recolher gestos e palavras de conforto e simpatia, em meio ao bulício da cidade, gente a passar, a conversar, a rir, dona Flor caminhou com seu buquê de flores destinadas à campa de Vadinho. Ia em direção ao cemitério mas era na vida que de novo penetrava; ei-la de retorno, convalescente ainda.

Não a mesma dona Flor de antes, com certeza; enterrara algumas emoções e certos sentimentos, o desejo, o amor, assuntos de cama e coração pois era viúva e respeitável. Viva porém, capaz de sentir a luz do sol e a doce aragem, capaz de riso e de alegria, conformada.

III
DO TEMPO DO LUTO ALIVIADO,
DA INTIMIDADE DA VIÚVA EM
SEU RECATO E EM SUA VIGÍLIA
DE MULHER MOÇA E CARENTE;
E DE COMO CHEGOU, HONRADA
E MANSA, AO SEU SEGUNDO
MATRIMÔNIO QUANDO O CARREGO
DO DEFUNTO JÁ LHE PESAVA
SOBRE OS OMBROS

(com dona Dinorá na bola de cristal)

* ESCOLA DE CULINÁRIA SABOR E ARTE *

CÁGADO GUISADO
E OUTROS PRATOS INCOMUNS

Alguém há dias perguntou, penso ter sido dona Nair Carvalho pois ela gosta de servir do bom e do melhor, o que oferecer a um hóspede de requinte, de paladar esnobe, todo exigente, um artista, enfim, reclamando papa fina, quitutes incomuns, nada a lembrar o trivial.

Pois recomendo servir uma delicia: cágado guisado — e lhes forneço uma receita que me foi ensinada por minha mestra de molhos e temperos, dona Carmen Dias, receita mantida em segredo até agora. Podem copiá-la do caderno. E, se bem recordo, cágado é comida de orixá em candomblé, tendo me dito minha comadre Dionísia, filha de Oxóssi, ser o cágado o prato predileto de Xangô.

Além de cágado, recomendo caças em geral e, em particular, um ensopado de teiú, carne tenra nos perfumes do coentro e do alecrim. Se lhes for possível, apresentem, envolto em folhas aromáticas, um caitetu assado inteiro, ah!, o rei dos grandes pratos, porco bravio, carne com sabor de selva e liberdade.

Mas, se vosso hóspede quer ainda caça mais supimpa e fina, se busca o *non plus ultra*, o xispeteó, o suprassumo, o prazer dos deuses, por que então não lhe servir uma viúva, bonita e moça, cozinhada em suas lágrimas de nojo e solidão no molho de seu recato e luto, nos ais de sua carência, no fogo do seu desejo proibido, que lhe dá gosto de culpa e de pecado?

Ai, eu sei de uma viúva assim, de malagueta e mel, em fogo lento cada noite cozinhada, no ponto exato para ser servida.

Cágado guisado
(receita de dona Carmen Dias, tal como ela forneceu
a dona Flor, tendo esta permitido a suas alunas cópia e prova)

Toma-se um cágado, depois de morto pelo processo (bárbaro) de serragem pelos lados, devendo a cuia não sofrer danos. Pendura-se o bicho pelas patas traseiras, corte-se-lhe a cabeça, e que ele assim permaneça, durante uma hora, para que o sangue escorra. Depois, posto o animal de ventre para cima, deve-se decepar seus pés, com o cuidado de deixar as pernas (ou botas), afastando-se a pele grossa que as recobre. Retira-se então a carne, os miúdos (fígado e coração) e ovos (se os houver), jogando-se fora as tripas, operação que requer cuidados especiais, cada trabalho feito em separado. Lava-se tudo, carne e vísceras, que, maceradas nos seguintes temperos, deverão ir a fogo brando até atingir coloração de ouro escuro e aroma específico — sal, limão, alho, cebola, tomate, pimenta, e azeite, azeite doce à vontade. Este prato deve ser servido com batatas-do-reino cozidas em água sem sal, ou farofa branca recoberta de coentro.

1

Ao cumprir seis meses de viúva, dona Flor aliviou o luto até então fechado em nojo, obrigando-a na rua ou em casa, a negros vestidos sem decote. Única nuance nessa negritude: as meias cor de fumo.

Por isso, naquela manhã, as alunas (turma nova, numerosa e simpática), ao vê-la de blusa alva estampada com guirlandas escuras, um colar de pérolas falsas ao pescoço e leve traço de batom nos lábios, prorromperam em entusiásticos aplausos à alegre professora. Ainda devia ela esperar outros seis meses para o verde e o rosa, o amarelo e o azul, o vermelho e o havana; e para as novas e sensacionais cores da moda: azul-rei, azul--pervanche, hortênsia, verde-mar.

A "alegre professora", sim. Como no verso de dona Magá Paternostro, a rica. Porque, em verdade, dona Flor aliviara o luto interior, despira os véus da morte, quando, na véspera da missa de mês, enterrou dentro de si o carrego do falecido. Manteve, em respeito aos costumes e aos vizinhos, o rigor do preto, retomando, no entanto, seu riso manso, sua atenta cordialidade, seu interesse pelas circunstâncias diárias, seu capricho de dona de casa. Ainda com uma sombra de melancolia a fazê-la vez por outra pensativa e a dar à sua formosura doméstica uma nova qualidade, certo encanto nostálgico; curiosa, porém, da vida em derredor, imprimindo vigoroso alento à escola de culinária, de cujo renome descuidara naquele primeiro mês.

Cerrou a boca ao nome do finado, parecendo tê-lo esquecido por completo, como se, após a crise e a obsessão, viesse a concordar com dona Dinorá e suas comparsas, no fato de ter sido a morte do ordinário uma carta de alforria, encontrando-se por fim de acordo a viúva e as beatas. Em aparência, pelo menos.

Naquela ocasião da missa de mês, ao volver da visita à campa onde depusera as flores e o preceito do adivinho, o mocã de Ossaim, abriu as janelas da sala de visitas permitindo finalmente à luz do sol iluminar a casa, varrendo sombras e espectros. Tomou da vassoura, do espanador, de trapos e escovas, e atirou-se ao trabalho.

Dona Rozilda propôs-se a ajudá-la, mas, em limpeza tão completa, também ela se foi de volta a Nazaré das Farinhas, quando filho e nora começavam a alimentar as clássicas esperanças de melhores dias. Afinal, quem mais necessitada da permanente companhia, do afeto e da assistência da mãe, senão dona Flor, recém-viúva e inconsolável? Dona Flor sozinha, e indefesa, exposta aos múltiplos perigos de seu ingrato estado — era justo fosse dona Rozilda, mãe experiente e intrépida, residir com a filha desprotegida, ajudando-a no trato da casa e na solução dos inúmeros problemas. Quem sabe maravilhoso milagre sucedera, vendo-se enfim o casal e a cidade de Nazaré livres da mãe e sogra, tão mais sogra do que mãe? Celeste, nora e serva, fizera promessa de valia a Nossa Senhora da Aflição.

Suas preces não obtiveram eco; mais forte o santo de dona Flor, defendida, sem sequer o saber, nos axés e pejis dos candomblés, por força do rei de Queto, Oxóssi, orixá de sua comadre Dionísia (Oquê!). Assim, foi a viúva quem se livrou de dona Rozilda que, aliás, não se fora antes de pura má-criação, de rabugice, de pirraça aos vizinhos. Pois apeteceu aos vizinhos tiranizá-la, impor-lhe condições de convivência.

Ali, na capital, vivia em desconforto, casa pequena, sem um quarto só para ela, dormindo em cama de vento na sala onde dona Flor lecionava as aulas teóricas, sem armário próprio para seus teréns, enquanto tão ampla a casa do filho, com sobras de cômodos. Em Nazaré, ao demais e sobretudo, ela, dona Rozilda, era alguém. Não se impunha apenas como mãe de seu Heitor — funcionário de categoria da estrada de ferro, segundo-secretário do Social Farinhense, um dos melhores tabuleiros de gamão e dama da cidade (eclodindo nele a frustrada vocação de seu Gil), um zarro no desenho: copiava a fisionomia de qualquer vivente e reproduzia a lápis cromos de folhinha —, era ela própria ornamento e evidência da melhor sociedade nazarena, onde exibia suas relações metropolitanas, a família Marinho Falcão, dr. Zitelmann Oliva e dona Lígia, o jornalista Nacife, dona Magá, o industrial Nilson Costa e sua chácara no Matatu, e antes de tudo seu compadre dr. Luís Henrique, o "cabecinha de ouro", orgulho da terra.

Na capital, nem mesmo no mundo daquela pequena burguesia apenas remediada, circunscrito a umas poucas ruas entre o largo Dois de Julho e Santa Teresa, nem mesmo ali lhe davam atenção e importância; ao contrário, haviam-lhe tomado birra. As amigas mais íntimas de sua filha, dona Norma, dona Gisa, dona Êmina, dona Amélia Ruas, dona Jacy, não tiveram pejo em responsabilizá-la pelo estado desalentador da viúva, pondo a culpa em seus maus bofes, nas recriminações e nos insultos, na absurda quizília com o morto. Ou bem mudasse de atitude, largando o falatório e as maldições à memória do genro, ou fosse embora. Um ultimatum.

Por isso mesmo, em reação a tão inominável acinte, dona Rozilda prolongou a visita apesar do desconforto da casa e das restrições da vizinhança. (Dona Jacy até arranjara ama para dona Flor: uma encardida Sofia, sua afilhada). Apressou-se a viajar, no entanto, após a missa de mês, ao ter notícias, através do compadre doutor, de sua designação pelo reverendo Walfrido Moraes para o alto cargo de tesoureira da Campanha em Benefício das Novas Obras da Catedral de Nazaré, em cujo conselho diretor esplendiam a esposa do juiz de direito (presidenta), do prefeito (primeira vice), do delegado (segunda) e outras eminências sociais da terra. Há muito almejava dona Rozilda pertencer ao rol das diretoras, mesmo como última vogal da lista; de repente saía tesoureira, nada menos. O Divino Espírito Santo iluminara o padre Walfrido, antes tão reticente às suas investidas.

Ao sacerdote custara vacilações e dúvidas tal despacho, mas

o influente conterrâneo a quem recorrera para obter o pagamento de substanciosas verbas estaduais, condicionou sua decisiva ajuda à posse de dona Rozilda num cargo de inveja na pia congregação das beatas. Chantagem miserável, pensou o vigário, curvando-se a ela, no entanto, pois tinha urgência da bolada e, sem a intervenção do dr. Luís Henrique, como apressar a máquina burocrática?

Nas antevésperas, dona Gisela, com quem por vezes o doutor discutia sobre os destinos do mundo e as imperfeições do ser humano, informara-lhe:

— Se dona Rozilda não for embora, a pobre Flor não terá descanso nem para esquecer... E ela precisa esquecer, está complexada, é um curioso caso de morbidez, caro doutor, que só a psicanálise pode explicar. Aliás, Freud cita um exemplo...

Dona Norma, que com ela viera, interrompia em tempo:

— É uma caridade que o senhor faz, doutor... Bote essa peste longe daqui, mande pra Nazaré, que ninguém aguenta mais...

"Pobre Heitor, pobre Celeste, pobres crianças...", lastimou o doutor e padrinho. Mas, entre dona Flor, viúva e freudiana, e o casal já na cangalha de dona Rozilda há anos, não lhe coube vacilação: sacrificou o afilhado e a gentil esposa, em cuja casa almoçava e sempre bem em suas constantes idas ao Recôncavo.

Cada qual com sua cruz, decidiu ele; a dela, dona Flor a carregara sete anos a fio: aquele marido, pesado lenho. Não era justo agora, na esteira da viuvez, empurrar-lhe dona Rozilda, um calvário completo: cruz, coroa de espinhos, vinagre e fel.

Sem dona Rozilda, só de raro em raro as xeretas da vizinhança traziam à baila o nome do maldito, em respeito às exigências de dona Norma e de dona Gisa, e também porque dona Flor retomara o curso normal da vida, após atravessar as infindas areias da ausência. Não a vida de antes e, sim, um calmo viver, pois sem a presença do esposo, sem suas implicações: os sustos, os desgostos, os apreios, o desespero. Tudo isso acabara, dona Flor habituou-se a dormir a noite toda, de um sono só. Deitava-se relativamente cedo, após a prosa habitual com dona

Norma no círculo das amigas, as cadeiras na calçada, comentando acontecimentos, programas radiofônicos e filmes. Ia ao cinema com dona Norma e seu Sampaio, com dona Amélia e seu Ruas, com dona Êmina e dr. Ives, apreciador entusiasta de películas de faroeste. Aos domingos almoçava no Rio Vermelho, em casa dos tios; tio Porto com a eterna mania das paisagens; tia Lita começando a envelhecer, mantendo, porém, seu jardim e seus gatos em esplendor.

Não quisera dona Flor aderir à animadíssima roda de bisca e três-setes em casa de dona Amélia; até dona Enaide vinha do Xame-Xame para a tarde no carteado. As fanáticas da bisca, as devotas do três-setes fizeram o possível para conquistá-la, sem obter resultado, como se o falecido houvesse gasto toda a cota de jogo da família, não restando nada para ela. Pior inimigo da jogatina só mesmo o portenho da cerâmica, seu Bernabó; dona Nancy, doida por uma mãozinha de bisca, e o déspota irredutível: no máximo e por favor, os solitários jogos de paciência, nada além.

Decorria assim tranquila a vida de dona Flor, entre as aulas de culinária, as duas turmas cada vez mais numerosas, e as atividades sociais permitidas a seu prudente estado. Não eram pequenos compromissos como pode parecer à primeira vista; enchiam-lhe o tempo inteiro, não lhe sobrando ócio para pensamentos tristes. Sem falar nas encomendas de recusa impossível para almoço de festa, fino jantar, banquete ou recepção: já de madrugada entregue à trabalheira na cozinha. Sendo muito exigente em relação à qualidade de seus pratos, ao cansaço somava a preocupação.

Vinha ajudá-la uma garota, menina-moça de seus dezesseis anos, filha de outra viúva, dona Maria do Carmo, herdeira de roças de cacau, morando no Areal de Cima desde logo depois do Carnaval e de imediato incorporada à roda de dona Norma. A mocinha, Marilda e morena, uma esperança nos molhos e temperos, tomara amizade a dona Flor e não a largava, aprendendo pratos e bolos nas folgas de seu curso pedagógico. Dona Flor sorria ao vê-la em trânsito pela casa cantarolando, os cabelos em alvoroço, o rosto de adolescente tropical desmaiado em quebranto e dengue, uma pintura de tão bela; se o velhaco fosse vivo, todo cuidado seria pouco, ele não mantinha preconceitos de idade.

Como se constata e vê, não faltava o que fazer em sua vida de viúva, o tempo curto, por vezes nem dava conta dos compromissos. Tantos quefazeres, um mundo de coisas, o dia afanoso: por vezes, à noite, ao despir-se e estender-se no leito de dormir, sentia-se realmente fatigada, necessitando de sono repousante. Dormia de imediato, apenas pousava a cabeça no travesseiro.

Se era assim tão repleta sua vida, como explicar a constante sensação de vazio, como se tudo aquilo, toda aquela atividade que a toma, domina e movimenta, fosse inútil e vã? Se em sua modéstia e parcimônia, tinha o suficiente para viver com decência e ainda esconder, num hábito antigo, algumas sobras, se tranquila sua vida, e mesmo alegre, por que então vazia e vã?

2

Nas ruas em torno sobravam as mexeriqueiras velhas e jovens, pois para exercer tal ofício não se exige documento de idade. Dona Dinorá era a primeira dessas xeretas; em sua atividade tamanhos sucessos obteve a ponto de ser-lhe atribuída fama de vidente.

Já foi nesta crônica dona Dinorá vista em ação, em lamúrias, em denúncias, em enredos, sem que, no entanto, dela própria se tratasse mais longamente, permanecendo até agora quase anônima, como se fosse tão só uma intrigante comum na roda das beatas. Talvez porque a insólita presença de dona Rozilda, por fim e felizmente em exílio no Recôncavo, não desse vez às concorrentes. Mas sempre é tempo de corrigir um erro, de reparar uma injustiça.

Para muitos, passava dona Dinorá por viúva do comendador Pedro Ortega, rico comerciante espanhol desencarnado uns dez anos antes. Em verdade, nunca fora casada, e donzela o fora pouco tempo; apenas púbere, arribara de casa para dar início a movida e de certa maneira brilhante existência, crônica picante. No entanto — benza Deus! — ninguém mais moralista e ciosa dos bons costumes desde o feliz encontro com o galego, quando, tendo passado dos quarenta e cinco, dona Dinorá olhava o futuro com apreensão: um medo pânico da pobreza e o hábito do conforto.

Sem ter sido jamais realmente bonita, certa graça fescenina, responsável por seu sucesso junto aos homens, diluía-se com os anos e as rugas. Dera então a incrível sorte do comendador, "bilhete premiado com o prêmio gordo", como dona Dinorá confidenciara às amigas, na época. O espanhol oferecera-lhe respeitabilidade e garantias, sem falar na casinha das vizinhanças do largo Dois de Julho onde a instalou.

Quem sabe devido ao medo de ver-se velha e pobre, à ameaça da prostituição de porta aberta, dona Dinorá, ao amparo do comerciante, converteu-se rápida no oposto do que havia sido: em respeitável matrona, em guardiã da moral.

Tendência a acentuar-se após a morte de Pedro Ortega e cada vez mais. Quando ele partiu, entre discursos e coroas mortuárias, a antiga mundana passava dos cinquenta anos — cinquenta e três para ser exato — e, nos oito de amancebamento, criara apego à virtude e à vida familiar.

O probo baluarte das classes conservadoras, grato à amante pela fidelidade e pela revelação de um mundo de ignorados prazeres (que besta fora!, perdera os melhores anos de sua vida ao balcão da pastelaria e no corpo chocho e ignorante da santa e agre esposa), deixou-lhe em testamento — além da casa própria, ninho dos pecaminosos amores — ações e obrigações do estado, renda módica, bastante, porém, para assegurar-lhe velhice sem sustos, por inteiro a serviço da difamação e da intriga.

Eis dona Dinorá já além dos sessenta: voz estridente, enervante gargalhada, constante agitação. Em aparência, a mais solidária e compreensiva velhota; em verdade, "um frasco de veneno, cascavel enfeitada com penas de pássaros", na frase quase poética de Mirandão, eterna vítima dessa categoria de comadres. Frase dita ao jornalista Giovanni Guimarães, ao ver a sessentona passar, muito viúva e sustentáculo da moral, por ocasião do almoço em casa de dona Flor, quando da visita de Sílvio Caldas. Completara, filósofo moralista:

— Quanto mais puta em jovem mais séria na velhice. Ficou donzela e bucho...

— Aquele estrepe? Quem é?

— Não é de nosso tempo, mas já teve nome e apelido. Quem fala muito nela é Anacreon, andou bebendo nessa moringa. Você já ouviu falar, na certa. Atendia por Dinorá Sublime Cu.

Quase mudo, Giovanni, em espanto e assombro:

— Isso aí? O Sublime Cu tão recordado? Meu Deus!

Prova da vaidade das coisas terrenas, consideraram humildemente os dois, ante tal exibição de virtude e o triste físico da leva e traz: atarracada, tronco forte, pernas curtas, oveiro baixo, cabeçorra, champruda. Vestida de luto, como viúva verdadeira, medalhão ao pescoço com a fotografia do comendador, de quem falava como se houvesse sido realmente sua esposa e ele o único homem de sua casta vida. Tipos como Anacreon, vergonha do gênero humano, era como se nem existissem; ela os desconhecia, simplesmente.

Ladina, não ia direta aos assuntos, em acusações frontais; ao contrário, infernava os demais na maciota, parecendo tudo compreender e desculpar, elogiando uns e lastimando outros. Daí sua fama de bondosa e simpática, os louvores semeados em seu caminho de mexericos: "Criatura boa vai ali...". Quando, por um azar, pegada em flagrante de intriga, dava-se por vítima: quisera fazer um benefício, em paga recebia a negra ingratidão.

Seu Zé Sampaio, homem pacato, cedo na cama com seus imaginários achaques, as gazetas do dia e revistas velhas (adorava ler revistas velhas e almanaques antigos), ao ouvir o vozeirão de dona Dinorá, punha as mãos sobre os ouvidos, em pânico, dizendo a dona Norma, com voz vencida mas não resignada, de quem já não tinha jeito a dar nas aporrinhações:

— Essa mulher é uma filha da puta, a maior filha da puta que tem por aqui...

— Assim também é má vontade demais... Ela até que é boazinha...

Por aí se vê quão hábil dona Dinorá: conseguira superar aquela história do filho de Dionísia, quando seu prestígio caíra a zero, voltando a obter o favor de dona Norma. Não, porém, o de seu Sampaio:

— Boa filha da puta... Veja se consegue, por favor, que ela não meta o nariz aqui, no quarto. Diga que estou dormindo, estou descansando... Diga que eu morri...

Quem era dona Norma para impedir dona Dinorá de enfiar o nariz onde quisesse? Ia entrando, íntima da casa, de todas as casas de gente de consideração e dinheiro — para os pobres, bondosa, mas de uma bondade altiva e distante, muito protetora dos desprotegidos, mantendo-os, entretanto, no lugar (inferior) que lhes competia, sem lhes dar asa. Ia enfiando pelo corredor, pelo quarto:

— Dá licença, seu Sampaio? — Zé Sampaio odiava aquela cabeçorra oxigenada, "cabeça de elefante, a maior da Bahia", a dentadura de cavalo, a voz e os cuidados: — Sempre doentinho, seu Sampaio? Eu vivo dizendo: "Seu Sampaio, com todo aquele corpo, tem a saúde muito delicada. Qualquer coisinha, e está tremendo na cama, cercado de remédios". Digo e repito: "Se seu Sampaio não tomar cuidado, um dia desses bate a bota...".

Impressionável, Zé Sampaio gostaria de expulsá-la a pontapés:

— Tenho uma saúde de ferro, dona Dinorá...

— E por que fica assim na cama, seu Sampaio, por que não vem ilustrar a gente com sua prosa? Homem tão letrado, todo mundo diz que o senhor só não se formou porque... Bem, o senhor sabe, o povo fala tanta coisa... Se a gente for dar atenção... Eu não ligo, vão falando, entra por um ouvido, sai por outro...

Zé Sampaio sabia onde ela desejava chegar: à sua dissoluta mocidade de filhinho de papai dissipador e malandro. O pai, desgostoso, cortou-lhe a mesada e, retirando-o dos estudos, o pôs na loja a trabalhar de caixeiro.

— Deixe o povo falar, dona Dinorá, não se importe...

— O senhor também acha que a gente não deve se importar com o que falam de nós? Não deve mesmo? — abria os olhos grandes, de boi, muito atenta, como se Zé Sampaio fosse um oráculo dos novos tempos.

— Eu, pelo menos... — e, enchendo-se de vez: — Quer saber de uma coisa, dona Dinorá? Eu quero é paz, é descanso... E, para ter um pouquinho de paz, vivo dando razão a quem não tem. E nem assim consigo... Vêm me aporrinhar até aqui... Com sua licença.

Tomando do jornal ou da revista, virava as costas à visita. "Zé Sampaio é mais bruto do que uma cavalgadura" — dona Norma sentia-se envergonhada — "e logo com dona Dinorá, tão boazinha..."

Rispidez, ao demais inútil, pois dona Dinorá não se dava por expulsa, persistindo solerte:

— O senhor já soube o que se passou com seu Vivaldo?

Ah!, mulher mais diabólica, desgraçada! Pois não é que conseguia lhe despertar o interesse? Zé Sampaio largava o jornal, vencido:

— Com Vivaldo? Não sei não, o que foi?

— Pois eu lhe conto... Seu Vivaldo, homem direito, bonitão, hein! Parece um gringo, todo rosado...

Era sempre assim: após os elogios vinha a intriga, a maledicência, a denúncia de um trago a mais, da escapula de um marido, um nome de mulher, quase sempre de mulher-dama.

Seu Vivaldo da funerária, segundo ela, num desrespeito às lápides e aos esquifes, reunia, nas tardes dos sábados, por detrás das cortinas roxas com enfeites cor de prata, um grupo de hereges em arrenegado pôquer de apostas altas e vasto dispêndio de conhaque e genebra:

— Uma falta de respeito, o senhor não acha? Podia arranjar outro lugar para o vício... — Ligeira pausa: — O senhor não pensa, seu Sampaio, que o jogo é o pior dos vícios?

Zé Sampaio não pensava nada nem queria pensar, queria apenas um pouco de sossego mas dona Dinorá disparara de tramela solta: seu Vivaldo, sem dúvida honesto contribuinte, esposo excelente, ótimo pai de família, punha tudo isso em perigo, pois jogador mais dia menos dia perde o controle e aposta até mulher e filhos. E, quando não os aposta, deixa-os ao deus-dará, ao abandono, em cruel desprezo. Que melhor exemplo senão dona Flor? Enquanto vivo o mísero marido, escravo da jogatina, curtira as penas do inferno; maltratada, ao léu, sofrendo horrores... Vejam, hoje, a diferença: enfim liberta, pode gozar da vida sem sobressaltos, sem agonias.

Falando em dona Flor, que acha o senhor, seu Sampaio, e você, Norminha, meu bem, o que é que acha? Assim moderna e bonitona, não era uma injustiça continuar viúva, e de defunto tão pouco recomendável? Não era mesmo? Por que Norminha, amiga do peito, não lhe dava uns conselhos? Enquanto isso, ela, dona Dinorá, estudaria o caso na conjunção dos astros, com a bola de cristal e com os naipes de seus baralhos de cartomante amadora.

Amadora só por não cobrar dinheiro, lendo o futuro de graça e por camaradagem, para atender pedidos, pois raras profissionais possuíam competência de adivinha igual à sua. Pelo menos para descobrir salafrarices de qualquer espécie tinha uma intuição, um sexto sentido, um faro único. Um dom divinatório, atingindo o requinte da profecia.

Não foi ela quem prognosticou, com mais de um ano de antecipação, o escândalo medonho da família Leite, gente de muito dinheiro e maior orgulho, trancada atrás dos muros de nobre mansão sobre o mar, na ladeira da Preguiça? Lera nos sebosos baralhos, olhara na bola de falso cristal, ou tão somente seu sádico instinto a advertira?

Apenas a angelical Astrud, com o ar cândido de interna do Sacré-Coeur, chegou do Rio para habitar com a irmã, e logo dona Dinorá, sem nenhuma razão aparente, previu o drama:

— Isso vai acabar mal...

Assim profetizara ao ver a moça no automóvel com o cunhado, dr. Francolino Leite — o "sátiro Franco", para seu restrito círculo de íntimos —, advogado de grandes firmas nacionais e estrangeiras, bebedor de uísque, fazendeiro no sertão e membro de conselhos diretores de prósperas empresas, senhor da maior fidalguia e arrogância. No volante do grande carro esporte americano, de piteira e cachecol, o causídico nem enxergava o bulício da gente simples do Sodré, do Areal, da rua da Forca, do Cabeça, do largo Dois de Julho. Mas dona Dinorá o enxergava, ao advogado, não o perdia de vista: a par dos menores detalhes da vida na mansão senhorial, íntima de cozinheiras, copeiras, babás, do jardineiro e do chofer, brechando cunhado e cunhada com olhos de pressentimento:

— Vai acabar mal, ora se vai... Pólvora perto de fogo...

Sem se comover com a postura inocente da estudante:

— Moça de olho baixo é descarada esperando ocasião...

Tão injusta e absurda parecia, a ponto de ter sido destratada, com palavras ásperas e gestos de repulsa, por um rapaz vizinho, Carlos Bastos, pouco amigo de disse que disse e talvez um tanto seduzido pela doce Astrud:

— Não conspurque a pureza da moça com a baba da calúnia...

Quando o escândalo explodiu, quase dois anos depois — Astrud, com seu ar ingênuo e a barriga prenha de cinco meses, sendo expulsa do teto familiar pela irmã em fúria, o sátiro Franco de bucho farto —, prato suculento servido a toda a cidade, dona Dinorá vingou-se do romântico Carlos Bastos (talvez ainda enamorado):

— Viu, bobalhão? A mim, ninguém me engana... Baba de calúnia não faz filho em moça, o que faz menino é descaração...

Tinha olhos de ver e de prever, um faro de perdigueiro, ninguém escapava aos seus sentidos vigilantes. Aliás, os próprios vizinhos vinham lhe contar seus particulares mais íntimos, para lhe pedir consultas aos naipes de adivinha, à cristalina bola de evidências. Para ela, passado, presente e futuro eram cartas abertas, de leitura fácil.

Possuindo ou não reais e profundos conhecimentos da magia, pífia diletante sem maior intimidade com os astros, ou mestra das ciências ocultas do Oriente, manda a verdade proclamar ter sido ela quem primeiro anunciou o novo casamento de dona Flor, quando apenas a viúva aliviara o luto e retomara vida normal, sem sobressaltos nem problemas, recatada existência, distante de qualquer ideia ou pensamento relativo a matrimônio.

Anunciou as bodas e distinguiu a face do noivo muito antes de se falar em noivado, antes certamente de se perceber qualquer sentimento ou interesse. E, se existia de parte do fulano remota inclinação por dona Flor, jamais alguém o soube, talvez nem a si próprio ele o confessasse. Pois bem, acredite-se ou não, dona Dinorá em detalhe o descreveu: senhor moreno, já de meia-idade, alto, robusto, distinto, soberbo quarentão, de modos sérios e afáveis, levando na mão direita, pela haste erguida, um botão de rosa cor de vinho. Assim ela o enxergou na bola de cristal. As damas e os reis, os valetes, os ases de espada, paus e copas confirmaram-lhe os traços fisionômicos e a honesta disposição de casamento, acrescentando-lhe o ás de ouro bens de dinheiro, estabilidade econômica e o título de doutor.

3

Ora, apesar de moreno, o Príncipe não era de meia-idade, muito menos senhor robusto, alto, soberbo quarentão. A seu modo distinto e bonito rapaz, mas muito a seu modo extravagante. Difícil, por consequência, emoldurá-lo, mesmo com extrema boa vontade, no retrato do futuro noivo antevisto por dona Dinorá na bola de cristal e por ela revelado às massas populares do largo Dois de Julho, levando ao auge da excitação, quase da subversão, o combativo sindicato das fuxiqueiras.

Delicado, pálido, dessa palidez dos poetas românticos e dos gigolôs, cabelos negros e lisos, brilhantina e perfume a la vontê, sorriso entre melancólico e persuasivo, sugerindo um mundo de sonhos, elegante de corpo e roupas, grandes olhos súplices, as boas palavras para descrever o Príncipe seriam condoreiras: "marmóreo", "lívido", "meditabundo", "pulcro", "a fronte de alabastro e os olhos de ônix". Maior de trinta anos, aparentava pouco mais de vinte e a tristeza a sombrear-lhe o rosto fazia parte de seus instrumentos de trabalho, assim como a palavra fácil e o olhar sub-reptício, profissional competente e de sucesso em sua curiosa e rara especialização. Pois de logo informe-se que em viúvas se especializara, possuindo curso completo e longa prática.

Geralmente conhecido por Príncipe nos meios da vigarice e nos meios policiais (e onde estão os limites, se é que existem, a separar esses dois mundos na aparência opostos, na realidade idênticos?), o apelido ele o merecera por seus bons modos, sua lhaneza de trato, sua prosápia. Na intimidade afetuosa dos castelos, em círculos restritos de mulheres-damas tratavam-no, porém, pelo místico apodo de Senhor dos Passos, alusão à sua face macerada e à sua magrém. Chamava-se realmente Eduardo, e era um dos mais eficazes e simpáticos malandros da cidade, exímio passador do conto do vigário. Quanto ao sobrenome, não vai aqui citado por inútil e desnecessário à boa marcha da história de dona Flor e de seus dois maridos, a seu enredo e desenredo.

O Príncipe o escondia, a esse sobrenome; a polícia não o divulgou quando levada a trato mais direto com o bizarro moço, e os jornais, ao promovê-lo em suas colunas, noticiando-lhe a passagem (em geral rápida) pelo xadrez, tampouco lhe compunham o patronímico, substituindo-o pela vaga expressão "de tal":

> Foi preso ontem, na praça da Sé, sob a acusação de haver ilaqueado a boa-fé da viúva Julieta Filhol, com residência no Barbalho, ludibriando-a com noivado e promessas de casamento, para frequentar-lhe a casa e dar sumiço às joias e a dois contos de réis da crédula apaixonada, o marginal Eduardo de tal, conhecido no submundo do crime pela alcunha de Príncipe.

Todos assim prudentes em homenagem à família do gatuno, gente de tradição e prestígio em Feira de Santana. Se dessa maneira agiam as autoridades, a imprensa falada e escrita e o próprio papa-resto-de-defunto, por que fazer destas discretas letras exceção sensacionalista, atirando ao desprezo público e aos cães do mexerico e do escândalo honra e nome da egrégia clã a merecer dos demais tanto respeito? Imagine-se o horror, se dona Dinorá e seu exército de beatas tomassem conhecimento da parentela do vigarista; nem os bisnetos conseguiriam limpar o nome dos avós para sempre "envolto em lama, afundado no pântano da infâmia" (como diria enfático o professor Epaminondas Souza Pinto). Beatas, no entanto, todas elas cativas das maneiras do Príncipe e de sua languidez. A própria dona Dinorá não tentara, em certo momento, modificar os termos de sua profecia para aproximá-las das características físicas do trapaceiro? As demais mergulharam unânimes na tristeza, quando Mirandão, tendo aparecido com a esposa e dois ou três filhos, para visitar sua comadre dona Flor, deu a ficha completa do indivíduo: "Aquilo de gente só tem o rastro...".

Toda essa história do Príncipe em patrulha por aquelas bandas, com sua elegante patifaria, foi, desde o começo e até o fim, confusa e atrapalhada. Esse, aliás, seu clima habitual, sua atmosfera preferida, onde mover-se e agir.

Futricavam amigas e xeretas em riso e excitamento com a descrição do futuro noivo feita por dona Dinorá em transe, e logo transmitida de boca em boca entre o indócil comadrio, quando o Príncipe surgiu pelas calçadas em passos e suspiros de enamorado.

Riam-se em pilhérias dona Norma, dona Gisa, dona Amélia Ruas e dona Êmina; em fuxicos as beatas, procurando infatigáveis o galã descrito. Manda aliás a verdade se diga não terem sido somente as comadres a se entregarem à infrutífera busca. A própria dona Gisa lançou seu olhar psicológico sobre a humanidade masculina das redondezas, a cata do "soberbo quarentão"; quanto a dona Norma, nem se fala, depois de bom velório seguido de enterro de primeira, nada prezava tanto como um folhetim de noivado e casamento. Não tinha conta o número de moças e rapazes cujo matrimônio ela chocara, conduzindo-os ao juiz e ao padre, vencendo dificuldades, superando escolhos e desentendimentos, brabas oposições de família. Só fracassara mesmo com Valdeloir Rêgo, um indeciso sem igual, e com uma gentil vizinha, Maria, por demais esmorecida. Mas nem assim perdera a esperança de colocar Maria, talvez, quem sabe?, com o próprio Valdeloir.

Beatas e amigas buscavam afanosas o oculto pretendente, de posse de ampla descrição de suas virtudes físicas e morais, pois não era dona Dinorá vidente avara, de incompletas profecias. Se havia de descrever futuro noivo, não lhe sonegava pormenor; prazenteira e profusa, traçava-lhe vasto panorama de qualidades e traços fisionômicos. Talvez, por isso mesmo, por ser tão completo e fiel o retrato do cavalheiro, difícil situá-lo e descobri-lo. A quem atribuir tão numeroso conjunto de detalhes?

Iam as beatas de cidadão em cidadão, pelas redondezas e mais além, sem encontrar quem coincidisse com todos os termos da incógnita. Uns eram formados e possuíam algum dinheiro, mas não a idade precisa e requerida. Outros a tinham, mas lhes faltava a cor morena e o anel de grau, além de detalhes secundários. Mesmo assim, apareceram numerosos candidatos, cada comadre apresentando o seu, quando não trazendo mais de um, por garantia.

Dona Flor mangava de tolice tão grande, sorrindo mansa: só mesmo na cabeça de dona Dinorá, sem ter em que gastar o tempo — só em sua cabeça passariam essas tontas ideias de noivado e casamento. Não na de dona Flor, quando mais não fosse por não haver decorrido sequer um ano do falecimento do marido, prazo mínimo para a viúva carpir e honrar sua memória e sua ausência.

Ao demais, se alguma decisão firme tomara, ao atingir os oito meses de luto, fora a de não se casar novamente. Para quê, se tinha o necessário, se ganhava seu de-comer e seu de-vestir com as aulas de culinária; se as amigas, tantas e tão boas, lhe traziam o conforto de seu trato fino e de sua grata convivência; se não sentia falta de calor de homem, para tais coisas mortas e para sempre, por que casar-se?

Com o riso um tanto triste e com a segurança desse irremovível propósito, enfrentava as cordiais provocações, as investidas de dona Norma e de dona Gisa, a lhe apresentarem, elas também, na bandeja da amizade, as cabeças de possíveis candidatos.

O de dona Gisa era o culto professor Epaminondas Souza Pinto, solteirão encruado, mestre de meninos em ginásios particulares e historiador nas horas vagas. Sempre com pressa e suarento, mal-ajambrado em terno branco com colete e polainas, andando pelos sessenta anos, um tanto aéreo e vago, dona Flor o conhecia e estimava, mas se houvesse de romper sua firme resolução de viúva não seria certamente para dar a mão de esposa ao professor, por demais castiço e oratório para seu gosto simples (sem falar, por discrição e elegância, no desengonço do gramático). Dona Flor ria, a gracejar: mesmo viúva e pobre, não estava ainda tão deteriorada.

Riam as amigas: dona Norma, indecisa entre diversos, conhecia meio mundo; dona Amélia, às voltas com outros tantos; dona Êmina, em luta por Mamede, um compatriota sírio, colega em viuvez e antiquário, vizinho de presença pouco constante, demorando-se pelo interior do estado a comprar santos carunchosos, cadeiras capengas, cristais partidos e até penicos velhos. Mamede? Feio como a necessidade, ainda pior do que o professor Epaminondas, segundo dona Flor.

Até dona Enaide veio do Xame-Xame, de pretendente em punho; um cunhado, notário nos cafundós do rio São Francisco, moreno de quarenta e cinco anos, careca e um tanto nariguda, porém alegre e divertido, com um dinheirinho junto, um partidão de nome Aluísio. De todos, o mais semelhante ao descrito por dona Dinorá, pelo menos a acreditar-se na palavra de dona Enaide. Quase possuía inclusive título de doutor, pois fora rábula de clientela, antes de meter-se na desgraça da política.

Um único defeito: só era solteiro no religioso, no civil era casado. Dera-se mal com a esposa, dela se separara há mais de dez anos. Quando moço, maçom e anticlerical, desdenhou do matrimônio na igreja, mas agora se dispunha a aceitá-lo, se a noiva fizesse questão. Por que não se daria por satisfeita dona Flor com o casamento no padre, para muita gente, aliás, o único válido, por contar com a bênção de Deus, não passando o ato civil de simples contrato firmado ante o juiz, quase um negócio? Dona Enaide até já escrevera ao parente carta cheia de loas à beleza e à bondade de dona Flor. "Mulher maluca, se eu não quero casar menos hei de querer me amigar, com ou sem a bênção de Deus." E ainda por cima para viver nos confins do Judas, nas margens do rio São Francisco e da maleita. Fingia-se dona Flor de indignada: afinal dona Enaide, dizendo-se sua amiga, vinha do Xame-Xame lhe propor a vergonha e o degredo. Um pagode tudo aquilo, para rir e nada mais.

Cada candidato tinha algumas características a aparentá-lo com o modelo de dona Dinorá. O Príncipe, porém, era de todos o menos parecido: nem dinheiro nem título de doutor nem a idade, nem robustez e altura. Quando se materializou na rua, a medir com seu trêfego andar o passeio do sobrado do argentino, em face às janelas da Escola de Culinária Sabor e Arte, dona Flor atribuiu a poética aparição a namoro de aluna jovem ou a arranjo de casada salafrária.

Era comum uma das moças chegar de namorado em punho, retornando o suspirante à esquina antes do fim da aula, para conduzir de volta a melindrosa. Outras, casadas, serviam-se da escola como cobertura para a descaração, para atarraxar um par de chifres na testa dos maridos, utilizando o cômodo horário da classe em melhor folguedo. Compareciam a uma aula, gazeavam a seguinte ou bem assistiam apenas o começo das lições, quando dona Flor ditava e elas transcreviam em cadernos os ingredientes dos quitutes, com isso fazendo em casa prova de frequência e aplicação. Em verdade, meia hora na escola, hora e meia no castelo.

Assim, ao vê-lo langoroso junto ao poste, fumando sem cessar, à espera, dona Flor o imaginou xodó de qualquer das moças, de uma das mais jovens com certeza, pois ele próprio tinha cara de garoto.

Com o correr dos dias, não o tendo surpreendido em companhia de nenhuma aluna e vendo-o sempre ali, em horas as mais diversas e até pela noite, a fitar suas janelas, concluiu, ante tais horários absurdos, nada de comum existir entre a persistência do coió e as estudantes de forno e fogão. Não lhe ditando os passos discípula da escola, então qual o alvo de seus olhares e suspiros?

Marilda, certamente; outra não podia ser a causa da aflita presença. Vivendo a moça mais tempo em casa da professora do que na sua própria, o fulano a imaginara irmã ou sobrinha de dona Flor: exibiam as duas a mesma doce cor de pele, morena sem termo de comparação, um tom de rosa-chá, de mate e de finura, resultante de ter-se misturado sangue indígena ao negro e ao branco para criar esse primor de mestiçagem.

Marilda dava corda ao suspirante ou o desprezo lhe dava? Chegara a preciosa à idade do namoro; com mais dois anos concluiria o curso pedagógico, apta para noivado e casamento. Já se dera conta, aliás, do interesse do indivíduo, mas atribuindo a responsabilidade a outra qualquer; à escabreada Maria, às bonitas filhas do dr. Ives, à professorinha Balbina quem sabe? Mas, se nenhuma delas vivia em frente ao poste, não se avistando dali suas janelas e, sim, as da sala de visitas de dona Flor, onde só Marilda se demorava a ouvir rádio e a ler romances da Coleção Menina e Moça, havia de ser por ela a vigília e a melancólica postura do mané-teimoso.

Pela fresta da janela, brecharam o camarada: "É lindo", suspirou Marilda, inconstante coração já disposto a sacrificar o namorico com Mecenas, colega do pedagógico, frangote de sua mesma idade. Concordava dona Flor: "Uma galanteza de rapaz", bem jovem ainda, não teria mais de vinte e três ou vinte e quatro anos, na medida exata para a futura mestra. Era preciso tomar informações, saber se exercia profissão liberal e rendosa, ou se possuía bom emprego em banco ou escritório. Talvez fosse rico, e assim o demonstrava, pois não tinha horário para exibir-se na rua, escorando o poste defronte à casa de dona Flor.

Gastou Marilda inutilmente seus sorrisos, não foi correspondida. Saía porta afora em direção ao largo ou bem para sentar-se cismarenta na balaustrada do pátio da igreja de Santa Teresa — sítio tão ideal para declaração e juras de amor jamais existiu nem existirá, assim idílico, com o céu tão próximo e azul, o mar lá embaixo verde-escuro, as paredes seculares do templo e ainda, com certeza, a compreensiva bênção de d. Clemente para qualquer esquivo beijo herético.

Não a seguira no entanto o Príncipe, nem para o tumulto do largo, nem para a paz e o silêncio do mirante sobre as águas. Não abandonava o poste, como se estivesse a ele acorrentado, os olhos fixos nas venezianas da escola. Ora, se tampouco era Marilda o alvo de seus suspiros a quem atribuí-los senão à própria dona Flor?

Assim concluíram comadres e amigas e até Marilda, apesar de sua pouca idade e experiência:

— Eu acho que ele está de olho é em você, Flor.

— Em mim? Tu está doida?...

Dias depois, indo ela de compras com dona Norma pelas lojas da rua Chile, ele as acompanhara, tomando o mesmo bonde, a fumar cigarro sobre cigarro e a sorrir tão terno e precisado de carinho. Dona Norma até quase se zanga ao dar-se conta, imaginando dona Flor com segredos para ela.

— Muito bonito... A senhora de pretendente e não me disse nada...

— Nem sei quem é... Vive plantado faz uns dias em frente lá de casa, nunca vi mais gordo antes, pensei que fosse com alguma aluna, mas vi que não. É com Marilda, que eu disse e parecia, mas também não era. Até a pobrezinha ficou triste. Não sei que diga...

Na maior das excitações, dona Norma examinou o janota em longos e ostensivos olhares, que ela pensava discretíssimas miradas de relance:

— Bonito pra burro... Só que parece um tanto moderno demais... — e após novos olhares, retificando: — Não é tão moderno como aparenta e, para dizer a verdade, é bonito demais para meu gosto...

— Bonito ou feio, não me interessa...

Saltaram do bonde, o tipo atrás. Num átimo, dona Norma traçara complicado itinerário capaz de pôr a limpo se o desmilinguido vinha ou não no rastro delas. Logo ficou patente e claro. Sem tentar aproximar-se nem lhes dirigir a palavra, mantendo-se a prudente distância com seu sorriso coquete e o olhar súplice, não as perdera de vista um só instante. Se entravam numa loja, ele na porta punha-se à espera; se dobravam uma esquina, ele as seguia; se paravam ante uma vitrine, da vitrine imediata ele as observava. Como duvidar ainda?

As comadres vinham sozinhas ou em grupo espiá-lo ao pé do poste. Como era lindo e parecia infeliz, suplicando ternura, a graça de um olhar, de um sorriso, de uma esperança, formavam todas de seu lado, a seu favor, tentando inclusive adaptá-lo à visão do noivo revelada na bola de cristal. Não era ele moreno e distinto, talvez doutor e com dinheiro? Quanto à idade e outros atributos físicos, talvez o desencontro se devesse à miopia de dona Dinorá, enxergando maturidade onde devera ver juventude, forte tronco onde existia ponto fraco, saúde de ferro em lugar de pálida languidez. O melhor, na opinião de todas as comadres, era a vidente consultar de novo o cristal e os baralhos, pondo fim àquelas obscuras contradições.

Assim o fez dona Dinorá ante a expectativa do bairro em polvorosa, uma onda crescente de simpatia e solidariedade a cercar Eduardo, o Príncipe das Viúvas, ancorado ao poste de eletricidade, fitando o lar de dona Flor, sua próxima escala, porto de aguada e abastecimento.

Aconteceu, porém, ter-se repetido na bola de cristal e na leitura dos baralhos o perfil enérgico do quarentão soberbo com seu anel de grau e sua rosa cor de vinho. Estando a visão envolta em fumaça, como sucede sempre no mistério das revelações, não podia dona Dinorá precisar a qualidade da pedra no anel de doutor, esclarecendo-lhe de vez a profissão. Mas podia, com absoluta certeza e alguma pena do moço pálido a suspirar na esquina, garantir nada ter de comum com ele o verdadeiro pretendente, o futuro noivo ainda a aparecer.

Por mais se esforçasse ela, curvada sobre o límpido cristal ou sobre os vistosos naipes, concentrando-se nos eflúvios hindus do Ganges, nas secretas legendas dos templos do Tibet, nada obteve: as forças ocultas da magia oriental persistiam na firme decisão de negar passagem ao Príncipe Eduardo (de Tal). Também nos ebós dos candomblés, em sacrifícios de conquéns e pombos, de galos e de um bode negro, despachos encomendados por Dionísia de Oxóssi para defender sua comadre dona Flor dos malefícios e dos malvados, Exu fechava seus caminhos, trancava suas encruzilhadas para o galante sedutor, especialista sem rival em consolar viúvas, roubando-lhes os solitários corações e, de passagem, haveres e economias, cobres e pratas, anéis e joias.

4

Aqueles oito meses de viuvez transcorridos após o primeiro tão aflito, dona Flor os atravessara num redemoinho de quefazeres e de inocentes passatempos. Até aliviar o luto pouco saíra — visitas aos tios no Rio Vermelho, a algumas amigas mais íntimas —, enchendo o tempo em casa, com a escola, as encomendas, a vizinhança. Em junho cozinhou seus tachos de canjica, suas bandejas de pamonha, seus manuês, filtrou seus licores de frutas, seu famoso licor de jenipapo. Com apenas três meses de luto, não abriu suas salas nem nas noites de Santo Antônio e São João, nem mesmo na de São Pedro, patrono das viúvas. Os meninos do bairro acenderam uma fogueira em sua porta e vieram comer canjica; com eles, dona Norma, dona Gisa, três ou quatro amigas, na intimidade, sem nenhuma festa. Todos aqueles pratos de canjicas, as bandejas de pamonha, as garrafas de licor, foram de presente para os tios, os amigos, as alunas, nos ritos de junho, mês das festas do milho.

Depois do sexto mês até o aparecimento do Príncipe, em dezembro, suas atividades sociais cresceram muito. Aliviara o luto em setembro, às vésperas do primeiro domingo, data sagrada do caruru anual de Cosme e Damião, os Dois-Dois, devoção do finado; com ele vivo, os festejos começavam de manhãzinha, com alvorada de foguetório, indo terminar noite alta, forrobodó de arromba, a casa aberta tanto a amigos como a estranhos.

Mantendo o preceito dos Ibejis, dona Flor cozinhou o caruru e o serviu discretamente a alguns vizinhos e amigos, cumprindo assim a obrigação do falecido. Mirandão veio com a esposa e os filhos; Dionísia de Oxóssi só com o menino, pois o xará comia poeira nas estradas, transportando carga para Aracaju, Penedo e Maceió.

As amigas a arrastavam a compras e passeios, a cinemas e visitas; assistira a dois espetáculos de Procópio, quando o ator ocupara com sua companhia o Teatro Guarani. Com dona Norma e seu Sampaio fora ao primeiro, com dr. Ives e dona Êmina ao segundo, rindo num e noutro sem parar.

Por vezes permanecia em casa, recusando insistentes convites, pois tantas solicitações a fatigavam; e essa fadiga era responsável, a seu ver, por certa e desagradável sensação difícil de definir: como se movimento, trabalho e riso não bastassem para encher a sua vida, de súbito desanimada, como se tudo aquilo fosse extremamente cansativo. Não um cansaço físico, sempre útil e benfazejo, pois a fazia dormir a noite inteira num sono pesado de repouso, sem sonhos. Um esgotamento interior, uma insatisfação.

Nenhuma amargura no entanto, nem mesmo permanente melancolia; sua vida era alegre e agradável como jamais o fora. Saía, passeava, em mil e uma coisas ocupada, sem esquecer a escola, divertida responsabilidade; sendo aquele desânimo, de quando em vez a dominá-la, passageira nuvem em seus dias claros de jovial agitação. Tinha as amigas, os tios queridos, a constante companhia de Marilda, espécie de irmã mais moça, quase uma filha, a lhe confiar seus sonhos, seu desejo de cantar na rádio. Tinha os passeios e o rádio, músicas e novelas, programas humorísticos, os romances para senhoritas em cuja leitura a normalista a viciara, os disse que disse das comadres, as previsões de dona Dinorá, candidatos à sua mão aos montes, na voz e no desejo das vizinhas. Que diriam os pseudopretendentes se tivessem conhecimento desse novo mercado de escravos, dessa farsa risonha, quando eram oferecidos à escolha de dona Flor, numa exibição ruidosa e numa análise pertinaz de virtudes e defeitos, entre comentários e pilhérias, frouxos de riso? Candidatos sem que o soubessem e desejassem e, ao demais, sistematicamente recusados:

— Seu Raimundo de Oliveira, qual? Aquele ajudante de santeiro que trabalha com seu Alfredo? Tenha paciência, Jacy, ele é boa pessoa, mas com aquela cara triste e aquela mania de viver na igreja... Arranje outro, por favor...

Os outros não satisfaziam tampouco; quando reuniam dotes de beleza masculina às qualidades de cidadão, ah!, esses eram todos casados, nem um só livre para remédio: o professor Henrique Oswald, da Escola de Belas-Artes, parente de família do Areal; o arquiteto Chaves, com obra ali perto, um almofadinha; seu Carlitos Maia, com sua precária agência de turismo; o espanhol Mendez, seu Vivaldo da funerária; e aquele por quem suspiravam as moças às escondidas, pois dona Nair não admitia chamegos com seu marido nem em pensamento, Genaro de Carvalho, mais bonito do que qualquer artista de cinema a acreditar-se na opinião do mulherio.

Dona Flor levava aquela história de novo casamento em tal deboche, que aos poucos a brincadeira foi-se reduzindo, projetos e candidatos em abandono.

Assim calma e ao mesmo tempo cheia de interesse, decorria sua vida, quando, com a chegada do verão, num cálido dezembro, chegou também o Príncipe, plantando-se ao pé do poste elétrico como se ali houvesse criado raízes.

A partir do dia das compras com dona Norma, rua Chile acima e abaixo, nenhuma dúvida perdurou a respeito da musa a inspirar ao pálido moço fundos suspiros e olhares lânguidos. Dona Flor sentiu-se queimar em rubor, como se aquele interesse envolvesse grave ofensa ao seu estado ou significasse não ter ela sabido manter-se nas fronteiras da modéstia e da prudência exigidas a uma viúva. Seria viúva tão risonha e tão saída, a ponto de qualquer ousado permitir-se o direito de rondar sua porta, de brechar suas janelas? Um insulto e uma vergonha, e com que intenções?

Com as piores, certamente, gemia dona Flor, trancando

portas e janelas, enquanto dona Norma a aconselhava a não agir com precipitação. Ela, dona Norma, não simpatizara com o dito-cujo, é bem verdade, parecendo-lhe suspeitas a boniteza lívida, a cara de menino e o jeito de finório. Mas, quem garantiria não estivessem enganadas as duas e fossem os melhores e os mais puros os propósitos do tipo, sendo ele próprio homem de bem, correto, merecedor de apreço e até da mão de dona Flor e de seu carinho?

Merecedor ou não, não tendo a viúva, contente de sua vida, intenções de casar-se de novo, muito menos se dispunha a manter coió sob suas janelas, a cortejá-la como se ela fosse uma dessas levianas a cobrir de vergonha a sepultura do marido, despindo seu luto nos quartos dos castelos.

Dona Norma buscava acalmá-la, por que essa violenta reação, esse rancor contra o moço até agora pelo menos respeitoso, situando-se nos limites dos olhares e do acompanhamento a distância? Afinal não era dona Flor menina ingênua para imaginar-se à margem dos galanteios, das cogitações, dos desígnios, honestos ou frascários, dos homens. Moça, bonita, sozinha, por que não haviam de desejá-la e tentar obter suas graças? De certa maneira, homenagem à sua formosura, prova de seus dotes e encantos. Irredutível dona Flor em sua decisão de manter-se viúva, muito bem; dona Norma não estava de acordo com tamanha idiotice mas não ia discuti-la agora. Mas por que motivo maltratar quem a ela chegasse com respeitáveis ideias de matrimônio? Por que não uma recusa gentil: "Sinto-me honrada, porém sou uma cretina, minha xoxota não tem mais uso, só serve para fazer pipi, não quero saber de casamento!".

Ria-se dona Flor da língua solta da amiga, mas, no primeiro ímpeto de indignação, no regresso das compras com o suplicante sempre em seu rastro, já lhe batera com as janelas na cara. Em vexame e desconsolo, após uns momentos indecisos, a olhar para um e outro lado, o rapaz iniciou a retirada.

Através das frestas das janelas as comadres assistiam à cena, todas em desacordo com o gesto de dona Flor. Inclusive dona Gisa, testemunha do acontecido; dona Gisa, tão sabida da leitura dos livros, do estudo dos textos, tão ingênua e mesmo tola no contato com as pessoas. "Oh!", murmurou repreensiva, ao ver as mãos de dona Flor no gesto rude e sua exclamação foi bálsamo para o injuriado dom-juan. "Pobre moço, vítima de hábito feudal, de preconceito e atraso."

O pobre moço não queria outra coisa; ali mesmo, na rua, em lacrimosa e veemente confidência, abriu seu coração e depositou em mãos da gringa suas honestas pretensões, seu arrebatado amor e sua terrível pena. Apresentou-se: Otoniel Lopes, seu criado às ordens, comerciante em Itabuna, com loja de fazendas e crédito nos bancos, plantando uma rocinha de cacau, de complemento. Solteiro mas desejoso de casar, afinal já completara trinta anos. Vindo à capital mais a passeio que a negócios, por acaso avistara dona Flor e não mais tivera descanso e paz de espírito; louco, em desvario, tão apaixonado a ponto de parecer-lhe a vida inútil se ela não escutasse suas súplicas. Sabia-a viúva e séria, era quanto lhe bastava: o mais não tinha importância. Se fosse pobre, ainda melhor: os bens dele, Otoniel, davam e sobravam para os dois viverem confortavelmente.

Dona Gisa embarcou encantada no conto do vigário. O Príncipe era maneiroso, cheio de tretas: ia provocando, dona Gisa se abriu em informações. Pobre, em termos, dona Flor: não era nenhuma milionária, mas tampouco mísera mendiga. Com a escola e sem o marido para lhe afanar os ganhos, tinha seu pé-de-meia, algum dinheiro junto, que ela — como sucedia com tantos paroaras — preferia ter em casa em vez de empregar ou de pôr no banco a juros. Gente de mentalidade atrasada, definiu dona Gisa, incapaz de esconder seu pensamento e de conter sua crítica a erros e absurdos. "Um dia um ladrão tem notícia do dinheiro, vem e rouba e é bem feito."

Só asqueroso canalha pensaria em roubar dona Flor, retrucou o Príncipe, considerando o modo de agir da viúva prova de seu bom caráter, de seu desinteresse pelos bens materiais, de sua desambição. Para esposa e companheira ele buscava exatamente mulher assim, direita e simples. Pouco a pouco, ao sabor da prosa, dona Gisa forneceu ao gatuno a ficha completa de dona Flor, as poucas joias inclusive; o colar de turquesas, europeu, os brincos de ouro com brilhantes verdadeiros, peça antiga, único bem de tia Lita, além dos gatos, do jardim, das aguarelas do marido. Como jamais os punha, e em herança à sobrinha os destinara, em suas mãos os depusera, pedindo que os guardasse ela; assim dona Flor os podia usar quando melhor lhe apetecesse. Não os ofertava de logo e de uma vez, por serem aqueles brincos a única garantia dos dois velhos num caso de necessidade: uma doença longa, com hospital e cirurgia, incêndio em casa, um desastre enfim, quem no mundo está livre de inesperada precisão?

Terminou dona Gisa de procuradora e advogada do farsante. Se empenharia junto a dona Flor para que ela recebesse e ouvisse o pseudoitabunense, mesmo se o fizesse apenas para lhe opor rotunda negativa às propostas de noivado e matrimônio. O Príncipe não queria senão ser recebido: tinha total confiança em sua bazófia, em sua experiência de lisonja, na alta categoria de sua lambança. Jamais falhara; se conseguia fazer-se ouvir, eram favas contadas o noivado, era seu o dinheiro da viúva, nenhuma capaz de resistir à sua eloquência.

Naquele começo de noite, após as aulas, Marilda acendeu a luz da sala de visitas em casa de dona Flor, ligando em seguida o rádio, abrindo a janela: não viu ao lado do poste o indefectível galã. Chamando a amiga, mostrou-lhe a paisagem vazia de pretendentes.

Dona Flor descreveu-lhe os últimos sucessos: fora-se o tipo, expulso, levara com a janela nas ventas. Contando, dona Flor relanceava a vista pela rua. No fundo, um tanto desiludida: bem frágil o interesse do rapaz, rompendo-se ao primeiro empecilho. Coisas muito piores fizera dona Flor com Pedro Borges, em seus tempos de solteira. O paraense amargara em suas mãos, cartas devolvidas, presentes recusados, verdadeiros desaforos, e ele firme, de aliança em punho. Aquilo, sim, era paixão e verdadeira. Esse de agora ia-se ao simples bater de uma janela...

Como quem não quer nada, no correr das horas, três ou quatro vezes veio dona Flor à janela, constatando o efeito positivo de seu gesto: o indivíduo sumira de vez.

Ao deitar-se, dona Flor suspendeu os ombros, num sinal de indiferença: antes assim. Se não desejava realmente novo casamento, por que então preocupar-se com a frágil persistência do coió, com a debilidade de seus sentimentos? Vaidade imprópria a seu estado de viúva.

Pela primeira vez, naqueles meses todos, não adormeceu de imediato, num sono reparador. Ficou de olhos abertos, a pensar. Em verdade, seria tão forte como imaginara, essa sua decisão de não casar-se, de viver sua vida em sossego, sem sair para nova aventura matrimonial? Tinha decidido, e pronto: acabou-se. Não quis sequer prolongar aquela discussão consigo mesma, não tendo aliás dúvida ou divergência a esclarecer. Tão disposta a cumprir sua resolução a ponto de rir livremente com as amigas, de pilheriar com as comadres quando umas e outras lhe traziam candidatos ou quando dona Dinorá traçava o perfil do soberbo quarentão. Como então perder o sono devido à simples presença de um bocó de esquina?

No dia seguinte, bem cedo ainda, dona Gisa entrou-lhe casa adentro, repleta de novidades, relatando com detalhes e entusiasmo a conversa com o pseudocomerciante grapiúna. Impossível vir na véspera como de seu desejo; mesmo à noite tinha alunos de inglês, três vezes por semana, num curso intensivo, uma canseira.

Maldormida, com dor de cabeça, dona Flor escutou o relato. Recebê-lo, ouvir suas propostas? Mas não tinha sentido: se resolvida a não casar-se, por que perder tempo com pretendentes? Dona Gisa desdobrou-se em argumentos e apelos, obtendo por fim o adiamento da negativa. Em atenção à amiga, dona Flor prometeu refletir na resposta, não despachando o fulano com um recado brusco. Quase no fim da conversa, dona Norma surgiu em busca de fermento para um bolo e entrou de cheio na conspiração. Comerciante rico em Itabuna? Vejam só como a gente se engana... Dona Norma sem dar nada pelo amarelo e ele revelando-se sério, estabelecido, abastado, um partido de primeira. Também com aquela cara cor de merda...

— Desculpe, Flor, se lhe ofendi... Mas não parece? Merda de menino pequeno...

À tarde o Príncipe retomou firme seu posto de atalaia, sorridente, os olhos nas janelas. Por duas ou três vezes avistou dona Flor de coquete laço nos cabelos, um bom indício. Naquele dia as alunas estranharam certo nervosismo da professora, de hábito risonha e calma. Tivera uma noite ruim, com insônia, dor de cabeça, palpitações, enxaquecas das piores. Interveio com malícia dona Dagmar, bonita aluna, turbulenta, sem papas na língua, boquirrota:

— Minha cara, enxaqueca de viúva é falta de homem na hora de dormir. Tem remédio fácil, compra-se com o casamento...

— Casamento? Deus me livre e guarde...

— Também não é obrigatório... Pode tomar o remédio sem casar, o que não falta por aí é homem, minha cara — e ria tagarela.

Ria-se o curso inteiro, dona Flor sentiu no rosto o mesmo rubor da véspera, como ladra presa em flagrante ou mentirosa desmascarada. Será que, pensando-se em decente recato de viúva, exibia ânsia de homem, pressa de noivo, rueira, fogueteira e oferecida? Porque brincava, rindo com as comadres, em pilhérias sobre candidatos, vidências, cochicheios, a imaginariam doida por meter-se na cama com marido ou com amante? Uma injustiça, viúva mais honesta não existia, isenta de culpa por completo.

Passou um dia inquieto, evitando aproximar-se das janelas onde já não se debruçava à vontade para gritar por dona Norma ou por Marilda, pois agora sabia ser ela própria o motivo da presença do indivíduo, e também porque jamais se sentira de tal forma atraída pelas janelas como se de súbito estivesse a rua cheia de novidades excitantes. Uma confusão.

Assim, quando dona Amélia veio convidá-la para ir com ela e com seu Ruas assistir a um filme francês muito picante e realista, por isso mesmo de polêmico sucesso, aceitou em alvoroço, temerosa de outra longa noite de insônia. Regressava sempre do cinema a cair de sono, cochilando no bonde. Os bons vizinhos não podiam ter escolhido melhor ocasião para o convite, sem falar no filme, objeto de controvérsia e comentário nos jornais e na vizinhança. Dona Êmina adorara, dr. Ives detestara — pura pornografia! Dona Norma estalava a língua recordando trechos: "...tem umas cenas, menina, junto de um lago, em que ele arranca o vestido dela e bota de fora os peitos da bichinha e os dois se agarram e fazem tudo por assim dizer na vista da gente. Eles lá enroscados, ela sem roupa, os peitinhos duros e a molecada gritando cada coisa...". Marilda, doente por não lhe permitir a censura (nem dona Maria do Carmo) ver o filme, interdito a menores de dezoito anos. Violência fascista contra a juventude.

Como sempre sucedia quando iam a qualquer parte com seu Ruas, chegaram no maior atraso: já começara a projeção do noticiário, a sala às escuras e lotada. A muito custo conseguiram acomodar-se, sentando-se os três em filas diferentes e distantes. Dona Flor bem ao fundo do cinema, numa cadeira de ponta, ao lado de um casal talvez de noivos, pois de mãos trançadas e cabeças juntas. A gritaria dos estudantes começou logo às primeiras cenas do filme francês, de ação localizada num cabaré de Pigale repleto de mulheres seminuas. Dona Flor, tentando desconhecer os beijos, os suspiros, a esfregação do casal vizinho, esforçava-se por acompanhar o complexo enredo do filme.

De repente sentiu o calor de um hálito de homem em seu pescoço e uma voz feita de delicadeza, a afirmar-se sobre os gritos, doce murmúrio em seu ouvido, dizendo-lhe frases como versos, aquelas declarações de amor que ela não tivera quando namorada, elogios a seus olhos, a seus cabelos, à sua formosura. Não precisou voltar-se para saber de quem a voz cariciosa, os lindos galanteios. No seu cangote, a respiração do homem era uma cócega, morno alento. Ao ouvido, a voz em elogio e súplica, terno acalanto.

Dona Flor adiantou-se na cadeira querendo colocar distância entre ela e a fila onde o Príncipe obtivera assento; conseguiu apenas perturbar os namorados: o tipo também avançara o busto, persistindo em sua ardente declaração. Dona Flor não o queria ouvir, tampouco queria ver o lascivo espetáculo do casal indiferente ao público em redor, desejosa somente de acompanhar a ação do filme, entender a história, difícil entrecho de sexo e violência.

O público gritava cada vez mais pois tivera início a excitante cena do lago: a estrela sensual e quase nua, os seios à mostra, e o ator, um gigante com cara de tarado, sobre ela, numa fúria de bode, numa descaração quase tão grande quanto a do casal vizinho a dona Flor; casal mais sem decência nem vergonha ela nunca vira.

E a voz do tipo atrás a lhe dizer amor, a lhe propor noivado, a suplicar-lhe a graça de uma só visita onde lhe expusesse seus haveres, suas qualidades, seus propósitos, atirando-lhe aos pequeninos e adorados pés a sortida loja itabunense e um coração leal consumindo-se em fogo de paixão.

O hálito morno do homem em seu pescoço, e sua voz em murmúrio, as frases parecendo estrofes de poema, carícias de palavras. Ah!, filme impossível, o público a berrar, os artistas na descaração, na descaração e em gozo o casal ali agarradinho, e aquela invisível presença perturbadora em suas espaldas, dona Flor num cerco, tonta, sem saída. Ai, era uma viúva decente e recatada.

Mal o enxergou na porta, a espiá-la súplice. De cabeça baixa, dona Flor veio acompanhando os Ruas, dona Amélia indignada com o filme, o marido apoiando as críticas meio sem convicção, furioso mesmo e apenas com a molequeira desses moços estudantes, uns cafajestes. Qual o parecer de dona Flor? Antes não tivesse vindo, os gritos e as risadas a entonteceram, deixando-a quase enferma, mal acompanhando o filme, e, ao demais, dois sem-vergonhas ao lado — uma velhota e um rapazola, vira-os ao acender-se a luz — na maior patifaria...

Cansada do cinema e da noite da véspera, insone e longa, dona Flor tomou um calmante para adormecer. Mas nem assim se viu, em seu dormir, liberta do galã, de seu hálito, de sua voz e seu convite, dos problemas de homem e casamento sonhando a noite inteira. Sonho mais esdrúxulo, sem pé e sem cabeça.

5

Viu-se dona Flor no centro de uma roda, em plena praça pública, como no jogo infantil da ciranda-cirandinha, mas a roda era formada por marmanjos, os múltiplos candidatos das amigas e comadres à sua mão de esposa. Todos eles: do suarento e castiço professor Epaminondas Souza Pinto ao árabe Mamede das antiguidades; do santeiro Raimundo Oliveira ao rábula Aluísio, cunhado de dona Enaide, este com dupla face; ora um tipão bem-posto, ora broco tabaréu. No primeiro plano, o tal comerciante de Itabuna, o abastado Otoniel Lopes, ou seja o nosso caro Príncipe de Tal, Eduardo das Viúvas, abrindo infatigável, como se vê, seu caminho para o solitário coração de dona Flor e para a maçaroca de dinheiro (ele a enxergava grossa e recoberta de joias), dinheiro que ela em boa hora, inspirada em louvável prudência, preferira guardar em casa e em segurança, em vez de tê-lo perigosamente a render juros em empresa ou banco.

Tudo isso decorria dentro de uma gigantesca bola de cristal; do lado de fora, ostentando dentadura e óculos, dona Dinorá, a observar a cena, dirigindo o espetáculo. Lentamente girava a roda, marcando-lhe o ritmo os próprios candidatos, em canto e dança em torno a dona Flor:

> *Ai Florzinha*
> *Ai Florzinha*
> *Entrarás na roda*
> *E ficarás sozinha...*

Partindo do centro da ciranda, a examinar os pretendentes, um a um, dona Flor respondia:

> *Sozinha eu não fico*
> *Nem hei de ficar*
> *Pois já tenho o professor*
> *Para ser meu par...*

Com forte umbigada tirou o professor Epaminondas Souza Pinto para seu parceiro e ele muito sem jeito e escabreado saiu dançando em frente a ela, no meio da roda, a cantar sem voz:

> *Eu fui ao Tororó*
> *Beber água e não achei.*
> *Achei bela morena*
> *Que no Tororó deixei.*

Seus bens ele lhe ofereceu de dote: uma gramática expositiva, um exemplar de *Os lusíadas* com anotações a lápis, o Dois de Julho e a Batalha do Riachuelo. Afora isso ainda possuía de reserva alguns feriados nacionais, um general com pouco uso e um navio dentro de uma garrafa ("nele vamos partir a navegar, senhora dona Flor"). Tropeçou, porém, nas próprias polainas cor de gelo e levaram a breca sua elegância de bailarino e seu chapéu de chuva; dona Flor se mijando de tanto rir ao vê-lo cai não cai. Também era por demais ridículo, só mesmo a gringa sem noção de tato, do respeito devido ao grave e solene professor, era capaz de propô-lo candidato.

Quanto a dona Flor, nem parecia a mesma; ria sem controle nem piedade do velho gaiteiro aos tropeços pela roda da ciranda, tentando ainda assim roubar-lhe, do véu de noiva, as flores virginais da laranjeira. Bela morena no maior deboche, dona Flor com outra umbigada terminou de vez e para sempre com as pretensões do professor ao seu cabaço.

Pois retornara dona Flor à virgindade, perdendo, porém, ao mesmo tempo, o recato e a pudicícia. Toda em branco e em rendas, filós e tafetás, na pureza do véu e da grinalda — com a saia longa e esvoaçante do vestido nupcial envolvia a ciranda inteira, a prender os candidatos em seu rastro de ofertante, em seu odor de donzelice.

Com ânsia e pressa, dona Flor se propunha em casamento, a todos eles e a cada um se exibindo, como se fosse donzelona já nas vascas da agonia, sem esperança de casório. Ia de marmanjo em marmanjo, convidando-os a dançar com ela na roda da ciranda, na cirandinha a cirandar em desafio e repto: qual deles capaz de lhe arrebatar as flores de laranja e a virgindade, desfolhando a grinalda e dona Flor? Com papéis de casamento, é claro, moça donzela não vai dando os três-vinténs assim, sem mais nem menos.

Reptava-os com seu canto de convite e os retava com sua dança de frete, a rebolar as ancas, os quadris e o busto, em meneios lascivos de rameira, trazendo-os, um a um, ao centro da roda com umbigadas, como a mais oferecida das mulheres fáceis. Cínica, debochada, oferecida, tão oferecida puta de dar nojo e pena.

Na pança de Mamede esfregando umbigo e bunda, ela o conduziu de par e cavalheiro e ele dançava num saracoteio muito do saído e inesperado em senhor tão sério. Numa das mãos um velho candelabro, na outra um penico de louça de Macau com paisagem azul de campo inglês e apenas uma invisível rachadura, peça perfeita, assim como de prata verdadeira o candelabro. Barganhava as duas pela virgindade à venda, exigindo pequena volta tão somente, alguns mil-réis, uns quatrocentos e cinquenta. Como alcançar, porém, as flores, se tinha as mãos ocupadas com seus bens antigos? Dona Flor dançava em torno dele, se achegando, roçando-lhe a barriga de antiquário, levantando-lhe a poeira secular, dona Flor perdida em riso e zombaria.

Seu Raimundo de Oliveira até era maneiro e jeitoso para a dança. Seu dote: um cortejo de profetas, a Bíblia, santos velhos e modernos, além de animais sagrados, o jumento e os peixes; e, como bonificação, as onze mil virgens com o desfalque apenas de umas três ou quatro dadas de presente a seu Alfredo, santeiro no Cabeça, e seu patrão. As demais, todas intactas e perfeitas, seu Raimundo recusara por elas altas ofertas em metal sonante, de Mário Cravo, do arquiteto Lev, do engenheiro Adauto Lima, todos em busca de boas secretárias. Se possuía seu Raimundo tantas virgens, por que diabo mais uma procurava? Apetite desmedido ou interesse escuso? É assim tão grande seu castelo, com tamanha freguesia? "Meu castelo é o céu, oh! dona Flor, e só quero um ósculo depositar em vossa boca de pitanga, sou um pecador antigo, venho do Velho Testamento e vou direto para o Apocalipse." Pois vá correndo, lhe disse dona Flor.

Veio seu Aluísio, bem-composto tabaréu do interior, honrado homem do sertão, muito correto em sua dança e em sua eloquência, um finório a lhe pedir a mão com modos quase alcançando grinalda e flores, quase colhendo de dona Flor a flor agreste. Mas dona Flor, não sendo besta, muito ao contrário sabidíssima malandra, não se deixou engazopar e envolver pela conversa do rábula e notário, conversa de argúcia e de mesura.

— Vamos à Igreja, senhora minha, tenho tudo preparado, os banhos e a bênção episcopal, até já me sujeitei à confissão e fui absolvido dos pecados.

— Meu senhor, não me engabele, se quiser comer a peladinha venha de juiz e padre.

— Será que não chega só com o padre, a bênção de Deus e da religião? De que vale a lei do homem quando temos a de Deus ao nosso alcance?

— Guarde, seu doutor, sua bênção, seu padre e sua confissão. Sem a licença do juiz, vá vosmicê me desculpando, sem ela não me come a peladinha, não desfolha a flor da viuvinha.

"Minha viuvinha, minha viuvinha", assim ciciando galanteios entrou para o centro da roda o rapaz bonito, pálido e esguio, lânguido e suplicante, seu alento morno a envolvê-la, sua cantiga de amor a entontecê-la:

> *Tira tira o seu pezinho*
> *Bota aqui ao pé do meu*
> *E depois não vá dizer*
> *Que você se arrependeu.*

Dançava que nem artista de cabaré, uma dança conhecida, qual seria ela? Em volta de dona Flor, sua voz de sedução:

> *Aproveita bela viúva*
> *Que uma noite não é nada*

Se não dormir agora
Dormirás de madrugada

De madrugada, virgem ou viúva. De súbito eis dona Flor sem véu de noiva, sem vestes brancas de donzela casta e casadoira, sem as flores virginais da laranjeira. Vestida agora de viúva, de luto fechado, meias cor de fumo, o resto cor de nojo, véu cobrindo a face, mantilha na cabeça, tristeza e cinzas. Uma flor apenas, rosa de tão vermelha quase negra.

Tanto quisera seu vestido branco, seu traje de noiva — não o usara no devido tempo, não tendo mais cabaço quando subscrevera papéis de casamento, flor desfolhada na viração de Itapuã.

Com os candidatos das amigas e comadres, com as visões de dona Dinorá, podia dar-se a brincadeiras, a pilhérias, dizendo-se virgem sem mácula, sem ranço, sem marca, sem toque de homem, não passava tudo aquilo de pagode para rir. Mas não com o galante moço da esquina, um príncipe, um fidalgo, parecendo tão menino e já tão rico, tanta moça a gemer e a suspirar por ele e ele gemendo e suspirando por dona Flor viúva e pobre. Com o próspero comerciante de Itabuna, bom partido para qualquer donzela quanto mais para viúva, não era possível dar-se a mofas e gracejos: sua respiração ardente penetrou-lhe a carne, cobrindo-lhe de calor a indiferença, dissolvendo-lhe o gelo, revivendo quem morta se encontrava para tais coisas e para sempre, seu hálito refloriu o desejo murcho e seco, perdida a paz de dona Flor.

Dele não podia rir nem podia desconhecer sua presença: não sendo candidato de galhofa como os demais, ficção de amigas, fuxico de comadres, e, sim, realidade plantada ao pé do poste, varando sua sala com os olhos — um passo em frente e ei-lo instalado em casa da viúva e nos seus braços. Atrás dela rua afora; no cinema a queimar-lhe, com o hálito e as palavras, a resolução mais firme, acendendo a brasa do desejo.

Dona Flor agora sabe por que, apesar de tanta agitação, trabalho e passatempo, sente-se inútil e vazia, esmorecida. Em torno dela dança o pretendente, "dormirás de madrugada". Uma dança muito sua familiar, dança de baile e cabaré e não de ingênua roda de ciranda-cirandinha. Mas que dança essa, meu Deus, de onde a conhece dona Flor?

Não importa qual seja nem a música nem a dança, nem a hora nem o lugar: num ímpeto dona Flor arranca o véu do rosto, estende a mão ao noivo, rompe-se a bola de cristal: "Bela morena, não ficarei sozinha, vem, moço pálido, casemos logo, logo, meu fidalgo, meu príncipe encantado".

E, de súbito, se recorda e sabe: aquela música é o tango arrabalero que ela dançou mocinha em casa do major e sete anos depois no Pálace Hotel e quem está diante dela não é um rapaz pálido, um suplicante, um pretendente. Esse esvaiu-se no ar, desapareceu junto com a bola de cristal e com dona Dinorá. Quem está diante dela é o finado cuja memória ela não está sabendo honrar. Diante dela, de pé, o seu marido: levanta a mão, indignado, e a esbofeteia. Dona Flor cai sobre o leito de ferro e ele lhe arranca a roupa de viúva e lhe desfolha grinalda e véu de noiva, o finado seu marido. Ele a quer nuinha, em pelo, a peladinha, onde já se viu vadiar vestida? Ah!, tirano mais tirano, tirano mais sem jeito...

Num esforço de desespero, dona Flor acorda, a noite em torno e ela em pânico. Miados de gatos em cio nos tetos e quintais, ai sonho mais sem pé e sem cabeça, ai sua paz perdida!

6

A noite inteira a pensar: pesos e medidas, solidão e risos, o sumo do desejo e uma lágrima ao nascer do dia. Muito cedo ainda, com a aurora rompendo os contrafortes da dúvida, sentou-se dona Flor ante o espelho para se vestir e pentear. Foi em busca de perfumes, trouxe os brincos de tia Lita e os colocou, experimentando enfeites, blusas e saias, novamente faceira como nos tempos da ladeira do Alvo quando saía nuns trinques de ricaça. Tão de manhãzinha e já na estica, a melindrosa:

acontecera por mais de uma vez o pálido rapaz aparecer antes do almoço. Ao demais, era domingo, dia de missa com sermão de d. Clemente.

Quem apareceu antes do almoço e ficou para almoçar foi Mirandão, visita rara. Viera com a esposa e com os filhos, um dos quais, o afilhado de dona Flor, lhe ofertava sapotis e cajás, além de uma gola de crochê, trabalho fino da comadre. Por que aquilo, por que tanto presente? Ora, comadre, se assunte, não vá dizer que não se lembra, não estamos a 19 de dezembro, dia de seu aniversário? Pois, compadres, quanta bondade e gentileza, ela esquecera a data, já não tinha gosto para aniversários. A esposa de Mirandão não queria crer:

— Não se lembrou? Mas, por que então a comadre está tão chique, vestida de festa desde de manhã...

Mirandão recordava num toque de saudade:

— Lembra, comadre? Faz um ano daquela noite no Pálace, nunca mais hei de esquecer seu aniversário...

Fazia um ano, um ano justo. Ali estava dona Flor toda elegante, penteada, laço de fita nos cabelos, brincos de diamante nas orelhas e um perfume com odor picante sobre o seio, sem poder sequer atribuir tanto capricho ao aniversário, pois dele se esquecera. Mas os tios não o esqueceram, nem dona Norma, dona Gisa, dona Amélia, dona Êmina, dona Jacy, dona Maria do Carmo; foram chegando com presentes, caixas de sabonete, vidros de água-de-colônia, sandálias, um corte de fazenda.

— Você está uma beleza, Flor, que elegância! — comentou dona Amélia.

— No ano passado é que ela estava linda... — disse dona Norma, recordando ela também a ida ao Pálace. — Ganhou um presente e tanto...

— Este ano também está ganhando um bom presente... — a voz bisbilhoteira de dona Maria do Carmo.

— Que presente? — quis saber a esposa de Mirandão.

Entre risos, dona Êmina e dona Amélia lhe cochicharam o segredo.

— Não diga...
— Um homem direito — sentenciou dona Gisa. — Homem de bem.

Mirandão fora até o bar do Cabeça onde se reunia uma roda dominical de ilheenses ricos a beber uísque, sob o comando do fazendeiro Moysés Alves. Na sala, as amigas rindo a comentar, enquanto, com a ajuda de Marilda, dona Flor na cozinha, de avental sobre a elegância, reforçava o almoço.

Só no começo da tarde, o Príncipe veio colher os frutos da extensa semeadura da véspera — intervenção de dona Gisa, declaração no escuro do cinema. Num esplendor de roupas e de palidez, de paixão incontida e de impaciente esperança, jamais tão semelhante ao Senhor dos Passos em seu martírio. Naquela noite disse a Lu, xodó recente em cuja companhia tola e graciosa despendera os últimos níqueis da viúva anterior, dona Ambrosina Arruda, mastodonte histérico:

— Mimosa, hoje eu invado a fortaleza, entro na sala, não demoro a estar na cama com a viúva.

Ajeitou-se Lu no peito tísico do Senhor dos Passos:
— Ela é tão feia como a outra?... Ou é bonita?

Ciumenta, sem entender o rígido código, a ética do Príncipe, não se encontrava à altura de conviver com profissional tão competente e estrito em seus princípios:

— Feia ou bonita, já te disse, ó besta, é a mesma coisa. Tu não vê que é um negócio, uma operação financeira e nada mais? O que interessa não é o rabo da viúva, minha burra, é que ela tenha um dinheiro e alguns berloques...

Foi dona Êmina quem primeiro o viu ao poste. Correu a avisar, espocando em riso:
— Já chegou...

Tanto ruído, tanta excitação e correria das mulheres perturbaram Mirandão em feliz madorna após o almoço farto, com frigideira e galinha de parida. Despertando, dirigiu-se ele também às janelas, onde as vizinhas sucediam-se num corre-corre. Enxergou, no outro lado da rua, ao pé do poste, no passeio do sobrado de seu Bernabó, em lânguida postura, o velhaco Eduardo de tal, o Príncipe, a limpar as unhas com um palito de fósforo e a sorrir galante.

— O que é que o Senhor dos Passos está fazendo por aqui?
— Quem é Senhor dos Passos? — dona Norma, curiosa.
— Quero dizer o Príncipe, velho vigarista, gatuno e meio...

Ia acrescentar: "o rei das viúvas", mas fitando as amigas e as comadres em silêncio pesado, tudo compreendeu. Como se nada houvesse percebido, no entanto, com aquela sua delicadeza de baiano, prosseguiu risonho:

— Esse tratante é um passador do conto do vigário, vive de enganar os bobos com essas histórias de bilhete premiado, de dinheiro para entregar a um hospital, esses golpes que saem sempre nas folhas...

— Esse sujeito nunca me enganou... Bastou eu ver a cara dele... — disse dona Norma.

— Deve estar querendo roubar alguém por aqui, pode ser o argentino ou outro qualquer — concluiu Mirandão.

— O argentino, com certeza, já vi os dois conversando... — dona Norma mentia calorosa, tão baiana ela também, com a maior finura de compreensão e sentimentos.

Deixando-as a remoer as desilusões da vida, dona Flor posta em silêncio, uma lágrima oculta, uma única, não valendo mais aquela humilhação e porcaria, Mirandão, como quem não quer nada, atravessou a rua em direção ao vigarista. Pelas frestas das janelas fechadas com violência, as comadres viram-no a conversar com o calhorda. Em nenhum momento deixou o Príncipe de sorrir, mesmo quando perdido em explicações confusas. Mirandão fez um gesto enérgico apontando-lhe a ladeira a descer para a Cidade Baixa. Rápida cena de cinema mudo para as comadres na brecha das janelas.

O Príncipe sabia aceitar uma derrota, não era de perder a cabeça e de, cretino, persistir correndo o risco de cadeia ou surra. Urucubaca dos demônios: fora logo meter-se com comadre de mestre Mirandão, feliz ainda de escafeder-se com a pele inteira, incólume. Era sincero ao afirmar sua ignorância; se fosse sabedor dessa amizade, evitaria até a rua, quanto mais...

Sem erguer sequer os olhos para a casa de dona Flor, mudando a rota, embicou para o mar largo, desceu rápido a ladeira da Preguiça. Nem chegara à Cidade Baixa quando divisou ao longe, indo devota para a Conceição da Praia, toda em preto e em véus, uma viúva. Acelerou o passo, no rumo do novo porto à vista, sorriso lânguido, súplice olhar, o Príncipe de tal em seu ofício trabalhoso.

7

Na esteira do Príncipe, nunca mais visto por aquelas bandas, foram-se os comentários, os cochichos, as risotas, os candidatos da vidência e do mexerico, a folia e a troça em torno de novas bodas de dona Flor. Se antes ela zombara de tudo aquilo, em alegre burla, recusava-se agora a qualquer conversa sobre o assunto, não escondendo seu desgosto e desprazer ao ouvir a mais ligeira referência a viuvez e casamento, tomando-a por insulto e grosseria.

Como se as amigas e comadres houvessem firmado tácito protocolo, durante certo tempo não se tocou nessa matéria, parecendo todos de acordo com a viúva em seu terminante veto a noivo e a matrimônio. Quando alguma velhota mais xereta sentia cócegas na língua, no desejo de debater o grande tema, a lembrança do Príncipe ao pé do poste lhe punha na boca um cadeado: como se o vigarista ali permanecesse a rir da rua inteira. Sem falar na violenta proibição imposta por dona Norma, presidenta vitalícia do bairro, governo em geral liberal e democrata, mas, quando necessário, ditadura sem entranhas.

As semanas seguintes àquele confuso aniversário foram talvez as mais movidas de sua existência: dona Flor não teve um segundo de descanso. Sucediam-se os convites, todos querendo encher seu tempo, ser gentil com ela. Enfiou sessões de cinema uma atrás da outra, fez visitas a meio mundo, correu o comércio, em compras com as amigas. Findo o horário das aulas vespertinas, ela mesma buscava compromisso:

— Norminha, minha negra, para onde se toca assim tão chique? Por que vai saindo de mansinho, sem dizer nada?

— Um enterrinho inesperado, minha santa. Chegou o aviso agorinha mesmo, com um atraso medonho: seu Lucas de Almeida, um conhecido, vem a ser ainda parente de Sampaio, bateu as botas, faleceu do coração. Sampaio não vai mesmo, você sabe, é uma vergonha. Não lhe chamei porque você não conhecia o falecido. Mas, se quiser, vale a pena ir... Vai ser um enterro e tanto, dos bons...

Com dona Norma foi a sentinelas e enterros, a aniversários e batismos. Na tristeza e na alegria, a amiga mantinha a mesma eficácia e animação, assegurando o êxito de qualquer festa ou funeral onde aportasse. Assumia o leme, traçava a rota, comandante dos risos e das lágrimas: consolando, ajudando, conversando, comendo com vontade, bebendo com gosto (e com mesura), rindo quase sempre, chorando se preciso. Para reuniões de qualquer tipo, até para as caceteações das conferências, ninguém igual a dona Norma, eclética e disposta. "É um colosso", dizia dela dona Enaide; "um monumento", segundo Mirandão, seu admirador; "uma santa", na voz de dona Amélia; "a melhor amiga", para dona Êmina e para muitas outras.

— Um furacão... — gemia Zé Sampaio, avesso àquele movimento.

— O senhor casou com a melhor mulher do mundo, seu Sampaio; Norminha é a mãe da rua... — replicava dona Flor.

— Mas eu não aguento tanto filho, dona Flor, e tantas aporrinhações... — um pessimista, seu Sampaio.

Escoltando dona Gisa, frequentou, no Campo Grande, o Templo Presbiteriano — a gringa a cantar hinos em inglês, com a mesma enfática convicção com que lia Freud e Adler, discutia problemas socioeconômicos e dançava o samba —, sendo repreendida por d. Clemente, em afetuoso carão:

— Disseram-me que você virou crente, Flor, será verdade?

Crente? Que absurdo! Apenas acompanhara a amiga duas ou três vezes, por simples curiosidade e para matar o tempo; longo e vazio é o tempo das viúvas, padre-mestre.

Em divertida viagem de trem, excursionou com os Ruas, passando um fim de semana em Alagoinhas, de onde procediam os vizinhos. Assistiu a uma aula de ioga com dona Dagmar, ministrada por graciosa mulherzinha, frágil bibelô a contorcer o corpo como se fosse a mulher-rã do circo. Devido ao horário coincidente com o da escola de culinária, não pôde dona Flor, como tanto quis e desejou, inscrever-se no curso e aprender os difíceis exercícios que, segundo sedutora propaganda impressa, mantinham o "corpo ágil e elegante e a mente limpa e sã", proporcionando "exato equilíbrio físico e mental, perfeito acordo entre a matéria e o espírito". Equilíbrio e acordo sem os quais não passava a vida de "sujo poço de excrementos", como dizia a literatura do folheto e como vinha ultimamente constatando dona Flor: com o espírito e a matéria em luta, a vida se convertia "num dantesco inferno".

Com dona Maria do Carmo, acompanhou Marilda, candidata inscrita em segredo no programa de calouros *Buscam-se Novos Talentos*, onde, aos domingos, durante três meses, podiam moças e rapazes concorrer ao título de revelação da Rádio Sociedade e a um contrato. A bela normalista cantou com muito sentimento e má pronúncia uma guarânia paraguaia, saindo-se aliás bastante bem, num segundo lugar reconfortante e promissor. Ambicionava a estudante fazer carreira como intérprete de música popular, sonhando com um programa seu e retratos nas revistas. O diabo era dona Maria do Carmo de nariz torcido a tais projetos, a estúdios e auditórios radiofônicos. Só a muito rogo e custo consentira naquela apresentação e ainda assim porque conhecia o dr. Cláudio Tuiuti, mandachuva na emissora. Não fora fácil convencê-la, vencer-lhe arraigados preconceitos contra os quais de nada valiam os lógicos argumentos de dona Gisa nem as razões sentimentais de dona Flor. Ao ver, porém, a filha ao microfone, tão graciosa, e sua voz no ar sobre a cidade, rendeu-se em lágrimas de orgulho e de emoção. Exaltou-se contra o julgamento, quase agredindo o animador do popular programa, o locutor Sílvio Lamenha ou Silvinho simplesmente, pois, a seu ver, Marilda merecera o primeiro lugar, por injusta proteção atribuído a um tal de João Gilberto, desafinado sem categoria.

Com sua comadre Dionísia acertara dona Flor comparecer à festa de Oxóssi no candomblé do Axé Opô Afonjá, levando com ela dona Norma e a gringa (curiosíssima) e só não o fazendo por causa de forte resfriado e de algum receio (receio que transformou o resfriado em perigosa gripe). Nesses mistérios de macumba e candomblé é melhor não se mexer, as ruas vivem cheias de feitiços e despachos, ebós de forte fundamento, mandingas perigosas, coisa-feita; quem quiser acreditar que acredite, quem não quiser não acredite, dona Flor prefere não tirar a limpo. Dionísia lhe dissera um dia:

— Minha comadre, seu anjo da guarda é Oxum, eu mandei um eluô olhar nos búzios.

— E como é Oxum, comadre Dionísia?

— Pois eu lhe digo que é o orixá dos rios; é uma senhora de semblante muito calmo e vive em sua casa retirada, parecendo a própria mansidão. Mas vai se reparar, é uma faceira, cheia de melindre e dengue; por fora água parada, por dentro um pé de vento. Basta lhe dizer, minha comadre, que essa enganadeira foi casada com Oxóssi e com Xangô e, sendo das águas, vive consumida em fogo.

Tanta correria, tanto movimento, porque com o Príncipe se fora também sua paz, sua tranquilidade, aquela vida amena, sem problemas, aquele dormir sem sonhos cada noite, de um sono só, reparador.

Desde o absurdo sonho na roda da ciranda, seu sossego terminara. Aos poucos, dia a dia, a inquietação de dona Flor foi aumentando até tornar-se angústia permanente: ao correr do tempo de viúva, num crescendo.

Não mais, porém, a partir daquela noite de cinema e sonho, retornou de todo à calma indiferença, à íntegra sensação de vida plácida, talvez vazia mas serena: dona Flor quieta em seu canto e em seu trabalho. Mesmo sendo em aparência pacata e agradável sua vida — uma água parada —, não tivera mais um dia completo de repouso: seu peito em fogo consumido.

Recatada viúva mas coagida a defender o seu recato. Não contra a insolência de uma proposta indecorosa; quem, conhecendo-a, ousaria sequer um galanteio? Quanto aos estranhos, atrevidos postulantes, coiós de esquina, esses em geral emudeciam ao vê-la tão discreta e séria. Mas se ainda assim alguma piada arriscavam ao seu passar, elogios a seu porte ("que bunda rebolosa!") e a detalhes de seu corpo ("ai, os peitinhos tão durinhos!") ou descarados convites ("vamos fazer menino, minha bela?"), perdiam a inspiração, a graça ou a indecência, e o tempo: ia em frente dona Flor como se fosse cega, surda e muda, em sua modéstia e em seu orgulho de viúva, coagida a defender o seu recato contra ela própria: contra os errantes pensamentos, sonhos ruins, contra o desperto e árdego desejo, aguilhão em sua carne. Perdera o "perfeito equilíbrio entre a mente e o corpo", necessário a uma vida sadia, no erudito dizer da brochura ioga, "o justo acordo entre o espírito e a matéria". Matéria e espírito em guerra sem quartel: por fora, viúva exemplar em sua honra; por dentro em fogo a arder e a consumir-se.

A princípio, apenas de quando em vez e só pela noite, sonho de lascivas imagens a levava para um mundo interdito às virgens e às viúvas, a sacudi-la em seus alicerces de mulher, a lhe despertar instinto e ânsia. Acordava num esforço, punha a mão no peito, a boca seca. Tinha medo de dormir.

Durante o dia, nas tarefas da escola, na leitura de romances, à escuta no rádio, distraindo-se com tanta ocupação, era mais ou menos fácil manter-se à parte de qualquer mau pensamento, abalar os latidos de seu peito. Mas como conter-se e comedir-se nas noites sem defesa, ao sabor dos sonhos sem controle?

Com o correr do tempo, porém, mesmo durante o dia começou dona Flor a entregar-se a estranhos devaneios, cismarenta e melancólica, em ais de desconsolo. O perigo era ficar a sós; logo invadida por uma coorte de lembranças; inclusive as mais líricas e inocentes a conduziam ao leito de ferro e fogo, em anseio e oferta. E seu recato de viúva?

Ultimamente dera para imaginar cenas inteiras, misturando pedaços de romances com fatos lidos nos jornais ou com as histórias das comadres, com recordações de sua vida de casada. No hálito do Príncipe queimando seu cangote no cinema, entrara-lhe corpo adentro o sopro do desejo; entrara-lhe pelo sangue e a expunha às penas do impossível pior que as do "dantesco inferno" da literatice ioga.

A partir de certo momento teve de abandonar, por excitante, a leitura dos tolos romances para moças, alimento espiritual da jovem Marilda a suspirar com condessas e duques, no langor tropical da espreguiçadeira. Pois bem: dona Flor descobria malícia nas páginas mais ingênuas, e força de sexo naquele barato e baixo sentimentalismo, dando outra dimensão aos insossos relambórios. Poluía o enredo, a transformar dramalhão e personagens, a virgem das campinas em lúbrica marafona; os adamados mancebos, quase eunucos, cresciam em garanhões brutais. Em vez de Coleção Menina e Moça para adolescentes, romances pornográficos, leitura para alcova.

O mesmo se passava com a excitante crônica da cidade, no comentário das comadres, nas páginas das gazetas. Em cadeiras na calçada, compunha-se a roda noturna das amigas no relato e no debate do último crime apaixonante: a mucama deflorada pelo patrão, ela com quinze anos e onze irmãos; ele com cinquenta e três de idade e cinco filhos, dois doutores e três moças já casadas, sem falar na esposa e nos vários netos; o pai carpina, de arma em punho para vingar sua honra; três tiros no coração do baluarte da sociedade, do esteio do civismo e da moral, do líder dos conservadores; ferimento de morte e o criminoso preso, metido na enxovia, após uma surra para acalmar-lhe os nervos; honra lavada a sangue e o povo a exigir justiça, liberdade para o vingador. Amigas e comadres davam razão ao pai, louco e cego ao ver a filha prenha, sua honra comida com champanha. Todas, menos dona Dinorá, sempre a favor dos ricos: "Essas negrinhas se metem na cama dos patrões para depois fazer chantagem". Quanto a dona Flor, só guardava memória dos detalhes escabrosos, só retinha em seu peito e em seu degradado pensamento a visão da meninota nos braços do calhorda, a gemer de gozo, satisfeita. O resto, aquele extenso panorama de horrores, era-lhe no fundo indiferente, por mais se declarasse solidária com a cólera das comadres.

Foi-se reduzindo assim seu tempo de recato interior. No entanto, quem a visse movimentando-se nas aulas, ao fogão, ou com as amigas de um lado para outro, em compras, em visitas (jamais indo, porém, a festas defesas a seu estado de viúva), não imaginaria a batalha a travar-se no seu íntimo, a louca bacanal de suas noites, sua consumição. Porque ninguém mais respeitável e honesta, em sua boca jamais se ouviu nome de homem pronunciado com interesse, sequer em referência casual a seus atributos e virtudes. E, se antes zombara de pretensos candidatos, em galhofa com as comadres, agora nem tolerava ouvir seus nomes, morta de verdade para novo matrimônio. Viúva assim tão discreta e recatada, nem naquele bairro nem na cidade toda, e se no mundo houvesse alguma não seria mais composta e honesta; exemplo das viúvas, dona Flor.

Por fora, o recato em pessoa. Calma de semblante e retirada, parecendo a própria mansidão; por dentro, ardendo de desejo, "em fogo consumida", como Oxum, seu orixá. Ah!, Dionísia, se soubesses como o fogo de Oxum queima as noites de tua comadre e seu corpo moreno, seu pelado ventre, lhe mandarias dar um banho de folhas ou um marido.

Cada vez mais inquieta, dona Flor, suas noites em sonho ou em solidão. Quando conseguia dormir tranquila uma noite inteira, ah!, era uma bênção de Deus! Quase sempre não durava seu repouso senão um começo de sono sossegado. Logo os sonhos se erguiam e a levavam para seu degredo de obscenidades, dona Flor rolando no colchão, opresso o peito, doído o ventre. Cada vez menor seu tempo de dormir e descansar, crescendo a cada noite o de sonhar e desejar, o de ranger os dentes. "A matéria predominando sobre o espírito", segundo lhe ensinou a culta propaganda ioga.

Impudica, devassa, onde nos sonhos seu recato de viúva? Nunca fora assim: mesmo casada, na cama com o marido, jamais se entregara fácil, sendo preciso cada vez ele vencer-lhe a pudicícia, romper o decoro de sua casta natureza. Pois agora, nos sonhos, ela saía a se oferecer a uns e outros; e, por vezes, nem viúva era, e sim mulher da vida a vender-se por dinheiro. Quanta vergonha, ai; já lhe acontecera acordar no meio da noite e pôr-se em pranto sobre as ruínas de seu ser antigo, aquela dona Flor pudica, envolta em seu pejo e em seu lençol. Em luxúria envolta agora, na desfaçatez do sonho, voraz e cínica rameira, loba uivante, gata em cio, puta.

Por vezes, de tão cansada do dia fatigante, adormecia no cinema, cochilava na conversa com as amigas, morta de sono. Bastava-lhe, porém, pôr a camisola e estender-se no leito para perder toda a vontade de dormir: ia-se o sono e seu pensamento vagabundo não se continha nos limites da decência e do cotidiano, detalhes das aulas, uma compra, um passeio, a enfermidade de vizinho ou conhecido, a asma de tia Lita, por exemplo, a lhe causar tanto vexame. Também a boa velha atravessava noites sem pregar olho, ameaçada de asfixia pela moléstia impiedosa.

Asfixiada dona Flor, roída de desejo. Não lhe obedecia mais seu pensamento: voltava-se para os problemas de Marilda, seu empenho em cantar na rádio, os intransponíveis obstáculos — e de súbito via em sua frente o lívido Príncipe a lhe repetir aquelas frases redondas como versos, palavras de amor no escuro do cinema. Onde Marilda e seu problema, seu defeso canto, sua voz de passarinho?

Soubera dona Flor da fama do galã no meretrício. Dionísia, inocente da ridícula aventura, pensando sua comadre ter sabido do vigarista através do noticiário dos jornais, divertira-se a lhe contar histórias do lânguido Senhor dos Passos. Quando Dionísia labutara de rameira, o capadócio gozava de grande prestígio entre as mundanas. Pela boniteza pálida, pela voz romântica, pelos olhos langorosos, e por sua notável atuação na cama, um zarro de verdade, um xispeteó daqueles de arrelia, no dizer das apreciadoras. Despertava paixões dramáticas, e por ele, certa feita, duas fulanas se atracaram a tapa e a dente, indo uma para o hospital, aberta de navalha, a outra para o xadrez sob a acusação de ferimentos leves.

No sonho, dona Flor era a segunda, bêbada e agressiva, de

navalha erguida contra Dionísia, em chalaça grossa: "Venha se é mulher, siá imunda, para eu te lascar cara e xibiu". Mas Dionísia ria num deboche, as marafonas todas riam de dona Flor, viúva e tola. Não lhe disseram ser o belo moço o Príncipe das Viúvas, delas tomando apenas o dinheiro e as joias? Nem casamento nem descaração na cama. Sabendo disso, por que ainda vinha dona Flor em brasa, incontida, incontinente, lhe oferecer desnuda seu pelado corpo? Uma vergonha, onde seu pejo de viúva?

Recorreu a pílulas soporíferas, capazes de lhe garantir o sono a noite inteira. Na Drogaria Científica, na esquina do Cabeça, consultou o farmacêutico, dr. Teodoro Madureira. No dizer de dona Amélia, com geral apoio, sendo apenas farmacêutico, dr. Teodoro podia dar quinau em muito médico; competente em seu ofício, para achaques corriqueiros ninguém melhor, receita sua era tiro e queda, cura garantida.

Insônia, nervosismo, mau dormir? Excesso certamente de afazeres, nada sério, diagnosticou amável o droguista, aconselhando o uso de certas drágeas ótimas para combater os efeitos da fadiga; davam descanso ao cérebro, equilíbrio aos nervos, calma ao sono. Podia dona Flor tomá-las sem receio, se não lhe fizessem bem, mal não lhe fariam, não continham entorpecentes nem excitantes como algumas drogas caras e modernas, muito em moda. "Perigosíssimas, minha senhora, tanto quanto a morfina e a cocaína, se não o forem mais." Uma enciclopédia o farmacêutico, e atento, um tanto cerimonioso, traçando gentil salamaleque ao despedir-se. Sobretudo não esquecesse dona Flor de lhe comunicar o resultado.

Nenhum resultado, seu doutor Teodoro. Dormiu de uma estirada a noite inteira, é bem verdade, só acordando quando a ama em susto lhe bateu à porta, na hora quase de começar a aula do turno matutino. Um longo sono, sim, mas igual aos outros, a mesma obsessão, o sensual delírio, a noturna febre, a orgia desmedida; pior que os outros, pois não conseguiu interrompê-lo e acordar, nele se crucificando a noite inteira, nesse sonhar sem fim, seu ventre em fome e sede, ferida dolorosa, chaga exposta — pela manhã, dona Flor caindo aos pedaços de cansaço. Com pílulas ou sem pílulas, o sono lhe acendia as fogueiras do desejo. Obsedada, obcecada.

Obcecada, dona Flor a debater-se em danação. Durante o dia, com o tempo cheio, era cega e surda ao apelo do sexo solto na cidade: aos ditos, aos olhares pesados de convite, às frases de galanteria ou de indecência, ao cúpido desejo do macho a despi-la com o olhar e a comê-la num suspiro no cruzar da rua. Viúva honesta, exemplo das viúvas, em seu trabalho, em seu passeio, em seu recato. Durante a noite recolhia pelo chão e pelo lixo a voz dos homens, o olhar de posse, o suspiro cínico, o indecoroso ciciar, o assovio de chacota, o torpe palavrão, o convite para a cama. Quando não era ela a convidar, a se oferecer despudorada aos machos, vagando na zona de mulheres-damas, a mais dama e puta, a mais barata e fácil. Sujo poço de excrementos. Nenhum macho, porém, a alcançou e a teve. Quando em vias de obtê-la, já na fímbria de seu ventre em brasa, então o repelia dona Flor, de súbito acordando em ânsia e desespero. Viúva decente e recatada em sua noite de angústia e solitude.

Ninguém se dava conta de sua consumição maldita. Todos julgavam calma sua vida, sem problemas, cheia de interesse, mesmo alegre. Antes muito sofrera do marido, um mau sujeito, um jogador. Agora uma viúva conforme em seu estado, contente em sua vida, com a maior indiferença por novo matrimônio, com o maior desprezo pelos homens. Tão tranquila a ponto de causar admiração e comentário. Quando despontava no Cabeça, altiva e séria, no bar os homens discutiam a seu respeito:

— Viúva direita aquela ali. Sendo bonita e moça, nunca levantou a vista para homem...

— Honesta até demais. Talvez nem seja por virtude...

— Então, por quê?

— Honesta por natureza, por ser de natureza fria. Fria como gelo, imune ao desejo. Há mulheres assim, belas estátuas, para elas o desejo não existe. Não há virtude em sua castidade e, sim, frieza. São icebergs. Ela é uma dessas, certamente.

— Será ou não, quem sabe? De qualquer maneira, por virtude ou pelo que seja, é a viúva mais direita da cidade...
O outro persistia, cético e declamatório, subliterato atroz:
— Fria como iceberg, pode ter certeza. Marmórea, álgida, glacial.

Dona Flor em prudente passo, vestida com elegância e discrição, simples e modesta formosura, sem desviar os olhos para os lados, correspondendo ao alegre aceno do santeiro Alfredo, ao sonoro boa-tarde de Mendez, o espanhol, ao respeitoso saudar do farmacêutico, ao riso acolhedor da negra Vitorina com seu tabuleiro de abarás e acarajés. Custava-lhe esforço aquela decência tranquila, aquela face calma — nervosa, no cansaço da noite maldormida, da luta inglória contra o desejo em brasa de seu ventre. Por fora água parada, por dentro uma fogueira acesa.

8

— Você foi rude demais... Foi grosseira... — disse-lhe dona Norma, sincera. — Enaide está zangada e com razão...

Na manhã de domingo, de sol e preguiça, a seguir-se à tumultuosa e festiva noite de sábado e de aniversário de seu Zé Sampaio, as amigas cercavam dona Flor, ainda a ressumar uns restos de irritação.

— Não tolero ousadias...

— Ele estava apenas brincando... Você tomou a mal... — dona Amélia não vira maldade em dr. Aluísio.

— Brincadeira de mau gosto...

Enérgica, dona Norma refletia o pensamento das amigas:

— Flor, desculpe que eu lhe diga, mas você está uma não me toques. Por qualquer coisa se zanga, se magoa... Você nunca foi assim, enganjenta... Eu não estava presente, mas mesmo que ele tenha exagerado um pouco, era uma pilhéria, você não precisava se exaltar...

Dona Gisa desenvolvia toda uma tese científica para explicar a figura e as atitudes do notário de Pilão Arcado:

— Seu Aluísio é um típico homem do sertão, patriarcal, acostumado a tratar as mulheres como sua propriedade, uma coisa, um animal, uma vaca...

— Isso mesmo... — aproveitava dona Flor. — Uma vaca... Para ele todas as mulheres não passam disso... E ele é um cavalo...

— Você, Flor, não está me entendendo e tampouco entende seu Aluísio. É preciso observá-lo em função do meio em que vive. Meio agropecuário... Quanto a ele, é um senhor feudal...

— Um descarado é o que ele é... De mão maneira... Vai segurando a da gente e fazendo cócega...

— Norma tem razão, Flor, você está uma sensitiva. Doutor Aluísio só fez pegar em sua mão... — opinou dona Jacy.

— Para ler a sorte... — dona Maria do Carmo constatava: — Por que é que todo sujeito malandro vem com essa história de ler mão?

— Você também acha que ele é um sem-vergonha?

— Esse tal de seu ... de doutor Aluísio? Ora, se é... — e, colocando outro problema: — Afinal, ele é doutor ou não?

Seu Aluísio ou dr. Aluísio? Dona Maria do Carmo, sem o querer, punha em debate um sério problema de tratamento e protocolo. Na região do São Francisco, de Juazeiro a Januária, de Lapa a Remanso e Sento Sé — zona onde exercera a advocacia, rábula provisionado, orador de júri dos mais retóricos — era doutor para todos os efeitos. Na capital, no entanto, sem o curso universitário, subtraíam-lhe o título indevido. No desejo de manter este relato equidistante da cidade e do sertão, aqui serão usados indiferentemente os dois tratamentos, atendendo-se assim aos formalistas rígidos e aos nonchalantes liberais. Quanto às amigas reunidas na sala de dona Flor, não se interessaram pelo problema:

— Doutor ou não, é uma patativa, sabe falar, tem mel na língua... um finório... — resumia dona Êmina, até então calada.

Comentavam os acontecimentos, quase um pequeno escândalo, da noite de aniversário de seu Sampaio. Sendo o comerciante de sapatos avesso a festas e comemorações, restringiu-se dona Norma, a contragosto, a um farto jantar para o qual convidara amigos e vizinhos. Glutão, porém parcimonioso, seu Sampaio discutira (como o fazia todos os anos), propondo à esposa nada preparar em casa, saindo para comer, com ele e o filho, num restaurante: comeriam bem e muito em conta, sem barulho e sem confusão, sem maiores despesas. Como também o fazia todos os anos, desde o casamento, dona Norma reagiu ao prudente e parco alvitre: um jantar americano era o mínimo que podiam oferecer sem desdouro a seu vasto círculo de relações.

Na cama, o dedo grande enfiado na boca, seu Zé Sampaio gastara os últimos argumentos numa exposição a seu ver irrespondível:

— Sou contra por várias razões e todas elas válidas.

— Diga lá suas razões, mas não me venha com a velha história que a venda de sapatos está baixando, porque eu vi as estatísticas...

— Não é nada disso... Ouça, sem me interromper. Primeiro eu não gosto desse negócio de jantar americano, todo mundo em pé. Gosto de comer sentado na mesa. Nesse troço americano que vocês inventaram agora, fica todo mundo cercando a mesa, e eu, que sou encabulado, acabo comendo as sobras; quando vou me servir já comeram toda a frigideira; só tem asa de peru, o peito já se foi. Terceiro: ainda pior sendo aqui em casa. Como dono da casa tenho de me servir por último e aí não encontro nada, fico na mão. Como pouco e mal... Quarto: no restaurante, não. A gente senta, escolhe os pratos — e, como é dia de aniversário, cada um pode comer dois pratos... — esses dois pratos eram sua comovente concessão à família e à gula.

Dona Norma mal aguentava ouvir até o fim:

— Zé Sampaio, faça o favor, não seja ridículo. Primeiro: somos convidados para tudo quanto é aniversário...

— Mas eu nunca vou...

— Vai pouco mas às vezes vai... E quando vai, come por cinco... Segundo: não me venha com essa conversa que em jantar americano você se serve pouco, que é encabulado. No aniversário de seu Bernabó, a que você foi só porque o homem é estrangeiro, você botou em seu prato quase metade do suflê de camarão, sem falar nas empanadas... Uma esganação...

— Ah! — gemeu seu Sampaio —, a comida de dona Nancy é uma beleza...

— A minha também... Não fica a dever nada... Terceiro: aqui em casa você nunca se serviu por último, é o primeiro a se servir, uma má-educação, nunca vi igual. Uma feiura, o dono da casa... Quarto: em jantar meu não falta comida, benza Deus. Quinto: comida de restaurante...

— Basta... — suplicou o comerciante, envolvendo-se todo nos lençóis — Eu não posso discutir, estou com a pressão alta...

Jantar de dona Norma era banquete; se convidava vinte, fazia comida para cinquenta; com razão, pois toda a pobreza em redor vinha limpar os fundos das panelas, beber as sobras das garrafas.

Naquele ano, o aniversário de seu Sampaio trouxe toda a vizinhança à sua casa; inclusive os Bernabós, dona Nancy buscando entrosar-se na roda das amigas, seu Hector a falar de negócios e a alardear o progresso da Argentina.

Terrível patriota portenho, esse senhor Bernabó, a estabelecer permanente paralelo entre a Argentina e o Brasil, e sempre, é claro, com vantagem para sua pátria; a salientar em conversas e discussões o desenvolvimento argentino, as riquezas, o clima — com as quatro estações bem definidas, não esse calorão daqui o ano todo —, as estradas de ferro exemplares — não essa bagunça daqui, os trens sem horário —, as frutas finas, europeias, o vinho, o pão de trigo puro, a carne farta e macia, de gado de raça. Dona Nancy em pânico quando o marido desembestava em civismo, saía de seu silêncio para contê-lo:

— *Pero, Bobô, acá tambien hay cosas buenas... Mira los ananazes, por ejemplo... Buenísimos...* — doida por abacaxis e temerosa de ver o marido num conflito, às voltas e aos tapas com um patriota brasileiro dos brabos, um militante do me-ufanismo nacional.

Assim, aliás, quase acontecera e por mais de uma vez. Certa ocasião, num desses debates geoeconômicos, seu Chalub, do mercado (filho de sírios, brasileiro de primeira geração e, por isso mesmo, chauvinista exaltado), perdeu as estribeiras e, rebaixando a fábrica de cerâmica a olaria de telhas e tijolos, lançou no rosto do iracundo Bernabó a pergunta incivil:

— Se a indústria de lá é tão melhor, se a vida é tão formidável, por que então você veio montar aqui sua olaria?

Também o pintor Carybé (o tal que fizera o retrato de Dionísia de Oxóssi vestida de rainha, empunhando o ofá e o eruquerê), tendo ido estudar com o argentino a possibilidade de queimar em seu forno umas peças folclóricas, viu-se envolvido numa polêmica sobre tango e samba, e findou por explodir:

— Coisa nenhuma... Uma terra onde não tem mulatas, tudo umas brancarronas, isso é lugar onde ninguém more... Faça-me o favor!

No aniversário de seu Sampaio, porém, o intimorato defensor da grandeza argentina esteve cordialíssimo. Se exaltou sua terra, não o fez em detrimento das coisas brasileiras. Ao contrário, teceu verdadeiro hino ao povo da Bahia, à sua maneira de ser, sua gentileza, sua bondade. Foi assim o aniversário do lojista um sucesso social, apenas toldado pelo incidente (aliás, sem repercussão fora do círculo das amigas e comadres) entre dona Flor e seu Aluísio.

Dona Flor tivera dúvidas sobre se podia ou não comparecer às comemorações. Sendo jantar de tantos convidados, não adquiria caráter de festa, incompatível com seu estado de luto? Não completara ainda um ano da morte do marido; em verdade faltavam apenas uns poucos dias, mas uma viúva deve ser rígida em seus princípios, pois a ideologia da viuvez é sectária e dogmática. O menor desvio lança aos calcanhares da enxerida a alcateia das comadres, em condenação e repulsa.

Dona Norma riu de seus escrúpulos: desde quando um jantar, simples jantar de aniversário, era defeso às viúvas? Não se tratava de baile, nem mesmo de assustado; e se Arthur e seus amigos, rapazes e moças estudantes, pusessem um disco na vitrola e arrastassem um samba, pura brincadeira de jovens, não ia o passatempo inocente interferir com o rigor dos prazos na etiqueta do luto, no cerimonial da viuvez, não ia escandalizar o defunto em sua cova.

Ao demais, dona Flor passara o dia praticamente em função do aniversário de seu Sampaio: em sua cozinha, e com a ajuda de Marilda, preparou o vatapá — um caldeirão — e a moqueca de peixe, uma delícia, enquanto dona Norma se ocupava com os demais quitutes. Assim, convencida, dona Flor compareceu. Antes não houvesse ido, teria evitado aborrecimentos.

Quando já estava a casa cheia, as mesas sendo servidas, dona Enaide chegou do Xame-Xame, trazendo uma bandeja de quindins, uma gravata para seu Sampaio e as desculpas do marido, que, aos sábados à noite, infalível parceiro em sua roda de pôquer, recusava-se a qualquer outro compromisso. Em compensação, em sua companhia veio seu Aluísio, para muitos dr. Aluísio, o comentado rábula e notário das margens do rio São Francisco, o tal solteiro pela metade, por sua parenta proposto candidato à mão de dona Flor. Metido em fatiota nova em folha, de mescla escura e quente, todo pimpão, nariz adunco e forte, reluzente calva, olhos vivos e perscrutadores, envolto em água-da-colônia e em talco, manequim. Dona Enaide caprichou nas apresentações, orgulhosa do cunhado influente no sertão:

— Aluísio, quero lhe apresentar dona Flor Guimarães, a viúva mais bonita da Bahia...

— Enaide, não brinque...

Curvava-se dr. Aluísio para beijar-lhe a mão, uma onda de perfume evolando-se no ar, envolvendo dona Flor:

— Minha senhora, este é um momento emocional em minha vida. Minha cunhada já me falara em carta a seu respeito, contando maravilhas... Vejo, no entanto, que ela ficou muito aquém do modelo; só um poeta para descrevê-la, senhora...

Ao mesmo tempo, despia dona Flor com o olhar demorado e ávido, arrancando-lhe vestido e combinação, corpinho e calçola. Nunca se sentiu tão nua dona Flor, aquela mirada a medir-lhe a curva da bunda, a rigidez dos seios, a rosa do ventre. De apreciativo, tornou-se o olhar aprovador, e o amável sorriso de cortesia abriu-se em satisfeito riso.

Tudo isso sem lhe largar a mão, tendo-a presa na sua enquanto a desvestia e julgava.

Sim, porque lhe avaliava ao mesmo tempo corpo e espírito, concluindo estar diante de presa fácil e segura. Com sua experiência de dom-juan do interior, classificou dona Flor de fingida e bem fingida. Conhecia essas mulheres de aparência mansa: quase todas umas impostoras, umas enganadeiras; quando na cama, diabos soltos, desembestados.

Nas pequenas cidades sertanejas, onde a mulher não tinha nenhum direito, serva circunscrita à vontade do marido, seu senhor, e aos limites do lar, seu Aluísio surpreendera por mais de uma vez, no fundo de uns olhos baixos e no escondido de uma discreta postura, ardente resposta a seu impudico convite.

Ah!, essas águas mansas escondem tempestades; sob o aparente decoro e a reserva do luto, em que tormenta interior não se debateria dona Flor, mulher jovem e sã? Dr. Aluísio conhecera outras assim de modesta aparência, no esconso das casas, nas malhas de um código de honra medieval. No entanto, surgindo ocasião propícia, contornavam com incomparável engenho óbices e temores, revelando-se peritas na tarefa de plantar chifres nos terríveis ferrabrases; de quando em vez um esposo traído impunha a lei com uns tiros ou umas punhaladas.

Em suas horas de ócio — a maior parte de seu tempo, pois o cartório pouco o exigia — o notário dedicava-se às mulheres, ao seu estudo e conhecimento (se possível, íntimo), levando o juiz de direito de Pilão Arcado, dr. Dival Pitombo, a classificá-lo como "emérito psicólogo, arguto confidente da alma feminina e erudito leitor das letras clássicas". As letras clássicas reduziam-se a traduções nacionais ou portuguesas da mitologia grega, e de aspectos, em geral frascários, da vida no Império Romano. Quanto às mulheres, tinha o olho clínico, o que lhe rendera algumas aventuras e vasta fama de terror dos maridos, de sedutor irresistível. Apesar da careca e do narigão, algumas mulheres por ele enfrentaram o pecado, o código feudal, as leis da vingança.

Pois bem: esse olhar de lince do Casanova do rio São Francisco vasculhara de entrada o íntimo de dona Flor, varando-lhe o pensamento, apossando-se de seus segredos, após tê-la despido de roupas e adornos. Tão deslavado olhar não tinha outro sentido: seu Aluísio a desnudava por fora e por dentro e, em conclusão, achando-a a seu gosto, achava-a também desfrutável e até fácil. Para ele, dona Flor não era a viúva mais direita e honesta da Bahia, aquela eleita pelos bebedores no bar do Cabeça, aquela por quem até a mais maldosa das comadres botava a mão no fogo na certeza de retirá-la ilesa.

E por falar em mão, o rábula mantinha a que dona Flor lhe estendera, presa entre as suas, apertando-a ligeiramente numa carícia quase insensível. Dona Flor deu-se conta ao mesmo tempo de como a despia o tipo, do conceito em que a classificava, e da mão tomada como um penhor de posse. Tabaréu atrevido, cheio de empáfia e confiança: se dona Flor não reagisse logo, não lhe cortasse as asas em seguida, seria ele capaz mais adiante de qualquer intolerável ousadia. Brusca, fechando o rosto, retirou a mão. Não se deu por achado o sedutor das caatingas:

— Permita-me uma confissão, minha estimada... Tendo interesses a discutir na capital, referentes à repartição que dirijo, e parentes a visitar, foi antes de tudo o desejo de conhecê-la que me trouxe a Salvador... Enaide, em suas cartas...

Mas dona Flor, vendo aparecer na sala dona Dagmar, sua aluna e amiga dos Sampaios, plantou ali mestre Aluísio:

— Com sua licença... Tenho de falar com aquela amiga...

Dona Dagmar, desinibida e boquirrota, foi logo lhe perguntando:

— Quem é aquele papagaio pelado? Um pretendente?...

— Me deixe em paz, mulher... Aquele é o cunhado de Enaide, o tal de doutor Aluísio, chefe político não sei onde...

— Ah!, é esse... Já ouvi falar nele... Dizem que manda um bocado no São Francisco... Menina, deixa eu comer qualquer coisa...

Na sala de jantar, as mesas eram assaltadas pelos convivas num ruído de pratos e talheres, travessas de comida chegando cheias, voltando vazias para a cozinha. Um sucesso, o jantar de aniversário de seu Sampaio. A casa entupida: gente do comércio, colegas do Clube dos Lojistas, parentes, vizinhos, amigas de dona Norma, formando grupos nas salas e na varanda. Repleta também a cozinha de afilhados e comadres de dona Norma, a pobreza dos arredores. Num canto da sala de jantar, próximo à mesa principal, o aniversariante, seu Zé Sampaio, comia com avidez e pressa, lançando olhares de soslaio para a mesa, no temor absurdo de acabar a comida antes dele repetir o prato. Meio escondido para que não viessem puxar conversa, perturbando-o. Mas o argentino Bernabó, os lábios amarelos do dendê, em arrotos fartos, dava os parabéns ao dono da casa:

— *Macanudo, amigo. La comida, deliciosa...*

Dona Flor ajudara por algum tempo dona Norma e as empregadas (todas as empregadas da vizinhança), mas, ao diminuir o movimento, obtivera uma cadeira num canto da varanda, dali acompanhando a agitação do jantar: seu Vivaldo, da funerária, ia pelo quarto prato; dr. Ives empanturrava-se de sobremesas.

Seu Aluísio, de palito na boca, veio se aproximando, como quem não quer nada, até encostar-se no muro da varanda ao lado de dona Flor:

— Festim romano... — sentenciou ele.

Dona Flor por um instante decidiu não responder, mas afinal o fez; não tinha motivos para tanta desconsideração ao tabaréu.

— Norminha, quando dá um jantar, não mede a comida...

Seu Aluísio olhava para os lados, deixando a conversa morrer, sem continuidade; dona Flor, voltada para o movimento da sala. Foi quando ela ouviu o cicio da voz do notário, em surdina:

— Beleza, me diga uma coisa...

— O quê? — assustou-se ela.

— O que é que você achava da gente cair fora daqui, ir ver o luar na lagoa do Abaeté? Você vai saindo, me espera no largo...

Dona Flor já estava de pé, a voz estrangulada:

— O que está pensando de mim?

Dr. Aluísio ria mansinho, como se ele bem soubesse do pouco valor daquela indignação, acostumado a essas primeiras e bruscas reações.

— Um passeio, nada mais...

Dona Flor não pôde sequer responder, uma agonia a queimar-lhe a face, a oprimir-lhe o peito. Estavam assim tão estampados em seu rosto a ânsia de homem e o desatinado desejo? Quase correndo, dirigiu-se à sala.

— Que é que você tem, Flor? — perguntou-lhe Marilda, ao vê-la assim nervosa, as mãos trêmulas.

— Não sei, tive uma palpitação... Não é nada...

— Sente aqui... Vou lhe buscar um copo d'água...

— Não precisa... Vou sentar ali com sua mãe...

No círculo das amigas em mofa e comentários sobre a gulodice de alguns convivas, dona Flor restabeleceu-se do choque, do sorriso de motejo, das palavras de escárnio do atrevido. Um cínico a convidá-la para ver o luar em noite negra como aquela, um breu. Aos poucos foi participando da conversa, divertindo-se com as observações de dona Amélia e de dona Êmina. Dona Maria do Carmo nunca vira antes seu Sampaio em ação num almoço ou num jantar: ficara aparvalhada.

Quando a conversa ia mais ruidosa e alegre, eis que o persistente galã sanfranciscano surge outra vez, de braço com sua cunhada dona Enaide, a perguntar, enxerido:

— Tem lugar para dois? Ou a conversa é proibida para homens?

— Vão se abancando...

Dona Flor não tomou conhecimento da presença do notário, o qual, no entanto, pouco depois, já estava a ler a mão de dona Amélia, fazendo-as rir com suas pilhérias. Era espirituoso o tipo, a própria dona Flor sorriu uma ou duas vezes de suas graças. Anunciou viagens e riquezas para dona Amélia. Depois foi a vez de dona Êmina. Muito grave, ele lhe prometeu mais um filho, para breve.

— T'esconjuro... Não bastou com Aninha, tão fora de tempo?... Vá azarar outro...

— Dessa vez vai ser menino... Não erro nunca...

Após a leitura da mão de dona Êmina, pôs os olhos em dona Flor, como se nada houvesse ocorrido antes; olhos a despi-la novamente, passando ao mesmo tempo a ponta da língua nos lábios, num gesto tão descarado que ela sentiu seu coração parar; até onde pensava ir aquele tipo? Felizmente as demais não se deram conta. Estendendo a mão para segurar a de dona Flor, ele disse:

— Chegou a sua vez...
— Não quero saber disso. Tudo tolice...

Mas as demais exigiram, entre gargalhadas. Que iriam pensar se ela persistisse em sua recusa? Seria pior. Numa decisão, concordou. Sorriu vitorioso dr. Aluísio, o especialista da alma feminina: nunca se enganava.

Colocou sobre a sua a mão esquerda de dona Flor, com a palma voltada para cima. Com o dedo de unha bem tratada ia marcando as linhas reveladoras, numa cócega distante e sutil, dona Flor rígida e tensa.

— Excelente linha da vida... Vai viver mais de oitenta anos... — ficava um segundo em silêncio, como a examinar atentamente a mão da viúva. — Vejo grandes novidades...

— Novidades? Quais? — as amigas, excitadas.

— Na linha do amor... Vejo um novo amor... Um caso, uma paixão...

— Com licença... — disse dona Flor, querendo libertar a mão.

Mas seu Aluísio a retinha entre as suas:

— Espere... Não acabei... Ouça o resto... Um senhor do interior...

Abrupta, dona Flor se ergueu, arrancando sua mão de entre as do rábula numa violência.

— Não lhe dei ousadia para tanto...

Saiu da sala numa rabanada, deixando as amigas em espanto, e dona Enaide na maior das ofensas:

— Que manteiga derretida... Me digam: Aluísio fez alguma coisa de mais? Foi grosseiro? Uma pilhéria para rir... Não tolero gente assim, metida a besta... Afinal, ela pensa que é o quê? Alguma princesa?

Só o notário persistia calmo, a desculpar dona Flor:

— Coitada... Conheço isso, esse nervosismo... É o mal de toda viúva moça que não encontra novo casamento. O caminho da histeria... As cidades pequenas estão cheias de casos assim... Solteironas e viúvas, por tudo se ofendem, choram, a vida delas é chilique e calundu. Na velhice, dão em doidas mansas...

Dona Maria do Carmo o interrompeu:

— Olhe que eu também sou viúva, doutor, e termino me ofendendo... — o rábula a considerou com o olhar entendido: mulata ainda boa de cascos, bem-feita, corpo rijo, aguentava uns trancos. Dr. Aluísio não era homem de perder tempo; deixando dona Flor pra trás, disse:

— Mostre-me sua mão esquerda, por favor: quero tirar uma coisa a limpo...

Tomou a mão de dona Maria do Carmo entre as suas, olhou-a nos olhos com aquele seu olhar de frete grosso:

— Posso dizer a verdade ou devo mentir?

Dona Flor saíra porta afora; Marilda e dona Norma foram encontrá-la em casa, lavada em lágrimas, num tal estado de nervosismo, que dona Norma lhe disse, repetindo mestre Aluísio de Pilão Arcado:

— Que é isso, Flor, está ficando histérica?

9

Apelo de dona Flor em aula e em devaneio

Me deixem em paz com meu luto e minha solidão. Não me falem dessas coisas, respeitem meu estado de viúva. Vamos ao fogão: prato de capricho e esmero é o vatapá de peixe (ou de galinha), o mais famoso de toda a culinária da Bahia. Não me digam que sou jovem, sou viúva: morta estou para essas coisas. Vatapá para servir a dez pessoas (e para sobrar como é devido).

Tragam duas cabeças de garoupa fresca — pode ser de outro peixe mas não é tão bom. Tomem do sal, do coentro, do alho e da cebola, alguns tomates e o suco de um limão.

Quatro colheres das de sopa, cheias com o melhor azeite doce, tanto serve português como espanhol; ouvi dizer que o grego inda é melhor, não sei. Jamais usei por não encontrá-lo à venda.

Se encontrar um noivo, que farei? Alguém que retome meu desejo morto, enterrado no carrego do defunto? Que sabem vocês, meninas, da intimidade das viúvas? Desejo de viúva é desejo de deboche e de pecado, viúva séria não fala nessas coisas, não pensa nessas coisas, não conversa sobre isso. Me deixem em paz, no meu fogão.

Refoguem o peixe nesses temperos todos e o ponham a cozinhar num bocadinho d'água, um bocadinho só, um quase nada. Depois é só coar o molho, deixá-lo à parte, e vamos adiante.

Se meu leito é triste cama de dormir, apenas, sem outra serventia, que importa? Tudo no mundo tem compensações. Nada melhor do que viver tranquila, sem sonhos, sem desejos, sem se consumir em labaredas com o ventre aceso em fogo. Vida melhor não pode haver que a de viúva séria e recatada, vida pacata, liberta da ambição e do desejo. Mas, e se não for meu leito cama de dormir e, sim, deserto a atravessar, escaldante areia do desejo sem porta de saída? Que sabem vocês da intimidade das viúvas, de seu leito solitário, de seu carrego de defunto? Aqui vieram para aprender a cozinhar e não para saber o preço da renúncia, o preço que se paga em ânsia e solidão para ser viúva honesta e recatada. Continuemos a lição.

Tomem do ralo e de dois cocos escolhidos — e ralem. Ralem com vontade, vamos, ralem; nunca fez mal a ninguém um pouco de exercício (dizem que o exercício evita os pensamentos maus: não creio). Juntem a branca massa bem ralada e a aqueçam antes de esprimê-la: assim sairá mais fácil o leite grosso, o puro leite de coco sem mistura. À parte o deixem.

Tirado esse primeiro leite, o grosso, não joguem a massa fora, não sejam esperdiçadas, que os tempos não estão de desperdício. Peguem a mesma massa e a escaldem na fervura de um litro d'água. Depois a espremam para obter o leite ralo. O que sobrar da massa joguem fora, pois agora é só bagaço.

Viúva é só bagaço, limitação e hipocrisia. Em que nação enterram a viúva na cova do marido? Em que país tocam fogo no seu corpo junto com o corpo do defunto? Antes assim, de uma vez queimada e em cinza, em lugar de consumir-se em fogo lento e proibido, de queimar-se por dentro em ânsia e em desejo; por fora hipocrisia, um recato de fazendas negras, os véus cobrindo uma aflita geografia de medo e de pecado. Viúva é só bagaço e aflição.

Descasquem o pão dormido e descascado o ponham nesse leite ralo para amolecer. Na máquina de moer carne (bem lavada) moam o pão assim amolecido em coco, e moam amendoins, camarões secos, castanhas-de-caju, gengibre, sem esquecer a pimenta-malagueta ao gosto do freguês (uns gostam de vatapá ardendo na pimenta, outros querem uma pitada apenas, uma sombra de picante).

Moídos e misturados, esses temperos juntem ao apurado molho da garoupa, somando tempero com tempero, o gengibre com o coco, o sal com a pimenta, o alho com a castanha, e levem tudo ao fogo só para engrossar o caldo.

Se o vatapá, forte de gengibre, pimenta, amendoim, não age sobre a gente dando calor aos sonhos, devassos condimentos? Que sei eu de tais necessidades? Jamais necessitei de gengibre e amendoim; eram a mão, a língua, a palavra, o lábio, seu perfil, sua graça, era ele quem me despia do lençol e do pudor para a louca astronomia de seu beijo, para me acender em estrelas, em seu mel noturno. Quem me despe hoje dos véus da pudicícia em meus sonhos de viúva no leito solitária? De onde vem esse desejo a me queimar o peito e o ventre, se nem a mão nem o lábio, nem o perfil de lua, nem o riso agreste, se ele não está? Por que esse desejo nascendo de mim mesma? Por que tanta pergunta, por que esse interesse de saber o que se passa no íntimo da viúva? Por que não me deixam os negros véus do luto sobre o rosto, véus do preconceito, cobrindo minha face dividida, em recato e em anseio dividida. Sou uma viúva, nem falar de tais coisas fica bem ao meu estado. Viúva no fogão a cozinhar o vatapá, pesando o gengibre, o amendoim, a malagueta, e tão somente.

A seguir agreguem leite de coco, o grosso e puro, e finalmente o azeite de dendê, duas xícaras bem medidas: flor de dendê, da cor de ouro velho, a cor do vatapá. Deixem cozinhar por longo tempo em fogo baixo; com a colher de pau não parem de mexer, sempre para o mesmo lado: não parem de mexer senão embola o vatapá. Mexam, remexam, vamos, sem parar; até chegar ao ponto justo e exatamente.

Em fogo lento meus sonhos me consomem, não me cabe culpa, sou apenas uma viúva dividida ao meio, de um lado viúva honesta e recatada, de outro viúva debochada, quase histérica, desfeita em chilique e calundu. Esse manto de recato me asfixia, de noite corro as ruas em busca de marido. De marido a quem servir o vatapá doirado e meu cobreado corpo de gengibre e mel.

Chegou o vatapá ao ponto, vejam que beleza! Para servi-lo falta apenas derramar um pouco de azeite de dendê por cima, azeite cru. Acompanhado de acaçá o sirvam, e noivos e maridos lamberão os beiços.

E por falar em noivo, avisem a todos para que todos saibam: existe uma viúva jovem, com certa graça mansa e formosura, cor de mate, feita de ouro e cobre, cozinheira de mão cheia, tão trabalhadora, honesta e bem falada como igual não há na cidade inteira e no Recôncavo, uma viúva de primeira com um leito de ferro, um pudor de virgem e um fogo a lhe queimar o ventre.

Se souberem de alguém com interesse, enviem-no correndo, a qualquer hora, de manhã, de tarde, à meia-noite, pela madrugada, com sol, com chuva, mandem logo, mandem com o juiz e o padre, com papéis de matrimônio, mandem com urgência, com a maior urgência.

Lanço este apelo aos quatro ventos, ao sabor das correntes submarinas, das fases da lua e da maré, no rastro de qualquer navegação ou cabotagem, pois sou porto de difícil descoberta, recôndito golfo, ancoradouro de naufrágios. Quem souber de solteiro em busca de viúva e casamento, diga-lhe que aqui se encontra dona Flor à beira do fogão, junto ao vatapá de peixe, consumida em fogo e em maldição.

10

Um dia não pôde mais e se abriu com dona Norma: "por fora honesta continência, por dentro poço de excrementos". O desejo nascia dela, de seu peito, do silêncio, do devaneio, da solidão, do sonho. Sem motivo, sem ponto de partida, sem semente nem raiz. Nascendo dela — "de minha ruindade mesmo, Norminha" —, de seu corpo em febre, crescendo naquela carne estrumada de ausência, de penúrias, de maldições; ânsia plantada no esterco de sua danação:

— Estou danada, Norminha; não quero pensar e penso; não quero ver, e vejo; não quero sonhar, e sonho a noite inteira. Tudo contra a minha vontade, contra meu querer. Meu corpo não me obedece, Norminha, o excomungado.

A brochura ioga, lida e relida, já lhe explicara tratar-se da "crucial batalha entre a matéria imunda e o puro espírito", travando-se em seu íntimo, coisa medonha. A maldita matéria de seu corpo partindo em fúria e em danação contra o recato de seu espírito, rompendo a placidez de sua vida, seu equilíbrio. Deixara de existir qualquer acordo entre sua vontade e seus instintos. Tudo confuso: de um lado uma viúva, exemplo de dignidade, do outro uma fêmea jovem e necessitada. Caso grave, exigindo, na receita do folheto, "forte concentração de pensamento e exercícios diários".

Nada resolveram a mística literatura e os penosos exercícios, ainda mais penosos para dona Flor, gordota de corpo e rechonchuda. Para ver se obtinha o elegíaco equilíbrio prometido, sujeitara-se, durante umas duas semanas, às contorções mais absurdas. Dona Dagmar, a seu pedido, repetira-lhe várias aulas e dona Flor submeteu-se com paciência e esperança. Dona Dagmar não regateava elogios aos métodos iogas, formidáveis!, ela já emagrecera quatro quilos. Com dona Flor, total fracasso: nem sequer emagreceu. Em vez de calma e de equilíbrio, obteve apenas cansaço, corpo dolorido e nem por isso menos ávido e audaz em sua urgente precisão.

Tampouco a satisfizeram as brilhantes análises científicas

de dona Gisa, com a boca cheia de nomes ininteligíveis, bolo-dório para doutor de faculdade: complexos, libido, subsconsciente, recalques, tabu:

— Para você, Flor, viúva cheia de recalques e complexos, o sexo é tabu.

Tabu ou não tabu, consciente, inconsciente ou subsconsciente, por efeito de recalque e de complexo, ou por simples desejo de mulher, era aquele desespero noite adentro, sonhos eróticos a arrastá-la em bacanal, não lhe sendo a conversa da gringa da menor utilidade. Pois, se fosse atrás de seu latim, sairia rua afora a fornicar com o primeiro macho que encontrasse, destruindo à bruta recalques e complexos, estrangulando numa cama de castelo o mísero tabu, para sempre desonradas, ela e a memória do defunto.

Dona Norma era a boa sabedoria popular, a experiência vivida, a compreensão humana. Ia direta ao assunto:

— Isso é falta de homem, minha santa. Você é moça, não sofre de doença grave, não é capada que eu saiba, que é que está querendo? Mesmo as freiras se casam para suportar a castidade, se casam com Cristo, e ainda assim tem umas que botam chifres em Jesus — e, sorrindo ao recordar: — Você se lembra daquela freira do Desterro que emprenhou do padeiro e terminou artista de teatro? Faz tempo, não se lembra? Não se falava noutra coisa...

Nem sequer a imagem da freira num palco de teatro divertia dona Flor, dramática e persistente em seu assunto, sem ligar à digressão da amiga:

— Mas, Norminha, eu sou uma viúva...

— E daí? Ou você acha que viúva não é mulher? Viúva, que eu saiba, pensa em homem, sonha com homem, olha pra homem... Ora essa...

— Você bem sabe que não sou dessas que vivem atrás de casamento. Uma vez você até me criticou, me chamando de grosseira...

— Pois foi. Sei que você não é nenhuma sirigaita... Mas, vou lhe falar franco: você é uma viúva metida a sebo, e está ficando intolerável. Já fez um ano de viúva e em vez de melhorar, piorou, como se tivesse enviuvado ontem. Antes você ainda ria, se a gente falava de noivado e casamento. Depois não quis mais nem ouvir pilhéria, deu de se zangar...

— Você bem sabe por quê... Até vigarista apareceu...

— E só porque o tal de Duque — Duque ou Príncipe? — andou rondando aí, você ficou pior que freira! Se ele deu pra seu lado foi porque lhe achou um bom bocado. Agora, só porque seu Aluísio fez uma investida, coisa à toa, você se trancou em casa, quase não sai, não encara homem, como se homem fosse bicho feroz... Afinal, seu Aluísio só queria...

— Eu sei o que ele queria...

— Queria dormir com você, querida... Mas, é claro... Muitos hão de querer, estão por aí roendo tampa de penico. Você é uma viúva supimpa, tem muito gabiru de olho aceso...

— Será que tenho cara de sem-vergonha para esses atrevidos ousarem...

— E quem disse que eles precisam que a mulher seja descarada para querer dormir com ela? Apesar de sua cara de carrasco...

— Mas, Norminha, o que é que eu posso fazer?

— Você precisa apagar esse fogo, mulher... Se você não dorme direito, se não descansa, se não tem sossego, é porque está com um fogo desgraçado lhe queimando o rabo...

— Oxente, Norminha, t'esconjuro...

— Mas não é isso mesmo? Não é verdade?

— E o que você quer que eu faça? Que eu me desgrace e vire descarada? Não sou nenhuma sem-vergonha, não nasci para ter amante, essas coisas para mim só com meu marido... Só porque sonho com essas besteiras, tenho vontade de morrer... Será que pareço mulher da vida pra você dizer isso...

— Não seja tola, o que foi que eu disse que lhe ofendesse?

— Você não disse...

— Disse e repito que você está com um fogo queimando o rabo, ou, como dizia a filha de uma amiga minha para a mãe: "Mamãe, minha xoxota virou fogareiro, está pegando fogo". Você está mais ou menos assim. Mas isso não quer dizer que você não é séria... Ao contrário... Séria você é e muito, senão, com esse fogo todo, já tinha aberto as coxas... É séria e parece ainda mais, parece um ferrabrás... Nem se dá conta da cara que põe quando um homem olha para você...

— Hei de me rir, de dizer: "Venha dormir comigo..."? Prefiro morrer. Só fui para a cama com meu marido...

— E só deve ir com seu marido...

— Meu marido morreu...

— Morreu o primeiro... Nada impede que você tenha outro. Você é moça, Flor, nem chegou aos trinta...

— Vou completar no fim do ano...

— Menina ainda... Para o que você tem, que não é doença nem maluquice, só existem dois remédios, minha filha: casamento ou descaração. Ou então entrar de freira num convento. Nesse caso tome cuidado com os padeiros, leiteiros e jardineiros, e com padres, para não cornear Deus Nosso Senhor.

— Não brinque, Norminha...

— Não estou brincando, Flor. Se você fosse descarada, podia continuar viúva, vestida de preto: ia dando por aí, a um e a outro, se divertindo, se desapertando. Mas, como você não é nada disso, é séria mesmo, então tem de casar, não tem outra coisa a fazer...

Desejo de viúva, Norminha, vai no carrego do defunto, viúva não tem direito nem a memórias de cama, a recordar noites de vadiação, quanto mais a ilusões de noivado e casamento, de outro marido. Tudo isso não passa de insulto à memória e à honra do finado.

Desejo de viúva é tão vivo quanto o de donzela ou o de casada, se não for mais, sua tola; assim lhe respondia enérgica dona Norma. Novo casamento não é nenhum insulto à honra do defunto; qualquer mulher pode prezar a memória do marido morto, e ser feliz, ao mesmo tempo, em companhia de um segundo esposo. Sobretudo ela, dona Flor, cujo primeiro casamento fora tão insólito e nem sempre alegre, para não dizer pior.

Conversa longa e benéfica, as duas amigas a sós, numa intimidade de estima verdadeira, duas irmãs não se entenderiam tanto, Dona Flor finalmente convencida. Talvez já estivesse antes, no cruel debate consigo mesma; não o confessaria jamais, no entanto, se dona Norma não lhe arrancasse os véus do preconceito, de um falso luto apodrecido no desejo.

— Mas, Norminha, de que adianta eu ficar de acordo? Quem vai me querer de noiva? Ninguém quer sobejo de defunto, eu não vou sair me oferecendo... Vou morrer nessa consumição.

— Arranque a tabuleta e eu não dou seis meses...

— Que tabuleta?

— Essa que você leva no rosto: "Sou viúva para sempre, morri para a vida e para o casamento". Arranque, volte a rir, a ser igual a todo mundo e aposto que em menos de seis meses...

Essa conversa teve lugar uns poucos dias depois do Carnaval, que naquele ano caíra muito tarde, já em março, mais ou menos um mês após o primeiro aniversário da viuvez de dona Flor.

Na manhã daquele fúnebre aniversário, dona Flor dirigiu-se ao cemitério, com lágrimas e flores, demorando-se junto à campa longo tempo, como se ali encontrasse alívio e calma. Foi um de seus dias mais tranquilos em todo o confuso tempo de viuvez, sentindo-se ela apenas triste, com saudade do falecido. Uma saudade funda e confortante.

Já os dias de Carnaval lhe foram mais penosos. Nas músicas e nas canções, muitas das quais as mesmas do Carnaval anterior, vinham-lhe as lembranças do terrível domingo. Ao debruçar-se na janela para assistir à passagem de um bloco ou de um rancho, de um zé-pereira, de um zabumba ou de um afoxê, recordava o morto no chão do largo Dois de Julho, entre serpentinas e confetes, vestido de baiana.

Quando o Afoxê dos Filhos do Mar, em toda a grandeza de sua comparsaria, parou em frente à Escola de Culinária Sabor e Arte, obedecendo ao apito de Camafeu, e a negra Andreza de Oxum, empunhando o estandarte da rainha das águas, dançou um passo deslumbrante — as janelas cheias, a rua entupida, as palmas entusiásticas —, dona Flor desmamou-se em pranto e toda a dor e toda a ausência caíram de vez sobre ela. Há um ano, com o corpo do finado estendido no leito de ferro, ainda tivera ânimo de espiar a passagem do afoxê por sobre os ombros de dona Norma e dona Gisa, vida e morte dentro de seu peito. De tão recente e brusca, a morte ainda continha um laivo de vida. Somente com o decorrer do tempo dona Flor se daria perfeita conta do vazio definitivo, da definitiva ausência. No Carnaval anterior, com o morto presente, pudera espiar o afoxê, de relance ao menos. No entanto, nesse outro Carnaval, foi-lhe insuportável a gloriosa visão dos Filhos do Mar na cadência dos atabaques. Mesmo ignorando a homenagem contida naquele apito, naquela interrupção da caminhada, naquela dança, nos requebros de Andreza qual um barco sobre as ondas, homenagem do afoxê ao sempre recordado sócio e amigo há um ano falecido, mesmo assim dona Flor não pôde conter-se na janela; via somente o corpo nu e exangue, morto para sempre.

Difícil aquele Carnaval, cada vez mais difícil sua vida. O defunto aproveitou a ruidosa alegria para misturar-se à angústia do desejo insatisfeito, cresceu o sofrimento, tanto e tamanho, que dona Flor não mais pôde suportá-lo em silêncio e em solidão. Não lhe foi possível conter por mais tempo seu segredo, o peito roto, a cabeça zonza e o cansaço. Um destroço, dona Flor. Abriu-se com dona Norma.

Dona Norma lhe garantiu noivado e casamento em prazo rápido, se a tanto se dispusesse, sem máscara nem tabuleta. Procuraram confirmação em dona Gisa, mas a gringa pouca importância dava a noivado e casamento, ridículas exigências legais e anti-humanas; andara lendo o príncipe Kropotkine e dera de misturar anarquismo com psicanálise. Com matrimônio ou sem matrimônio, na opinião da professora de inglês, tinha dona Flor um "complexo de culpa" a torturá-la, do qual só se libertaria quando, rompendo com os tabus, "se realizasse de qualquer maneira". Conselho mais maluco: um conúbio em amor livre, amigação, xodó, uma aventura enfim, porém imediata. Só se dona Flor fosse louca de hospício ou a mais cínica e fogueteira de todas as viúvas.

Dona Norma, sim, era de ajuda e de consolação; deixasse

dona Flor de confundir recato com ódio ao mundo, honestidade com carrancismo e dona Norma era capaz de apostar dinheiro como em menos de seis meses teriam a viúva de aliança ao dedo, pelo menos noiva.

Dona Gisa não apostou: por que havia dona Flor de esperar seis meses a curtir horrores? Para que essa tolice, com tanto homem solto pelo mundo? Também, se apostasse perderia; quase sempre entre o saber do livro e o saber da vida quem acerta é a vida.

Fosse por ter dona Flor se humanizado, levando mais além da seca urbanidade suas relações de cortesia, volvendo a sorrir e a conversar com um e outro, discreta sempre porém gentil e atenta, ou fosse por simples casualidade (como era mais provável), já um mês depois dessa conversa com dona Norma e da discussão com dona Gisa, tornaram-se evidentes, e fizeram-se objeto de público debate, o probo interesse e as honestas intenções do dr. Teodoro Madureira, sócio da Drogaria Científica, na esquina do Cabeça. Vibrante e vitoriosa, dona Dinorá exigia alvíssaras:

— Adivinhei há muitos meses, vi na bola de cristal e disse a todo mundo: um senhor distinto, homem de bem, doutor e com dinheiro. Não foi verdade? Minhas alvíssaras, senhora dona Flor!

— Um partido e tanto, que sorte a dela! — o coro das amigas e comadres num delírio de fuxicos, em acordo unânime.

11

Quando tivera início o interesse do farmacêutico, ninguém sabe; não é fácil determinar hora e minuto exatos para o começo do amor, sobretudo daquele que é o definitivo amor de um homem, o amor de sua vida, dilacerante e fatal, independente do relógio e do almanaque. Em dia de confidências, tempos depois, dr. Teodoro confessou a dona Flor, com certo acanhamento risonho, admirá-la de há muito, de antes da viuvez; do pequeno laboratório nos fundos da farmácia ele a via cruzar o largo, seguindo seus passos pelo Cabeça, com absorta mirada. "Se alguma vez me decidir, só casarei com uma mulher assim, bonita e séria", monologava junto aos tubos de ensaio, aos frascos de drogas. Sentimento puro e platônico, é claro, não era homem de influir-se por mulher casada e de envolvê-la em pensamentos menos nobres, pondo-lhe olhos de gula ou melhor (para repetir a própria expressão do boticário, precisa e elegante, enfeitando com suas galas estas letras vulgares e populacheras) "culposos olhos de concupiscência".

Quem primeiro notou a inclinação do farmacêutico foi dona Êmina, senhora, aliás, de pouco se preocupar com a vida alheia: mexericava apenas o estritamente necessário para não ficar em atraso com os sucessos em seu redor. Ao lado das outras, ávidas de qualquer fuxico, dona Êmina era discreta e timorata.

Foi no dia do trote nos calouros das faculdades, nos começos de abril, quando os estudantes atravessam as principais ruas e avenidas, comemorando o início do ano letivo. Numa longa procissão, sob a batuta dos veteranos, os novatos — de cabeça raspada a navalha, envoltos em lençóis, amarrados uns aos outros por uma corda como fieira de escravos — conduziam cartazes de crítica ao governo e à administração, com piadas sobre a vida cara e a incapacidade dos políticos.

Vindo da faculdade de medicina, no Terreiro de Jesus, o desfile cruzou a cidade em direção à Barra, parando em certos locais como a praça Castro Alves, São Pedro, Piedade, Campo Grande. Nesses pontos de maior concentração de curiosos, os veteranos faziam as delícias dos assistentes, com bestialógicos recitados do alto dos jegues.

Os moradores das adjacências do largo Dois de Julho e do Cabeça movimentaram-se para São Pedro apenas ouviram as cornetas e os clarins anunciadores, na ladeira de São Bento. Num grupo álacre iam dona Norma, dona Amélia, dona Maria do Carmo, dona Gisela, dona Êmina, dona Flor.

Segundo a informação de dona Êmina, precisa e concreta,

o dr. Teodoro encontrava-se bem do seu junto ao balcão da farmácia, indiferente aos clarins, aos asnos fantasiados de professores e de homens públicos, ao trote, conversando com o empregado e a moça da caixa, quando as enxergou. Tão nervoso ficara que dona Êmina, estranhando os modos do doutor, o manteve de olho, podendo assim seguir passo a passo suas suspeitas andanças. O farmacêutico, senhor de ânimo pacato e maneiras comedidas, apenas viu as amigas, abandonou às pressas a posição cômoda, a atitude pachola, afastando-se do balcão, erguendo-se numa postura quase rígida para cumprimentá-las, bom-dia sonoro e cordial. Detalhe importante: extraindo um pente do bolso do colete, com ele ajeitou os cabelos negros, aliás sem necessidade, pois o penteado resplandecia íntegro sob camadas de brilhantina. Desaparecera o ânimo pacato, o droguista em agitação de adolescente. "Eu vi a hora dele vestir o paletó só para nos cumprimentar", disse dona Êmina a perguntar-se a causa de tanto afã e zelo.

De imaculada camisa branca e colete cinza, grossa corrente de ouro de bolso a bolso numa curva de efeito, a prender respeitável patacão também de ouro, herança paterna, as calças de perfeito vinco, os sapatos no capricho do lustre, o anel de grau, um tipão, alto e simpático. Curvou-se para saudar o grupo.

Amáveis, as amigas responderam, era o farmacêutico personalidade de vulto nas redondezas, bem-visto e benquisto. Segundo ainda o depoimento de dona Êmina — rico em minúcias, como se constata — os olhos de dr. Teodoro enxergavam apenas dona Flor, cegos para as demais; olhar, se não de concupiscência, pelo menos de cobiça. "Te devorava com os olhos, te comia", eis como a hábil observadora definiu para dona Flor a expressão precisa daquele olhar.

Quando não mais as viu de dentro do balcão, passou à frente; depois veio para a calçada do estabelecimento, e por fim, após breve indecisão e uma advertência aos empregados, partira rua afora no rastro da festiva companhia.

Situou-se próximo às amigas, nas imediações do grande relógio de São Pedro, a marombar. Puxando a corrente de ouro, sorriu satisfeito da precisão suíça de seu cronômetro. Dona Norma e dona Amélia, para não perder detalhe do trote, subiram sobre um banco do pequeno jardim; as demais ficaram em redor, nas pontas dos pés. De onde estava, meio escondido pela base do relógio, dr. Teodoro seguia devoto cada movimento de dona Flor.

Mantendo-o sob controle, dona Êmina constatou quase nada ter visto o farmacêutico do divertido trote: os calouros pintados de zarcão, dançando uma dança macabra, os veteranos exigindo cerveja e gasosa nos bares e armazéns. Se o dr. Teodoro sorria, era em apoio ao riso de dona Flor, seus aplausos eram réplica aos da viúva, a mirá-la embevecido. Dona Êmina puxou a saia de dona Norma, a aplaudir em cima do banco disparates de um estudante montado num jegue (o animal aproveitava a parada para mastigar restos de lixo na sujeira da rua). A princípio dona Norma não entendeu a palpitante mensagem dos olhos e dos dedos da amiga. Finalmente, localizando o farmacêutico em mangas de camisa e em êxtase, acompanhou-lhe, pasma, o alvoroço.

— Menina... — disse ela. — Que coisa...

Dona Amélia e dona Maria do Carmo logo tomaram conhecimento da surpreendente atitude do dr. Teodoro: meio escondido por trás do relógio, brechando dona Flor. Só dona Gisa manteve-se distante, entregue à leitura dos cartazes do trote; segundo ela, as manifestações estudantis continham precioso material para o estudo da alma coletiva. Dona Gisa não perdia ocasião para estudar, nascera com a sina de tudo saber e de tudo explicar (através da ciência mais moderna). Para as outras, no entanto, material mais precioso e elucidativo eram os estranhos modos do boticário.

— Meninas... Só vendo para crer...

O desfile prosseguiu para a Piedade, elas o acompanharam. Mas, pretextando a necessidade de transmitir um recado, dona Norma encompridou o caminho, dando volta por uma rua detrás: "Vamos botar isso em pratos limpos e agorinha mesmo". Por um minuto, dr. Teodoro permaneceu indeciso, à sombra do relógio monumental, terminando, porém, por acompanhá-las num passo nonchalante de quem vai sem pressa e por acaso, a locé.

Dona Norma e as demais amigas prendiam o riso, menos dona Flor, de tudo inocente, e dona Gisa, a discorrer sobre a "vocação dos jovens para a causa pública". De repente pararam, indo dona Norma dar o tal recado, na porta de uma casa de família. Tomado de surpresa, a poucos metros de distância, dr. Teodoro foi obrigado a prosseguir caminho. Passou junto às amigas evitando fitá-las, fingindo não vê-las e era tão pouco experiente nessas coisas que dava pena: todo escabreado, a adivinhar sorrisos e olhares de mofa, sem saber onde pôr as mãos, um desastre. Encafifou, enveredou pela esquina quase correndo. À sua passagem, dona Maria do Carmo não se conteve, deixando escapar um frouxo de riso.

— Psiu... — recomendava dona Norma.

— Para onde vai doutor Teodoro, tão apressado? — quis saber dona Flor, ao vê-lo sumir no beco.

— Quer dizer que você não sabe, minha sonsa? Que negócio é esse? Vai manter segredo ou vai contar às suas amigas? Ou não tem confiança?

— O quê, mulher? Vocês vivem inventando coisas... Dessa vez, o que é?

— Não venha dizer que ainda não percebeu...

— O quê, pelo amor de Deus?

— Que o doutor Teodoro está caidinho por você...

— Quem? O farmacêutico? Vocês estão de miolo mole, são uma cambada de malucas... Onde já se viu... Logo doutor Teodoro, homem mais cerimonioso... É um debique...

— Debique? Ele perdeu a cerimônia, minha cara, anda espevitado...

Nesse pagode, chalaceando e rindo, foram atrás do desfile dos cascabulhos, a pobre dona Flor numa roda-viva. Mas, quando, de volta à casa, dona Norma se viu a sós com a viúva, lhe falou a sério. Reparara nos modos do farmacêutico, pessoa, como dizia com razão dona Flor, toda cheia de etiquetas, de formalidades; nunca se ouvira dizer que ele lançasse olhares às clientes e muito menos houvesse seguido alguma rua afora, em mangas de camisa, a passar pente pelo cabelo, embuçando-se atrás do relógio público, em sobressaltos de adolescente. De olho fixo em dona Flor, não desgrudava. Não era conversa-fiada de comadres, nem invenção, dona Norma até se mantivera à parte das caçoadas, pois, sendo dr. Teodoro homem de bem e circunspecto, não valia a pena tratar levianamente assunto tão sério, em chalaças e galhofas. Partido igual, filha minha, só muito de raro em raro: cidadão maduro, na boa idade para dona Flor, feito na vida, doutor de grau e anel, dono da farmácia, ressumando saúde, se o tivessem inventado não fariam melhor.

— Você acha mesmo, Norminha, que ele está com algum interesse? Está coisa nenhuma: quem quer comer pão adormecido, carne moída, sobejo de defunto? Ninguém há de querer...

Dona Norma mediu a amiga de alto a baixo:

— Benza-te Deus... — disse, num muxoxo aprovativo.

Porque dona Flor, numa certa excitação devida à notícia, entre curiosa e encafifada, nada tinha de pão dormido, pão de véspera com gosto de bolor, menos ainda de carne com aftim de podre; muito ao contrário: tez suave de cabo-verde num cobre antigo e definitivo, assente em face louçã e fresca, carne perfumada e jovem, aroma de pitanga, um pedaço retado de mulher. Sobejo, sem dúvida; tivera marido, deitara com ele em leito de ferro a barrunchar; porém mais apetitosa que muita donzela de alfenim, pois o cabaço não é tudo nem muito menos, se bem goze de tanto apreço e fama. No fundo é um quase nada, frágil película, gota de sangue, um ai e sobretudo velho preconceito, e se alcança tão alto custo é porque se beneficia de milenar publicidade, conta com o exército e o clero, a polícia e o meretrício, todos a fazer dos tampos da mulher o rei do mundo. Mas o que é uma donzela, tola e ignorante em seu desejo, se comparada a uma viúva, cujo anseio é feito de conhecimento e de ausência, de contenção e de penúria, de fome e de jejum, é lúcido e insolente? "Ora, me deixe, Flor, por sobejo assim suspiram não só doutor Teodoro mas, certamente, além dele, muitos outros de que não se tem notícia." O que dona Norma queria saber era outra coisa:

— E tu, que é que dizes? Que te parece ele? Serás capaz de amá-lo?

Primeiro ela não quis sequer considerar o problema de seus sentimentos antes de ter certeza de existir inclinação do farmacêutico, de não ser tudo aquilo burla ou equívoco, não estando disposta a novos logros e a humilhar-se, como já sucedera antes com aquela história do Príncipe e com os saimentos de seu Aluísio. Mas, ante a pressão de dona Norma a exigir pronta resposta, numa impertinência amigável, dona Flor confessou não lhe ser indiferente o boticário. Cavalheiro de fino trato, um primor de distinção, e homem vistoso, de encher o olho. Lembrava-lhe artista de cinema muito em voga. Parecença ligeira mas bastante para marcá-lo em sua simpatia; enfim, se fosse realmente verdade, era possível e mesmo provável viesse dona Flor a sentir por ele... O que sentira pelo finado? Isso não, era diferente... Ela própria era outra, não a mesma de quando, há mais de oito anos, quase nove, conhecera o doudivanas na festa do major e, de súbito, sem pesar nem refletir, lhe dera seu coração (e, em seguida, alegremente, seus seios e suas coxas, na balbúrdia do largo, no escuro da praia). Doida por ele, perdida a ponto de entregar-se, de se dar inteira e grátis quando ele pediu, esfregando os arrombados três-vinténs na cara de dona Rozilda, que se fizera inimiga do namoro e proibira o casamento.

Agora era uma viúva pousada e refletida, incapaz de incontinências, de sentimentos e ações precipitadas, perdoáveis em mocinha na idade do namoro, inadmissíveis em senhora na casa dos trinta e nos véus de luto (mesmo queimando um fogaréu por dentro). Se algo houvesse, já veriam com o tempo se um sentimento de amor desabrocharia, na tranquila medida da ternura e da compreensão, sem as violências juvenis do delírio nos cantos escusos, nos pés de escada. Talvez um sentimento assim, amor maduro e bonançoso nascesse num chão de discreto idílio. Dona Flor achava até possível, pois, como já dissera, não sendo o dr. Teodoro antipático e feio, não lhe tinha aversão, achando-

-o atraente, como agora se dava conta. E eis dona Norma realizando já noivado e casamento, antevendo dona Flor feliz como sempre merecera e nunca o fora.

— Ah!, minha santa, que beleza que vai ser! Agora não seja tola, não se tranque em casa, não amarre a cara...

Porque dona Flor, se bem confessando interesse pelo boticário, logo acrescentava sua decisão de não sair a demonstrá-lo, a se oferecer, rebolando-se frente à drogaria, exibindo suas necessidades, seus olhos fundos de quaresma, de abstinência dura, de jejum forçado. "Isso jamais, Norminha."

— E eu não vou admitir que você esperdice uma ocasião como essa...

Longo tempo dona Norma levou a persuadir a viúva: não fosse tola nem bancasse a indiferente. Quem estava como dona Flor, ardendo em brasa, necessitada de casar e casar logo para não terminar histérica ou doida mansa, ou bem para não sair dando por aí a qualquer um, em vida de castelo, de viúva fácil a encher de chifres a caveira do defunto, agreste e viçosa plantação de galhos em sua cova honrada; ah!, assim tão confessadamente ávida de calor de homem, de um balancê de cama, não podia bancar a viúva fiel até a morte, de luto eterno e obstruída greta, xibiu enterrado no carrego do falecido, murcha flor aos pés do morto, inútil e fanada:

— Só tendo serventia pra fazer pipi...

Melhor se resolver de vez e aceitar marido, viver com ele vida decente e honesta, renovando-se em amor e em alegria, mantendo honrada, limpa e tranquila em sua tumba a memória e a carcaça do primeiro. Sem muito nele falar para não ofender o sucessor. Aliás, nos últimos meses dona Flor como que esquecera nome e apelido do finado. Porque as comadres o arrenegavam e cobriam de insultos sua lembrança, dona Flor, polêmica, o trouxera na boca o dia inteiro. Depois o trancou dentro de si, como joia preciosa e rara, quando as amigas e vizinhas o deixaram em paz em seu jazigo: se ainda alguém o recordava, não o dizia. Pois então era só continuar assim, retirando naturalmente da sala o retrato do perdido com seu riso cínico de desfaçatez (e também, por que negar?, com sua graça irresistível), guardando-o no fundo de um baú e no coração. Na parede da sala (e na xoxota) a presença do segundo, e que segundo, minha filha!, beleza de homem na força da idade e que distinto!

Casar e logo, ter seu marido, viver com ele vida decente e honesta, como era de sua natureza e de sua obrigação, em vez de arder em sonhos, solitária, a morder os lábios, a ranger os dentes, contendo-se somente por medo e preconceito. Ela, dona Norma, não permitiria perdesse dona Flor tão magnífica oportunidade, oportunidade única, outra melhor era impossível, e a perdesse por falso recato, por tolice, por estupidez. Não, três vezes não.

Assim, após a aula vespertina, na qual dona Flor ensinou às alunas a receita de um doce de gelatina e coco apelidado "creme do homem", nome a provocar piadas — "ai, creme mais saboroso!" —, dona Norma veio buscá-la e a arrastou ao Cabeça, a pretexto de comprar flores. Compra mais difícil, dúzia de angélicas de escolha trabalhosa. Não se dispunha dona Norma a compor o buquê, sempre insatisfeita ante o espanto do vendedor, o velho negro Cosme de Omolu, pois dr. Teodoro, sumido nas profundezas da farmácia, não se fazia visível. Depois das flores, foram aos acarajés de Vitorina e nada do farmacêutico aparecer ao balcão. Mas dona Norma não era de dar-se por vencida: embarafustou sem aviso, farmácia adentro, arrastando dona Flor em crise, a pedir ao caixeiro um pacote de algodão. Queria dona Flor enfiar-se terra adentro, dona Norma num vozerio, numa saliência, onde já se viu tanta presepada?

Ao fundo, no pequeno laboratório, por detrás de grandes frascos azuis e vermelhos, como uma gravura de livro de alquimia, viram dr. Teodoro moendo sais e venenos num pilão de pedra. Tinha posto os óculos e, muito atento, após moer, pesava, em pequena balança de brinquedo, quantidades mínimas de pó e sais. Concentrado no mistério do fabrico da receita, não se deu conta da presença das senhoras no estabelecimento, como se até ele não chegasse a voz de dona Norma a repetir um caso saído nas gazetas.

Deixando a balança, o boticário punha num tubo de ensaios o pó resultante dos minerais moídos, em ínfimas quantidades, juntando-lhes vinte exatas gotas de um líquido incolor, e logo tudo foi uma fumaceira avermelhada a circundar de ciência e de magia a cabeça morena e forte do doutor.

Dona Norma não perdeu a deixa, sua voz ressoou, aduladora:

— Repare, Flor, minha querida, doutor Teodoro até parece um bruxo todo cercado de enxofre... T'esconjuro!

Estremeceu o doutor ao ouvir o nome, não o seu, mas o de dona Flor: erguendo os olhos sobre os óculos (úteis apenas para enxergar de perto), constatou a presença da poesia entre os remédios, vacilou em suas bases mais recônditas, um frio no baixo-ventre. Quis erguer-se, ficou atarantado e zonzo, e lá se foi pro chão o tubo de ensaio em mil cacos e o remédio quase pronto (mezinha para alívio da tosse crônica de dona Zezé Pedreira, uma velhinha de cristal, da rua da Forca) virou mancha escura no chão, enquanto a fumaça de sangue persistia em torno ao austero rosto do doutor.

— Ai, meu Deus... — disse dona Flor.

E nada mais foi dito nem aconteceu, apenas dona Norma riu-se pagando a conta do algodão, pois era cômica a figura do droguista, semierguido na cadeira, a mão no ar, como se ainda sustentasse o tubo de vidro, os óculos resvalando pelo nariz, mudo e estupefato.

De todo encabulada, morta de sem jeito, saiu dona Flor porta afora, enquanto dona Norma estendia um olhar cúmplice ao romântico boticário, como uma corda a um náufrago. Dr. Teodoro tentou articular uma palavra, não pôde.

Dona Norma alcançou dona Flor na esquina: ainda mantinha alguma dúvida sobre a influência do farmacêutico? Ou queria por acaso, numa exigência absurda para viúva roída de desejo, gemendo no alvéu do luto, candidato de melhor estirpe, classe e compleição? Impossível melhor partido, minha santa: doutor de diploma e anel de ametista verdadeira, proprietário estabelecido, bonitão, todo composto de colete e ouro, forte de saúde, morigerado de hábitos, um senhor de bem, soberbo quarentão.

12

Soberbo quarentão: tudo quanto a bola de cristal e as sebentas cartas revelaram a dona Dinorá na tarde de profecia, amigas e comadres foram descobrindo em dr. Teodoro, ponto por ponto, sem faltar minúcia. O dinheirinho e o título universitário, a compleição, o talhe, a figura, o porte digno, os modos elevados, tudo; e, no entanto, naqueles tempos em que buscaram pelas ruas e praças, num afã de gargalhadas, face correspondente ao retrato da vidência, ninguém pensou no farmacêutico. Como explicar tamanho absurdo se estava na cara, bastando olhar e ver? Cegueira de todas as comadres e amigas ou engano desta detalhada narrativa, erro fatal para gáudio da crítica adversa? Nem erro nem engano e, sim, uma espécie de obtusidade coletiva impedindo que comadres e amigas o descobrissem no fundo discreto da farmácia, os óculos sobre o nariz, o correntão de ouro, curvado sobre drogas, a misturar venenos para transformá-los em remédios, distribuidor de saúde a domicílio e a preços módicos.

O cronista dos matrimônios de dona Flor, de suas alegrias e aflições, foi apenas fiel à verdade não colocando dr. Teodoro na lista dos pretendentes cujas candidaturas as comadres propuseram, pois nenhuma delas se lembrou do boticário, não vindo seu nome à baila naqueles saborosos cavacos em torno da viuvez de dona Flor, quando todas queriam distraí-la. Aliás, pouco perdeu o doutor com tal esquecimento; quando muito, teria participado do sonho em que dona Flor se viu em roda de ciranda circundada de babaquaras, aspirantes à sua mão. Melhor para ele: nem em sonhos apareceu em papel ridículo, não se desgastando na estima da viúva.

Mas, por que tal cegueira, por que o esqueceram, não o descortinaram ao balcão da farmácia, junto aos vidros azuis e vermelhos, cercado por aquele odor de medicinas, com a agulha de injeção pronta para picar braços e nádegas de todas as velhotas, suas clientes? Se tanto o viam e com ele tratavam, por que não o enxergaram?

Por sabê-lo impedido para casamento e sem remédio; por isso, ao contarem solteiros pela rua, na relação não inscreviam o boticário, como se fosse casado, com mulher e filhos. Nem mesmo dona Norma, em sua meticulosa busca de noivo para a esmorecida Maria, sua vizinha e afilhada, em nenhum momento dele se lembrara. "Doutor Teodoro? Esse não casou nem casará, não vale a pena nele se deter, perda de tempo; mesmo se quisesse construir um lar, não o poderia, uma lástima, coitado!"

Verdade tão sabida e assente, por isso não foi ele alvo de burla e mexerico como os demais celibatários conhecidos, em toda essa história da viuvez de dona Flor.

Dona Dinorá, imperatriz das xeretas e adivinha, transitava diariamente em frente à Drogaria Científica; duas vezes por semana descobria a bunda flácida (ah!, o transitório da vaidade e da grandeza humanas: aquela mesma bunda chocha fora cantada em versos de rimas satânicas por mestre Robato, quando adolescente vate da escola demoníaca, custando sua visão e toque cheques e boladas a senhores ricos do comércio) frente ao farmacêutico para a dolorosa injeção antirreumática, e nem assim seus olhos de vidente, capazes de antever o futuro, divisaram no moreno senhor a segurar-lhe a pelanca o soberbo quarentão da profecia. Porque sabia, e melhor que ninguém, como lhe era impossível tomar esposa.

Não por xibungo, por impotente ou por donzelo com quizila de mulher. Por Deus, que nem em pensamento surja suspeita dessa espécie, pois dr. Teodoro, homem pacífico, amável, de bom viver, era muito capaz de afastar-se de seu habitual comedimento e exibir sobejas provas de sua masculinidade, partindo as ventas do canalha capaz de injuriá-lo ao pôr em dúvida sua inteireza de homem.

De homem com muita serventia de macho, se bem discreto. Se alguém exigir sobre o assunto depoimento preciso e incontestável, basta entrevistar no beco do Sapoti a pujante e asseada pardavasca Otaviana das Dores ou Tavinha Manemolência, rompendo-lhe com uns cobres a reserva devida à sua seleta freguesia: dois desembargadores, três comerciantes da Cidade Baixa, um padre secular, um professor de medicina e o nosso excelente farmacêutico.

Por suas manifestas qualidades de limpeza, de discrição e de seriedade — mais bem uma senhora recebendo em sua casa tão acolhedora —, Otaviana merecera a escolha e a frequentação do dr. Teodoro, infalível às quintas-feiras após o jantar. Os fregueses de Tavinha, elite preclara e sigilosa, eram de dia certo (ou noite certa), cada um com seus hábitos e gostos, suas preferências — às vezes bem esquisitas como as do desembargador Lameira, quase coprófilo —, e a todos, competente e cômoda, ela atendia, dando-lhes completa satisfação. Aos varões normais e sem problemas, como dr. Teodoro, e aos velhos sátiros, pururucas, come-bronhas, chupa-umbigos, deixando regalados e contentes uns e outros.

Às vinte horas em ponto, cada quinta-feira, dr. Teodoro atravessava o batente da porta, sendo recebido com especial estima e cortesia. Aboletado em cadeira de balanço, com Otaviana em sua frente a tricotar sapatinhos de nenê, bebericando um licor de frutas, especialidade das freiras do convento da Lapa, mantinham dr. Teodoro e a mundana proveitoso diálogo, passando em revista os acontecimentos da semana, o noticiário dos jornais. Na convivência de senhores ilustrados, adquirira Tavinha um verniz erudito, era de conversa agradável, uma intelectual, e no beco do Sapoti consultavam-na a qualquer propósito. Ao demais, de muita moralidade, a criticar os costumes atuais, esse disparate que vai pelo mundo, devassa e incrédula juventude.

Assim fazia o farmacêutico hora e digestão, ouvindo e aceitando os conceitos edificantes da mulata, "Esse mundo está perdido, seu doutor, não tem santo que dê jeito". Iam depois para o quarto recendendo a folhas aromáticas, e em Otaviana punha--se o dr. Teodoro, em cama de lençóis alvíssimos, com direito a bis. E como duvidar ainda de sua macheza, se quase sempre ele usava do direito e galhardo repetia o bom folguedo?

Sem acréscimo de preço, vale dizer, pois Tavinha Manemolência não cobrava por vez e sim por noite, recebendo pela noite inteira, mesmo quando o freguês, limitado em sua liberdade pelo controle familiar, saía às pressas, utilizando apenas o pequeno tempo de uma mentira. Preço salgado, tabela alta, prazer caro; mas tanto requinte de trato, tanta gentileza e a competência valiam o esbanjamento.

Dr. Teodoro permanecia até a meia-noite, por vezes tirando uma soneca na cama de colchão de barriguda, macio e quente, com a gentil Otaviana a lhe velar o sono. Antes de ir-se, ainda ela lhe trazia um mungunzá, um arroz-doce, uma canjica, e novo cálice de licor para "lhe restaurar as forças", como, num sorriso de dengo, murmurava a parda e digna marafona.

Não o inscreviam as comadres em listas nem o envolviam em pilhérias matrimoniais por saberem-no dedicado à mãe velhinha paralítica, para quem o filho era tudo. Quando ela sofrera o derrame, dr. Teodoro, recém-formado, prometera-lhe manter-se solteiro enquanto ela vivesse. Era o menos que podia fazer para lhe provar sua gratidão.

O pai faltara-lhe quando ele, aos dezoito anos, preparava-se para o exame vestibular na faculdade de medicina. Quis interromper os estudos, fixar-se para sempre na cidade de Jequié onde residiam, assumindo o balcão da pequena loja de fazendas, único bem legado pelo pai, além de dívidas aos montes e larga fama de bondade. Mas a viúva, mulher aparentemente frágil porém disposta, não admitiu o sacrifício: a única ambição do falecido tinha sido formar o filho, e o jovem Teodoro revelara-se ótimo estudante, os professores prognosticavam-lhe grandes êxitos. Fizesse ele seus exames e seguisse o curso, a mãe se encarregaria do armarinho. Houve apenas uma troca; em lugar de medicina, ele cursou farmácia, de currículo três anos menor.

Sozinha, trabalhando noite e dia, numa estafa contínua a viúva administrou casa e negócio, pagando as dívidas e garantindo a mesada do filho acadêmico. Por mais de uma vez ele tentou empregar-se mas a mãe se opunha: seu tempo era sagrado para os estudos, ficando o trabalho para depois da formatura.

Quando o viu doutor, de anel e diploma, envolto em beca preta na solenidade da colação de grau, não suportou tanta alegria: na mesma noite, de regresso ao hotel, teve o derrame. Salvou-se por milagre mas ficou para sempre paralítica.

Ao vê-la à morte, o jovem farmacêutico, num gesto de herói de dramalhão, no entanto sincero, jurou-lhe permanente companhia, manter-se solteiro enquanto ela vivesse. No dia seguinte, na primeira folga, devolveu a palavra a Violeta Sá, sua prometida, e nunca mais voltou a ter outra namorada. De alegria e diversão restou-lhe apenas o fagote, instrumento que aprendera ainda ginasiano, na Lira Municipal.

Tendo vendido a loja em Jequié, associara-se a decadente farmácia em Itapagipe, propriedade de um médico de triste fim: numa senilidade precoce cometera os maiores desatinos, obrigando a família a interná-lo. Dr. Teodoro alugou casa por ali perto e viveu exclusivamente para o trabalho e para a mãe entrevada, inútil numa cadeira de rodas, o olhar de espanto, a vez rouca e difícil, ciumenta do filho. Sentando-se ao seu lado, à noite, ensaiava ele solos de fagote, para suavizar a terrível solidão da enferma.

Durante anos e anos pouco saiu do bairro, onde se fez popular e estimado. Tendo conhecido o músico Agenor Gomes, ingressou com seu fagote na orquestra de amadores que, em torno ao competente maestro, reunia médicos, engenheiros, advogados, um juiz, um balconista, dois lojistas. Aos domingos, ora na casa de um ora na de outro, juntavam-se a tocar, felizes com seus instrumentos e suas composições.

Sob a direção do jovem titular, retornou a farmácia à sua antiga prosperidade e a fama de homem correto e bom do dr. Teodoro se impôs e só fez crescer com o tempo.

Muitas pretendentes surgiram a rondar o fagote do moço farmacêutico, mas ele, sério e incapaz de roubar tempo a moça casadoira, a nenhuma deu trela ou esperança. Finuras de namorados reservava-as todas para a paralítica: flores, caixas de chocolate, lembranças delicadas e uma sonata composta pelo maestro em homenagem àquela devoção de filho e mãe: "Tardes de Itapagipe com o amor materno".

O médico insano morreu sem recuperar-se, dr. Teodoro tratou do inventário, resolvendo os diversos problemas como se cuidasse de bens de gente sua. Talvez por isso a viúva imaginou casá-lo com a filha mais moça, uma catraia assustadora. Por sorte, a promessa impedia dr. Teodoro, porque se assim não fosse era capaz de ver-se de súbito esposo do mostrengo, de tal forma era impositiva a viúva. Já o tratava como sogra, dispondo sobre sua vida. Num alarme, dr. Teodoro só teve um recurso: passar adiante sua parte na sociedade, retirando-se da farmácia e da ameaça de noivado.

Quando se interrogava sobre o que fazer com o dinheiro recebido, um seu conhecido (seu e nosso, pois já em outra ocasião o vimos, ao volante, na rua Chile, quase atropelando dona Rozilda e ainda lhe dizendo régios desaforos, aquele esperto representante de drogas e laboratórios, Rosalvo Medeiros) deu-lhe uma deixa de primeira: a Drogaria Científica, estabelecimento próspero, num ponto formidável, estava sendo objeto de uma dessas sórdidas lutas de herdeiros num inventário litigioso, torpe briga de família. Ótima oportunidade para alguém com dinheiro; podia fazer um negócio e tanto.

Assim o fez dr. Teodoro, adquirindo as partes de dois dos cinco herdeiros, a vista e a prazo. Metia-se em empresa de vulto, comprava um patrimônio. Atravessou uns tempos ruins, ao começo, resgatando promissórias a juros altos. Foi-lhe de valia naquelas aperturas o banqueiro Celestino, a quem o recomendara outro membro da orquestra de amadores, dr. Venceslau Pires da Veiga, quase tão bom no violino quanto no bisturi famoso. O português sentiu logo o homem sério: tinha olho e olfato, não se enganava nunca. Abriu para dr. Teodoro a possibilidade de reforma de títulos, facilitando-lhe a vida.

Homem de módicas despesas (seus luxos resumiam-se em enfermeira competente para a mãe, no fagote e na hebdomadária visita a Tavinha Manemolência), com o apoio do banqueiro, transpôs o farmacêutico sem maiores riscos aqueles primeiros tempos do Cabeça, ainda endividado. Um ano antes de engraçar-se por dona Flor, pagara, com um suspiro de alívio, a última letra.

Era agora sócio não mais de pequena farmácia de Itapagipe e, sim, de drogaria no centro da cidade. E, se bem sócio menor, possuindo apenas duas quintas partes do capital, mandava e desmandava no negócio, pois os três irmãos não se entendiam e raramente punham os pés na Científica (a não ser para pedir avanço sobre a retirada).

Ao demais, farmacêutico a dar título ao estabelecimento, cabia-lhe por isso e pelo seu trabalho diário uma participação maior nos lucros. Tranquilo, à espera de mais cedo ou mais tarde comprar as outras cotas quando os irmãos, caterva de preguiçosos e inúteis, acabassem de pôr fora, na boa vida, os demais bens da herança, dr. Teodoro ganhara o respeito e a estima do bairro, inclusive das comadres.

Quando surgira no Cabeça, irrepreensível em sua roupa escura, sério e competente, solteirão andando para os quarenta, as comadres, apenas o viram, puseram-se em ação. Logo vasculharam sua intimidade, pesaram sua ciência — "Que mão mais delicada na agulha da injeção", "Receita melhor do que muito médico" —, passando a pente-fino os detalhes de sua vida: dos estudos pagos com o trabalho da mãe à frente do armarinho em Jequié até os solos de fagote, arte e prazer do celibatário, com lágrimas no capítulo dramático do derrame quando dr. Teodoro jurara não amar mulher alguma para melhor atender à paralítica.

Dona Dinorá, escrupulosa e exata, pertinaz em busca de minúcias, estendeu seu campo de pesquisas até Itapagipe, onde entrevistou a própria enfermeira a conduzir a velhota no carrinho de aleijada. Aquela dedicação de filho a merecer sonata, melodia e poema, impôs-se à maledicência das comadres, que deixaram o boticário em paz com seus hábitos austeros e sua mãe enferma.

Tão acostumadas com o solene compromisso filial, nem se deram conta da profunda mudança qualitativa ocorrida meses antes, quando a mãe do dr. Teodoro finou-se em sua cadeira de rodas, na qual vivera por mais de vinte anos: livre o filho da fatal promessa, apto para o casamento. Mas para as comadres o farmacêutico não existia como motivo de fuxicos e cochichos. Futricavam de todo mundo menos dele, "Homem direito é doutor Teodoro".

Qual o espanto, pois, qual o assombro, o fim de mundo, quando estourou a notícia do interesse do droguista pela professora de culinária. Ah!, traidor! As comadres, em formação de batalha, ocuparam todas as posições estratégicas entre a Drogaria Científica e a Escola de Culinária Sabor e Arte. Por entre olhares e sorrisos dr. Teodoro teve de atravessar, com seu passo medido, seu jaquetão cinzento ou azul, sua austera compostura, cruzando ante a janela onde dona Flor respondia com um sorriso breve e gentil ao respeitoso porém apaixonado cumprimento do pretendente. Ah!, traidor, sorna e fingido! — diziam olhares e gestos das xeretas.

Permanecendo na mesma distante casa de Itapagipe, já não se apressava ele, no entanto, a tomar o bonde e o elevador apenas cerradas as portas da drogaria: não mais o esperava em nervosa impaciência a mãe entrevada. Deu de almoçar e jantar no restaurante do português Moreira, rondando pelo Cabeça, pelo Maciel, pelo Sodré, como se não pudesse abandonar as redondezas da viúva. Fazia-lhe a corte de longe, sem lhe impor a presença, discreto. Mas como manter-se em discrição, nos limites da reserva, com o comadrio em torno, tropeçando a cada passo numa das beatas, ouvindo insinuações de dona Dinorá?

Dr. Teodoro, homem de atitudes francas, inimigo de fraudes e embuçamentos, sentia-se incômodo; a situação foi-se tornando para ele insuportável. Dona Norma deu-se conta:

— Até faz pena...

Dona Flor sorria com simpatia:

— Pobrezinho...

— Isso não pode continuar assim... Vou dar um jeito...

Dona Norma dispôs-se a uma explicação sincera com o apaixonado farmacêutico, para decidir aquilo de uma vez. A própria dona Flor já não escondia estar também interessada, falando dele com afeição, firme na janela na hora do doutor cruzar a rua.

— Vou falar com ele...
— Está louca, criatura? Ele vai pensar que eu mandei, que sou uma reles, uma oferecida...
— Não seja tola... Deixe comigo...

Mas não chegou dona Norma a tomar a iniciativa, porque, naquela mesma tarde, dona Flor invadiu-lhe a casa, quase sem fôlego, na mão as folhas de uma carta e o envelope. Papel azul com bordas de ouro e perfume de sândalo, um primor. Declaração em regra, frases de galanteio em escorreito português, relação de bens e de qualidades postos uns e outros aos pés da dama, honestas intenções, palavras nobres, e o sopro de uma paixão verdadeira a transbordar dos retilíneos limites da prudência, fazendo com que aquele documento de um caráter fosse também requisitório de amor, fremente e vivo.

— Supimpa... — disse dona Norma, lendo ávida e entusiasta. — Um colosso.

13

Se o primeiro casamento de dona Flor realizou-se às carreiras, em acanhada e restrita cerimônia, no segundo tudo aconteceu como devido, reinando ordem e certo brilho. O primeiro não teve noivado, indo direto do namoro (impudico) ao matrimônio, passando antes pela cama (antes da hora). Celebrou-se naquelas desagradáveis condições de urgência e embaraço resultantes da necessidade de tapar com o aval do Estado e da Igreja os três-vinténs da moça comidos pelo namorado, antecipadamente, restaurando-se assim, se não o cabaço, pelo menos o bom nome da família.

O segundo foi puxado a convite impresso, com notícia na coluna de "Sociais" de *A Tarde*, elogiosa referência ao dr. Teodoro — "nosso prezado e conspícuo assinante" —, música, flores e luzes, e gente, muita gente na igreja de São Bento, onde o celebrante, d. Jerônimo, sapecou sermão dos mais eloquentes, enquanto na cerimônia civil, o juiz, dr. Pinho Pedreira, com aquela sua elegância de conceitos, em breve e amável oração, previu uma vida de paz e entendimento para o novel casal, "sob o signo da música, voz dos deuses". Era o descarnado e preclaro juiz colega do noivo na orquestra de amadores reunida sob a batuta do maestro Agenor Gomes, onde o magistrado se distinguia na clarineta.

Teve assim o segundo casamento de dona Flor quanto faltou ao primeiro; regido, a rogo dos noivos, por dona Norma, com proficiência e escrúpulo, viu-se cada coisa em seu lugar, na devida hora, tudo de boa qualidade e por preço acessível, tendo ela contado para tal sucesso com a ajuda entusiasta da vizinhança em peso.

O que não obteria dona Norma? Obteve inclusive a presença de dona Rozilda, sua completa reconciliação com a filha. Vieram também de Nazaré o irmão e a cunhada de dona Flor; ausentes apenas Rosália e Antônio Morais, mantendo o mecânico sua decisão de só voltar à Bahia quando a sogra "houvesse tomado férias permanentes no inferno".

Dessa vez dona Rozilda não tivera críticas a fazer: casamento a seu gosto, tanto as cerimônias como o genro. Afinal um genro seu se aproximava do modelo sonhado nos distantes idos da ladeira do Alvo: não exatamente, é claro, não o príncipe perfeito, ideal quase alcançado com o estudante Pedro Borges. Mas, enfim, um doutor, de recursos, sócio de farmácia bem sortida e situada. Homem probo e de trato, alguém na vida, não um pé-rapado a ganhar o pão rastejando sob os automóveis dos outros, imundo de graxa, como o marido de Rosália; muito menos um reles vagabundo, um capadócio como o primeiro esposo de Florípedes. Esse dr. Teodoro ela podia exibi-lo sem constrangimento às suas relações de elite, figura de prol, genro de substância, apatacado.

No segundo casamento só não houve namoro, e com razão, pois não fica bem a uma viúva namorar, numa esquina ou no esconso de uma porta em deboche e agarramentos: beijinhos, abracinhos, pega aqui, pega acolá, mão nos peitos, correndo pelas coxas. Descarações e sem-vergonhices toleráveis em namoro de donzela se são sérias as intenções do namorado, dando-lhe direito a alguns avanços; mas insuportáveis e desmoralizantes em se tratando de viúva.

Eis por que, quando da declaração de dr. Teodoro, através da nobre epístola, ficou resolvido entre as partes — com o conselho e a aprovação de parentes e amigos — um respeitoso e parco noivado, durante o qual poderiam dona Flor e dr. Teodoro melhor se conhecerem e assim pesarem qualidades e defeitos, determinando se realmente cabia casamento. Possuindo dona Flor amarga experiência — dissera seu Sampaio, embaixador plenipotenciário — não se dispunha a passo tão sério sem amplas garantias de sucesso.

Passo tão sério: nem mesmo dona Norma, com toda sua disposição e não menor capacidade, se animou a sozinha aconselhar a amiga sobre o teor da resposta às folhas azul e ouro, recendendo a perfume de sândalo e a paixão. Para ela, íntima e fraterna de dona Flor, a par de seus segredos, de sua necessitada condição de jovem fêmea presa nas grades da viuvez, não havia dúvidas: aquele casamento era a boa solução para todos os problemas da amiga. Mas uma resposta à ardente e cortês declaração não podia resumir-se a uma palavra: "aceito". E depois?

Necessário aproveitar a ocasião para botar tudo em pratos limpos, definindo-se atitudes, termos e prazos, de tal forma não caísse dona Flor na boca do mundo, nem se prolongasse tampouco a ridícula situação em que se atolara o inexperiente farmacêutico, homem de condição e respeito, de súbito promovido a palhaço e a motivo de galhofa pelas comadres a seguirem-no rua afora, a contarem seus olhares e suspiros, a se divertirem às suas custas.

Eis por que dona Norma convocou não só dona Gisa, letrada e sabichona, amiga do peito, como também quis ouvir seu Zé Sampaio e nele se apoiar. Pensara de começo em tia Lita e tio Porto, encontrando-se em Nazaré das Farinhas ou no Rio a mãe e os demais parentes de dona Flor. Mas convieram, ela e a viúva, na inutilidade da presença dos bons velhos nos debates preliminares do caso. Se chegassem ao momento solene do noivado, aí sim, convocariam tia Lita em seu jardim, tio Porto em suas paisagens coloridas para ouvirem do pretendente as intenções e o pedido.

Noite atrapalhada: para garantir a reunião teve dona Norma de obter que dona Amélia a substituísse à cabeceira de uma prima sua, em quinto ou sexto grau, recém-parida:

— Essa Norminha não tinha nada de se oferecer de acompanhante, a moça cheia de parentes... Se ofereceu de enxerida, mulher mais espoleta... — reclamava dona Amélia no caminho do hospital, a contragosto.

Também dona Gisa desfez um compromisso: reunião musical em casa de uns amigos alemães onde, à meia-sombra, ouviam discos de Beethoven e Wagner, em devoto silêncio, churupitando uma bebidinha. Quanto a seu Sampaio, veio de má vontade, a pulso: não era de seus hábitos envolver-se na vida alheia, muito menos com palpites em assunto tão pessoal quanto casamento. Em se tratando, porém, de dona Flor, criatura de sua real estima, viúva e honrada — e um peixão, uma uva!, seu Sampaio não podia conter o pensamento safardana —, decidiu-se a sair de seus lazeres e princípios para servi-la.

Com nova leitura da carta, feita em voz alta e com comentários por seu Sampaio, iniciou-se essa histórica conferência de cúpula (como diria a imprensa de hoje):

— Homem de sentimentos elevados, gostei — concluiu o lojista de sapatos.

Houve depois o tímido assentimento de dona Flor:

— Sim, penso que sim... Por que não? Acho ele simpático...

— Simpático? Um homem e tanto, um zarro — protestou dona Gisa, metida a usar gíria baiana em sua meia língua de gringa.

Acordaram finalmente, por sugestão de dona Norma, delegar poderes a seu Zé Sampaio para, em nome da viúva, entreter-se com o farmacêutico sobre todos os trâmites, anunciando-lhe o sim com exigências: término imediato àquelas demonstrações públicas, assanhamento grotesco, pouco condizente com qualquer dos dois interessados, passando-se a noivado discreto, precedido de um encontro com os tios de dona Flor onde se oficializasse o compromisso.

Assim feito, poderia dr. Teodoro frequentar a casa da prometida três vezes por semana, às quartas, aos sábados e aos domingos. Às quartas e aos sábados chegando após o jantar e permanecendo até às dez da noite; encontros esses, é evidente, sempre em presença de terceiros para não se poder arguir o menor rumor contra a respeitabilidade da viúva. Aos domingos, o regime era mais brando, começando com almoço no Rio Vermelho em casa dos tios, terminando com o cinema, em companhia dos Sampaios ou dos Ruas.

Não se deve encerrar a ata dessa memorável reunião sem nela inscrever-se o desagrado e o desacordo de dona Gisa para com tais limitações. Discordara com ênfase da maior parte de exigências tão ridículas e tolas, em sua opinião carrancismos da Idade Média, feudais e tristes. Mas o próprio Zé Sampaio, homem experiente, as entendia necessárias para precaver-se sem mácula o bom nome da vizinha.

Tudo indicando ser dr. Teodoro homem de honra — o comportamento anterior e os termos altaneiros de sua carta —, ainda assim deviam garantir a viúva contra qualquer abuso. Imagine-se o boticário, após meter-se dia e noite em casa da indefesa dona Flor, após exibi-la para cima e para baixo, em passeios e excursões, por aí além, ninguém sabe onde, os dois sozinhos, imagine-se o patife dando o fora de repente, como tantas vezes sucedera em casos idênticos; onde iriam parar a honra e o límpido conceito da vizinha? De viúva exemplar pela seriedade e compostura, passaria dona Flor a penico de defunto, onde qualquer um chega, faz pipi e vai-se embora. Podia dona Gisa, em sua sapiência, até rir desses costumes, mas ele, José Sampaio, zeloso da saúde moral de dona Flor, era de opinião que...

Idade Média, feudalismo, Santa Inquisição — onde já se viu mulher de trinta anos, viúva, dona de seu nariz, dona de seu dinheiro ganho em trabalho idôneo, necessitar de testemunha ao receber a visita do noivo, cavalheiro já adiante dos quarenta? Só no Brasil ainda era possível tal atraso... Nos Estados Unidos, seria o riso universal...

Seu Sampaio ouviu a gringa em silêncio, a fitá-la, dando-lhe razão no mais recôndito de seu pensamento: uma besteira e das maiores todas essas precauções e testemunhas, afinal quem dá o que é seu, dá a quem quer e quando melhor lhe parecer... E que bom seria se a gringa, tão cheia de farofa e futurismos, se resolvesse a lhe dar um pouquinho para pôr em prática suas teses, seu desprezo por essas convenções, por essas ninharias... Mas, que nada! Tanta palavra e indignação, tanta ciência e tantas letras, e era um rochedo; pelo menos até prova em contrário. Se dava era em sigilo e que sigilo mais absoluto! Ninguém, nem mesmo dona Dinorá, jamais tirara qualquer suspeita a limpo, jamais um fato, sequer um pretendente comprovado. Muito falatório, sim, mas tudo em vão, tudo se dissolvendo em coisa alguma. A gringa sorridente, feliz da vida, com todos os sintomas físicos e morais de pança farta, de bem servida, e as comadres no maior alvéu, sem descobrir bilosca por mais fuçassem.

Vai-se ver, talvez nem desse, fosse séria de verdade... — o que afinal era um consolo, concluía melancólico seu Sampaio, encerrando também a conferência.

No dia seguinte, contrariando mais uma vez seus hábitos, demorou-se seu Sampaio a sair para a loja de sapatos: fazia hora para encontrar dr. Teodoro na drogaria, desobrigando-se logo da prebenda.

Foi conversa cordial se bem de início seu tanto difícil, cheia de dedos e de reticências, seu Sampaio sem saber como introduzir o assunto, dr. Teodoro estreante naqueles embelecos. Entenderam-se, porém, em mútua boa vontade: o lojista pleno de simpatia pela causa, o farmacêutico disposto a qualquer acordo desde que nele se incluísse o casamento com a viúva, numa paixão definitiva de homem maduro.

Deu-se o encontro no laboratório, nos fundos da botica,

em aparência ao abrigo de olhares e ouvidos indiscretos. Em aparência apenas, pois mesmo naquela hora matinal dona Dinorá, em permanente vigilância, observou a cautelosa abordagem de seu Sampaio, sua demora suspeita no recesso do laboratório (nem tratamento de sífilis tardava tanto), e meteu a cara a pretexto de sua injeção contra reumatismo (em verdade só devia tomá-la no dia seguinte e no horário vespertino).

O susto dos conspiradores ao ver a face da insolente seria confissão bastante, não tivesse ela ouvido pedaço de conversa, assertiva reveladora do comerciante em calçados:

— É o caso, meu caro doutor, de parabéns às duas partes, ao senhor e a ela... Ambos merecedores...

Logo esteve a notícia em todas as bocas, circulando nas ruas em redor, dona Flor recebendo felicitações mesmo antes de saber do sucesso da missão com tanto brilho levada a cabo por seu Zé Sampaio (aliás escolhido para padrinho no ato religioso, em agradecimento).

Na noite de sábado, na expectativa do encontro do pretendente com a viúva, reuniu-se pequeno e animado sereno ante a casa de dona Flor; as comadres postaram-se desavergonhadas no passeio do argentino, brechando a sala de visitas da escola de culinária.

Dona Flor aguardava sorridente e calma a visita excitante; encontrando-se, como devido, cercada por seus parentes próximos, no caso os tios, e por seus amigos mais íntimos (inclusive dona Dinorá, que ameaçara guerra sem quartel, se não fosse convidada), três ou quatro casais, dona Maria do Carmo e a moça Marilda (tão nervosa como se fosse o pedido de sua mão) e, na melhor cadeira, o dr. Luís Henrique, personalidade da administração pública e das letras pátrias, amigo da família, uma espécie de parente rico. Lá fora o sereno crescia em gente e em saliência.

Dr. Teodoro surgiu na hora exata, na precisão de seu cronômetro suíço, numa lordeza que só vendo, flor à botoeira, um figurão esplêndido, a estremecer todas as comadres. Recebido com certa cerimônia por tia Lita, após cumprimentar todos os presentes, dirigiu-se ao lugar que, segundo rígido protocolo, lhe designaram: no sofá, ao lado de dona Flor.

Dona Flor resplandecia num vestido novo, formosa e simples em rubor e pudicícia, toda de cobre e ouro. Ninguém poderia adivinhar, vendo-a tão tranquila, de ânimo tão seguro, como por dentro estava morta de agonia, opressa em aflição, como crescera sua ânsia naqueles dias de esperança e dúvida.

Finalmente ia transpor o duro tempo, a negra noite, o deserto de luto e solidão: outra vez em cavalgada partiria a vadiar.

Sentou-se dr. Teodoro na ponta do sofá e foi o silêncio, a espera, minuto solene, inesquecível e muito incômodo. O farmacêutico percorreu com os olhos a sala cheia, dona Norma sorriu a animá-lo. Então, pondo-se novamente de pé e dirigindo-se a dona Flor e aos tios, disse como ficaria feliz "se ela quisesse lhe fazer a mercê de aceitá-lo como noivo, futuro esposo em breve prazo, dispondo-se a ser sua companheira na estrada da vida, estrada pedregosa, feita de obstáculos e tropeços, a transformar-se no entanto em paraíso se ele contasse com seu apoio e bálsamo...".

Arenga de orador, digna de bacharel ou de político, faceta inédita do dr. Teodoro essa retórica; "Que homem mais completo de virtudes", pensou dona Maria do Carmo, de todos os presentes quem menos tratara com o pretendente. Enquanto isso, ele prosseguiu, afirmando já sentir-se nos umbrais do paraíso pelo fato de ver-se ali, entre os tios e os amigos mais diletos de quem era o motivo de sua vida; lástima não estivessem presentes a irmã e o irmão, a cunhada e o cunhado, e sobretudo a dedicada e veneranda velhinha, a santa mãe de dona Flor...

Tão imprevista citação de dona Rozilda quase engasga dona Amélia, um frouxo de riso na garganta: "Espere e já verá a santidade da velhinha...", a mão tapando a boca, desviando os olhos para não fitar dona Norma ou dona Êmina.

Dr. Teodoro, em resumo, desejava, em presença de tantas testemunhas de alta valia, solicitar a mão de dona Flor, sua mão de esposa. Tão lindamente disse que dona Norma não se conteve, bateu palmas, ante a indignação de seu Sampaio: onde já se viu aplausos em momentos assim, quando se impõe a mais discreta compostura? Mas dona Flor pôs tudo em ordem e em harmonia levantando-se ela também, estendendo a mão e a face ao pretendente, dando-lhe o sim:

— Eu também desejo me casar consigo...

Ele apenas aflorou a face da noiva, e logo foi uma confusão de abraços, de felicitações e parabéns, beijos das mulheres e o sereno indócil invadindo a casa, dr. Teodoro a ouvir repreensões:

— Seu enganador, santo de pau oco...

Farta mesa de doces e salgados, atiraram-se indômitas as comadres. Marilda e a empregada serviam licores feitos em casa: de ovos, de violetas, de groselha, de umbu, de araçá, cuja gostosura levou o farmacêutico a risonho engano:

— Ah!, esses licores, são excelentes. São feitos pelas freiras do convento da Lapa, não é?

Porque o paladar lhe soubera conhecido, idêntico a outros degustados em casa também acolhedora, assim confortável de calor humano. Riram, porém, de sua certeza e mesmo como hipótese não a quiseram aceitar, considerando-a quase um insulto: não tinha ele por acaso notícia dos dons de dona Flor? Não apenas cozinheira insuperável, doceira sem rival, mas também mestra em licores; os das freiras, da Lapa, do Desterro ou dos Perdões, eram xaropes, xaropes de farmácia, seu doutor, não podiam comparar-se aos de sua noiva, nem de longe...

Dos licores não sabia; confuso, em autocrítica e penitência, dava a mão à palmatória; sabia, sim, da fama régia da cozinha, não sendo dona Flor professora de temperos por acaso e, sim, por competente, por verdadeira artista. Nunca lhe fora antes dado provar essas delícias, infelizmente; mas chegara o tempo da desforra. Ia engordar muito, com certeza.

Assim foi a alegre festa de noivado. Nas voltas que o mundo dá, o dr. Teodoro veio parar nas antessalas do leito de dona Flor, na fímbria de sua espera. Todo escabreado, não tinha experiência de namoros e conquistas, seu trato mais íntimo com mulheres reduzindo-se ao encontro semanal com Otaviana. Se um dia o farmacêutico vira na rapariga a trêfega Tavinha Manemolência, recebendo ela então além da moeda sonante o agrado de uma palavra doce, com o passar do tempo aquele tráfico de sentimentos reduziu-se a um hábito de gentilezas e cordialidades, de confortáveis atenções, com doces e licor, conversa e cama, despido de galanteios e ternuras de namoro ou de xodó.

Na despedida novamente dona Flor ofereceu a face ao casto ósculo (ou medroso ou tímido, mas sobretudo acanhado) do prometido noivo. Mas sentiu o tremor de sua mão ao tocar-lhe os dedos úmidos. Pensou que o dr. Teodoro também queimava por dentro, igualzinho a ela.

Naquela noite dona Flor sonhou com ele e só com ele e o viu um gigante moreno, forte, invencível, o peito largo, um zarro, como dizia dona Gisa estalando a língua; vinha e a arrebatava.

Assim foram os esponsais de dona Flor. Pelas ruas em torno não se discutia outra coisa. Aliás, não era discussão e, sim, assentimento unânime. Não surgiu voz discordante, todos simpatizando com o noivado do boticário e da viúva, feitos um para o outro, na opinião geral.

Primeiro dona Flor estabeleceu um prazo de pelo menos meio ano para a data do casório. Foi essa uma das raras proposições discutidas pelo noivo. Por que tanto tempo? — quis saber dr. Teodoro, se não tinham enxoval a preparar, problemas a resolver? De acordo com ele estavam amigas e comadres e a própria dona Flor veio a lhe dar razão, reduzindo a três meses aquele tempo de timidez, de sofreado anseio.

Três meses de bonança, quando foram se acostumando (facilmente) um com o outro e se deram bem, melhor a cada dia. Nesse período, nos serões de conversas longas, com a participação de dona Norma ou de outra amiga, decidiram sobre todos os detalhes da vida em comum a ser iniciada em breve.

Acertaram morar em casa de dona Flor, não só porque para dr. Teodoro era cômodo, ficando a residência próxima à drogaria, como porque dona Flor se recusara, terminante, a encerrar as atividades da escola, como ele propusera. A farmácia lhe rendendo o bastante para viverem com modesto conforto — argumentou dr. Teodoro —, por que manter aquela trabalheira? Mas dona Flor acostumara-se e certamente não saberia viver sem suas alunas, as turmas ruidosas, as risadas, os diplomas, o discurso e as lágrimas na formatura e um dinheiro seu. De maneira alguma, nem falasse nisso.

No mais, tudo de acordo. Mesmo o leito de ferro, pelo qual ela sentia secreta estima, agradando-lhe sua forma antiga, e por cuja sorte temera — talvez não quisesse o doutor dormir na cama onde o primeiro esposo a possuíra tantas vezes —, não foi motivo de debate. Quando, num balanço, estabeleceram a relação do que comprar para compor a casa a seu agrado (uma escrivaninha onde o farmacêutico tomasse suas notas e guardasse seus papéis, por exemplo), foram de peça em peça a examinar e decidir; chegando ao quarto ele propôs adquirirem novo colchão, estando o velho cheio de calombos, de altos e baixos. Existiam uns colchões de mola, novidade recente, magníficos. Ele mesmo tinha um, mas de solteiro.

Quanto ao leito, não valeria a pena pintá-lo, já que iam pintar a casa e certos móveis? E foi tudo.

Acostumavam-se um ao outro e já sentia dona Flor ternura por aquele homem calmo e bom, seu tanto solene e sistemático, exigindo tudo em seu lugar e em hora certa, mas incapaz de uma indelicadeza, cheio de atenções e sem dúvida morto de amor por ela. Já agora, ao chegar e ao despedir-se (e vinha diariamente, acabara-se aquela bobagem, tão criticada por dona Gisa, de visitas só três vezes por semana), ele a beijava nos lábios, levemente. Com sua boca forte apenas tocava a boca da viúva. Ela sentia ganas de mordê-lo, num beijo de verdade.

Uma noite tinham ido ao cinema, mas, como acontecia cada vez que saíam com seu Ruas, chegaram atrasados, a sessão tivera início e na sala cheia não conseguiram lugar na mesma fila para os quatro, ficando dona Flor e dr. Teodoro lá na frente, incômodos. Incômodos para ver o filme, a tela muito próxima, mas sozinhos na fila e de mãos dadas. Certo momento ele aflorou-lhe os lábios de manso, mas ela abriu os seus e o beijou deveras. Foi o primeiro beijo que trocaram, carícia de homem e de mulher, os outros tinham sido ósculos e não beijos. Faltava uma semana para de todo completarem, ante o juiz e o padre, os esponsais. Aquele beijo como que inaugurou sua intimidade, destruindo o pejo e a vergonha a fazer daquele o mais cerimonioso dos noivados.

Com esse beijo de verdade sonhava dona Flor todas as noites, dando, em sua insônia, razão a dona Gisa: se iam casar daí a dias por que diabo não matar de uma vez a fome e a sede a devorá-los? Não o fizeram, é claro, nem jamais falaram nisso, nem uma insinuação sequer. Daquele beijo, porém, nasceram outros, e as mãos se apertaram, juntaram-se as cabeças no escuro do cinema. Naquela noite dona Flor dormiu tranquila e em repouso, depois de muitos meses.

Assim chegou dona Flor, honrada e mansa, ao dia de seu segundo matrimônio. A casa, uma beleza, parecendo nova com a pintura a óleo, um faiscante lustre de penduricalhos, a placa da escola a reluzir. Outra disposição dos antigos móveis, completando-se com os recém-adquiridos, como a escrivaninha e sua cadeira giratória; no leito de ferro (agora azul) o colchão de molas, suco dos sucos, um xispeteó.

Da parede da sala tinham sido retirados os retratos coloridos de dona Flor e do primeiro esposo. Em seu lugar, na véspera do casório, foi posto o quadro de formatura do farmacêutico, onde, em meio aos colegas, ele sorria de beca negra, em trajes de doutor.

Não ficava bem manter o falecido a presidir a casa, segredou dona Norma a dona Flor. Tinha razão, mas dona Flor não quis na parede apenas seu retrato: um retrato de mocinha, da mocinha que ela fora, sem juízo, tola menina aflita, na idade de sofrer, a mulher do jogador; não a dona Flor de agora, mais gorda um pouco e mais pausada, a esposa do doutor, madura para a conquista da felicidade.

Todos o diziam, sem exceção, aquele mundo de convidados a lotar a igreja, inclusive o banqueiro Celestino, ocupadíssimo, chegando — com atraso como já sucedera quando do primeiro casamento — no último instante na igreja de São Bento. No começo da noite enluarada, quando já os noivos iam entrar no táxi que os conduziria para fora da cidade, para as núpcias na quietude de São Tomé de Paripe, no golfo verde-azul da Bahia de Todos os Santos, com estrelas inúmeras, com música de grilos e coral de sapos — todos diziam, até dona Rozilda:

— Desta vez, sim, ela acertou; vai ser feliz.

Desta vez sim, todos diziam, sem exceção.

IV
DA VIDA DE DONA FLOR, EM ORDEM E EM PAZ, SEM SOBRESSALTOS NEM DESGOSTOS, COM SEU SEGUNDO E BOM MARIDO, NO MUNDO DA FARMACOLOGIA E DA MÚSICA DE AMADORES, BRILHANDO NOS SALÕES, E O CORO DOS VIZINHOS A LHE RECORDAR SUA FELICIDADE

(com dr. Teodoro Madureira num solo de fagote)

* A ORQUESTRA DE AMADORES FILHOS DE ORFEU *

> *tem a subida honra de convidar vossa excelência e sua excelentíssima família para o concerto comemorativo do sexto aniversário de sua fundação, a realizar-se nos jardins do palacete do casal Taveira Pires, sito ao largo da Graça, nº 5, às 20h30 do próximo domingo.*

PROGRAMA

1ª parte
1. Berger • *Amoureuse* • valsa
2. Franz Schubert • *Marche militaire*
3. E. Gillet • *Loin du bal* • valsa
4. Franz Drdla • *Souvenir* • solo de violino com acompanhamento de piano • solista: dr. Venceslau Veiga • ao piano: sr. Helio Basto
5. Oscar Strauss • *Sonho de valsa* • pot-pourri

2ª parte
1. Francis Thomé • *Simple aveu*
2. Othelo Araújo • *Elegia* • solo de violoncelo com acompanhamento de orquestra • solista: sr. comendador Adriano Pires
3. Graziani-Walter • *Gemito appassionato*
4. Agenor Gomes • *Arrulhos de Florípedes* • romanza com solo de fagote e acompanhamento de orquestra • solista: dr. Teodoro Madureira
5. Franz Lehar • *A viúva alegre* • pot-pourri

Piano condutor: maestro Agenor Gomes

1

Tendo comprovado mais uma vez a ordem absoluta e o irrepreensível asseio, dona Filó foi saindo devagar, em seu passo de obesa:

— Fiquem à vontade, meus anjos... Não preciso desejar boa noite... — mesmo querendo ser maliciosa era apenas bonachona e maternal: conhecera dr. Teodoro ainda estudante, contemporâneo e companheiro de seu filho, o médico João Batista — Com vocês, sabem quantos casais passaram a lua de mel neste quarto, depois que estamos aqui, em São Tomé? Dezessete... Ou dezoito? Nem sei, só contando...

Um agrado no rosto de dona Flor, um piscar de olhos para o farmacêutico:

— Durmam de um sono só, sossegado... — a risada frouxa, balançando-lhe as bochechas, ressoou pela casa, trazendo do quarto da frente a voz do dr. Pimenta numa repreensão ("lá está Filó a atazanar os hóspedes"):

— Vem dormir, mulher... Deixa os outros em paz...

— Só estou vendo se falta alguma coisa... — um último olhar, da porta: — Meus pombinhos...

Viram-se dona Flor e dr. Teodoro um diante do outro no quarto enorme; encabulados, inibidos. Inibição a acumular-se durante o dia com as piadas das comadres, com as facécias das alunas. Os chistes idiotas, as chalaças dos vizinhos. Tanto no ato civil quanto na igreja cada um dos convidados revelou-se mais engraçadinho e persistente em sua malícia. O banqueiro Celestino dissera cada uma de arrepiar, eta português de boca suja; o táxi partindo e ele ainda em deboche e arrelia. São sempre assim as bodas de viúva, no tempero da galhofa rude, com o sal dos ditos ordinários. Pois se até dona Filó, a pessoa melhor e mais acolhedora, se até ela saía do sério para fazer troça, recomendando prudência ao boticário. Ali, no quarto, a inibição aumentara. Morrendo de sem jeito, permaneciam mudos, sem se olhar, como dois matutos.

Dr. Teodoro andou para os grandes janelões abertos sobre o jardim, no visível intento de fechá-los. Por eles a noite penetrara inteira quarto adentro: o luar, as estrelas, o coaxar dos sapos, um rumor de caranguejos e aratus, brilho de peixes como lâmina de aço no escuro do mar, e a mariposa azul-marinho com manchas de ouro, obstinada em torno ao lustre. A brisa vinha de entre os coqueiros e as mangueiras; num baque surdo, morcegos derrubavam sapotis em voo raso de sombras e fantasmas no charco de grilos e de rãs.

Dona Flor, num ímpeto — era preciso transpor aquela barreira a separá-los, aquele impasse inicial e bobo —, veio para junto do marido, debruçando-se no peitoril da janela. Dr. Teodoro, vencendo a timidez, aconchegou-a em seu peito; com a mão livre apontou a noite de lua, no rumo da distância:

— Está vendo, querida? — dizia "querida" ainda a medo num esforço. — Ali, no alto? É o Cruzeiro do Sul...

Eis que ela sempre desejara vê-lo, desde menina:

— Onde? Me mostre, meu querido...

Elevou a voz para dizer "meu querido" e repetiu depois baixinho: "Meu querido...". Iluminou-se dr. Teodoro.

— Ali... Espie... minha querida...

Por que, meu querido, esse medo, esse temor? Por que não me tomas em teus braços, não me beijas a boca, não me levas para o leito? Não vês como espero impaciente, não enxergas a fome em minha face, não ouves meu coração descompassado, não adivinhas minha ânsia? — dona Flor tinha também revelações de estrelas em seu céu noturno, secreta astronomia.

A seu lado, na janela, tendo-a contra o peito, pensa dr. Teodoro em como agir para não magoá-la, não feri-la por indecente ou chulo. Cuidado, Teodoro, não te afobes nem te apresses, por imprudência és capaz de pôr tudo a perder; podes lhe dar, a esta criatura tão direita, um choque do qual jamais ela se refaça. Não confundas, na cama, tua esposa com mulher da vida, com despudorada marafona; com meretriz paga para a satisfação do homem, para o vício, de quem se abusa e com quem se pode agir sem levar em conta a compostura e o pundonor. Para a luxúria existem as raparigas e seu triste ofício. As esposas são reservadas para o amor. E o amor, tu o sabes, Teodoro, é feito de mil coisas diferentes e importantes. Inclusive de desejo, mas de um desejo tão do espírito quanto da matéria; cuidado em não torná-lo sórdido e obsceno. Esposa exige prudência, sobretudo no trato de coisas de tal delicadeza, e a noite de núpcias é sempre decisivo ponto de partida para uma vida feliz ou infeliz. Ainda mais quando a esposa teve a amarga experiência de um primeiro matrimônio desastroso.

Pelo que lhe contaram fora não apenas amarga mas dolorosa e cruel aquela primeira experiência, fora tão somente sofrimento e humilhações. Deves ser, por isso mesmo, um marido tão dedicado e terno que consigas arrancar do coração sofrido da esposa até a última lembrança de uma vilania ou de uma falta de respeito. Sim, ele lhe dará quanto lhe faltou, e nunca motivo para sofrimento e humilhações.

Naquela hora de inibido anseio, de busca de compreensão e de ternura, cada qual com seus enganos, numa rede de equívocos, tateando às cegas um caminho, pelo céu partiram impávidos astronautas, e assim puderam reencontrar na órbita das estrelas a necessária calma e alguma intimidade.

Dr. Teodoro era familiar da carta do céu, do mapa do universo, conhecia nomes de constelações, satélites e cometas, número e grandeza dos astros nas galáxias — com o dedo a indicar nos recantos do infinito a mais pura estrela, e logo a recolhendo com seu saber e sua grande mão. Ali a punha, no rebordo da janela, sobre a pequena mão da esposa.

Naquela noite de núpcias ele lhe deu o que jamais amante algum a sua amante pôde oferecer: colar de astros com luz divina e com os volumes, os pesos e as medidas, sua posição no espaço, sua elipse e sua distância exata. Com o dedo doutoral ele no céu os elegeu, dispondo-os numa ordem de grandeza; no colo de dona Flor os astros translúcidos refulgiam.

Aquela estrela grande em teus cabelos, aquela quase azul, colhida na fímbria do horizonte, a que mais brilha, a maior de todas, ah!, querida minha, é o planeta Vênus, impropriamente designado estrela da tarde ou vespertina quando acesa no crepúsculo e na noite, e estrela da manhã ou matutina, ou estrela-d'alva, quando irrompe com a aurora sobre o mar. Em latim, oh! bem-amada, se diz *stella maris*, estrela a guiar os navegantes...

Não lição de cosmografia, pedante e ingênua, não; galanteio ardente, sua maneira de coibir a timidez e lhe ofertar a magia da noite e seu amor. Dona Flor, toda de estrelas e ciência recoberta, a cabeça reclinada no peito do doutor, já mais em sossego e no prazer de tais conhecimentos, quis saber:

— Vênus não é também a deusa do amor? Uma sem braços?...

Bem outra coisa desejava lhe dizer: "com sua luz ela fulge sobre nosso leito, é nossa boa estrela; não tenhas medo, meu querido, não me ofenderás se tomares de mim com doido ardor, se arrancares num afã, num arrebatamento, esse vestido que Rosália me mandou do Rio, se me puseres nua coberta só de estrelas, e se em mim montares e partirmos, égua e garanhão, por esse campo de mangueiras e cajus, por esse mar de canoas e saveiros".

Mas, cadê coragem para lhe dizer?

Sorrindo, o doutor lhe apertou a mão num gesto ousado, sua mão tremia. "Sim, era a deusa do amor da mitologia grega, e a escultura célebre, criação do gênio clássico..."

Dona Flor de novo constatou como igualmente a ele faltava intrepidez para ser bruto e louco, para romper o muro a separá-los. Tamanho homem de saber tamanho e não sabia como tomá-la e possuí-la. Quanto a ela, ah!, Teodoro, por mais deseje, não lhe compete a mínima iniciativa. Já quase ultrapassara os limites do devido, pois de direito não pode a esposa oferecer-se à excitação de seu esposo sem passar por sem-vergonha, por concorrente de mulher da vida, por descarada. Compete ao marido, meu Teodoro.

Aos trancos e barrancos lá ia ele em seu esforço. Já lhe tendo dado um colar de astros por adorno, lhe ofertava agora a riqueza dos monopólios desse mundo e, de quebra, a luta dos povos contra os trustes:

— Dizem que por aqui há um lençol subterrâneo de petróleo, imenso, uma riqueza tal, bastante para tornar nosso povo poderoso...

Rios de petróleo, torres, perfurações e poços, tudo aos pés de dona Flor; que não lhe daria ele nessa noite de esponsais?

— Também já ouvi dizer... Foi tio Porto, ensinava por aqui...

Dona Flor descansou a cabeça no peito do marido. Lá fora, perfumada de jasmim, permanecia a noite, a mesma a acompanhá-los no táxi a caminho da casa-grande do dr. Pimenta e de dona Filó nas lonjuras de São Tomé de Paripe. Noite de lua num céu próximo e fulgurante onde estrelas nasciam umas das outras, anônimas, mas logo eram classificadas pela polimorfa erudição do farmacêutico ("só dona Gisa para emparelhar com ele na sabedoria"):

— ...bem aqui em cima, sobre os jenipapos, as Três Marias...

A lua cheia rasgava a escura e densa água do mar, negrume de petróleo, mar de golfo em tranquila mansuetude. Lanternas de saveiros, cometas errantes e vermelhos no rumo das plantações de cana verde e de tabaco, nas margens do rio Paraguaçu, onde agonizam cidades e vilas de antigamente.

Um mar interior, macio de bonança, morno e quieto, e a brisa suave entre a jaqueira e o pé de fruta-pão. Dona Flor considera a beleza do luar cobrindo as águas, as areias, as canoas, os saveiros. Mar de repouso e paz.

Não o mar oceano, de barra fora, feroz e perigoso, de vagas e correntes submarinas, de enganosas marés; livre mar de solta ventania, de loucos temporais, mar de tempestades — desdobrando-se no caminho das pequenas casas ilegais de Itapuã, onde o amor irrompe em aleluia. Mar de violência desatada; não esse adocicado perfume de jasmim, mas o de maresia, ardido cheiro de sargaços, de algas e ostras, gosto de sal. Por que lembrar-se?

Por que lembrar-se, se era tão amena a noite de Paripe, com estrelas, e lua cheia, mar negro e tranquilo, e a paz do mundo sobre os esposos inibidos? Teodoro, mostra-me depressa mais estrelas, esmaga com tua voz e teu saber as lembranças de um obscuro tempo, defunto e enterrado. Traça em tua constelação de luz nosso caminho largo e aprazível, esse rio calmo, esse remanso, esse viver de golfo, viver feliz que hoje inauguramos devagar. Estremece dona Flor, seus olhos úmidos.

— Você está com frio, está tremendo, minha querida. Que loucura ficar aqui exposta, no sereno; um perigo, pode pegar uma gripe, um resfriado. Vamos entrar e fechar essas janelas — Dr. Teodoro sorriu seu bom sorriso e perguntou um tanto escabreado: — Não acha que já é hora, meu amor?

Ela riu também, atrás dele se escondendo a meio, num jogo de recato e de malícia: "É você quem manda, meu senhor". Ele era tão simpático e gentil, um bom gigante, ela sentia o seu apoio, sua proteção. Deu-lhe o braço, era seu esposo: homem de bem, forte e calmo como lhe fazia falta. Um marido de verdade, às direitas. Como esse mar de golfo, sem violências, sem rompantes, mas, quem sabe?, talvez com estrelas escondidas, com riquezas insuspeitas, imprevistas.

Puseram as trancas de madeira nas janelas, ela a ajudá-lo. A noite fez-se pequena e íntima no quarto, um aconchego na medida da timidez dos dois esposos. Como vai ser agora, meu Deus? — interrogou-se dona Flor, ao terminar.

Para fazer alguma coisa, dona Flor foi arrumando sua roupa e a dele nos armários. Aos pés da cama, os dois pares de chinelos; sobre a colcha, o vistoso pijama amarelo do doutor e a camisola de rendas e babados, presente de dona Enaide para a noiva, obra-prima de cambraia. Era uma artista dona Enaide e com esses finíssimos bordados fizera as pazes com a amiga, posto no rol do esquecimento aquele assunto do dr. Aluísio, rábula e sapeca, doutor para inglês ver...

Dr. Teodoro, ah!, doutor de verdade, de canudo e anel, a observava indo e vindo para o armário. Ela lhe exibiu a camisola, tomando-a pelos ombros: "Bonita, não acha?"; e ele, ao ver e achar, sentiu um frio no cangote. "Cuidado, meu caro, não ponhas tudo a perder com um gesto brusco, uma palavra forte..." — recomendou-se o noivo mais uma vez. Prudência e tato impunham-se nesses sete dias de lua de mel no paraíso de São Tomé, nos longes de Paripe, em casa dos Pimentas. Sete dias ali, de mar e de jardim, de preguiça e de volúpia, mas a lua de mel, essa ia durar a vida inteira.

Desejou dizer a dona Flor: "Nossa lua de mel vai durar a vida inteira". Por que tão tímidos e inibidos? Era como se de súbito houvessem gasto toda a intimidade a duras penas conquistada quando noivos. No entanto, estavam casados, com a bênção do monge de São Bento e as felicitações do magro juiz e músico, e antes do casamento haviam trocado beijos, ávidos e frementes, no cinema e em casa, sentindo a ânsia e a febre, arrebatados no desejo cru. Por que então esse encabulamento, por que ficar ali sem voz e sem ação, como dois patetas, quando por fim a sós, marido e mulher na hora de se completarem e serem? Ele queria lhe dizer, a seu amor: "Nossa lua de mel vai durar a vida inteira", mas apenas disse na intenção de desatar aquele nó de agonia e de silêncio:

— Enquanto você muda a roupa, vou lá dentro...

Saiu para o banheiro levando o pijama e os chinelos, quase numa fuga.

Dona Flor preparou-se ante o espelho e rápida, ouvindo a água correr no banho do marido. Quanto a ela, recendeu em água-de-colônia e em perfume de heliotrópio (que dona Dagmar lhe dissera ser o mais indicado para sua cor). Sobre o corpo nu, sobre o pelado ventre tão só o perfume e as rendas negras da diáfana camisola de cambraia. Um brilho de desejo quase impudico querendo impor-se sobre a pudicícia honesta a lhe baixar os olhos, a fazê-la trêmula e medrosa. Cobriu desejo e formosura, as rendas e os babados transparentes, com o casto lençol onde a alfazema punha um cheiro de família e de inocência.

Dr. Teodoro regressou em amarelo, fascinante; crescera no pijama, dona Flor pensou: "Que enorme que ele é!". Tendo pendurado o terno novo do casório — calças de lista e paletó de mescla —, ele apagou as lâmpadas do lustre de cristal, deixando apenas o vacilante e ínfimo brilho da lamparina de azeite em frente aos santos, no oratório secular.

"Não vai me ver quando me despir da camisola." Não vai ver seu corpo jovem, igual ao de moça virgem, seios de donzela pois não amamentaram, ventre sem as deformações da gravidez, sem a marca do parto, e uma rosa de cobre e de veludo.

Mas, que importa? Já ele verá seu corpo ao fim da cavalgada, no nascer da aurora, em sua baça claridade matinal. Agora só importa que o sinta jovem e árdego e para sempre seu. Adivinhando-lhe a proximidade, dona Flor cerrou os olhos, o coração em descompasso.

Imaginava no entanto como seria, pois fora casada e, mesmo antes de o ser, partira a vadiar num leito de maresia e tempestade. Tinha certeza de como seria, pois guardara memória fiel e exata, no pensamento e em cada minúcia de seu corpo. Mais um instante, e ele, seu novo marido, transpondo as fronteiras da fina educação e do pudor, alijando lençóis e camisola, num tropel de carícias e palavras, num desatino, num vendaval de esfomeadas bocas, de sábias mãos, a retiraria do recato e da vergonha, atingindo o chão de sua úmida verdade. Sente o corpo do marido junto ao seu, na cama.

Sempre fora preciso conquistá-la, a cada vez. Encolhia-se, fechava-se numa vergonha a recobrir como nodosa casca o cerne do desejo. Necessário transpor essa barreira, trazendo à tona sua cupidez de fêmea, sua recôndita apetência. Agora, porém, após tantos meses de viúva honesta (ah!, jovem e carente), meses que foram uma noite imensa e insone, quando não prenhe de sonhos lancinantes em rua de marafas, desgarrada noite, mortal vigília, agora esse duro invólucro de pudor transformara-se em frágil e delgada cobertura, incapaz de resistir ao menor apelo.

O coração aos saltos, os olhos fechados, ela espera o gesto brusco do marido a arrancar lençol e camisola, exibindo-a toda. Pois, como aprendera à custa de seu perdido pejo, onde já se viu vadiar de camisola, corpo vestido ou coberto ainda que pela mais leve cambraia transparente, onde já se viu tal absurdo?

E logo lhe foi dado ver, não por absurdo e, sim, por diferente. Em vez de descobri-la, cobriu-se ele também e, sob os lençóis, com os braços a envolveu. Trouxe sua cabeça (os cabelos de tão negros quase azuis) e a repousou em seu peito largo como um cais de porto, beijando-lhe com ternura a face e depois a boca num beijo enfim como dona Flor pressentira e esperava.

Tomada de surpresa ela deixou-se ir, e no beijo se rompeu a frágil e delgada casca da vergonha. A mão do esposo descera da anca para a perna, por sobre a camisola, e tocou sua borda de cambraia; e, mal dando tempo para que dona Flor de todo se abrisse e se soltasse do recato, lhe suspendeu rendas e babados. Sem gastar tempo em despi-la e em se despir, ou em carícias de deboche de cama de castelo, sempre pelo lençol coberto, se pôs sobre ela e logo a possuiu com vontade, força e encantamento. Foi tudo muito rápido e pudibundo, por assim dizer; muito diverso de quanto conhecera dona Flor, e por isso mesmo ela se perdeu e não o alcançou em tão mudo e quase austero possuir-se. Apenas se desamarrara no pasto do desejo e já ouvia o canto de vitória do marido no outro extremo da campina. Ficou dona Flor como perdida, opressa, uma vontade de chorar.

Aquela ocasião de tanto desencontro permitiu a dona Flor medir, com o metro da aflição e da urgência, toda a gama de sentimentos e a delicadeza do dr. Teodoro.

Como se sabe, era ele sem nenhuma experiência em trato de cama com esposa (por celibatário) e quase nenhuma com amante ou com xodó, tendo frequentado tão somente raparigas, no receio de arriscar-se a compromisso capaz de levá-lo a romper sua promessa. Mesmo a parda e limpa Otaviana, por longo tempo exclusiva porta aberta a seu desejo, poço onde toda a semana depositava sua precisão de homem, nem ela fora jamais terna ligação ou rabicho ardente, apenas gentil necessidade, hábito agradável à natureza monogâmica do doutor.

Ao demais, saiba-se também que, por firmes princípios e convicções ideológicas, rezava o farmacêutico por aquele catecismo hoje (*Deo gratias!*) superado, a garantir ser a esposa flor sensitiva, feita de castidade e de inocência, merecedora do máximo respeito: para a descaração, para o desembestado gozo, o prazer do corpo, existem as putas e para isso cobram. Com elas, sim, em lhes pagando, pode-se soltar os freios da luxúria sem lhes causar ofensa ou pena, são terras infecundas, de árido plantio. Com a esposa nunca, para ela a discrição, o amor puro, belo e digno (e um tanto insosso): a esposa é a mãe de nossos filhos.

Pois ainda assim, enredado em tais obsoletos dogmas, com tantas limitações e desconhecimento, deu-se ele conta de como deixara dona Flor insatisfeita e tensa.

Ora, como também se sabe de ter-se escrito antes, na hebdomadária visita a Otaviana, por várias vezes o dr. Teodoro repetira o feito alegremente. Assim o fez também com dona Flor no leito monumental de jacarandá maciço e cheiro de alfazema, naquela noite de bodas, em casa dos Pimentas, devendo-se dizer, aliás, tê-lo repetido com o melhor agrado, não por obrigação, e, sim, contente com a oportunidade desse bis. Atento e responsável, para dessa vez não a deixar na fímbria do prazer, e conseguindo-o.

Conseguiu-o apesar de ser tão mínima sua experiência de tais utilíssimos cálculos e medidas, jamais lhe tendo interessado saber se Otaviana ou outra qualquer se satisfizera, ao satisfazê-lo com perícia, pois vinha buscar e pagava o seu prazer e não o prazer da rapariga.

Soube, no entanto, ir de a-passo com dona Flor no crescer de sua entrega, todo esse jogo lhe sendo de extremo gozo, num prazer como jamais sentira, nem mesmo quando, mais para atender a capricho de Tavinha em noites de manemolência do que por iniciativa própria, se dera a certas licenciosas práticas, dessas que um homem pode permitir-se com mundana ou prostituta, jamais com a esposa. Com a esposa é diferente, para ela se reserva o amor feito de matérias limpas, serena posse, quase secreta, digamos pura, recatada. Mas nem por assim tão recatada, menos prazerosa, como constatou dr. Teodoro ao ouvir dona Flor num suspiro grato murmurar-lhe o nome:

— Teodoro, meu amor...

Apressou-se em alcançá-la e a alcançou, pois juntos se encontraram finalmente unidos em estreito abraço e num beijo fundo. Envoltos em ais, suspiros e langor, e em frio, pois o lençol, no aceso daquele embate, resvalara cama abaixo, deixando os esposos descompostos, dona Flor desabrochada em mel, de vergonha à mostra (e que galanteza de vergonha!, como em relance tímido, de esguelha, deu-se conta dr. Teodoro).

Agradecido de tantos bens e gozo, beijou-a na face em febre e lhe cobriu o corpo e o frio com pudico lençol e colcha quente. Então, por fim, pôde lhe dizer tudo quanto queria e o disse com todas as veras da alma, feliz esposo:

— Nossa lua de mel vai durar tempo infinito... Serei fiel a você a vida inteira, minha querida, jamais olharei outra mulher, vou lhe amar até a hora de minha morte.

— Amém! — repetiram sapos e jias na noite de lua e núpcias de Paripe. — Amém! Amém! — dir-se-ia um solo de fagote.

— Eu também, a vida inteira — afirmou ela, convicta de sua afirmativa, satisfeita e salva da aflição, mas não cansada; muito ao contrário, capaz de novas correrias, se ele a quisesse esporear.

Mas dr. Teodoro se compunha sob o lençol e a colcha, comentando:

— Engraçado... Quando dona Filó, há pouco, quis nos obrigar a comer, não tive fome. Agora, entretanto, era capaz de mastigar um doce, uma besteira...

— Se quiser vou lá dentro buscar alguma coisa. Tem tanto doce e tanta fruta... Vou...

— De forma alguma... Nem pense nisso.

Dera-se conta: não era fome e, sim, o costume do prato com guloseimas, antes de sair da noite de Tavinha, o estômago viciado reclamara. Profanar as relações com a esposa, nelas mantendo hábito provindo de casa pública de mulher-dama, Deus o livre e guarde. Num último (e casto) beijo, despediu-se:

— Vá dormir, querida, você deve estar morta de cansada, foi um dia fatigante...

Quase lhe diz: "...foi noite fatigante...", mas, ainda temeroso de ofendê-la, guardou a malícia para si, acomodou-se e em seguida adormeceu.

Dona Flor não dormiu logo; em verdade contara com a noite em claro, até a madrugada, em acampamento de fogueiras, a correr quilômetros de leito na montaria de seu corpo. Junto a ela, dr. Teodoro ressonava, densa respiração, ronco potente. Aquele ronco completou sua fisionomia de homem; forte, nobre e belo homem, seu esposo.

Com a mão alisou-lhe o peito amplo, o rosto plácido, numa carícia leve para não acordá-lo. Vontade de envolver-se nele, de dormir entre seus braços, presa em suas pernas. Não se atreveu. Cada homem era diferente, não existiam dois iguais, bem lhe afirmaram certas alunas de vasta experiência, como a debochada Maria Antônia, a proclamar:

— Não existem dois homens iguais na cama, cada um tem sua maneira, sua predileção, sua prepotência, uns são sabidos e outros não. Mas se a gente souber aproveitar, ah!, todos são bons, e com qualquer, tolo ou sabido, bruto ou delicado, se mata a pulga e se arrosa a flor...

Outro homem, diferente, oposto. Cheio de tato, de compreensão, tão afetuoso, que delicadeza! Cabia à esposa moldar-se à forma e à vontade do marido, nele conter-se inteira e justa. Muito mais difícil fora da vez anterior, com o outro, e ela o conseguira. Por que não agora, tão mais fácil?

Tinham os dois, dr. Teodoro e dona Flor, tudo quanto necessário para a vida mais doce e mais feliz. Não só todos o diziam, unânimes: também dona Flor se dava conta.

O perfume do jardim penetra pelas frinchas das janelas. Lá fora, serena noite de golfo, sem os rudes ventos, sem as imprevistas tempestades, sem o tumulto, sem o insólito; golfo de bonança. Vida feliz, equilíbrio e garantia, nem carência nem dissipação, nem medo nem amargura, nem humilhado sofrimento. Por fim, depois de tantas voltas e andanças, dona Flor vai conhecer o gosto da felicidade.

— Teodoro... — murmurou de coração alegre e confiante.
— Vai ser bom, vai dar certo, muito certo...

O concerto dos sapos nos fagotes de bruxedo e em concordância:

— Amém! Amém!

Foi na noite de Paripe, com estrelas e lanternas de saveiros.

2

Sempre fora considerada e se considerara dona Flor boa dona de casa, ordeira e pontual, cuidadosa. Boa dona de casa e boa diretora de sua escola de culinária, onde acumulava todos os cargos, contando apenas com a ajuda da empregada broca e esmorecida e a assistência amiga da pequena Marilda, curiosa de pratos e temperos. Nunca lhe ocorrera reclamação de aluna, incidente a toldar o sossego das aulas. A não ser, é claro, os acontecidos quando do primeiro esposo pois o finado, como se está farto de saber, não era de ter consideração por horário, por trabalho alheio ou por melindres de alfenim; seus debochs com alunas por mais de uma vez criaram dificuldades e problemas para dona Flor, dores de cabeça, quando não enfeites de duro corno.

Ah!, em verdade, ela, dona Flor, não possuía noção de regra e método, andava longe de ter ordem em casa e na escola e, em sua existência, medida e pauta, como devera! Foi-lhe necessário viver com dr. Teodoro para dar-se conta de como sua ordem era anarquia, seus cuidados tacanhos e insuficientes, de como ia tudo mais ou menos ao deus-dará, a la vontê, sem lei e sem controle.

Não decretou dr. Teodoro lei e controle de imediato e com severidade; nem sequer falou em tal. Sendo homem tranquilo e suspicaz, de educação cutuba, nada sabia impor e não impunha; no entanto tudo obtinha sem estardalhaço, sem que os demais se sentissem violentados; um fode-mansinho o nosso caro farmacêutico.

Era preciso ver-se a casa um mês e meio depois da lua de mel, que diferença! Também dona Flor fazia diferença, buscando adaptar-se a seu marido, seu senhor, caber justa e certa em sua medida exata. Se nela a mudança era por dentro, mais sutil, menos visível, na casa fizera-se evidente, bastava olhar.

Começou pela empregada. Dona Flor a recebera de ama apenas enviuvara, por insistência e conselho dos vizinhos: "Desde quando viúva moça e séria pode permanecer sozinha numa casa, sem companhia, sem defesa contra gatuno ou vagabundo?". Não foi feliz na escolha, admitindo, a rogo de dona Jacy, aquela Sofia de aparência obtusa, no fundo uma sabidória, a levar o trabalho na folga e no relaxamento, em total desleixo de quem se sente em garantia: não era dona Flor de despedir pessoa alguma, quanto mais recomendada de vizinha e amiga. Mesmo descontente com a preguiçosa e seu serviço, ia dona Flor com ela se arranjando, com pena da infeliz; incapaz é certo, mas não ruim de coração.

Ora, logo no quinto dia após a volta da lua de mel nos ermos de Paripe, após aquela semana de terna convivência, saiu dona Flor às pressas para o Rio Vermelho onde dona Lita sufocava em asma. À noite dr. Teodoro foi visitar a enferma e trazer consigo a esposa. Mas, encontrando-se a tia ainda muito opressa e sendo sexta-feira (não havia aulas aos sábados), decidiu dona Flor demorar-se para atender aos velhos. Voltara somente domingo à tarde, quando cedeu a crise e tia Lita retornou a seu jardim.

Menos de três dias durara a ausência de dona Flor e nesse breve tempo se transformou a casa, parecendo outra. A começar pela criada, realmente outra. Em vez de Sofia, suja e pardavasca, com seu ar triste de idiota, assumira o posto uma escura Madalena, mulher de certa idade, asseada e forte. Se não fosse o moreno da pele, carregado, e a carapinha, dir-se-ia parenta do doutor, alta e disposta como ele, como ele cortês no trato e firme no trabalho.

Dr. Teodoro explicou, com sua voz segura mas gentil, ter sido obrigado a despedir Sofia: além de péssima empregada, não lhe obedecera, respondendo com um muxoxo de pouco--caso e com resmungos insolentes às suas ordens categóricas para efetuar uma limpeza séria na casa sempre mal varrida. Não consultara dona Flor, por não querer incomodá-la com tal nonada, quando ela se consumia aflita ao pé da enferma, e, ao demais, por dever expulsar incontinenti a mal-agradecida, não se dispondo a ouvir abuso ou desaforo de doméstica. Quando lhe dera ordens de varrer a casa, a presepeira saíra pelo corredor a debicar, a apelidá-lo de dr. Purgante.

Sentiu-se dona Flor desconcertada; jamais lhe passara pela cabeça a ideia de mandar Sofia embora apesar dos desmazelos e dos modos bruscos.

— Coitadinha...

Tinha-lhe dó e como despedi-la, sem uma explicação a dona Jacy, de quem a recebera? Ao mesmo tempo, como desconhecer carradas de razão ao dr. Teodoro? Não era possível ao marido, homem de respeito e posição, tolerar certos calundus de ama, que ela, dona Flor, mulher e paciente, relevava.

— Coitadinha? — estranhou dr. Teodoro. — Uma atrevida, indigna de sua bondade, meu amor... Às vezes, Flor, a pessoa, querendo ser bondosa, acaba sendo tola...

Dona Jacy? Se alguém devia desculpas a alguém era dona Jacy a dona Flor, pela desfaçatez de pedir por um traste igual àquele. Não contente de abusar da bondade da patroa, quis a dita-cuja pôr em ridículo o patrão.

Compreendeu dona Flor não ter o doutor enunciado o tema na intenção de discuti-lo; informava apenas como resolvera o assunto: havia homem em casa, dono e senhor, pensou ela. Sorriu: "Meu marido, meu senhor". Fizera bem, tampouco admitiria qualquer falta de respeito a seu marido. "Doutor Purgante", onde já se viu tal desaforo?

Ao demais, sobre um ponto não havia discussão possível; a nova ama era um portento no serviço. Dr. Teodoro não a contratara a rogo de vizinha; exigira atestados com boas referências, e por telefone os controlou. Isso, sim, era ordem e eficácia.

Não apenas a exemplar limpeza, obra da empregada nova, também cada coisa em seu lugar, mas realmente em seu lugar definitivo, não hoje aqui amanhã acolá, não se sabendo nunca onde encontrar os objetos de uso mais imediato, dona Flor numa atrapalhação durante as aulas:

— Marilda, minha filha, você viu o livro de receitas? Sofia não sabe onde botou, deu fim.

Com as mãos de molho, reclamando:

— Sofia, onde é que você pôs a batedeira? Meu Deus, nesta casa some tudo...

O doutor escolheu, com rara competência e gosto, para cada coisa seu local e deu ordens precisas à criada: no fim das aulas, após a limpeza da cozinha, queria cada peça em seu rincão marcado por ele com uma papeleta escrita a capricho em letra de imprensa: "faca de pão, cortador de ovos, pedra de ralar, pilão" e etc. e tal, não só os objetos da escola como os da casa: "rádio, vaso de flores, garrafas de licor, gaveta das camisas do dr. Teodoro, gaveta da roupa íntima da senhora".

— Meu Deus! — disse dona Flor ante tanta eficiência. — E eu que pensava ter a casa em ordem... Era mesmo uma bagunça, uma desarrumação. Teodoro, meu querido, você fez um milagre...

— Milagre nenhum, minha querida, só um pouco de método que faltava. Acontece que, com minha mãe entrevada, tive de tomar conta da casa e me acostumei à ordem. Em nossa casa ainda é mais necessário ser metódico por se tratar de residência de família e de escola, ao mesmo tempo... Já que você faz questão de manter a escola. Por mim, como já lhe disse, acabaria com essa trabalheira... você não tem necessidade, ganho bastante para...

— Já discutimos sobre isso, Teodoro, e já resolvemos não falar no assunto. Por que voltar a essa discussão?

— Você tem razão, Flor, e desculpe se insisti... Não voltarei a debater essa matéria a não ser a seu convite. Fique descansada, minha querida, e me perdoe, não quis lhe abusar...

Era "meu querido" para cá e "minha querida" para lá, com afeto e urbanidade, sendo dr. Teodoro de opinião que o trato gentil e a cortesia são complementos do amor, imprescindíveis. Jamais se dirigiu à esposa sem atenção afetuosa, esperando dela a mesma afável polidez de tratamento. Veio e lhe beijou a face, desculpando-se por ter trazido à baila o desagradável tema.

Ainda noivo ele propusera a dona Flor, como antes se contou de passo, fechar a escola, arquivando aulas e alunas, diplomas e receitas, o turno da manhã e o vespertino. Em detalhado cômputo de seus haveres e de sua situação na firma de drogas e mezinhas, dr. Teodoro lhe demonstrou por *a* mais *b* a inutilidade de manter a escola pois dona Flor já não tinha precisão de dinheiro para despesas e caprichos; estava ele, felizmente, em condições de garantir-lhe o indispensável e o supérfluo, mesmo certo luxo honesto, sem larguezas de perdulário, mas sem aperturas de forreta. Ela não mais precisava trabalhar: o boticário, ao pedir-lhe a mão, se dispunha a sustentá-la, a cobrir-lhe os gastos, todos. O que era aliás bem fácil, não sendo ela de esbanjamentos e dissipações.

Dona Flor não aceitou. Bateu o pé, manteve a escola, suspendendo as aulas apenas durante os breves dias da lua de mel em São Tomé. Aproveite-se a deixa para dizer como, na volta do casal, as alunas sapequíssimas puseram a professora na berlinda, numa pagodeira de risos e pilhérias maliciosas, por vezes chulas e, no que tange a Maria Antônia, desagradáveis, pois a desassuntada quis saber qual entre os dois esposos "o de melhor chupiça, o de estrovenga mais forçuda e doce".

Voltando, porém, à conversa com o doutor quando do noivado, dona Flor fechou a questão: preferia continuar viúva a terminar com a escola. Desde menina no hábito do trabalho, cedo se acostumara a possuir o seu dinheiro. Se não fosse isso, como teria se arranjado quando da celebração do primeiro casamento e por ocasião da viuvez?

Quando fugira de casa tinha um dinheirinho junto e foi com ele que pagou móveis e papéis de casamento, contrato de aluguel e as despesas dos primeiros dias. E se não fosse a escola, como fazer quando de repente enviuvou? O finado, nada deixara de seu a não ser dívidas: não havia sucursal de banco em Salvador onde não se encontrasse um papagaio com sua garbosa assinatura, nem amigo ou conhecido a quem o picareta não tivesse esfaqueado. Desencarnara, ao demais, em pleno Carnaval, época de despesas gordas e fatais.

Não fosse a escola, e dona Flor ter-se-ia visto em completo alvéu, sem vintém para o enterro e o mais. Por tudo isso dava tanta importância a seu trabalho, a suas economias, seus cobres em secreto esconderijo.

Nada de fechar a escola, meu querido, se me quiser é com a Sabor e Arte funcionando; tenha a santa paciência, não lhe satisfaço essa vontade, peça outra coisa, lhe cubro de mil beijos, me atiro nos seus braços, mas a escola não lhe dou de dote, é minha garantia. Você entende, Teodoro?

Nem era trabalho tamanho, de matar ninguém. Ao contrário, um prazer, um entretenimento: ajudara-lhe a suportar o tempo vazio da viuvez e antes, ah!, antes, nos anos do primeiro matrimônio impedira seu desespero. Nas aulas e alunas encontrou conforto para suportar os dias negros e confusos. Quantas excelentes amigas não fizera em torno do fogão e do livro de receitas, mais valiosas ainda que o dinheiro? Não, não abria mão da escola, seu ganha-pão e seu honesto passatempo.

Enquanto o doutor estivesse na farmácia (e ele saía antes das oito, vinha para o almoço e a sesta, voltava, lá se demorando até depois das seis da tarde), era a escola agradável e lucrativa ocupação. Sem as aulas de culinária, me diga seu doutor, em que empregar o tempo vago? Em cochichos e mexericos com as comadres, sob as ordens de dona Dinorá, no torpe ofício de palmatória do mundo, de xereta da vida alheia? Ou de bruços na janela, manequim numa vitrine para recreio dos passantes, ouvindo pachouchadas, tirando prosa com uns e outros, logo na boca do mundo, com fama de espoleta?

Havia quem gostasse desse exibido ócio, dessa saliência. Mesmo ali na rua, bem na esquina, na moldura da janela transcorria seu tempo dona Magnólia, sarará metida a loira à custa de macela, com seu sorriso fixo de bebê de celuloide, pinta na face esquerda, olhos de cabra morta. Ali posta em chamariz o dia inteiro, toda nos berliques e berloques e no frete manso dos passantes. Vizinha recente, mudara-se há pouco tempo com o marido, um secreta da polícia, galhardo em sua jactância e em seus belos chifres. Segundo dona Dinorá e outras comadres de faro fino e informação precisa, era o detetive amásio e não marido, em herança obtivera a fulva Magnólia de antecessores de posição diversa e qualidade vária, mas todos, sem exceção, igualmente cornos, numa constância e coerência dignas de todos os louvores.

Se dona Flor jamais fora janeleira nem de arengas, como ocupar seu tempo, meu doutor? Ele a queria com as alunas na escola ou a exibir-se pela rua Chile, caminho certo, atalho curto para os castelos ali pertinho, nas transversais da Ajuda? Guardasse seus poréns, não repetisse tal proposta, dona Flor tinha orgulho da escola, de sua fama, de seu bom conceito. Custara-lhe esforço e perseverança esse renome, um capital.

Conformou-se o doutor mas deixando desde logo claramente expresso e combinado a ele competir todas as despesas da casa e as pessoais de dona Flor, a ele só, com seu dinheiro. Os lucros da escola eram exclusivamente dela e ele não os admitia nas despesas do casal.

Aliás, quanto a esse dinheiro tomou o doutor outras providências. Um absurdo, um convite aos ladrões tê-lo em casa, junto às válvulas do rádio ou metido em velha caixa vazia de sapatos ou por detrás do espelho da penteadeira ou sob o colchão, hábito de cigano, costume de gentinha. Sobretudo agora, quando esse dinheiro incólume avolumava-se mensalmente em maquia respeitável. Dr. Teodoro foi com dona Flor à Caixa Econômica e ali abriu uma caderneta em nome pessoal da esposa, onde ela passou a depositar suas economias.

— Assim lhe rende juros, minha querida, três por cento, sempre é alguma coisa. E, na Caixa, seu dinheiro está garantido, sem o perigo dos ladrões.

Que fazer com esse dinheiro guardado em banco, pelo amor de Deus? Dona Flor de repente sentiu o dinheiro como coisa inútil, pois não o tinha a mão, não podia procurá-lo atrás do rádio para compra, esmola ou pagamento. Mas dona Norma, experiente dessas coisas, riu-se do preconceito bancário da vizinha. Acumulasse seu dinheiro na Caixa e deixasse as despesas por conta do marido. Enquanto possuísse sua caderneta e o talão de cheques não ficava na dependência do doutor para cada alfinete, para a vaidade de um vestido a mais, o desperdício de um chapéu. Não viveria atrás do esposo, de salva em punho a pechinchar tostões para essas pequenas e múltiplas despesas; o dinheiro assim suplicado tinha o sabor de espórtula, humilhante.

Dona Norma conhecia esse travo amargo, sendo seu Zé Sampaio resmungão e algo somítico. Por isso mesmo, à custa de uma ginástica orçamentária digna de emérito financista — com apertos, pechinchas, cálculos, economias, golpes diversos, erros nas contas, nas somas, nas subtrações, nos totais, vinte mil-réis aqui, cinquenta ali, cem acolá —, e, se preciso, a mão noturna no bolso do marido, dona Norma possuía, ela também, seu vasqueiro pé-de-meia a lhe permitir certos requintes de elegância e o atendimento de sua enorme clientela de compadres e afilhados, de velhos, de doentes, de trabalhadores sem emprego, de cachaceiros e malandros, e as dezenas de moleques, seus prediletos.

— Por exemplo, minha santa: o doutor completa anos e você não tem cruzado nem vintém. Vai pedir dinheiro a ele para comprar presente? Já pensou: "Teodoro, meu filho, me dá algum para eu comprar uma cueca e te oferecer de aniversário?". Eu, minha linda, não dou essa ousadia a Zé Sampaio.

Com isso concordava dona Flor, é claro; sua restrição era a dinheiro em banco, cifra inscrita numa caderneta, não moeda viva a seu imediato alcance. De súbito o seu pé-de-meia desaparecia de suas vistas; como manejá-lo nessa fria caderneta, nessa conta a juros? Tinha seus hábitos, devia mudá-los agora, pois, no dizer da amiga, seus antigos costumes eram de pobre, de mulher de mísero funcionário ainda por cima jogador a lhe dissipar os proventos da escola, vivendo na prática às suas custas, mais gigolô do que marido; eram costumes de viúva sem arrimo a sustentar-se com seu trabalho, dele tirando o de-comer, o de-vestir, o aluguel da casa e demais despesas. Hábitos de cigano, de gentinha, já dissera o doutor; costumes da pobreza, sem dinheiro para banco, para juros e talão de cheques, confirmara dona Norma.

Agora, porém, mudara a posição social de dona Flor e sua fortuna. Se não rica de esperdício, tampouco a pobretona de antes; quando muito, e por modéstia, remediada e bem remediada. Subira de uma vez vários degraus, do chão dos pobres para as alturas da vizinhança mais graúda: os argentinos da cerâmica, o dr. Ives com seu consultório médico e o emprego público, os Sampaios com sua boa loja de sapatos, os Ruas das invejáveis representações — a par com a aristocracia das redondezas, para gáudio de dona Rozilda, finalmente de genro à sua medida. Segundo seu Vivaldo da funerária, informante respeitável, sempre curioso da situação financeira dos amigos, dr. Teodoro, equilibrado, sério e trabalhador, iria longe:

— Não tarda a abocanhar a farmácia toda...

Assim foi aberta conta para dona Flor na Caixa Econômica, a crescer todos os meses, e assim teve começo uma segura ordenação de princípios em sua vida. Como muito bem dizia o farmacêutico, a desordem, a barafunda, os hábitos desregrados levam os casais à discussão, ao desentendimento, primeiro passo para a desarmonia conjugal, para os atritos e a distância entre os esposos.

Dona Norma o considerava um pouco sistemático e por demais metódico, exigindo cada coisa em seu lugar e em seu dia exato, inimigo do improviso e da surpresa, único senão (senão ao ver de dona Norma) em homem de tantas qualidades, direito, bom, de fina educação, tratando sua mulherzinha a velas de libra. Antes assim, de rígida sistemática, do que esporreteada como o era dona Norma, em eterno atraso, sem ponteiro de relógio, mãe da desordem.

Ria-se dona Flor, ouvindo a amiga elogiar, em sua agitação sem medida nem horário, o equilíbrio e a ordem do doutor: "Um marido desses, felizarda, não anda dando vantagem por aí, cai do céu por um descuido". Mesmo dona Gisa, crua verdade científica a ilustrar o bairro, ao tachá-lo de feudal, reconhecia-lhe as qualidades:

— Para você, Florzinha, que busca antes de tudo segurança, impossível melhor.

Realmente, numa ordem de dar gosto, sob o arrimo e a direção de seu bom marido, com todos os detalhes nos devidos eixos, dia certo para tudo, hora precisa, dona Flor impunha-se como exemplo de feliz esposa a toda a vizinhança.

Decorria sua vida tranquila e sem imprevistos, calma e suave, vida amena, seu tempo obedecendo a cuidadosa planificação, a perfeito organograma: cinema uma vez por semana, às terças-feiras, na sessão das vinte horas. Se havia mais de um filme a fazer furor na opinião geral e na opinião de *A Tarde*, iam duas vezes, mas muito raramente e jamais às matinês, não suportando o doutor a ruidosa bagunça das moças e rapazes, barulhenta juventude.

Duas vezes por semana, pelo menos, após a janta, ele ensaiava o seu fagote para a tarde dos sábados, sagrada, quando se reunia a orquestra em casa de um ou outro musicista. Eram reuniões das mais alegres e cordiais, em torno a gorda mesa de merenda — a dona da casa excedendo-se para acolher os amadores — com refrigerantes e sucos de frutas para as damas, cerveja farta para os cavalheiros, por vezes uma cachacinha, se o tempo era de frio ou se era tempo de canícula. Sentava-se a assistência, admiradores do maestro ou dos intérpretes, "seleta assistência" dos amigos a ouvir sonatas e gavotas, valsas e romanzas, na emoção das fugas e dos pizicatos, dos graves e agudos, dos estudados solos; excelsa hora de arte.

Nas outras noites livres iam de visita ou as recebiam. Se dona Flor deixara ao abandono suas relações, quando de seu primeiro matrimônio, agora as cultivava com absoluta regularidade.

Duas vezes por mês, em dia certo, por exemplo, eram infalíveis em casa do dr. Luís Henrique, trazendo dona Flor para os meninos um pão de ló, um manuê de milho, um prato com cocadas brancas ou quindins, uma bobagem, uma gostosura.

Impando de orgulho, incorporava-se dr. Teodoro à roda eminente reunida na sala do ilustre amigo, toda ela de gente da mais alta distinção, como o dr. Jorge Calmon, ex-secretário de estado, dr. Jayme Baleeiro, advogado da Associação Comercial, o historiador José Calasans, da academia e do instituto, o dr. Zezé Catarino (o nome já diz tudo), o dr. Ruy Santos, político, professor e literato, e outros pró-homens da administração, do Instituto Histórico, da Academia Estadual de Letras.

Para dr. Teodoro, eram noites gradas, de prazer espiritual, quando lhe era dado praticar com "figuras exponenciais", ouvindo-as com respeito e opinando com prudência no erudito cavaco sobre os profundos temas em debate. "Fulgem as ideias no esplendor das frases cintilantes", segundo ele, "nesses torneios de subida elevação, nesse diálogo de privilegiados intelectos." Enquanto isso dona Flor, no círculo das esposas, discorria sobre costura e culinária ou comentava os últimos crimes saídos nos jornais.

Para o dr. Teodoro, as visitas ao dr. Luís Henrique eram o suprassumo, enquanto as preferências de dona Flor iam para as noites no palacete do Garcia, o bangalô de dona Magá Paternostro, a ricaça, figura por excelência da elite, sua ex-aluna. Ali, encontrava-se dona Flor no trato e no requinte de senhoras da mais alta pabulagem, a discutir de modas, de protocolos, de acontecimentos sociais, com agradáveis incursões pela vida alheia, mas não a vida de qualquer vizinha e, sim, os podres da elite, da fidalguia e da lordeza, e era cada história, cada sujeira, nem te digo! Uma podridão de primeira qualidade toda ela, sem exceção.

Dos hábitos antigos, vindos do primeiro casamento, foi mantido o almoço dominical no Rio Vermelho com os tios, e nenhum outro (também nos tempos do primeiro casamento não tinham quase hábitos, só a barafunda e o imprevisto).

Modificaram-se os costumes, a vida adquirindo não só movimentação como estabilidade, vida plácida e amena. Vida feliz, na opinião geral da vizinhança e no sorrir de dona Flor, concorde.

Às quartas-feiras e aos sábados, às dez da noite, minuto mais, minuto menos, dr. Teodoro tomava da esposa em honesto ardor e em prazer constante, sendo certo o bis aos sábados e facultativo às quartas-feiras.

Dona Flor, na desordem de certos hábitos anteriores, a princípio estranhou a discrição a envolver e a comandar a porfia de amor no leito de ferro sobre o novo (e espetacular) colchão de molas. Mas logo seu pudor congênito e o recato próprio à sua natureza acomodaram suas necessidades de fêmea, seus anseios de mulher, à maneira conveniente e pontual, podendo-se quase dizer respeitosa e distinta, de cobri-la o doutor, sob o abrigo dos lençóis mas com desejo firme e estrovenga em riste.

Num leito de esposos (na opinião do dr. Teodoro), o desejo não impede o recato, o amor não se opõe à pudicícia, desejo e amor feitos de matérias puras, mesmo em sua secreta intimidade conjugal.

Às quartas e aos sábados, à mesma hora invariavelmente, dona Flor vislumbrava os discretos e repetidos movimentos do esposo, nas sombras do leito. Assim, semierguendo-se para se pôr sobre ela, o lençol cobrindo-lhe os braços abertos e os ombros, o doutor lhe parecia um guarda-chuva branco e enorme a resguardar sua vergonha de mulher, a protegê-la mesmo naquele supremo instante de abandono. Um guarda-chuva, visão mais sem graça, imagem inibidora, uma pinoia.

Cerrando os olhos para não ver, então o via dona Flor, a seu Teodoro, como pássaro de asas imensas e potente garra, águia ou condor em voo rasante sobre ela, para tomá-la e erguê-la, nos ares possuí-la. Abria-se dona Flor ao pouso da ave de rapina. Ao sentir-se dela penetrada, garra desmedida em suas entranhas sumarentas, presa e liberta, com ela se alçava num céu de bronze em gozo repartido.

Só não de todo casto gozo porque dona Flor, ao desatar-se, desatava também o pensamento e lá se ia.

Eram assim as noites de amor desses bons esposos, com seguro bis aos sábados, facultativo às quartas-feiras.

3

Ao regressar a Nazaré das Farinhas, após larga permanência na Bahia, dona Rozilda, testemunha atenta dos primeiros tempos da nova vida matrimonial de dona Flor, confidenciara a dona Norma suas preocupações e incertezas.

Genro ótimo, sob todos os aspectos, dr. Teodoro. Sobre isso nenhuma dúvida. Mas estaria dona Flor à altura de consorte de tantas qualidades? Por que não? — picara-se dona Norma, leal à amiga, não lhe admitindo a menor crítica. Dona Flor, em sua opinião, era digna do marido mais perfeito, do mais belo e rico.

Em dona Rozilda, porém, não se erguia a flama do mesmo ardente entusiasmo. Apesar de mãe e por isso inclinada a desculpar e a favorecer a filha, não lhe encontrava o elã necessário para a escalada por fim possível, não a sentia ávida de influência social, capaz de aproveitar-se da posição do marido, de seu crédito, de sua respeitabilidade, de suas relações. Tivesse ela saído a dona Rozilda, e agora, apoiada ao braço do doutor, galgaria facilmente as salas, os jardins, a intimidade dos palacetes da Graça e da Barra, conviva da melhor gente da Bahia, da elite, sonho da velha senhora. Não já fora dona Flor apresentada aos Taveiras Pires, não lhe beijara a mão o milionário Adriano, vulgo Cavalo Pampa, não a distinguira com asqueroso e complacente sorriso dona Imaculada, a primeiríssima dama da sociedade, ditadora da elegância?

Que fazia, no entanto, dona Flor para corresponder a essas oportunidades devidas ao título de doutor, à drogaria florescente, ao fagote mavioso?

Nada, três vezes nada. Ao contrário, continuava a dar aulas de culinária como uma pobretona necessitada, apesar dessa sua atividade repercutir negativamente sobre o prestígio social do marido (marido cuja mulher trabalha ou está mal de vida, ou é sórdido avarento, assim rezava a cartilha de dona Rozilda); continuava naquela casa pequena quando podiam ter endereço bem mais cômodo e em rua distinta.

Desculpasse dona Norma, pois não o dizia dona Rozilda com intenção de humilhar ninguém, mas aquelas ruas por ali, se tinham sido elegantes e mesmo nobres em outros tempos, nos dias de hoje eram artérias de gentinha, com algumas poucas exceções. Naqueles becos, senhoras de sociedade e representação, constatava venenosa a xereta, podiam ser apontadas a dedo. A mulher do argentino, dona Nancy, realmente de classe e boa raça, e quem mais? — inquiria, olhando provocativa a amiga de dona Flor:

— O resto... Uma cambada...

Pior endereço só mesmo o Rio Vermelho, com sua lonjura e seus capadócios, onde a irmã e o cunhado teimavam em residir, um fim de mundo, quase subúrbio e ordinário, onde os homens aos domingos exibiam-se pelas ruas em pijamas e chinelos, um horror. Dona Laurita, a esposa do dr. Luís Henrique, indo visitar dona Lita, escandalizara-se com aquele indecente footing matinal, indecoroso desfile de pijamas de um mau gosto obsceno. Dona Laurita externou sua indignação com palavras de asco:

— Não sei como se pode morar num lugar assim, onde até os ricos ficam parecendo pobres, tudo uma ralé...

Mas, voltando à vaca-fria, qual a situação do novel casal? Dr. Teodoro, doido para mudar de casa, e ela, dona Flor, a toleirona, obstinada ali naquele buraco. Dona Rozilda sacudia a cabeça:

— Quem nasce para dez-réis não chega a vintém...

Aliás, devera-se a essa história de mudança de endereço o súbito regresso de dona Rozilda para Nazaré. Dona Flor, certa manhã, a interpelou:

— Mãe, que ideia é essa de dizer a Teodoro que eu quero me mudar? Fique sabendo, de uma vez por todas, que estamos, eu e ele, muito satisfeitos com nossa casa e não vamos nos mudar.

Dona Rozilda, esquecida de suas conveniências de grande dama, cuspiu para o lado num gesto reles:

— Que me importa? Cada porco em seu chiqueiro...

Dona Flor fez um esforço para conter-se:

— Ouça, mãe. Eu sei por que essa história de casa maior. A senhora quer é se meter aqui para sempre, mas pode tirar isso da cabeça, eu não estou de acordo. Pode vir nos visitar quando quiser, passar uns dias. Mas morar com a gente, isso não. Lhe falo com franqueza: vosmicê, minha mãe, nasceu pra morar sozinha... Vou lhe dizer...

Dona Rozilda saiu num repelão, sem querer ouvir o resto, aliás a parte agradável do discurso, pois dona Flor, para compensar a mãe daquela rude franqueza, decidira estabelecer-lhe pequena mesada. "Dinheiro para seus alfinetes, minha mãe, para suas obras de caridade", como pôde finalmente lhe comunicar, ao acompanhá-la ao cais da Bahiana, dias depois.

Falhara mais uma vez o plano de dona Rozilda de estabelecer-se com a filha, não a quisera antes, a viúva, não a queria agora a recém-casada. Se na primeira tentativa, dona Rozilda demonstrara-se ofendida, rompendo praticamente suas relações com dona Flor, agora engolira a afronta, a tentação da nova vida da filha, com seu brilho de relações e saraus, era demasiado poderosa. Voltou para Nazaré é bem verdade, mas amiudara suas visitas à capital. Hospedando-se naquele "cu do mundo" do Rio Vermelho, vinha logo cedo, antes do almoço, para a casa da filha, a futricar nas imediações, na chefia do bando das xeretas. Demorava-se oito, dez dias, o tempo de fazer-se insuportável, de brigar com a irmã, e lá se ia de novo infernar o filho e a nora no Recôncavo. Em Nazaré, às suas diversas ocupações, somara a descrição do fausto social de dona Flor ("vive em almoços e festas, íntima de dona Imaculada Taveira Pires"), em loas ao genro doutor e a tudo quanto lhe correspondia, dos dotes de inteligência ao invejável estado de suas finanças, da presença digna ao inusitado fagote. Narrando com detalhes os ensaios semanais da orquestra de amadores, derretia-se em sorrisos, babada em comentários:

— Aquilo, sim, que é música...

Dizia-o para louvar as árias, as romanzas, os concertos de fino repertório, onde Haendel, Lehar e Strauss coexistiam com

Othelo Araújo e com o maestro Agenor Gomes, compositores locais menos conhecidos mundo afora, mas não menos inspirados. Dizia-o também numa demonstração de desprezo pela outra música, a dos sambas e canções, das modinhas, a do "zé-povinho" — uma cusparada de desprezo — e pela gentalha dos violões e cavaquinhos, das gaitas e tamborins, caterva de vagabundos. Ao dizê-lo, estabelecia uma distância, marcava diferença entre a orquestra de amadores — à qual pertenciam dr. Venceslau Pires da Veiga, cirurgião eminente, dr. Pinho Pedreira, juiz da capital, e o milionário e comendador do papa Adriano Pires — o Cavalo Pampa —, dono de firma atacadista, com palacete na Graça, automóvel com chofer, marido da nobre Imaculada, "a que está antes da primeira, a primeiríssima, a opalina cúspide" (na expressão feliz de Silvinho Lamenha, locutor de rádio e redator dos "Sociais" no jornal do temido vate Odorico Tavares), de dona Imaculada Taveira Pires, com sua cara de cavalo velho, seu lornhão e sua governanta suíça — e os vagabundos em serenatas e em desordens, bêbados de má vida.

Quando do primeiro casamento da filha (se aquilo se podia chamar de casamento), tivera de suportar a cachaça e a pachouchada daqueles valdevinos, uma canalha, faces de depravação e de deboche: Jenner Augusto, Carlinhos Mascarenhas, Dorival Caymmi. Vez por outra, um homem formado e de família se metia com tal caterva e logo era o pior de todos, como aquele dr. Walter da Silveira cujo rosto nédio dona Rozilda recorda com ódio. Ouvira em Nazaré elogios aos conhecimentos jurídicos do tal Silveira: sumidade nas leis e impoluto. Acreditasse quem quisesse, não ela, dona Rozilda que o vira a soprar na gaita o passo do siri-boceta, o infame!

Tão antimusical se fizera, devido a essa corja, que reagira violenta à primeira notícia dos dotes do genro: "Sujeito sem compostura, tocador de berimbau". Mais uma vez, certamente, a idiota da filha, sem tino e sem-vergonha, ia se amarrar a algum malandro para sustentá-lo, carregá-lo às costas, financiando-lhe os vícios e as amantes com o suado dinheirinho da escola. Tanta raiva guardara de serenatas e canções, que nem o título de doutor, em torno do qual dona Norma, conhecedora de suas debilidades e preferências, fizera estardalhaço na carta onde lhe comunicara o noivado da viúva, nem mesmo aquele anel de grau a comoveu. Doutor e de proclamado saber, escrevera a vizinha, mas dona Rozilda não se entusiasmou:

— Mais um desses bêbados... De noite pelas ruas na farra e na descaração com o dinheiro da bestalhona... Vai-se ver, é também jogador. Quer é viver à tripa forra, ela no trabalho, ele na perdição.

Quanto ao título de doutor, opunha-lhe reservas:

— Farmacêutico... Doutor de pé-quebrado...

Distinguia entre os diversos canudos de formatura, nem todos possuindo, a seu ver, a mesma classe e categoria:

— Doutor de verdade, de primeira, é médico, é advogado, é engenheiro civil. Dentista e farmacêutico, agrônomo, veterinário, tudo isso é doutor de segunda, de meia-tigela, é doutorzinho... Gente que não teve cabeça nem competência para estudar até o fim...

Toda essa má vontade para com o futuro genro, ainda desconhecido pessoalmente e já tão criticado, vinha de sabê-lo músico amador. Só depois, na Bahia, ao constatar a boa situação financeira do farmacêutico, sócio de estabelecimento sólido como a Científica, na esquina da rua Carlos Gomes com o Cabeça (só o ponto valia uma fortuna), sua respeitabilidade, as maneiras e as atitudes, o soberbo e vasto círculo de relações, apagou-se a falsa impressão inicial, deixando a sogra de confundir-lhe o erudito fagote com popular berimbau de capoeira e a orquestra de amadores com as serestas ao clarão da lua.

Muito e rápido subiu o genro em seu conceito. Não era o perfeito príncipe encantado um dia antevisto em Pedro Borges, o estudante paraense, com seus rios, ilhas e seringais, riqueza das mil e uma noites. Que mais pode desejar, porém, uma viúva pobre, aos trinta anos de idade? Dona Rozilda, satisfeita mais além de toda a expectativa, confessara a dona Norma:

— Com esse até eu casava... Um cidadão que se preza, e que

modos! Dessa vez, ela acertou. Também já era tempo... Senhor de muita educação!

Educação finíssima: dr. Teodoro, cordial e respeitoso, só a tratava de "minha cara sogra", querendo saber a todo momento se ela de nada necessitava. Trazia-lhe pastilhas para a tosse, xarope para o catarro crônico e lhe oferecera um guarda-chuva novo, ao vê-la queixar-se de ter perdido o seu — antigo do tempo de seu Gil — na confusão do desembarque, no porto.

Chegara dona Rozilda na intenção de assistir ao casamento, visita de poucos dias. Mas, ao reconhecer as qualidades do genro, deu-se conta das perspectivas da vida em companhia do casal, decidindo arranchar-se ali em definitivo, abandonando Nazaré das Farinhas, as obras pias do reverendo Walfrido Moraes, o clube, a igreja, a presidência do saboroso e cruel disse que disse municipal.

Sentia-se bem na pequena cidade, como já se constatou. Era alguém, influente personagem, xeretando à larga, impondo seus caprichos e maus humores à nora já no extremo da paciência e já sem esperanças em milagres de santo: Nossa Senhora da Aflição ficara cega e surda a seus rogos e promessas; para libertar-se, restava-lhe apenas esperar a morte. A morte da sogra, entenda-se. Por vezes a boa Celeste punha-se a pensar no jubiloso acontecimento. Ah!, velório impacientemente aguardado! Seria a sentinela mais festiva de Nazaré, falar-se-ia da guarda e da encomendação do corpo da velha senhora em todo o Recôncavo, os ecos chegariam à capital. Dispunha-se Celeste a não olhar despesas nem trabalho.

Dava-se bem em Nazaré, mas, com esse novo genro, preferia Salvador, e para ali ficar armou dona Rozilda seu plano de campanha. Fez-se adulona e insinuante, prestativa e bondosa, devota do farmacêutico. Dr. Teodoro a princípio sensibilizou-se. Em conversa com seu amigo Rosalvo Medeiros, o representante de laboratórios, disse-lhe ter ganho, com o casamento, não apenas a mais perfeita esposa, como também uma segunda mãe, sua sogra, aquela santa velhinha.

— Quem? — o próspero Rosalvo não acreditava em seus

ouvidos. — Quem é a santa velhinha? Dona Rozilda? — Pôs-se a rir como dona Amélia no dia do noivado: ouvia-se cada uma... Dona Rozilda, uma santa criatura, só mesmo Teodoro com sua ingenuidade...

Mas, nem mesmo dr. Teodoro se enganou por longo tempo: a ranhetice, o dom da intriga, a permanente irritação de dona Rozilda logo se impuseram sobre seus melosos sorrisos e suas palavras cativantes, começando o genro a perceber o porquê do riso incontido e gaiato de dona Amélia e de Rosalvo. Foi quando dona Rozilda veio lhe falar, muito maneira, dos inconvenientes da casa pequena, com tão poucos cômodos. Por que não alugar residência mais condigna com suas posses e relações? Mais ampla, com maior número de quartos?

Deu a entender, com habilidade, não estar dona Flor satisfeita com aquela casa de pouco conforto, cheia de lembranças ruins. Apenas, não querendo importunar o marido, silenciava seu desgosto.

Dr. Teodoro estranhou a sugestão perdulária da sogra e, mais ainda, o pretenso enfado da esposa. Não fora por acaso dona Flor a primeira a salientar as conveniências e as vantagens de ali permanecerem: o aluguel barato, o mesmo de há oito anos, e a situação da casa, a dois passos da drogaria, além de ser endereço conhecido da Escola de Culinária Sabor e Arte, tendo sua cozinha adaptada às aulas, com fogão a gás e fogão a lenha? Para que casa maior se eram apenas os dois? Para que buscar trabalho e despesa, se ali podiam caber alegres, ela, o marido e seu desejo de felicidade? Assim argumentara dona Flor ainda noiva, modesta e sensata.

Por que então essa repentina mudança? Por que sair para o desperdício de um casarão trabalhoso e caro? Para que esses luxos além de suas posses? Só para fazer figura?

Dona Rozilda, em sua confusa alocução, falara em prestígio, em "fazer boa figura". Era dr. Teodoro sensível ao argumento, cioso de prestígio e consideração, temendo a crítica da sociedade. Já dona Flor não ligava para tais coisas e lhe dissera — quando discutiram sobre a escola — não se medir o valor de um homem pela figuração, por suas aparências, e, sim, pelo que ele realmente é e vale.

Sendo assim, como mostrar-se contrariada, com queixas e reivindicações? Dr. Teodoro escutou atento o relambório da sogra mas não quis debater o assunto:

— Não sabia, minha cara sogra, dessa disposição de minha querida esposa e não desejo discuti-la. Mas posso lhe adiantar que tudo será resolvido a contento de Flor.

Deixando dona Rozilda envolta em otimismo, retirou-se macambúzio para a drogaria. Se a mudança de opinião de dona Flor surpreendera dr. Teodoro, sua atitude o desgostara. Por que não viera lhe falar ela própria, com lealdade e franqueza? Por que enviara dona Rozilda de porta-voz? Não desejava o farmacêutico nenhuma dúvida, nenhum desentendimento por mais mínimo entre ele e a esposa. Dispunha-se a lhe dar quanto pudesse, a satisfazer seus desejos, mesmo quando lhe parecessem caprichos, dentro dos limites de suas posses e até com algum sacrifício. Mas exigia sinceridade, lisura, confiança. Por que terceiros, por que intermediários entre eles, se eram marido e mulher? Dr. Teodoro, no fundo da farmácia, manuseando a espátula, a triturar substâncias, a pesar quantidades ínfimas na balança de precisão, sentia-se magoado e triste. Por que essa falta de confiança? Marido e mulher não devem ter segredos um para o outro, nem intermediários em suas relações. Subnitrato de bismuto, aspirina, azul de metileno, noz-moscada, as quantidades precisas, nem um grão a mais ou a menos. Assim o casamento. Dispôs-se a pôr o assunto em pratos limpos quanto antes.

No quarto, à noite, a sós com a esposa, enquanto mudava a roupa resguardado pela cabeceira do leito de ferro, lhe disse:

— Minha querida, desejava lhe pedir uma coisa...

Já se enfiara dona Flor sob os lençóis, esperando apenas o ósculo do marido para fechar os olhos e dormir:

— O quê, Teodoro?

— Queria que você, quando desejasse conversar alguma coisa comigo, me falasse você mesma, não mandasse ninguém em seu lugar... — A voz do doutor não revelava zanga, seu acento era mais sobre a melancolia.

Dona Flor ergueu o busto, surpresa. Apoiando-se no cotovelo, voltou-se para o marido a enfiar as calças do pijama:

— Que história é essa, quando eu já mandei...?

— Eu acho que marido e mulher devem ser francos um com o outro, não precisam de leva e traz...

— Teodoro, meu querido, por favor explique isso depressa, não estou entendendo nada...

Vestido em seu pijama de listas, ele veio para junto da cama, sentou-se:

— Se você quer mudar de casa, por que não me falou pessoalmente?

— Mudar de casa? Eu? Quem lhe disse?

— Pois sua mãe, dona Rozilda. Me disse que você estava se queixando, malsatisfeita com a casa, num desgosto...

Dona Flor fitou o marido sentado na borda da cama, muito sério, uma ponta de tristeza nos olhos. Deu-lhe vontade de rir: "Tamanho homem e tão sem malícia".

— Mamãe? E você pensou que eu tinha mandado? Você ainda não conhece mamãe, Teodoro. O que ela está querendo, eu sei... Para que havia eu de querer casa maior? Quem quer é ela, com um quarto onde se instalar de vez pra sempre, Deus me livre e guarde.

— Mas, sendo assim, querida, para hospedar sua mãe, a gente talvez possa...

Dona Flor susteve o riso, olhou o marido bem nos olhos:

— A gente deve usar de franqueza um com o outro, você disse, Teodoro. Me diga, mas me diga a verdade, não minta; você gostaria da velha morando conosco para sempre?

Não era dr. Teodoro homem de mentiras, tampouco de ofender os demais, menos ainda a mãe de dona Flor:

— É sua mãe, é minha sogra, se ela quiser e você estiver de acordo.

— Pois fique sabendo, meu querido, que eu não quero nem estou de acordo. É minha mãe, gosto dela, mas aqui, vivendo com a gente, nem por todo o dinheiro do mundo. Não há quem ature a velha, Teodoro, você ainda não conhece ela direito.

Tomou da mão do esposo:

— Nesta casa, meu querido, só eu e você, mais ninguém. Daqui a gente só sai para casa própria. Aliás, o melhor, quando a gente puder, é comprar esta mesma...

Respirou aliviado o farmacêutico. Por dona Flor seria capaz de sacrifícios, até de aguentar dona Rozilda com seus mexericos. Mas, felizmente, tudo se esclarecera. Não mudara dona Flor, modesta nos desejos, parca nos gastos, sensata. Quanto a dona Rozilda, evoluíra a opinião do dr. Teodoro, a santa velhinha dissolvia-se em peçonha. Não era sem razão que o concunhado, o tal Morais, mantinha-se no Rio, disposto a só voltar à Bahia quando a sogra emborcasse. Outro cuja única esperança residia na morte, pois, para o caso de dona Rozilda, em sua opinião, não existia alternativa.

O dr. Teodoro, porém, menos experiente da sogra e muito mais gentil, de esmerada educação, disse numa última fineza:

— Coisas de velha, coitada... Na idade dela...

Dona Flor afagou a mão do marido, homem tão bom:

— Não é questão de idade, meu querido... Ela sempre foi assim... É minha mãe, não me cabe falar dela, uma filha não pode... Mas ela sempre teve esse gênio, desde mocinha... Nem meu pai suportou e era um santo. Se ela se metesse aqui, Teodoro, a gente ia terminar brigando...

— Nós dois? Nunca, minha querida, jamais...

Olhou-a quase comovido, numa ternura:

— Nunca iremos brigar... Nem esconder nada um do outro, seja o que for. Contaremos tudo, tudo...

Beijou-a nos lábios, levemente.

— Tudo... — repetiu dona Flor num sussurro.

Dr. Teodoro sorriu de todo satisfeito, levantou-se foi apagar a luz. "Tudo, Teodoro? Tu crês possível? Mesmo os pensamentos mais recônditos, mesmo aqueles que a pessoa esconde de si própria, Teodoro?" Dona Flor via o torso forte do esposo sob o pijama, as largas omoplatas, o cangote rijo, os músculos do braço. Mordendo os lábios, tratou de desviar o pensamento, pois sendo segunda-feira não era dia dessas coisas. Sistemático, o doutor mantinha nisso e em tudo a mais perfeita ordem. Tão bom e generoso, porém, tão delicado e atento, tão caído por ela a ponto de se dispor a suportar dona Rozilda... Tamanha devoção compensava sua sistemática, seu rigor de horários, regras, etiquetas.

"Tudo não, Teodoro, tu não sabes que obscuro poço é o coração da gente."

4

Descobriu dona Flor desconhecidos e insuspeitados mundos, pelo braço de seu marido neles penetrou, vindo a ser figura de realce, "gracioso ornamento", como sobre ela escreveu, justo e gentil, dando conta da festa dos Taveiras Pires, o nosso exigente Silvinho, de indispensável citação.

Nunca lhe ocorrera existir um universo só de farmacêuticos, hermético e fascinante: com seus assuntos privativos, sua visão peculiar da vida, sua linguagem própria, sua atmosfera de nitratos e calomelanos. Universo cuja capital e cúpula era a Sociedade Bahiana de Farmácia, com sede própria, um andar inteiro, limitando com outros mundos, mais ou menos importantes como o dos médicos, casta suficiente e poderosa, beneficiária do trabalho dos demais. Sim, de que valeriam os médicos — perguntavam os líderes da farmacologia — se não existissem os farmacêuticos? Por que então essa pose, essa arrogância? Igualmente presunçosos, os representantes de laboratórios; corteses e até humildes com os grandes e na hora de vender; desatentos com os pequenos, por vezes rudes na hora de cobrar uma promissória em atraso. Mais agradáveis eram os caixeiros-viajantes, com as malas de remédios e as últimas anedotas. Toda essa gente, da universidade e do comércio, com seus títulos, seu dinheiro, sua pose, erguia-se sobre um vasto chão de oficiais e balconistas de farmácia, de míseros ordenados.

Ao passar em frente à Drogaria Científica, ao cruzar seu passeio, ao adquirir um tubo de pasta dentifrícia ou um sabonete, jamais percebera antes dona Flor o forte hálito daquele mundo das drogas, sua respiração.

Mundo onde mourejava seu marido, apoiado no canudo de doutor (e mais ainda nos conhecimentos resultantes da longa prática nos laboratórios e balcões), em sua capacidade de trabalho e em sua honradez, buscando assegurar-se uma situação financeira e certo renome científico. Situação modesta, modesto renome, suficientes no entanto para abrir a dona Flor as portas daquele mundo de iodos e sulfatos; para fazê-la beneficiária dos programas culturais e recreativos da Sociedade Bahiana de Farmácia: as assembleias na sede própria, com leitura e debate de teses e trabalhos sobre temas científicos ou profissionais; os almoços, em datas festivas — posse de nova diretoria, o Dia do Farmacêutico — rega-bofes onde se reuniam diretores e associados (com suas famílias) em ruidosa "confraternização de classe" como repetia infalível dr. Ferreira, em seu infalível discurso. Sem esquecer o baile do fim do ano, em dezembro, antes do Natal.

Frequentou dona Flor, com certa assiduidade sem exagero, as teses e os repastos. Estabeleceu relações com esposas de colegas do marido, a algumas visitou e foi por elas visitada, rendendo-lhe essa troca de amabilidades três ou quatro amigas e uma só aluna.

Dona Sebastiana, esposa e braço forte do dr. Sílvio Ferreira, secretário-geral da sociedade e seu principal animador, mulherona alegre, tinha uma voz de trovoada e um riso contagiante. Dona Rita, senhora do dr. Tancredo Vinhas, da Farmácia Santa Rita, constituía com o marido um casal magro e agradável, ele a fumar cigarro sobre cigarro, ela com uma pequena tosse de tísica encruada. Dona Neusa, a loira Neusoca dos olhos gaios, era mulher de R. Macedo & Cia. A companhia formavam-na os caixeiros, sendo dona Neusa atirada a um caixeirinho novo. Deles fazia coleção e os rebatizava com nomes dos remédios mais em moda. Houve Elixir de Inhame, mulato grosso. Bromil parecia um menino de tão jovem e frágil, ainda imberbe e inocente, joia preciosa da rara coleção. Lindo era Emulsão de Scott, labrego recém-chegado das terras da Galícia, com faces de maçã. Saúde da Mulher foi o pequeno Freasa, que lhe fez companhia quando ela convalescera de hepatite. Teve o Regulador Gesteira, o Sabão Caboclo — um negrinho azul, ai minha Nossa Senhora!, o Tiro Seguro, o Maravilha Curativa. Este último representou uma traição de dona Neusa à ativa classe dos caixeiros de farmácia, da qual fora até então exclusiva: galante seminarista em férias nas vizinhanças, possuía para a ávida Neusoca duplo sabor de pecado contra a lei dos homens e contra a lei de Deus.

Dona Paula, esposa do dr. Ângelo Costa, da Farmácia Goiás, veio estudar culinária na Sabor e Arte, revelando bastante vocação. Foi ela a única aluna provinda das hostes da farmácia. Outra, dona Berenice, iniciou o curso, mas logo desistiu, incapaz de distinguir entre filé e chã de dentro.

Com dona Gertrudes Becker, esposa do dr. Frederico Becker, proprietário da rede de Drogarias Hamburgo — quatro na Cidade Alta, uma na Cidade Baixa, outra em Itapagipe —, representante de grandes laboratórios estrangeiros e presidente mais ou menos perpétuo da sociedade, rei da magnésia e da urotropina, dona Flor não trocou visitas. Só descia dona Gertrudes de seu trono uma vez por ano, quando no baile de dezembro concedia tocar com a ponta dos dedos as mãos daquela pequena burguesia aflita e sôfrega com a qual seu marido tinha identidade de negócios. Quanto ao dr. Frederico, se não ia aos almoços com gasosa e vinho do Rio Grande, não faltava às reuniões da sociedade, presidindo-as, dando a última palavra sobre qualquer assunto.

Era um alemão baixote, de olhos azuis e doces e áspero acento. Corriam lendas a respeito de sua fortuna e também de seu título de farmacêutico, fornecido por distante escola alemã quando já era ele dono de três farmácias. Adorava crianças, parando na rua para lhes dar bombons dos quais trazia os bolsos sempre cheios.

Mal completara dona Flor dois meses de casada quando subiu pela primeira vez as escadarias a conduzir às salas da Sociedade Bahiana de Farmácia, no segundo andar de um prédio colonial no Terreiro de Jesus. No andar de baixo funcionava o Centro Espírita Fé, Esperança e Caridade numa feroz concorrência aos farmacêuticos, pois médiuns e irmãos do astral obtinham curas radicais de todas as enfermidades à base de receitas metafísicas, prescindindo de mezinhas, drogas e injeções.

Ia dona Flor ter a oportunidade única de testemunhar o sensacional debate a ser travado naquela noite na reunião da Sociedade Bahiana de Farmácia, em torno do trabalho do dr. Djalma Noronha, tesoureiro do grêmio: "Da crescente aplicação pela classe dos médicos de produtos manufaturados, com o consequente declínio do receituário manipulado, e das imprevisíveis consequências resultantes".

Encontrava-se a classe dos boticários dividida ante aquela tendência da maioria da classe dos médicos, sendo uns entusiastas dos remédios fabricados e embalados nos laboratórios do sul, partidários outros das mezinhas tradicionais, pacientemente medidas nos fundos das farmácias, as fórmulas escritas e coladas aos vidros e caixas, garantido o produto pelo farmacêutico com o aval de sua assinatura.

Durante a semana não tivera dr. Teodoro outro assunto, sendo ele próprio um dos campeões da escola tradicional. "De que valerá o farmacêutico, quando só existirem produtos manufaturados? Não passará de mais um balconista, um mero caixeiro em sua farmácia", iria declarar patético na reunião.

No campo oposto, defendendo a industrialização dos remédios (e até sua nacionalização), de acordo com os tempos modernos e a técnica avançada, dona Flor teria ocasião de ouvir o dr. Sinval Costa Lima, cujas descobertas relativas às faculdades medicinais da jurubeba lhe haviam dado amplo renome, e a palavra fluente e arrebatada do célebre Emílio Diniz. Nem por ser seu adversário naquele debate, negava o íntegro dr. Teodoro o talento fulgurante do professor Diniz:

— É um Demóstenes! Um Prado Valadares!

Igualmente forte de intelectos o partido em cujas combativas fileiras científicas se alinhara o nosso caro Madureira, bastando citar o nome do dr. Antiógenes Dias, ex-diretor da faculdade, autor de livros, velhinho de oitenta e oito anos, mas ainda com forças para afirmar:

— Remédio feito por máquina não entra em minha farmácia...

Não se metia com sua farmácia há mais de vinte anos e os filhos não só compravam e vendiam remédios manufaturados como eram representantes na Bahia de poderosos laboratórios de São Paulo. "O velho está caduco", explicavam.

Tinham talvez razão os ingratos, andava o velho de miolo mole, rindo à toa. Mas, lúcidos e competentes eram os drs. Arlindo Pessoa e Melo Nobre — duas cabeças de primeiríssima! — e o próprio dr. Teodoro, cujo nome não deve ser objeto de injusto esquecimento pelo simples fato de o termos como preclaro herói desta despretensiosa crônica de costumes. Sobretudo quando ele próprio confessou à esposa possuir completo domínio da matéria em debate, ressaltando mais uma vez a importância da assembleia: devia dona Flor considerar-se uma felizarda por ter ocasião de presenciar o histórico debate.

Histórico e acadêmico, pois, como o próprio dr. Teodoro dissera a dona Flor, nem ele nem nenhum dos mais ardentes defensores do receituário manipulado deixavam de adquirir para suas farmácias os produtos dos laboratórios. Como fazer frente à concorrência, se desprovessem seus estabelecimentos dessas malditas drogas tão em moda? Sua posição no debate era assim puramente de princípios, gratuita, teórica, nada tendo a ver com as exigências práticas do comércio, pois nem sempre, minha querida Flor, é possível conciliar teoria e prática, a vida tem sórdidas implicâncias.

Não quis aprofundar dona Flor essa contradição entre teoria e prática, aceitando a assertiva do doutor: "Exatamente por isso é ainda mais louvável a posição dos que defendem o receituário tradicional". Quanto a ela, era de pouco remédio e de muita saúde, não se lembrando de quando estivera doente (a não ser a insônia de viúva).

Foi realmente noite memorável, como anunciara dr. Teodoro e deram conta as gazetas. Breve, reduzida conta — queixou-se nosso doutor ao ver suas decisivas alocuções e todas as demais espremidas numa frase incolor com nomes incompletos: "Intervieram na discussão, entre outros, os doutores Carvalho, Costa Lima, E. Diniz, Madureira, Pessoa, Nobre, Trigueiros". Só o discurso do dr. Frederico Becker merecera algum destaque, louvores à "sua clareza de exposição, seus valiosos conhecimentos, a lógica de seu raciocínio". Por que tanto desprezo da imprensa pela cultura, por que tamanha economia de espaço — reagia dr. Teodoro —, quando sobravam páginas para os crimes mais hediondos e para os escândalos nudísticos das estrelas de cinema, seus divórcios absurdos, péssimo exemplo para as nossas mocinhas?

Relatório extenso, com ampla análise do debate, encontra-se na *Revista Brasileira de Farmácia*, de São Paulo (ano XII, volume IV, páginas 179 a 181). Financiada pelos grandes laboratórios, não escondia a revista sua posição a favor dos produtos manufaturados. Não deixou, no entanto, de conceder justo relevo "às brilhantes intervenções do dr. Madureira, intransigente e douto adversário, a quem rendemos nossas homenagens". "Intransigente e douto" — quem o diz, com toda sua autoridade, é a *Revista Brasileira de Farmácia*, não somos nós, incondicionais do doutor.

Muito esforço fez dona Flor para acompanhar e entender o impetuoso debate: manda a verdade que se diga não lhe ter sido isso possível. Por amor ao esposo e por amor próprio gostaria de manter a atenção presa aos oradores, mas, desconhecendo teses e fórmulas, soando-lhe rebarbativas aquelas palavras e frases em línguas mortas, não conseguiu concentrar-se nos discursos.

Seu pensamento perdeu-se vagabundo em matérias menos filosóficas, indo dos problemas da escola, com os disse que disse de Maria Antônia tão divertidos (chegou a sorrir em meio aos fortes argumentos do dr. Sinval Costa Lima, o da jurubeba), à preocupação com Marilda, cada vez mais obstinada e impaciente em sua decisão de exibir-se aos microfones, exemplo — segundo dr. Teodoro — da péssima influência das atrizes de cinema sobre a juventude. Tornara-se respondona e desobediente, estabelecera relações com um sujeito do meio radiofônico, Oswaldinho Mendonça, e o dito-cujo lhe acenava com programas e cachês. Dona Maria do Carmo, por sua vez, mantinha um controle total sobre os menores passos e gestos da estudante, pondo-a de castigo, proibindo-lhe sair de casa.

Quando dona Flor se deu conta, quem estava ao microfone não era Marilda e, sim, dr. Teodoro. Tentou seguir-lhe a dialética, apreendendo os argumentos com que ele confundia os adversários. O rosto grave, a face circunspecta, os gestos polidos mesmo quando fogosos, era a imagem do homem digno, do íntegro cidadão a cumprir o seu dever — no momento seu dever de farmacêutico, honrando seu diploma de doutor (mesmo contra seus interesses de comerciante).

Sempre a cumprir o seu dever, sempre íntegro cidadão. Na véspera, à noite, com a mesma competência e sisudez, cumprira seu dever de marido ante a esposa, na cama. Por estar nervosa, de sensibilidade à flor da pele (Marilda aparecera numa crise de lágrimas e soluços a falar em suicídio: "Ou cantar na rádio ou morrer", eis sua fanática plataforma); significara discretamente ao marido, em dengues e negaças, sua vontade do bis, naquela noite facultativa, pois era quarta-feira.

Sentira a breve vacilação do doutor, mas como já rompera a timidez e a pudicícia, demonstrando seu anseio, nele persistiu. Sem mais hesitar, o doutor atendeu-lhe ao desejo e pela segunda vez cumpriu gostosamente seu dever.

Compreende agora dona Flor, na sala de debates, a causa da indecisão do esposo: desejava evitar a fadiga, querendo manter corpo e cérebro em repouso para a noite seguinte, na sociedade. Entre seus vários deveres dividia ele tempo e esforço.

O bis da véspera não o cansara, no entanto, pois firme na tribuna permanecia em latinório (ou seria francês aquela língua?): "Lanataglucósida é igual a etanoico mais glucose mais 3 digitoxose mais digoxigenólida", fórmulas soando ao ouvido como versos bárbaros.

Vendo-o tão solene e grave, ao doutor, com seu grego e seu latim, o dedo em riste, os colegas a escutá-lo com atenção e deferência, dona Flor dá-se conta da importância do esposo. Não é um qualquer, bem o diz dona Rozilda, os vizinhos têm razão. Deve orgulhar-se dele, agradecer à Divina Providência, que lhe enviara tão bom marido, dádiva do céu. Chegara ao demais na hora exata, quando já não suportava seu estado de viúva, na eminência de dar corda e ânimo a qualquer atrevido, de abrir as portas de sua casa e as coxas ao primeiro vagabundo pálido e súplice, como o Príncipe Eduardo das Viúvas. Valha-nos Deus, do que escapara!

Se o farmacêutico não houvesse surgido no balcão da Drogaria Científica no dia do trote dos calouros, ela, dona Flor, em vez de estar ali, cercada de consideração, naquela sala onde ilustres doutores discutiam eruditos temas, rolaria provavelmente de mão em mão nos castelos, em deboche e depravação, perdidas sua honra, suas amigas, suas alunas, terminando quem sabe onde... Estremece no horror daquele pensamento. Suas palmas ao fim do discurso do dr. Teodoro contêm não só o entusiasmo mas a gratidão. Ele a salvou e é um homem de respeito. Deve orgulhar-se do marido.

Da mesa diretiva para onde volta, dr. Teodoro busca com os olhos a esposa e recebe o estímulo de um sorriso, prêmio maior para seu esforço e brilho. A discussão continua: ocupa a tribuna o dr. Nobre, cabeça de muito tutano sem dúvida, mas voz ciciada e neutra, em tom menor, irresistível convite ao sono.

Dona Flor quer reagir mas suas pálpebras pesam cada vez mais. Sua última esperança é o dr. Diniz, tribuno famoso desde os tempos de estudante, professor notável, autor de *Galenica digitalis — Communia & stabilisata*, tratado definitivo. Mas nem ele nem os demais a sucederem-no no debate conseguem evitar os cochilos de dona Flor. E não só de dona Flor. Dona Sebastiana dorme a sono solto: seu busto imponente sobe e desce e o ar escapa de sua boca num assovio. Dona Rita tem os olhos apertados, de quando em quando tira uma pestana, acorda em susto. Dona Paula resiste certo tempo, depois se entrega, a cabeça no ombro do marido. Só dona Neusa, com suas fundas olheiras, está fresca e repousada, só ela não sente o mormaço nem a monotonia das fórmulas e dos conceitos, como se toda aquela ciência lhe fosse familiar. Seus olhos acompanham os vaivéns do rapazola empregado da sociedade a encher de água um copo colocado na tribuna, para os oradores. Já lhe escolheu apelido: 914, injeção de muita fama, tiro e queda contra a sífilis.

Dona Flor cabeceia, montou-lhe o sono no cangote. Muito ao longe parece-lhe ouvir a voz do marido. Um esforço a traz à tona, dr. Teodoro discursa pela segunda vez. Não entendo nada disso, meu querido, fórmulas de química e botânica, espessos argumentos. Perdoa-me se não consigo resistir ao sono, sou uma vulgar dona de casa, uma burra, por demais ignorante, não sou feita para essas culminâncias.

Acordam-na os aplausos, bate palmas, sorri para o marido, envia-lhe um beijo com a ponta dos dedos.

A sessão pouco mais durou e as mulheres, libertas, reuniram-se em sorridente grupo para as despedidas.

— O doutor Teodoro esteve magnífico... — comentou dona Sebastiana (como o sabe, se dormira o tempo todo?).

— Doutor Emílio, que portento! — dona Paula repete frases ouvidas em reuniões anteriores. — Doutor Teodoro, um sabichão.

Descendo a escada, de braço com o marido, dona Flor lhe diz:

— Todo mundo lhe gabou, Teodoro. Lhe encheram de elogios. Todos gostaram e disseram que você se saiu muito bem...

Sorriu modesto:

— Bondade dos colegas... Mas talvez tivesse dito alguma coisa útil... E tu, que achaste?

Dona Flor apertou sua grande mão honrada, seu bom marido:

— Uma beleza. Não entendi muito, mas adorei. E fico toda cheia de vento quando te elogiam...

Quase lhe diz: "Não te mereço, Teodoro", mas talvez ele, com todo o seu grego e o seu latim, não a entendesse.

5

Se o mundo dos farmacêuticos fora imprevista descoberta, imagine-se o secreto e quase cabalístico universo musical da orquestra de amadores onde penetrou dona Flor pela estreita porta do fagote.

Aqueles graves e respeitáveis senhores, todos eles assentados na vida, com títulos universitários ou com magazines, empresas, escritórios — todos menos Urbano Pobre Homem melodioso violino, simples caixeiro da Loja Beirute — constituíam uma espécie de comunidade fechada com características de seita religiosa. "Sublime religião da música, misticismo de sonoridades, com seus deuses, seus templos, seus fiéis e seu profeta, o inspirado compositor e maestro Agenor Gomes", conforme a reportagem de Flávio Costa, jovem jornalista fazendo seu aprendizado gratuitamente nas páginas de *O Lojista Moderno*, do generoso Nacife (nada cobrava ao foca pelos ensinamentos). A reportagem sobre os amadores ocupara toda a última página do *Lojista*, ao centro um clichê em três colunas da orquestra completa e em trajes de rigor nos jardins do palacete do comendador Adriano Pires, o qual, aliás, logo no dia seguinte ao da saída do periódico, recebeu a simpática visita de seu diretor, que veio lhe falar sobre as dificuldades inúmeras de um jornal sério como o seu. Impossível sobreviver, se não pudesse contar com a compreensão de homens como o titular do Vaticano, coração e carteira sensíveis a esses dramas da imprensa.

Exibia o pasquim com a reportagem ("garoto inteligente o redator, um talento, mas um menino desses, comendador, nos dias de hoje, cobra uma fortuna por mês"), o milionário desamarrava a bolsa, enternecido ao ver-se junto ao violoncelo, em meio aos seus irmãos de seita. Seita com suas obrigações, seus hábitos, um estrito ritual e uma alegria semanal de pássaros: o ensaio nas tardes dos sábados.

Chegada dos alguidares, do gral, dos piluladores, dos tamises, dos potes de louça com óxidos e venenos, com mercúrio e iodo, seguia dona Flor por entre trinados, pizicatos, pavanas e gavotas, solos e suavíssimos, na esteira do violoncelo e do oboé, dos violinos e da clarineta, da flauta e do trompete, da bateria e do fagote do marido, obedecendo ao piano condutor do maestro Agenor Gomes, simpatia de pessoa. Vinha de dona Sebastiana, de dona Paula, de dona Rita, da voraz Neusoca devoradora de caixeiros, para o convívio ainda mais elegante de damas da nata, as esposas daqueles lordes. Deles costumava dizer o banqueiro Celestino, quando obrigado a ouvi-los num concerto (ah!, a vida de um banqueiro... Há quem a suponha um fruir de delícias, sem imaginar as caceteações, as maçadas...):

— Cada desafinação de um maníaco desses vale milhões...

Aqueles grão-senhores transformavam-se nos sábados à tarde em crianças alegres e despreocupadas, livres de compromissos e obrigações, de clientes e negócios, do dinheiro a ganhar com pressa e apetite. Punham de lado as distâncias sociais, confraternizando o atacadista com o engenheiro da prefeitura de magro salário, o cirurgião famoso com o modesto farmacêutico, o meritíssimo juiz ou o dono dos Empórios Nortistas — oito armazéns na cidade — com o caixeiro da pequena loja.

Também as senhoras tão gradas e chiques abriam a intimidade de suas casas às esposas dos demais musicistas sem lhes medir a fortuna e a origem social, recebendo todas elas com a mesma afabilidade, inclusive siá Maricota (por que siá e não dona? Porque ela mesma alardeava: "Eu não sou dona, sou somente siá Maricota e por muito favor").

Aliás siá Maricota quase nunca aparecia pois não tinha vestidos nem conversa à altura daquelas "fidalgas de merda", como explicava à vizinhança num canto de rua, nos limites da Lapinha com a Liberdade:

— Que é que vou fazer lá? Só se fala de festa, de recepções, de almoços e jantares, uma comilança que até dá agonia na gente. Fico pensando nos meninos aqui em casa sem poder encher a barriga direito... Quando não falam de comida e bebida, é só conversa de descaração: que a mulher de fulano está metida com sicrano, que a outra está dando a deus e ao mundo, que beltraninha foi pegada num castelo. Pelo jeito essas donas só sabem comer e rebolar na cama, nunca vi...

Em sua revolta, dona Maricota ("não sou dona de nada, diga-me quando muito siá Maricota como a qualquer criada, não passo disso"), siá Maricota não media palavras, boca áspera e realista:

— Tudo no luxo, na seda, na estica... Que fiquem pra lá, no alto de sua merdolência, com seus cocores, que eu passo sem elas... Urbano vai, porque não pode viver sem o tal ensaio... Se fosse por mim ele não ia em casa de ricaço nenhum, tocava aqui mesmo, na venda de seu Bié, com Mané Sapo e seu Bebe-e-Cospe. — Abria os braços num gesto de impotência. — Mas, que posso fazer...? Ele é mesmo um pobre homem...

De tanto ela repetir o mote depreciativo, seu Urbano ficara conhecido como Pobre Homem, dela lhe viera o apodo humilhante. Quanto a Mané Sapo, era mestre na gaita, e seu Bebe-e-Cospe dono de velha sanfona: os dois, aos domingos, tocavam suas modas e engoliam sua cachaça na venda de seu Bié, ponto de encontro da mais elegante sociedade daqueles becos. Seu Urbano também aparecia e por várias vezes fizera-se ali aplaudir com seu violino, se bem aquele público desse clara preferência à gaita de Mané Sapo, à sanfona de Bebe-e-Cospe. Siá Maricota, nada entendendo de música, resmungava por ter de passar a ferro a roupa azul do marido, única e antiga (as calças começando a puir nas nádegas), para os ensaios:

— Se não podem ensaiar sem ele, pelo menos deviam pagar a engomadeira... Essa tal de orquestra só dá despesa, não vejo o pobre homem ganhar nada com ela...

Ganhava paz de espírito, evolando-se na música a agre Maricota, com seu odor a alho, suas berrugas e seu falatório. No ensaio, aos sábados, repetindo as mesmas músicas de sempre, iniciando o estudo de uma ou outra nova melodia para o escolhido repertório, Urbano Pobre Homem repousava da mesquinhez da vida e, como ele, todos os demais senhores da orquestra, os graúdos, os homens ricos. Mantendo uns a gravidade dos modos, despindo-se outros de toda a solene compostura ao se colocarem em mangas de camisa para o ensaio, ao tomarem dos instrumentos, todos eles revelavam a mesma alegria interior, uma pura inspiração a lhes varrer do pensamento o cotidiano mísero e mesquinho.

Dr. Venceslau Veiga, o cirurgião egrégio, após os primeiros acordes e o primeiro copo de cerveja, sorria contente com a vida e com a humanidade. Toda a canseira da semana na sala de operações, a abrir peitos e barrigas, a atender enfermos, debruçado sobre a morte, numa luta de todos os instantes, cruel e vã, toda a canseira acumulada ia-se nos primeiros acordes, apenas vibrava o arco do violino. Dr. Pinho Pedreira rompia os elos de sua solidão, solteiro e misantropo, reencontrando em sua flauta a lembrança de um amor de adolescência, de uns olhos fulvos e fingidos. Adriano Pires, o Cavalo Pampa — panos brancos de vitiligo pintalgavam-lhe as mãos e o rosto —, o milionário, o grande atacadista, o sócio de bancos, o diretor de empresas e indústrias, o comendador do papa, ficava humilde ao lado do poderoso violoncelo, compensando-se ali da semana de ambições ferozes e de ferozes golpes, da labuta com os fregueses, os concorrentes, os empregados — todos eles uns ladrões! —, no afã de ganhar cada vez mais, no medo de ser furtado, na agonia do tempo curto para tanta ânsia de dinheiro e de poder, e também da obrigatória convivência com dona Imaculada Taveira Pires, uma catástrofe. Ficava não só humilde mas generoso e humano, sorrindo para o paupérrimo caixeiro a seu lado, liberto um da excelentíssima dona Imaculada, o outro liberto de siá Maricota.

Como siá Maricota, a comendadora vinha raramente aos ensaios. Não por falta de vestidos e conversa, é claro. Por falta de tempo, suas horas comprometidas com mil obrigações sendo ela a primeira em importância entre as damas da alta sociedade, e também porque achava aqueles ensaios de uma sensaboria, paulificação infinita, eterna repetição de acordes, as mesmas músicas durante meses, insuportável!

Antes assim, sem sua presença, sem a triste visão de sua carantonha angulosa, coberta de cremes, o busto de joias e pelancas, e o infecto lornhão. Assim era mais fácil a seu Adriano apagá-la dos olhos e da memória. A ela, às filhas e aos genros. As filhas, uns fracassos: duas pobres infelizes para quem a vida se reduzia aos vestidos e aos bailes. Os genros, uns gigolôs, cada qual mais inútil e salafrário, um esbanjando no Rio, outro pondo fora na Bahia o dinheiro de seu Adriano, seu suor, seu sangue, sua vida. De tudo isso repousava o atacadista: dos milhões acumulados, dos concorrentes em concordata e em falência, do vazio, do egoísmo, da tristeza de sua gente. Ali, ao violoncelo, repousava. Ao lado de seu Urbano, os dois iguais, como iguais eram, em sua verdade, a excelsa dona Imaculada e a esmulambenta siá Maricota, ambos acerbos tribufus.

Aos sábados, infalíveis, reuniam-se aqueles conspícuos cavalheiros, abandonando-se à música e à cerveja, nonchalantes e risonhos. Cada sábado numa casa diferente e a dona da casa oferecia lauta merenda, mesa bem-posta pelo meio da tarde. Vinham sempre duas ou três esposas, alguns amigos e outros tantos admiradores pois "há gosto para tudo" (como rosnou seu Zé Sampaio, ao voltar de uma dessas sabatinas à qual comparecera para atender às instâncias musicais do farmacêutico). Dona Flor, efetiva e firme nos primeiros tempos, fora acolhida com gentil cordialidade e ali brilhou mansa e afável.

No seleto mundo da música erudita — e aqui vai o adjetivo pelo que vale, dele discordava dona Gisa como mais adiante se verá —, nesse ambiente impregnado de insignes sentimentos, não tinham vez e lugar desigualdades de dinheiro e origem social, ali se diluíam as diferenças de classe e de fortuna para que se formasse a supercasta dos Filhos de Orfeu, irmãos na arte. Em fraterna intimidade, tratavam-se todos, inclusive o Pobre Homem que ali era o Violino Genial, pelos prenomes e apelidos: Lalau, Pinhozinho, Azinhavre, Raul das Meninas, Cavalo Pampa, o mesmo se dando entre as senhoras ou quase o mesmo.

Diziam-se Heleninha, Gildoca, Sussuca, Toquinha, chamavam dona Flor de minha santa, morena linda, belezoca, e lhe pediam conselhos culinários. Não lhes cabia culpa se em algumas ocasiões dona Flor sobrava na conversa sem assunto, desconhecendo certos temas gratos e constantes naquele meio. Afinal, ela não jogava bridge, não era sócia dos clubes nem presença obrigatória na sociedade. Nesses hiatos de silêncio, dona Flor buscava com os olhos o marido a soprar o seu fagote, a fisionomia plácida e feliz. Sorria então, pouco lhe importando a conversa das senhoras, sem que lhe pesasse o isolamento.

Ao lhe anunciar dr. Teodoro ter sido sua casa escolhida para o próximo ensaio, pôs-se dona Flor em brios: não ia ficar atrás de ninguém. Quando o marido se deu conta, já ela estava convidando Deus e o mundo, disposta a gastar inclusive suas economias num esparrame de comida e de bebida. Foi um custo contê-la. Queria mostrar àquelas ricaças que também em casa de pobre se sabe receber.

Tentou dr. Teodoro reduzir o rega-bofe: servisse no máximo uns doces e salgados, além da cerveja obrigatória. Se quisesse ser gentil e agradável ao maestro, preparasse um gostoso mungunzá, prato da especial predileção de seu Agenor:

— Aliás ele merece... Tem uma surpresa para você... E que surpresa!

Ainda assim, apesar das advertências do marido, dona Flor serviu um lanche opíparo e superlotou a casa. A mesa era soberba: acarajés e abarás, moquecas de aratu em folhas de banana, cocadas, acaçás, pés de moleque, bolinhos de bacalhau, queijadinhas, quanta coisa mais, iguarias e pitéus, muitos e diversos. Além do caldeirão de mungunzá de milho branco, um espetáculo! Do bar de Mendez vieram os engradados de cerveja, as gasosas de limão e de morango, os guaranás.

Foi um sucesso o ensaio. Se bem só duas entre as esposas dos amadores tivessem aparecido, apenas dona Helena e dona Gilda, a casa se encheu de gente, os vizinhos num assanhamento, nervosas as alunas, as comadres em delírio (dona Dinorá quase morreu depois, de indigestão).

A orquestra foi instalada na sala de aulas, onde, além dos músicos, sentaram-se apenas algumas pessoas gradas: d. Clemente, dona Gisa, dona Norma, os argentinos (dona Nancy se vestiu de gala, numa elegância que só vendo), dr. Ives, muito palpiteiro, como sempre metido a entender de um tudo, cagando regras sobre música, citando óperas e Caruso, "aquilo sim que era voz!".

Houve um instante de suspense: quando o maestro Agenor Gomes, de batuta em punho, disse ter algo a revelar, uma surpresa para a dona da casa, uma oferenda. Naquela tarde, pela primeira vez, iriam ensaiar composição de sua autoria, romanza inédita e recente, especialmente criada "em homenagem a dona Florípedes Paiva Madureira, adorável esposa de nosso irmão em Orfeu, doutor Teodoro Madureira". Um arrepio percorreu toda a assistência e o silêncio, até então bem pouco respeitoso, perturbado de risos e conversas, fez-se completo.

Sorriu o bom maestro: para ele, aqueles músicos amadores eram como o prolongamento de sua família, e com pavanas e gavotas, valsas e romanzas, comemorava os faustos de suas vidas, as grandes alegrias, as fundas tristezas. Se morria pai ou mãe de um deles, se lhes nasciam filhos, se alguém tomara esposa, como sucedera com o farmacêutico, desatava o maestro a inspiração e para o amigo em riso ou choro compunha sua solidária página de música.

"'Arrulhos de Florípedes'", anunciou o maestro, "com doutor Teodoro Madureira em solo de fagote." Certamente uma beleza.

Mas ensaio é ensaio, não é concerto nem mesmo exibição. Se, em outros números, nos quais já se considerava a orquestra bem afinada, o maestro ainda interrompia ora um ora outro, naquela obra inédita foram de passo a passo ou melhor de nota a nota, inclusive dr. Teodoro a solar em seu fagote. Não era fácil acompanhar a melodia, sentir-lhe a graça, a beleza suave como a da homenageada, mansa e terna.

Ainda assim comoveu-se dona Flor: com o gesto do maestro e com a devoção do farmacêutico, quase a tremer na busca da perfeita escala com que brindar a esposa. Em sua frente a partitura e ele, numa tensão de nervos, quase rígido, a testa em suor, frias as mãos, mas disposto a exprimir nos sons graves do fagote sua alegria de homem vitorioso, de vida plena e realizada: com seu dinheiro, sua farmácia, seu saber, sua oratória, sua paz e sua ordem, sua música, sua esposa linda e honesta e o respeito geral. Buscava aquele acorde, havia de alcançá-lo. Dona Flor baixou a cabeça, com tanta honraria sentindo-se confusa e perturbada.

Felizmente chegou a hora do intervalo, regalou-se o maestro a comer e repetir o mungunzá, fartaram-se os demais com aquelas gostosuras, encharcando-se de cerveja, gasosa e guaraná, tudo perfeito.

6

Rondó das melodias

Deslizou dona Flor, mansa e cortês, por aqueles mundos da farmácia e da música de amadores, outra vez nos trinques, em apuros de elegância para não fazer feio nem passar vergonha nos ambientes onde sua nova condição a introduzira. Quando jovem, antes do primeiro matrimônio, conviva pobre em casas ricas, em palacetes de graúdos, era a mais bem-vestida das mocinhas, em caprichos de bom gosto, só Rosália, sua irmã, se lhe podia comparar. Nenhuma outra, por mais rica e perdulária.

Outros ambientes, outros assuntos e conversas, novas relações. Exigências, compromissos, vez por outra a obrigação de um chá, de uma visita, de um ensaio. Na residência de um diretor da Sociedade de Farmácia ou de um fidalgo da orquestra de amadores. Lá ia dona Flor por entre exclamações da vizinhança, soberba em seu esmero, a locé em seu donaire, vistosa pabulagem de mulher. Engordara um pouco e aos trinta anos, louçã e chique, era um pedaço de morena, dessas de apetite:

— Um peixão... — ciciava entredentes seu Vivaldo da funerária. — As carnes assentaram, a popa arredondou... Um petisco... Esse doutor Xarope está comendo pitéu de rei...

— Trata ela como rainha, lhe dá de um tudo, passadio de nobreza — dizia dona Dinorá, que previra dr. Teodoro na bola de cristal e lhe guardara constante fidelidade. — E que estampa de homem...

Vizinha recente, dona Magnólia, janeleira fixa, perita em cálculos sobre a competência dos passantes, advertia:

— Ouvi dizer que nele é tudo grande, é um pé de mesa... — quem lhe dissera? Ninguém: ela batia o olho e pronto, ficava a par das proporções, resultado de prática constante e efetiva.

— Pois os dois empatam na figura e na bondade — era a voz de dona Amélia. — Casamento mais certo quem já viu? Feitos um para o outro e levaram tanto tempo a se encontrar...

— Foi preciso que ela sofresse horrores nas unhas do primeiro, do desalmado, do coisa à toa...

— Assim ela pode dar mais valor ao que tem agora... Pode comparar...

Não queria dona Flor medir nem comparar fosse o que fosse, apenas viver sua vida. Finalmente uma vida no decoro e no regalo, no prazer do trato fino. Por que não a deixavam em paz? Antes vinham lastimá-la, em ladainhas de comiseração, compadecidos com sua sorte. Agora eram loas ao acerto, à admirável decisão daquele casamento, à felicidade dos esposos exemplares.

A rua seguia de perto os passos de dona Flor: seus vestidos, suas relações da alta, a nova ordenação de sua vida, com visitas, passeios e cinemas, e o próximo pleito eleitoral na Sociedade de Farmácia. Mas, sobretudo, empolgou-se a vizinhança com a música, tema palpitante trazido à baila quase ao mesmo tempo pelo lauto ensaio da orquestra de amadores e por Marilda, a estudante de pedagogia.

A princípio a discussão se limitara a conceitos acadêmicos e pretensiosos, numa porfia arrebatada e ríspida, quando entre o dr. Ives admirador de óperas, e a exigente dona Gisa, duas culminâncias do bairro. Contribuíra, para animá-la, destabocada e agre, dona Rozilda, por ali em visita. Mas quem pôs no debate uma nota dramática e emocionante foi a jovem Marilda, deslocando-o do plano puramente intelectual para a realidade do choque entre gerações, entre pais e filhos, entre o velho e o novo (como diria um filósofo da geração mais jovem).

Enquanto dona Gisa, após o ensaio da orquestra de amadores, repelia a classificação de "música erudita" (tão grata aos preconceitos antigos de dona Rozilda), empregada pelo dr. Ives em referência às valsas, e às marchas militares e às romanzas, em clandestino encontro a jovem Marilda conspirava contra a paz da família e o sossego da rua, com o tal Oswaldinho e com um sr. Mário Augusto, diretor da Rádio Amaralina, recém-inaugurada e em busca de talentos a baixo preço.

Para dona Gisa, música erudita era somente a grande música imortal de Beethoven e de Bach, de Brahms e de Chopin, de alguns raros e sublimes compositores: sinfonias e sonatas, músicas para serem ouvidas no silêncio e no recolhimento, para as grandes orquestras, os regentes famosos, os intérpretes de classe internacional. Para apreciadores capazes de ouvir e de entender. Ela vinha dessa música, e no seu purismo sectário, em seu extremo formalismo, classificava tudo o mais de porcaria, "para quem não possui educação musical".

Entenda-se, aliás: naquela definição violenta — "tudo uma porqueira" — não incluía dona Gisa a música dita popular, expressão do povo, ardente e pura. Aos sambas e às modinhas, aos *spirituals*, aos cocos e às rumbas, tinha respeito e estima e era fácil ouvi-la a assassinar, com seu terrível acento, a letra do último samba em moda. Não tolerava, isso sim, a fatuidade dessa música sem força e sem caráter, feita, em sua opinião, para o mau gosto da classe média, incapaz de sentir a beleza e de se comover com os grandes mestres. Comovia-se dona Gisa, ao ouvi-los em gravações de qualidade, à meia-luz em casa dos amigos alemães, naquelas noitadas de tanto gozo espiritual (e, de lambujem, um bom drinque e algumas anedotas).

Dr. Ives abria a boca, num alarme: quanto pernosticismo,

gringa metida a sebo! Onde ficavam as óperas — me diga, professora — *Il rigoletto, O barbeiro de Sevilha, O palhaço, O guarani,* do nosso imortal Carlos Gomes — ouça, dona Gisa, nosso, brasileiro, nasceu em Campinas —, a levar o nome da pátria amada aos palcos do estrangeiro por entre aplausos? Onde ficavam essas maravilhas, com suas árias, seus duetos, seus barítonos e seus baixos, suas prima-donas? Se isso não era música erudita, então o que era? Por acaso sambas e rumbas, modinhas e tangos?

Ora, siá dona Gisa, se assunte, porque nessa matéria (como de resto em tudo mais) dr. Ives é sumidade. Alteando a voz e o gesto de vitória, ele pergunta: onde ela encontrará algo de mais refinado do que uma boa opereta como *A viúva alegre, A princesa dos dólares* ou *O conde de Luxemburgo?*

Assente em bases concretas, a cultura musical do clínico resultava do conhecimento vivo — quando estudante, indo ao Rio numa caravana, assistira das torrinhas do Teatro Municipal, com entradas de favor, a algumas óperas montadas e cantadas pela Grande Compagnia Musicale di Napoli. Deslumbrou-se com os espetáculos, com as melodias e as vozes dos barítonos e das sopranos, dos tenores e dos contraltos. Não os ouvira em discos de vitrola, dona Gisa, e, sim, de corpo presente, vendo-os no palco a brilhar no esplendor de seu gênio, a Tito Schipa, a Galli-Cursi, a Jesús Gaviria, a Besanzoni, cantando a *Traviata,* a *Tosca, Madame Butterfly, Il schiavo* (também do nosso Carlos Gomes, minha cara). Vira depois todos os maravilhosos filmes de cinema — não perdera um só — com as melhores operetas interpretadas por Jan Kiepura e Martha Eggerth, por Nelson Eddy e Jeanette MacDonald. Por acaso os vira dona Gisa? Todos, sem perder nenhum?

Em seu entusiasmo, dr. Ives trauteava trechos das árias mais conhecidas e até ensaiou um passo de balé. Com ele era no duro, não fazia por menos, não lhe viessem com discos e com lérias, pois no tocante a cultura musical não ficava a dever a ninguém...

— Isso, cultura! — dona Gisa estendia as mãos aos céus, ofendida não em seus brios mas em lídimos conceitos. —

Cultura é outra coisa, seu doutor, mais séria... Também a música, a verdadeira, a grande... Muito outra coisa.

Dona Norma, requisitada para árbitro, mantinha-se neutra, confessando:

— Não entendo nada... Saiu do samba, da marcha, da música de Carnaval — que essas eu sei todas... — sou zero-noves-fora-zero... Ópera vi uma, quando esteve aqui catando níqueis a Companhia Billoro-Cavallaro já quase sem artistas, uma tristeza. Nem era uma ópera inteira, só uns pedaços da *Aída*.

— Também fui... — marcou outro ponto o dr. Ives.

— Não entendo nada mas ouço tudo, porque qualquer coisa me diverte, até sino em toque de finados acho bonito. Topo tudo: concerto e ópera, opereta nem se fala e sou doida por um programa musical na rádio. Uma coisa é certa: não tem nada igual, nada que se compare com modinha de Caymmi. Mas, pra mim, tudo serve, tudo me diverte e passa o tempo, até esses ensaios do doutor Teodoro, basta a gente não prestar muita atenção...

Para dona Rozilda era uma blasfêmia comparar a música da orquestra de amadores, papa-fina para ouvidos delicados, com essa bambochata de moleques ao violão. Boa pessoa, dona Norma, bem casada, rica, mas seus gostos eram de gentinha... Por outro lado, a professora só por ser americana era metida a catedrática. Pode ser que dona Gisa, lá em seu país, tivesse conhecido coisa melhor, mais erudita, superior aos Filhos de Orfeu. Ela, dona Rozilda, duvidava e desconhecia. A seu ver eles eram o *non plus ultra* até prova em contrário. Uns senhores daqueles, da mais alta distinção...

Sorridente e silenciosa, acompanhara dona Flor os termos do debate, só abrindo a boca para defender os ensaios da orquestra de amadores considerados por dona Gisa, o "cúmulo da caceteação".

— Não seja exagerada...

— Pois não é? E tem que ser assim, pois é ensaio. Onde já se viu convidar alguém para ouvir ensaio de música?

— Eles não têm culpa, a culpada sou eu que convidei... Nos

ensaios deles vai quem quer, amigos, pessoas da família. Quando tiver um concerto, vou lhe convidar e aí você vai ver...
Dona Gisa mantinha-se pessimista:
— Num concerto, quem sabe? Mas ainda assim penso que esses diletantes, me desculpe, Flor, não valem grande coisa...
Valiam e muito, a acreditar-se nos redatores de jornais e críticos de música, afinal obrigados a entender do assunto. A cada exibição da orquestra — numa estação de rádio ou no auditório da escola de música — derramavam-se em louvores. Um desses críticos, um tal de Finerkaes, nascido por assim dizer no seio da música, pois de procedência alemã, num transporte de entusiasmo, comparara os Filhos de Orfeu às "melhores orquestras congêneres da Europa, às quais nada ficam a dever, muito ao contrário". Ao chegar de Munich, esse Finerkaes até que era bastante sóbrio em seus conceitos. O trópico o conquistou inteiro, perdeu a continência e nunca mais voltou a seu gelado inverno.

Dr. Teodoro possui um álbum onde coleciona os programas dos concertos, notícias e elogios, artigos sobre a orquestra, muita tinta impressa. Depois do casamento é dona Flor quem cuida desse repositório dos sucessos, desses comprovantes da pequena glória do marido. A última notícia ali colada diz ter o maestro Agenor composto uma romanza em honra do casal Teodoro Madureira, sua obra-prima, atualmente em ensaios. Os Filhos de Orfeu se propunham executá-la. "Por falar em Filhos de Orfeu, quando essa excelente orquestra nos dará a graça de um concerto insistentemente reclamado pelos amantes da boa música na Bahia?", perguntava o jornalista. Como se vê, tinham os amadores fiéis amigos, muitos e fanáticos.

Atenta à discussão sobre a orquestra, descurara dona Flor dos problemas de Marilda, também eles de música e de canto, de proibidas melodias. A última notícia sobre o conflito entre Mãe e filha, dona Flor a obtivera da própria moça e se referia ao fato significativo de ter Marilda conhecido, por intermédio de Oswaldinho, aquele Mário Augusto da Estação Menina, a Amaralina, e o dito-cujo lhe prometera ouvi-la e, se lhe agradasse a voz, contratá-la para um programa semanal. Oswaldinho nada conseguira na Rádio Sociedade, infelizmente.

Os sucessos posteriores escaparam a dona Flor. Muito ocupada naqueles dias, não pudera conceder a Marilda a atenção devida. Assim sendo, só depois do drama, veio a saber do êxito da adolescente no teste ao microfone. Ficou o Mário Augusto abobalhado com a voz e (mais ainda) com a beleza da jovem, e dispôs-se a contratá-la para um programa de categoria, num bom horário, sábado à noite. Cachê ainda pequeno, porém que mais podia desejar uma estreante? Na bolsa a minuta do contrato, Marilda veio correndo para casa, embargada de emoção.

Dona Maria do Carmo rasgou o papelucho: "Lhe criei e eduquei para mulher direita, para se casar. Enquanto eu for viva...".

— Mas, mamãe, você tinha prometido... — Marilda lembrava a promessa feita pela viúva no dia em que a viu cantar num programa de calouros. — Você disse que quando eu fizesse dezoito anos...

— Ainda não fez...

— Faltam só três meses...

— Não deixo nunca, enquanto estiver sob meu teto. Nunca.

— Sob seu teto? Pois vai ver.

— Ver o quê? Vamos, diga.

— Nada.

Ainda procurou dona Flor, cálido peito amigo, de bom conselho e de conforto. Mas a vizinha saíra após a aula vespertina e Marilda tinha pressa, pois caía a tarde e era demais a tirania, insuportável. Fugiu de casa.

Juntara uns trapos, pares de sapatos, a coleção do *Jornal de Modinhas*, os retratos de Francisco Alves e Sílvio Caldas, metera tudo na mala, tomou o bonde, aproveitando estar a mãe no banho.

Foi direta à Rádio Amaralina. Ao sabê-la fugida da família, em lágrimas e menor de idade, alarmou-se Mário Augusto, muito responsável, e nem sequer a quis ali no edifício: fosse embora quanto antes, não desejava encrencas. Saiu Marilda rua afora e andou ao léu em busca de Oswaldinho. Foi de endereço em endereço, da Rádio Sociedade para o escritório de uma firma comercial, onde o radialista fazia ponto. Dali seguiu para a Cidade Baixa onde ele tinha encontro com uns patrocinadores, os poderosos Magalhães. Oswaldinho? O da Rádio? Já fora embora, talvez para os estúdios, ela sabia o endereço? Lá se foi novamente para a Rádio Sociedade, na rua Carlos Gomes: subiu o Elevador Lacerda, andou a rua Chile, e, cortando a praça Castro Alves, por fim, suada e tonta, deteve-se na porta da emissora. Oswaldinho não estava, mas o porteiro lhe permitiu esperar e até lhe arranjou uma cadeira.

Cansada e com certo medo, mas ainda cheia de raiva e disposta a tudo, ali permaneceu horas a fio, vendo cruzar em sua frente artistas conhecidos, cantores afamados, e entre eles Silvinho Lamenha, com uma flor na botoeira e imenso anel no dedo mínimo. Alguns olhavam para ela, quem seria aquela moça tão bonita? O porteiro, de quando em vez, sorrindo lhe dizia (querendo, quem sabe, confortá-la, condoído de sua aflição e de sua juventude):

— Não chegou ainda, mas não pode demorar. Já era hora de ter vindo...

Por volta das oito horas, noite feita, com os olhos ardendo e o coração em susto, perguntou ao porteiro onde tomar um café e comer um sanduíche. No bufê da própria rádio, fosse entrando. Lá, vendo e ouvindo cantores e atrizes, seus ídolos, ganhou novas forças, decidida a esperar a vida inteira, se preciso, para cumprir seu destino de estrela.

Retornou à portaria e pensou: "Mamãe, coitada, a essa hora já deve estar morrendo de preocupação", misturando pena e remorso à raiva e à intrepidez. Pouco depois o porteiro da tarde despediu-se, e seu substituto disse a Marilda não acreditar no retorno de Oswaldinho:

— A essa hora? Não vem mais...

Já quase às nove e meia, quando a custo ela continha o choro, um sujeito desdentado encostou-se ao balcão da portaria e, após fitá-la com insistência, meteu-se de prosa e riso com o porteiro, a lhe contar feitos de jogo, decorridos ali perto, no Tabaris. De súbito Marilda ouviu o sujeito falar em Oswaldinho, e soube estar o seu amigo a jogar desde o fim da tarde, na mesa de roleta. Muito alegre, no dizer do desdentado.

— Tabaris? O que é isso e onde fica?

Riu-se o tipo a fitá-la com indecente gula:

— Aqui pertinho... Se quiser lhe levo lá... — doido para ver o escândalo, gozar as lágrimas e as recriminações, aquele Oswaldinho era mesmo a perdição das moças.

Atravessaram a praça, o desdentado a tirar conversa, querendo saber se Marilda era esposa, noiva ou apenas namorada. Para esposa, muito moça, para namorada, muito aflita... Na porta do cabaré, depararam com Mirandão, que se retirava para o Pálace. Ao passar viu Marilda de relance, foi andando. Mas logo a reconheceu e voltou rápido:

— Marilda! que diabo está fazendo aqui?...

— Ah!, seu Miranda, como vai?

Mirandão conhecia demais o desdentado:

— Bafo-de-Onça, que é que você faz aqui com essa moça?

— Eu? Nada... Ela me pediu...

— Pra vir aqui? Mentira sua... — já se exaltava Mirandão. Marilda desculpou o outro: ela lhe pedira, sim.

— Pra vir aqui, no Tabaris? Fazer o quê? Me diga.

Contou-lhe tudo, finalmente, e ele a trouxe de volta para casa, da qual não estavam tão distantes. Foram encontrar dona Maria do Carmo como louca, num chilique, em pranto, atirada ao leito, a gritar pela filha. Ao seu lado, dona Flor, dr. Teodoro, dona Amélia. Dona Norma assumira o comando da turma de busca e salvamento, assistida por dona Gisa. Arrancaram seu Zé Sampaio da cama (fulo de raiva) e partiram rumo à assistência pública, à polícia, ao necrotério.

Ao ver a filha, dona Maria do Carmo abraçou-se nela, a acarinhá-la, num choro convulsivo. Choravam as duas e se beijavam, em mútuos pedidos de perdão. Agastado, dr. Teodoro, retirou-se, quase brusco, pois, mesmo contrariando dona Flor, apoiara dona Maria do Carmo em sua primeira e implacável disposição de aplicar na fugitiva uma surra daquelas, de criar bicho.

Tentou demovê-la dona Flor, ganhá-la para a causa de Marilda; também ela, quando mocinha, tomara daquela medicina e de nada lhe servira o tratamento. Por que se obstinava dona Maria do Carmo em contrariar a vocação da filha?

Que vocação nem meia vocação!, dr. Teodoro veio em apoio da viúva, a menina precisava de uma lição que lhe pusesse o juízo em ordem e lhe ensinasse a obedecer. Chegaram quase a se exaltar, marido e mulher, um e outro intransigentes: dona Flor na defesa de Marilda, pobrezinha!; dr. Teodoro na defesa dos princípios, dos deveres dos filhos ante os pais, causa sagrada. Mas não levaram adiante a discussão, pois logo o doutor se controlou e disse:

— Minha querida, você tem sua opinião e eu a respeito, sem com ela comungar. Eu tenho a minha, nela fui educado, é a que me serve, fiquemos cada um com a sua opinião. Mas não vamos discutir por isso, já que não temos filhos — "e não os teremos", poderia acrescentar, pois, ainda noivo, dona Flor lhe revelara sua infecunda condição.

Não restou entre eles rastro de azedume, ambos curvados sobre a dor da viúva a pedir a morte, se a filha não chegasse logo.

Chegou Marilda e foi o que se viu. Dr. Teodoro, vencido, retirou-se. Saíram também dona Amélia, dona Êmina, permanecendo apenas dona Flor com a mãe e a filha e já estava o caso resolvido, de uma vez e para sempre: Marilda conquistara seu direito ao microfone. Dona Flor demorou apenas um minuto, o suficiente para garantir o acordo, a bênção materna aos planos da futura estrela, e logo foi encontrar na sala de visitas seu compadre Mirandão.

— Meu compadre, por que sumiu e nunca mais apareceu? Nem você, nem a comadre com o menino? Que foi que eu fiz para tanto lhe ofender? Pergunto mesmo antes de lhe agradecer o bem que fez a Maria do Carmo e a Marilda. Por que brigou comigo?

— Não briguei, por que havia de brigar, minha comadre? Se não tenho aparecido, é que tenho andado numa roda-viva...

— Só por isso, por ocupado? Me desculpe, meu compadre, mas não creio.

Mirandão fitou a noite transparente, o céu distante:

— Minha comadre sabe: entre marido e mulher ninguém deve se meter, até uma sombra, até uma lembrança pode ser ruim. Sei que minha comadre vive contente, anda por cima, isso é o que eu desejo. Bem merece tudo isso e muito mais. Nem por eu não aparecer é menor nossa amizade.

Era verdade, dona Flor sorriu e andou para junto do compadre:

— Tem uma coisa que desejo lhe pedir...

— Mande, não peça, minha comadre...

— Não vai tardar o dia do caruru de Cosme e Damião, aquela obrigação...

— Tenho pensado nisso, ainda outro dia disse pra patroa: "será que vai haver este ano o caruru em casa da comadre?".

— Qual é seu parecer, compadre? Que é que acha?

— Pois eu lhe digo, comadre, que ninguém pode andar dois caminhos de uma vez, um de ida, outro de volta. A obrigação não era sua, era do compadre, se enterrou com ele, os ibejis se dão por satisfeitos — fez uma pausa. — Se era esse também seu parecer, comadre, então fique descansada, não está agindo mal com os santos nem cortando um preceito pelo meio...

Ouviu dona Flor pensativa, absorta como se pesasse medidas de viver:

— Tem razão, compadre, mas não é só aos santos que a gente tem contas a prestar. Eu tenho vontade de manter a obrigação, seu compadre levava o preceito muito a sério, tem coisas que a gente não pode desmanchar.

— E então, comadre?

— Pois pensei que podia fazer o caruru em casa do compadre. Eu vou lá, no dia, ver o menino, levo o necessário, cozinho o caruru e nós comemos. Convido Norminha e mais ninguém.

— Pois seja assim, comadre, como quer. A casa é sua, é só

dar ordens. Se eu tivesse certeza de ter dinheiro, lhe dizia para não levar tempero algum. Mas, quem adivinha a noite de ganhar e a noite de perder? Se eu soubesse, estava rico. Leve seus quiabos, é mais seguro.

Tendo serenado, voltava dr. Teodoro. Já conhecia Mirandão de nome, sabedor de sua fama e de seus feitos, trocaram breves cortesias.

— É meu compadre, Teodoro, um bom amigo.

— Precisa aparecer... — disse o doutor, mas não era um convite, apenas uma frase gentil: se ele viesse, paciência.

Retornou Mirandão à sua vida airada, Marilda acertava com a mãe a visita de seu Mário Augusto para o outro dia, para juntos discutirem as condições do contrato e a data da estreia.

— Vamos, minha querida... — disse o farmacêutico.

Já era tarde, mas ainda assim, para de todo repousar daquelas emoções e desapontos, foi o dr. Teodoro em busca do fagote e da partitura. Dona Flor tomou assento numa cadeira e pôs-se a cerzir punhos e colarinhos das camisas do doutor, todos os dias ele mudava a roupa branca.

Na sala quieta e morna, dr. Teodoro ensaia o solo da romanza composta em homenagem a dona Flor. Curvada sobre a costura, ela ouve um tanto distraída, querendo pôr em ordem confusos pensamentos. Distante, a cabeça longe dali, em outras músicas.

Buscando dominar as notas em fuga no instrumento, captar o som mais puro e ardente, vencendo as escalas da difícil melodia, já de todo calmo, sorri dr. Teodoro: afinal que lhe importava o modo certo ou falso como educasse dona Maria do Carmo sua filha indócil? Não era palmatória do mundo e seria idiota aborrecer-se com sua mulherzinha, tão formosa e boa, por tolas razões alheias. Evola-se o acorde justo, pulsa no ar, sòzinho, harmonioso e puro.

Vinha dona Flor de outras músicas, mas não das altas notas clássicas de Bach e de Beethoven, das sinfonias e sonatas, como dona Gisa na meia-luz requintada do alemão. Vinha das melodias populares, das violas seresteiras, dos boêmios cavaquinhos, das gaitas de riso cristalino. Devia agora ajustar-se à orquestra de amadores, à grave melodia dos oboés, dos trompetes, dos violoncelos, aos acordes conspícuos do fagote. Tirar a cabeça daquelas outras músicas a fazê-la desatenta, perdida em obscuros caminhos, no mistério das encruzilhadas. Devia sepultar nos ensaios do fagote, nas escalas da orquestra, as lembranças de melodias mortas, de um tempo extinto, do que foi e já não era.

O som do fagote vibra sobre as camisas do doutor.

7

Histórias de mulheres, somente duas. Pelo menos foram as que chegaram ao conhecimento de dona Flor. Ela, no entanto, punha a mão no fogo pelo marido, não acreditando na existência de qualquer outro rabo de saia na vida do doutor.

Uma daquelas duas histórias, aliás, a que envolvia Mirtes Rocha de Araújo, a fogueteira carioca, não chegou a ser nada — apenas um quiproquó e uma decepção. Decepção certamente efêmera, pois não era a audaciosa de perder tempo em lamentações; sacudiu os ombros, foi avante.

Casada com um funcionário de banco e tendo sido ele transferido para a Bahia, com melhor ordenado e posto, lastimou-se Mirtes junto a amigas íntimas, infeliz com esse exílio para uma cidade carente de atrações masculinas e sem a liberdade do Rio de Janeiro, onde ela conquistara alguma reputação em atividades de adultério. Com as horas livres e vazias, sem filhos e sem outros afazeres, dedicava seu tempo e sua natural aptidão à benfazeja brincadeira. Eram tardes agradáveis, em companhia de benévolos rapazes de muita competência e cativante físico, sem correr nenhum perigo, tudo na mais discreta maciota. Onde, na Bahia, obter a mesma qualidade masculina de um Serginho, por exemplo, "um suco", e a confortável segurança do rendez-vous de dona Fausta?

Inês Vasques dos Santos, baiana orgulhosa do progresso de sua terra, sentiu-se ofendida com tanto desprezo, sua cidade relegada à condição de lugarejo onde não existisse sequer com quem trair o marido nem onde fazê-lo em segurança. Por que insultava Mirtes a Bahia sem a conhecer? Afinal não era Salvador tão pequena aldeia nem de tamanho atraso...

Lá iniciara Inês sua plantação de chifres e podia afirmar, com pleno conhecimento de causa, existirem condições propícias ao exercício da boa lavoura com seguro penhor de colheita farta. Discretíssimos castelos, bangalôs ocultos entre coqueiros em praias selvagens, com a brisa e o mar, um sonho. Quanto a rapazes, havia cada um!

Olhos cismarentos, a morder o lábio com os pequenos dentes, Inês Vasques dos Santos pôs-se a recordar, quanta saudade! Sobretudo certo petulante capadócio, um perdido, um jogador; mas que espetáculo na hora da peleja, que andante cavalheiro! Inês, coração volúvel porém eficiente, conhecera em nua intimidade rapazes a granel. "Pois vou lhe dizer, menina: não encontrei até hoje nenhum igual a ele, ainda guardo o gosto de sua pele e sinto atrás da orelha a ponta de sua língua, ouço seu riso ao me tomar dinheiro."

— A tomar dinheiro? — Mirtes sempre desejara conhecer um gigolô.

Deu-lhe Inês informações e endereço, magnânima. Escola de Culinária Sabor e Arte, entre o Cabeça e o largo Dois de Julho. A professora, mulher dele, boa moça, não era feia, com seus cabelos lisos e sua cor de cobre. Entrasse Mirtes de aluna, as aulas ajudavam a matar o tempo e logo o assanhado lhe botaria em cima o olho, a mão e seu canto de sereia, ai.

Não se esquecesse de lhe escrever depois, contando e agradecendo. Inês não tinha dúvidas sobre as deleitosas consequências do conúbio, úteis aliás a todos os parceiros, inclusive ao marido festejado: com seu diploma de doutora em culinária, Mirtes poderia lhe servir quitutes baianos do melhor sabor. A professora era de primeira, mestra na arte, tinha mãos de fada.

Jamais dona Flor desconfiara, nem antes, nem agora de chamego entre o finado e aquela Inês, no tempo sisuda magricela, curiosa de temperos. Não fosse a posterior indiscrição da revoltada Mirtes e talvez nunca viesse a conhecer mais aquela estrepolia do falecido. Mais uma, menos uma, tinham sido tantas, e agora estava dona Flor casada com homem de outro estofo, com outras normas de procedimento, impoluto.

Quanto a Mirtes, apenas instalada na Bahia, buscou a escola para nela se inscrever. Quis dona Flor convencê-la a esperar o início de nova turma, já se encontrando a atual no caruru, tendo dado o efó e o vatapá, sem falar em algumas sobremesas como doce de coco, beiju e ambrosia.

Mirtes tinha pressa, impossível esperar. Inventou próxima volta ao Rio, tempo curto em Salvador, não lhe sobrando outra oportunidade para aprender ao menos uns quantos pratos, seu marido era maluco por comida de dendê. Dona Flor, a boba, ainda prometera nas folgas de tempo lhe ensinar ao menos o vatapá, o xinxim e o apeté.

Não lhe ensinou nem aqueles nem outros pitéus, pois foi rápida a passagem de Mirtes pela escola. Não tendo visto o marido da professora nos dois primeiros dias, no terceiro perguntou por ele a uma colega que lhe disse ser difícil avistar-se o doutor durante as aulas, preso à farmácia naquele mesmo horário. "Doutor? Na farmácia?" Não sabia que fosse farmacêutico, aquela louca Inês só lhe falara das qualidades esportivas do baiano, de seu trabalho fora da cama nada lhe dissera. Mirtes até se enchera de esperanças: ia finalmente conhecer um verdadeiro gigolô.

Por acaso, naquele mesmo dia, logo depois desse diálogo, necessitou dr. Teodoro de um documento, veio buscá-lo. Pedindo milhares de desculpas, muito solene e cheio de dedos, atravessara entre as alunas.

— Quem é? — quis saber Mirtes.

— Doutor Teodoro, o marido. Eu lhe dizendo ser difícil ele aparecer e em seguida quem se vê? O próprio...

— O marido dela? Da professora? Esse?

— E de quem havia se ser?

Ainda desculpando-se, na mão o papel recuperado, regressou o importuno à drogaria. Mirtes balançava a cabeça de cabelos soltos e *platinum-blonde* (na última moda): ou Inês era doida de se amarrar ou algo sucedera. Certamente a professora cansara-se das falcatruas do gigolô e lhe dera o fora, se não tivesse sido ele a partir com outra. Fosse como fosse, dona Flor se dedicara ao tipo oposto, ao homem sério e respeitável, ao ver de Mirtes inútil e impossível, o tipo vomitório: o tabacudo nem reparara no fulgor de seus cabelos, passara por ela sem sequer a ver. Também, antes assim... O idiota nem para marido lhe servia, capaz de ser daqueles cornos sem classe e sem *fair play*, que vingam a honra com tiros e facadas, obsoletos e melodramáticos.

Não voltou à escola, não lhe parecendo necessário dar satisfações à professora. Ao demais era biqueira, de pouca comida (para manter-se magra, em forma, com seu tipo de vamp).

Foi bater com os dentes mais adiante e soube então da morte do fogoso garanhão de Inês e do novo casamento da viúva com aquele tipo cego. Cego, sim, senhora, e da pior cegueira, a de quem fecha os olhos para a vida, incapaz de enxergar a luz do sol e uns cabelos cor de prata.

Veio a saber dona Flor os detalhes daquela farsa através de sua amiga Enaide, por seu lado amiga de Inês Vasques dos Santos desde os tempos de estudante, e, por isso, confidente dos equívocos baianos de Mirtes Rocha de Araújo, que resumia sua decepção numa frase quase literária:

— É a minha aventura com um defunto... Faltava em meu carnê.

Numa frase e numa queixa: para conhecer dr. Teodoro, "aquela insipidez de homem, aquele paspalhão!", queimara os dedos no fogão de dona Flor, na aula da frigideira de aratu. Que ridículo!

Para dona Magnólia, em sua janela a janelar, oh! janeleira mais intrépida!, o fato de ser sério e responsável não retirava ao doutor o interesse, dando-lhe mesmo certo picante, certo quê. Em sua semeadura de chifres, lavradora tão eficiente quanto a pedante carioca, a rapariga do secreta de polícia aprendera a variar os seus xodós, na cor, no aspecto e na idade, inimiga de qualquer monotonia. Enquanto Mirtes, sectária, só pensava em rapazes sem juízo, Magnólia, a antidogmática, não se reduzia a uma fórmula, a um figurino. Hoje moreno, amanhã um loiro, depois um escurinho, seguindo-se a inquieto adolescente um cinquentão grisalho. Por que repetir pratos com o mesmo tempero, de uma só cozinha? Dona Magnólia era eclética.

Quatro vezes por dia, ao menos, ao ir e vir de casa para a farmácia e vice-versa, o "soberbo quarentão" (segundo a bola de cristal de dona Dinorá) passava sob a janela, onde, em robe decotado, dona Magnólia plantara uns seios insolentes, tão grandes e redondos quanto oferecidos. Os rapazes do Ginásio Ipiranga, instalado em rua próxima, mudaram seus itinerários, para unânimes desfilarem em continência sob a janela onde cresciam aqueles seios capazes de amamentar a todos eles. Dona Magnólia enternecia-se: tão lindos com suas fardas de colegiais, alçando-se os mais pequeninos nas pontas dos pés para a alegria de ver, o sonho de apalpar. "Deixá-los penar para aprender", discorria pedagógica dona Magnólia, dando um jeito para exibir ainda melhor seios e busto (que o mais não lhe permitiam infelizmente expor na moldura da janela).

Penavam os garotos do colégio, gemiam artesãos da redondeza, caixeiros transportando compras, jovens como Roque, o das molduras, velhos como Alfredo às voltas com seus santos. Vinha gente de longe, da Sé, da Jiquitaia, de Itapagipe, do Tororó, do Matatu, em peregrinação, apenas para ver aquelas faladas maravilhas. Um esmoler às três da tarde, em ponto, sob o sol, cruzava a rua:

— Esmola para um pobre cego das duas vistas...

A melhor esmola era a visão divina na janela: mesmo com o perigo do desmascaramento, arrancando os óculos negros, patolava os dois olhos de uma vez e arregalados naqueles dons de Deus, bens da polícia. Se o secreta o perseguisse e o metesse no xadrez, sob a acusação de impostura, de falsificação da mendicância, ainda assim se daria o ceguinho por bem pago.

Apenas dr. Teodoro, todo engravatado, na pompa de seu traje branco, nem erguia os olhos para o céu exposto na janela.

Curvando a cabeça, num cumprimento de fina educação, tirava o chapéu a desejar bom dia e boa tarde, indiferente à plantação de seios que dona Magnólia cercara de rendas para obter maior efeito, para abalar aquele homem de mármore, para destruir aquela fidelidade conjugal, insultuosa. Só ele, o morenaço, o bonitão, com certeza um pé de mesa, só ele passava sem deixar transparecer o impacto, a alegria, o êxtase, sem ver, sem olhar sequer aquele mar de seios. Ah!, era demais, ultraje revoltante, insuportável desafio.

Monógamo, garantia dona Dinorá, conhecedora de todos os particulares da vida do doutor. Aquele não era de trair mulher, não o tendo feito sequer com Tavinha Manemolência, mulher pública se bem restrita em sua freguesia. Dona Magnólia, porém, tinha confiança em seus encantos: "Minha cara cartomante, tome nota, escreva o que lhe digo, não existe homem monógamo, nós o sabemos, eu e vosmicê. Espie na bola de cristal e se ela for de confiança lhe mostrará o doutor na cama de um castelo — o de Sobrinha, para ser exata — tendo a seu lado, toda pimpona, essa sua criada Magnólia Fátima das Neves".

Não se abalara o doutor com os olhos de desmaio da vizinha, com sua voz de convite a responder-lhe o cumprimento, com os seios plantados na janela, crescendo à sombra e ao sol no desejo dos meninos, no gemer dos velhos? Riu-se dona Magnólia, tinha outras armas, ia empregá-las, entrar em ofensiva imediata.

Assim, em certa tarde de mormaço, um peso no ar pedindo brisa e cafuné, agrados de cama e cantigas de ninar, dona Magnólia transpôs os batentes da farmácia, levando na mão uma caixa de injeções para a nova tentação de santo Antônio. Vestida de verão, com um trapo de fazenda leve, ia mostrando riquezas ao passar, num desperdício.

— Pode o doutor me aplicar uma injeção?

Dr. Teodoro media nitratos no laboratório, a bata amidoada a fazê-lo ainda mais alto e a lhe dar certa dignidade científica. Com um sorriso ela lhe estendeu a caixa de injeções. Ele a tomou, depositando-a sobre a mesa, e disse:

— Um momento...

Dona Magnólia ficou de pé a contemplá-lo, cada vez lhe agradava mais. Um tipão, na boa idade, de muita força e valentia. Suspirou e ele, deixando os pós e a fórmula, para a vizinha ergueu os olhos:

— Alguma dor?

— Ah!, seu doutor... — e sorriu como a dizer-lhe ser de cotovelo sua dor e ele a causa.

— Injeção? — examinava a bula — Hum... Complexo de vitaminas... Para manter o equilíbrio... esses remédios novos... Que equilíbrio, minha senhora? — e sorria gentil como se achasse perda de tempo e de dinheiro aquele tratamento de injeções.

— Dos nervos, seu doutor. Sou tão sensível, o senhor nem sabe.

Tomava ele das agulhas com uma pinça, retirando-as da água quente, atento ao transpor o líquido para a seringa, calmo e sem pressa, cada coisa de uma vez e em seu lugar. Um dístico, pendurado sobre a mesa de trabalho, era uma declaração de princípios claramente exposta: "Um lugar para cada coisa e cada coisa em seu lugar". Dona Magnólia leu, sabia de uma coisa e de um lugar, maliciosa fitou a face do doutor; homem seguro de si, um figurão!

Após encharcar em álcool um capucho de algodão, suspendeu a seringa:

— Levante a manga...

Voz de dengue e malícia, observou dona Magnólia:

— Não é no braço não, doutor...

Ele puxou a cortina, ela suspendeu a saia, exibindo aos olhos do doutor riqueza ainda bem maior e mais soberba do que aquela exposta diariamente na janela. Era uma bunda e tanto, das de tanajura.

Nem sentiu a picada, dr. Teodoro tinha a mão leve e segura. Agradável sensação de frio lhe deu o algodão calcado contra a pele no dedo do doutor. Uma gota de álcool correu-lhe pelas coxas, ela novamente suspirou.

Uma vez mais dr. Teodoro errou na interpretação daquele doce gemer:

— Onde lhe dói?

Ainda a segurar a borda do vestido na ostentação dos quadris até ali irresistíveis, dona Magnólia fitou o preclaro personagem bem nos olhos:

— Será que não entende, que não entende nada?

Não entendia mesmo:

— O quê?

Já com raiva, ela largou a barra do vestido, cobrindo a desprezada anca, e, por entre os dentes, falou:

— Será mesmo cego, será que não enxerga?

A boca, semiaberta, a face parada, os olhos fixos, o doutor se perguntava se ela não teria enlouquecido. Dona Magnólia, ante tamanho monumento de estultícia, concluiu sua pergunta:

— Ou é mesmo trouxa?

— Minha senhora...

Ela estendeu a mão e tocou a face do luminar da farmacologia, e com a voz novamente em desmaio e dengue largou tudo:

— Não está vendo, tolo, que estou caída por você, babada, doidinha? Não está vendo?

Foi se aproximando, seu intento era agarrar o cauteloso ali mesmo, pelo menos em preliminares, e nem uma criança se enganaria ao vê-la de lábios estendidos, de olhos em langor.

— Saia! — disse o doutor em voz baixa mas de rude acento.

— Meu mulato lindo! — e o atracou.

— Saia! — o doutor repelia aqueles braços ávidos, aquela boca voraz, plantado em seus princípios, em suas convicções inabaláveis. — Fora daqui!

Majestoso em sua virtude inflexível, de seringa e de bata branca, o rosto indignado, se o doutor estivesse sobre um pedestal seria o perfeito monumento, a fulgurante estátua da moral vitoriosa sobre o vício. Mas o vício, ou seja a descomposta e humilhada dona Magnólia, não fitava o impoluto herói com olhos de remorso e contrição e, sim, de nojo e ira, em fúria:

— Broxa! Capado! Você me paga, seu banana, seu xibungo velho! — e saiu para intrigar.

Pobre dona Magnólia, vítima do desprezo e do acaso, realmente em mar de urucubaca, pois foram os mais imprevistos os resultados de sua intriga, redundando em fracasso seus planos de vingança. Enfática e insultada (em seu recato, em sua honra de manceba séria), queixara-se ao secreta da "perseguição daquele bode imundo, o farmacêutico", um completo sem-vergonha a lhe fazer propostas, a lhe repetir dichotes, a convidá-la a ir com ele ver o luar nas areias de Abaeté. Estava o canalha a merecer uma lição, uns trancos pertinentes, talvez breve passagem pelo xilindró com bolos de palmatória para lhe ensinar respeito às mulheres dos demais.

Nada dissera antes para evitar barulho e para não dar desgosto à mulher dele, tão boazinha. Mas, naquele dia o tipo exagerara... Ela fora à farmácia tomar uma injeção e o patife quisera meter-lhe a mão nos peitos, obrigando-a a sair correndo...

Em silêncio o secreta ouviu toda a história, e dona Magnólia, conhecendo-o bem, constatava a raiva cada vez maior na face de seu homem: o doutor lhe pagaria caro a ofensa, pelo menos uma noite de xadrez.

Naquela tarde o policial se atritara com um colega, em consequência de erros de cálculo na barganha de uns mil-réis extorquidos a bicheiros. No diálogo um tanto áspero a preceder a troca de socos e bofetões, tendo o amásio de dona Magnólia rotulado o companheiro de gatuno, dele ouviu revelações de estarrecer: "Antes ladrão", disse ele, "do que chifrudo, corno manso como o caro amigo". Acrescentara em seguida as provas de certas peripécias recentes de dona Magnólia. Em resumo lhe informou que, só colegas da polícia, eram cinco a se revezarem na tarefa de decorar a testa do distinto. Sem falar no delegado de costumes. Se lhe pusessem uma lâmpada em cada chifre, dava para iluminar meia cidade, do largo da Sé ao Campo Grande. Podia não ser ladrão, mas era a vergonha da polícia. Foram aos tabefes.

De honra limpa na peleja, fez as pazes com o confrade e dele e de outros escutou informações de estarrecer: já tinha ouvido falar numa tal de Messalina? Não é da zona não, é da história, e foi a tal. Pois, junto de dona Magnólia, era donzela pura...

Acabrunhado, a vergonha da polícia jurou vingança, num plágio aliás da ameaça de dona Magnólia ao farmacêutico:

— Vaca! Vai me pagar!

Assim, ouviu com ceticismo toda aquela lenga-lenga e, mal dona Magnólia acabara de citar os próprios seios com tanta dignidade defendidos dos pseudoavanços do doutor, o detetive meteu-lhe a mão nas fuças e lhe exigiu completa confissão.

Surra de perito, de alguém com experiência e gosto. Dona Magnólia contou o que fez e o que não fez, inclusive casos antigos, sem ligação nenhuma com o polícia, e, de lambujem, a completa verdade sobre suas relações com dr. Teodoro. Completa verdade, em termos, pois ao inocentá-lo não deixou de opinar sobre o doutor: impotente, com muita figura e nenhuma serventia, pois jamais alguém lhe fizera a injúria de resistir à paisagem de seu traseiro levantado em guerra.

Foi um alvoroço pela rua, um bafafá. Os tapas e os gritos, os palavrões, trouxeram para frente da casa do secreta curiosa e fremente malta de vizinhos, comadres e alunos do ginásio. As comadres e em geral a vizinhança apoiavam a surra, bem merecida e bem aplicada, com um único defeito: haver tardado tanto. Os rapazolas do colégio sofriam cada bofete, cada safanão como se fora na própria carne, sendo naquela carne de ternura e dengue por todos eles possuída em adolescentes leitos solitários. Houve noites nas quais ela dormiu, ubíqua fêmea, onipresente pastora de meninos, mestra do amor, em mais de quarenta camas juvenis num só tempo de sonho e de arrebol.

Quem, no entanto, penetrou na casa do secreta, foram dona Flor e dona Norma, contentando-se os demais em aplaudir ou criticar, ninguém queria encrenca com tira de polícia.

— Seu Tiago, o que é isso? Quer matar a desgraçada? Vamos, solte ela... — gritou dona Norma.

— Bem merecia que eu acabasse com ela, essa vaca... — respondeu o esportista, aplicando uns derradeiros golpes.

— Pobrezinha dela... O senhor é um monstro... — disse dona Flor, curvando-se sobre a moída vítima do destino.
— Pobrezinha? — o tira não podia com tamanha injustiça.
— Pois sabe o que esta pobrezinha inventou sobre seu marido?
— Sobre meu marido?
— Pois veio me contar que o doutor estava atrás dela e que quis pegar ela hoje na farmácia, a pulso. Quando eu apertei, confessou que era tudo mentira, que queria me intrigar com ele, para eu ir tomar satisfação, que foi ela quem deu em cima e ele não topou. Isso sem falar no resto.

Numa voz soturna perguntou:
— A senhora sabe como estavam me chamando? "A vergonha da polícia."

Naquela noite, ao saírem para o cinema, enquanto se aprontavam, dona Flor ante o espelho, pondo pó de arroz, disse sorrindo ao dr. Teodoro:
— Então o senhor doutor anda querendo pegar as clientes que vão à farmácia tomar injeção... Quis agarrar dona Magnólia...

Ele a fitou e se deu conta da pilhéria: dona Flor não mantinha o sério, lhe parecendo cômico tudo aquilo. Por mais quisesse se enternecer com a lealdade do marido, não conseguia afastar a imagem do dr. Teodoro de seringa na mão e a peituda Magnólia, descaradíssima, a tentar beijá-lo. Marido direito estava ali, correto de toda a correção. Mas, que fazer se aquela história se lhe afigurava divertida, mais ridícula do que heroica?
— Maluca... Com que direito ela pensou que eu ia profanar meu laboratório, abusar de uma cliente?
— No caso não era abuso, meu querido, ela mesma é quem estava se oferecendo...

Ele baixou a voz, nunca perdera de todo a timidez ante a esposa, em assuntos como aquele:
— Como poderia eu olhar para outra mulher, tendo você, minha querida?

Homem mais leal e correto não havia, dona Flor lhe estendeu os lábios, ele a beijou de leve.

— Obrigada, Teodoro, eu penso o mesmo a seu respeito.

Na rua, nas esquinas, ao aperitivo no bar de Mendez, os homens comentavam a surra, seus motivos e efeitos. Dona Magnólia fora recolhida em casa de parentes, estava em banho de água e sal, o secreta enchera a cara de cachaça.

Seu Vivaldo da funerária levantava a questão: era ou não impotente o dr. Teodoro? Não só o afirmara a rapariga em alta voz (aliás, aos gritos), como também — vamos convir — só um eunuco seria capaz da recusa por ele oposta à tentação de Magnólia, às suas opulências. Dava para duvidar de sua macheza, isso dava. Moysés Alves, o fazendeiro de cacau, se exaltava, a defender o boticário:

— Broxa? Mentira dessa sem-vergonha. Homem sério, com responsabilidade, você queria que ele se atracasse com a pecadora por cima dos remédios?

Seu Vivaldo ainda assim permanecia crítico:

— Chuetar de um pedaço desses... Na farmácia ou onde fosse... Se ela aparecesse lá, no Paraíso em Flor, com vontade de me dar, ia mesmo ali, num ataúde...

Punha-se de acordo num detalhe: fosse por impotente ou por austero, dr. Teodoro comportara-se mal ao expulsá-la sem lhe marcar encontro:

— Deus dá nozes a quem não tem dentes...

Ecos dessas discussões, soltas nas esquinas e nos bares, acesas na cerveja e na cachaça, chegaram aos ouvidos de dona Flor e também os elogios gerais das amigas e vizinhas:

— Se todo marido fosse assim, valia a pena...

Indignara-se com o aleive contra o esposo e dissera a Maria Antônia, ex-aluna espalhafatosa e alcoviteira, que veio visitá-la só para futricar:

— Se alguém quiser saber se ele é homem de verdade, que venha aqui e eu mando ele mostrar...

— Manda mesmo? — riu Maria Antônia, em pândega e pagode.

Riu também dona Flor. Mesmo irritada com o cochicheio, não podia conter o riso ante o grotesco da situação.

Certa manhã, tempos depois, quem apareceu foi Dionísia de Oxóssi trazendo seu menino gordo para tomar a bênção à madrinha. Vinha pouco, ultimamente, de raro em raro. Contou o desgosto que tivera ao descobrir um arranjo de mulher na vida do marido: cortando estrada com o caminhão, fazendo pouso aqui e ali, se metera ele com uma tipa em Juazeiro. Dionísia fora no rastro de uma carta da perversa, fez um escarcéu, ameaçou mandar o traidor embora. Ameaça só, minha comadre, qual é o homem que não tem suas desordens de mulher, que não põe chifres na esposa? Mas sentira muito, até emagracera, e só agora começava a melhorar, pois o marido não só terminara com a sujeita como nem mais dormia em Juazeiro.

Dona Flor a consolou: quem não sofre essas contrariedades? Ela, dona Flor, ainda não há muito, também tivera o desprazer de uma descoberta a feri-la e a magoá-la.

— Também o doutor andou prevaricando? Até ele? Bem eu disse a vosmicê que nenhum escapa de tropeço de mulher...

— Quem? Teodoro? Não, meu aborrecimento foi de outra coisa, diferente. Comadre Dionísia, Teodoro é a exceção que confirma a regra... É homem sério, por ele ponho a mão no fogo...

Dava-se conta de repente dona Flor, e quase o confessara a Dionísia, que, das duas histórias de mulher acontecidas com o dr. Teodoro, a única concreta, com princípio e fim, e a única a feri-la e a magoá-la fundo, sucedera não com o segundo mas com o primeiro esposo: aquela antiga história, só agora revelada, entre Inês Vasques dos Santos e o falecido. Quando dona Flor se lembrava de Magnólia ou de Mirtes, logo a magra e sonsa Inês se erguia em sua frente, cadela hipócrita, marafona!

8

Duraram os ensaios da romanza cerca de seis meses até considerá-la em perfeitas condições de execução o exigente maestro, mais exigente ainda naquele caso: obra de sua autoria e dedicada à graça e à bondade de dona Flor, os "Arrulhos de Florípedes" eram seu ai-jesus.

Todos os sábados à tarde, com sol ou chuva, numa ou noutra casa, lá se reuniam eles a repetir acordes para o próximo concerto já com data e local: daí a uma semana na residência dos Taveira Pires.

Haviam transcorrido aqueles meses na paz do Senhor, sem incidentes de monta, dignos de especial registro, à exceção talvez da estreia de Marilda "aos microfones do povo, os da Rádio Amaralina, a Estação Menina, a mais jovem e a mais ouvida", a movimentar a vizinhança, a comover a redondeza. Era como se todas aquelas ruas e becos estreassem pela voz da moça nos ares da cidade, tal a agitação e o nervosismo.

Dona Norma, capitã, comandava a turma da torcida, delegação ruidosa, presente à emissora na data festiva. Um rateio entre vizinhos recolhera apreciável maquia para uma lembrança: na mão de seu Samuel das Joias — vendia joias e quanta coisa houvesse nesse mundo: casimiras, tropicais, linhos, móveis, perfumes, tudo de contrabando e tudo de graça — obteve um amor de relógio de pulso, moderno e original, com seis meses de garantia. "Suíço, dezessete rubis, uma barateza", afirmava seu Samuel, dando a impressão de vendê-lo apenas para fazer um favor à sua boa freguesa dona Norma.

À noite, seu Sampaio, a quem a compra excepcional fora exibida, constatou ter sido a esposa mais uma vez ludibriada pelo velho mascate, o que se dava há vinte anos e se daria até um dos dois bater as botas:

— E se for ela a morrer primeiro, é capaz de na hora da agonia o velho Samuel lhe vender uma extrema-unção, de contrabando...

Nem suíço nem tão farto de rubis, fabricado em São Paulo mas nem por isso mau relógio, "é preciso acabar com essa mania de falar mal da indústria brasileira tão boa como qualquer outra", concluía nacionalista seu Zé Sampaio.

No dia da estreia, como é natural e compreensível, dona Maria do Carmo teve um faniquito ao ver a filha em frente ao microfone e o espíquer a anunciar-lhe as qualidades, "voz canora de pássaro tropical". Também dona Flor limpou umas lágrimas: tinha por Marilda ternura de mãe, lutara para vê-la ali e certa feita até se indispusera com dr. Teodoro por sua causa. Se a vitória de Marilda pertencia a toda a vizinhança, era principalmente de dona Flor. Para comemorá-la, trouxera os doces para a mesa oferecida em casa da moça, onde naquela noite abriram até uma garrafa de champanha (oferta de Oswaldinho).

Além da estreia da jovem cantora, saudada com simpatia pela crítica de rádio e pelo público, houve ainda a viagem de dona Gisa aos Estados Unidos, de improviso, dando lugar a fartos comentários. Nem sequer dona Dinorá com seu faro para adivinhar os particulares de toda gente, nem ela imaginou jamais aquela notícia: falecera em New York um certo Mr. Shelby e deixara seus bens em herança a dona Gisa. Quem era esse Mister e por que legara suas riquezas à professora de inglês há tantos anos radicada no Brasil? A dona Gisa não podiam perguntar, ela embarcara da noite para o dia, sem aviso prévio e sem o protocolo das despedidas.

Surgiram os boatos mais estapafúrdios sobre o morto e sua fortuna. Disseram-no marido, divorciado ou não, paixão antiga, caso de amor; múltiplas versões, honestas ou indecentes. Numa coisa acordes: dona Gisa abocanhava uma fortuna colossal, herança de milionário mas milionário americano, rico em dólares e não em mil-réis.

Ruiu toda a boataria quando o correio trouxe uma carta aérea para dona Norma, que, antes de abri-la, examinou longamente aqueles selos da estranja e a letra tão familiar de dona Gisa, forte e difícil, parecendo caligrafia de doutor.

De New York ela escrevia para anunciar a volta próxima: levara flores para o túmulo do primo ("Primo? Acredite quem quiser... Era marido, se não fosse outra coisa", futricavam nas esquinas e nos bares as comadres e os boas-vidas) e pusera em ordem seus assuntos. Realmente herdara — sua única parenta —, mas a herança reduzia-se a um automóvel usado, objetos de uso pessoal e de casa, umas poucas ações de companhias petrolíferas do Oriente Médio (convulso, as ações em perigo). Vendera tudo e o apurado mal dera para pagar os gastos da viagem. Herança mesmo o duvidoso primo só lhe deixara Monseigneur, um basset de linhagem pura, em breve nas ruas da Bahia, pois dona Gisa já estava tratando dos papéis para trazê-lo.

E eis quanto sucedera naqueles meses, capaz de ser assunto desta crônica de dona Flor e de seus dois maridos. Fora disso, eram os ensaios, as sessões da Sociedade de Farmácia, as aulas da escola, visitas a parentes e amigos, idas ao cinema, o amor às quartas e aos sábados.

Aos ensaios já não comparecia dona Flor com a mesma assiduidade do começo, sem os considerar no entanto uma seca, uma estopada como algumas das esposas de membros da orquestra, cuja opinião era pública e notória. Por mais amiga do marido e solidária com suas obrigações e seus gostos, de quando em vez amolecia o corpo e gazeava o ensaio. Porque realmente só mesmo eles, apaixonados pela música, tinham condições para recolher naquela monótona repetição de melodias a paz interior e infinito prazer.

Tampouco de presença pontual nas doutas reuniões da Sociedade de Farmácia, com suas teses e debates. Para que forçar e ir? Para lutar a noite inteira contra o sono velhaco e fatal, buscando manter-se atenta, sendo por fim vencida na vergonha dos cochilos? Não resistira durante a sessão inteira, nem mesmo quando o dr. Teodoro apresentara sua controvertida tese sobre os barbitúricos ("Da substituição dos infusos no tratamento da insônia por produtos orgânicos"); no entanto, aquela fora noite apaixonante, de violentos debates, estando em jogo a reputação científica do doutor. Também haviam entrado pela madrugada a discutir, e quando o esposo, fremente e feliz, lhe ofereceu o braço, ela, que acordara com os aplausos, quase lhe pede desculpas por ter dormido a sono solto, como se houvesse ingerido doses cavalares de infusos e barbitúricos. Ainda disse:

— Meu querido...

Mas ele, de tão eufórico, nem reparava em seus olhos vermelhos, em sua face estremunhada.

— Obrigado, minha querida. Que grande vitória!

Arrasara, de uma vez para sempre, com os barbitúricos, cumprindo seu dever de cidadão e farmacêutico. Na drogaria ele os vendia, a esses perigosos tóxicos, obtendo com eles, ao balcão, pingues lucros pois estavam no furor da moda. Erudito e estudioso farmacêutico, e, ao mesmo tempo, proprietário de farmácia capaz e próspero, não se sentia o doutor incômodo ou dúplice com a contradição por acaso existente em sua conduta, pois observava com a mesma inflexível consciência a nobre moral de cientista e a não menos digna moral de traficante.

Acontecimento mesmo, a repercutir nas colunas dos jornais, a ser comentado em altas-rodas, movimentando costureiras, lojas de modas, alfaiates, cujo registro se torna aqui obrigatório (nas voltas que o mundo dá quem sabe se um dia não iremos recorrer ao comendador Adriano Pires, dono do dinheiro?), foi o concerto da Orquestra de Amadores Filhos de Orfeu no palacete em festa do comendador do papa, virtuose do violoncelo.

Descrever aquela noitada de arte em seu esplendor completo, parece-nos impossível tarefa, acima de nossas forças e deste pobre estilo. Se alguém quiser saber, por exemplo, dos trajes das senhoras, de sua beleza e de seu chique incomparáveis, nós o remetemos à coleção do jornal do poeta Tavares, onde pode ler a cobertura feita pelo sempre brilhante Silvinho Lamenha, árbitro nessa matéria delicada. Quanto ao concerto propriamente dito, os interessados têm as opiniões expressas nas gazetas pelos críticos Finerkaes e José Pedreira além da crônica de Hélio Basto, homem de sete instrumentos, pois além de pianista dava-se às letras e às belas-artes. Dona Rozilda colecionou em Nazaré os recortes, quase todos eles referindo-se com louvores ao dr. Teodoro e à "sua primorosa execução no difícil solo de fagote na romanza de Agenor Gomes, um dos pontos altos do concerto" (Coqueijo, "Pizicatos de um concerto", in *Gazeta da Bahia*).

Naquela noite viu-se dona Flor nas culminâncias, no mais alto degrau da escada social, ascendera e fora notada: "gracioso ornamento, qual o costureiro parisiense a assinar o seu vestido de *moiré fauve* de decote drapeado, botando no chinelo muita gente boa?", como redigiu Silvinho, o deus-menino da sociedade. Estava presente toda a nata social, a gente mais importante da Bahia, os personagens da política, do dinheiro, da intelectualidade, do arcebispo primaz ao chefe de polícia, e entre eles, esnobes e enfastiados, aqueles vigaristas que haviam aplicado com êxito o golpe do baú, a começar pelos genros do comendador.

Das imediações do largo Dois de Julho, além do dr. Teodoro, apenas seu Zé Sampaio, colega de Cavalo Pampa no Clube dos Lojistas e seu antigo companheiro de colégio, recebera convite. Recusou-se a ir:

— Não! Pelo amor de Deus... Deixem-me em paz, ando ruim do baço, preciso de repouso... Vá você sozinha, Norma, se quiser...

É claro que dona Norma foi, não sozinha mas com dona Flor e o doutor (como desprezar um convite que era um privilégio? Só mesmo seu marido, casmurro e antissocial, um bicho do mato).

O comendador dissera a dona Imaculada:

— Quero tudo do bom e do melhor...

Foi tudo do bom e do melhor, dona Imaculada podia ser uma provação cruel mas, justiça lhe seja feita, sabia receber. Contrataram (a peso de ouro) os serviços do arquiteto Gilberbet Chaves para a decoração dos jardins onde a orquestra tocaria.

— Não meça despesas, moço, quero uma coisa boa, com palanque e tudo. Gaste o que for necessário... — o comendador, avaro com empregados e com despesas miúdas, abria os cordões da bolsa, empunhava o livro de cheques.

Aquelas foram palavras de mel aos ouvidos de mestre Chaves, não medir despesas era com ele. Gastou uma fortuna, mas que beleza! Parecia um jardim de contos de fada e o pequeno anfiteatro era de uma audácia arquitetônica nunca vista na Bahia: "Gilberbet — aprendam o nome certo: é Gilberbet e não Gilberto ou Gilbert, como pronunciam certos rastaqueras —

demonstrou seu gênio ultramoderno" (Silvinho mais uma vez e não a última com certeza).

Dona Flor, ao entrar, abriu a boca, em admiração e pasmo. Dona Norma só pôde articular uma palavra:

— Porreta!

Dona Imaculada e o comendador recebiam os convidados, ela embrulhada em trapos vindos da Europa, a empunhar seu lornhão, ele mal-ajambrado apesar do smoking, da camisa de peito duro, do colarinho de ponta virada. Ao ver dr. Teodoro de fagote em punho, seu rosto pintalgado de panos brancos se abriu num sorriso:

— Caríssimo Teodoro! Vamos dar a nota hoje... — feliz com o concerto e com o trocadilho.

Ereta, dona Imaculada estendia a ponta dos dedos para o beijo dos homens, a curvatura das mulheres, como se uns e outras viessem lhe pedir a bênção.

— Que estrepe! — disse dona Norma apenas se viu longe do lornhão da comendadora.

— Muito caridosa, porém... É presidente da Sociedade de Assistência aos Gentios da África e da Ásia... Até já me escreveu sobre esse assunto. — Dr. Teodoro recebera há tempos uma circular pedindo ajuda para as missões católicas naqueles continentes, assinada pela comendadora.

Logo viram Urbano Pobre Homem, reluzindo em seu smoking recém-saído do alfaiate (pago pelo comendador ao saber que o violinista não podia comparecer ao concerto por falta de traje adequado), a caixa do violino na mão. Saíra de casa sob as vaias da esposa e ali buscava esconder-se entre as árvores, passar despercebido. Dr. Teodoro arrastou-o ao anfiteatro, lá deixaram os instrumentos.

Marcado para as oito e trinta, já passava das nove quando o maestro Agenor Gomes conseguiu reunir seus músicos e dar início ao concerto.

Os convivas, bebericando pelas salas e jardins, não revelavam pressa e fora preciso o comendador tomar, ele próprio, do microfone e berrar com raiva, a voz ríspida:

— O concerto vai começar, tomem logo seus lugares, vamos, vamos...

Quem não atenderia àquele apelo, ordem e não convite? Os ruídos foram cessando, cavalheiros e damas ocuparam as cadeiras, muitos homens permanecendo em pé, na esperança de escapulir. Verdadeira parada de elegância, as mulheres exibindo joias de preço e decotes audazes, os cavalheiros todos a rigor, o maestro envergando sua casaca. Na primeira fila, próximas a dona Imaculada, sentavam-se dona Flor e dona Norma. E o arcebispo primaz, às vésperas, segundo diziam todos, do cardinalato.

O maestro Agenor Gomes, emocionado da cabeça aos pés ("já devia estar com o couro curtido, mas fico num pé e noutro, a cada concerto, como se fosse o primeiro"), levantou a batuta.

A primeira parte foi ouvida com atenção e aplausos. A marcha de Schubert, tocada com ênfase e propriedade, e depois o primoroso violino do dr. Venceslau Veiga, na melodia de Drdla, arrancaram palmas e até bravos de certos apreciadores e entendidos como o dr. Itazil Benício, "dublê de médico e de artista" (Silvinho). Suava feliz o maestro Gomes.

No intervalo, os convidados, como bárbaros famintos, há meses sem comer, atiraram-se ao régio bufê, onde, pela primeira vez em suas vidas, dona Flor e dona Norma viram e provaram caviar.

A dona Flor, com seu paladar de mestra da cozinha, o tão falado caviar — cada grama uma fortuna — soube bem: "é esquisito mas eu gosto". Não concordou dona Norma e, fazendo uma careta, disse à amiga entre risos (gostava, isso sim, de champanha e já bebera duas taças):

— Esse negócio tem um ranço, não sei de quê...

Riu também dona Flor e, como dr. Teodoro se afastara para ir em busca de Urbano Pobre Homem e obrigá-lo a servir-se, recordou um dito do finado seu primeiro esposo, ao voltar do Rio. Na viagem, dona Flor não sabe onde, ele andara se fartando do tal de caviar e lhe dissera, quando ela lhe perguntou que gosto lhe encontrara:

— Tem gosto de boceta... É muito bom!

Espocou dona Norma em riso, um pouco tonta da champanha: fora um maluco o falecido, um boca-suja, um sem-remédio mas tão alegre, inesquecível. "Menina, o finado tinha graça e entendia desses gostos..."

Voltava dr. Teodoro, trazendo pelo braço o Pobre Homem, dona Flor apressou-se a lhe preparar um prato, sem esquecer uma porção de caviar.

Foi meio difícil juntar os convivas em frente ao anfiteatro para a segunda parte do concerto. Logo os amantes da música ocuparam seus lugares, mas eram minoria naquela massa de gente apenas rica, a comer e a beber. O comendador, porém, deu ordens enérgicas aos empregados e finalmente o maestro e a orquestra atacaram o "Simple aveu".

Após a música de Francis Thomé, chegou-se ao momento culminante do concerto: o solo de violoncelo executado pelo comendador Adriano Pires, o Cavalo Pampa. Aquele, sim, foi silêncio de verdade: até na copa e na cozinha a criadagem parou o trabalho e os garçons suspenderam o serviço de bebidas até o fim do número. Dona Imaculada pessoalmente dera ordens no sentido do silêncio mais estrito.

Esquecido de tudo, do mundo e de seus habitantes, o comendador do papa, o seco milionário, naquela hora ao violoncelo era íntimo da alegria e da bondade, de repente um ser humano.

Aplausos infindáveis quando terminou. De pé no anfiteatro, apontando para o maestro e para os colegas da orquestra, curvado agradecia seu Adriano. Gritavam "bravos" e "bis", e não apenas os entendidos, os da curriola da música. Gritavam todos, destacando-se pela força das palmas e dos "bravos" o agiota Alírio de Almeida, que de música não entendia neres: estavam seus negócios na dependência de uma palavra do Cavalo Pampa.

Como disse depois o Pobre Homem, o número do comendador deveria ter sido o último do programa, pois, após ele, muitos convidados abandonaram a orquestra no jardim, foram para as salas beber e conversar. Os que, sentados nas cadeiras, não se atreviam a sair, ouviram o resto do concerto desatentos e alguns com certa impaciência. De quando em vez, um deles se enchia de coragem e, pedindo desculpas aos vizinhos, dava o fora, indo se regalar no interior do palacete.

Os Filhos de Orfeu, porém, nem percebiam essas deserções, prosseguindo com a mesma afinação e qualidade. Os devotos da música, sim, incomodavam-se com o movimento e o cochicheio a aumentar. Dona Norma fez "psiu", voltando-se para trás quando dr. Teodoro iniciou seu solo de fagote (os olhos na direção de dona Flor). Dona Imaculada, atenta anfitrioa, voltou-se também e fitou com seu lornhão os impacientes. Foi quanto bastou: fez-se o silêncio e ninguém mais teve a ousadia de querer se levantar.

Os sons do fagote cresciam no ar, sobrevoavam o jardim, vinham tecer um halo de amor em torno dos cabelos de tão negros quase azuis de dona Flor.

Dona Flor semicerrara os olhos, ouvindo e reconhecendo através daquele solo de romanza quanto ele lhe dera, seu bom marido. Ali estava ela onde nunca imaginara, sentada nos jardins da casa mais aristocrática da Bahia, tendo a seu lado, a ouvir complacente, sua eminência, o senhor arcebispo primaz, com sua púrpura e seu arminho.

Tanto lhe dera, tanto: paz e segurança, tranquilidade, ordem e conforto, quanto ela desejou e ele pôde adivinhar, projeção e nem um só desgosto, nem um sobressalto. Agora ia buscar no ventre magro do fagote a grave nota de seu amor, de sua devoção. Ninguém poderia desejar melhor marido.

Dona Norma, na hora de aplaudir, olhou para a amiga: havia uma lágrima na face de dona Flor. "Lágrimas de felicidade", sorria a boa vizinha, contente ela também com o sucesso do doutor:

— Doutor Teodoro tocou divinamente...

A própria dona Imaculada, da cadeira próxima, dignou-se elogiar:

— Seu marido saiu-se muito bem...

Na grande sala de recepções as danças começaram apenas morreram os sons da orquestra, no pot-pourri da *Viúva alegre*, derradeiro número. No jardim, os ouvintes, à frente o primaz, cumprimentavam o maestro e os músicos, cercando o comendador. Dona Flor não apagara a lágrima da face, e o doutor, ao vê-la comovida, se deu por bem pago dos seis meses de ensaio.

Da sala vinham em busca de Hélio Basto para debulhar ao piano sambas e foxes, tangos e boleros, improvisavam um arrasta-pé. Dr. Teodoro, de fagote em punho, propôs a retirada: mais de meia-noite... Dona Norma pediu cinco minutos apenas, o tempo de emborcar mais uma taça de champanha: "Adoro!".

Emborcou duas e no táxi ria sem saber por quê, contente da vida. Dona Flor tomara entre as suas as mãos de seu marido, seu bom marido. Comentaram o concerto e a festa, ambos magníficos. Tanta coisa de comer e de beber, tudo do melhor, o comendador gastara um dinheirão.

— Um exagero... — disse o doutor. — Até caviar... Do verdadeiro, russo...

Dona Norma, no bem-estar da champanha, piscou o olho para dona Flor e dirigiu-se a dr. Teodoro, numa voz de malícia só compreensível a elas duas:

— E caviar lhe agrada, doutor?

— Sei que é acepipe para deuses, ainda hoje provei, porque não se deve perder uma ocasião como essa, quando se pode comer manjar tão caro. Mas vou lhe confessar, dona Norma, não consigo adaptar meu paladar ao gosto...

— E que gosto o senhor acha que tem o caviar?

Sorria pícara dona Norma, numa euforia, descontraída. Dona Flor baixara a cabeça, quem sabe para esconder um sorriso de motejo. Dr. Teodoro procurou com que comparar o gosto ainda recente da iguaria, nada encontrando:

— Para ser franco não recordo nada com o mesmo gosto. Aqui para nós, que ninguém nos ouça, que gosto mais ruim!

— Ruim? — desmanchava-se em riso dona Norma. — Eu também acho... Mas há quem ache bom, não é mesmo, Flor?

Mas dona Flor não ria, na sombra a face circunspecta, quem

sabe triste ou apenas comovida? Fitava a noite como se não ouvisse o riso da amiga. Apertando a mão do marido, lhe disse a meia-voz:

— Uma beleza a música e tua execução, Teodoro.

— Melhor não sei fazer... Sou um amador, mais nada.

Para que melhor? Quem sou eu para exigir de ti, querido meu, seja o que seja? Que te trouxe eu, que bens coloquei no meu prato da balança conjugal para equilibrar com o teu, tão pleno: do dinheiro à romanza no fagote, do saber à fina educação, e essa limpidez, essa decência? Nada te trouxe, nada te acrescentei, e não sou translúcida e perene, não tenho essa tua luz meridiana, sou feita também de sombras, de matéria noturna e transitória. Sou tão pequena para tua altura, Teodoro.

No abrigo de bondes, esperando transporte, Urbano Pobre Homem os viu passar. Nas mãos, a caixa do violino e um embrulho com salgados e doces para siá Maricota.

9

O professor Epaminondas Souza Pinto, circunspecto e monarco, amava os provérbios e as frases feitas, encontrando nesses ditos um resumo da sabedoria dos séculos, a expressão de verdades eternas.

"A felicidade não tem história, com uma vida feliz não se faz romance", respondeu, quando Chimbo, aquele parente importante do finado, lhe perguntara por dona Flor, a quem não via há anos, desde o absurdo Carnaval ("há quantos anos, dois ou três?") do enterro do estroina.

— Pois casou de novo e é feliz... Faz um ano, mais ou menos, que uniu sua sorte à do doutor Teodoro Madureira...

— E que mais lhe sucedeu?

— Que eu saiba, nada... — e, para não perder a ocasião, colocou o adágio: — Como bem diz o povo, a felicidade não tem história...

Chimbo, experiente da vida, concordou:

— É isso mesmo. Quando sucede alguma coisa é quase sempre para aporrinhar o juízo da gente... Se eu lhe contasse... Ouça...

Abriu o peito: naquela sua idade, provecta, professor!, fora se meter com moça de dezenove anos — donzela não, mas quase. Um velhaco, aplicando o golpe do noivado, comera-lhe os tampos, mas o fizera atabalhoadamente, com muita pressa, deixando uns restos de cabaço que Chimbo, vindo consolar e proteger, arrematara... Resultado, meu nobre professor: a moça de barriga e ele com aquela responsabilidade...

O professor Epaminondas Souza Pinto, de vida ilibada, não teve conselho nem consolação para o desassossego do ilustre homem público, e, à falta de um bom parecer, deu-lhe parabéns pela "auspiciosa gravidez".

Tampouco temos nós consolo ou prudente aviso para mestre Chimbo, sequer tempo e espaço — e de todo esse incidente aproveitamos apenas a verdade contida no refrão: na feliz existência de dona Flor e do dr. Teodoro nada mais aconteceu cuja narrativa se imponha, não sendo nosso desejo alongar essa crônica, já substanciosa, com o relato de um cotidiano de bonanças, monótona e insípida matéria antiliterária.

A própria dona Flor, noticiarista de miudezas em sua parca correspondência familiar, em carta à irmã Rosália, às vésperas do primeiro aniversário de seu matrimônio com o farmacêutico, dizia-lhe nada ter a contar, de importância.

Enchera as páginas com notícias dos parentes e vizinhos (durante aqueles anos Rosália acabara conhecendo de nome aquela gente toda, através da irmã). Contara de tia Lita com seus achaques, tio Porto não envelhecia. Dona Rozilda sempre em Nazaré, pobre Celeste! Marilda, de sucesso em sucesso, agora na Rádio Sociedade e com a promessa de gravar um disco. De dona Norma relatava uma história, uma graça ("é preciso conhecer Norminha pessoalmente, vale a pena"): convidada numa terça-feira para ir no sábado seguinte a um batizado, se recusara "porque no sábado já estou comprometida com um enterro". "Como pode saber que no sábado tem um enterro, Norminha, se ainda é terça-feira?" Ora, como... Estava um conhecido seu para esticar, e certamente o faria na noite de sexta para o sábado para assim aproveitar a semana inglesa e ter um enterrão. Dona Gisa, de regresso, trouxera de New York um cachorro, desses "que são direitinho uma linguiça", e, para dona Flor, uma prenda linda, um broche. "Mas, imagine só, Rosália, o que foi que a maluca da gringa deu a Teodoro: uma camisa toda cheia de mulheres nuas, você já pensou no doutor vestindo um trem desses? Educado como ele é, não disse nada, até agradeceu sem se zangar, mas a camisa eu guardei no fundo de minha gaveta para ele não ficar toda hora vendo e com raiva de Gisa que é assim mas é muito boazinha." Quem estava doente, sem sair de casa, era dona Dinorá, "imagine o sofrimento dela, com as juntas emperradas, um reumatismo brabo, sabendo as coisas por terceiros". Ficou reduzida a botar cartas para as visitas e a prever desgraças para todo mundo, numa irritação. Até a dona Flor ameaçou, consultando os naipes: "Me disse para tomar cuidado pois não há bem que sempre dure, nunca vi boca de tanta praga, t'esconjuro".

Tirante essas coisas rotineiras, nada havia a contar: "Nada acontece, sempre a mesma vidinha sem novidade". O doutor pretendera comprar a casa onde moravam, mas um dos herdeiros da drogaria decidiu vender sua parte e ir-se para o Rio. Dr. Teodoro consultara dona Flor: "O que lhe parecia mais certo e razoável: adquirir a casa ou a parte na farmácia?". Ao lhe perguntar, argumentava: aquela parte lhe garantiria o controle da firma, sócio majoritário. Quanto à casa, mais tarde a comprariam, quando pudessem. O proprietário não tinha outra saída senão vender, a renda do aluguel era ridícula.

Em verdade, o doutor já formara opinião e decidira como melhor agir, e se demandava conselho a dona Flor fazia-o por gentileza e boa educação; "o tempo passa e o doutor não muda, a mesma polidez, o mesmo sistema, o mesmo trato, sempre igual, um dia atrás do outro. Posso dizer o que vai acontecer a cada instante, no passar das horas, e sei cada palavra, porque hoje é igual a ontem".

Transcorrendo assim a vida, suave e plácida, nesse lento e invariável ritmo, como temer mudança, como levar a sério as previsões da cartomante de meia-tigela e entrevada, mais amadora em seus baralhos e em suas adivinhas do que o próprio comendador Adriano Pires ao violoncelo?

Até que ela, dona Flor, não levaria a mal se algo sucedesse, um imprevisto qualquer a romper a rotina dos dias igualmente felizes e pacatos. "É até um pecado, minha irmã, falar assim quando se tem a vida que eu tenho, depois de haver comido o pão amargo, mas a mesma coisa todo dia cansa, até quando a gente está no bom e no melhor. Aqui pra nós lhe digo, mana saudosa, que mesmo com essa vida tão feliz, por todos invejada, por vezes me dá uma agonia, tão sem pé e sem cabeça, difícil até de explicação, um não-sei-quê... Natureza ruim dessa sua irmã que não sabe apreciar como devido o quanto mereceu do céu sem para tanto ter merecimento: vida tão tranquila e um bom marido."

Naquela ocasião, tendo ido num domingo à missa na igreja de Santa Teresa, com sermão de d. Clemente ("Por que, Senhor, a paz não habita o coração dos homens?"), após o ofício dirigiu-se à sacristia na intenção de convidar o sacerdote para o primeiro aniversário de seu consórcio com o dr. Teodoro. Não seria uma festa, propriamente: reuniam apenas os amigos íntimos em torno a um cálice de licor e uns doces, comemorando, ao mesmo tempo, a escolha do boticário para segundo-tesoureiro da recém-eleita diretoria da Sociedade Bahiana de Farmácia.

— Lá estarei, com todo o prazer, para felicitá-los por esse ano de harmonia conjugal, esse exemplo de união abençoada por Deus...

Retirou-se dona Flor, e o padre de marfim, numa autocrítica a seu sermão um tanto pessimista, sorriu alegre: eis ali alguém, dona Flor, cujo coração era morada da paz, eis um ser humano satisfeito e feliz com sua vida, desmentindo seu sermão de sombras e de dúvidas.

A meio caminho, pelo corredor, dona Flor se detêve em frente ao extravagante grupo composto pela imagem barroca de santa Clara e pela madeira antiga e popular onde fora esculpido aquele anjo de cinismo e de candura tão igual ao finado, com a mesma insolência e a mesma graça irresponsável.

Coitada da santa: sua santidade, por maior e mais defensa, por mais forte de virtude, não resistia ao olhar de frete do tinhoso, rendendo-se a ele a pobre bem-aventurada, entregues seu decoro e sua vida, por ele pondo a perder sua salvação já conquistada, trocando pelo inferno o paraíso, por que, sem ele, de que valem o paraíso e a vida?

Ali, diante do grupo insólito em madeira e frete, dona Flor ficou parada longo tempo, e a nave de pedra e cal, imenso barco, levantou âncora e partiu, singrando os ares num mar azul de nuvens, céu afora.

10

Esmerou-se dona Flor e a festinha foi das mais distintas, um sucesso completo a coroar o primeiro aniversário do "feliz conúbio de duas almas gêmeas", como disse, com estilo e acerto, o dr. Sílvio Ferreira, secretário-geral (reeleito) da Sociedade Bahiana de Farmácia, levantando sua taça num brinde aos esposos, "ao nosso prezadíssimo segundo-tesoureiro e à sua digna consorte, dona Flor, exemplo de prendas e virtudes".

Dona Flor anunciara a d. Clemente a restrita presença de "alguns amigos próximos" mas, ao franquear a porta, o padre deparou com a casa cheia, e não apenas de vizinhos. O prestígio do dr. Teodoro e a simpatia de dona Flor haviam trazido àquele festejo íntimo um número considerável de pessoas: dirigentes da classe farmacêutica, colegas da orquestra de amadores, representantes comerciais, alunas e ex-alunas da Escola Sabor e Arte, além de velhos amigos, alguns importantes como dona Magá Paternostro, a ricaça, e o dr. Luís Henrique, o "cabecinha de ouro". Antes mesmo de cumprimentar o casal, d. Clemente abraçou esse "festejado beletrista": sua *História da Bahia* vinha de obter um prêmio do instituto, "cobiçada láurea consagradora de um valor autêntico" (vide Junot Silveira, "Livros & Autores", in *A Tarde*).

Em matéria de cultura, além do discurso do dr. Ferreira, rico em tropos de retórica, houve um pouco de música. Dr. Venceslau Veiga executou duas árias ao violino, entre aplausos. Aplaudida também — e muito — a jovem cantora Marilda Ramosandrade, "a voz meiga dos trópicos", apesar de lhe faltar acompanhamento: apenas Oswaldinho marcando o ritmo ao pandeiro.

Nessa improvisada hora de arte, dr. Teodoro fez um bonito, exibindo-se em número de verdadeira sensação: tocou, ao fagote, todo o hino nacional, arrancando palmas no fim, entusiásticas.

Fora disso, comeram e beberam, rindo e conversando. Na sala de visitas plantaram-se os homens, na outra sala as mulheres, apesar dos protestos de dona Gisa para quem essa separação de sexos era um absurdo "feudal e maometano". Apenas ela e mais duas ou três senhoras se arriscavam a participar da roda masculina onde corria a cerveja e sucediam-se as anedotas, sujeitas à censura de dona Dinorá, ainda alquebrada e dolorida mas impertérrita:

— Essa Maria Antônia é uma debochada... Fica metida no meio dos homens a ouvir patifarias... E ainda arrasta dona Alice e dona Misete... Quanto à gringa, essa é a pior de todas... Vejam como estende o pescoço para ouvir...

Em compensação vejam dona Neusa Macedo (& Cia.), exemplo de bom comportamento, na roda das mulheres, ponderada e discreta, dando atenção a Ramiro, um mocinho de seus dezessete para dezoito anos, filho dos argentinos da cerâmica. Se não fosse por ela, não teria o adolescente com quem se entreter, pois os outros jovens cercam Marilda e lhe pedem sambas, valsas, tangos e rancheiras, enquanto ele só deseja contar de suas pescarias: "Peguei um vermelho, tinha cinco quilos!".

— Oh! — dizia ela em êxtase. — Cinco quilos? Que colosso! E que mais pescou? — que nome colocar num pescador audaz? "Óleo de Fígado de Bacalhau" iria bem, e os olhos de Neusoca se iluminam.

O argentino, ao chegar com a esposa e o filho, deparou na porta com seu Vivaldo da funerária Paraíso em Flor. Juntos foram felicitar os donos da casa e, de regresso à sala dos homens, o portenho Bernabó, com sua franqueza um tanto incivil, comentou a elegância de dona Flor, cujo vestido matava de inveja todas as mulheres presentes e, de quebra, o nervoso Miltinho, xibungo que fazia as vezes de arrumadeira — aliás excelente — em casa de dona Jacy, emprestado para ajudar na festa ("Dona Flor hoje está abusando, está de cachupeleta").

— Quem faz mulher bonita é dinheiro... — disse seu Hector Bernabó. — Repare a elegância de dona Flor e como está formosa...

Seu Vivaldo reparou, gostava aliás de reparar nas mulheres e de medir contornos, curvas, reentrâncias.

— Para dizer a verdade, ela sempre foi elegante e graciosa, não tão bonita, é certo. Agora está mais mulher, um pancadão, mas não creio que seja do dinheiro... É da idade, meu caro, ela está na medida exata. Maluco é quem gosta de meninota, nem juntando dez se pode comparar com uma sinhá na força da idade, arrebentando os colchetes...

— Mire os olhos dela... — disse o argentino, pelo visto ele também um apreciador.

Olhos de quebranto, perdidos na distância, como se entregues a voluptuosos pensamentos. Seu Vivaldo quisera saber que pensamentos assim ternos inspirava o farmacêutico, a ponto de tornar tão cismarenta dona Flor. Ela ia de uma sala a outra, atendendo seus convivas, gentil e prazenteira, perfeita dona de casa. Realizava no entanto tudo aquilo maquinalmente.

Seu Vivaldo pôs a mão no braço do argentino: não é dinheiro que faz mulher bonita, seu Bernabó, é o trato, é o descanso do espírito, a felicidade. Aqueles olhos de quebranto e as ancas de requebro se deviam à alegre paz de sua vida.

Curiosa a expressão de seu olhar... Quando a vira antes com aquele mesmo olhar perdido, como se olhasse para seu próprio coração? Seu Vivaldo busca na memória e a reconhece: era aquele mesmo olhar do velório do finado. Com idêntica expressão, distante, recebia então os pêsames como hoje os parabéns, os olhos fitando mais além do tempo, como se não existissem em seu redor nem lágrimas de luto nem risos de festejo, apenas solidão. Sua beleza, deu-se conta seu Vivaldo, vinha também de dentro dela, numa dimensão que lhe escapava.

Na sala onde as mulheres se reuniam, o tema da atual vida feliz de dona Flor mais uma vez se impôs. Várias senhoras presentes, as da orquestra e as da farmacopeia, pouco sabiam daquele desastroso primeiro casamento e do marido vil.

As vizinhas e as xeretas outra coisa não desejavam senão contar e comparar: contaram e compararam a locé de parler. Para elas não havia diversão melhor: nem as anedotas picantes que faziam os homens (e as sem-vergonhas como Maria Antônia) rir às gargalhadas na outra sala, nem ficar em torno a Marilda a pedir-lhe velhos sambas, velhas valsas, em hora da saudade, como dona Norma, dona Maria do Carmo, dona Amélia, e os rapazolas (todos eles por Marilda apaixonados), nada se podia comparar com o prazer do falatório. O primeiro casamento, fiquem sabendo, caríssimas amigas, fora o inferno em vida.

Essa felicidade do segundo matrimônio faz-se ainda maior e mais preciosa, tem mais valor, por comparação e por contraste com o erro do primeiro, uma provação, um desastre, uma desgraça! Quanto sofrera a pobre mártir nas mãos do monstro recoberto de vícios e ruindades, um satanás: chegara até a lhe bater.

— Meu Deus! — dona Sebastiana, aflita, punha a mão no peito vasto.

Como sofrera! Tanto quanto pode sofrer uma dedicada esposa, em humilhação na rua da amargura, trabalhando para sustentar a casa e ainda a jogatina do devasso, sendo o jogo, como é público e notório, o pior dos vícios e o mais caro. Se agora era feliz, bem desgraçada fora!

Da copa, dona Flor escuta essas memórias de sua vida, os olhos na distante bruma. Com dona Gisa no círculo de anedotas, com dona Norma na roda das serestas, ninguém abriu a boca para defendê-lo, ao falecido.

Por volta da meia-noite, despediam-se os últimos convidados. Dona Sebastiana, ainda na emoção da narrativa daquele martirológio a durar sete anos — como suportara, coitadinha? — tocou a face de dona Flor num desvelo e lhe disse:

— Ainda bem que agora mudou tudo e você tem o que merece...

Marilda, ofuscando com sua luz de estrela os jovens estudantes, partiu a cantarolar um tango-canção de serenata, aquele: "Noite alta, céu risonho, a quietude é quase um sonho...", o de dona Flor, enterrado no carrego do defunto.

Dr. Teodoro, um sorriso de satisfação, foi levar à porta os convivas derradeiros, um grupo ruidoso, envolvido em discussão interminável sobre os efeitos da música no tratamento de certas enfermidades. Discordavam dr. Venceslau Veiga e dr. Sílvio Ferreira. Para não perder o finzinho do debate, o dono da casa acompanhou os amigos até o bonde. Já não se ouvia o canto de Marilda.

Sozinha, dona Flor deu as costas a tudo aquilo; os doces, as garrafas de bebida, a desarrumação das salas, os ecos das conversas na calçada, o fagote a um canto, mudo e grave. Andou para o quarto de dormir, abriu a porta e acendeu a luz.

— Você? — disse numa voz cálida mas sem surpresa, como se o estivesse esperando.

No leito de ferro, nu como dona Flor o vira na tarde daquele domingo de Carnaval quando os homens do necrotério trouxeram o corpo e o entregaram, estava Vadinho deitado, a la godaça, e sorrindo lhe acenou com a mão. Sorriu-lhe em resposta dona Flor, quem pode resistir à graça do perdido, àquela face de inocência e de cinismo, aos olhos de frete? Nem uma santa de igreja, quanto mais ela, dona Flor, simples criatura.

— Meu bem... — aquela voz querida, de preguiça e lenta.

— Por que veio logo hoje? — perguntou dona Flor.

— Porque você me chamou. E hoje me chamou tanto e tanto que eu vim... — como se dissesse ter sido o seu apelo tão insistente e intenso a ponto de fundir os limites do possível e do impossível. — Pois aqui estou, meu bem, cheguei indagorinha... — e, semilevantando-se, lhe tomou da mão.

Puxando-a para si, ele a beijou. Na face, porque ela fugiu com a boca:

— Na boca, não. Não pode, seu maluco.

— E por que não?

Sentara-se dona Flor na borda do leito, Vadinho novamente se estendeu a la vontê, abrindo um pouco as pernas e exibindo tudo, aquelas proibidas (e formosas) indecências. Dona Flor se enternecia com cada detalhe desse corpo: durante quase três anos ela não o vira e ele permanecera igual como se não tivesse havido o tempo.

— Tu está o mesmo, não mudou nem um tiquinho. Eu, engordei.

— Tu está tão bonita, tu nem sabe... Tu parece uma cebola, carnuda e sumarenta, boa de morder... Quem tem razão é o salafra do Vivaldo... Bota cada olho em teu pandeiro, aquele fístula...

— Tira a mão daí, Vadinho, e deixa de mentira... Seu Vivaldo nunca me olhou, sempre foi respeitador... Vai, tira a mão...

— Por quê, meu bem...? Tira a mão, por quê?

— Você se esquece, Vadinho, que sou mulher casada e que sou séria? Só quem pode botar a mão em mim é meu marido...

Vadinho pinicou o olho num deboche:

— E eu o que é que sou, meu bem? Sou teu marido, já se esqueceu? E sou o primeiro, tenho prioridade...

Aquele era um problema novo, nele não pensara dona Flor e não soube contestar:

— Tu inventa cada coisa... Não deixa margem pra gente discutir...

Na rua, de volta, ressoaram os passos firmes do dr. Teodoro.

— Lá vem ele, Vadinho, vai-te embora... Fiquei contente, muito contente, nem sabes, de te ver... Foi bom demais.

Vadinho bem do seu, a la godaça.

— Vai embora, doido, ele já está entrando em casa, vai fechar a porta.

— Por que hei de ir, me diga?
— Ele chega e vai te ver aqui, que é que eu vou dizer?
— Tola... Ele não me vê, só quem me vê és tu, minha flor de perdição...
— Mas ele vai deitar na cama...
Vadinho fez um gesto de lástima impotente:
— Não posso impedir, mas, apertando um pouco cabe nós três...
Dessa vez ela se zangou deveras:
— Que é que tu pensa de mim ou tu não me conhece mais? Por que me trata como se eu fosse mulher-dama, meretriz? Como se atreve? Não me respeita? Tu bem sabe que sou mulher honesta...
— Não se zangue, meu bem... Mas, foi você quem me chamou...
— Só queria te ver e conversar contigo...
— Mas se a gente nem conversou ainda...
— Tu volta amanhã e aí nós conversamos...
— Não posso estar indo e voltando... Ou tu pensa que é uma viaginha de brinquedo, como ir daqui a Santo Amaro ou a Feira de Santana? Pensa que é só dizer "Eu vou ali, já volto"? Meu bem, já que vim, eu me instalo de uma vez...
— Mas não aqui no quarto, aqui na cama, pelo amor de Deus. Veja, Vadinho, mesmo ele não te vendo, eu fico morta de sem jeito. Não tenho cara para isso — e fez sua voz de choro, jamais ele tolerou vê-la chorar.
— Está bem, vou dormir na sala, amanhã a gente resolve isso. Mas, antes, quero um beijo.
Ouviam o doutor no banheiro a se lavar, o ruído da água. Ela lhe estendeu a face, pundonorosa.
— Não, meu bem... Na boca, se quiser que eu saia...
O doutor não tarda: que fazer senão sujeitar-se à exigência do tirano, entregar-lhe os lábios?
— Ai, Vadinho, ai... — e mais não disse, lábios, língua e lágrimas (de pejo ou de alegria?) mastigados na boca voraz e sábia. Ah!, esse sim, um beijo!

Ele saiu com sua nudez inteira, tão belo e másculo! Doirada penugem a lhe cobrir braços e pernas, mata de pelos loiros no peito, a cicatriz da navalhada no ombro esquerdo, o insolente bigode e o olhar de frete. Saiu deixando o beijo a lhe queimar a boca (e as entranhas).

Transpondo a porta, dr. Teodoro lhe fez os devidos elogios:
— Festa de primeira, minha querida. Tudo em ordem nada faltou, tudo perfeito. Assim é que eu gosto, sem um deslize...
— e foi mudar a roupa atrás da cabeceira do leito de ferro, enquanto ela vestia a camisola.
— Felizmente tudo correu bem, Teodoro.

Para comemorar o aniversário, escolhera aquela camisola de rendas e babados da noite de núpcias em Paripe, obra de dona Enaide, e desde então guardada. Viu-se ao espelho, bonita e desejável. Teve vontade que Vadinho a visse, mesmo de relance.
— Vou lá dentro beber água, volto num minuto, Teodoro.

Era capaz do outro ter adormecido, na fadiga da longa travessia. Para não acordá-lo, foi pelo corredor na ponta dos pés. Queria apenas vê-lo por um instante, tocar-lhe a face se dormido, mostrar-lhe (de longe) a transparente camisola, se desperto.

Chegou apenas a tempo de enxergá-lo, partindo através da porta, nu e com pressa. Ficou parada e gélida, uma dor no coração; ofendido, ei-lo de retorno, e ela para sempre só. Não mais seu rosto fino onde pousar os lábios, não mais se exibiria de camisola em sua frente (para que ele estendesse a mão e a arrancasse rindo), nunca mais. Ofendido, ele partira.

Antes assim, talvez. Com certeza, antes assim. Era mulher direita, como olhar para outro homem, mesmo aquele, tendo seu marido na cama a esperá-la, de pijama novo (presente de aniversário de casório)? Antes assim; Vadinho indo embora e para sempre. Já o vira, já o beijara, não desejava mais. Antes assim, repetia, antes assim.

Desprendeu-se dali, andou para o quarto. Por que tão logo de retorno? Por que de volta assim tão de repente, se, para vir, atravessara o espaço e o tempo? Quem sabe, ele não se foi de vez?

Quem sabe, saíra de passeio, para lançar uma olhadela na noite da Bahia, ver como andava o jogo, como o tinham cultivado em sua ausência — saíra apenas em inspeção, em ronda, do Pálace ao carteado de Três Duques, do Abaixadinho à casa de Zezé da Meningite, do Tabaris ao antro de Paranaguá Ventura.

V
DA TERRÍVEL BATALHA ENTRE O ESPÍRITO E A MATÉRIA, COM ACONTECIMENTOS SINGULARES E PASMOSAS CIRCUNSTÂNCIAS, POSSÍVEIS DE OCORRER SOMENTE NA CIDADE DA BAHIA, E ACREDITE NA NARRATIVA QUEM QUISER

(com um coro de atabaques e agogôs e com Exu a tirar uma cantiga de sotaque: "Já fechei a porta, já mandei abrir".)

* ESCOLA DE CULINÁRIA SABOR E ARTE *

COMIDAS E QUIZILAS DE ORIXÁS
(informação prestada por Dionísia de Oxóssi)

Toda quarta-feira Xangô come amalá e nos dias de obrigação come cágado ou carneiro (ajapá ou agutã).

Euá, orixá das fontes, tem quizila com cachaça e com galinha.

Iamassê come conquém.

Para Ogum guardem o bode e o aquicó, que é galo em língua de terreiro.

Omolu não suporta caranguejo.

De espelho e leque, de melindre e dengue, Oxum gosta de acará e de ipeté feito com inhame, cebola e camarão. Para acompanhar carne de cabra, sua carne predileta, sirvam-lhe adum: fubá de milho com dendê e mel de abelhas.

Oxóssi, encantado do maior respeito, rei do Queto e caçador, é cheio de quizilas. Na floresta enfrenta o javali mas não come peixe se o peixe for de pele, não tolera inhame e feijão-branco, e não quer janelas em sua casa — sua janela é o mato.

Para a guerreira que não teme a morte nem os eguns, para Iansã, não ofereçam abóbora, não lhe deem alface ou sapoti, ela come acarajé.

Feijão com milho para Oxumarê, para Nanã caruru bem temperado.

Dr. Teodoro é de Oxalá, logo se vê pelo modo sério e pela compostura. Quando está luzindo terno branco e leva seu fagote igual a um paxorô, parece Oxalufã, Oxalá velho, o maior dos orixás, o pai de todos. Suas comidas são ojojó de inhame, ebó de milho branco, catassol e acaçá. Oxalá não gosta de temperos, não usa sal nem tolera azeite.

Dizem ter sido o açobá Didi quem fez o jogo para o finado e os búzios por três vezes confirmaram: o santo de Vadinho era

Exu e nenhum outro. Se Exu é o diabo, como consta por aí? Talvez Lúcifer, o anjo decaído, o rebelde que enfrentou a lei e se vestiu de fogo.

Comida de Exu é tudo quanto a boca prova e come, mas bebida é uma só, a cachaça pura. Nas encruzilhadas Exu aguarda sentado sobre a noite para tomar o caminho mais difícil, o mais estreito e complicado, o mau caminho no dizer geral, pois Exu só quer saber de reinação.

Exu mais reinador o de Vadinho.

1

Não tardaria o crupiê a anunciar a última bola, eram a madrugada e o cansaço. Em desespero, madame Claudette andou de jogador a jogador, estendendo, de um a um, a mão de pedinte. Já não conseguia sequer dar à voz e aos olhos entonação de convite, toque de malícia, promessa de doce pagamento. Já não tinha nem um resquício de amor-próprio, apenas medo da fome, de morrer de fome. Já não dizia, com seu puro acento parisiense: *mon chéri, mon petit coco, mon chou*, apenas suplicava, numa voz de dentes podres, uma ficha, ao menos uma das pequenas, de cinco mil-réis. Não para jogar: para remir, garantindo o de-comer do outro dia.

Se a houvessem atendido quando penetrara, frustrando a vigilância do porteiro ou comovendo-o (havia ordens para barrar-lhe a entrada), então colocaria a ficha na roleta para multiplicá-la com certeza e obter o dinheiro para o aluguel vencido da pocilga no sobradão do Pelourinho onde habitava com ratos e baratas (umas baratas negras e cascudas: subiam-lhe pela cama, um nojo). Cada manhã era acordada aos gritos e escarros, pelas ameaças de despejo imediato do Fedorento, preposto da senhora dona Imaculada Taveira Pires, proprietária daquele e de muitos outros cortiços, cuja renda total o comendador lhe destinara, para suas caridades.

O aluguel, quem sabe?, talvez ainda conseguisse um prazo, um dia ou dois, se o Fedorento aparecesse disposto a "aliviar a matéria", como ele dizia, e ela lhe satisfizesse as necessidades. Preço terrível, no dizer dos que conheciam o Fedorento (mesmo conhecendo também madame Claudette e sua extrema decadência; perto dele madame era perfume e flor).

Próxima dos setenta — se lá não chegara ainda —, quase calva, uns ralos cabelos, cacos de dentes, olhos de catarata, já não tinha ela como professar o honrado ofício no qual um dia fora excelsa majestade, quando os clientes faziam fila na sala da pensão de mulheres onde o exercitava com requinte. Desembarcara em Salvador na força e no encanto dos quarenta anos, parecendo vinte e cinco, via Buenos Aires, Montevidéu, São Paulo, Rio, "sensação de Paris" e do alto meretrício da Bahia, num tempo tão distante que dele madame Claudette não guardava senão débil memória, não lhe servindo assim aquele fausto nem mesmo como fonte de alegria.

Foi descendo aos poucos, rua a rua, da Pensão Europa, na praça do Teatro, suprassumo do chique, onde os coronéis do cacau rasgavam notas de quinhentos e aprendiam, em curso intenso, as finuras gálicas do prazer, foi baixando de hierarquia e preço, até chegar, numa viagem de anos e anos, implacável, à última imundície no sopé das ladeiras, nas sarjetas do Julião e do Pilar, do beco da Carne Podre. E, por fim, nem isso. Viveu então nos quartos miseráveis sua amarga fome. Num trotoar escuso, oferecia-se por um níquel nas esquinas mais sombrias, "michê de Paris, *mon coco*". Certa ocasião um negro no começo da cachaça lhe disse quase afetuosamente, dando-lhe um níquel:

— Vá criar seus netos, vovó, você não serve mais pra puta...

Não tinha netos, nem um só parente, nem um só amigo, nada. Tampouco vestidos elegantes para usar, os trapos derradeiros eram um misto de remendos e de sujo. Vendera, peça a peça, tudo quanto possuíra. A última joia, a que conservara por mais tempo (tinha sido herança de família), dela se desfizera certa madrugada, há uns dez anos (mais ou menos, madame Claudette há muito deixou de contar meses e anos) quando já no declínio exercia na rua São Miguel, michê barato. Vadinho, parceiro insensato mas galante, lhe oferecera montes de dinheiro e levara o colar azul-turquesa.

Naquela hora, ali diante da mesa de roleta, no instante exato de fazer o jogo, no giro da derradeira bola, madame Claudette sem fichas, sem vintém e sem esperanças, recordou Vadinho.

Com lucro ou perda, em noite de sorte ou de urucubaca, jamais deixara ele de lhe oferecer pelo menos uma ficha de dez tostões e seu palpite. De uma feita, ele quase estoura a banca no Cassino Tabaris, saiu com os bolsos abarrotados de dinheiro, foi para a zona festejar com uma cambada de amigos, bebendo aqui e ali. Lá chegando distribuíra, entre as mulheres, como um rei da Carochinha, cédulas de cinco e dez mil-réis, algumas de vinte e de cinquenta. Foi um delírio, as vagabundas o carregaram em procissão.

Se Vadinho fosse vivo, se estivesse ali, uma ficha ao menos lhe daria, garantindo-lhe um bife com feijão e o maço de cigarros, fazendo-o ao demais com aquele seu sorriso trêfego, com insolente graça, a lhe dizer: "A seu dispor, madama, a seu serviço". Madame respondia: *"Merci, mon chou"*, ia jogar. Mas, ah!, ele morrera moço, num Carnaval, se não lhe falha a memória gasta.

No momento exato em que o recordou, então sucedeu: ia Chastinet, o crupiê perfeito, recolher e pagar a última bola, as mãos cheias de fichas — de cem, de duzentos, de quinhentos: as de quinhentos eram grandes, de madrepérola, uma beleza — quando lhe deu uma coisa, uma agonia, como se lhe atravessassem o corpo. Soltou um grito rouco e breve, suspendeu os braços e abriu as mãos, as fichas rolaram no tapete.

Ativos, os malandros se precipitaram, foi uma confusão de homens e mulheres curvados na disputa. Só madame Claudette, de tão confusa e em desespero, nem teve forças para se atirar naquele rolo, ficou parada, enquanto Chastinet, já recomposto, punha-se de joelhos para recolher as sobras. Também Granuzo, chefe da sala, veio correndo para salvar o que pudesse. Sobrou ficha para todos, menos para ela, atônita.

No decote de pelancas, sentiu madame Claudette a mão lhe colocar uma das grandes, das de madrepérola, das de quinhentos, dinheiro de sobra para pagar o quarto e garantir uma quinzena de almoços.

"A seu dispor, madama, a seu serviço", pareceu-lhe ouvir aquela voz de astúcia e picardia. *"Merci, mon chou"*, respondera no costume antigo. Tomou o caminho da caixa para remir sua fortuna, sendo demasiado velha e sofrida para buscar explicação. Um dos jogadores certamente, com generosidade e rapidez, lhe pusera no decote uma daquelas fichas afanadas. "*Merci, mon vieux*", fosse quem fosse.

2

Dona Flor despertou em sobressalto: já dr. Teodoro tomara seu banho e fizera a barba, começava a mudar a roupa.

— Dormi demais...

— Minha querida, você deve estar morta de cansada, é natural. Não é brincadeira preparar um bródio como o de ontem e depois receber as pessoas, atendê-las... Você precisa descansar. Por que não fica na cama? Eu me arranjo com a empregada...

— Na cama? Se não estou doente...

Saiu do leito de ferro, arrumou-se às pressas: tomavam juntos o café pela manhã, e dona Flor fazia questão de pôr o cuscuz no fogo, somente ela preparava a massa ao gosto do marido, leve e fofa, para isso usando uma pitada de tapioca em pó.

Cansaço, sim, mas não da festa; fatigada da noite insone, o ouvido à escuta como nos outros tempos, à espera dos passos pela rua, altas horas. Além da preocupação: notara, por acaso Teodoro, alguma diferença em seus modos quando do festejo principal com que encerraram as brilhantes comemorações do aniversário? Não era quarta-feira nem era sábado mas dona Flor tinha vestido a camisola nupcial e o doutor dissera:

— Que lembrança mais gentil, querida. Há ocasiões que se impõem e me perdoe se hoje abuso, rompendo o calendário...
— era sempre tão prudente e delicado, que mulher não ficaria cativa de sua educação?

Aquiesceu dona Flor, mas com os sentimentos em desordem. Seus lábios machucados, a boca em fogo, a adusta língua guardavam o sabor picante de Vadinho, seu ardido gosto, e assim o beijo, com que o doutor invariavelmente dava início a seus transportes, lhe soube chocho e insípido.

De todo confusa, ela se perdeu, rompendo-se a coordenação justa e perfeita a fazê-los uníssonos no prazer casto porém impetuoso. Conturbada, não acompanhou o marido passo a passo como de hábito, e lá se foi ele primeiro enquanto dona Flor só no bis (pois houve bis) conseguiu soltar-se da prisão dos nervos tensos. Jamais se dera assim, com tanto desacerto, quase uma repetição da noite de equívocos de Paripe. Por sorte, se ele a percebera estranha e esquiva, atribuíra desencontro e modos à fadiga, à trabalheira das comemorações de aniversário.

De manhãzinha, quando uma luz ainda encardida pela noite veio esbater-se nas paredes, dona Flor ouviu passos na distância, e então adormeceu de um sono pesado, como se houvesse ingerido entorpecentes.

Enfiou as chinelas, a bata de flores sobre a camisola, passou o pente nos cabelos, saiu para a cozinha. Ao chegar à sala, porém, percebeu o coisa-ruim estendido no divã, em sua impudica nudez. Tinha de acordá-lo mesmo antes de temperar o cuscuz (da cozinha chegava o suave aroma do café coado pela ama). Dona Flor tocou o ombro de Vadinho, ele abriu um olho, resmungando:

— Me deixa dormir, cheguei faz pouco...

— Tu não pode dormir aqui, na sala...

— O que é que tem?

— Já te disse, fico sem jeito...

Ele fez um gesto impaciente:

— E eu com isso...? Me deixa em paz...

— Tu já começa com teus modos brutos... Por favor, Vadinho...

Ele abriu de novo os olhos, e preguiçoso lhe sorriu:

— Tá bom, tola. Vou para o quarto... O meu colega já saiu?

— Colega?

— O teu doutor... Não somos os dois casados contigo, teus maridos? Colegas de babaca, meu bem... — olhava-a com astúcia e impudência.

— Vadinho! Não admito essas pilhérias...
Falara alto e da cozinha veio a voz da empregada:
— Falou comigo, dona Flor?
— Estou dizendo que já vou fazer o cuscuz...
— Não se zangue, meu bem... — disse Vadinho levantando-se.

Estendeu a mão para agarrá-la — oh!, nudez mais indecente! — mas ela fugiu.

— Tu não tem juízo...

No corredor cruzaram-se os dois homens, e vendo-os passar um pelo outro, dona Flor sentiu ternura pelos dois, tão diferentes mas ambos seus esposos na igreja e no juiz. "Os dois colegas", pensou a rir da graça chula. Logo se conteve: "Meu Deus", estou ficando cínica que nem Vadinho. Aliás, o cínico lhe piscava um olho cúmplice, enquanto punha a língua para o doutor, a mão num gesto pornográfico. Dona Flor zangou-se.

Não, não estava direito e ela não podia tolerar tais capadoçagens, esses gracejos porcos, maneiras de moleque, as grosserias e os abusos. Já era tempo de Vadinho aprender a se comportar numa casa de respeito.

O doutor, escanhoado, de colete e paletó, novinho em folha:
— Hoje estamos um tanto quanto em atraso, minha querida...
"Meu Deus, o cuscuz" — correu dona Flor para a cozinha.

3

Ao fim da aula do turno matutino quando tiravam a sorte para escolher quem levaria a compoteira de baba de moça para casa, dona Flor sentiu sua presença mesmo antes de vê-lo.

Até então não se acostumara com o fato de ser apenas ela a enxergá-lo e, ao dar com Vadinho junto à mesa, todo nu e exibido, estremeceu. Mas, como as alunas não reagiam ao escândalo, recordou-se de seu privilégio: para os demais seu primeiro marido era invisível. Ainda bem.

Continuavam as alunas a rir e a pilheriar como se entre elas não se encontrasse um homem nu em pelo, a considerá-las e a medi-las com olho clínico, demorando-se nas mais bonitas, um abuso. Lá vinha ele perturbar outra vez as aulas, meter-se com as alunas, igual a antes. Por falar nisso, Vadinho lhe devia explicações, o acerto de contas em atraso, antigas: aquela pérfida Inês Vasques dos Santos, a lambisgoia.

Muito pachola, na maciota, num passo leve, quase passo de dança, ele rodeou três vezes a abundante Zulmira Simões Fagundes, crioula augusta, opíparos quadris, soltos, independentes, seios de bronze (ao menos pareciam), secretária particular do poderoso magnata senhor Pelancchi Moulas, muito particular, no dizer do povo.

Tendo lhe aprovado as ancas com distinção e louvor, Vadinho quis tirar a limpo de uma vez por todas o enigma dos seios: seriam mesmo de bronze ou apenas de extraordinária rigidez? Para tanto elevou-se no ar e, pondo-se com os pés para cima e a cabeça para baixo, espiou pelo decote do vestido da princesa da nação nagô.

Emudeceu dona Flor, estarrecida: não o vira ainda a se evolar, tão à vontade no ar como em terra firme, mantendo-se ali da maneira que melhor lhe convinha: de pé ou estendido em horizontal, inclinado ou de cabeça para baixo — como naquele instante a enxerir os peitos da soberba.

Não era dado às alunas vê-lo, é certo, porém algo deviam sentir na atmosfera, pois estavam por demais nervosas, rindo e falando à toa, numa espécie de pressentimento. Dona Flor foi ficando braba, Vadinho ultrapassara todas as medidas.

Ultrapassou-as realmente quando, não satisfeito com espiar, meteu a mão decote abaixo para decidir, em definitivo, a matéria-prima daquelas criações divinas: eram de carne e sangue ou de milagre?

— Ai — gemeu Zulmira — estão tocando em mim...

Dona Flor perdeu a cabeça ante tanta canalhice, explodiu num grito:

— Vadinho!

— Quem? O quê? Como? O que é que tem? O que foi? — as alunas tontas e excitadas cercavam a companheira e a professora. — Que foi que disse, dona Flor? E você, Zulmira?

Zulmira explicou num suspirar dengoso:

— Senti uma coisa pegar e comprimir meu peito...

— Uma dor?

— Não... Mais bem um agrado...

Recompunha-se com esforço dona Flor, Vadinho sumira no seu grito de aflição.

4

Por duas ou três vezes naquele fim de tarde, Vadinho lhe repetira com voz matreira, num sorriso de motejo:

— Vamos ver quem pode mais, minha santa... Tu com teu doutor e teu orgulho, e eu...

— Tu, com quê?

— Eu, com meu amor...

Era um desafio e dona Flor, forte da revelação que ele lhe fizera pouco antes (não a tomaria a pulso, só por bem, com o consentimento dela), se prontificara a aceitá-lo, disposta a correr o risco, possuindo para tanto caráter íntegro e ânimo valente. Quem atravessou, meu arrogante, o inferno da viuvez sem se queimar, não tem medo de caretas nem de sedutores:

— Coloco minha honestidade acima de tudo...

Vadinho começara a rir:

— Tu está falando igualzinho o doutor, meu bem. Toda estrambótica, toda monarca, parece um professor...

Foi a vez dela rir:

— Sou professora, já era antes de conhecer ele e de conhecer você. E por sinal uma professora muito cotada...

— Professora de quitutes e não de presunção...

— Tu acha mesmo que fiquei presunçosa? Que mudei?

— Tu nunca vai mudar, meu bem. Tua única presunção é tua honra. Mas eu já comi ela uma vez, vou comer outra... Por mais professora que você seja, meu bem, na vadiação é minha aluna. E eu vim para acabar de te formar...

Nesse pagode, com risos e pilhérias, e com ternura, ficaram a conversar até quase a hora da janta. Dona Flor, cheia de vento e de jactância: jamais Vadinho dobraria seu capricho de mulher honesta, rompendo sua virtude de casada. Quando da outra vez, ela era uma adolescente coibida, não soubera regular as emoções do primeiro amor e lá se fora sua honra na viração de Itapuã. Hoje é mulher vivida na dor e na alegria, conhece o preço e a significação de cada coisa. Vadinho vai ficar cansado de esperar. Mas ele não acreditava naquela invencível resistência:

— Tu vai me dar quando menos tu espere... Como da outra vez... E tu sabe por quê?

— Por quê?

Arrogante e insolente, ele explicou:

— Porque tu gosta de mim, e no fundo, lá bem no fundo onde nem tu mesmo enxerga, tu tá doidinha pra me dar...

Vadinho pleno de astúcias, de presepadas. Dona Flor firme em sua decência fundamental:

— Desta vez tu vai perder... O tempo e a cantiga...

Foi um fim de tarde sereno e cheio de encanto. Começara, no entanto, difícil e desagradável.

Quando, após as aulas vespertinas, dona Flor saiu do banho e ante o espelho foi se perfumar e pentear, seminua, apenas de porta-seios e calçola, um ruído de aprovação veio de qualquer parte do aposento. No entanto, antes de entrar e de sair do banho, ela examinara o quarto, constatando a ausência de qualquer dos seus maridos: o doutor ainda na farmácia, e Vadinho virara alcanfor desde o escândalo do primeiro turno.

Pois bem: lá estava o tinhoso, em cima do guarda-roupas balançando as pernas. Ao lusco-fusco, naquela meia-sombra, parecia da mesma madeira do anjo posto no corredor da igreja de Santa Teresa. Seu olhar caía sobre os ombros de dona Flor com tal cupidez a ponto da gula escorrer como um óleo sobre ela, sobre seu corpo úmido. "Meu Deus!", murmurou dona Flor, apanhando a bata para vesti-la às carreiras.

— Por que isso, meu bem? Será que eu não te conheço toda, todinha inteira? Onde é que não te beijei ainda? Que tolice é essa? Que besteira...

Num salto de bailarino — que leveza de movimentos! — seu corpo nu atravessou a luz e a sombra, veio aterrissar com elegância no leito de ferro, sobre o novo colchão de molas:

— Minha filha, esse colchão novo é uma nuvem, é bom demais. Meus parabéns.

Estirou-se indolente, uma réstia de luz lhe marcava o sorriso satisfeito no rosto sensual e tentador. Dona Flor, na sombra, o contemplava.

— Vem aqui, Flor, vem deitar junto de mim, vamos vadiar um pinguinho. Deita aqui, vamos rebolar nesse colchão cutuba...

Ainda no amuo do acontecido com as alunas — aquele despropósito de Vadinho meter a mão nos peitos de Zulmira e a peste gostando, pois, mesmo sem enxergar o sem-vergonha, ficara toda esmorecida, num dengue de desmaio —, Dona Flor reagiu brusca:

— Acha pouco o que fez? Não contente, ainda vem se esconder para me espiar? Você não ganhou modos nesse tempo, podia ter aproveitado...

— Não fique assim, meu bem... Deite aqui, juntinho de mim.

— E ainda tem coragem de me chamar para deitar junto de você! O que é que você pensa de mim? Que não tenho honra nem brio?

Vadinho não queria discussão:

— Meu bem, que zanga é essa? Não fiz nada de mais... Rabeei o olho um nadinha na anatomia da moça... Só de curiosidade para saber como são feitos os caprichos de Pelancchi Moulas. Dizem que ele mama naqueles peitos... — Riu e depois baixou a voz. — Venha, meu bem, sente aqui junto de seu maridinho, já que não quer se deitar, tem medo. Sente para gastar um dedo de prosa, não foi você mesma quem disse que a gente precisa conversar?

— Eu sento e depois você quer me pegar a pulso...

— Ah!, se eu pudesse... Então tu pensa que se eu pudesse te pegar a pulso, sem teu consentimento, eu estava aqui te adulando, perdendo tempo? À força, meu bem, nunca vou te querer: escreva isso que é a palavra de Vadinho...

— Tu tá proibido de me pegar a pulso?

Proibido? E por quem? Não tem deus nem diabo para me proibir seja o que for. Tu não sabe disso ou tu viveu comigo sete anos e não me aprendeu?

— E por quê, então?

— Alguma vez eu te peguei a pulso? Uma só, me diga...

— Nunca...

— E então? Eu mesmo me proibi, nunca precisei pegar mulher a pulso, e uma vez que Mirandão quis agarrar uma negrinha à bruta, no areal do Unhão, eu não deixei... O degas aqui, meu bem, só quer aquilo que lhe dão e quando é dado de boa vontade, de coração. A pulso, que gosto pode ter senão ruim?

Fitou-a longamente, voltando a sorrir:

— Tu vai me dar, Florzinha linda, e eu estou doido que chegue a hora de comer a peladinha... Mas é tu quem vai me dar, quem vai abrir as pernas, pois eu só te quero quando tu também quiser. Não te quero com gosto de ódio, meu bem.

Ela sabia que era a pura verdade: o orgulho se elevava no peito do (primeiro) marido como uma auréola, um resplendor. Não de santo, propriamente, mas de homem, de homem macho e retado.

Então dona Flor acomodou-se na borda do leito, com Vadinho estendido junto a si, a espiá-la. Com os nervos relaxados, a la vontê, desarmada contra ele. Mal sentara, no entanto, e já o trapaceiro lhe descia a mão pela cintura até a ânfora do ventre. Levantou-se indignada:

— Tu não presta mesmo... Cheguei a pensar que tu falava de coração, que tu era homem de palavra... E logo tu desmente, tu vai metendo a mão...

— E por acaso estou te pegando a muque, te tomando à força? Só porque pousei a mão em teu umbigo? Senta aqui e ouve, meu bem: não vou te comer a pulso, mas isso não quer dizer que não faça tudo, tudo, que não use todos os recursos para que você me dê de sua própria vontade. Toda vez que puder te tocar, vou te tocar, quando puder te dar um beijo, vou dar. Não te engano, minha Flor, vou fazer tudo, tudo, e depressa, pois estou doido para te comer todinha, cheguei morto de fome.

Era um desafio: sua honra de mulher honesta contra o fascínio de Vadinho e sua lábia, sua pabulagem, sua picardia.

— Não te engano, Flor, vou te passar o conto e quando esse teu doutor menos pensar está com sua coroa de chifres na cabeça. Aliás, meu bem, com aquela cabeçorra e alto como é, ele vai ficar um bocado bonito, vai ser um pé de corno da melhor espécie.

Um desafio? Pois muito bem, senhor meu primeiro marido e garanhão de fama, dom-juan dos castelos e da zona, finório sedutor de moças e casadas, o degas, o porreta: por mais astuto, não me vais comer outra vez a peladinha. Com toda tua astúcia, com toda tua lábia, com tua prosopopeia inteira, meu porreta, não me deixarei vencer nem iludir: sou mulher honesta, não vou sujar meu nome nem o de meu marido. Aceito o desafio. E assim tendo pensado e decidido, voltou a sentar-se no colchão:

— Não fale isso, Vadinho, é feio... Respeite meu marido... deixe essas conversas, vamos falar de coisas sérias. Se eu te chamei como tu dizes, foi para conversar contigo, às vezes me apertava uma saudade, o desejo de te ver, de falar com você. Não foi com ideia de descaração. Por que você faz um juízo tão ruim a meu respeito?

— Eu? Quando fiz mau juízo de você?

— Fui tua mulher sete anos, você andava solto pela rua e não era só no jogo, vivia na cama de tudo quanto era mulher perdida da Bahia, e, não se contentando, se meteu com moça e com mulher casada, umas sujeitas ainda piores do que as raparigas... E, por falar nessas sonsas, só agora descobri que tu andou de rabicho com uma tal de Inês, uma tísica que foi da escola há muito tempo...

— Inês? Magricela? — buscou nome e figura na memória ótima, de facadista, e lá encontrou a esbelta Inês Vasques dos

Santos com seu voraz focinho e seu apetite. — Aquilo? Puro osso e pele... Nenhuma importância, não liga para isso, meu bem. Xixica somente e das piores. Ademais, faz tanto tempo que se deu, por que tu puxa logo isso, tropeço tão antigo, coisa passada?

— Tropeço antigo, coisa passada mas eu só soube outro dia... Tu imagina a vergonha, Vadinho? Tu morto e enterrado, eu casada de novo, e tuas sem-vergonhices ainda me perseguindo... Por essas e outras é que te chamei, porque ainda tinha contas a ajustar. Não foi para isso que tu pensa...

— Mas, meu bem, fosse para o que fosse, já que estou aqui, que mal tem a gente vadiar um minutinho? Vamos aproveitar e tirar a barriga da miséria. Tu anda um pouco precisada, eu, nem se fala...

— Tu devia me conhecer, saber que não sou mulher de enganar marido. Sete anos tu pintou o diabo comigo, me judiou de todo jeito. Todo mundo sabe e fala pela rua...

— E tu liga pra essa cambada de bruacas?

— Tu judiou de mim e não foi pouco, foi de verdade. Se eu fosse outra, tinha te largado ou te enchido de chifres e de vergonha. Eu fiz isso? Não, eu aguentei firme porque sou mulher direita, Vadinho, graças a Deus. Nunca olhei pra nenhum homem enquanto tu foi vivo...

— Sei disso, meu bem...

— Sabendo disso, como é que tu quer que eu engane Teodoro, meu marido tanto quanto tu e homem direito e bom. Me trata na palma das mãos, é homem sério, nunca me traiu com outra. Nunca, Vadinho, nunca. Uma vez, até... — suspendeu a frase pelo meio.

— Até o quê, meu bem? — pediu ele com voz muito da macia — Conte o resto...

— Pois houve muita mulher atrás dele e ele, nem te ligo...

— Mulher tanta assim? Não exagere, meu bem, foi uma só, e era Magnólia, a maior vaca da Bahia, e ele fez um papelão. Onde já se viu um homem de maior, doutor e tudo, ficar que nem donzelo, com medo de mulher, só faltou pedir socorro.

Uma vergonha... Você sabe o nome que puseram nele depois desse fiasco? Doutor Cristel, meu bem...

— Vadinho, para com isso. Se quiser conversar direito, muito bem, mas vir aqui para mangar de meu marido, isso não... Fique sabendo que eu gosto muito dele, aprecio demais a maneira como ele me trata, e nunca irei desonrar seu nome...

— Quem puxou a conversa foi você, meu passarinho. Mas, fale a verdade: de quem é que você gosta mais? Não minta... É de mim ou dele?...

Deitara a cabeça no colo de dona Flor e ela mexia em seus cabelos. Cismarenta, não respondeu à pergunta comprometedora.

— Nunca vou enganar ele, Vadinho, ele não merece...

Vadinho respirava de leve, um sorriso inocente de criança. Dona Flor tomou-lhe o peito, mata de pelos loiros, doce tepidez. Ele disse e era uma afirmação, não mais uma pergunta:

— Tu gosta mais de mim, meu bem. Tenho certeza.

— Ele só merece que eu lhe dê amor...

A mão de dona Flor na cicatriz da navalhada: gostava de sentir a lembrança da rixa anterior a seu conhecimento, o talho largo e fundo, briga da adolescência, logo após a fuga do colégio, Vadinho mais fanfarrão e capadócio. Tão bonito!

A doçura da tarde penetrava no quarto em sombra e luz numa sonolência de brisa.

— Meu bem — disse ele —, eu tinha uma saudade tão danada de ti, tão grande, que pesava no meu peito como uma tonelada de terra. Faz tempo que eu queria vir, desde que tu me chamou pela primeira vez. Mas tu tinha me prendido com o mocã que Didi te deu e só agora eu pude me livrar e vir... Porque só agora tu me chamou deveras, com vontade, precisou mesmo de mim...

— Também tive saudade o tempo todo... Não adiantou tu ser ruim, Vadinho, quase morri quando tu morreu...

Dona Flor sentia uma coisa dentro de si, vontade de rir ou de chorar indiferentemente, mas em surdina, bem baixinho. Tão suave a carícia da mão de Vadinho em seu braço, em seu cangote, em sua face, e a cabeça repousando em seu colo, buscando posição mais cômoda, pesada e quente em suas coxas, dando-lhe um calor e uma dormência. Cabeça linda de cabelos loiros. Dona Flor foi baixando o rosto pouco a pouco, Vadinho suspendera o seu, de súbito lhe tomou da boca e não a pulso.

Arrancou-se dona Flor do beijo e dos braços onde já se via desfalecente.

— Meu Deus! Ai meu Deus...

Não era um desafio à toa. Não podia permitir-se um só minuto de abandono, o menor descuido, se não quisesse que o tinhoso a engabelasse.

Assoviando, todo pachola, levantou-se Vadinho com um sorriso de debique e foi bulir nas gavetas do armário. De puro curioso ou, quem sabe, para deixar dona Flor recolher sem constrangimento, pelo quarto, os restos de sua força de vontade, de sua proclamada decisão.

5

Quando o doutor chegou para a janta, dona Flor se reintegrara por completo em sua inata decência e ainda mais fortalecera a decisão de manter-se digna do marido, preservando-lhe sem mácula o nome e o conceito, e límpida a fronte onde fulgiam ideias, fervilhavam conhecimentos. "Jamais mancharei o nome que me ofereceste, nem plantarei cornos em tua testa, Teodoro: antes prefiro morrer."

O importante era não facilitar, não dar chances, não permitir ao astuto comover os seus sentidos, obtendo a cumplicidade da matéria vil e desprezível, matéria capaz — como lhe ensinara a propaganda ioga nos tempos famintos da viuvez — de atraiçoar seus impolutos sentimentos e de lhe vender a honra. Se Vadinho pretendesse continuar a vê-la, tinha de conter-se nos limites do decoro, das relações platônicas, pois outras não se podiam permitir dona Flor e o marido antigo.

Não escondia dona Flor — não tentava sequer fazê-lo — a

ternura pelo ex-finado, seu primeiro e grande amor. Fora ele quem a despertara para a vida, fazendo da mocinha tola da ladeira do Alvo uma fogueira de altas labaredas, e ensinando--lhe alegria e sofrimento. Sentia por Vadinho uma ternura funda, comovida, um não-sei-quê, mistura do bom e do ruim, sentimento de análise difícil e de impossível explicação para ela própria.

Estava contente, feliz de vê-lo, ao maligno; de falar com ele e rir de seus achados, de suas maluquices; feliz até com os ais do coração novamente em ânsia, a esperá-lo na noite imensa, atenta a seus passos no silêncio da rua, insone; comendo da banda alegre e da banda podre, como antes. Mas agora não passava tudo aquilo de amorosa amizade, sem outras implicações, sem maiores compromissos, sem indecências de cama. A cama, ah!, eis o perigo! Chão de trampas, território de derrotas.

Hoje, novamente casada, feliz com o segundo esposo, só podia manter com o primeiro castas relações, como se aquela despudorada e desmedida paixão de sua mocidade se houvesse convertido, com a morte de Vadinho, em pudico embaraço de românticos namorados, despindo-se da violência da carne para ser puro espírito imaterial (o que aliás se impunha por essas e por todas as demais razões). Cama e gozo de corpo só com o segundo, com o dr. Teodoro, às quartas e aos sábados, com bis e doce afeto. Para Vadinho sobrava o tempo do sonho, tempo vazio em meio a tanta felicidade ou, quem sabe?, de tanta felicidade decorrendo.

Se Vadinho concordasse em encarar assim a situação, respeitando tal acordo, muito bem: esse platônico sentimento cheio de doçura e a presença discreta e alegre do rapaz seriam perfume e graça na vida de dona Flor, tão pautada em ordem, compensando certa monotonia sensaborona que parece fazer parte integrante da felicidade. Mirandão, filósofo e moralista (como fartamente aqui se comprovou), proclamara certa feita em seu castiço dialeto baiano:

— A felicidade é bastante cacete, assaz maçante, em resumo: uma aporrinhação...

Não quisesse, porém, sujeitar-se Vadinho a tais limites, e dona Flor não mais o veria, rompendo de vez relações e sentimentos — mesmo aquele afeto espiritual que de tão inocente, não chegava a ser pecado ou desconsideração, ameaça à fúlgida testa de seu íntegro e respeitado esposo.

Assim, tranquila com essas reflexões, forte de ânimo, e tendo chupado uma pastilha de hortelã para limpar a boca do gosto de pimenta e mel daquele beijo impudico, dona Flor recebeu dr. Teodoro com a mesma afetuosa mansidão, o mesmo terno ósculo de todas as tardes, tomou-lhe o jaquetão e o colete e lhe trouxe a fresca veste do pijama. O doutor, para jantar, para o estudo na escrivaninha, para as notas do fagote, punha o paletó de pijama sobre a camisa e a gravata, era seu à vontade.

Durante a comida, dona Flor notou na voz e nos modos do esposo uma gravidade maior, atingindo as raias do solene. O boticário era de hábito um tanto quanto formal, como se sabe. Mas, naquela tarde, o rosto fechado, o silêncio, o comer desatento revelavam preocupação e desassossego. Dona Flor observou o marido enquanto lhe passava a travessa de arroz e lhe servia o lombo-cheio (cheio com farofa de ovos, linguiça e pimentão). O doutor tinha algum problema sério, sem dúvida, e dona Flor, boa esposa e solidária, logo se inquietou, ela também.

Quando chegaram ao café (acompanhado de beijus de tapioca, um maná do céu), dr. Teodoro finalmente disse, ainda assim a custo:

— Minha querida, desejo conversar com você assunto de muita relevância, de nosso mútuo interesse...

— Fale logo, querido...

Mas ele tardava, inibido, buscando as palavras. Que assunto tão difícil seria esse, interrogava-se dona Flor, a fazer o doutor tão inseguro? Voltada para o desassossego do marido, esquecera-se inteiramente de seus próprios problemas de duplo matrimônio.

— O que é, Teodoro?

Ele a fitou, tossiu:

— Quero que fiques inteiramente à vontade, que decidas como melhor te parecer e convier.
— Mas, o quê, meu Deus? Fala de uma vez, Teodoro...
— Trata-se da casa... Está à venda...
— Que casa? Essa onde moramos?
— Sim. Você sabe que eu tinha juntado o dinheiro para comprarmos essa casa como era de seu desejo. Mas quando já íamos fechar o negócio, tudo pronto...
— Sei... A farmácia...
— ...surgiu a oportunidade de adquirir mais uma cota da farmácia, exatamente a que me dava a maioria, garantindo-nos a propriedade da Científica... Eu não podia vacilar...
— Você fez bem, agiu com acerto, o que foi que eu te disse? "A casa fica para depois", não foi isso?
— O que sucede agora, minha querida, é que a casa foi posta à venda e por uma ninharia...
— Posta à venda? Mas a preferência era nossa...
— Era, porém...
Detalhou o assunto: o proprietário metera-se com uma fazenda em Conquista e dera em criar gado, enterrando dinheiro grosso em bezerros e novilhas, entrara na corrida do zebu. Sabia dona Flor o que era a "corrida do zebu"? Já tinha ouvido falar? Pois bem, nessa corrida lá se ia também a sonhada casa própria... O proprietário a pusera à venda e por quantia ínfima. Quanto à preferência, segundo ele, se bem inquilina antiga e excelente, perdera dona Flor qualquer direito a invocá-la após ter desistido da compra, com o negócio já fechado, em fase de cartório. Não podia ficar esperando que dr. Teodoro terminasse de abocanhar todas as cotas dos herdeiros da farmácia, para então pensar na casa. Tencionava vendê-la de imediato. De que lhe valia o imóvel de aluguel ridículo, onde os Madureiras viviam quase de graça? Negócio bom era criar zebu, boi resistente, o quilo da carne valendo um dinheirão. Enterrado na fazenda, entregara a venda da casa ao departamento de imóveis do banco do amigo Celestino. E candidatos não faltariam, com certeza, ante o preço convidativo.

Como sabia dr. Teodoro de tudo aquilo? Muito simples: Celestino lhe contara em seu despacho, na matriz do banco. Convocou o farmacêutico por telefone, "largue essas drogas aí e venha urgente", e lhe expusera a situação, terminando por lhe perguntar: por que Teodoro não fazia um esforço e não comprava a casa? Um negócio da China, impossível transação melhor, o maluco oferecia o imóvel praticamente por nada, o necessário para um lote de bezerros, naquele desatino do zebu.

— Quando o zebu parar de correr, mestre Teodoro, vai enterrar muita gente boa... Daqui do banco não sai um vintém para essa especulação... Compre a casa, meu caro, não discuta.

Tinha razão o português no que dizia sobre a casa e o zebu, também o doutor desconfiava daquela loucura de bezerros, vacas e touros. Mas onde arranjar capital, se ainda há pouco despendera todas as economias na aquisição da cota da farmácia e tomara dinheiro ao banco, emprestado pelo próprio Celestino, papagaios de prazo estrito?

O banqueiro considerou o boticário, tipo honesto, cheio de escrúpulos, incapaz de lesar quem quer que fosse. Não era homem para correr o risco de operação bancária sem a certeza de absoluta cobertura — dr. Teodoro não jogava nunca. Sorriu Celestino: como a vida era surpreendente! Aquela mansa dona Flor, de tímida presença e de tempero insuperável, tomara em casamento os dois homens mais opostos, um o contrário do outro. Imaginou-se oferecendo dinheiro emprestado a Vadinho, como agora o fazia ao droguista. As mãos nervosas do rapaz tomariam da caneta e firmariam quanto papel pusessem em sua frente, desde que tais assinaturas lhe rendessem uns mil-réis para a roleta.

— Arranje um pouco de dinheiro para completar o preço pedido e eu lhe consigo o resto sobre uma hipoteca da própria casa. Veja...

Tomava do lápis, fazia contas. Obtivesse o doutor uns poucos contos de réis, com o resto não se preocupasse: hipoteca de prazo longo, juros baixos, todas as facilidades. O que o português lhe propunha era negócio de pai para filho: Celestino conhecia dona Flor desde seu primeiro casamento, comera sua comida, tinha-lhe estima. Estimava igualmente ao dr. Teodoro, homem de bem, reto de caráter. Em sua alocução, só não citou Vadinho, em deferência ao segundo esposo e por estar morto o capadócio. Mas naquele instante recordava seu perfil e sua picardia, e essa lembrança o fizera sorrir complacente e dilatar de mais seis meses o prazo da hipoteca.

— Agradeço sua oferta, não esquecerei sua generosidade, meu nobre amigo, mas não tenho neste momento nenhum dinheiro disponível para completar o capital necessário. Não tenho tampouco onde buscá-lo. E é uma grande pena, pois Florípedes muito deseja adquirir a casa. Mas, não há jeito...

— Florípedes... — murmurou Celestino, "nome absurdo".
— Diga-me uma coisa, seu doutor Teodoro Madureira, você em casa trata sua mulher de Florípedes?

— Na intimidade, não. Chamo-a de Flor, como todos, aliás.

— Ainda bem... — impediu com um gesto a explicação do doutor, seu tempo era um tempo precioso de banqueiro. — Pois, meu caro, segundo estou informado, dona Flor ou dona Florípedes, como vosmicê prefira, tem umas economias bem razoáveis na Caixa Econômica... Mais do que suficientes para completar, com a hipoteca, o necessário para a compra da casa...

O doutor nem se recordara do dinheiro da esposa:

— Mas esse dinheiro é dela, fruto de seu labor, nele não tocarei jamais, é um dinheiro sagrado...

Mais uma vez o banqueiro mediu o farmacêutico na cadeira em sua frente: Vadinho tomava os níqueis da mulher para ir jogar, e por vezes os arrancava à força, na brutalidade. Até lhe batia, segundo ouvira contar.

— Bonitos sentimentos, meu doutor, dignos da cavalgadura que é vossa mercê... — o português ia da maior finura à grosseria total. — Burro é o que você é, burro como um patrício desses que carregam piano e quebram pedras na rua... Diga-me lá: de que vale esse dinheiro de dona Flor metido numa caderneta da Caixa? Ela desejando ter sua casa própria, e aqui o cavalheiro, para manter uns escrúpulos de merda — de merda, sim senhor —, deixa passar uma ocasião única. Não são casados com comunhão de bens?

Dr. Teodoro engoliu em seco a cavalgadura, o burro e a merda, conhecia bem o português e lhe devia favores por demais.

— Não sei como falar com ela...

— Não sabe o quê? Pois aproveite a hora da cama que é a melhor para se discutir negócios com a esposa, meu caro. Eu só discuto esses assuntos com a patroa quando já estamos os dois deitados e sempre me dei bem. Ouça: dou-lhe vinte e quatro horas de prazo. Se amanhã às mesmas horas você não me aparecer, mando vender a casa a quem der mais... E agora, deixe-me trabalhar...

Não na cama, mas na mesa, nas primeiras sombras da noite, ante o alvo beiju de tapioca molhado em leite de coco, dr. Teodoro relata a conversa do banqueiro a dona Flor, omitindo os palavrões e a cavalgadura:

— Por meu gosto, você não bulia nesse dinheiro da Caixa...

— E que faço com ele?

— Seus gastos... Pessoais...

— Que gastos, Teodoro, se você não me deixa pagar nada? Nem a mesada de minha mãe... Você paga tudo e ainda se zanga quando eu reclamo. Nesse tempo todo, só fiz botar dinheiro na caderneta; só tirei duas vezes, um pinguinho de cada uma, para comprar duas tolices para você. Para que guardar esse dinheiro sem serventia? Só se for para meu caixão, quando eu morrer...

— Não fale bobagem, minha querida... A verdade é que a mim, como marido, cabe a obrigação...

— E por que eu não tenho o direito de concorrer para a compra de nossa casa? Ou bem você não me considera sua companheira para um tudo? Será que só sirvo para arrumar, cuidar de suas roupas, fazer a comida, ir com você para a cama? — dona Flor se exaltava. — Uma criada e uma rapariga?

Ante a inesperada explosão, dr. Teodoro ficou sem palavras, um baque no peito, a mão segurando o garfo com o pedaço de beiju. Dona Flor baixara a voz, agora num queixume:

— A não ser que você não me ame, me despreze tanto que nem queira que eu lhe ajude na compra de nossa casa...

Talvez em todo o tempo de casado, mais de um ano, dr. Teodoro não se houvesse comovido tanto, quanto naquele jantar. Num repente de tímido exclamou:

— Você sabe que eu a amo, Flor, que você é minha vida. Como duvida? Não seja injusta.

Ela, ainda exaltada, declarava:

— Não sou tua mulher, tua esposa? Pois bem, se você amanhã não for ao banco, quem vai sou eu e fecho negócio com seu Celestino...

Dr. Teodoro levantara-se, veio por ela e a tomou num abraço estreito, apaixonado. Dona Flor acolheu-se no peito largo do doutor, também ela apaixonada. Sentaram-se no sofá, dona Flor no colo do esposo, rosto contra rosto, numa ternura quase sensual.

— Você é a mais direita, a mais séria e a mais bonita das esposas...

— A mais bonita não, meu Teodoro...

Fitou-o nos olhos bondosos, banhados em felicidade.

— Bonita não... Mas te garanto, ah!, isso te garanto, que séria eu sou, que sou mulher direita.

E tendo dito, buscou com os lábios a boca do doutor e a tomou na sua num beijo de amor: seu bom marido, único a merecer sua ternura e o gozo de seu corpo.

A noite entrou inteira pela sala e do meio de sua sombra Vadinho contemplou a cena. Passou a mão na testa, inquieto; virou as costas, saiu rua afora, descontente.

6

Foi a partir daquela conversa entre dona Flor e dr. Teodoro que os acontecimentos começaram a se precipitar, num ritmo cada vez mais célere e confuso.

Sucederam então tais coisas na cidade capazes de assombrar (e assombraram) até mesmo as criaturas mais familiares do prodígio e da magia, como a vidente Aspásia, recém-chegada todas as manhãs do Oriente, seu verdadeiro habitat, para as Portas do Carmo, onde era "a única a usar o sistema da ciência espiritual em movimento"; como a célebre médium Josete Marcos ("fenômenos de levitação e de ectoplasma"), cuja intimidade com o além é sobejamente conhecida; como o arcanjo são Miguel de Carvalho, em sua tenda de milagres no beco do Calafate; como a dra. Nair Sacá, "diplomada pela Universidade de Júpiter", a curar toda e qualquer enfermidade com passes magnéticos na rua dos Quinze Mistérios; como madame Deborah, do Mirante dos Aflitos, detentora dos segredos dos monges do Tibet, em permanente gravidez resultante de coito espiritual com o Buda vivo, sendo ela própria, "revelação suprema do futuro", capaz com seus dons de adivinha de "prever e garantir casamentos ricos em prazo curto e revelar os números premiados da loteria"; sem falar em Teobaldo Príncipe de Bagdá, já um tanto caduco.

E não só essas competências se assombraram. O espanto atingiu mesmo aqueles íntimos do mistério da Bahia, aqueles que o criam e o preservam, seus depositários através do tempo: mães e pais de santo, ialorixás e babalorixás, babalaôs e ia-quequerês, obás e ogãs. Nem a própria Mãe Senhora, sentada em seu trono no Axé Opô Afonjá; nem Menininha do Gantois, com sua corte no Axé Iamassê; nem tia Massi da Casa Branca, do venerando Axé Iá Nassô, nem mesmo ela com a sabedoria de seus cento e três anos de idade; nem Olga de Iansã dançando soberba e arrogante em seu terreiro do Alaketu; nem Nezinho de Euá; nem Simplícia de Oxumarê; nem Sinhá de Oxóssi, filha de santo do falecido pai Procópio do Ilê Ogunjá; nem Joãozinho do Caboclo Pedra Preta; nem Emiliano do Bogum; nem Marieta de Tempo; nem o caboclo Neive Branco na Aldeia de Zumino Reanzarro Gangajti; nem Luís da Muriçoca, nenhum deles pôde controlar a situação e explicá-la a contento.

Viram deflagrar-se a guerra dos santos, nas encruzilhadas dos caminhos, nas noites das macumbas, nos terreiros e na vastidão dos céus, em ebós sem precedentes, despachos nunca vistos, feitiços carregados de morte, coisa-feita e bruxaria em cada esquina. Os orixás em fúria, todos reunidos do mesmo lado, completos em suas espécies e nações; do outro lado, Exu, a sustentar sozinho aquele egum rebelde, ao qual ninguém oferecera roupas coloridas nem o sangue de galos e ovelhas, nem um bode inteiro, nem sequer uma conquém de Angola. Vestira-se com as roupagens do desejo, com os ouropéis da paixão imorredoura e em sacrifício desejava tão somente o riso e o mel de dona Flor.

Nem mesmo Iansã (epa hei!), a que enxota as almas, a que não teme os eguns e os enfrenta, a que comanda os mortos, a guerreira cujo grito amadurece as frutas e destrói exércitos, nem mesmo ela conseguiu impor-se autoritária e destemida; aquele babá de Exu lhe tomou o alfanje e o eruexim. Tudo no vice--versa, tudo pelo avesso, era o tempo do contrário, do ora-veja, o meio-dia da noite, o sol da madrugada.

Prosternados na hora do padê, as ialorixás e os babalorixás, a partir de certo instante, já não mais quiseram intervir: cabia aos encantados encontrar a decisão no fogo da peleja. Apenas o babalaô Didi, porque açobá de Omolu, mago de Ifá, guardião da casa de Ossaim, e sobretudo por ter o posto de Coricoê Ulucotum no terreiro dos eguns, na Amoreira, tentou enrolar outra vez nas palhas do mocã o egum desperto de seu sono pelo amor. Fê-lo a pedido de Dionísia de Oxóssi mas foi em vão como se verá mais adiante.

Não se diga que Cardoso e Sá se assombrou, não é ele cidadão de se assombrar, nem tampouco de sustos e espantos fáceis. Mas sofreu um abalo, ah!, isso sofreu, não há como esconder a realidade, e dizendo-se que mestre Cardoso e Sá se surpreendera tudo está definitivamente dito e dada a medida desmedida do insólito, do absurdo clima da cidade. Foi naqueles dias que o povo, em lucidez e raiva, atacou a sede do monopólio estrangeiro da energia elétrica, exigiu a nacionalização das minas e do petróleo, pôs a polícia em fuga e cantou a "Marselhesa" sem saber francês. Tudo teve princípio naquela ocasião.

Dona Flor não se deu conta imediata da situação, ao contrário de Pelancchi Moulas, cujo sangue calabrês intuiu e logo depois indicou sentido e direção para os sucessos naquela mesma noite do lasquinê. Alguns dias bastaram para convencer Pelancchi. Apavorado — sim, apavorado esse homem sem medo e sem entranhas, esse bandido da Calábria, esse moderno gângster à maneira de Chicago, esse duro jogador —, mandava seu chofer Aurélio, de toda a confiança, ao terreiro de mãe Otávia Kissimbi, ialorixá da nação congo, indo ele próprio em busca do filósofo místico e astrólogo Cardoso e S^a, únicos seres capazes de lhe valer em tão terrível emergência, de lhe salvar o reino e a majestade.

Majestade e reino, pois Pelancchi Moulas era soberano do mais poderoso truste da Bahia, rei do jogo e da contravenção, bancando legalmente a roleta, a lebre francesa, o bacará, o lasquinê, no Pálace, no Tabaris, no Abaixadinho, nas grandes casas e nas pequenas onde seus prepostos mantinham-se atentos aos dados e baralhos, aos crupiês e chefes de sala, e lhe traziam diária e gorda féria da ronda, do vinte e um, do sete e meio. Raríssimas casas escapavam a seu controle, uma ou outra apenas: a de Três Duques, a de Meningite, o antro de Paranaguá Ventura. Sobre todas as demais estendia as garras ávidas e aduncas (e bem tratadas por manicura exclusiva, mulatinha feita pelo velho Barreiros, pai daquele advogado Tibúrcio, um especialista: modelara trinta e sete mulatas em diferentes mães e cada qual mais de arromba e de arrelia).

E o imenso império ilegal (em aparência) do jogo do bicho? Só a Pelancchi era permitido bancar sob garantia da polícia, e, se algum inconsciente se atrevesse a fazer-lhe concorrência, logo aplicavam as zelosas autoridades ao infame marginal, o rigor máximo da *dura lex, sed lex*.

Não havia em todo o estado da Bahia homem de mais poder, civil ou militar, bispo ou pai de santo. Pelancchi Moulas mandava e desmandava.

Administrador, governante do mais complexo e mais rico dos impérios, o do jogo, à frente de um exército de subordinados, mestres de sala, crupiês, fiscais, banqueiros, faróis, proxenetas, espiões, secretas de polícia e guarda-costas, era o papa de uma seita com milhares de crentes submissos, fanáticos escravos. Com suas propinas sustentava e enriquecia ilustres figuras da administração, da intelectualidade e da ordem pública, a começar pelo chefe de polícia, concorrendo para obras pias e financiando a construção de igrejas.

Diante dele, de que valiam governador e prefeito, comandantes terrestres, aéreos ou submarinos, o arcebispo com sua mitra e seu anel? Não havia poder na Terra capaz de amedrontar Pelancchi Moulas, velho italiano de cabelos brancos de riso afável e de olhos duros, quase cruéis, fumando um eterno cigarro em piteira de marfim, a ler Virgílio e Dante, pois, além do jogo, só gostava mesmo de poesia e de mulatas.

7

O negro Arigof andava aperreado, urucubaca assim era demais. Montara em seu cangote há quase um mês, desde quando, ao descer desprevenido as escadas do sobrado onde tinha seu quarto de solteiro, dera um chute no embrulho com o ebó. Mandinga braba, coisa-feita posta em seu caminho para lhe atrasar a vida. Rasgara-se o papel, esparramando-se a farofa amarela, as penas pretas de galinha, as folhas rituais, duas moedas de cobre e pedaços de uma sua gravata ainda bastante nova, de tricô. A gravata deu-lhe a pista certa: vingança de Zaíra, iabá sem coração, incapaz de sofrer desaforo sem logo dar o troco.

Certa noite, Arigof, perdidas a calma e a elegância de fidalgo, lhe aplicara um par de tabefes em pleno Tabaris, para ela tomar modos de gente, não mais lhe aporrinhar a paciência. Zaíra era muçurumim de nação, mas praticava caboclo e angola e tinha poderes junto aos inquices.

Feitiço dos mais fortes, bozó violento, quem preparara para Zaíra despacho tão fatal? Com certeza algum entendido na escrita, bom nas folhas e forte na maldade. Não houve esconjuro que desse jeito, o ebó prendera a sorte do negro no fundo de um poço e ele se arrastava mendigo pelas casas de jogatina, perdendo em todas elas. Já pusera no prego seus pertences melhores: o anelão de prata verdadeira, o correntão de ouro com figas de guiné e um pequeno chifre de marfim, o relógio adquirido ao marinheiro loiro de um navio, roubado talvez num camarote de milionário: tão bonito e cutuba que o espanhol do Sete, com todo seu conhecimento de joias, assoviara de emoção à sua vista, oferecendo-lhe mais quinhentos mil-réis se o negro se dispusesse a vendê-lo em lugar de empenhá-lo.

Crioula mandingueira, nascida na feitiçaria, Zaíra lhe secara a sorte. Preocupado, Arigof perguntava-se onde andaria o resto de sua gravata de tricô. Certamente amarrado aos pés de um caboclo ou de um inquice, junto com seu retrato, aquele pequeno, feito para carteira de identidade: o negro sorrindo, o dente de ouro à mostra. Arigof o ofertara em prova de amor à iabá sem coração e agora imaginava seu rosto crivado de alfinetes na camarinha do santo, para o despacho se refazer cada manhã e lhe apagar de um golpe e para sempre a boa estrela.

Já tomara banho de folhas e fora rezado por Epifânia de Ogum. Por três vezes a iamorô tivera de renovar seu maço de folhas, pois caíam murchas apenas lhe tocavam o corpo, tão grande o carrego de malefício no cachaço de Arigof.

No aperreio de tamanha urucubaca, ia o negro pela rua Chile considerando as agruras da vida. Vinha do restaurante e seu destino imediato era a casa de Teresa. Waldomiro Lins o levara a jantar após a tarde desastrosa, na espelunca de Zezé da Meningite, onde o negro perdera os últimos níqueis. Arigof, de raiva, comera de vez o almoço, a janta e a ceia.

— Você está esganado de fome, Arigof, o que é que há? — perguntou o outro ante aquele exagero de apetite.

O negro respondeu num pessimismo definitivo:

— Não sei se volto a comer nunca mais...

— Doente?

— De azar, meu irmãozinho. Amarraram minha sorte nos pés de um encantado, de um caboclo, se não foi de um orixá de

Angola, que aquela peste é gente dos inquices. Estou no alvéu, seu mano.

Contou de seu caiporismo; diluíam-se palpites infalíveis, não acertava uma. Apostasse nos dados ou nas cartas, na mesa de roleta, perdia sempre. Os parceiros já o olhavam de través, como se ele transmitisse urucubaca:

— Meu azar pega, maninho...

Narrativa cheia de detalhes, na esperança de que Waldomiro Lins, moço de posses e alegre camarada, lhe socorresse no embaraço, emprestando-lhe umas pelegas para o jogo da noite. Falhou o golpe, pois em vez de dinheiro o amigo lhe serviu conselhos: só havia um jeito de escapar de urucubaca assim tão negra, era fugir do jogo por uns tempos. Deixasse passar a maré de má sorte, extinguir-se a força do ebó, não fosse louco. Se teimasse, acabaria de tanga, com as cuecas empenhadas. Ele, Waldomiro Lins, aprendera a respeitar sorte e azar e certa feita levara mais de três meses sem ver baralho, dado ou mesa de roleta.

Subindo a rua Chile, Arigof dá razão ao amigo: a teimosia não passava de pura estupidez, obstinação de maluco, bem melhor era visitar Teresa da Geografia, branca arretada por um negro forte, motivo daqueles tabefes em Zaíra. Na casa de Teresa, estendido na cama ao lado da branca, churupitando uma cachaça com limão, poderia esquecer tantas derrotas, descansar sua urucubaca no tapete. Sim, dessa vez o negro Arigof fora derrotado, só lhe restava a fuga vergonhosa. Tinha razão Waldomiro Lins, homem experiente e de bom conselho.

Disposto a tomar o rumo da devassa geografia de Teresa, a negreira, não ia Arigof de todo satisfeito. Não era de seu hábito nem de seu prazer fugir de uma batalha mesmo quando em desespero, derrotado por antecipação. Lembrou-se de outro Waldomiro, seu amigo exemplar e insubstituível: Vadinho, infelizmente morto, competente e audaz, inigualável em matéria de jogo e em geral. Ele, sim, poderia lhe valer, se vivo fosse.

Há muitos anos, uma noite, após semanas de azar absurdo, quando já sem vintém e sem ter onde buscá-lo, entrara Arigof no Tabaris e dera com Vadinho, soberbo de altivez e fichas, apostando alto. Tomou-lhe o negro uma ficha e o exemplo de vitória: ganhou noventa e seis contos em alguns minutos, nunca se vira coisa igual. Fora uma noite de alucinação: Arigof mandara fazer meia dúzia de ternos de uma vez, atirando pelegas de quinhentos na cara do alfaiate. Noite fantástica de descomunal orgia no castelo de Carla, ele pagando todas as despesas, noite lendária nas memórias do jogo na Bahia.

Engraçado: recordava Vadinho e sua pabulagem e não era que lhe parecia ouvir distintamente aquela voz de insolência?

— Então, negro fujão, onde enfiou sua valentia? No cu da branca? Quem não persegue a sorte não merece ganhar, tu sabe disso. Desde quando tu é aluno de Waldomiro Lins? Tu já não era professor quando ele veio jogar pela primeira vez?

Arigof chegou a parar em meio à rua Chile, como um pateta, tão viva e próxima lhe parecia a voz de Vadinho em seu ouvido. Nascendo do mar, a lua começava a cobrir de ouro e prata a cidade da Bahia.

— Deixa os ossos da branca pra depois, negro covarde, tu está com medo de feitiço, então tu não é filho de Xangô? Deixa a branca para depois de ter partido a urucubaca pelo meio, hoje é tua noite de festejo.

Vadinho esporreteado, tinha os palpites mais loucos, e era igual na sorte e no azar, o mesmo sorriso trêfego e insolente. Quem sabe, pensou Arigof, Vadinho do alto da lua o estaria vendo com sua urucubaca às costas, despido do correntão de ouro, do anel de prata, do relógio cobiçado pelo espanhol do Sete?

— Cadê tua coragem, negro? Cadê o negro Arigof, três vezes macho?

Waldomiro Lins, prudente e fino jogador, lhe aconselhara a não persistir contra o azar, a se encolher, escondido no leito da amante, tão alva e tão sabida; Teresa recitava de memória os rios da China, os vulcões dos Andes, os cumes das montanhas. Quando via o negro Arigof, enorme e nu, ela, toda dengosa, saudava ao mesmo tempo o pico do Himalaia e o eixo da Terra:

pouca-vergonha de Teresa! Com tanto caiporismo e com Teresa a esperá-lo, só mesmo um doido voltaria naquela noite ao carteado.

— Vai que eu te garanto, negro frouxo... — a voz de Vadinho em seu ouvido.

Arigof o procurou em derredor, pois chegava a sentir o bafo de seu hálito. Era como se o amigo do passado o tomasse pela mão e o conduzisse para as escadas do Abaixadinho ali tão perto.

— Nunca tive medo de caretas... — disse o negro.

Teresa o esperaria mastigando chocolates, envolta nos lagos canadenses, nos afluentes do Amazonas. Sem um tostão no bolso, Arigof penetrou no Abaixadinho, foi se colocar ante a mesa do lasquinê.

Antônio Dedinho, o crupiê, preparava o *cahier* de seis baralhos para recomeçar o jogo. As caras em derredor eram de perdedores, não refletiam entusiasmo, a sorte toda para a casa. Nem um só amigo a quem Arigof pudesse afanar ficha ou dinheiro. Antônio Dedinho anunciou uma banca de cem contos, e virou duas cartas sobre a mesa: a dama e o rei.

— Na dama... — ouviu Arigof a ordem de Vadinho.

Ninguém para lhe emprestar sequer cinco mil-réis. Havia um homem bem-vestido, alinhado num terno branco, fichas na mão, ar de habitué mas desconhecido por ali; talvez do interior. Arigof retirou da gravata o alfinete vistoso, uma chave atravessando um coração, presente de Teresa. Mas o ouro era metal dourado e os brilhantes vidro sem valor, assim o desmoralizara o espanhol do Sete, recusando-se a recebê-lo em empenho.

Exibindo a prenda, Arigof dirigiu-se para o ricaço de terno branco:

— Meu distinto, empreste-me uma ficha, uma qualquer, e fique com esta joia de garantia. Já lhe pagarei, meu nome é Arigof e aqui todos me conhecem.

O lorde lhe estendeu uma ficha de cem:

— Guarde seu broche, se ganhar me paga e lhe desejo sorte.

A ficha sobre a dama, Arigof esperou sozinho, pois da roda ninguém quis arriscar, num desânimo. Nem o homem de branco, preferindo peruar o jogo. Antônio Dedinho virou a primeira carta e foi logo a dama. Arigof recolheu as fichas, Dedinho volteou novas cartas e, por coincidência, repetiram-se a dama e o rei. Novamente Arigof pôs seu dinheiro nas mãos da dama.

Antônio Dedinho puxou uma carta do *cahier* e, maior coincidência ainda, essa primeira carta era de novo a dama. Novas cartas e crescendo a coincidência, já agora digna de nota: pela terceira vez foram vistos na mesa a dama e o rei. Arigof firme na dama e junto com ele apostou o homem de branco. Chegaram os primeiros curiosos. Antônio Dedinho tirou a carta do *cahier* e, por mais incrível, a primeira carta, pela terceira vez, era a dama. Por sinal de ouros, a lembrar Teresa. "Meu Deus", disse uma rapariga, nervosa.

Nervosa não só pelo fato de ter-se por três vezes repetido a dama, mas porque era sempre a dama a primeira carta, além de se haverem repetido por três vezes, sobre a mesa de apostas sempre as mesmas cartas: dama e rei.

Não por três vezes, mas por doze caíram sobre a mesa a dama e o rei e por doze vezes acudiu a dama ao chamado de Arigof e era sempre a primeira carta a ser virada. Agora, não só o homem de branco mas vários outros apostavam no palpite do negro, que punha três contos em todas as paradas, o máximo permitido.

Pálido de morte, o medo no coração, Antônio Dedinho preparou um novo *cahier*. Lulu, o fiscal da sala, estava agora ao lado de Dedinho e seguia atento o embaralhar das cartas. Em torno à mesa crescia o grupo agitado. Vinha gente do bacará e da roleta.

Antônio Dedinho exibiu o *cahier* aos jogadores, dele retirando duas cartas: cresceu sua palidez, tremeram suas mãos pois as cartas eram a dama e o rei. Arigof sorriu: quebrara o azar, rompera o ebó e fora buscar a sorte com as mãos e os dentes e com a lembrança de Vadinho. Se houvesse outro mundo, se ficassem os mortos por aí além, vagando no céu ou no espaço, como diziam certos especialistas no assunto, então talvez Vadinho o estivesse vendo do alto da lua derramada em ouro e prata sobre o mar e o casario. Orgulhoso, certamente, da valentia de seu amigo Arigof, negro macho, vencedor da urucubaca e dos feitiços.

Mas, pelo jeito, Vadinho estava era ali mesmo na sala, bem junto de Arigof, e retado da vida, pois tendo o negro resolvido, após profundos cálculos cabalísticos, mudar de carta e carregar no rei (era impossível que a dama ainda repetisse, inteiramente impossível), ouviu a voz braba do amigo, numa ordem dura:

— Na dama, negro filho da puta.

E a mão de Arigof, independente de sua vontade, como se obedecesse a uma força superior, depositou as fichas na dama.

Cerrando os dentes, olhos em pânico, Antônio Dedinho retirou a primeira carta: dama. Movimento geral, exclamações, risos nervosos e foi chegando cada vez mais gente para ver o impossível.

Gilberto Cachorrão, o gerente da espelunca, com seu ar desconfiado de rafeiro, postou-se ao lado de Lulu, disposto a desmascarar a tramoia (que outra coisa podia ser senão batota e grossa?). Em suas fuças repetiu-se o absurdo várias vezes e a banca de cem contos estourou. Alvoroçada e alegre, a dama era sempre a primeira carta. Onde a batota, grossa ou fina, Cachorrão?

Antônio Dedinho voltou-se vencido para o gerente, esperando suas ordens mas Cachorrão apenas o olhou com desconfiança e nada disse. O crupiê preparou novos baralhos, vagarosamente, na vista de todos e com o maior apuro:

— Banca de cem contos...

Virou duas cartas: dama e rei. Havia um silêncio de morte e agora todos queriam apostar na dama. Vinha gente da rua e do Tabaris, onde a notícia espantosa já chegara. A nova banca não durou.

A uma ordem de Gilberto Cachorrão, Lulu saiu disparado para o telefone. Na sala o impossível virava ramerrão, a dama a se repetir e sempre de primeira. O homem de branco disse em voz alta:

— Vou-me embora senão tenho uma coisa, meu coração

não aguenta. Jogo há mais de dez anos em Ilhéus e Itabuna, em Pirangi e em Água Preta. Já vi muita trapaça, fraude de todo tipo, mas igual a essa nunca vi. E digo mais: estou vendo e não acredito.

Arigof quis lhe pagar a ficha e convidá-lo para a ceia em casa de Teresa, mas o homem recusou:

— Deus me livre e guarde. Tenho medo de feitiçaria e só pode ser feitiçaria. Fique com sua ficha que eu vou remir as minhas antes que sumam ou se desfaçam.

Lulu retornara e não tardou a juntar-se a ele e a Cachorrão a figura circunspecta de um crioulo idoso, de óculos, muito calmo, o professor Máximo Sales, principal testa de ferro de Pelancchi Moulas, seu homem de confiança.

Ao receber o telefonema de Lulu, o magnata recusara-se a acreditar na história sem pés nem cabeça. Com certeza Lulu voltara a beber e agora o fazia durante as horas de trabalho, num abuso imperdoável. A cabeça canosa repousada na tepidez dos seios de Zulmira Simões Fagundes, em doce intimidade, Pelancchi mandara Máximo Sales tirar a limpo tão esdrúxula balela. O mais certo era não passar tudo aquilo de mais um porre de Lulu:

— Se ele estiver bêbado, professor, não vacile, por obséquio: despeça-o imediatamente. E me telefone o resultado...

Mal tivera tempo o testa de ferro de dar-se conta do fenômeno e da sóbria compostura de Lulu e lá se ia a banca de cem contos pelos ares, nos dedos de Arigof.

Antônio Dedinho, enxugando o suor na testa exangue, olhou o trio em sua frente. Tinha filhos a criar e para outro emprego não servia, ai, meu Deus! Os três o fitavam de través, o professor Máximo ciciou: "Prossiga". Com sua roupa azul, seus óculos sem aro, seu anel de rubi, Máximo Sales parecia um respeitável catedrático de carapinha embranquecida no estudo e nas vigílias científicas. Tão formal e digno que todos o tratavam de professor, inclusive Pelancchi, se bem só fosse mesmo formado em contravenção, em fichas e baralhos. Nessa cátedra era realmente sumidade, competência total, notório saber, *doctor angelicus*.

Antônio Dedinho, vítima do destino, preparou novo *cahier* e tudo se repetiu como um pesadelo. Como disse Amesina (seu lindo nome era formado com Ame de Américo, seu pai, e com Sina de Rosina, sua mãe), meretriz dada à leitura do *Almanaque do Pensamento* e de outras fontes esotéricas, tratava-se do "esperado sinal do fim do mundo". Máximo Sales fez algumas perguntas a Cachorrão e a Lulu (de quem aspirou o inocente hálito) e, largando aquele dilúvio de damas, dirigiu-se ao telefone.

Eis por que Pelancchi Moulas surgiu na sala, com Zulmira a tiracolo. Abriram alas para ele passar e assim ver bem de perto seu dinheiro diluir-se ao lasquinê. A banca de cem contos estourou em sua cara.

Com um gesto de rei, Pelancchi Moulas afastou Antônio Dedinho e na vista de todos os presentes fez uma vistoria no *cahier*: os doze reis se acumulavam no fundo da caixa, eram as últimas cartas. Os três empregados — Máximo, com sua pose doutoral, o rafeiro Gilberto e Lulu, fiscal de sala — trocaram um olhar sabido. Antônio Dedinho viu-se inocente e condenado. Pelancchi Moulas, os olhos frios, azuis de crueldade, fitou primeiro o crupiê e os três funcionários, depois a multidão em torno, faces ávidas e tensas, jogadores nos limites finais do absurdo. À frente de todos, o negro Arigof: montanha do Himalaia, altura imensa, eixo do mundo, no dizer entendido de Teresa, geógrafa e negreira. Arigof sorria, coberto de suor e fichas.

Sorriu também Pelancchi Moulas para Zulmira, à sua retaguarda, preparou ele próprio um novo *cahier* e fez o anúncio da banca como se declamasse um verso:

— Banca de duzentos contos.

Nem por ser ele Pelancchi Moulas, senhor do jogo, de baraço e cutelo, majestade e tudo mais quanto se sabe e não vale a pena repetir, nem por isso mudou a sorte, que já não era sorte e sim prodígio: lá vinham rei e dama e dava a dama de primeira carta. Quando a banca estourou antes do *cahier* chegar ao meio, Pelancchi Moulas examinou a caixa com o resto dos baralhos: lá no fim ("o fim do mundo...", repetia Amesina, a profetisa) estavam juntos os doze reis inúteis.

Largando as cartas, Pelancchi Moulas sussurrou algo e Gilberto Cachorrão traduziu em voz alta:

— Por hoje o jogo se suspende...

Arigof retirava-se por entre manifestações de simpatia, seguido por admiradores e damas ardentes e enxeridas. Remiu as fichas, comprou champanha, rumando para a casa de Teresa, branca arretada por negro, uma capacidade em geografia e em jogos de cama. O negro foi-se cheio de empáfia e de orgulho: com ele não podiam nem a urucabaca nem o feitiço, nem a cólera de iabá muçurumim.

Pelancchi Moulas deixou-se ficar a refletir. Lulu balançava as mãos, Gilberto Cachorrão sentia-se incapaz de explicar, mas concordava com Máximo Sales: ali havia batota, sujeira, safadeza das maiores. Náufrago num mar de damas, Antônio Dedinho aguardava a sentença. Era preciso tirar tudo a limpo, disse solene o professor. Pelancchi Moulas encolheu os ombros: fizessem o necessário, inquéritos e pesquisas, chamassem a polícia se preciso. Quanto a ele, tinha uma desconfiança, seu sangue calabrês era sensível ao mistério, às emanações do além.

Também o eram os seios de Zulmira Simões Fagundes, bronze e veludo. A primeira-secretária, a prima-dona, a favorita de Pelancchi Moulas, se retorcia de repente em riso e dengue:

— Uma coisa nos meus peitos, ai, Pequito, tem uma coisa me fazendo cócega, ai que coisa mais maluca... Até parece assombração...

Pelancchi Moulas fez o sinal da cruz.

8

Aqueles foram dias confusos, de correria e de canseira, dias de emoções. Dr. Teodoro e dona Flor numa azáfama, de um lado para outro, do banco para o cartório, do cartório para diferentes repartições municipais. Ela vira-se obrigada a suspender as aulas até o fim da semana, ele quase não aparecera na farmácia. Celestino, com sua habitual franqueza lusitana, avisou a dona Flor:

— Se quer mesmo comprar a casa, largue por uns dias a porcaria dessas aulas. Senão, adeus...

Surgira outro candidato e, não fosse a boa vontade do banqueiro, eles teriam perdido mais uma vez a chance de realizar o negócio. Também agora estava tudo praticamente concluído, faltando apenas assinar a escritura definitiva: o cartório tardaria uns dias a aprontá-la. Mas já fora pago o sinal ao antigo senhorio e para isso haviam usado o dinheiro da caderneta da Caixa Econômica, as economias de dona Flor.

Pelo braço do marido, apoiada em sua força e em seu saber, dona Flor andara meia Bahia naquele fim de semana. Quase não parara em casa, apenas as horas de comer e de dormir, e nem mesmo nesse pouco tempo pôde descansar. Como fazê-lo com Vadinho presente, postando-se a seu lado apenas ela aparecia, e cada vez mais atrevido, disposto a levá-la à desonra, ao adultério?

Adultério? Adultério, como? — perguntava o maligno —, se sou teu marido? Onde já se viu mulher tornar-se adúltera por se haver entregue ao marido legítimo? Não lhe jurara ela obediência ante o juiz e o padre? Onde já se viu, minha Flor de maracujá, casamento assim platônico? Um absurdo...

O amaldiçoado tinha falas de açúcar, lábia fina, lógica e retórica, sabia os argumentos capazes de confundi-la e sua voz era um acalanto:

— Meu bem, não foi para dormir juntos que a gente se casou? E então?

Dona Flor ainda trazia no braço o peso do braço do doutor, ainda sentia seu odor suado nas ladeiras, em busca da burocracia. A voz de Vadinho a perturbava — como descansar, se devia estar atenta, se não podia abandonar-se um segundo sequer sem correr perigo? Perigo de ir-se na música de sua voz, entontecida por suas palavras, tocada por sua mão traiçoeira, por seu lábio. Quando se dava conta, ei-la presa em seus braços, tinha de soltar-se com violência. Não se dera e nunca se daria.

Não se dera ou, pelo menos, não se dera de todo, porque algo lhe permitira nesse tempo de dias cansados: carícias pequenas e inocentes. Seriam assim tão pequenas e inocentes?

Certa tarde, por exemplo, chegando estafada das repartições e do cartório (o doutor ainda fora à farmácia, preparar receitas), dona Flor despiu o vestido, arrancou sapatos e meias e se estendeu no leito de ferro, assim mesmo de corpinho e combinação. Havia silêncio e brisa na casa vazia e dona Flor suspirou.

— Cansada, meu bem? — era Vadinho deitado junto a ela.

De onde viera, onde se escondera, que dona Flor não o vira?

— Tão cansada... Para descobrir um papel numa repartição se perde uma tarde... Nunca pensei...

Vadinho tocava-lhe o rosto:

— Mas tu está contente, meu bem...

— Sempre quis ter minha casa...

— Eu sempre quis te dar essa casa...

— Você?

— Não acredita? Tem razão... Pois fica sabendo, foi a coisa que eu mais desejei: poder um dia te dar essa casa. Um dia eu haveria de ganhar tanto dinheiro no 17 que a pudesse comprar... Ia chegar com a escritura, sem te dizer nada antes... Só que não deu tempo... Senão... Tu não acredita, não é?

Dona Flor sorriu:

— Por que não hei de acreditar?

Sentia a boca de Vadinho na altura de seu rosto, quis libertar-se de seus braços envolventes:

— Me deixa...

Mas ele tanto rogou que ela lhe permitira a cabeça loira ao lado da sua e consentiu em descansar no aconchego de seu peito. Inocentemente, é claro.

— Tu jura que não vai tentar...

— Juro...

Foi um momento de doçura, dona Flor sentindo no pescoço o hálito de Vadinho e aquelas mãos a defenderem seu descanso. Uma delas lhe acariciava o rosto, tocava-lhe os cabelos, apagando a fadiga. Tão cansada, ela adormeceu.

Ao acordar, as sombras da noite haviam chegado e também o dr. Teodoro:

— Dormiu, minha querida? Você deve estar morta, coitada... Além de gastar suas economias, ainda essa labuta...

— Não digas tolices, Teodoro... — e, pudica, cobriu-se com o lençol.

Na semiescuridão do quarto ela procurou Vadinho, não o viu. Certamente partira, ao sentir os passos do doutor. Será que ele anda com ciúmes de Teodoro? — perguntou-se dona Flor num sorriso. Vadinho negava, é claro, mas dona Flor tinha certa desconfiança.

Dr. Teodoro vestiu o paletó de pijama, dona Flor pôs a bata, levantando-se. O marido tomou-lhe das mãos:

— Que trabalheira, hein, minha querida? Mas vale a pena, agora possuímos nossa casa. Eu não descansarei, porém, enquanto não pagar a hipoteca e não depositar na Caixa todo o dinheiro que você empregou na transação.

Juntos, quase abraçados, a mão do farmacêutico na cintura de dona Flor, saíram do quarto para a sala de jantar. Ali encontraram dona Norma, desejosa de novidades sobre a compra da casa.

— Parecem dois pombinhos... — disse a vizinha ao vê-los assim enamorados, e logo o doutor se encabulou, afastando-se da esposa.

No dia seguinte, pela manhã, dona Norma voltou para discutir com dona Flor assuntos de costura. Apontando-lhe o pescoço nu, gracejou:

— Esse teu namoro com teu marido está ficando escandaloso...

— Hein? O quê?

— Então eu não vi ontem, você e o doutor no maior idílio, vindo do quarto, ainda agarradinhos?

— Você está falando de mim e de Teodoro? — perguntou, ainda em susto.

— E de quem havia de ser? Você está ficando broca? O doutor anda saindo do sério... E antes do jantar, hein? A função continuou depois? Também, havia que festejar a compra da casa...

— Que conversa, Norminha... Não houve função nenhuma...

— Ah!, minha santa, isso não. Você com todas essas marcas de chupão no pescoço, cada qual mais bonita, e a me dizer que não houve nada... Eu não sabia que o doutor era do tipo sanguessuga...

Dona Flor passara a mão no pescoço, correra para o espelho do quarto. Marcas vermelhas, arroxeando-se, tomavam-lhe todo um lado do colo. Um escândalo.

Ah!, Vadinho mais perjuro, mais louco e mais tirano... Ela sentira um afago de lábios e reclamara. Mas ele lhe perguntou que mal fazia tocar-lhe o pescoço, se não era sequer um beijo, apenas lhe aflorava a pele com a boca. Na carícia, dona Flor adormecera, ah!, Vadinho mais sem jeito!

Arrancou-se do espelho, vestiu uma blusa de gola alta a lhe esconder as marcas acusadoras. Que diria o doutor se visse esses roxos sinais de outros lábios que não os seus, aliás incapazes de tais debeches e depravações? Voltou à sala:

— Norminha, minha filha, pelo amor de Deus não vá fazer pilhérias com Teodoro sobre esses assuntos... Você sabe como ele é, todo encabulado... É tão discreto...

— É claro que não vou tirar graçola com o doutor, mas, Florzinha, que ele está saindo do sério, isso está... Discreto ele foi noutros tempos, minha santa, agora se soltou... Até parece Vadinho, que só faltava fazer as coisas na vista dos vizinhos...

Dona Flor sentiu o som de um riso e uma presença, dona Norma não se dava conta, felizmente: o maligno surgia do ar e para cúmulo vestia aquela camisa de mulheres nuas, trazida da América por dona Gisa para o doutor. Só a camisa a cobrir-lhe o peito, o resto à mostra, mais indecente ainda.

9

Que mal há nisso, meu bem? Que é que tem? Deixa minha mão ficar aí, não estou te tirando pedaço, nem te alisando, estou com a mão parada, o que é que tem? — Mantinha a mão discreta sobre as alturas dos quadris redondos, mas apenas obtida a muda aquiescência, a mão não se continha, indo e vindo das ancas para as coxas — vasto território pouco a pouco conquistado.

Assim, com as mãos, o hálito, os lábios, as palavras macias, com o olhar, o riso, a invenção, a graça, com o queixume, a briga, o dengue, Vadinho cercara a fortaleza, dita irredutível por dona Flor, pondo abaixo muralhas de dignidade e pudicícia. Num avanço constante e firme, em obstinado assédio, reduzira hora a hora o campo de batalha.

A cada encontro ocupava nova posição, caíam bastiões, rendidos pela força ou pela astúcia: a mão sabida ou bem o lábio de promessas mil, todas elas vãs — "Só um beijo, meu bem, só um...". Lá se foram os seios, as coxas, o colo, as ancas, a bunda de cetim. Agora tudo isso era dele, terreno livre de censuras para a mão, para o lábio, para a carícia de Vadinho. Quando dona Flor se deu conta, sua honestidade e a honra do doutor viam-se encurraladas em derradeiro reduto, quanto lhe restava ainda incólume. O mais, esse chão ardente de batalha, ele o tomara quase sem ela perceber.

Dona Flor vinha disposta a reclamar as manchas roxas do pescoço, sinais devassos, estarrecedores, vinha disposta a proibir quaisquer intimidades, mas ele a envolvia num abraço, sussurrando explicações ou fazendo burla de seu pudor e de sua seriedade, e dentro em pouco lhe mordiscava a orelha, num afago de arrepios.

Fazia-se urgente e imprescindível pôr cobro, de uma vez para sempre, àquelas relações equívocas já tão distantes da terna estima, da inocente amizade amorosa, do platônico sentimento que dona Flor imaginara possível quando do regresso de Vadinho. Ao medir a extensão do perigo, a esposa virtuosa encheu-se de medo e brio, dispondo-se a colocar um paradeiro naquela situação absurda. Onde já se viu mulher com dois maridos?

Sentada no sofá, refletia dona Flor sobre a delicadeza do assunto — devia conduzir a discussão com muita habilidade para não magoar Vadinho, para não o ofender; afinal ele viera em atenção a seu chamado —, quando o tinhoso surgiu e a tomou nos braços. Enquanto dona Flor buscava maneira de iniciar a conversa, Vadinho enfiou-lhe a mão por baixo dos vestidos, tentando atingir exatamente aquele último reduto ainda incólume, cofre-forte a conter sua dignidade de mulher e a honra do doutor.

— Vadinho!

— Deixa eu ver a peladinha, meu bem... Estou morto de saudades da bichinha... E ela de mim...

Levantou-se dona Flor numa explosão de cólera, em violência e fúria. Também Vadinho se aborreceu e foi áspero e desagradável o bate-boca. Talvez Vadinho não mais esperasse tão brusca reação de dona Flor, pensando-a já de todo conquistada.

— Tira a mão de cima de mim, não me toque mais... Se ainda quiser me ver e conversar comigo, tem que ser de longe, como conhecidos e nada mais... já te avisei que sou mulher honesta e que estou muito feliz com meu marido.

Vadinho respondia zombeteiro:

— Teu marido, esse paspalhão, esse bocó... Só tem tamanho... Que é que ele sabe dessas coisas, esse frouxo?

— Teodoro não é um ignorante como você, não é um capadócio, é um homem de muito saber...

— Muito saber... Pode ser que para fazer um xarope ele seja uma capacidade... Mas para o que é bom, para a vadiação, ele deve ser a maior toupeira desse mundo... Basta olhar para ele, é um capão...

Dona Flor encarou Vadinho, nunca ele a vira tão indignada:

— Pois fique sabendo que está muito enganado, quem é que pode saber da capacidade dele senão eu? E eu estou mais do que satisfeita... Não sei de homem melhor do que ele. Em tudo e nisso também... Você nem chega aos pés dele...

— Puf! — fez Vadinho, num ruído desrespeitoso e vulgar.
— Me deixe em paz, não preciso de você para nada... E não me toque nunca mais...
Estava decidida: não lhe permitiria mais intimidades, nem abraços, nem os tais beijos inocentes, nem que junto a ela se estirasse para "conversar melhor". Era uma mulher honesta, uma esposa séria.
— Se você estava tão satisfeita, por que me chamou?
— Já te disse que não foi pra isso... E já me arrependi de ter chamado...
Depois, sozinha, perguntou-se se não fora por demais grosseira e violenta. Vadinho ficara escabreado, ofendido, de cabeça baixa. Saíra porta afora e durante todo o resto do dia ela não o viu. Quando ele viesse na hora do crepúsculo, ela lhe explicaria suas razões com boas palavras. Cínico e insolente, Vadinho tinha por vezes, no entanto, reações inesperadas, era capaz de compreender os escrúpulos de dona Flor e de reduzir suas relações aos limites impostos pelo decoro e pela honra.
Todas as tardes, dona Flor, terminadas as tarefas cotidianas, e após o banho, envolta em perfume e talco, deitava-se no leito para uns minutos de repouso. Então, invariavelmente, Vadinho junto a ela se estendia e sobre as mais diversas coisas conversavam (e enquanto conversavam, lá ia ele derrubando bastiões, tomando-a contra seu peito, dobrando-lhe a vontade). Quando se dispunha a reclamar, ele a distraía falando dos lugares de onde viera, e dona Flor toda curiosa, cheia de perguntas, não tinha forças para proibições:
— E a Terra, vista de lá, como é, Vadinho?
— É toda azul, meu bem.
Descia-lhe o tentador a mão pela anca ou a levava ao seio, dona Flor querendo saber:
— E Deus, como ele é?
— Deus é gordo.
— Tira a mão daí, tu está é me embromando...
Vadinho ria, a mão a conter o seio túrgido, o lábio a buscar a boca de dona Flor, como saber se era verdade ou bem mentira?

Hálito de brasas, ardido hálito de pimenta, doçura de brisa, viração do mar, ai, Vadinho, mentiroso e sem-vergonha... Assim ele ia tomando dela pouco a pouco, restava apenas o último reduto, seu recato derradeiro.

Naquele dia, porém, ela em vão o esperou, ele não veio. Inquieta, dona Flor rolou no leito, debatendo-se em ânsia e dúvida. Teria ido embora, de volta, magoado em seu orgulho, ofendido? Teria ido embora para sempre?

Dona Flor estremeceu a esse pensamento. Como novamente viver sem a sua presença? Sem sua loucura, sem sua graça, sem sua tentação?

Fosse como fosse, porém, devia passar sem ele, se quisesse permanecer honesta, mulher direita. Era a única solução viável, aquele impasse não continha outra porta de saída. Terrível medida, provação sem tamanho, mas que fazer? Impunha-se a drástica ruptura: se Vadinho continuasse ali, não havia força de decência nem decisão de virtude capazes de impedir o irremediável. Dona Flor não se engana: que eram as conversas senão pretexto para as carícias, para aquela luta tão tremenda e tão deliciosa?

Como resistir à lábia de Vadinho? Não a convencera ele, e dona Flor não se deixava convencer, que, à exceção da posse completa, tudo mais era brincadeira sem maldade, jogos de primos, não implicando em desonra nem mesmo em indecência? Não havendo posse, desonra não havia, mantinham-se intactas sua dignidade e a testa insigne do doutor.

Pela segunda vez Vadinho adormecera seus escrúpulos com a mesma cantiga de ninar, a mesma modinha com que a embalara nos distantes tempos do namoro no Rio Vermelho e na ladeira do Alvo. Ela fora no acalanto e quando abriu os olhos já ele lhe comera cabaço e honra de donzela junto ao mar de Itapuã.

Novamente agora Vadinho chegava ao cais de seu porto derradeiro, à fímbria mais recôndita de seu ser. Ao menor descuido de dona Flor, num instante qualquer de incontido anseio, ele lhe comeria não mais o cabaço de donzela mas a honra de um marido e a decência de uma esposa.

De uma esposa modelar, de um marido exemplo dos bons maridos. Quando o pobre menos pensasse, em sua testa floresceriam chifres, e seria a maior das injustiças. As sementes desses injustos cornos já estavam plantadas pelas mãos de Vadinho, por sua boca de beijos, por seu calor de homem a acender em dona Flor gula e pecado.

Sim, só havia uma solução, única e certa: Vadinho retornar para donde viera, só assim estariam garantidas a honestidade da esposa e a testa do droguista. Dona Flor ia romper o coração, ia sofrer demais, mas onde outro caminho, outra porta de saída? Ela lhe explicará gentilmente suas razões: "Perdoa, meu amor, é impossível continuar assim, já não posso mais. Perdoa-me se te chamei, foi tudo culpa minha, adeus, deixa-me em paz...".

Em paz? Ou em desespero? Fosse como fosse, pelo menos honesta, mulher direita, fiel a seu marido.

Vadinho não apareceu. Nem no quarto, na hora do crepúsculo, nem depois na sala, na hora do jantar. Costumava vir fazer macaquices, obrigando dona Flor a morder os lábios para não rir quando, metido na camisa de mulheres nuas, saía bailando e se exibindo; ou para não se irritar ao vê-lo por detrás da cadeira do doutor a lhe pôr chifres na testa com os dedos, o pervertido!

Chifres inexistentes, pois ela não se dera, guardara incólume o reduto onde a honra verdadeira se contém (o resto era bobagem, como Vadinho lhe dizia e como sabem quantos dessas coisas já trataram).

Esperou até a hora de dormir, ele não veio. Certamente, Vadinho partira ofendido, era orgulhoso e duro, capaz de enfrentar de cabeça erguida a provação mais rude. Quem sabe, partira para sempre. Ai, meu Deus, nem sequer se despedira.

10

A desaparição de Vadinho ocorrera na quarta-feira pela manhã e dona Flor passou o dia desavorada, na aflição de não o ver, no receio de tê-lo novamente perdido e no contraditório desejo de que assim fosse, pois, ela o sabia, só essa partida definitiva, para sempre e nunca mais, era capaz de lhe salvar o lar feliz.

Ora, nas noites das quartas-feiras, assim como nas dos sábados, como já se disse e repetiu, o metódico doutor honrava a esposa e dela se servia, cumprindo prazeroso suas obrigações matrimoniais, grata tarefa. Com bis aos sábados (não nos esqueçamos) e com o mesmo ritual de sempre, onde o prazer não excluía o respeito, um prazer envolto em pudicícia, coberto com o recato (e com o lençol).

Após o desacerto da noite do aniversário de casamento, noite do retorno de Vadinho, as relações de cama entre dona Flor e dr. Teodoro reencontraram sua normalidade, dona Flor dando-se ao esposo com modéstia e com ternura, e dele recebendo plena e total satisfação, aos sábados repetida.

Aliás, dona Flor nunca fora tão viva no prazer com o bravo farmacêutico como ultimamente: em verdade entregava-se agora com mais ternura do que modéstia, o doutor a sentia ansiosa e apaixonada, perdendo por vezes a contenção discreta, pondo-se a gemer e a suspirar, num assanhamento. Alegrava-se o doutor com tais provas de amor e de satisfação. Engrandecia-se o amor de sua esposa com o passar do tempo, e também ele a amava ainda mais, se era possível.

Houve mesmo uma noite de folgança extra, fora do estrito calendário, a noite daquele dia em que se completaram os trâmites, no banco de Celestino e no cartório de Marback, para a compra da casa. Esse festejo do acontecimento, o doutor o cumpriu feliz, achando justo romper, por tal motivo, a sistemática ordenação da vida noturna do casal.

Ele próprio, ao sair naquela tarde do quarto para a sala, o braço na cintura de dona Flor, a cabeça da esposa em seu ombro reclinada, e ao perceber o sorriso malicioso de dona Norma, sentira o apelo do amor disperso no ambiente, vindo de dona Flor e comovendo-o. Ele próprio pensara em celebrar a data considerando que "uma extravagância uma vez na vida outra na morte não chega a ser abuso nem ameaça à saúde física ou moral dos cônjuges (desde que não se converta em hábito, evidentemente)".

Se a compra da casa influíra sobre dona Flor, levando-a a provocar o esposo e a obter sua aquiescência e colaboração naquele extra, ela não se dera conta. O fogo a queimá-la não fora aceso pelas *démarches* bancárias, por hipoteca, recibos e escritura. A compra da casa ainda mais a prendia ao doutor, sem dúvida, mais forte seu afeto. O que a levava, porém, a exigir prazer e posse extemporâneos, era a fogueira erguida por Vadinho, suas carícias, sua mão de afago, sua boca de beijos, a descaração ao crepúsculo, roxas marcas no pescoço. Agora, quando o doutor crescia sobre ela, envolto no lençol, ao cerrar os olhos dona Flor já não enxergava um pássaro gigantesco e, sim, Vadinho finalmente a possuí-la, a fazê-la gemer e suspirar. Uma confusa dos diabos.

Guardava-se dona Flor de ponderar sobre mais essa encrenca, já tinha muito com que se consumir. Quanto ao doutor, dispunha-se seriamente a programar um extra para cada quinze dias.

Na noite daquela quarta-feira da briga com Vadinho, dona Flor se sentia perplexa e agitada, bem precisada de acalmar os nervos. Pensava em Vadinho sumido, talvez para sempre. Era a volta à existência calma, o fim dos dias tensos, quando se vira entre dois maridos, ambos com direito a seu amor e ela sem saber como agir, chegando em certos momentos a misturá-los e a confundi-los, na maior das atrapalhações. Quem sabe, agora, poderia retornar ao tranquilo ramerrão de antes do regresso de Vadinho, quando seu corpo só se despertava às quartas e aos sábados?

Assim, naquela quarta-feira à noite, escondendo sob os lençóis as marcas dos beijos de Vadinho em seu pescoço, e trancando no coração o medo de sua ausência, dona Flor acolheu seu esposo Teodoro, com ele iniciando o discreto e doce ritual. Apenas, porém, o doutor crescera sobre ela, qual confortável guarda-chuva, o riso de Vadinho ressoou aos ouvidos de dona Flor e a fez estremecer.

Primeiro foi a alegria de vê-lo ali, equilibrado nas grades do leito, não tinha partido para sempre como dona Flor temera. Depois a alegria fez-se raiva, ao enxergar seu riso de deboche, aquele falso ar de piedade no rosto de zombaria e pagodeira. Estava a divertir-se o coisa-ruim, suspendendo a ponta do lençol para melhor apreciar e escarnecer. Dona Flor ouvia sua voz dentro do peito, seu riso libertino, de troça e de debique:

— É isso que você chama de vadiação? É esse o doutor Sabetudo, o mestre das putas, o rei da sacanagem? Essa porqueira, meu bem? Nunca vi coisa mais insípida... Se eu fosse tu, pedia a ele, em vez disso, um frasco de xarope: cura tosse e é mais gostoso... Porque o que ele está fazendo, meu bem, é a coisa mais triste que eu já vi...

Ela ainda quis dizer "pois eu gosto e muito", mas não pôde. O doutor chegava ao fim e ela se perdera nos risos de Vadinho, morta de vergonha (e de desejo).

11

Dona Flor em aflição, desatinada, temendo por sua honra, por seu lar feliz, tudo em perigo. Que dizer então de Pelancchi Moulas? Ruía seu império como sob um terremoto ou uma revolução.

Nunca se vira nada igual desde o começo do mundo e das apostas. Já sucedeu, é certo, sorte extraordinária, assim como azar descomunal e, por mais de uma vez, um jogador, com fortuna e decisão, estourou a banca de um cassino. São acontecimentos raros e sempre limitados. Fora disso há a batota. Mas também a trapaça é logo descoberta, sobretudo se persistente e repetida. Nesse mundo de incertezas, nada mais seguro do que a receita e o lucro dos concessionários dos cassinos e do bicho, da jogatina: ganham de muitos, perdem para uns poucos, são uns grão-senhores, vivendo à tripa forra. Melhor negócio, mamata mais rendosa, só mesmo a Presidência da República.

Contra Pelancchi Moulas, porém, levantavam-se baralhos,

dados e roletas, acontecia tudo quanto não tinha explicação. O absurdo, o inacreditável, o impossível, era necessário ver para crer, e ainda assim, vendo com os olhos que a terra há de comer, muita gente repetia as palavras daquele homem de Ilhéus, ao assistir ao torneio das damas de Arigof: "Estou vendo e não acredito".

Em matéria de jogo, o professor Máximo Sales vira tudo em sua vida, inclusive um homem morrer do coração ao acertar um pleno na roleta e outro se matar engolindo uma pastilha de veneno, morte feia. Nunca pensara em deparar com o inexplicável, era um cético, tinha os pés na terra e a cabeça fria. Adolescente vendera pule de bicho em Porto Alegre, em Manaus foi gerente de uma tasca clandestina, crupiê no Rio, marreteiro no Recife, bancara ronda em Maceió, viveu de pôquer nos garimpos, conhecia todos os segredos, cada ladroeira.

— Então, professor, que é que me diz? Quais os resultados de seu inquérito? De concreto, o quê? — a voz de Pelancchi, seus olhos maus e o medo.

De concreto nada, Máximo Sales dava a mão à palmatória. Dados e baralhos tinham sofrido os exames mais minuciosos, também mesas e caixas, nenhum indício. Veio a polícia, um delegado com fama de muito competente, vários secretas, interrogaram os empregados, sob a orientação de Máximo. Exaustivamente, sem levar em conta posto, idade, sequer as relações de intimidade com o patrão. Nem Domingos Propalato, irmão de leite de Pelancchi, foi poupado. Só Zulmira escapou de tal humilhação, mas nem por ser quem era, o professor a inocentava:

— Vai-se ver e essa tipa é da quadrilha.

Para Máximo só uma quadrilha, e das mais bem organizadas, poderia ter montado aquela batota extraordinária. Uma quadrilha internacional, faltando aos trapaceiros locais competência para tanto; tampouco a possuindo os do Rio ou de São Paulo. Só especialistas europeus ou americanos, de Monte Carlo ou de Las Vegas, seriam capazes de façanha como a do bacará: durante duas noites seguidas, na mesma mesa de bacará, no Tabaris, deu o ponto todas as vezes e nem uma vez a banca, o velho Anacreon ganhando uma fortuna. Ele e todo mundo pois verdadeira multidão acompanhou o jogo do sortudo. Sortudo? Para Máximo, Anacreon era apenas cúmplice dos bandidos.

Bancava, em nome da casa, o melhor banqueiro de bacará da cidade, quiçá do norte do Brasil, Domingos Propalato. Não um empregado qualquer, mas o patrício, o compadre, o irmão de leite de Pelancchi Moulas. Nascidos na mesma aldeia, com diferença de dias, a mãe de Domingos em seu farto seio amamentara o futuro milionário. Capaz de matar e morrer pelo fraterno, estava Propalato acima de qualquer suspeita. Em frente a ele, o velho Anacreon. Mais que suspeito.

Onde arranjara o palpite e o dinheiro para o jogo? Todos sabiam da mísera situação a que descera o velho: tão por baixo, reduzido a vender pule de bicho no café de Raimundo Pita Lima.

Ao demais — somava Máximo nos dedos — o velho tinha audácia e experiência. Muito antes de Pelancchi Moulas estabelecer seu império na Bahia, já Anacreon era figura popular nas rodas do jogo clandestino, perseguido e roubadíssimo. Hábil no traço do baralho, na queda dos dados, quem mais antigo e mais constante na mesa da roleta, em frente ao bacará na batida da ronda, do vinte e um, do sete e meio? Um patriarca.

Passavam-se os anos, surgiam e desapareciam gerações, só o velho Anacreon se mantinha igual, com altos e baixos certamente, fases boas e ruins, sem jamais no entanto ter exercido outro ofício além do jogo.

Rapazes que se fizeram à sua sombra já não jogavam, transformados em pessoas sérias e respeitáveis, como Zequito Mirabeau, Guerreiro, Nelito Castro, Edgard Curvelo, e até Giovanni Guimarães. Um de seus primeiros camaradas, Bittencourt, rápido chegara a diretor do serviço de águas, engenheiro competente. Não esqueceu o amigo, lhe propôs um emprego de contínuo, garantia para os dias de velhice. Comovido, Anacreon chorou abraçado a Bittencourt mas nunca foi assinar o contrato e tomar posse:

— Só sirvo para jogar, pra nada mais...

Alguns (uns poucos, felizmente), ocupando cargos importantes ou casados com mulheres ricas, não ousavam sequer lembrar aqueles tempos de juventude e boemia. Outros tinham morrido em plena mocidade e Anacreon vivia a lhes recordar os nomes e os feitos: o alegre Ju, príncipe da facécia, do gracejo, da pilhéria fina; o belo Divaldo Miranda, rico e elegante cabo--verde; o gordo Rossi, uma simpatia de rapaz, doido por samba e por cachaça: certa vez, bêbado, urinara em pleno salão do Pálace, na vista das senhoras, e só não foi linchado porque Anacreon, puxando da navalha, virou fera e lhe garantiu a retirada; Vadinho, o inesquecível, o seu amigo mais dileto, o mais louco e divertido, o melhor, o mais retado, um porreta.

Porreta, sim, o mais porreta! Mesmo morto e enterrado há uns bons três anos, não suportara ver o velho Anacreon anotando pule de bicho nos fundos do café, num miserê daqueles, a moral na lama. Aparecendo-lhe em sonho — sonho que mais parecia realidade, pois Anacreon nem sequer dormira, um cochilo quando muito após o magro almoço —, Vadinho lhe aconselhou fosse sem falta ao Tabaris naquele mesmo dia e no seguinte, e na mesa de Domingos Propalato apostasse no ponto e só no ponto, a noite toda. Sempre no ponto, jamais na banca. Como arranjar dinheiro? Tomando algum de empréstimo a Raimundo, à sua revelia; bom sujeito, o dono do café não ia fazer caso de alguns mil-réis. Ao demais, na manhã seguinte, Anacreon, coberto de ouro, novamente freguês do bicho e não empregado de bicheiro, reporia com juros os níqueis do empréstimo nas apostas do café de Raimundo.

Jogador antigo e experiente, Anacreon respeitava os sonhos, concedendo justo valor a um bom palpite, ainda mais se fornecido por amigo tão leal quanto Vadinho. No fim da tarde, ao prestar as contas, deu seu jeito, capou uns trocos, o bom do Raimundo nada disse.

Depois foi o que se soube, assombro e comentário da cidade: aquela sensação ao bacará, o ponto repetindo por duas noites sem descanso, Domingos Propalato perdendo a calma pela primeira vez em seu longo ofício, Máximo Sales, com ar de parvo, saindo a correr em busca de Pelancchi Moulas.

O próprio Anacreon, em toda sua gloriosa crônica de contraventor, nada vira comparável a essa sua sorte e ao azar da banca. Mas não lhe competia discutir o acontecido: palpite de Vadinho era para ser honrado e não desperdiçado em tolas discussões. Homem de amplos horizontes, Anacreon acreditava no destino e em sua boa estrela, e para ele, em se tratando de fichas e baralhos, o impossível não existia.

Quanto a Pelancchi Moulas, apenas penetrou na sala, leu o pânico nos olhos perplexos de Domingos Propalato. Vindo colocar-se ao lado do irmão de leite, ouviu-lhe a voz num sussurro e em desespero, era como se ouvisse sua sentença de morte:

— *Dio cane, Pecchiccio! Siamo fottuti!*

Simples pau-mandado da fatalidade, Propalato virou a carta, deu o ponto.

12

"*Sono fregato, sono fottuto!*", repetiu Pelancchi Moulas quando, em seguida a Anacreon, chegou a vez de Mirandão.

De todos os rapazes daquela geração, Mirandão fora o único a permanecer o mesmo jovial boêmio, como se o tempo não passasse, varando as noites por entre as emoções do jogo.

Um domingo de manhã, estando em casa a cuidar dos passarinhos nas gaiolas, Mirandão ouviu distintamente a mensagem de Vadinho: naquela noite, na roleta do Pálace, o 17.

Melhor amigo não possuíra Mirandão, ele e Vadinho tinham sido como mabaças de tão inseparáveis. Também o nome de Vadinho não lhe saía da boca nem sua lembrança da memória. Como esquecê-lo, se não mais houvera amigo igual?

Naquele dia, porém, era diferente. A recordação de Vadinho adquiria uma consistência de presença, como se ele ali estivesse ajudando Mirandão junto às gaiolas a desatar no assovio o canto do curió e do canário.

Mirandão fora convidado pela negra Andreza para almoçar sarapatel em sua casa. Pelo caminho a voz lhe repetiu o palpite e o fez também na mesa de toalha alva onde recendiam o sarrabulho e o molho de pimenta. 17 era o número de sorte de Vadinho, jamais, porém, favorecera a Mirandão.

Naqueles três anos, em homenagem ao amigo falecido, Mirandão arriscara algumas vezes seu parco capital no 17, sempre com prejuízo. Novamente o faria, se Vadinho o desejasse, o amigo era merecedor de muito mais.

Apenas naquele domingo não tinha capital nenhum e entre os convidados de Andreza — o carpina Waldemar, Zuca, um empregado do serviço rural com os salários em atraso, o pedreiro Rufino e mestre Pastinha — só Robato Filho talvez pudesse dispor de algum para emprestar. O nome de Vadinho veio à baila e Robato declamou, erguendo o copo de cerveja, a ode do poeta Godofredo, mas, quanto a dinheiro, estava liso, sem vintém.

De bucho cheio, com a alma leve (nada como um bom sarapatel para lavar a alma num domingo), Mirandão se bateu inutilmente pelas ruas, atrás de numerário. Se arranjasse dinheiro suficiente haveria de perder algum no 17. Seu número era o 3, sendo-lhe simpático igualmente o 32. Um desperdício jogar no 17, e ele o fazia como se depositasse flores no túmulo de Vadinho.

Mas, sendo domingo, onde obter dinheiro? Todo mundo no futebol ou no cinema, ninguém na rua. Dois ou três amigos disponíveis negaram-se a lhe financiar a sorte, uns pessimistas.

Quando já sem esperanças, lembrou-se de sua comadre, dona Flor. Nunca recorrera a ela para questões de jogo, só para atender à saúde dos meninos e certa vez para um conserto no telhado de sua residência pois o senhorio recusara-se a cumprir as obrigações de proprietário, revelando-se mesquinho e desalmado:

— Chovendo dentro de casa? Em cima dos meninos? Por mim, seu Mirandão, pode chover quanto quiser em cima de quem for; pode cair a parede, o telhado, a cumeeira, que me importa? A casa é minha? Pois a casa mais parece de Vossa Senhoria, meu caro amigo. Já vão mais de seis anos que eu não vejo a cor de seu dinheiro...

E se encontrasse o dr. Teodoro? Depois do novo casamento da comadre, Mirandão só uma vez a visitara, não querendo impor sua presença ao farmacêutico que não teria certamente gosto em vê-lo, tão parecido era ele com Vadinho, sua cópia ou seu retrato, não no físico — um loiro, outro mulato — mas na moral ou, como preferiam alguns, na falta de moral.

Naquela tarde, porém, não tinha Mirandão outro recurso: ou incomodar a comadre ou desistir do jogo.

— Olhe quem nos aparece... — disse dona Gisa a dona Flor, as duas sentadas em cadeiras na calçada.

"Meu Deus, ele se mostrou a Mirandão..." — pensa dona Flor em susto pois ao lado do compadre vinha o ex-finado, todo faceiro e nu (abandonara a camisa de mulheres provocantes).

Não, Mirandão não o enxergava. Ainda bem. Saudando dona Flor e dona Gisa, o compadre pediu notícias da saúde do doutor.

— Está ótimo. Foi a uma reunião na Sociedade de Farmácia...

— E eu que não sabia que você estava aqui sozinha... — disse Vadinho, mas só dona Flor o ouviu e não lhe fez caso.

Dona Gisa ainda conversou um pouco, mas logo depois pediu licença, pretextando deveres de inglês a corrigir. Mirandão sentou-se na cadeira vaga:

— Minha comadre, me desculpe, vim aqui lhe incomodar mas é que estou numa precisão medonha...

— Alguém doente em casa, meu compadre?

Quase inventa uma doença, um filho com febre, necessitado de remédio e médico. Mas por que afligir a comadre, além de lhe abiscoitar os cobres?

— Não, comadre, não é nada de doença... É mesmo jogo...

— Ainda bem, compadre.

Via-se de repente Mirandão contando tudo e com detalhes:

— ...a voz dele, igualzinha, comadre, me mandando ir jogar, hoje sem falta. Que eu não deixe de ir...

Dona Flor o via; ali, sentado no beiral da janela, sob a luz da tarde, Vadinho lhe punha olhos de frete. Ela fazia por não ver, mas, mesmo não querendo, sua vista se esgueirava para a nudez do moço, a pele branca e lisa, a penugem de ouro, o corte da navalha, a boca oferecida.

— De quanto necessita, meu compadre?
— Pouca coisa...

Foi em busca do dinheiro, Vadinho a acompanhou, no quarto a envolveu nos braços e num beijo. Dona Flor, a pobre, nem gritar podia, com o compadre na porta, à espera. Sua resistência se desmanchou no beijo.

— Ai, Vadinho... — gemeu ao fim e ela própria então lhe ofereceu os lábios, perdidas a razão e a pudicícia.

Vadinho a veio trazendo para a cama, buscando ao mesmo tempo desnudá-la. Não fosse ter ouvido os passos do compadre dentro de casa, talvez dona Flor deixasse ali, naquela hora, sua honra de mulher casada, de esposa honesta. No último momento voltou a si, trancou as pernas, desprendeu-se do beijo e da vertigem, saiu de baixo de Vadinho:

— Que maluquice... Com o compadre aí...
— Está lá fora...
— Está na sala... Me deixe, que vergonha!

Ajeitou os cabelos com os dedos, se compôs. Na sala de jantar Mirandão bebia água, ela lhe deu a cédula amassada no suor de sua mão.

— Obrigado, comadre, nem sei como lhe agradecer. Se eu não ganhar hoje não ganho nunca mais. É uma certeza, é como se o compadre estivesse junto de mim a me dar sorte.

Na porta da rua, Mirandão riu e revelou seu plano:

— Só que ele está querendo que eu jogue no 17 e eu vou jogar é no 3 e no 32, que não sou doido. Uma vez, comadre, acertei quatro plenos seguidos no 32, foi uma sensação.

— Idiota!
— Ouviu, comadre? Ouviu ele falar? Era a voz dele ou não? Me diga...

Dona Flor, o corpo mole, o coração descompassado, a boca ardida e seca, falou baixinho:

— Não ligue não, compadre, às vezes ele também me atenta...

Mirandão não entendeu. Naquele dia, aliás, estava tudo atrapalhado, sem explicação e sem sentido. Como a noite a nascer de súbito e de uma só vez para os lados do poente, adiantada sobre a hora, sem esperar as cores em roxo do crepúsculo, uma noite toda azul. O relógio de Mirandão marcou a hora do jogo, ele não podia perder uma só parada, uma bola sequer.

— Adeus, minha comadre, amanhã venho lhe pagar...
— Precisa não, compadre. Se ganhar compre uns bombons para os meninos, dê em meu nome...

Fez uma pausa, completou baixando a voz:
— ...e no de seu compadre...

O beijo de Vadinho lhe aflorou a face como se fora a viração daquela noite azul.

— Até logo, meu bem... De noite eu venho lhe tirar da cama... Me espere... Como sem falta me espere...

13

Era noite de domingo, os salões superlotados. A orquestra atacou um fox, os pares saíram para a pista de dança, Mirandão reconheceu o argentino Bernabó e dona Nancy. Na caixa, trocou os cem mil-réis de dona Flor por fichas. Pôs duas no bolso, das menores: "Essas são para o 17 de Vadinho, mais tarde". Dividiu as outras em dois grupos uniformes: metade para o 3, metade para o 32.

Na mesa da roleta sorriu para Lourenço Mão-de-Vaca, o crupiê, seu velho conhecido. Com mão certeira, atirou uma ficha para o 3, outra para o 32. E eis que voltearam as duas no ar e foram ambas juntas cair no 17. No momento exato em que Lourenço anunciava jogo feito.

Deu, é claro, o 17. E nunca mais pararia de dar, para todo o sempre e certamente, se à meia-noite e pouco, sob o pretexto de defeito na bacia da roleta, Pelancchi Moulas não ordenasse a suspensão do jogo.

14

No apartamento de Zulmira, no regaço da cabrocha, na bem-aventurança de seus fartos seios, Pelancchi Moulas ouvia o relatório do professor Máximo Sales: a bacia e a mesa da roleta, desmontadas peça por peça, sujeitas a todos os testes, não revelaram vício ou defeito, nenhum sinal de bandalheira.

— Eu já sabia... É inútil... — gemeu o pobre rei.

Ali, naquele endereço conhecido apenas de uns poucos, escondia-se o grande homem, o dono da cidade, o chefe do governador, fugindo aos chatos e às aporrinhações. Em seu escritório ("Pelancchi Moulas, empresário"), era um desfile permanente, da manhã à noite: indivíduos de variada espécie, comissões de todo tipo, cada qual com sua lista, sua carta, seu pedido, seu problema, seu aleijão, sua vigarice. Vinham todos em busca de dinheiro.

Dinheiro para construir igrejas, comprar sinos, contribuições para hospitais e obras pias, para asilos de velhos e reformatórios de crianças, ajuda para caravanas de estudantes ao sul e ao norte do país. Jornalistas e políticos, ávidos, insaciáveis, necessitando todos eles de um dinheirinho para salvar a pátria, a moral cristã, a civilização, e o regímen, da tenebrosa e fatal ameaça da subversão e do ateísmo. Literatos com planos de revistas e originais de livros: "O senhor é amigo da cultura, das letras e das artes, da poesia; é o próprio Mecenas redivivo" (Pelancchi tinha vontade de dizer: "Mecenas é a puta que os pariu"; em vez disso soltava uma pelega de vinte ou de cinquenta, conforme fosse o mordedor um jovem gênio ou um velho sonetista). Reformadores, moralistas, católicos, protestantes, esotéricos, todos os que combatiam os maus costumes e a anarquia, o perigo comunista e o amor livre, o iníquo abandono das regras da gramática portuguesa (o pronome oblíquo a iniciar as frases), e o escandaloso decote dos maiôs nas praias (exibindo tudo, até as vísceras). A Associação das Mães de Família em Permanente Vigília contra o Álcool, a Prostituição e o Jogo, sendo as mães de família principalmente Antônio Chinelinha, no começo de sua carreira promissora; a Sociedade Protetora das Missões na Oceania; a Campanha contra o Analfabetismo, do major Cosme de Faria; a Devoção de São Genaro e o Clube Carnavalesco das Alegres Morenas do Cabula. Enfermos de todas as enfermidades, da lepra ao câncer, da bubônica ao beribéri, da doença de Chagas à doença de São Guido, e os batalhões de cegos, de pernetas, de cotós, sem falar nos malucos e naqueles que vinham pedir dinheiro, pura e simplesmente, sem nenhum pretexto, com a cara mais limpa desse mundo.

Pelancchi descansava de tudo isso no apartamento e nos seios de Zulmira, refúgios agora mais que nunca preciosos: só neles cabendo o medo pânico a acometê-lo, a dominá-lo. Ali ouvia os seus auxiliares: relambórios, baboseiras.

Não se dando por vencido, Máximo Sales expunha um plano audaz e simples: por que não aproveitar a roleta desmontada e pôr tudo aquilo em pratos limpos? Como? Ora, como... Empenando a bacia da roleta, de tal forma a fazer impossível a bolinha cair no setor do 17. Truque velho como o próprio jogo da roleta. Sem dúvida perigoso, desonesto certamente; mas, não sendo assim, como obter a prova derradeira?

Máximo mantinha sua posição inicial: todos aqueles supostos absurdos, onde Pelancchi via a mão negra do destino atroz, não passavam de batota monstruosa, obra de uma quadrilha — estrangeira! — mancomunada com fiscais e crupiês, com Arigof e Anacreon, com Mirandão.

"Que quadrilha, que estrangeiros, *sono fregato, sono fottuto!*" — Para Pelancchi Moulas todo aquele conversê de Máximo Sales era perda de tempo, nada mais. Nem quadrilha nem batota. Muito pior: seus inimigos, para arruiná-lo, lançavam mão de forças sobrenaturais, incontroláveis, extraterrenas.

Em seu caminho nem sempre fácil, Pelancchi semeara ódios profundos, mortais inimizades. Quando preciso, sua mão fora pesada e dura, deixando à sua passagem um rastro de pragas e de juras de vingança. Agora via-se acuado, em meio ao feitiço e à bruxaria.

Pelancchi não temia os homens nem a luta, um rude adversário. Mas aquele gângster moderno, aquele filho do século das luzes e da técnica, refugiava-se sob os cobertores ao primeiro ronco do trovão, no medo da fulgurante luz dos raios, apenas um menino da Calábria, pequeno camponês filho da superstição e da miséria.

— *Maledetto, sono stregato!*

— Pois muito bem — disse Máximo Sales, que só temia os homens e não acreditava em almas do outro mundo, livre-pensador e cético, buscando para cada fenômeno explicação racional e lógica —, pois muito bem, tiremos isso a limpo. Vamos empenar a roleta e já veremos. É proibido e desonesto, eu sei, e ao senhor não agrada tal recurso, nem a mim. Trata-se, porém, de recurso extremo, e mais desonesto é o que estão fazendo com o senhor, não lhe parece? Se com a roleta empenada ainda der o 17 — e o senhor bem sabe que é impossível dar —, eu concordarei consigo: é mesmo coisa do diabo e entregaremos a solução aos macumbeiros.

Pelancchi Moulas encolheu os ombros: se era para tirar a prova e só para isso, fizesse Máximo o que melhor lhe parecesse, viciasse a roleta mas com todo o cuidado e discrição.

— Eu mesmo me encarrego do trabalho, fique descansado.

— E por uma noite só...

— De acordo, só a noite de hoje.

Esfregando as mãos, Máximo partiu a executar sua tarefa delicada. A Pelancchi Moulas tudo aquilo parecia inútil. Chegara o tempo de pôr sua fortuna e seu destino em mãos mais competentes que as de Máximo e as da polícia. Se havia alguém capaz de descobrir a explicação daquele enigma, esse alguém era Cardoso e Sª, o carismático filósofo cuja mente sublime se projetava no além, nos páramos do infinito, um clarão no espaço cósmico, desvendando o passado e o futuro, pois ele vivia ao mesmo tempo no ontem, no hoje e no amanhã, nos luminosos cumes, nos abismos negros.

Zulmira tampouco tinha dúvidas: era coisa-feita, o demônio solto. Ela não lhe contara antes para não aumentar suas preocupações, já tendo Pequito tantos motivos de aborrecimento: no Pálace, na véspera, na hora da suspensão do jogo, como já anteriormente sucedera, um invisível lhe tocara os peitos e lhe fizera cócegas. Não contente — que horror, meu Deus! — por suas saias se meteu e lhe beliscou a bunda:

— Veja, Pequito... Espie...

Suspendeu a bata. Por baixo reluzia a pele cor de cobre, onde ele pôde ver, em roxo-azul, a marca dos dedos de Vadinho, definitiva prova do ignoto:

— *Accidente!* — disse o calabrês e, fazendo das fraquezas forças, naquele obscuro mistério mergulhou.

15

Insensato e insolente! Vadinho sempre fora assim e não mudara nos anos de ausência:

— De noite venho lhe tirar da cama. Me espere...

Como se dona Flor fosse a última das marafonas, tão dissoluta a ponto de se entregar ao deboche diante do esposo adormecido. No leito de ferro, dr. Teodoro dorme o famoso sono dos justos, a nobre figura em plácido repouso, a respiração uniforme, como se roncasse ao ritmo do fagote.

Dona Flor contempla a face honrada do marido e uma onda de ternura a domina: homem melhor não existe, esposo tão perfeito. Ânimo forte, caráter impoluto, também dito adamantino, dona Flor decide romper de uma vez para sempre aquele enredo dúbio e insustentável, indigno de sua condição e honestidade.

Melhor esperar na sala, transferir para lá sua vigília, também mais seguro: não correria o risco de ver-se nos braços de Vadinho no mesmo quarto onde dormia o outro esposo (o bom e probo). Porque, escrava dos sentidos, corpo devasso, vil matéria, teme dona Flor entregar-se de repente. Já não lhe obedece sua vontade, somem suas forças apenas Vadinho surge, e, se ele se aproxima, uma vertigem a toma e sua virtude fica à mercê do sedutor. Não era mais dona de seu corpo, a matéria indócil não mais obedecia a seu espírito, e, sim, ao desejo de Vadinho.

Ainda não se dera, é bem verdade, mas talvez porque nos últimos dias Vadinho quase não se deixara ver, outra vez entregue à jogatina, à vida airada, sumido.

Assim naquela noite. Fora tão categórico, tão incisivo: "Me espere, sem falta me espere, venho lhe buscar na cama". Não lhe tinha sequer consideração, prometia vir e se deixava ficar no jogo. Se não estivesse em casa de mulheres. Dona Flor anda pela sala, abre a janela, espia a rua, conta os minutos.

Tantas juras de amor, proclamada paixão, palavras mentirosas. Dona Flor ali sozinha, a esperá-lo, e ele incapaz de lhe sacrificar uma só jogada. Talvez ainda venha, após a derradeira bola.

O jogo, porém, já terminou. Dona Flor conhece os horários, todos os detalhes dos cassinos lhe são familiares, essa espera de Vadinho se iniciara há muitos anos. Onde andará ele, qual a festa a prendê-lo, por quem trocou a promessa feita a dona Flor? Vadinho, por que assim abusas de meus sentimentos, por que não vens, se prometeste vir e eu te espero no desprezo de meu próprio ser? Que me importam honra, decência, lar feliz, nobre marido? Só me importa tua presença, por que a anunciaste a meu desejo?

Pela manhã, na aula de culinária, dona Flor, nervosa e desatenta, quase perde o ponto do arroz de haussá. No fundo da sala, a voz de Zulmira Simões Fagundes, a contar muito excitada:

— Meninas, é um sortilégio, ando com um medo... Vocês não se lembram que outro dia aqui na aula senti uma coisa me alisando o seio? Pois não é que essa história continua...

As alunas se viram no maior assanhamento:

— O quê? Como? Conte...

— Ontem de noite eu estava no Pálace..

— Você não perde soirée do Pálace...

— Faz parte de meu trabalho...

— O que eu queria, era um trabalho assim...

— Conte, Zulmira...

— Pois ontem de noite eu estava no Pálace com meu patrão e teve uma coisa na roleta, só dava o 17...

Dona Flor ouvia, pensativa.

— Na hora de maior complicação, senti o mesmo invisível tocando nos meus seios e depois... — baixou a voz — ...me deu um beliscão nas nádegas...

— Beliscão de invisível? Não diga... — duvidava uma senhora pouco afeita a mistérios e de traseiro chocho.

— Não acredita? Pois ainda tenho a marca.

Não se dispondo a passar por mentirosa, Zulmira levantou a saia e exibiu a anca de fazer inveja mesmo às colegas mais bem servidas em matéria de quadris. Um tanto desbotada, lá estava a marca dos dedos de Vadinho. Em silêncio, dona Flor saiu da sala.

Durante todo o dia, dona Flor o esperou, apenas triste. Vadinho não veio. Nem na segunda noite. Toda aquela paixão era mentira, o delírio de amor era falsidade e hipocrisia. Dona Flor em vigília a esperá-lo, e o traste bem de seu no jogo ou por debaixo das saias de Zulmira a lhe beliscar a bunda. Vadinho cínico e irresponsável, fingido e desleal, sem coração. Dona Flor livre de toda contradição, livre ao mesmo tempo da pudicícia e do desejo, apenas triste.

16

Na hora da vitória, o professor Máximo Sales não se enchia de empáfia; ao contrário: modesto, atribuía seu sucesso a provérbio antigo, fórmula provada: "Para escroque, escroque e meio". Um erudito sem soberba, um verdadeiro humanista.

Não lhe viessem mais, porém, com histórias de almas do outro mundo e conversas de encantados e feitiços. Bastara empenar a roleta para toda a bruxaria se dissolver na evidência da trapaça, faltando agora tão somente descobrir o responsável, o chefe, o cabeça da quadrilha e ajustar suas contas. Inocente do complô, Lourenço Mão-de-Vaca disparava a bolinha na bacia da roleta: na véspera só dera o 17, hoje nem uma só vez em toda a noite.

No rosto de Pelancchi Moulas, a tensão diminuíra. Só

tinha medo do sobrenatural, de mais nada. Mas que força cabalística era essa, incapaz de se sobrepor ao truque da roleta? Máximo despira a batota da máscara de mistério, e Pelancchi, com seu braço longo e influente, alcançaria o responsável, fazendo-o pagar com juros o dinheiro alheio, a audácia, a insolência, e sobretudo as horas pusilânimes, o medo exposto, o pânico a lhe corroer o coração. Entre Zulmira e Domingos Propalato, novamente em paz com o mundo, Pelancchi sorri aos jogadores: não existe sorriso mais cordial e afável.

Enquanto isso, Mirandão, desertor e bêbado, dormia no castelo de Carla, no formoso e discreto boudoir em rosa. Na véspera, quando Pelancchi Moulas, em visível descontrole, ordenara a suspensão do jogo, Lourenço Mão-de-Vaca, o crupiê, e Domingos Propalato, ali presentes, não foram os únicos a se verem enfim libertos daquele indecifrável pesadelo. Em meio a um mar de fichas, não menos aliviado se sentiu compadre Mirandão, tão absurdo e apavorante era aquele assunto.

Enquanto a roleta cantava o 17, Mirandão se manteve entre a euforia e o terror. Euforia devida à sorte desbragada e terror devido à ausência de qualquer limite a essa sua sorte diabólica. Naquela noite os diques da fortuna se romperam e a Mirandão pertenciam todas as fichas dos cassinos. Mas, era mesmo dele, Mirandão, aquela sorte?

Tudo muito suspeito e estranho: a voz de Vadinho em seu ouvido, a partir da manhã de passarinhos, na hora do sarapatel e pela rua afora. A visita a dona Flor, as estranhas palavras, as frases obscuras, e ele a ouvir o insulto do finado, como se, além de Mirandão e da comadre, também Vadinho fosse parte na conversa. Depois aquela mágica das fichas: indo cair no 17 quando jogadas no 3 e no 32. No meio da noite quisera Mirandão, de teimosia e prova, de novo apostar em seus números prediletos e os carregou de fichas. Mas lá se foram as fichas, por conta própria e ninguém sabe como, aparecer no 17. Afinal, o que era Mirandão? Um jogador ou um joguete do destino?

Saindo do Pálace, arrogante milionário e aflito coração dirigiu-se ao castelo de Carla, local propício a comemorações de feitos grandiosos como aquele e, nas horas de agonia, lar acolhedor. Confiou sua dinheirama à gorda italiana, senhora da integridade e do escrúpulo (autorizando-a, é claro, a despender na festa o necessário, sem mesquinhez). Temia o excesso de carinho das mulheres ou a súbita afeição dos múltiplos amigos quando rolasse bêbado. Porque, naquela noite Mirandão se dispunha a tomar o porre de sua vida, nele afogando os termos daquele enigma, as parcelas daquele desvario.

A festa, regida pela gorda Carla, entrou pelo dia e os mais resistentes, como os literatos Robato Filho e Áureo Contreiras (sempre com uma flor à lapela do casaco) e o jornalista João Batista, almoçaram no castelo, na manhã seguinte, uma feijoada genial e arrasadora, com cachaça e vinho verde. Só após tal maratona, Mirandão tombou escornado e foi conduzido em padiola pelas meninas como um corpo morto. Gentis, elas o despiram e lhe deram um banho morno, de bacia; em perfume e talco o envolveram, estendendo-o por fim dormido em leito de colchão de barriguda, no boudoir reservado aos hóspedes de honra, todo em cetim e rosa.

Mirandão e alguns convidados mais sensíveis, como a já citada Amesina — Ame de Américo seu pai, Sina de Rosina, sua mãe —, haviam percebido no ambiente a presença de uma força irreprimível, a dirigir a festa. Como explicar, senão assim, o número da gorda Carla na dança dos sete véus, espetáculo sublime e monstruoso?

Também Máximo Sales, se bem cético e realista, livre-pensador, teve a impressão de estar sendo observado, quando, naquela tarde, na sala de jogo (com a ajuda apenas de Domingos Propalato, irmão de leite de Pelancchi), executava, com perícia e consciência, com a perfeição de um artista, a difícil tarefa de empenar a roleta. Por vezes foi tão forte a estranha sensação, que teve de suspender o trabalho e percorrer a sala com os olhos, em busca da invisível testemunha.

Por volta da meia-noite, quando o jogo atingia a maior animação, no fundo de seu sono de pedra, pesado de cansaço e álcool, Mirandão ouviu a mesma voz da véspera. A começo imprecisa, logo clara e igual à de Vadinho, a voz lhe ordenava retornar à mesa de roleta, com urgência: Para o Pálace, depressa, vá jogar no 17. No 17 e só no 17. Vamos!

Abrindo os olhos, Mirandão viu-se sozinho com as sombras da noite e aquela voz. Encolhido entre os lençóis, morto de medo, tapou os ouvidos com o travesseiro, não queria ouvir. Em plena festa, na véspera, Anacreon lhe perguntara: "Tu ouviu também a voz de Vadinho cochichando em teu ouvido? Amigo como ele não tem dois. Mesmo depois de morto, não esquece a gente".

Mirandão não queria ouvir mas ouvia, distintamente ouvia: estava possuído, enfeitiçado, com um egum montado em seu cangote. Precisava ir quanto antes ao candomblé de mãe Senhora para rezar o corpo e oferecer um galo aos orixás, talvez um bode.

Por sobre o travesseiro, a voz prosseguia intimativa, quase ameaçadora. Mirandão não viu outra saída, mais digna, menos humilhante, senão abrir a boca no mundo, clamando por socorro, pondo o castelo em polvorosa. Pedindo desculpas ao meritíssimo desembargador, cliente ilustre e tardo, entregue à sua competência, a boa Carla foi atender o apavorado hóspede. Quando o tomou nos braços e o escondeu nos seios, Mirandão lhe jurou, pela alma de sua mãe e pela felicidade de seus filhos, jamais voltar ao jogo, jamais em sua vida. Não haveria força humana (ou sobre-humana) capaz de fazê-lo outra vez tocar em fichas.

17

Quando o telefone chamou, Giovanni Guimarães dormia há mais de duas horas. Com o casamento habituara-se a deitar e a acordar cedo, hábitos, na opinião da esposa, extremamente saudáveis. Para uma boa saúde e para uma carreira de sucesso nada tão útil e necessário, sobretudo a quem perdera antes tantas noites, a levar vida extravagante e censurável.

Eis aí um homem — o conhecido jornalista Giovanni Guimarães — cuja vida se transformara por completo e em pouco tempo. De um dia para outro, como se diz. Prova das excelências de matrimônio com mulher dedicada e enérgica, pouco disposta a concordar com abusos e descaramentos. Giovanni mantivera sua alegria fácil, seu riso espontâneo, suas mentiras, seus exageros. Na aparência era o mesmo, o boa prosa, aquele que sabia todos os detalhes da vida da cidade — políticos, financeiros, adulterinos, todos. Mas, só na aparência. Porque o boêmio incorrigível, o notívago, o jogador, esse tinha acabado, para espanto de muitos.

Certa feita, a família, alarmada com as notícias que chegavam ao latifúndio de Urandi, mandou à Bahia um primo coletor, com fama de carranca, para examinar a situação do filho pródigo. O coletor hospedara-se com Giovanni no apartamento do celibatário, na Piedade, e, para bem cumprir a delicada missão, o acompanhou em seu roteiro durante uma semana inesquecível. Ao voltar, resumira o diagnóstico numa única palavra: "Irrecuperável!".

Assim parecia, ao menos: esbanjando os salários e a renda da herança nos antros de jogo e por aí além, Giovanni trocara o dia pela noite, aparecendo na repartição apenas para receber o ordenado. Crivado de dívidas, simpatizante de ideias suspeitas, de que lhe adiantavam o prestígio de jornalista, o brilho da inteligência, a simpatia irradiante a fazê-lo amigo de toda gente?

Reintegrado em sua coletoria, na religião e na família, o parente considerava extremamente improvável a regeneração de Giovanni: só se ele fosse um imbecil chapado para abandonar aquelas delícias e sobretudo uma delas, gracioso ornamento da casa de Zazá, de nome Jucundina, mais conhecida por Coisinha Doce. Com água na boca, o coletor dizia à família em prantos:

— Percam as esperanças... É um detraquê... Nunca vai endireitar.

Pois endireitou. Quando já considerado caso perdido, um incorrigível, aconteceu-lhe o amor e em dois meses atingiu o casamento. Houve quem lamentasse a noiva: "Coitada, vai arrenegar o dia em que casou, esse Giovanni é um maluco".

Assim diziam por não conhecer a moça, no engano de sua aparência tranquila, dos modos quase tímidos. Seis meses depois do casamento, o carrança do sertão, tendo voltado à capital, balançou a cabeça: "Coitado de Giovanni!", e saiu às pressas para a casa de Zazá, talvez Coisinha Doce ainda estivesse disponível e aceitasse ir conhecer o campo, a vida rural.

Giovanni era outro, ninguém mais o vira em mesa de jogo ou em farra de qualquer espécie. Uma vez cada dois meses arriscava dez tostões no bicho e era tudo. Beleza de mulher só em tela de cinema. Fora disso, senhor da maior consideração, perfeito funcionário, pai de família como se deseja, de braço pela rua com a esposa, no outro braço a filha Ludmila, um trem de riso. Quadro comovente!

Surgiram-lhe um começo de calvície, ideias conservadoras, hábitos monarcos e a ambição de terras e bovinos: como se vê, homem completamente recuperado para a sociedade, a família e o latifúndio.

Assim, dormia Giovanni há mais de duas horas, quando soou o telefone. Saindo da cama, tonto de sono, tomou do aparelho: quem seria?

— É Giovanni? — perguntaram do outro lado.

— É, sim. Quem fala?

— É Vadinho quem fala, Giovanni. Venha correndo ao Pálace e jogue no 17, jogue sem medo que vai dar, eu lhe garanto. Mas venha depressa, venha correndo...

— Vou nesse instante.

Evitando fazer barulho, vestiu-se rápido. Ainda bem que a esposa não acordara, não tendo ele tempo para explicações, com tamanha pressa de sair a ponto de esquecer chaves, documentos, carteira com dinheiro. Na esquina ia passando um táxi, ele o tomou e só quando foi pagar a corrida, na porta do Pálace, deu-se conta da falta da carteira.

— Esqueci a carteira...

— Não tem nada, seu doutor... Depois vou cobrar no jornal... — Giovanni reconheceu o chofer, Cigano, sempre a postos pela madrugada.

Reconheceu o chofer mas não a si próprio, Giovanni Guimarães. Que diabo estava fazendo ali, em frente à porta do Pálace, à uma hora da manhã? Um telefonema o acordara, era Vadinho a lhe recomendar o 17. Ora, Vadinho morrera há uns quantos anos, antes dele, Giovanni, se casar. Um sonho, com certeza, uma espécie de alucinação.

Mas, sonho ou pesadelo, como já viera até ali e o mal estava feito — saíra de casa à noite e às escondidas: ai, impossível evitar as consequências —, só lhe restava aproveitar-se do palpite. O ar da noite e da liberdade o envolvia e Giovanni se sentiu quase um herói ao subir as escadas para o jogo.

Apesar da hora tardia, era grande o movimento no salão sobretudo junto à mesa da roleta. Giovanni foi saudado com real entusiasmo:

— Bons olhos o vejam...

— Que milagre foi esse?

Aproximando-se de Pelancchi, o jornalista consultou:

— Posso fazer um vale? Saí tão apressado que esqueci a carteira e o talão de cheque...

— Quanto quiser... A caixa é sua...

— Apenas o necessário para testar um palpite... Sonhei com o 17...

— O 17?

No rosto de Máximo Sales alargou-se o sorriso, mas Pelancchi Moulas sentiu um baque, um pressentimento. Giovanni escreveu o vale e, tomando das fichas, pôs duas sobre o 17.

— Hoje não deu uma só vez — comentou alguém.

— Jogo feito... — a voz de Lourenço Mão-de-Vaca.

A bolinha girou na bacia empenada da roleta, impossível dar o 17. A face de Máximo Sales bem-aventurada como a de um santo, tensa a de Pelancchi Moulas.

— Preto. 17 — anunciou Lourenço Mão-de-Vaca.

18

Tarde de sábado, de melancolia e chuva. Tão difícil ficar sozinha, com sua tristeza. Nem isso conseguia dona Flor. De guarda-chuva e capa de borracha, lá se fora dr. Teodoro com o fagote para o ensaio em casa do dr. Venceslau. Dona Flor se desculpara: com enxaqueca e sem graça para conversas sobre figurinos e recepções, sobre a vida alheia. Tampouco se dispunha à monotonia do ensaio. Isso não lhe disse, é claro; ao contrário, lastimou não ouvir, mais uma vez, a nova composição do maestro Agenor Gomes, tão de seu agrado, lânguida valsa em homenagem a dona Gisa, de quem o músico se fizera amigo: "Suspiros ao luar do Mississippi".

Dona Gisa, aliás, há pouco viera convidar dona Flor para uma demonstração de capoeira, nuns terrenos baldios para as bandas de Amaralina: gringa sapeca, sempre com novidades. Como ir, se nem ao ensaio fora, o corpo mole, o ânimo desfeito? O mesmo respondera ao doutor Ives e a dona Êmina, fiéis da matinê aos sábados e quase sempre no mesmo cinema. Também dona Norma a quisera levar:

— Venha peruar a bisca, o jogo não impede que se converse.

— Obrigada, Norminha. Se eu estivesse com disposição, teria acompanhado Teodoro. Deixei ele ir sozinho.

Dona Norma concordava:

— Vi quando ele passou para o bonde. Ia desolado, com uma cara de enterro. Esse teu marido te adora, Flor.

Uma injustiça não tê-lo acompanhado ao ensaio: o marido lhe pedia tão pouco em troca de tanto amor e devoção. Enquanto o outro... Nem queria pensar no coisa-ruim, no maligno. Por que o coração da gente é assim, contraditório? Por que ela deseja, afinal, permanecer sozinha? A maior alegria do dr. Teodoro era tocar seu fagote nos ensaios, com dona Flor presente, a ouvi-lo e a animá-lo. E ela se deixara ficar, para que, senão na esperança do outro vir, mesmo de fugida, de sua eterna noite de jogo?

Talvez, sim, mas para lhe dizer toda a verdade, para mandá-

-lo embora, para romper toda e qualquer relação com ele. Seria mesmo assim? Para lhe dizer essa verdade, ou a outra: "Toma de mim, Vadinho, toma-me toda, já não posso esperar". Qual das duas verdades lhe diria? Ai, nessa batalha do espírito com a matéria, ela é apenas um pobre ser em desespero.

Da casa ao lado chega a voz de Marilda, num canto de amor. Quase noiva a estudante de pedagogia, a jovem estrela da radiodifusão, não tendo sido feito ainda o pedido oficial porque o pretendente, rico de cacau e de preconceitos, exige que ela abandone o rádio. Cantar só para ele e para mais ninguém. Muito custara a Marilda ver-se ante os microfones, cobrindo a cidade com sua pequena voz melodiosa. Por que pagar tão alto preço ao noivo? Confiante, vinha pedir conselho a dona Flor. Mas dona Flor já não sabia aconselhar ninguém, nem a si própria, perdida em confusão. Não era mais uma pessoa só e igual, inteira e íntegra: estava dividida em duas, a honesta e a salafrária, seu reto espírito de um lado, do outro a matéria em ânsia. Um desacordo.

Dr. Teodoro partira sob a chuva, o fagote defendido pela capa, para ele só existem duas coisas sagradas nesse mundo: dona Flor e a música. Pela esposa e pelo canto do fagote, se preciso fosse, sacrificaria farmácia e benefícios, teses de ciência e seu conceito na sociedade. Homem direito, exemplo dos maridos.

O outro era um capadócio, um vagabundo, não passava disso. Disposto a desonrá-la pela segunda vez, no entanto não sacrifica nada para obtê-la, sequer um minuto de seu tempo estroina. Assim fora da primeira vez, não abrira mão de nada, nada lhe concedera — para dona Flor as sobras do tempo de deboche. "Me espere, vou ali já volto", nunca mais voltava. Belzebu de trampas e de lábia.

Marilda, aos pés de dona Flor, ajoelhada:

— Florzinha, me diga o que é que eu vou fazer? O canto é minha vida, mas mamãe diz que minha vida é o casamento, é ter um lar, marido e filhos, que o resto é capricho de menina. Tu, que me diz?

Que pode dona Flor dizer? "Vai-te embora, maldito, deixa-me honrada e feliz com meu esposo" ou bem "Toma-me em teus braços, penetra minha última fortaleza, teu beijo vale o preço de qualquer felicidade", que lhe dizer? Por que cada criatura se divide em duas, por que é necessário sempre se dilacerar entre dois amores, por que o coração contém de uma só vez dois sentimentos, controversos e opostos?

— Tens que decidir entre uma coisa e outra: carreira ou casamento.

— E por que tenho de decidir, por que não posso me casar e continuar cantando, se gosto dele e gosto de cantar? Por que optar se quero as duas coisas? Por quê, me diga?

Por quê, dona Flor? Pela janela aberta, chega a voz do namorado em busca de Marilda, e a moça suspende o rosto, mostra a formosura de medalha, parte correndo. Dona Flor a acompanha com o olhar: Vadinho é o vento que espalha sua cabeleira e lhe rodeia as pernas.

— Vadinho! Com Marilda, não. Não admito!

Rindo, ele se acocora aos pés de dona Flor, onde Marilda estava, e lhe abraça as pernas, deita a cabeça em seu joelho.

— Me deixa em paz... — diz dona Flor, a voz de queixa.

— Por que você é assim comigo, meu bem? Sempre zangada?

O cínico ainda pergunta por quê, como se não lhe houvesse dito: "Eu venho já, sem falta me espere". Noites de insônia, dias de amargura, aflita espera. A única notícia do coisa à toa dona Flor a teve escrita a beliscões na bunda de Zulmira. Sim, senhor, e ainda pergunta.

— Mas, se tu disse que não queria mais me ver, que eu me fosse embora, não foi mesmo? Então eu fui me divertir um pouco com Pelancchi, é um pagode, só falto morrer de tanto rir...

— Com Pelancchi ou com a secretária dele?

— Tá com ciúme, minha negra? Eu bem que pensei: sumo por uns dias, ela vai ficar pedindo a Deus que eu volte, ela está doidinha pra me dar, não aguenta mais...

— Quem te disse? Pois é mentira. Sou mulher honrada, tira a mão daí.

Mão e lábio a lhe queimarem a pele, lábio sobre sua boca, mão no escondido de seu ventre, em seu último reduto. Cresce na chuva a moleza do corpo, rompem-se as derradeiras resistências. Ao mesmo tempo em que se diz honrada e irredutível, ela lhe entrega a boca sem sequer lhe cobrar a ausência e os suspiros de Zulmira. Aquela vertigem a dominá-la, dona Flor sem forças para opor-se aos avanços de Vadinho, para defender o limite final de sua honra. Ah!, se ao menos tivesse a quem pedir socorro! Vadinho está com pressa, deve voltar ao jogo, veio às carreiras: "Vamos vadiar na cama, meu amor". Ela se põe de pé, nos braços dele, já não resiste, que lhe importam honra e marido? "Onde quiser, meu amor."

— Posso entrar, minha comadre?

Dionísia de Oxóssi foi cruzando a porta e foi dizendo:

— Que é que tem, minha comadre? Está tão pálida...

Sentando-se de novo, salva por milagre, dona Flor murmura:

— Foi Deus quem lhe mandou, comadre Dionísia. Só você pode me ajudar. Sente aqui, junto de mim.

— O que é que vosmicê tem, comadre? Está tremendo toda...

Dona Flor segurou as mãos da iaô de Oxóssi:

— Comadre, preciso que alguém dê um jeito de me livrar de Vadinho, que mande ele ir embora e não deixe mais me perturbar pois faz tempo que está me perturbando, e eu já não sou eu, já nem sei o que faço, minha vontade se acabou.

— O finado meu compadre?

— Arranje para ele voltar para seu sossego, porque senão nem sei, comadre, o que irá acontecer... Nem posso lhe contar... Toda hora ele quer me levar com ele, ainda agora quando você chegou estava querendo, e me deu uma leseira, quase que eu vou... Se continuar, acaba me levando...

Dionísia cobriu a boca com a mão para não gritar:

— Ai, comadre, corre pressa, é preciso fazer logo alguma coisa. Vou agora mesmo falar com pai Didi, por sorte sei onde ele está cumprindo obrigação. Essas coisas de egum não é para qualquer. Só para quem usa o bastão de ojé. Ai, meu Deus, comadre...

— Didi? — dona Flor de súbito se recorda do negro magro no mercado das flores a lhe dar o mocã para o túmulo de Vadinho. — Vá, comadre, vá depressa, se há alguém capaz de me salvar é ele. Senão, comadre, estou perdida, uma desgraça sem remédio vai acontecer.

— Agorinha mesmo...

Saiu Dionísia protegida por seu colar de Oxóssi, toda pequena no medo dos eguns; forte, porém, no desejo de salvar a vida da comadre: desgraça sem remédio que outra coisa pode ser senão a morte? Depressa, Dionísia, mais depressa, pelos caminhos esconsos e estreitos até as portas do reino de Ifá: em sua encruzilhada encontrarás o babalaô e seus poderes.

— Meu pai — disse a iaô ao lhe beijar a mão —, o finado quer levar minha comadre, salve ela, amarre o egum em sua morte. — E lhe contou a história, aquilo que da história ela sabia.

Naquela mesma hora, todo molhado, regressava dr. Teodoro. Devido à chuva, não houvera ensaio. Bebeu uma gota de licor, precaução contra a gripe, vestiu o paletó de pijama, e tomando do fagote executou para dona Flor músicas escolhidas de seu seleto repertório. Ouvindo-o, foi-se reerguendo dona Flor do susto e da tristeza, do nojo de si mesma, mulher casada de virtude frágil. Não tens mais nada a temer, Teodoro, eu te amo e sou tua e somente tua, hoje, neste sábado com direito a bis, e amanhã e para sempre. Nenhum coração deve conter dois amores a um só tempo, mandei arrancar metade de meu ser, e aqui estou, de novo inteira e íntegra, a ouvir tua música ao fagote; aqui estou, Teodoro, tua honrada esposa.

No outro lado da noite da Bahia, um clarão se acendeu e dentro dele o babalaô fez o jogo dos búzios com a prece de Dionísia, filha de Oxóssi. A chuva então se virou em tempestade, o trovão rugiu, as luzes se apagaram, o mar se ergueu em fúria, e os orixás, cavalgando raios e coriscos, um a um foram atendendo ao chamado do açobá. Todos disseram sim, menos Exu que disse não.

19

O recado de Pelancchi Moulas alcançou o místico Cardoso e Sª na igreja do Passo, de visita a seu túmulo como o fazia a cada aniversário de sua morte. Daquela sua morte, quando se chamara Joaquim Pereira, potentado baiano falecido em seu solar do Corredor da Vitória, nos idos de 1886. Velório de estrondo, enterro com grande acompanhamento de irmãos maçons e de colegas do comércio atacadista, com o governador da província e carpideiras, com missa de corpo presente.

Multiplicavam-se os túmulos de Cardoso e Sª pelo mundo afora. Múmia descoberta na Grande Pirâmide, peça de museu, soterrado nas neves eternas dos Alpes, quando os cruzou na vanguarda dos exércitos de Aníbal, e nas areias do deserto árabe, Zalomar em seu cavalo zaino. Morreu na França pelo menos duas vezes, outras tantas na Itália, e a Inquisição entre torturas o matou na Espanha, por alquimista e herético; rico e pobre, mendigo e cardeal, vendeu tâmaras no Egito, na porta do mercado, nas margens do Nilo, ao tempo de Ramsés II; contemplou as estrelas do hemisfério oriental, hebreu de barbas de algodão, o célebre sábio matemático Allhy Fouchê, nascido e morto antes de Cristo.

Na Bahia, além do jazigo perpétuo na igreja negra do Passo, ele repousava também na igreja do Baiacu, na ilha de Itaparica, onde foi morto em guerra contra os holandeses, aos trinta e três anos de idade, em 1638, quando na pele do belo, forte e libertino servidor do rei de Portugal, Francisco Nunes Marinho d'Eça, primeiro capitão-mor da costa, perito em índias.

Toda essa imensa experiência — e muito mais, pois vários tomos se fariam necessários para contar a multiplicidade de sua vida ou de suas vidas, todas elas plenas de feitos e amores — se acumulava agora no frágil arcabouço de Antônio Melchíades Cardoso e Silva (Cardoso e Sª para os eleitos), modesto funcionário dos arquivos municipais, mestre de ciências ocultas, herdeiro da Chave de Salomão, filósofo universal e hindustânico e capitão do cosmos.

— Vamos, seu Cardoso, que o patrão me disse que levasse o senhor de qualquer jeito. O homem está uma pilha... — disse Aurélio, chofer de Pelancchi.

— Vamos, eu só estava lhe esperando...

— O senhor sabia que eu vinha?

O sábio riu da pergunta, gargalhada clara e solta, não existia ninguém mais alegre e satisfeito, tão plenamente feliz:

— O que é que eu não sei, Aurélio? Sei do negativo e do adjunto.

Quanto a Aurélio, não pensava discutir nem do negativo nem do adjunto, a simples presença de Cardoso e Sª já o punha nervoso. No carro, ao lado do chofer, o capitão do cosmos ia saudando invisíveis.

— Boa tarde, brigadeiro...

Cadê o brigadeiro? Ali, sentado em frente ao mar, na fresca da tarde? Onde, seu Cardoso? Aurélio não consegue ver nenhum senhor, com farda ou de simples jaquetão. Nem a todos é dado ver, meu caro, só a alguns.

— Meus respeitos, minha senhora, beijo-lhe os pés.

Tampouco a vês? Toda elegante, chapéu de plumas e vestido de cauda, foi a mais bela de seu tempo, noutro tempo. Por ela dois rapazes se mataram na flor da idade. Agora pela orla marítima vão os três, de braço dado, em galanteio e riso. Teus olhos estão cegos, míseros olhos de matéria, pois nem a ela enxergas, no esplendor de sua realeza.

— Deus me livre e guarde, seu Cardoso...

Ri o mestre sua gargalhada, a rua se povoa de espectros, o chofer tenso ao volante, não lhe agrada conduzir tanto mistério.

— Então as coisas não correm bem no jogo? — pergunta Cardoso, de repente.

— O senhor sabia? — Será que ele sabe mesmo tudo?

Mas eis que Cardoso oculta o rosto e se esconde. De quem? Da moça loira e esportiva a caminho da praia? Dela mesmo, meu caro; sabes quem ela é? É Joana d'Arc e sabes quem é Cardoso e Sª? Pois não é outro senão o cardeal francês Pierre Cauchon, legado do papa, cuja mão medrosa assinou a sentença de morte da donzela. Por toda parte ele a vê, seus olhos inocentes, seu loiro perfil de sacrifício.

— Eu era dúbio, frívolo, imoral, covarde...

No apartamento de Zulmira, Pelancchi espera impaciente o mago do Hindustão, o único capaz de somar as parcelas do impossível.

— Demorou, seu Cardoso...

— Nunca chego nem antes nem depois, sempre na hora exata.

Saudou Zulmira, envolta em gazes esvoaçantes, bem a conhece Cardoso e Sª de outras épocas, quando à frente das amazonas ela cruzava o vale na montaria árdega, o único seio à mostra, farto. Farto ainda o conserva (ao único e também ao outro), não porém à mostra, uma lástima — pensa mestre Cardoso, quase puro espírito decantado em tantas encarnações, não ainda, porém, tão completamente a ponto de não ser sensível a certas excelências dessa porca vida material onde se cumpre pena.

— Há dois dias lhe procuro...

— De que tem necessidade? De pressa ou de solução?

Os olhos parados, fixos no além, o suor na testa ampla, os fluidos em derredor. Concentração intensa:

— Deu o revertério na roleta, não foi?

Pelancchi volta-se para Zulmira, como a lhe dizer: "Vês, ele adivinha tudo". Mesmo à tenda espiritual onde Cardoso habita com sua pobreza e cinco filhos (jamais cobrou um real para fazer o bem), chegam os rumores da cidade e, naqueles dias, de outros assuntos não se conversou na cidade além dos acontecidos no Pálace, no Tabaris, no Abaixadinho, nas mesas de roleta e bacará, de lasquinê. Mistério ou batota, milagre ou trapaça, nunca se tivera notícia de azar tão grande quanto o de Pelancchi Moulas. Chegaram tais comentários aos ouvidos do mestre, é verdade. Mas, se não os tivesse escutado, isso por acaso o impediria de saber? Quando necessitou Cardoso e Sª de ouvir para saber?

— Hoje de manhã, quando conversei comigo mesmo, antes

de sair de casa, eu me disse: Pelancchi vai mandar me chamar, está nas trevas, precisando de um pouco de luz.

— De um pouco? Não, de muita luz... Estão querendo acabar comigo, Cardosinho, me liquidar de uma vez...

Contou aqueles impossíveis; sentado em sua frente, Cardoso e S^a ouviu impávido o relato de espantos. Balançava a cabeça, talvez a confirmar alguma ideia ou a antever uma certeza. Por entre as finas gazes do *peignoir* e por discreto rabo do olho, Cardoso e S^a via e comovia-se com um palmo de coxa de Zulmira, atenta à dramática narrativa do rei do jogo. Tal visão carnal não perturbava S^a, pois a beleza não perturba o sábio, não é imoral nem se opõe ao espírito. Ao demais, descansa a vista.

Vista cansada: seus olhos imateriais viam através do espaço, varavam o tempo, fitos no atrás e no adiante. Quando Pelancchi terminou seu conto de azares sem medida, Cardoso e S^a já tudo esclarecera, os termos do problema e sua incógnita, tinha resposta e solução:

— São marcianos... — disse, categórico.

Riu em seguida seu riso colossal, como se tudo aquilo não passasse de divertida brincadeira, como se não estivesse custando uma fortuna diária aos cofres de Pelancchi.

— Marcianos? Que marcianos?... Seu Cardoso, não me venha com balelas... Confio em você, não me deixe na mão. O que é que os marcianos têm que ver com isso? São meus inimigos, isso sim. É coisa-feita. Marciano quem é que já viu, ninguém sabe se existe. Mas feitiço existe, e os espíritos ruins e o mau-olhado...

— Você nunca viu porque é um peso de carne... Os marcianos, já lhe disse... Nem inimigo nem coisa-feita... Os marcianos são muito curiosos, vivem bolindo em tudo quanto é máquina, querem tirar a limpo cada coisa, e para eles, mentalidades superiores, não existe nem sorte nem azar...

— Marcianos? — quis saber Zulmira sempre ávida de aprender. — Na Terra? Desde quando?

Sobretudo não vamos confundir e comparar Cardoso e S^a

com cartomante ou ocultista desses por aí, aos montes curvados sobre bolas de cristal, ou com videntes de óptica reduzida, ou com adivinhos de meia-pataca, quiromantes chinfrins. Cardoso e Sª era professor do mistério, um sábio do obscuro, um cientista já muito além da astrofísica e da relatividade.

— Faz muito tempo que os primeiros marcianos desembarcaram na Terra. Apenas três humanos assistiram ao desembarque...

— O senhor era um dos três?

Sorriu modesto, continuou:

— Um dia desses, eles vão se mostrar, e aí a humanidade vai levar um choque... — riu sua gargalhada, achando uma graça infinita no susto da humanidade. — Por ora são invisíveis... Só alguns eleitos.

Zulmira, curiosa de saber:

— O senhor, que pode ver, me diga como eles são. São bonitos?

— Junto a eles nós somos uns bicharocos hediondos.

Ficou absorta a cabrocha, cismarenta, num devaneio:

— Quer dizer, seu Cardoso, que foram os marcianos que me passaram a mão e me beliscaram? Ai, e eles também são disso?

— Disso o quê? — solícito, Cardoso pediu detalhes. Que mão, que beliscões e em que pontos de sua anatomia?

Zulmira contou, ainda alarmada, inocente vítima desse deboche interplanetário, dessa bolinagem de ectoplasmas.

— Mostrei a Pequito, ele viu as marcas. Mostrei também às colegas, na aula de culinária, na escola de dona Flor. Dona Flor ficou numa impressão, quase tem um desmaio.

Mostrou a todo mundo, só não mostrou a Cardoso e Sª: por que essa prevenção com ele? Sem um exame *in loco* (como diria o cardeal Cauchon), impossível definir o fenômeno. Um tanto agastado, Cardoso e Sª respondeu:

— Os marcianos? Não creio... Com eles é só na transmissão de pensamento.

Só na transmissão de pensamento? Que trouxas..., considerou Zulmira, voltando a fazer as unhas. Quanto a Pelancchi, ainda tinha dúvidas:

— Marcianos? E se não for?

— Deixe comigo e resolvo tudo...

Pelancchi confiava em Cardoso e Sª, tivera ocasião de constatar a grandeza universal de seu saber. Mas, para assunto tão complexo, talvez valesse a pena não se reduzir ao místico do Hindustão; consultar, quem sabe, outros poderes mágicos. Mãe Otávia, por exemplo.

Cardoso e Sª renovando o fumo do cachimbo, o olhar perdido mais além da janela e do horizonte, partiu na réstia de luz, sua voz vinha de longe:

— Tenho muito prestígio com os marcianos, não faz ainda quatro dias fui com eles de visita a Marte, andei todo o planeta, tem uma cidade só de prata e outra só de ouro... Lá, os peixes voam pelos ares e o mar é um jardim de flores...

Agora não enxergava sequer as pernas de Zulmira, o seio farto nas rendas do decote, numa nave de luz chegara a Marte. "Está em transe", sussurrou Pelancchi com respeito, e Zulmira compôs as rendas do *peignoir*.

20

As portas do inferno se abriram e o anjo revel transpôs a entrada do quarto de dormir (e amar) de dona Flor, aceso o olhar em frete, a boca num convite e todo inteiro nu. Se nem uma santa resistiu a esse olhar, ao apelo desse riso, a esse peito aberto, como poderá fazê-lo dona Flor? Onde estás, comadre Dionísia, com teu colar de Oxóssi e com o ebó composto pelo ojé? Depressa, Dionísia, depressa com o babalaô e com o mocã para amarrar o tinhoso na noite de seu sono eterno. Se ele continua vivo, dona Flor não pode responder por sua honra e pela testa do doutor. Toda uma vida honesta, o exemplar comportamento, a decência, a respeitabilidade, e eis que esse invejável capital corre perigo: amanhã o bom nome de dona Flor, símbolo de virtudes, vai estar na boca do mundo, na lama, no desprezo. Amanhã outra mulher, apontada a dedo, coberta de remorso e de vergonha.

Dona Flor recolhe o olhar de frete no centro de seu ser, fretada; em gozo responde a seu convite, oferecida.

Ao mesmo tempo é dona Flor alerta e valorosa ante o perigo, honrada e austera, intransigente, e é dona Flor com a maior pressa de se dar, antes que seja tarde. Qual das duas a verdadeira dona Flor? A que fecha a porta com estrondo ou a que abre em silêncio, fresta a fresta, a porta de seu corpo? A chuva no telhado.

Noite de sábado após a tarde de enxaqueca, a vertigem, a visita de Dionísia, o concerto de fagote: tudo isso parece tão distante! O tempo de dona Flor é um tempo de batalha, já não se mede por horas e minutos, um tempo de recusa e de desejo, longo e sofrido. Noite de sábado, noite do doutor com bis: no banheiro ele se prepara para a discreta e deleitável festa dos sentidos. Em repouso dona Flor o aguardava, esposa submissa e grata. Mas, ah!, o astuto se acomoda aos pés da cama e lhe ordena, dedo em riste:

— Tu hoje não vai dormir com esse bosta, que eu não deixo. Nem que eu tenha de fazer um esporro de lascar.

Era um absurdo, um abuso, um despropósito, mas — entenda quem quiser o coração humano... — dona Flor sentiu-se satisfeita a ponto de rir e de lhe perguntar (em vez de expulsá-lo, ofendida e indignada):

— Está com ciúme dele, hein? O degas, com ciúme...

— Tenho é vontade de você, meu bem — respondeu todo na maciota, estendendo-se na cama a la godaça. — Já esperei demais... Onde já se viu eu ter de conquistar minha legítima, com quem dormi durante sete anos? Se acabou, não espero mais. Como hei de ter ciúme desse teu doutor de droga, se não tenho com ele briga ou competência? Casou contigo, é teu marido e, tirante a vadiação onde não dá no couro, no mais até é um bom marido, reconheço. Não lhe tiro seu direito. Só hoje, ele me desculpe: vai ficar no alvéu, quem vai vadiar é o porreta aqui, que entende do riscado e é bom no balancê e na estrovenga.

— Vá esperando, tem muito que esperar...

Todo inteiro nu, a boca ardida, o olhar de frete e a mão a subir por seus caminhos, ele a domina: dona Flor, escrava de Vadinho, livre só em palavras, pura pabulagem. Não fora sempre assim? Seu orgulho e sua pudicícia sumiam nas mãos dele, dona Flor obediente às suas ordens de marido e dono. Orgulho e pudicícia, decência, moral, dignidade, de que vale tudo isso, se ele a deseja e por ela veio (bem sabeis de onde, de onde não se vem).

— Eu estava nas profundas, preso, de mãos e pés atados, me deu trabalho demais me desamarrar para vir te ver, meu bem. Mas tu me chamou, e eu vim, atravessando o fogo e o frio, o nada e o não. Chego e tu me nega o pão, a água de beber, por quê?

— Ai, Vadinho...

— Por que tu me trata assim, como a um cão? Terminou, meu bem. Ou hoje ou nunca mais. Quando esse barata tonta aparecer, diz a ele que tu não se sente bem, não está com disposição. Depois a gente vai arrosar a peladinha.

— Ah!, isso não... Sou mulher séria e honrada, não vou trair meu marido, quantas vezes já te disse?

O doutor, saindo do banheiro, no pijama limpo, recende a sabonete. Seu aspecto é aprazível, sincero seu sorriso, honesto o olhar. Vadinho colhe na mão a rosa azul de dona Flor. Ah!, dona Flor, como podes ser assim calhorda?

— Teodoro, meu querido, me perdoa por hoje, não me sinto bem, estou indisposta. Deixamos para amanhã, se você não se incomoda.

Doente? O doutor se inquieta. Já pela tarde, ela se queixara. Não seria mais do que uma simples indisposição? Onde está o termômetro? O xarope, as pílulas, a caixa de medicamentos? Não preciso de nada disso, meu querido, não te aflijas, vai dormir, amanhã estarei boa, completamente boa...

— ...e ao teu dispor... — diz numa promessa dona Flor.

Como posso de repente ser assim, tão sem sentimentos, tão sem orgulho, sem decência, sem moral? — interroga-se dona Flor, sentindo pelo alarmado esposo uma ternura grata e certo gosto pela farsa: na face o beija. Mas dr. Teodoro não se conforma: ela deve tomar um comprimido, umas gotas, um sedativo ao menos para dormir de um sono só, despertar tranquila e repousada. Vai pelo remédio e pela água. Apenas ele sai, dona Flor sente-se presa de Vadinho.

— Maluco! Me solta, ele já está voltando.

Vadinho considera, objetivo e imparcial:

— Não é mau sujeito, esse teu segundo... Muito ao contrário. Sabe, meu bem, cada vez simpatizo mais com ele... Entre nós dois, tu está muito bem servida. Ele para penas e cuidados, eu para a gente vadiar...

O doutor traz a moringa de água fresca, dois copos e um pequeno vidro com um líquido incolor:

— Tintura de valeriana, vinte gotas em meio copo d'água e você vai dormir e descansar, querida.

Ergue o conta-gotas, com atenção e calma mistura o sedativo à água. Alguém trocou os copos enquanto o doutor virou as costas por um instante? Quem? Vadinho ou dona Flor? Mas, se assim foi, como o doutor, farmacêutico e competente, não reconheceu o gosto ativo da valeriana? Houve um milagre? Se houve, a esta altura dos acontecimentos um milagre a mais, um milagre a menos, já não causa a ninguém surpresa ou mossa. Pode ser também que não tivesse havido troca, apenas dona Flor não bebera o sedativo, e o profundo sono do doutor se devesse tão somente à chuva no telhado e à sua consciência limpa. Teve tempo apenas de beijar a esposa.

— Encornou... — disse Vadinho, aplicando o termo justo. — Agora, nós, meu bem...

— Aqui, não... — pediu dona Flor, gastando os últimos resquícios de pudor e de respeito ao segundo esposo. — Vamos pra sala...

Na sala, as portas do céu se abriram, irrompeu o canto da aleluia. "Onde já se viu vadiar de camisola?", dona Flor tão despida quanto ele, um da nudez do outro se vestindo e completando. Lança de fogo a trespassou, pela segunda vez Vadinho lhe comeu a honra, primeiro a de donzela, agora a de casada (outras mais tivesse e ele as comeria). Lá se foram pelos prados da noite até a fímbria da manhã.

Nunca se dera assim; tão solta, tão fogosa, tão de gula acesa, tão em delírio. Ah!, Vadinho, se sentias fome e sede, que dizer de mim, mantida em regime magro e insosso, sem sal e sem açúcar, casta esposa de marido respeitador e sóbrio? Que me importam meu conceito na rua e na cidade, meu nome digno? Minha honra de casada, que me importa? Toma de tudo isso em tua boca ardida, de cebola crua, queima em teu fogo minha decência inata, rasga com tuas esporas meu pudor antigo, sou tua cadela, tua égua, tua puta.

Foram e vieram, acorreram e acudiram, e nem bem de volta, já outra vez partiam, de chegada e regresso. Tantas saudades e tantas metas a cumprir, todas alcançadas, algumas repetidas.

Insolente e bem-amada, porca e linda, a voz de Vadinho a lhe dizer tanta indecência, a lhe recordar doçuras de outro tempo.

— Tu te lembras da primeira vez que te senti? Os ranchos vinham pela praça, tu se encostou em mim...

— Tu é que me abraçou e me passou a mão...

Ele lhe passava a mão e a reconhecia:

— Teu rabo de sereia, tua barriga cor de tacho, teus peitos de abacate. Tu cresceu, Flor, está mais opulenta, tu é gostosa da cabeça aos pés. Vou te dizer: já colhi muita xoxota em minha vida, uma boa safra: nenhuma como a peladinha, é a melhor de todas, te juro, minha Flor...

— Que gosto tem? — dona Flor despudorada e cínica.

— Tem gosto de mel e de pimenta, e de gengibre...

Falava e dona Flor em ais se desfazia: Vadinho mais maluco, mais tirano, fogo e viração. Vadinho, não te vás embora, nunca mais. Se partires outra vez, morrerei de pena. Mesmo que eu te peça e rogue, não vás embora; mesmo que eu te mande e ordene, não me deixes...

Só serei feliz se não estiveres, se partires, eu bem sei; contigo não há felicidade, só desonra e sofrimento. Mas sem ti, por mais feliz, não sei viver, não vivo, ai, jamais me deixes.

21

Domingo era dia de acordar mais tarde, e quando dona Flor acordou, naquela manhã de domingo ainda chuvosa, viu o rosto do doutor curvado sobre o seu, a observá-la numa devoção, a mão posta em sua face:

— Dormiu bem, querida? Febre não tem...

Sorriu dona Flor se espreguiçando, contente de possuir tão bom marido, de ver-se alvo de tanta solicitude; os braços lhe passou pelo pescoço e um beijo lhe deu, agradecida:

— Não sinto mais nada, Teodoro. Foi tolice...

Uma leseira, uma preguiça, um prazer de ócio, uma vontade de cama, de permanecer naquele calor e na dedicação do farmacêutico. Manhã sem compromissos, colchão de mola, a chuva no telhado, o devotamento do marido, santo esposo. No aconchego de seus braços se acolheu:

— Que preguiça, meu querido...

— E por que você não fica descansando? Ontem não passou bem, descanse hoje até mais tarde. Se quiser, trago o café aqui.

Tão merecedor e cativante:

— Só fico se você ficar também, querido. Só fico junto com você.

Dr. Teodoro sem malícia, um meninão apesar da posição social, do saber, e da idade:

— É que... — riu, encabulado — ...se ficar deitado junto de você não assumo responsabilidade alguma se...

Dona Flor, a voz dengosa:

— Corro o risco, Teodoro... — escondeu o rosto no travesseiro.

Estava um tanto descomposta, um seio crescia junto ao peito do doutor, saltava a curva da anca de entre os lençóis, exibindo sua cor de tacho antigo. O olho do doutor tímido e voraz, a mão contida.

— Você andou se batendo na cama, minha querida, veja a marca... Mais de uma... Teve mau dormir.

Ela ficou pequena e seu coração parou:

— Onde?

— Aqui... Pobre querida... — a mão aproveitadeira subia pela coxa e mais além.

Dona Flor entre as pernas do marido apagou aquelas nódoas de mau ou bom dormir (ou de não dormir). As bocas se encontraram e ela estremeceu: o sabor do beijo puro (mas ardente), o inesperado prazer daquele amplexo, a chuva no telhado, o calor da cama, a timidez do dr. Teodoro, a mão sem experiência por isso talvez de mais deleite, o desejo nos olhos baixos do marido, no peito arfante e tudo em plena luz, oh! embaraço. Dona Flor de novo estremeceu: uma delícia. "Para as penas e os cuidados, seu bom marido." Só para isso? Cada homem tem seu gosto próprio, já dizia Maria Antônia, sua ex-aluna perita em macho e cama, "cada um tem sua prepotência, uns sabidos, outros não. Mas, se a gente souber aproveitar, ah!, todos são bons...". Dona Flor sente-se invadida de desejo, um desejo diferente, nascido da preguiça, da timidez de Teodoro, de seu acanhamento.

— Você está me devendo, meu querido...

— Eu? O quê? — perguntou o doutor, réu inocente, não era mesmo um menino grande e tolo?

Testa larga, de intelectual, fronte de insignes pensamentos, homem tão bobo! Dona Flor correu-lhe a mão curiosa pela testa, riu de mansinho, nunca tão mansa dona Flor e tão dengosa:

— Pois me deve, sim, senhor, ontem me faltou...

— Não seja injusta, quem faltou...

— Se sou eu quem deve, então se pague, que eu não gosto de dever — oculta o rosto nas mãos, rindo toda cheia de malícia, dona Flor.

Que outra coisa deseja o nobre farmacêutico? Saiu até do sério:

— Pois vou cobrar com juros...

Homem metódico, cumpridor de leis e ritos, veio dr. Teodoro colocar-se na posição habitual e tomou do lençol para cobrir o amor com o recato e com o respeito que lhe são devidos, entre esposos. Mas não lhe deu tempo dona Flor: de improviso atirou com o lençol fora da cama, com o recato, com o respeito, e o doutor se viu nos braços dela. Nunca mais ele esqueceu essa manhã de chuva, esse domingo bento, esse dia santo e feriado, esse extra sem igual, extra e super para tudo dizer e definir com exatidão.

Depois dona Flor se enrolou como um novelo, nos lábios um sorriso, no embalo da chuva adormeceu, de um sono bom dormiu, tão sossegada e satisfeita que só vendo.

22

Nada mudara, nenhuma diferença, um domingo como todos os demais, e dona Flor a mesma pessoa de sempre. Igualzinha. Sofrera as penas do inferno, certa que ia ser um fim de mundo: a gente tem cada surpresa nessa vida...

Aliás, estando de plantão a Drogaria Científica isso tornava esse domingo um tanto diferente, pois o doutor ia atender à numerosa clientela — uma só farmácia aberta para população tão grande. Assim, quando dona Flor saiu do quarto, já não encontrou o marido. Teve, apesar disso, manhã das mais movimentadas.

Primeiro, Marilda com seu noivado em crise; e dona Maria do Carmo, quase em faniquito: prosseguir cantando ou casar? Na vizinhança, as mulheres opinavam praticamente unânimes, com exceção de dona Gisa. Mas a americana era conhecida por suas ideias estrambóticas, boas talvez para os Estados Unidos, mas esdrúxulas, quando não perigosas para o Brasil. Não só defendia o divórcio como chegara ao absurdo de declarar, em alto e bom som, numa discussão com dona Jacy e dona Enaide, que a virgindade não passava de coisa obsoleta e mesmo prejudicial à saúde: os hospícios, segundo a gringa, estão cheios de donzelas. Imagine-se!

As demais repetiam, com moral e convicção, ser o casamento o único objetivo legítimo da mulher, destinada por Deus a cuidar de sua casa, a zelar por seu marido, a procriar filhos e a criá-los, contente e concorde. À frente desse bravo exército, dona Maria do Carmo, no desejo de ver a filha estabelecida, como ela própria dizia:

— É preciso estabelecer essa menina, em seu lar. O rádio não oferece garantias e é um perigo.

Um perigo? A roda se exaltava: não um, porém múltiplos perigos cercam as cantoras, as artistas, raça, aliás, já de si um tanto equívoca, de conduta suspeita, na opinião de dona Dinorá, pessoa, como sabemos, de moral severa e rígida, cada vez mais intransigente no combate à sem-vergonhice e à libertinagem. De pé atrás, apenas ouvia falar em artista, em palco em rádio. Quanto aos diretores, cantores, músicos, eram todos uns pulhas, uns gaviões de olho nas infelizes, as garras afiadas.

Ainda há pouco uma jovem cantora, moça de excelente família — das relações de dona Enaide, "pessoas distintíssimas" —, fora internada às pressas num hospital, a esvair-se em sangue, e, quando o médico foi ver a causa da hemorragia constatou aborto e muito do malfeito por uma curiosa de canto de rua. A moça só não morreu por ter sido entregue aos cuidados do dr. Zezito Magalhães, cuja competência todos conhecem. Não morreu, o médico lhe restituiu a vida, mas os três-vinténs comidos, isso nem o bom dr. Zezito, com toda a sua competência, pode lhe dar de novo. Nem ele nem ninguém, pois, como disse dona Dinorá, "ainda não se inventou virgindade de reposto".

— Em compensação — considerou dona Norma — quem inventar vai enriquecer. Já pensaram? É só chegar na farmácia, na Científica para não ir mais longe, e pedir: "Doutor Teodoro, me dê aí duas xoxotas novas, uma pra mim, outra para minha irmã... E uma mais barata, que é para a empregada lá de casa...".

Riram todas, se bem nada daquilo tivesse a ver com Marilda, moça direita, na opinião geral da vizinhança. Por isso mesmo não podia ela vacilar entre o casamento com o fazendeiro e os magros pró-labores do rádio.

Grande foi o assombro por consequência, quando, naquele domingo, dona Flor, ao ser solicitada mais uma vez por Marilda, aconselhou-a a mandar o noivo retrógrado e prepotente lamber sabão, mantendo-se na rádio onde não tardariam a lhe oferecer melhor salário. Dona Maria do Carmo, vendo a filha, forte daquele inesperado apoio, inclinada a romper o namoro, veio tomar satisfações, quase briga com dona Flor:

— Se fosse sua filha, duvido... Nem parece nossa amiga...

A discussão pegou fogo, envolvendo a vizinhança, mas dona Flor manteve seus pontos de vista:

— Isso é puro carrancismo...

Terminou o bate-boca em choradeira, a própria dona Maria do Carmo vacilante entre o sucesso da filha e a segurança do casamento. Dona Flor conquistara a opinião da maioria. Dona Norma resumiu:

— Também vá ser monarco assim no inferno. O tempo da escravidão já se acabou.

Foi dona Flor para a cozinha preparar o almoço — nos domingos de plantão não ia para a casa dos tios no Rio Vermelho — e ali Dionísia de Oxóssi a encontrou:

— Licença, minha comadre...

Vinha buscar dinheiro e trazia pressa, pois o ebó estava em curso e a roda das iaôs à sua espera para dançar à tarde e pela noite adentro. Antes, havia muito o que fazer, a obrigação era das maiores, e complicada de preceitos. O babalaô jogara os búzios e os orixás tinham respondido. Para lhe garantir tranquilidade, livrá-la de olho-mau, de qualquer doença, das ameaças do egum inconformado a atraí-la para sua morte, dona Flor devia cumprir obrigação de monta, não um despacho simples, não um ebó qualquer. Exu, cabeça do finado, se pusera em contra, em pé de guerra. Dionísia dissera ao ojé para não medir despesas. Sendo caso de vida ou morte, e com Exu em armas, de través e pelo avesso, o dinheiro não conta e corre pressa, muita pressa: sua comadre dona Flor mal se mantinha em pé. Diante de tudo isso o próprio açobá adiantara do seu para as despesas mais urgentes; um carneiro, duas cabras, doze galos, seis conquéns, doze metros de pano. Sem falar no resto, extensa relação escrita a lápis em papel pardo, de embrulho. Cada compra com seu custo e mais vinte mil-réis destinados ao peji de Ossaim para ele abrir os caminhos pelo mato onde se esconde Exu.

Mas, ali chegando, Dionísia encontrava dona Flor tão bem-disposta, tão de si contente, até nem parecia a mesma de ontem pela tarde. Fizera mal por acaso em ter autorizado tanta despesa?

Fizera bem, pois na véspera, a própria dona Flor, assustada, ordenara todas aquelas providências. Obrigada, minha comadre, por tanto trabalho que eu lhe dou. Agora, no entanto, já nada importa, bem ou mal tudo se resolveu.

— O finado deixou de perturbar?

Dona Flor sorriu com embaraço e disse:

— Ou eu deixei de me assombrar. Já não preciso de mais nada.

E agora? Suspender o trabalho era impossível. Durante a noite e pela madrugada tinham feito o sacrifício dos animais, e ao primeiro clarão do sol, puseram diante de cada orixá a gamela com sua comida ritual. Por todo o domingo, à tarde e à noite, os preceitos continuariam com os orixás presentes no terreiro. Suspender, parar no meio, não prosseguir, dando o feito por não feito, impossível, comadre, em ebó de tanto axé. Das consequências fatais e imprevisíveis, do castigo cruel dos encantados, quem escaparia com vida? Nem ela própria Dionísia, apesar de simples intermediária.

Agora era ir até o fim. Mesmo que a comadre se considerasse livre de ameaças, o ebó era uma garantia a mais para seu sossego. Já o dinheiro fora gasto; já haviam os orixás bebido o sangue quente dos animais na hora da matança e aceito os pedaços preferidos de sua carne ao alvorecer; já estavam cobertos com suas armas e seus emblemas, e o grito de Iansã já ressoara na floresta. Para dona Flor era a certeza de que jamais voltaria o finado a perturbá-la, amarrado para sempre à sua morte.

Dona Flor contou as cédulas, pôs um dinheirinho a mais, novamente agradeceu a Dionísia a ingrata trabalheira e quis retê-la para o almoço: galinha ao molho pardo e lombo de porco feito no conhaque, bolo de puba, manga e sapoti na sobremesa. Mas Dionísia tinha pressa de voltar para o terreiro, onde, no ronco dos atabaques, Oxóssi reclamava seu cavalo predileto.

Nos domingos de plantão, após o almoço (o doutor comendo às carreiras, sem sequer perceber o gosto dos quitutes, na ânsia de voltar para a farmácia, entregue ao molecote dos recados), dona Flor mudava a roupa, e, sem atender aos protestos do esposo, vinha fazer-lhe companhia, confortá-lo no trabalho em dia de descanso. Punha-se a seu lado no balcão ajudando-o a despachar, toda nos trinques, numa linha e numa estica tão cutubas como se fosse de visita a dona Magá Paternostro, a milionária, ou a festa em casa da comendadora Imaculada Taveira Pires. Toda aquela elegância, toda aquela boniteza só para ele; dr. Teodoro sentia-se pago e bem pago.

Assim naquele domingo: donaire e formosura, feitiço e dengue, dona Flor ostentava o colar antigo de turquesa, presente de Vadinho. Nada mudara, domingo idêntico a tantos outros na tarde de plantão. Tudo igual: a rua, a gente, o doutor e ela, dona Flor. Ninguém a apontara a dedo, ninguém se apercebera de nada, ninguém a reconhecera adúltera e culpada, nem mesmo dona Dinorá metida a adivinha e peçonhenta. O mesmo sol de antes, a mesma chuva (agora fina poeira d'água), as mesmas conversas e os mesmos risos, a consideração inalterada. Pensara que ia ser um fim do mundo, na rua e dentro dela: que ia romper seu coração, antes a morte. Em vez disso, tudo igual: como a gente se engana nessa vida...

Do balcão, despachando uma freguesa, dr. Teodoro lhe sorri, todo besta e fátuo ao vê-la tão formosa. Ela lhe sorriu também e de relance lhe espiou a testa: nem sinal de chifres. Que tolice, dona Flor, que significa esse gosto repentino pela farsa?

Entre ela e o doutor nada se alterara, tampouco. Apenas a memória da manhã na cama, persistia a fazer mais íntima aquela tarde de plantão. Também persiste a lembrança da noite no sofá, amor de gula e violência, a cavalgada impudica sob a chuva, aleluia de Vadinho. Na tarde serena, na paz tranquila do domingo, o aguilhão do desejo morde seu corpo. Quando virá ele de novo, o doudivanas, o tirano, o maligno, o tinhoso, o seu primeiro? À noite, com certeza, quando o doutor, cansado do trabalho, dormir o sono dos justos e felizes.

Naquela doce paz, boa esposa solidária com o segundo esposo cumprindo seu dever a ajudá-lo no plantão, e à espera da noite libertina com o primeiro, um pensamento de súbito a inquieta. Comadre Dionísia dissera que jamais Vadinho voltaria a perturbá-la, amarrado para sempre nas cordas do despacho. Meu Deus, e se assim fosse?

23

Mãe Otávia Kisimbi rezou o corpo de Pelancchi e tanto ele como Zulmira tomaram banho de folhas com sabão de coco. As penas dos galos sacrificados foram postas nas encruzilhadas dos caminhos. Mãe Otávia defendeu Pelancchi pelos quatro cantos e pelas sete portas e lhe disse para esperar os resultados. Mas o rei do bicho tinha pressa, foi bater em outras freguesias.

A vidente Aspásia apenas desembarcara do Oriente, trazida nas auras da manhã, e mal vestira sua farda (um tanto gasta) de adivinha, quando recebeu a visita de Pelancchi, dinheiro grosso em sua frente. Se bem a pitonisa não fosse sensível ao tinir do ouro — vivendo da graça dos céus e em jejum total dos prazeres desse mundo —, como recusar as pelegas, quando, ao demais, se lhe exigia trabalho tão difícil?

Lançando mão do "sistema da ciência espiritual em movimento", patente sua, exclusiva, partiu para o além e gemeu palavras roucas, debatendo-se como se a quisessem estrangular. Não era espetáculo dos mais aprazíveis, e o professor Máximo Sales, de natural cético, um cabeça-dura, teve vontade de ir-se embora. Mas Pelancchi mantinha-se firme, numa tensa expectativa, segurando a mão trêmula de Zulmira, a quem o sobrenatural afetava enormemente depois que os invisíveis demonstraram interesse por seus peitos e por seus quadris (e, quem sabe?, pelo mais). Zulmira, secretária e confidente, leal ao lado do patrão, conforto dos aflitos, e que conforto!

Babando desfeita e de olho arregalado, a sacerdotisa do Oriente retornou das esferas siderais e, ao fitar Pelancchi, seu corpo estrebuchou, um grito rasgou-lhe o peito magro — tábua rasa, triste de se ver. Pediu mais dinheiro, ah!, era um trabalho extenuante, tudo escuro de breu nos círculos do além, tão negra a sina de Pelancchi! Um dinheirinho para velas. Talvez, com aquele reforço de iluminação, desse para ela desmascarar a trama inteira. Guardou as notas na gaveta, acendeu velas simbólicas e, à sua luz, seus olhos de vidente reconheceram os inimigos de Pelancchi:

— Vejo três homens na beira de um caminho e os três lhe querem mal...

— Ah! — gemeu Pelancchi. — Me diga, signora mia, como são...

Demorou-se ela num esforço para enxergar, Pelancchi tinha pressa:

— Olhe se um não é careca e se o outro não é um gordo? O terceiro...

— Deixe que ela mesma diga do terceiro... — sugeriu Máximo Sales, enxerido da pior espécie. — Afinal, quem é a adivinha?

A pitonisa, mesmo em transe fulminou com o olhar o canalha a lhe fazer mais árdua a caridade: quem disse ser de ganho fácil seu dinheiro? Roncou, bufou, mordeu os pulsos, deu socos na cabeça: era por acaso fácil esse dinheiro de Pelancchi? Difícil e arriscado:

— O primeiro dos três — anunciou com voz de túmulo — é um homem calvo.

— Grande novidade... — rosnou Máximo, o crápula.

— O segundo é um senhor gordo, bem gordo...

— E o terceiro, como é? — exigia o tal de Máximo.

— O terceiro não vejo ainda bem, está nas trevas...
Pelancchi não se continha:
— É isso mesmo, sempre escondido, *maledetto*! Veja se não tem bigodes e o nariz quebrado...

Mas a pitonisa certamente não o ouviu, na distância do além, buscando ver:

— Agora estou enxergando: usa bigodes e... esperem, estou vendo... tem o nariz quebrado...

— São os Strambi, não tem dúvida. — Pelancchi quis saber como agir para os afastar de seu caminho, a esses Strambi implacáveis.

Para expulsá-los da Bahia, para conduzi-los aos nobres sentimentos do perdão e ao Levante mais longínquo, Aspásia, extenuada, exigiu uma quantia um tanto forte. Pelancchi já puxava da carteira, mas Máximo Sales, decididamente um traste imundo, outra vez se meteu onde não era chamado, e obteve substancial abatimento.

Pelas mãos de Aspásia foram-se os Strambi, mas não o azar no jogo. Pelancchi seguiu o seu calvário, sua via-crúcis de adivinha e ocultista.

Josete Marcos pelo menos era bonita e jovem, constatou Máximo Sales: uma exceção na confraria em geral composta dos argaços mais chinfrins. Por que — perguntava-se o professor de contravenção — o outro mundo se servia de tais espantalhos? Por que eram tão sujas as salas de consulta, os templos das revelações, tão forte a inhaca do mistério, o aftim das almas? O cético Máximo concluíra ser o além um tanto fedorento e sujo.

Salve Josete Marcos, esguia e loira, e limpa! A saleta onde os recebeu tinha flores num vaso e escarradeiras. Depois de ouvi-los, ali os deixou com seu marido e ajudante; foi orar na sala da levitação e da vidência. O marido, Mr. Marcos, também jovem, com um ar simpático de malandro diplomado explicou nada cobrar Josete pelos benefícios distribuídos aos povos por intermédio de sua mediunidade. Tudo gratuito, os espíritos não aceitavam nada e Josete recebia apenas o estritamente necessário para as injeções e os remédios (tudo tão caro hoje, a vida subindo de tal forma) com que refazer a saúde abalada após cada sessão; ao desprender ectoplasma — e ela não fazia economia, como os senhores constatarão pessoalmente —, seu organismo, já de si frágil, atingia o extremo da debilidade, com perigo de vida. Pelancchi, cheio de esperança e pena, foi generoso, e Mr. Marcos embolsou.

Na outra sala — a dos fenômenos —, forrada de cortinas roxas, era quase total a escuridão. De robe branco, estendida numa cadeira, Josete com seus fluidos, o marido ordenou aos quatro — Pelancchi, Zulmira, Domingos Propalato e Máximo — que se dessem as mãos para estabelecer a corrente do pensamento. Assim fizeram e uma pequena lâmpada, única na sala, se apagou.

Logo tiniram campainhas, ouviram-se guinchos como miados, e uma luz andou nos ares em volta das cortinas, arrancando um grito histérico de Zulmira. Quanto a Pelancchi, nem gritar podia, e Propalato, trêmulo, suava, os dentes apertados. Aquela luz e aqueles guizos eram o próprio irmão Li U, sábio chinês da dinastia Ming, absolutamente autêntico. Segundo Máximo Sales, incorrigível, em vez do sábio Li U, luz e som não passavam do sabidório Marcos, um vivo a gozar boa vida às custas daquele lindo ectoplasma. Mas, sendo Máximo Sales língua de trapo e incréu, suas opiniões não têm valor nem merecem maior crédito e aqui as consignamos tão somente para manter a exatidão da narrativa.

Crédito e confiança merece Josete, toda dissolvida em ectoplasma e falando uma língua estranha, como de menino, talvez chinês antigo ou mais possivelmente a língua portuguesa de Macau, pois dava para se entender com certo esforço. Segundo o sábio Li U, a causa de toda a confusão era uma dona, itálica e rancorosa, a quem Pelancchi fizera uma falseta.

— Loira ou morena? — perguntou o calabrês.

— Morena e bonita, uns vinte e cinco anos...

— Vinte e cinco? Quase quarenta, e era uma víbora. Não me cabe culpa... Por favor, cara mia, diga ao chinês que eu não tive culpa...

Se chamava Anunciata, parecia perseguida e ingênua signorina, buscando proteção: oh!, que putana mais putana. Ele, sim, Pelancchi, era então um *ragazzo, povero ragazzo* de dezessete anos...

No ímpeto desses ludibriados dezessete anos, marcara com uma flor de sangue o rosto da traidora, acrescentando uns cortes pelo queixo, de quebra e malvadez. Sendo menor, escapou Pelancchi da cadeia, enquanto Anunciata, no hospital, jurava vingança, viva ou morta. Agora, tantos anos depois, vinha cumprir sua promessa de ódio naquele dramalhão italiano. Anunciata, seu primeiro amor: tão *carina*, tão *puttana*.

Pelancchi, ainda hoje, não se arrepende do que fez. Mulher sua não é para ser também de outro, é sua e de mais ninguém. Zulmira se encolhe no escuro: cada perigo nesse mundo!

O sábio chinês, por mais algumas caixas de injeção, livrou Pelancchi da lembrança de Anunciata e de seu ódio. Para os detalhes materiais, como preço e pagamento, serviu de intermediário Mr. Marcos, mediador das almas e gerente espiritual daquela tenda. Foi-se Anunciata com sua flor de sangue e as quebras pelo queixo, mas não se foi o azar.

O arcanjo são Miguel de Carvalho, envolto numa espécie de lençol, turbante na cabeça, não descreveu fisionomias nem citou nomes, mas foi positivo e imediato. Tomando das mãos de Pelancchi, fitara-lhe os olhos: no espaço sideral um inimigo cruel o perseguia, homem a quem o calabrês ofendera gravemente, desencarnado há pouco tempo. O arcanjo logo o percebeu com seu faro angelical:

— Está de pé, bem nas suas costas.

Houve um movimento geral de recuo, e o próprio Máximo Sales, por via das dúvidas, colocou-se junto à porta.

— Faz pouco que morreu?

— Sim. E a briga foi por causa de mulher... — prosseguiu o arcanjo, tendo respirado fundo seus poderes mágicos.

Pelancchi identificou Diógenes Ribas. Tomara-lhe a esposa, mulata mais pedante, um descalabro de boniteza, manceba esplêndida e matreira. Diógenes, proprietário lesado e inconformado, exibiu punhal e ameaças. Pelancchi, já poderoso senhor da jogatina, para lhe calar a boca e a pedido da mulata — a quem Diógenes perseguia com xingos e calúnias — mandou-lhe aplicar uma surra, encarregando do trabalho uma equipe de especialistas. Ao sair da mão dos médicos, Diógenes Ribas sumiu para sempre, Pelancchi só por acaso veio a saber de sua recente e triste morte, na miséria. Quanto à mulata, pivô do drama, com o passar do tempo revelou-se insuportável. Pelancchi a trocou por uma grosa de baralhos com um suíço.

Com sua flamante espada, o arcanjo varreu Diógenes, muita prosa e pouca ação, um pobre espírito, de terceira, um cornuto. Não cobrou muito, pois não era explorador de crentes e, sim, benfeitor da humanidade, como lhes disse. O cornuto retirou-se com seus chifres, mas o azar manteve-se e cada vez maior.

Doutora Nair Sabá, médica de clínica geral e cirurgiã, diplomada com distinção e louvor pela Universidade de Júpiter, quarentona feia como a necessidade, curava enfermos com passes magnéticos. Na conjugação dos astros, e a preço conveniente, descobriu pelo menos seis inimigos de Pelancchi logo identificados sem a menor possibilidade de erro. A doutora de Júpiter liquidou os seis em prazo recorde, e, de lambujem, curou a Pelancchi de uma úlcera do duodeno e a Propalato, de pertinaz reumatismo. Só não venceu o azar do jogo.

Madame Deborah, sessentona, na opinião de Máximo não valia o dinheiro nem como espetáculo: pouco afirmativa, queixando-se de dores no ventre (grávida há mais de trinta anos, concebera e ia parir o Apocalipse), um bafo evidente de cachaça e um catarro crônico, metida nuns trapos de cigana. De sério só constatou uma tal de Carmosina, amor antigo de Pelancchi, por ele abandonada sem dó nem piedade, o rei do jogo não mantinha estrepes. Teve madame Deborah dificuldades em despachar a tipa, mas por fim o conseguiu, ajudada por uns tragos de parati tomados de um vidro de remédio para tosse. Depois quis vender a Pelancchi palpites para o bicho, infalíveis. O azar, é claro, prosseguiu.

O único a não cobrar foi Teobaldo Príncipe de Bagdá, velhinho mirrado, todo de branco, os olhos azuis e fixos, a face de bondade, a boca de enigmas. Não quis dinheiro nem espórtula de qualquer espécie, não revelou tampouco inimigo visível ou invisível, macho ou fêmea. Se os viu em torno ao rei do jogo ou na distância do infinito, guardou segredo. Apenas disse, com lágrimas nos olhos, tocando o ombro de Pelancchi:

— Só o Mestre do Absurdo pode lhe salvar. Só ele e mais ninguém.

— Onde posso encontrar esse cavalheiro?

Velho de mais de oitenta anos, desde os vinte e poucos a anunciar o fim do mundo, resistindo à descrença e à perseguição, à cadeia e ao hospício, jamais vencido, implacável profeta do Velho Testamento, Teobaldo Príncipe de Bagdá esclareceu:

— Onde menos se espera, ele se encontra... — e tendo dito, fechou os olhos e pegou no sono.

No apartamento de Zulmira, na solidão propícia ao pensador, Cardoso e Sª punha em ordem os últimos detalhes de seu plano de combate: já marcara entrevista com os marcianos, tinha amigos entre eles.

— E então? — perguntou a Pelancchi.

Cansado e pessimista, o rei do jogo ergueu os ombros:

— Por acaso você sabe onde posso achar o tal Mestre do Absurdo? Já ouviu falar?

— O Mestre do Absurdo? Quer encontrar com ele — a gargalhada do místico sacudiu a sala.

— Com urgência.

— Pois aqui o tem, em sua frente. Eu sou o Mestre do Absurdo.

No bacará, no lasquinê, no grande e pequeno, na roleta, Arigof, Anacreon, Giovanni Guimarães e a multidão a seguir os seus palpites, estouravam bancas sobre bancas, jamais perdiam. Nem uma só vez.

— Você? Pois ande depressa. Se durar mais uma semana, estarei falido.

— Depressa, Cardosinho — suplicou também Zulmira.

O Mestre do Absurdo sorriu ao tratamento íntimo e à zelosa secretária:

— Fiquem descansados, é para já.

"Olhar de águia, irresistível", pensou Zulmira.

24

De braço dado chegaram da farmácia dona Flor e dr. Teodoro na hora do jantar. Ele, após breve repouso, voltaria ao trabalho, prolongando-se o plantão até as dez da noite, estafante.

— Pobre querido... — disse dona Flor.

— Você hoje vai dormir cedo, minha querida, ontem estava febril — recomendou o bom marido.

Dona Flor tão satisfeita, de repente inteira e uniforme não mais contraditória, dividida ao meio, em luta o espírito e a matéria. Apenas um temor: se ele não voltasse, o seu primeiro? Se não viesse?

Mas ele veio, e apenas o doutor se foi para a farmácia (de capa e guarda-chuva, pois de novo aumentara o aguaceiro) eis dona Flor e Vadinho no leito de ferro, sobre o colchão de molas, a vadiar.

— Você está pálido e cansado, te acho magro. É que você não tem dormido, nessa vida de jogo e de orgia. Precisa descansar, meu amor.

Isso ela lhe disse num intervalo de carícias lentas, após o embate de fogo e tempestade. Vadinho pálido, muito pálido, como se lhe fosse o sangue, mas sorridente:

— Cansado? Um pouquinho só. Mas tu não imagina como tenho rido às custas de Pelancchi. Daqui a pouco...

— Daqui a pouco? Você vai pro jogo? Não vai ficar comigo a noite toda?

— A nossa noite é agora. Depois, meu bem, é a vez de meu colega, o outro teu marido.

Dona Flor se encheu de brios, reformulando decisões dramáticas:

— Com ele nunca mais... Como ia poder? Nunca mais Vadinho. Agora só nós dois, tu não vê logo?
Ele sorriu na maciota, no leito estirado a la godaça:
— Meu bem, não diga isso... Você adora ser fiel e séria, eu sei. Mas isso se acabou, para que se enganar? Nem só comigo, nem só com ele, com nós dois, minha Flor enganadeira. Ele também é teu marido, tem tanto direito quanto eu. Um bom sujeito esse teu segundo, cada vez gosto mais dele... Aliás, quando cheguei, te avisei que a gente ia se dar bem, os três.
— Vadinho!
— O que é, meu bem?
— Você não se importa que eu te ponha chifres com Teodoro?
— Chifres? — passou a mão na testa lívida. — Não, não dá para nascer chifres. Eu e ele estamos empatados, meu bem, os dois temos direito, ambos casamos no padre e no juiz, não foi? Só que ele te gasta pouco, é um tolo. Nosso amor, meu bem, pode ser perjuro se quiseres, para ser ainda mais picante, mas é legal, e também o dele, com certidões e testemunhas, não é mesmo? Assim, se somos ambos teus maridos e com iguais direitos, quem engana a quem? Só tu, Flor, enganas aos dois, porque a ti, tu não te enganas mais.
— Engano aos dois? A mim, não me engano mais?
Gosto tanto de ti — oh!, voz de celeste acento dentro dela a ressoar —, com amor tamanho que para te ver e te tomar nos braços, rompi o não e outra vez eu sou. Mas não queiras que eu seja ao mesmo tempo Vadinho e Teodoro, pois não posso. Só posso ser Vadinho e só tenho amor para te dar, o resto todo de que necessitas quem te dá é ele; a casa própria, a fidelidade conjugal, o respeito, a ordem, a consideração e a segurança. Quem te dá é ele, pois o seu amor é feito dessas coisas nobres (e cacetes) e delas todas necessitas para ser feliz. Também de meu amor precisas para ser feliz, desse amor de impurezas, errado e torto, devasso e ardente, que te faz sofrer. Amor tão grande que resiste à minha vida desastrada, tão grande que depois de não ser voltei a ser e aqui estou. Para te dar alegria,

sofrimento e gozo aqui estou. Mas não para permanecer contigo, ser tua companhia, teu atento esposo, para te guardar constância, para te levar de visita, para o dia certo do cinema e a hora exata de dormir — para isso não, meu bem. Isso é com o meu nobre colega de xibiu, e melhor jamais encontrarás. Eu sou o marido da pobre dona Flor, aquele que vai acordar tua ânsia e morder teu desejo, escondidos no fundo de teu ser, de teu recato. Ele é o marido da senhora dona Flor, cuida de tua virtude, de tua honra, de teu respeito humano. Ele é tua face matinal, eu sou tua noite, o amante para o qual não tens nem jeito nem coragem. Somos teus dois maridos, tuas duas faces, teu sim, teu não. Para ser feliz, precisas de nós dois. Quando era eu só, tinhas meu amor e te faltava tudo, como sofrias! Quando foi só ele, tinhas de um tudo, nada te faltava, sofrias ainda mais. Agora, sim, és dona Flor inteira como deves ser.

As carícias cresciam, os corpos se queimavam em labaredas:
— Depressa, meu bem, que é curta nossa noite. Vamos depressa vadiar, daqui a pouco partirei para a perdição, que é meu destino, e será a hora de meu colega em ti, meu sócio, meu irmão. Para mim tua ânsia, teu secreto desejo, teu chão de impudicícia, teu grito rouco. Para ele as sobras, as despesas, e o plantão, teu respeito grato, o lado nobre. Tudo perfeito, meu bem, eu, tu e ele, que mais desejas? O resto é engano e hipocrisia, por que ainda queres te enganar?

Quase a tomá-la, ainda lhe disse:
— Pensas que vim te desonrar e, no entanto, vim salvar tua honra. Se eu não viesse, eu, teu marido, com legais direitos, diz, minha Flor, fala a verdade não te enganes: que iria suceder se eu não viesse? Vim impedir que tomasses um amante e arrastasses teu nome e tua honra pela lama.

(Nunca sequer pensaste, jamais admitiste sequer a ideia de um amante, mulher íntegra, viúva honesta, esposa honrada, fiel a seus maridos? E que me dizes do Príncipe das Viúvas, Eduardo de Tal, também conhecido por Senhor dos Passos? Já não te lembras dele junto ao poste? Ficavas na fresta da janela, e se eu não envio Mirandão às pressas, sobre meu luto darias de comer à peladinha, um jardim de chifres em minha cova.)

Sua voz celeste, sua apetência e o gosto ardido de gengibre, de pimenta, de cebola crua e o sal da vida (e a verdade verdadeira).

Meu bem, agora esquece tudo, tudo, é o tempo da vadiação, e tu bem sabes, Flor, que a vadiação é coisa santa, coisa de Deus, vamos, meu bem.

Vadinho mais embrulhão, Vadinho mais herege, Vadinho mais tirano, vamos depressa.

25

Com a cabeça reclinada nos seios de veludo e bronze de Zulmira Simões Fagundes, o místico Cardoso e Sª...

Cardoso e Sª? Sim, não se trata de engano ou erro, de troca de nomes, mas de real e (lastimavelmente) momentânea substituição de pessoas físicas. Não era Pelancchi Moulas, o rei do jogo, o imperador do bicho, patrão do governo e de Zulmira, quem se reclinava, no uso de seus direitos privativos, sobre os seios da cabrocha, gozando do calor e do conforto de tais prendas. Quem o fazia, aliás com certo à-vontade surpreendente, era o nosso sempre insólito Mestre do Absurdo e intrépido Capitão do Cosmos, esse quase puro espírito imaterial.

Como chegara Cardoso e Sª àquelas alturas e grandezas? Pois, pedindo. Enquanto se empenhava na solução dos problemas de Pelancchi, frequentando-lhe os salões de jogo, em sucessivas conferências com os chefes marcianos (entrevistara inclusive o guia genial, o tenebroso e benemérito ditador de Marte, até então inacessível a qualquer humano), foi pedindo a Zulmira, pedindo-lhe com insistência e adulação, e a velha fórmula demonstrou mais uma vez sua eficácia.

Pedira, de começo, e por mera e meritória curiosidade científica, para ver aquelas marcas deixadas pelos invisíveis em "vossos magnos quadris de amazona". Já não existem marcas, respondia ela, apenas a lembrança. Mesmo assim, quis Cardoso e

Sª ver o lugar (estudar o fenômeno *in loco*). Sem o quê, impossível perfeito diagnóstico. A ciência é exata.

Foi-lhe então mostrado o amplo local, e ele demorou-se (a pressa é inimiga da ciência) a estudá-lo: a cor, a solidez, a arquitetura, tudo em verdade de primeira. Zulmira ia deixando, risonha e encabulada: não era Cardosinho quase um puro espírito, liberto da vileza da matéria? Quase.

— Igual às montanhas de Marte, na conformação e nos abismos — revelou o geógrafo dos planetas.

Tendo saciado (em parte) a curiosidade por aquele território, e sabedor de detalhes referentes aos seios, pediu-lhe para ver tais maravilhas, as vertentes e os cumes, invocando para tanto razões estéticas, além das científicas. Habituada por Pelancchi ao culto do belo e da poesia, como recusar-se a súplica tão pertinaz quanto cortês, despida de qualquer resquício de safadeza, provinda de pessoa tão correta? — perguntou-se Zulmira e consentiu.

Mestre Cardoso e Sª, respeitoso artista, falara apenas em contemplar por um instante aquelas "obras-mestras do supremo artífice do universo" mas, ao vê-las soltas, foi tão grande seu deleite estético que perdeu a cabeça de vez e por completo. Se ele, quase puro espírito imaterial, se entregou às intemperanças da matéria, como exigir de Zulmira, frágil mortal, mais rígida conduta? Assim, nesse pedir e dar-se, sucedeu.

Ao demais, fosse Pelancchi Moulas realmente generoso, quisesse premiar como devido o esforço descomunal do astrólogo e alquimista a seu serviço, e daria Zulmira de presente a Cardoso e Sª, desobrigada de qualquer encargo ou compromisso para com o jogo e seu senhor, fosse de datilografia ou de recreação, reservando-se Pelancchi apenas o grato prazer de assegurar as despesas (altas) da opulenta. Porque o grande capitão, cumprindo sua palavra, resolvera o problema do jogo, salvara a fortuna do calabrês, libertando-o do azar e daquela confusão de marcianos.

Uma coisa é certa e indiscutível, ao menos: naqueles dias aconteceu a deserção de Giovanni Guimarães, o último a se retirar.

O primeiro foi Anacreon. O velho patriarca, educador de gerações, homem de respeito e cãs, certa noite dirigiu seus passos para o covil de Paranaguá Ventura, e naquele centro da batota, onde cada carta era marcada, de novo se sentiu um jogador. Porque o ganhar sem fim não era jogo, não era uma disputa entre ele e a sorte, uma batalha contra o banqueiro e a bola da roleta, contra a carta e o dado. Tomava da ficha, punha na carta, no número, recolhia o ganho. Que gosto tinha aquilo, mágica mais sem graça? Que fizera ele, Anacreon, o perfeito jogador, o pedagogo da roleta, para merecer o castigo dessa sorte irreversível?

Isso era ganhar, não era jogo. A emoção do jogo é o não saber, é o risco, a raiva de perder, a alegria de acertar, o ganho e a perda. É seguir a bola na bacia da roleta, em seu giro louco e em seu imprevisível número de sorte, cada vez um número diferente. Quando repetia por acaso, que emoção! Agora Anacreon nem olhava para a bola, ela ia obediente cair no número onde ele depositara fichas. E as cartas dos baralhos? E os dados? Que crime cometera para merecer castigo assim?

O velho Anacreon era feito de uma peça só, de honestidade e de decência, um jogador com o prazer do jogo, o prazer de não saber, de arriscar. Agora não corria risco, sabendo antes mesmo do começo. Uma vergonha.

Arrebanhou os cobres fáceis e lá se foi ao encontro de Paranaguá Ventura:

— Isso aqui — disse-lhe o negro — não é o cassino de Pelancchi, não me venha com farromba.

Riram os dois: ali era preciso mais que sorte, era preciso coragem e olho vivo para não se ser roubado. Mas Anacreon naquela noite não se importava de perder, no azar ou na batota. Só não queria aquela sorte de milagre, o lucro sem graça, sem luta, sem prazer. Assim é a natureza humana.

Arigof, tendo começado antes, ainda tardou uns dias a partir para a espelunca de Três Duques, para o antro de Zezé da Meningite, onde o jogo era jogo de verdade. Por que a demora? Diga-se tudo: o ganho fácil ameaçara corromper o íntegro caráter de Arigof. Dera na mania de sustentar mulher, de gastar com amante, numa inversão total dos bons costumes. Enchia Teresa de presentes, tendo-lhe comprado um globo em relevo e um pássaro cantor para lhe embalar o sono. Queria a todo o transe assumir as despesas de aluguel, de armazém e as demais.

Sentindo-se frustrada e ofendida, a geógrafa fez-lhe ver o absurdo e o ridículo da situação: a ela, Teresa Negritude, competia sustentar a casa e o negro macho, ela tinha seu orgulho, sua honra a defender. Um ou outro presente, ainda vá; o pássaro a deixara comovida mas daí a querer contribuir para o aluguel, ah!, era um despropósito.

Arigof, graças a Teresa, viu em tempo o abismo ante seus pés; já não ia ao cassino pelo jogo e, sim, pelo dinheiro. Onde sua inteireza de homem e seu prazer de jogador? Reencontrou-se na espelunca de Três Duques, no antro de Zezé da Meningite, e outra vez Teresa lhe abriu seu mar de espumas, sua branca latitude.

Quanto a Mirandão, já se sabe o que lhe aconteceu: a promessa feita em hora de terror. Permaneceu boêmio, a povoar a noite com suas histórias e seu sorriso, sua cachaça longa: nunca mais jogou, porém. Não quis sentir novamente tão próxima a presença do impossível.

Giovanni Guimarães, ao retornar aos salões do Pálace não era mais o antigo jogador, fizera-se alto funcionário e fazendeiro. Assim sendo, por seu gosto passaria o resto da vida a ganhar no 17, pondo em terra e bois, em pastos de capim, o dinheiro de Pelancchi. Mas sua esposa e a sociedade censuraram sua volta ao jogo e o simpático jornalista, membro recente das classes conservadoras, dobrou-se ao lar e ao crédito bancário, tornando a dormir cedo. Não saiu do Pálace para o antro de Três Duques ou de Zezé, para o covil de Paranaguá Ventura. Foi para seu leito de casado, para sua respeitabilidade. Moveram-no sérias e excelentes razões, sem dúvida, não porém do mesmo teor moral das de Anacreon e de Arigof.

Assim, correram paralelas as três ações e juntas chegaram a seu destino: o acordo interplanetário do capitão do cosmos com os marcianos, o jogo de pedir e dar, inocente brincadeira em que se entretinham o místico e a amazona para iludir o tempo; e o fastio dos amigos de Vadinho.

A vitória de Cardoso e Sá só não abalou as convicções materialistas do professor Máximo Sales, renitente e cabeçudo. Tudo claro para ele: esse Cardoso, com sua aparente maluquice e essas conversas para boi dormir, só podia ser o chefe da quadrilha e Zulmira sua cúmplice. Os dois se conheciam há muito tempo e eram amantes, só mesmo Pelancchi, corno velho, não se dava conta. Não sendo assim, como explicar então o acontecido?

Surpreendente, insólito Cardoso e Sá, Cardosinho para os íntimos, como Zulmira: quem o diria tão familiar das coisas do amor? Não só do amor em nosso astro mísero e minúsculo, mas também nos planetas mais progressistas, nas galáxias mais ricas. Catedrático na doce disciplina que ministrava à aluna atenta. Atenta e perguntona:

— Em Saturno, como é, me diga, Cardosinho. Como beijam, se não têm boca, como pegam se não têm mão?

Ressoava a gargalhada de mestre do absurdo:

— Vou lhe mostrar agora mesmo...

Zulmira tinha medo que Pelancchi descobrisse aquele afeto espiritual, aquela mística ligação de almas irmãs, vendo maldade e vício onde só havia curiosidade científica e deleite estético.

— Se Pequito entrasse agora e visse a gente assim? Ele é capaz de nos matar. Uma vez, jurou...

O grande iluminado disse:

— Faço assim com as mãos e ficamos invisíveis.

Fez assim com a mão e lhe ensinou certos costumes dos habitantes de Netuno, cada coisa!

26

Cada dia mais pálido, mais abatido, dona Flor curvada sobre sua face: que tens, Vadinho, meu amor?

— Um cansaço...

A voz arfante, os olhos baços, as mãos descarnadas. Para dona Flor era aquela vida sem regra e sem horário, não havia organismo capaz de suportar desgaste tão grande e tão constante.

Da outra vez sucedera de repente: quando todos o julgavam forte e são, arrogante de vigor e de energia, Vadinho desabou entre os caretas em pleno Carnaval, com a fantasia de baiana e toda a sua animação. De repente caiu, mortinho da silva. Tão moço ainda, moço e bonito, gabola e farrombeiro, e, no entanto, o coração em pandarecos, por dentro todo gasto. Dona Flor viera abrindo caminho por entre os mascarados e os ranchos, sustentada por dona Norma e dona Gisa, e o encontrou defunto, sorrindo para a morte. Ao lado, de sentinela, Carlinhos Mascarenhas, vestido de cigano, em silêncio o sublime cavaquinho; o luto na praça era de guizos, lantejoulas e cores vivas.

Mas agora a morte chega dia a dia, a morte ou o que seja. Primeiro, pálido e descarnado, logo após lívido e fluido. Sim, fluido e quase transparente. Não era a magreza dos enfermos, não tinha dor nem febre. Perdendo densidade, tornava-se incorpóreo, ia sumindo.

A princípio dona Flor não deu importância ao caso; sendo Vadinho arreliento e dado a molecagens, um farsante, talvez estivesse apenas armando uma esparrela, para rir de seu susto e burlar de seu espanto. Vadinho não perdia os velhos hábitos, voltara o mesmo capadócio de antes, a fazer troça de um tudo, a divertir-se às custas dos demais. Que o dissesse dona Rozilda, em pânico: um pagode.

A velha aparecera de improviso, com as grandes malas anunciadoras de permanência longa. Dr. Teodoro engoliu o choque e, no uso de sua boa educação, acolheu com fidalguia a sogra "sempre bem-vinda a esta sua casa". Com o passar dos anos, a ruindade de dona Rozilda encruara, um poço de veneno. Apenas chegada, já a peçonha corria pela casa e pela rua:

— Teu irmão é um molengas, um banana, tem sangue de barata. A mulher manda nele, aquela remelenta. Vim para ficar.

"Meu Deus, dá-me paciência...", rogou dona Flor, e o dr.

Teodoro perdeu qualquer esperança. Para aquela ameaça monstruosa, "vim para ficar", havia apenas duas soluções: ou envenenar a pestilenta, e não tinha coragem para tanto, ou um milagre, e já não estamos em tempos de milagre. Engano do doutor, como bem sabemos e ele logo comprovou.

Menos de vinte e quatro horas após o desembarque, dona Rozilda regressava a Nazaré, correndo para o navio como se o inferno inteiro lhe mordesse os calcanhares. Não o inferno inteiro mas certamente Satanás ou Lúcifer ou Belzebu, o Cão, o Sujo, não importa o nome e o título: o diabo, o pior deles, aquele que um dia fora seu genro para desgraça sua e de sua filha. Puxava-lhe o cabelo e uma vez a derrubara; o dia inteiro a lhe soprar nomes feios nos ouvidos, em xingos obscenos, ameaçando-a de tabefes e de pontapés na bunda, propondo-lhe imundícies.

— Esta casa está mal-assombrada, te arrenego! Não ponho mais os pés aqui... — denunciou, arrebanhando as malas.

Um milagre sucedeu, ainda é tempo de milagres... — pensou humilde o doutor, não se achando merecedor de tanta graça, de mercê tamanha.

— O maldito anda solto, quis me matar... — tendo completado sua informação, partiu dona Rozilda às pressas, rua afora.

— Está caduca... — diagnosticou dr. Teodoro, com alívio e competência.

Dona Flor sorriu em concordância com o doutor, solidária com seu desafogo, e em resposta ao piscar de olho de Vadinho. Na porta, o tinhoso ria às gargalhadas, mas já um tanto imaterial e fluido.

Foi-se-lhe acentuando aquela palidez, Vadinho cada vez menos concreto, quase gasoso, transparente, e, em certo momento, dona Flor pôde ver através de seu corpo.

— Ai, meu amor, você está se esvaindo em nada...

Pela primeira vez, dona Flor sentia Vadinho sem forças para agir, confuso e perdido. Onde sua flama, sua arrogância, sua picardia?

— Não sei, meu bem... Estão me levando embora... Por

mais que eu não queira ir. Será que tu não me desejas mais? Só tu podes me mandar embora. Enquanto me quiseres, me desejares, enquanto puseres em mim teu pensamento, estarei vivo e aqui. Flor, que fizeste?

Lembrou-se dona Flor do ebó. Bem sua comadre Dionísia lhe avisara. Cabia-lhe toda a culpa, pois recorrera aos orixás e suplicara que levassem Vadinho de retorno à sua morte.

— Foi o feitiço...

— Feitiço? — a voz de água, desfeita num sussurro.

Contou-lhe tudo, recordando a tarde de sábado, quando, já nos braços de Vadinho, tivera a honra salva por Dionísia de Oxóssi e, em desespero, encomendou o despacho. O babalaô Didi se encarregara do trabalho, logo Didi que tinha a mão sobre a cabeça de Vadinho, seu pai-pequeno. Que fizeste, Flor, minha flor perdida, e para quê?

— Para salvar minha honra...

De nada adiantara, de qualquer forma acontecera. Mais urgente do que o despacho fora a força do desejo desatado na lábia de Vadinho. Depois do acontecido, quisera dona Flor suspender a obrigação, mas era tarde, o sangue já correra em sacrifício.

Ah! Tu me mandaste embora, de volta me mandaste, não tenho outro jeito senão partir. Minha força é teu desejo, meu corpo é teu anseio, minha vida é teu querer, se não me queres eu não sou. Adeus, Flor, já vou embora, estão me amarrando com um mocã e se acabou.

Foi sumindo em sua vista, se dissolvendo em nada.

27

Lá se foi Vadinho, território de combate na guerra dos santos, despojo dos orixás, egum sem cemitério.

Dona Flor, por que não aproveitas? É tua última chance, tua oportunidade derradeira para a honra, a decência, o recato, a virtude, as leis morais de tua rua, de tua gente, de tua classe.

Tens ainda essa porta de saída, o ebó encomendado por Dionísia e feito por Didi, o açobá. Se bem nos custe apoiar em feitiços e orixás, abusões do povo, a salvação da moral em perigo, da virtude e dos preceitos da sociedade, da civilização enfim, que outro jeito? O importante, dona Flor, é te recuperares perante Deus e tua consciência, ovelha de volta ao bom redil, purificada. Perante os homens não é preciso, pois eles (felizmente) ignoram o teu mau passo.

Se deixas Vadinho partir, será fácil esquecer aquelas poucas noites de descaração, a louca cavalgada e os ais de amor. Tudo isso pode ter sido tão somente um sonho, um delírio de febre, uma alucinação ou apenas simples e tolos pensamentos nas horas vazias de uma vida inteira de decência e de felicidade. Nada te será cobrado, não terás remorsos, viverás em paz com teu esposo e com tua consciência. A derradeira chance, dona Flor, de praticares a virtude, de permaneceres sustentáculo da moral, dos bons costumes. Deixa Vadinho em sua paz de morto, és ou não mulher honesta?

Para onde vais, dona Flor, e com que forças? Para que libertá-lo do não ser?

Sem amor não poderei viver, sem o seu amor. Melhor será morrer com ele. Se eu não o tiver comigo, irei em desespero procurá-lo em quanto homem passe em minha frente, buscarei seu gosto em cada boca, ululante, esfomeada loba correrei as ruas. Minha virtude é ele.

28

A cidade se elevou nos ares e os relógios marcaram, ao mesmo tempo, meio-dia e meia-noite na guerra dos santos: todos os orixás reunidos para enterrar Vadinho, egum rebelde e seu carrego de amor, e Exu sozinho a defendê-lo. O raio e o trovão, a tempestade, o aço contra o aço e um sangue negro. Deu-se o encontro na encruzilhada do último caminho, nos limites do nada.

Na crista do oceano, Iemanjá toda de azul vestida, longos cabelos de espuma e caranguejos. No rabo de prata três sexos lhe nasceram, um branco de algas, outro de verde limo, o terceiro de polvos negros. Com seu leque de metal, o abebé, abanou ventos de morte. Comandava uma frota de cascos de navio, um exército de peixes a saudava em sua língua muda, odoiá!

As florestas curvaram-se ante Oxóssi, o caçador, o rei de Queto. Naquela guerra, ele cavalgou três montarias. No arremesso da manhã um javali; o cavalo branco no arco do minguante, e de madrugada seu cavalo foi Dionísia, de suas filhas a mais bela, a predileta. Por onde passasse, com o ofá e o eruquerê, morriam os animais, tudo quanto houvesse, na guerra sem quartel.

Cobra imensa, Oxumarê vinha nas cores do arco-íris, macho e fêmea ao mesmo tempo. Coberto de serpentes, a cascavel e a jararaca, a coral e a víbora, e seguido por cinco batalhões de hermafroditas. Empurraram Vadinho por uma ponta do arco-íris, era um macho retado quando entrou, saiu sestrosa rapariga, donzela derretida. Com seu tridente Exu desfez o arco-íris. Oxumarê enfiou o rabo pela boca, anel e enigma, subilatório.

Ogum malhou o ferro e temperou o aço das espadas. Euá com suas fontes, Nanã com sua velhice. Rei da guerra, Xangô cercado de obás e de ogãs, na corte de esplendor, disparando raios e coriscos. A seu lado, Oxum toda faceira, em dengue desmanchada. Omolu, com seu espantoso exército, comandando a bexiga negra e a lepra de milênios, o escarro podre e o pus, todas as doenças. Vadinho, tísico e pestilento, cego e surdo. Exu mastigou as doenças, uma a uma, curandeiro de tribos africanas.

Empunhando o paxorô de prata, lança invencível, Oxalá era dois: o moço Oxaguiã e o velho Oxalufã. Ao seu passo de dança todos se curvavam. Precedendo-o, vinha Iansã, a que governa os mortos, mãe da guerra. Seu grito emudeceu o povo e, como um punhal, rasgou o coração exposto de Vadinho.

Juntos vieram em formação cerrada, com suas armas, suas

ferramentas, sua lei antiga. Achando pouco serem tantos, convidaram os orixás da nação grunci e os de Angola, os inquices congoleses e os caboclos. Todas as nações, do sul ao norte, contra Exu e seu egum. Partiram para o choque derradeiro.

Então as donzelas da cidade desnudaram-se e saíram a se oferecer nas ruas e nas praças. Logo nasciam os filhos, aos milhares. Iguais, pois eram todos filhos de Vadinho, todos canhotos e pelo avesso. Pelo mar navegavam casas e sobrados, o farol da Barra e o solar do Unhão; o forte do Mar transportou-se para o Terreiro de Jesus, e nos jardins brotavam peixes, nas árvores amadureciam estrelas. O relógio do Palácio marcou a hora do espanto num céu carmesim com manchas amarelas.

Via-se então uma aurora de cometas nascer sobre os prostíbulos e cada mulher-dama ganhou marido e filhos. A lua caiu em Itaparica sobre os mangues, os namorados a recolherem e em seu espelho, refletiram-se o beijo e o desmaio.

De um lado a lei, os exércitos do preconceito e do atraso, sob o comando de dona Dinorá e de Pelancchi Moulas. De outro lado, o amor e a poesia, o desassombro de Cardoso e Sá, rindo por entre os seios de Zulmira, tenente-coronel do sonho.

Vinha o povo correndo nas ladeiras, com lanças de petróleo e um calendário de greves e revoltas. Ao chegar na praça, queimou a ditadura como um papel sujo e acendeu a liberdade em cada esquina.

Quem comandou a revolta foi o Cão e às vinte e duas horas e trinta e seis minutos ruíram a ordem e a tradição feudal. Da moral vigente só restavam cacos, logo recolhidos ao museu.

Mas o grito de Iansã susteve os homens no pavor da morte. De Vadinho, sem mãos, sem pés, sem estrovenga, sobrava muito pouco: encardida fumaça, cinza esparsa e o coração roto na batalha. Um quase nada, coisa à toa. Era o fim de Vadinho e de seu carrego de desejo. Onde já se viu finado, em leito de ferro a vadiar, de novo sendo? Onde?

Deu o revertério na batalha. Exu sem forças, cercado pelos sete cantos, sem caminhos. O egum em seu caixão barato, em sua cova rasa, adeus, Vadinho, adeus até jamais.

Foi quando uma figura atravessou os ares, e, rompendo os caminhos mais fechados, venceu a distância e a hipocrisia — um pensamento livre de qualquer peia: dona Flor, nuinha em pelo. Seu ai de amor cobriu o grito de morte de Iansã. Na hora derradeira, quando Exu já rolava pelo monte e um poeta compunha o epitáfio de Vadinho.

Uma fogueira se acendeu na terra e o povo queimou o tempo da mentira.

29

Na manhã clara e leve de um domingo, os habitués do bar de Mendez, no Cabeça, viram passar dona Flor toda elegante, pelo braço do marido, dr. Teodoro. Ia o casal para o Rio Vermelho, onde tia Lita e tio Porto esperavam para o almoço. De rosto vivo mas de olhos baixos, discreta e séria como compete a mulher casada e honesta, dona Flor correspondeu aos bons-dias respeitosos.

Seu Vivaldo da funerária mediu dona Flor de alto a baixo:

— Nunca pensei que esse doutor Xarope fosse capaz de tanto. Não parece disso e, vai-se ver...

— Disso, o quê? Como farmacêutico, bate muito médico... — interrompeu o santeiro Alfredo.

— Reparem nela... Que formosura, que beleza de mulher! Um peixão, e se vê que anda contente, que nada lhe falta nem na mesa nem na cama. Até parece mulher de amante novo, pondo chifres no marido...

— Não diga isso! — protestou Moysés Alves, o perdulário do cacau. — Se há mulher direita na Bahia é dona Flor.

— Estou de acordo, quem não sabe que ela é mulher honrada? O que eu digo é que esse doutor, com sua cara de palerma, é um finório. Tiro-lhe o chapéu, nunca pensei que ele desse conta do recado. Para um pedaço de mulher assim, tão rebolosa, é preciso muita competência.

Com os olhos acesos, completou:

— Vejam como vai se rebolando. A cara séria, mas as ancas — olhem aquilo! — soltas, até parece que alguém está bulindo nelas... Um felizardo esse doutor...

Do braço do marido felizardo, sorri mansa dona Flor: ah!, essa mania de Vadinho ir pela rua a lhe tocar os peitos e os quadris, esvoaçando em torno dela como se fosse a brisa da manhã. Da manhã lavada de domingo, onde passeia dona Flor, feliz de sua vida, satisfeita de seus dois amores.

E aqui se dá por finda a história de dona Flor e de seus dois maridos, descrita em seus detalhes e em seus mistérios, clara e obscura como a vida. Tudo isso aconteceu, acredite quem quiser. Passou-se na Bahia, onde essas e outras mágicas sucedem sem a ninguém causar espanto. Se duvidam, perguntem a Cardoso e Sª, e ele lhes dirá se é ou não verdade. Podem encontrá-lo no planeta Marte ou em qualquer esquina pobre da cidade.

Salvador, abril de 1966

Jorge estava quase no fim do livro, vivia o impasse da decisão de dona Flor sobre ficar com os dois maridos, com um só, qual deles. Eu sentia a sua angústia na quantidade enorme de correções que fazia, escrevia e rasgava páginas e páginas, estava difícil desatar o nó.

Nossa sobrinha Janaína, de passagem pela Bahia, ouviu a história e perguntou pelo final. Jorge explicou que, por mais que gostasse dos dois maridos, cada um a sua maneira, Florípedes era uma mulher de classe média, cheia de preconceitos, incapaz de bigamia ou traição. Tinha resolvido que, quando Vadinho partisse para não voltar, ela iria com ele.

Ficamos todos impressionados com o final, bem triste.

No dia seguinte, quando acordei, encontrei Jorge na máquina escrevendo rápido, concentrado. Tinha levantado muito cedo, fazia horas que escrevia. Quando me viu, deu um grande sorriso e disse: "Essa sua amiga, hein, dona Zélia... Revelou-se uma descarada!".

"Que amiga?", quis saber, intrigada. "Essa dona Flor, pois não é que, com todos os seus pudores, ela resolveu ficar com os dois maridos?! Uma descarada!"

Confesso que fiquei aliviada. Minha amiga dona Flor não se subjugou ao autor, era uma mulher de fibra, foi viver seu destino.

Zélia Gattai Amado

Posfácio
A MULHER QUE ESCOLHEU NÃO ESCOLHER

Roberto DaMatta

Quando, no começo dos anos 80, escrevi um ensaio sobre este livro, caracterizando-o como um romance relacional,[1] fazia exatamente como dona Flor: remava contra a corrente.

Lutava contra as normas estabelecidas de como e do que falar quando o assunto era o "Brasil". Não o Brasil conformado em Estado nacional que se mostrava pela dimensão econômica ou política, cuja receita para o progresso surgia na luta a favor do chamado "desenvolvimento" e contra o autoritarismo, mas a coletividade menos visível que se revelava num conjunto de práticas sociais e valores sequer problematizados, como acontecia num Brasil não antagônico do Carnaval, das festas religiosas, do futebol, da música popular, da comida, do jeitinho e, sobretudo, das velhas e "esquecidas" hierarquias ainda invisíveis ao olho dos analistas; e das ambiguidades e paradoxos de personagens como Pedro Malasartes, Macunaíma, Augusto Matraga, e dessa esplêndida heroína de Jorge Amado que, contrariando as regras dos *affaires du coeur* ocidentais, ultrapassa a trágica obrigação de escolher que liquidou Heloísa, Julieta, Isolda, Ema, Luísa e tantas outras mulheres apaixonadas e alcança uma inadmissível, porque impensável, felicidade com dois maridos!

Essa formulação não ortodoxa e antiburguesa do confronto com dois amores escapando das punições tradicionais, a partir de uma mulher, é, como verá o leitor, a grande descoberta de Jorge Amado neste livro.

Entre Vadinho, o primeiro marido, protótipo do malandro para quem os amigos e a boa vida eram tudo, morto em plena folia carnavalesca, e o dr. Teodoro Madureira, o comedido, econômico, educado e equilibrado segundo marido, farmacêutico estabelecido e bem de vida, que arranca dona Flor de uma solitária e triste viuvez, encontra-se a heroína da história.

História que teria pouca originalidade ou encantamento caso não sucedesse um evento extraordinário: o amor de dona Flor por Vadinho impede, mesmo depois do casamento com o dr. Teodoro, que sua alma vá para o outro mundo e por lá se esfume num inevitável esquecimento. O poder das relações pessoais que aceitam a morte mas não deixam morrer os mortos ressuscita Vadinho, cujo espectro carnavalizadoramente retorna não no seu feitio macabro e frágil, pedindo rezas, mas como uma alegre e contraditória encarnação do erotismo, oferecendo e demandando sexo — aquela sexualidade desabrida de que dona Flor tem saudade quando se depara com a satisfatória mas insossa, porque serena e econômica, rotina matrimonial administrada com tanto método por seu segundo marido.

Como outras heroínas divididas entre dois amores, dona Flor vê-se retalhada por dois maridos que representam estilos de vida, visões de mundo e até mesmo ideologias, valores e estilos culturais não somente opostos, mas contraditórios entre si.

Como um Dioniso baiano, Vadinho é o homem relacional da noite, do sexo, do jogo e da boemia — esse espaço do exagero ou da carência, onde meios e fins estão destinados a um permanente desequilíbrio. Sua vida não cabe no mundo particularizado da casa, nem no universo racional das normas universais que dividem o legal do criminoso, separam o preto do branco, segregam a festa do trabalho. Assim, ele vive em busca do congraçamento como valor, de tal modo que as relações (que conduzem ao encontro, à comensalidade, à dádiva e à comunhão) são mais importantes do que os projetos individuais com seus compartimentos e seus detestáveis limites.

Teodoro Madureira é o exato oposto de tudo isso. Seu lema de vida é: "Um lugar para cada coisa e cada coisa em seu lugar", princípio sem o qual nada, no mundo marcado pela igualdade em que vive, pode funcionar de modo civilizado. Farmacêutico acostumado a dosar remédios, Teodoro Madureira é um maníaco das coisas equilibradas, previsíveis e serenas. É um Apolo dos trópicos. Um modelo de equilíbrio, numa sociedade que se debate entre a malandragem (para os amigos) e leis duríssimas (para os inimigos). Entre a casa, onde todos têm um lugar numa clara hierarquia, e a rua, onde todos são iguais e, por isso, vive-se na perpétua confusão de descobrir com quem se fala e revelar-se para aquele com quem se está falando.

É nesse triângulo — Flor, Vadinho e Teodoro; casa, rua e outro mundo; certo, errado e situação; marido, mulher e amante — que triunfa sobre as escolhas impostas pelos dualismos rotineiros que vamos encontrar a chave para a compreensão deste romance. Pois se a modernidade centrada na igualdade, na felicidade individual e no primado da parte sobre o todo obriga a uma inevitável escolha entre um lado, digamos, "Vadinho" (ou vadio) da vida — marcado pelo gozo e pela ausência de limites e regado pelas condescendências das amizades — e um outro, digamos, um lado "Teodoro" (ou teomaníaco) — centrado na preocupação com a obediência às regras que valem para todos —, há situações e, mais que isso, sistemas nos quais o descompasso entre os estilos Vadinho e Teodoro são imensos e desconcertantes. Tal descompasso é justamente o que marca a famosa transição entre tradição e modernidade. Entre sociedades nas quais as pessoas são englobadas pela moralidade e sistemas nos quais se vive numa disputa permanente entre interesses (e direitos) individuais e regras coletivas.

Como situar tal descompasso entre o dualismo moderno do legal e do ilegal, do oprimido e do opressor, do negro e do branco, do senhor e do escravo, da liberdade e da censura, tem sido o foco de muitas teorias no Brasil.

Nelas há os que explicam o desencontro entre pessoas e leis como um defeito racial e um sintoma de atraso, como um sintoma de país imaturo e ainda infantil, ou como fato irredutível de uma estrutura econômica — o diabólico capitalismo patrimonialista ou moderno (pouco se fez para distingui-los) — que teria mais força que a própria vida social.

Dona Flor vive o conflito decorrente desse descompasso. Desfrutando de uma existência rotineira, previsível (em que pela primeira vez na vida tem dinheiro em poupança), sentindo as vantagens de ter sua vida nos trinques, num esmerado equilíbrio entre receita e despesa, Flor sente uma inexplicável saudade do seu desabusado e caótico primeiro amor e marido. Pulsão paradoxal, já que ele era um cafajeste, estroina, malandro, bêbado e mulherengo. Pior que isso, a aflição pelo primeiro marido é tão forte que Flor experimenta a própria presença física de Vadinho como um paradoxal espírito cheio de desejo que vem lhe propor aquilo que as almas do outro mundo jamais cogitam: sexo e amor desmesurados, luxúria e gozo carnavalescos.

É esse retorno do reprimido dentro da teia de um novo regime matrimonial que assombra dona Flor. É ele que obriga a refletir sobre o significado dos dilemas e das encruzilhadas. Existiriam dilemas capazes de domesticação? Quando um paradoxo se transforma em contradição? E quando, e em que circunstâncias, o que parece algo sem remédio pode ser solucionado? Quando — especula de modo absolutamente original o romance — é possível transformar um dualismo insolúvel num triângulo produtivo, tão ou mais perfeito do que o constituído pela Santíssima Trindade? Pois se há no céu um Deus em três pessoas e três pessoas num só Deus, por que não se poderia, na terra, fazer o mesmo?

A resposta do romance é que, pelo menos na Salvador mágica de Jorge Amado, é possível conciliar formas exageradas, distantes e extremadas de vida. Que o dois pode ser transformado em três desde que o elo entre eles seja explicitado e também transformado em ator. Pois o dois, quando dividido, não produz resto e por isso obriga dramaticamente a tomar partido; mas o três engendra um resto ou foco, inventa um outro elemento irredutível à dualidade que institui a gradação e, fazendo nascer o elo hierárquico, restabelece o todo.

Nesse sentido, a recusa em escolher, esse posicionamento condenado pela moralidade moderna fundada na opção, é mais que covardia ou cinismo. É, como revela esta narrativa, uma escolha! Pois quem foi que disse que é obrigatório escolher? Se há liberdade, se o amor e o elo têm força englobadora, por que não se pode escolher não escolher, e assim introduzir no meio do dilema um terceiro termo ou relação? Uma mediação que, embora atordoe, é, entretanto, parte de todo processo de mudança bem-sucedido. Porque todo avanço entre modos de vida muito diferenciados sempre promove retornos e recaídas entre as formas tidas como novas impostas de fora para dentro, e de cima para baixo, e as velhas práticas tidas como naturais. A menos que se faça uma pausa para construir pontes.

Pontes que, eis a receita mais poderosa de dona Flor, demandam novas e insuspeitas perspectivas e requerem a construção de outras margens entre as duas que todos têm como exclusivas.

Realmente, se o dilema dos dois maridos tivesse sido enfrentado com seriedade burguesa, dona Flor repetiria o estado de infelicidade de suas ancestrais, confirmando como a mulher deve ser leal às normas inventadas para proteger a honra e o nome de seus pais, irmãos e maridos. Julieta não tem como ultrapassar a lealdade coletiva à família pelo amor individualizado de Romeu. O amor romântico que individualiza é englobado pela dualidade absoluta das famílias. Entre as margens constituídas pelas lealdades da rotina e as da aventura, pela vida e pela morte, pelo amor rotina e pelo sexo apaixonado, não há uma terceira posição. Ou Pai ou Filho. Mas — pergunta Jorge Amado — e se houver um Espírito Santo? Um elo vivo e consubstancial aos dois? Um vínculo que, como a comida, em que dona Flor é especialista e professora, serviria de receita que, em vez de suprimir um dos termos do dilema, os reativa e reanima, fazendo-os ambos luminosos, e não sombriamente contraditórios e destrutivos?

A ironia, a perspectiva carnavalizadora e intuitivamente relacional de Jorge Amado, descobre o caminho. Ou melhor, medita sobre um caminho. Nesse sentido, *Dona Flor* é mais que um romance meramente baiano, no qual uma fórmula de sucesso duvidoso se repete, como sugerem os críticos "uspianos" da obra pós-esquerdista de Jorge Amado. Pois ele é também — e sobretudo! — uma densa especulação sobre o escolher não escolhendo. É uma parábola de viés enganadoramente populista, na qual uma consciência feminina, educada para ser obediente, ativamente transforma a relação mediadora, que é sempre lida como consequência, num sujeito, colocando-a como central, e não como resultado das oposições.

Em outras palavras, dona Flor lê a sucessão e a simultaneidade de seus dois amores não só como conflito e oposição, mas principalmente como interdependência e complementaridade. Algo possível de fazer, desde que se entenda que as antigas práticas sociais sejam incluídas e consideradas como espíritos, e não como uma presença central na sociedade. A inclusão, banida dos dualismos modernos que privilegiam a leitura da sociedade por oposições irremediáveis, excludentes e conflituosas, exorciza as famosas coisas fora do lugar. Pois o que dona Flor acaba questionando não é a sua existência. É muito mais profundo que isso. Para ela, trata-se de saber onde é que as coisas não estão fora do lugar. Em que sociedade não haveria dilema ou contradição entre prática e teoria; não haveria defasagens e conflitos entre o novo e o velho, entre interesses de pessoas, segmentos, partidos, classes e regras universais.

O problema não está na descoberta das "coisas fora de lugar", mas na discussão de como lidar com elas. O desconforto provocado pelos descompassos não pode ser usado como justificativa para dizer que "tudo isso que está aí" é uma porcaria e que vivemos uma vida de atraso porque tudo, até mesmo as imitações, deu errado no Brasil. Tal visão trai uma enorme ingenuidade sociológica, pois que sociedade não imitou e recebeu instituições e valores de outros sistemas e culturas? O problema é descobrir um lugar para essas coisas desencaixadas.

Um modo de fazer isso é refletir criticamente — como faz dona Flor — sobre o poder do conflito. Sua fábula sugere que a adoção de novos estilos de vida muitas vezes transforma os antigos costumes em espectros importunos. Mas dona Flor não comete o erro político das sociologias brasileiras de supor que o novo faça desaparecer automaticamente o velho. Muito pelo contrário, ela descobre que há conflito entre os dois. Por isso, a solução não é tratar Vadinho como real em todas as esferas de sua vida. Sabendo que não pode destruir o reprimido que retorna, conhecendo o valor da tradição que faz parte de si mesma, ela deixa que Vadinho exista em alguns lugares de sua vida, pois descobre a impossibilidade de bani-lo. Aceitando suas razões, reconhecendo a hierarquia dos seus desejos, ela pode viver com mais honestidade a igualdade que os dois amores demandam. Mas, vejam bem, um não sabe do outro, porém dona Flor, como uma consciência relacional, sabe dos dois e os critica com critério e equilíbrio. É preciso deixar vir à tona as pulsões da censura para que a liberdade que incomoda possa florescer.

Penso que este livro fascinante, explicitamente populista, repleto de cotidianidade brasileira, denso de sensualidade e escrito sem pompa e circunstância, que manifestamente trata de uma viúva apaixonada por dois homens que paradoxalmente são seus legítimos maridos — um, entretanto, morto e sequioso de sexo; o outro vivo, mas com uma vida marital disciplinada —, expõe o imenso poder dessas triangulações reveladoras de um Brasil profundo, desconhecido e dilemático. Uma sociedade incerta quanto ao lugar do passado no seu presente, um sistema inseguro do modo de lidar com as inevitáveis defasagens entre as ideias fora de lugar e o lugar das ideias. Coisa que, deixem-me terminar antes que este posfácio vire outro ensaio, *Dona Flor* realizou com aquela simplicidade amadiana que produz um raro entendimento de nós mesmos.

Jardim Ubá, 2 e 10 de janeiro de 2008

Roberto DaMatta é antropólogo. Autor de diversos livros sobre a sociedade brasileira, é professor emérito da Universidade de Notre Dame (EUA).

NOTA
1. "Dona Flor e seus dois maridos: um romance relacional" foi escrito para o simpósio internacional, Identité Nationale et Expressions Culturelles, realizado em Paris, em maio de 1981. A versão definitiva foi publicada em Roberto DaMatta, *A casa & a rua: Espaço, cidadania, mulher e morte no Brasil*, cap. 3. Rio de Janeiro, Rocco, 2003.

CRONOLOGIA

O enredo de *Dona Flor e seus dois maridos* se passa nas décadas de 1930 e 1940, em Salvador. Uma das pistas é a Escola de Culinária Sabor e Arte, inaugurada, no romance, por volta de 1930.

A paixão de dona Flor por Vadinho começa na segunda metade da década de 1930. Quando a mãe de dona Flor descobre a verdadeira identidade de Vadinho, castiga a filha aprisionando-a no quarto. Para consolá-la, o namorado lhe faz uma serenata, acompanhado por vários seresteiros baianos, entre eles Dorival Caymmi, "momentos antes de sua partida para o Rio de Janeiro" — que, fora do romance, se deu em 1938.

Outra referência histórica de *Dona Flor e seus dois maridos* é a passagem em que Marilda (vizinha de dona Flor) fica em segundo lugar no concurso musical vencido por João Gilberto. Esse festival pode ter sido entre 1947 e 1949, período em que João Gilberto ainda morava na Bahia e já se dedicava à música.

1912-1919
Jorge Amado nasce em 10 de agosto de 1912, em Itabuna, Bahia. Em 1914, seus pais transferem-se para Ilhéus, onde ele estuda as primeiras letras. Entre 1914 e 1918, trava-se na Europa a Primeira Guerra Mundial. Em 1917, eclode na Rússia a revolução que levaria os comunistas, liderados por Lênin, ao poder.

1920-1925
A Semana de Arte Moderna, em 1922, reúne em São Paulo artistas como Heitor Villa-Lobos, Tarsila do Amaral, Mário e Oswald de Andrade. No mesmo ano, Benito Mussolini é chamado a formar governo na Itália. Na Bahia, em 1923, Jorge Amado escreve uma redação escolar intitulada "O mar"; impressionado, seu professor, o padre Luiz Gonzaga Cabral, passa a lhe emprestar livros de autores portugueses e também de Jonathan Swift, Charles Dickens e Walter Scott. Em 1925, Jorge Amado foge do colégio interno Antônio Vieira, em Salvador, e percorre o sertão baiano rumo à casa do avô paterno, em Sergipe, onde passa "dois meses de maravilhosa vagabundagem".

1926-1930
Em 1926, o Congresso Regionalista, encabeçado por Gilberto Freyre, condena o modernismo paulista por "imitar inovações estrangeiras". Em 1927, ainda aluno do Ginásio Ipiranga, em Salvador, Jorge Amado começa a trabalhar como repórter policial para o *Diário da Bahia* e *O Imparcial* e publica em *A Luva*, revista de Salvador, o texto "Poema ou prosa". Em 1928, José Américo de Almeida lança

A bagaceira, marco da ficção regionalista do Nordeste, um livro no qual, segundo Jorge Amado, se "falava da realidade rural como ninguém fizera antes". Jorge Amado integra a Academia dos Rebeldes, grupo a favor de "uma arte moderna sem ser modernista". A quebra da bolsa de valores de Nova York, em 1929, catalisa o declínio do ciclo do café no Brasil. Ainda em 1929, Jorge Amado, sob o pseudônimo Y. Karl, publica em *O Jornal* a novela *Lenita*, escrita em parceria com Edson Carneiro e Dias da Costa. O Brasil vê chegar ao fim a política do café com leite, que alternava na presidência da República políticos de São Paulo e Minas Gerais: a Revolução de 1930 destitui Washington Luís e nomeia Getúlio Vargas presidente.

1931-1935

Em 1932, desata-se em São Paulo a Revolução Constitucionalista. Em 1933, Adolf Hitler assume o poder na Alemanha, e Franklin Delano Roosevelt torna-se presidente dos Estados Unidos da América, cargo para o qual seria reeleito em 1936, 1940 e 1944. Ainda em 1933, Jorge Amado se casa com Matilde Garcia Rosa. Em 1934, Getúlio Vargas é eleito por voto indireto presidente da República. De 1931 a 1935, Jorge Amado frequenta a Faculdade Nacional de Direito, no Rio de Janeiro; formado, nunca exercerá a advocacia. Amado identifica-se com o Movimento de 30, do qual faziam parte José Américo de Almeida, Rachel de Queiroz e Graciliano Ramos, entre outros escritores preocupados com questões sociais e com a valorização de particularidades regionais. Em 1933, Gilberto Freyre publica *Casa-grande & senzala*, que marca profundamente a visão de mundo de Jorge Amado. O romancista baiano publica seus primeiros livros: *O país do Carnaval* (1931), *Cacau* (1933) e *Suor* (1934). Em 1935 nasce sua filha Eulália Dalila.

1936-1940

Em 1936, militares rebelam-se contra o governo republicano espanhol e dão início, sob o comando de Francisco Franco, a uma guerra civil que se alongará até 1939. Jorge Amado enfrenta problemas por sua filiação ao Partido Comunista Brasileiro. São dessa época seus livros *Jubiabá* (1935), *Mar morto* (1936) e *Capitães da Areia* (1937). É preso em 1936, acusado de ter participado, um ano antes, da Intentona Comunista, e novamente em 1937, após a instalação do Estado Novo. Em Salvador, seus livros são queimados em praça pública. Em setembro de 1939, as tropas alemãs invadem a Polônia e tem início a Segunda Guerra Mundial. Em 1940, Paris é ocupada pelo exército alemão. No mesmo ano, Winston Churchill torna-se primeiro-ministro da Grã-Bretanha.

1941-1945

Em 1941, em pleno Estado Novo, Jorge Amado viaja à Argentina e ao Uruguai, onde pesquisa a vida de Luís Carlos Prestes, para escrever a biografia publicada em Buenos Aires, em 1942, sob o título *A vida de Luís Carlos Prestes*, rebatizada mais tarde *O cavaleiro da esperança*. De volta ao

Brasil, é preso pela terceira vez e enviado a Salvador, sob vigilância. Em junho de 1941, os alemães invadem a União Soviética. Em dezembro, os japoneses bombardeiam a base norte-americana de Pearl Harbor, e os Estados Unidos declaram guerra aos países do Eixo. Em 1942, o Brasil entra na Segunda Guerra Mundial, ao lado dos aliados. Jorge Amado colabora na *Folha da Manhã*, de São Paulo, torna-se chefe de redação do diário *Hoje*, do PCB, e secretário do Instituto Cultural Brasil-União Soviética. No final desse mesmo ano, volta a colaborar em *O Imparcial*, assinando a coluna "Hora da guerra", e publica, após seis anos de proibição de suas obras, *Terras do sem-fim*. Em 1944, Jorge Amado lança *São Jorge dos Ilhéus*. Separa-se de Matilde Garcia Rosa. Chegam ao fim, em 1945, a Segunda Guerra Mundial e o Estado Novo, com a deposição de Getúlio Vargas. Nesse mesmo ano, Jorge Amado casa-se com a paulistana Zélia Gattai, é eleito deputado federal pelo PCB e publica o guia *Bahia de Todos os Santos*. *Terras do sem-fim* é publicado pela editora de Alfred A. Knopf, em Nova York, selando o início de uma amizade com a família Knopf que projetaria sua obra no mundo todo.

1946-1950
Em 1946, Jorge Amado publica *Seara vermelha*. Como deputado, propõe leis que asseguram a liberdade de culto religioso e fortalecem os direitos autorais. Em 1947, seu mandato de deputado é cassado, pouco depois de o PCB ser posto fora da lei. No mesmo ano, nasce no Rio de Janeiro João Jorge, o primeiro filho com Zélia Gattai. Em 1948, devido à perseguição política, Jorge Amado exila-se, sozinho, voluntariamente em Paris. Sua casa no Rio de Janeiro é invadida pela polícia, que apreende livros, fotos e documentos. Zélia e João Jorge partem para a Europa, a fim de se juntar ao escritor. Em 1950, morre no Rio de Janeiro a filha mais velha de Jorge Amado, Eulália Dalila. No mesmo ano, Amado e sua família são expulsos da França por causa de sua militância política e passam a residir no Castelo da União dos Escritores, na Tchecoslováquia. Viajam pela União Soviética e pela Europa Central, estreitando laços com os regimes socialistas.

1951-1955
Em 1951, Getúlio Vargas volta à presidência, desta vez por eleições diretas. No mesmo ano, Jorge Amado recebe o prêmio Stálin, em Moscou. Nasce sua filha Paloma, em Praga. Em 1952, Jorge Amado volta ao Brasil, fixando-se no Rio de Janeiro. O escritor e seus livros são proibidos de entrar nos Estados Unidos durante o período do macarthismo. Em 1954, Getúlio Vargas se suicida. No mesmo ano, Jorge Amado é eleito presidente da Associação Brasileira de Escritores e publica *Os subterrâneos da liberdade*. Afasta-se da militância comunista.

1956-1960
Em 1956, Juscelino Kubitschek assume a presidência da República. Em fevereiro, Nikita Khruchióv denuncia Stálin no 20º Congresso do Parti-

do Comunista da União Soviética. Jorge Amado se desliga do PCB. Em 1957, a União Soviética lança ao espaço o primeiro satélite artificial, o *Sputnik*. Surge, na música popular, a Bossa Nova, com João Gilberto, Nara Leão, Antonio Carlos Jobim e Vinicius de Moraes. A publicação de *Gabriela, cravo e canela*, em 1958, rende vários prêmios ao escritor. O romance inaugura uma nova fase na obra de Jorge Amado, pautada pela discussão da mestiçagem e do sincretismo. Em 1959, começa a Guerra do Vietnã. Jorge Amado recebe o título de obá arolu no Axé Opô Afonjá. Embora fosse um "materialista convicto", admirava o candomblé, que considerava uma religião "alegre e sem pecado". Em 1960, inaugura-se a nova capital federal, Brasília.

1961-1965
Em 1961, Jânio Quadros assume a presidência do Brasil, mas renuncia em agosto, sendo sucedido por João Goulart. Yuri Gagarin realiza na nave espacial *Vostok* o primeiro voo orbital tripulado em torno da Terra. Jorge Amado vende os direitos de filmagem de *Gabriela, cravo e canela* para a Metro-Goldwyn-Mayer, o que lhe permite construir a casa do Rio Vermelho, em Salvador, onde residirá com a família de 1963 até sua morte. Ainda em 1961, é eleito para a cadeira 23 da Academia Brasileira de Letras. No mesmo ano, publica *Os velhos marinheiros*, composto pela novela *A morte e a morte de Quincas Berro Dágua* e pelo romance *O capitão-de-longo-curso*. Em 1963, o presidente dos Estados Unidos, John Kennedy, é assassinado. O Cinema Novo retrata a realidade nordestina em filmes como *Vidas secas* (1963), de Nelson Pereira dos Santos, e *Deus e o diabo na terra do sol* (1964), de Glauber Rocha. Em 1964, João Goulart é destituído por um golpe e Humberto Castelo Branco assume a presidência da República, dando início a uma ditadura militar que irá durar duas décadas. No mesmo ano, Jorge Amado publica *Os pastores da noite*.

1966-1970
Em 1968, o Ato Institucional nº 5 restringe as liberdades civis e a vida política. Em Paris, estudantes e jovens operários levantam-se nas ruas sob o lema "É proibido proibir!". Na Bahia, floresce, na música popular, o tropicalismo, encabeçado por Caetano Veloso, Gilberto Gil, Torquato Neto e Tom Zé. Em 1966, Jorge Amado publica *Dona Flor e seus dois maridos* e, em 1969, *Tenda dos Milagres*. Nesse último ano, o astronauta norte-americano Neil Armstrong torna-se o primeiro homem a pisar na Lua.

1971-1975
Em 1971, Jorge Amado é convidado a acompanhar um curso sobre sua obra na Universidade da Pensilvânia, nos Estados Unidos. Em 1972, publica *Tereza Batista cansada de guerra* e é homenageado pela Escola de Samba Lins Imperial, de São Paulo, que desfila com o tema "Bahia de Jorge Amado". Em 1973, a rápida subida do preço do petróleo abala a economia mundial. Em 1975, *Gabriela, cravo e canela* inspira novela da TV Globo, com Sônia Braga no papel principal,

e estreia o filme *Os pastores da noite*, dirigido por Marcel Camus.

1976-1980

Em 1977, Jorge Amado recebe o título de sócio benemérito do Afoxé Filhos de Gandhy, em Salvador. Nesse mesmo ano, estreia o filme de Nelson Pereira dos Santos inspirado em *Tenda dos Milagres*. Em 1978, o presidente Ernesto Geisel anula o AI-5 e reinstaura o *habeas corpus*. Em 1979, o presidente João Baptista Figueiredo anistia os presos e exilados políticos e restabelece o pluripartidarismo. Ainda em 1979, estreia o longa-metragem *Dona Flor e seus dois maridos*, dirigido por Bruno Barreto. São dessa época os livros *Tieta do Agreste* (1977), *Farda, fardão, camisola de dormir* (1979) e *O Gato Malhado e a Andorinha Sinhá* (1976), escrito em 1948, em Paris, como um presente para o filho.

1981-1985

A partir de 1983, Jorge Amado e Zélia Gattai passam a morar uma parte do ano em Paris e outra no Brasil — o outono parisiense é a estação do ano preferida por Jorge Amado, e, na Bahia, ele não consegue mais encontrar a tranquilidade de que necessita para escrever. Cresce no Brasil o movimento das Diretas Já. Em 1984, Jorge Amado publica *Tocaia Grande*. Em 1985, Tancredo Neves é eleito presidente do Brasil, por votação indireta, mas morre antes de tomar posse. Assume a presidência José Sarney.

1986-1990

Em 1987, é inaugurada em Salvador a Fundação Casa de Jorge Amado, marcando o início de uma grande reforma do Pelourinho. Em 1988, a Escola de Samba Vai-Vai é campeã do Carnaval, em São Paulo, com o enredo "Amado Jorge: A história de uma raça brasileira". No mesmo ano, é promulgada nova Constituição brasileira. Jorge Amado publica *O sumiço da santa*. Em 1989, cai o Muro de Berlim.

1991-1995

Em 1992, Fernando Collor de Mello, o primeiro presidente eleito por voto direto depois de 1964, renuncia ao cargo durante um processo de *impeachment*. Itamar Franco assume a presidência. No mesmo ano, dissolve-se a União Soviética. Jorge Amado preside o 14º Festival Cultural de Asylah, no Marrocos, intitulado "Mestiçagem, o exemplo do Brasil", e participa do Fórum Mundial das Artes, em Veneza. Em 1992, lança dois livros: *Navegação de cabotagem* e *A descoberta da América pelos turcos*. Em 1994, depois de vencer as Copas de 1958, 1962 e 1970, o Brasil é tetracampeão de futebol. Em 1995, Fernando Henrique Cardoso assume a presidência da República, para a qual seria reeleito em 1998. No mesmo ano, Jorge Amado recebe o prêmio Camões.

1996-2000

Em 1996, alguns anos depois de um enfarte e da perda da visão central, Jorge Amado sofre um edema pulmonar em Paris. Em 1998, é o convidado de honra do 18º Salão do Livro de Paris, cujo tema é o Brasil, e recebe o título de doutor *honoris causa* da Sorbonne Nouvelle e da Universidade Moderna de Lisboa. Em Salvador, termina a fase principal de restauração do Pelourinho, cujas praças e largos recebem nomes de personagens de Jorge Amado.

2001
Após sucessivas internações, Jorge Amado morre em 6 de agosto de 2001.

1ª edição Companhia das Letras [2008] 8 reimpressões
1ª edição Companhia de Bolso [2022]

Esta obra foi composta pela Verba Editorial em Janson Text
e impressa pela Gráfica Bartira em ofsete
sobre papel Pólen Soft da Suzano S.A.

A marca fsc® é a garantia de que a madeira utilizada na fabricação do papel deste livro provém de florestas que foram gerenciadas de maneira ambientalmente correta, socialmente justa e economicamente viável, além de outras fontes de origem controlada.